L'intégralité de votre livre* accessible en ligne avec une simple connexion Internet !

OFFERT LIVRE EN LIGNE

W0412153

+ Des outils utiles et intuitifs :
- sommaire interactif
- surlignage en couleurs
- notes personnelles et marque-page

Pour ACTIVER votre livre en ligne

- Rendez-vous sur www.nathan.fr/livre-en-ligne .
- Créez un compte **Nathan** en suivant les indications en ligne.
- Cliquez sur « Activer un livre », saisissez votre clé d'activation personnelle puis le mot du livre qui vous sera demandé.

Votre clé d'activation personnelle :

1ELQJK-T8X-B24G

Pour toute CONNEXION ULTÉRIEURE

Connectez-vous sur www.nathan.fr/livre-en-ligne avec vos identifiants **Nathan**.

IMPORTANT

Votre clé d'activation est unique et personnelle : une fois utilisée, elle ne sera plus valide. Elle offre un accès de 24 mois à compter de la date d'activation. Elle est réservée à un seul utilisateur et ne peut être partagée.

Configuration minimale requise : Internet Explorer 8, Mozilla Firefox 3.4, Chrome, Safari, Opera toutes versions.

Retrouvez les conditions générales d'utilisation sur www.nathan.fr/livre-en-ligne.

*Service disponible à partir du 30 juillet 2021.

BAC STMG Terminale - Toutes les matières 978-2-09-167428-5

Nathan

BAC STMG Réflexe

Terminale

Toutes les matières

Les fiches « Je gère mon Bac »
Jean-Louis CARNAT
Claire DELAROCQUE
Eric FAVRO
Véronique GAUBERT-DEREUX
Gaëlle GIRAULT
Mathilde IROLLO
David LAFOLIE
Xavier LE VEN
Patrick MERCATI
Sophie ORTOLAN
Emmanuelle SARDAIN

Enseignement commun de Management, SDGN
Caroline BAYLE
Xavier LE VEN
Sophie ORTOLAN

Enseignement spécifique de Ressources humaines et communication
Gaëlle GIRAULT

Enseignement spécifique de Mercatique
Sophie ORTOLAN

Enseignement spécifique de Gestion et finance
Eric FAVRO

Enseignement spécifique de Systèmes d'information de gestion
Véronique GAUBERT-DEREUX

Droit
Patrick MERCATI

Économie
Olivia LENORMAND

Philosophie
Mathilde IROLLO

Mathématiques
David LAFOLIE

Histoire – Géographie
Jean-Louis CARNAT

Anglais
Claire DELAROCQUE

Espagnol
Arielle BITTON

Nathan

MIXTE
Papier issu de
sources responsables
FSC® C022030

Crédits photographiques
p. 462 : AFP ; p. 463 (haut) : Albert Harlingue/Roger-Viollet ; p. 463 (bas) : Deligne

Édition : Samuel Briand-Favard, Marguerite de la Taille, Anaëlle Féret, Laëtitia Hugon, Karine Leforestier, Séverine Martineau, Florence Terrasse, Marine Vives
Fabrication : Emmanuelle Perrier et Laura Milhomme
Conception couverture : Vincent Rioult et Dany Mourain
Maquette intérieure : Aude Paradis (Graph'm)/Évelyn Audureau/David Bart
Composition : Nord Compo
Infographies : Christophe Vallée

ISBN : 978-2-09-167428-5

N° de projet: 10271521
Dépôt légal: juin 2021
Imprimé en Espagne par Gráficas Estella

Sommaire

Je gère mon bac

MANAGEMENT, SDGN

Savoirs

RESSOURCES HUMAINES ET COMMUNICATION

Savoirs

Sommaire

Sommaire

Sommaire

HISTOIRE ET GÉOGRAPHIE

ANGLAIS

ESPAGNOL

Présentation de la filière STMG

La filière Sciences et technologies du management et de la gestion s'intéresse au fonctionnement des organisations, en intégrant les évolutions numériques. Elle étudie également l'actualité juridique et économique. Elle fait aussi la part belle aux matières générales : maîtrise de l'expression écrite et orale, en français et en langues vivantes étrangères, apports culturels de l'histoire-géographie, enseignement adapté de mathématiques.

Les horaires

CLASSE DE PREMIÈRE		CLASSE DE TERMINALE	
Enseignements communs	**h/sem.**	**Enseignements communs**	**h/sem.**
Français	3 h	Philosophie	2 h
Histoire-géographie	1 h 30	Histoire-géographie	1 h 30
LVA et LVB	3 h	LVA et LVB	3 h
Enseignement technologique en langue vivante (ETLV)	1 h	ETLV	1 h
Éducation physique et sportive	2 h	Éducation physique et sportive	2 h
Mathématiques	3 h	Mathématiques	3 h
Enseignement moral et civique	18 h/an	Enseignement moral et civique	18 h/an
Enseignements de spécialité	**h/sem.**	**Enseignements de spécialité**	**h/sem.**
Sciences de gestion et numérique	7 h	Management, sciences de gestion et numérique*	10 h
Management	4 h		
Droit et économie	4 h	Droit et économie	6 h

* Avec choix d'un enseignement spécifique (voir ci-dessous).

L'enseignement spécifique

La spécialité « Management, sciences de gestion et numérique » en terminale se divise en un enseignement commun et un enseignement spécifique au choix parmi :
– **Gestion et finance :** cet enseignement vise l'acquisition des mécanismes et principes comptables de base, et permet l'étude des décisions de gestion de l'entreprise ;
– **Mercatique :** il propose l'étude des techniques et actions par lesquelles une entreprise développe la vente de ses biens et/ou de ses services en adaptant leur production et leur commercialisation aux besoins et aux pratiques du consommateur ;
– **Ressources humaines et communication :** il propose l'étude de la dimension humaine de l'organisation et du travail des acteurs ;
– **Systèmes d'information et de gestion :** il a pour objectif de comprendre le rôle et les apports des systèmes d'information dans les organisations.

Les épreuves du baccalauréat

Les épreuves et les coefficients

BULLETINS SCOLAIRES	ÉPREUVES EN CONTRÔLE CONTINU			ÉPREUVES FINALES
	DICIPLINE	1RE	TERM	• Épreuves anticipées de première : – Français écrit Coeff. 5 – Français oral Coeff. 5 • Épreuves terminales – Philosophie Coeff. 4 – Management, sciences de gestion et numérique Coeff. 16 – Droit et économie Coeff. 16 – Grand oral Coeff. 14
	1. Histoire-Géographie	x	x	
	2. Mathématiques	x	x	
	3. LVA	x	x	
	4. LVB	x	x	
	5. EPS	x	x	
	6. Sciences de gestion et numérique : oral d'étude de gestion	x		
Coeff. 10	6 × coeff. 5			Total coeff. : 60
10 % de la note finale	**30 % de la note finale**			**60 % de la note finale**

Quand se déroulent les épreuves ?

- **Épreuves de contrôle continu**

Les épreuves de contrôle continu ont lieu au premier et au deuxième trimestre de première puis au deuxième trimestre de terminale.
L'oral de sciences de gestion et numérique est programmé en fin d'année de première (généralement en mai, selon les académies).

- **Épreuves finales**

Les épreuves anticipées de français ont lieu en juin de l'année de première.
Les épreuves terminales et le Grand oral ont lieu au troisième trimestre et en juin de l'année de terminale.

Comment vous organiser durant ces deux années ?

Les épreuves de contrôle continu nécessitent des révisions régulières. N'attendez pas le dernier moment pour réviser.
Les sujets écrits des épreuves finales comprennent des questions sur des notions étudiées en première ET en terminale. Il est donc important de **s'installer dans une dynamique de travail et de révision dès le début de la première**.

QUELQUES CONSEILS

– Relisez régulièrement vos fiches de synthèse.
– Entraînez-vous en faisant des exercices et d'anciens sujets.
– Écoutez attentivement vos enseignants et tenez compte de leurs conseils.

Le Grand oral du baccalauréat

Présentation et déroulement de l'épreuve

• **Durée :** 40 minutes, dont :
– **préparation :** 20 minutes ;
– **passage devant le jury :** 20 minutes.

• **Évaluation :**
Note sur 20 points
Coefficient 14

Critères évalués :
– Qualité orale de l'épreuve (élocution, vocabulaire, volume de la voix)
– Qualité de la prise de parole en continu (fluidité du discours)
– Qualité des connaissances (précision)
– Qualité de l'interaction avec le jury
– Qualité et construction de l'argumentation

Cette épreuve orale prend appui sur la présentation de deux questions que vous aurez travaillées en amont et qui s'appuient sur les enseignements de spécialité de la filière. Elle se déroule de la manière suivante :

1. Présentation des questions : vous présentez vos deux questions au jury, qui en sélectionne une.

2. Préparation (20 minutes) : pour mettre en ordre vos idées et éventuellement créer un support sur une feuille qui vous sera fournie, et qui sera remis au jury mais non évalué.

3. Passage devant le jury (20 minutes)

Exposé sans notes (5 minutes)	Échange avec le jury (10 minutes)	Échange sur le projet d'orientation (5 minutes)
Explication du choix de la question, développement des arguments, réponse à la question.	Approfondissement et précisions pour évaluer les connaissances et les capacités argumentatives.	Lien entre la question et le projet de poursuite d'études ou projet professionnel.

Les étapes de la préparation durant l'année

1. Choisissez les deux sujets que vous traiterez en fonction de vos intérêts personnels et de votre projet professionnel.

2. Documentez-vous sur le sujet : faites des recherches sur Internet, à la bibliothèque, interrogez des personnes qui travaillent dans ce domaine, etc.

3. Organisez vos idées, et faites un plan clair et précis de votre présentation.

4. Rédigez votre texte sur une feuille et faites-vous corriger par votre professeur de spécialité concerné ou vos camarades.

5. Faites plusieurs répétitions (10 minimum) devant un miroir pour bien maîtriser votre langage non verbal pendant vos essais.

6. Enregistrez-vous et demandez un avis sur votre présentation.

Le Grand oral du baccalauréat

Conseils pour réussir le Grand oral

Le discours : il doit s'appuyer sur un plan rigoureux et compréhensible par le jury.
Le vocabulaire : utilisez des mots précis. Vous devez maîtriser le vocabulaire employé et éviter d'utiliser un jargon technique que vous ne maîtrisez pas.
L'élocution : la voix doit être claire et audible. Le débit ne doit pas être trop rapide.
Les erreurs à éviter :

– Ne pas répondre à la question posée.
– Utiliser un langage familier.
– Ne pas regarder la personne à qui vous parlez.
– Avoir une attitude désinvolte.
– Réciter par cœur un texte sans conviction.

Je révise le Grand oral

....

....

....

....

....

....

....

....

....

....

....

....

....

....

....

....

....

....

....

....

Préparer son orientation

Forts de connaissances en management, sciences de gestion, droit et économie, les bacheliers STMG peuvent envisager des poursuites d'études diversifiées.

Comment construire votre projet d'orientation ?

Il est important de commencer votre réflexion sur le projet d'orientation dès le début de la classe de première et ce, pour deux raisons principales :
– cette orientation vous guidera dans votre choix de l'enseignement spécifique de terminale ;
– elle pourrait être utile dans le choix de votre problématique d'étude de gestion (épreuve de sciences de gestion et numérique de fin de première).

La réflexion se poursuit en terminale, tout au long de l'année scolaire :

– le projet de gestion travaillé dans le cadre de votre enseignement spécifique doit contribuer à l'élaboration de votre projet personnel d'orientation que vous aborderez avec le jury, en fin d'épreuve du Grand oral.

– De nombreux moyens sont par ailleurs mis à votre disposition pour vous aider dans votre réflexion : ressources en ligne (Onisep, L'Étudiant, Parcoursup, etc.), salons, journées portes ouvertes, entretiens avec un conseiller d'orientation ou vos enseignants (qui vous connaissent bien).

Quelles poursuites d'études après un bac STMG ?

Après un bac STMG, les poursuites d'études sont diverses :
– **BTS :** formation en deux ans, en lycées ou écoles, prévoyant des périodes de stages en entreprise. L'examen final a lieu en fin de deuxième année. Ex. : comptabilité-gestion, commerce international, NDRC, communication, banque ;
– **DUT :** formation en deux ans (réforme prévue), dans des établissements rattachés à l'université. L'évaluation se fait sous la forme de partiels pendant toute la formation. Ex. : gestion des entreprises et des administrations, techniques de commercialisation, informatique, information-communication ;
– **écoles spécialisées**. Ex. : expertise comptable ;
– **classes préparatoires aux grandes écoles de commerce** ;
– **universités** (licence principalement).

De nombreuses formations peuvent être suivies en formation initiale ou en alternance. *Si vous envisagez d'autres formations, n'hésitez pas à vous renseigner directement auprès des établissements qui les dispensent. Très peu de portes sont fermées aux bons dossiers.*
N'oubliez pas que la quasi-totalité des établissements du supérieur demanderont vos notes du baccalauréat ainsi que les bulletins de première et les deux premiers bulletins de terminale.
Les appréciations des professeurs ont un rôle non négligeable dans le choix du recrutement des étudiants. Soyez assidu(e), motivé(e) et ayez un comportement irréprochable. Vous mettrez ainsi toutes les chances de votre côté pour être retenu(e) !

Mes notes pour réviser

Le management

La discipline

Les objectifs de la discipline

Le management a pour objectif de vous donner les capacités pour comprendre le fonctionnement des organisations.
Cette discipline va également vous permettre de développer un sens critique et de saisir les enjeux sociétaux des organisations.
En première et en terminale, vous allez acquérir des connaissances et des compétences à travers l'analyse des concepts et des pratiques du management et de la gestion. Sur le plan des connaissances, les thèmes suivants seront étudiés :

THÈMES ABORDÉS EN CLASSE DE PREMIÈRE	THÈMES ABORDÉS EN CLASSE DE TERMINALE
– À la rencontre du management des organisations – Le management stratégique, du diagnostic à la fixation des objectifs – Les choix stratégiques des organisations	– Les organisations et l'activité de production de biens et de services – Les organisations et les acteurs – Les organisations et la société

La boîte à outils de la discipline

• **Maîtrisez le vocabulaire et les concepts clés du management.**
Le management et les sciences de gestion et numérique disposent d'un vocabulaire et de concepts spécifiques qu'il convient de maîtriser pour réussir l'épreuve.
Pour vous aider, vous disposez, à la fin de chaque fiche Savoir, d'une liste de mots-clés incontournables que vous devez connaître, et dont la définition est donnée dans le lexique.

• **Conduisez un diagnostic stratégique.**
Pour analyser l'organisation étudiée, vous pouvez être amené(e) à réaliser un diagnostic stratégique. Vous devez identifier les forces et les faiblesses de l'organisation (diagnostic interne), puis repérer les opportunités et les menaces de son environnement (diagnostic externe, qui peut être structuré avec la méthode PESTEL).
Pour montrer votre esprit de synthèse, vous pouvez présenter le diagnostic stratégique sous forme de tableau.

• **Repérez les choix stratégiques.**
Vous devez être capable d'identifier et de justifier les options stratégiques possibles selon les spécificités des grands types d'organisation : entreprises privées, entreprises et organisations publiques, organisations de la société civile.

L'épreuve écrite de management, sciences de gestion et numérique

Le format de l'épreuve et ses objectifs

Durée : 4 heures – Coefficient : 16

Cette épreuve consiste à analyser une situation professionnelle contextualisée prenant appui sur un cas réel ou inspirée de la réalité.

Le sujet, d'une quinzaine de pages maximum, se compose d'une introduction qui présente le contexte et l'organisation étudiée, et de plusieurs dossiers qui abordent différentes problématiques. Chaque dossier comprend des questions et des annexes (textes, schémas, tableaux...) qui vont vous permettre de construire les réponses aux questions posées, et peut être traité indépendamment.
Cette épreuve vise à vérifier vos capacités à :
- exploiter une documentation concernant des organisations ;
- caractériser les situations managériales et/ou de gestion proposées ;
- proposer, présenter et justifier une solution ;
- mettre en œuvre les méthodes, techniques et outils appropriés ;
- montrer l'intérêt et les limites des méthodes, techniques et outils employés.

Que faire pour se préparer avant l'épreuve ?

Relisez la définition des mots-clés présents dans les fiches de première et de terminale, et révisez-les régulièrement afin de consolider vos connaissances. Entraînez-vous à l'application des méthodes en réalisant les exercices proposés dans cet ouvrage.

Que faire pendant l'épreuve ?

• **Prenez le sujet en main :** effectuez une première lecture du sujet afin d'identifier l'organisation étudiée. Cette première étape vous permet de vous imprégner du contexte et de repérer les différents thèmes abordés, de découvrir les questions et les annexes.
• **Réalisez une lecture active :** mettez en valeur les éléments qui vous semblent importants en les soulignant ou surlignant. Vous pouvez noter les mots-clés et les définir au brouillon pour éviter le hors sujet. Une lecture attentive des questions permet de repérer les verbes pour délimiter les réponses attendues.

VERBES	ÉLÉMENTS DE RÉPONSE ATTENDUS
Décrire / Caractériser / Présenter	Donner des détails descriptifs.
Montrer / Expliquer	Donner des éléments de compréhension et/ou de justification.
Identifier / Repérer	Recenser des éléments sur un point précis.
Distinguer	Donner des points de différence entre plusieurs éléments.
Réaliser un diagnostic	Présenter les forces, les faiblesses (diagnostic interne) ; les menaces, les opportunités (diagnostic externe) ; PESTEL (étude de l'environnement)...

• **Rédigez les réponses aux questions :** pour structurer votre réponse, vous devez :
- expliquer les mots-clés de la question en donnant leurs définitions ;
- justifier votre réponse par des arguments et des exemples extraits des annexes (sans faire de paraphrases).
Vos réponses doivent être claires et précises. Vous devez montrer que vous maîtrisez les concepts en utilisant les termes appropriés. N'oubliez pas de prendre soin de l'orthographe. Avant de rendre votre copie, prenez le temps de vous relire pour corriger d'éventuelles erreurs ou des oublis.

L'enseignement spécifique de Systèmes d'information de gestion

Les objectifs de la formation

L'enseignement de systèmes d'information a pour objectif de comprendre ce qu'est un système d'information, de comprendre son rôle au sein des organisations et d'appréhender comment il peut être vecteur de performance dans un environnement ou le numérique est omniprésent.
Dans cette spécialité l'enseignement théorique est illustré par la mise en œuvre concrète sur poste informatique des notions abordées avec l'idée de consolider les savoirs pratiques et souvent intuitifs des usages numériques.

Cette approche dynamique se décline en quatre thèmes :
- organisation et numérisation ;
- management du système d'information et performance ;
- information, action et décision ;
- système d'information et échange.

La boîte à outils de la formation

Mobiliser les outils numériques et multimédia

Dans cette spécialité, la maîtrise des outils informatiques comme les applications métiers (progiciel de gestion intégré), bureautiques (texteur, tableur) et techniques (base de données, serveur Web, outil de modélisation de processus) est acquise au fur et à mesure de l'année de terminale.

Expérimenter les apprentissages sur poste informatique

La mise en œuvre concrète sur ordinateurs des notions théoriques représente un vrai atout dans cette spécialité. La production numérique créée pour le projet de gestion constitue par ailleurs, une réelle motivation pour les élèves

Gérer une information de qualité

La recherche d'une information de qualité (actuelle, pertinente, vérifiée et concise) via des moteurs de recherche et son stockage dans des bases de données permettant son exploitation sont également abordées dans cette spécialité. C'est le point de départ de tout système d'information dont le rôle est de collecter, traiter, stocker et diffuser l'information adéquate à tous les acteurs de l'entreprise.

Le projet de gestion

Le projet de gestion est utilisé pour le grand oral du baccalauréat. Il s'agit de créer à plusieurs un solution numérique fonctionnelle à partir d'outils informatiques.
L'objectif de cette solution est de répondre à un besoin de gestion de l'information d'une organisation.

Par conséquent, le projet s'inscrit sur le contexte fictif d'une entreprise privée ou publique ou encore d'une association.
Par exemple : gérer les adhésions d'un club de football ou éditer le planning des livraisons d'une entreprise de transport ou encore créer un formulaire de collecte anonyme pour sonder les usagers d'un service public.
Le projet, une fois réalisé est présenté à l'oral avec l'idée d'expliquer la démarche utilisée, la stratégie adoptée et les choix effectués autant organisationnels que techniques pour obtenir la production finale.

Mes notes pour réviser

L'enseignement spécifique de ressources humaines et communication

Les objectifs de la discipline

Cette discipline vise à vous montrer :
– le rôle de la gestion des ressources humaines dans le fonctionnement des organisations et la place essentielle de la communication comme outil de facilitation des interactions et des relations sociales ;
– les liens étroits qui existent entre la GRH et les notions de droit du travail et de réglementation générale des relations de travail. Le droit est au cœur de cette discipline ;
– les comportements humains dans leur environnement professionnel, en prenant appui sur la sociologie du travail et la psychologie sociale (gestion des conflits, évolution professionnelle...).

Pour ce faire, le programme aborde trois thèmes :
– les compétences au service de l'organisation et l'organisation au service du développement des compétences ;
– des facteurs de motivation et de satisfaction : qualité de vie au travail et rémunération ;
– la recherche de la cohésion, un levier d'amélioration des relations de travail et du climat social.
Ces trois thèmes couvrent les principales problématiques des ressources humaines, et reposent sur l'idée que la préservation et la valorisation des ressources humaines participent à la performance de l'organisation.

L'importance du vocabulaire

Il est essentiel de maîtriser le vocabulaire spécifique des ressources humaines et de la communication.
Vous devrez faire un effort d'apprentissage des concepts de base de la discipline. Chaque notion est définie et abordée dans chaque fiche Savoir. N'hésitez pas à constituer un lexique des notions clés nécessaires à la connaissance et à la maîtrise de cette discipline.

Le projet de gestion

En terminale, vous devrez réaliser en cours d'année, dans le cadre d'un travail collectif, un projet de gestion.

Le périmètre du projet couvre les programmes de management, sciences de gestion et numérique et de droit et économie.	Le traitement du problème de gestion doit vous conduire à mobiliser les techniques, démarches et outils liés à l'enseignement spécifique que vous avez choisi.	Au cours de ce travail vous mettez en place une pédagogie de projet : définition d'objectifs, de ressources à inventorier, de démarches à planifier, de bilans à produire, de modalités de coordination à installer.

Ce projet sert l'épreuve de grand oral du baccalauréat.
Il aide à la formalisation des deux questions que vous proposerez au jury : elles peuvent s'inscrire dans la continuité de la problématique traitée dans le projet, ou constituer une ouverture et un élargissement des conclusions du projet.
Il sera évoqué à l'oral : enjeux, mise en perspective, analyse de la démarche engagée, de la stratégie adoptée et des choix réalisés, Il apporte une expérience de l'organisation et participera à l'argumentation, Enfin, il contribue à l'élaboration du projet personnel d'orientation que vous aborderez avec le jury en fin d'épreuve.

MES NOTES POUR RÉVISER

L'enseignement spécifique de mercatique

Les objectifs de la discipline

La mercatique (*marketing* en anglais) a pour objectif d'étudier et d'analyser l'ensemble des techniques et actions par lesquelles une entreprise développe la vente de ses biens et/ou de ses services en adaptant leur production et leur commercialisation aux besoins et aux pratiques du consommateur.
Le programme de terminale, prolongeant celui de première en sciences de gestion et numérique, se découpe en trois grands thèmes :
– la définition de l'offre : couple produit-marché, offre de biens et services, politique de marque, expérience de consommation, politique de prix ;
– la distribution de l'offre : stratégie de distribution, réseaux de distribution, relation producteur-distributeur, digitalisation de la distribution ;
– la communication de l'offre : actions de communication, construction de messages publicitaires, politique de fidélisation, communication numérique.

La boîte à outils de la discipline

L'enseignement de la mercatique va vous permettre d'acquérir des connaissances sur votre environnement quotidien de consommateur/consommatrice, mais aussi de développer votre sens critique.

La boîte à outils de l'enseignement de mercatique va être alimentée tout au long de l'année par des savoirs, des méthodes et des compétences spécifiques aux exigences de l'examen. Elle va vous permettre :
– de maîtriser des concepts et un vocabulaire spécifique au marketing ;
– d'analyser les stratégies et méthodes mises en œuvre et de proposer des solutions ;
– de porter un regard critique sur ces stratégies mises en œuvre, en prenant en considération les objectifs poursuivis par l'organisation, mais aussi l'intérêt du consommateur et de la société dans son ensemble ;
– de recourir constamment à des solutions numériques ;
– de mettre en œuvre une démarche de projet qui vous permettra de développer vos capacités d'organisation, d'initiative, d'autonomie et de créativité.

L'enseignement spécifique de mercatique

Le projet de gestion

En terminale, vous devrez réaliser en cours d'année, dans le cadre d'un travail collectif, un projet de gestion.

Le périmètre du projet couvre les programmes de management, sciences de gestion et numérique et de droit et économie.	Le traitement du problème de gestion doit vous conduire à mobiliser les techniques, démarches et outils liés à l'enseignement spécifique que vous avez choisi.	Au cours de ce travail vous mettez en place une pédagogie de projet : définition d'objectifs, de ressources à inventorier, de démarches à planifier, de bilans à produire, de modalités de coordination à installer.

Ce projet sert l'épreuve de grand oral du baccalauréat.
Il aide à la formalisation des deux questions que vous proposerez au jury : elles peuvent s'inscrire dans la continuité de la problématique traitée dans le projet, ou constituer une ouverture et un élargissement des conclusions du projet.
Il sera évoqué à l'oral : enjeux, mise en perspective, analyse de la démarche engagée, de la stratégie adoptée et des choix réalisés, Il apporte une expérience de l'organisation et participera à l'argumentation. Enfin, il contribue à l'élaboration du projet personnel d'orientation que vous aborderez avec le jury en fin d'épreuve.

MES NOTES POUR RÉVISER

L'enseignement spécifique de gestion et finance

Les objectifs de la discipline

L'enseignement de gestion et finance a pour but de vous faire acquérir des mécanismes et principes comptables de base, de vous apprendre à analyser les chiffres (bilan, compte de résultat) et de vous permettre de comprendre comment sont prises les décisions de gestion de l'entreprise.
Cette spécialité permet de découvrir des domaines variés que vous pourrez approfondir dans les cursus d'enseignement supérieur en sciences de gestion :
– la comptabilité financière, qui mémorise au quotidien toutes les opérations ;
– la comptabilité de gestion, qui cherche à répondre à la question « combien ça coûte ? » ;
– l'analyse comptable, qui étudie le passé à travers les bilans précédents ;
– la gestion prévisionnelle, qui cherche à prévoir le futur.

La boîte à outils de la discipline

Maîtriser le vocabulaire

Comme dans toute spécialité, la maîtrise d'un vocabulaire précis est indispensable. Par exemple, le mot « résultat » désigne le bénéfice (ou la perte) réalisé(e). Il ne doit pas être confondu avec le terme « chiffre d'affaires » (ventes réalisées). Aidez-vous des mots-clés à la fin de chaque fiche Savoir pour mémoriser les notions essentielles.

Analyser les documents avec méthode

De nombreuses données chiffrées sont fournies en gestion et finance. Toutes n'ont pas la même importance. Apprenez à repérer les données essentielles et à identifier les anomalies ou les disproportions.

Maîtriser les outils informatiques

Que ce soit le tableur ou le progiciel de gestion intégré, les outils informatiques sont très présents en gestion et finance. Il est essentiel de vous familiariser avec ces outils et de les pratiquer aussi souvent que possible.

L'enseignement spécifique de gestion et finance

Le projet de gestion

En terminale, vous devrez réaliser en cours d'année, dans le cadre d'un travail collectif, un projet de gestion.

Le périmètre du projet couvre les programmes de management, sciences de gestion et numérique et de droit et économie.	Le traitement du problème de gestion doit vous conduire à mobiliser les techniques, démarches et outils liés à l'enseignement spécifique que vous avez choisi.	Au cours de ce travail vous mettez en place une pédagogie de projet : définition d'objectifs, de ressources à inventorier, de démarches à planifier, de bilans à produire, de modalités de coordination à installer.

Ce projet sert l'épreuve de grand oral du baccalauréat.
Il aide à la formalisation des deux questions que vous proposerez au jury : elles peuvent s'inscrire dans la continuité de la problématique traitée dans le projet, ou constituer une ouverture et un élargissement des conclusions du projet.
Il sera évoqué à l'oral : enjeux, mise en perspective, analyse de la démarche engagée, de la stratégie adoptée et des choix réalisés, Il apporte une expérience de l'organisation et participera à l'argumentation, Enfin, il contribue à l'élaboration du projet personnel d'orientation que vous aborderez avec le jury en fin d'épreuve.

MES NOTES POUR RÉVISER

Le droit et l'économie

L'épreuve écrite de droit et économie

Généralités

Durée : 4 heures – Coefficient : 16

Cette épreuve est composée de deux parties indépendantes : une partie juridique et une partie économique, ayant un poids égal dans la notation sur 20. Bien que vous soyez libre de la gestion de votre temps, il est conseillé de consacrer un temps à peu près égal au traitement de chaque partie du sujet.
Chaque partie comprend des documents et un questionnement (4 ou 5 questions au maximum) portant sur ces documents et, de façon complémentaire, mobilisant vos connaissances préalables.
Aussi bien en droit qu'en économie, l'épreuve prend appui sur le programme de première ainsi que sur celui des trois premiers thèmes de terminale.

La partie juridique

a. Objectifs de l'épreuve

La partie juridique vise à évaluer vos capacités à analyser une ou plusieurs situations juridiques et à construire une argumentation pertinente au regard du problème posé, c'est-à-dire :
- qualifier juridiquement une situation ;
- identifier la ou les règles juridiques applicables en l'espèce ;
- indiquer la ou les solutions juridiques possibles ;
- utiliser un vocabulaire juridique adapté ;
- expliquer le sens d'une règle juridique et de son évolution.

b. Structure de l'épreuve

Un dossier composé de plusieurs documents accompagnés d'un questionnement vous est remis.
En droit, pour permettre de traiter une situation concrète, les ressources documentaires sont principalement constituées de cas de jurisprudence (ou d'extraits), de contrats (ou d'extraits), de textes de loi ou d'articles de codes, de notes de doctrine.
Il est prévu qu'une dernière question soit introduite dans le sujet pour vous permettre d'expliciter le sens d'une règle de droit et d'analyser son évolution, en particulier en lien avec les évolutions du contexte économique ou social.

La partie économique

a. Objectifs de l'épreuve

La partie économique vise à évaluer vos capacités à analyser un problème économique d'actualité et à construire une argumentation pertinente au regard d'un problème posé, c'est-à-dire :
- expliquer les notions et les mécanismes économiques mis en jeu dans le problème considéré à partir de vos connaissances et des informations fournies dans la documentation ;

– interpréter des données économiques de différentes natures et à partir de différents supports ;
– réaliser des calculs économiques en lien avec les notions traitées dans le programme ;
– répondre à une question relative à des débats actuels sur l'économie de façon argumentée.

b. Structure de l'épreuve

Comme en droit, le dossier d'économie est composé de plusieurs documents accompagnés d'un questionnement portant sur un ou plusieurs thèmes abordés dans les programmes d'économie du cycle terminal. Les documents les plus fréquemment proposés sont des textes, des tableaux, des graphiques.
Le questionnement est progressif : il porte d'abord sur les concepts et l'analyse des documents, pour terminer par une argumentation structurée avec une problématique clairement exposée.
Il est prévu qu'une des premières questions nécessite des calculs économiques simples, en relation avec le programme.

Conseils de préparation

Maîtriser le vocabulaire

Le droit et l'économie s'appuient sur un vocabulaire précis que vous devez impérativement maîtriser. Consolidez le vocabulaire acquis en première et appropriez-vous celui de terminale en vous aidant des mots-clés présents à la fin de chaque fiche Savoir. En droit, il est important de savoir passer du langage courant au langage juridique.

Se tenir informé

S'intéresser à l'actualité juridique et économique ainsi qu'aux problématiques qui y sont liées est un plus et vous permettra de vous sentir plus à l'aise le jour de l'épreuve.

La philosophie

La discipline

La philosophie est enseignée 2 heures par semaine en terminale STMG. L'objectif de l'année de philosophie est de vous apprendre à émettre des questionnements, utiliser votre esprit critique, remettre votre opinion en question, structurer votre pensée et comprendre un texte philosophique.

Le programme comporte **sept notions** sur lesquelles vous serez susceptible d'être interrogé(e) à l'épreuve du baccalauréat :

- L'art
- La justice
- La liberté
- La nature
- La religion
- La technique
- La vérité

Ces notions sont mises en relation avec les trois perspectives du programme :

- L'existence humaine et la culture
- La morale et la politique
- La connaissance

« Ces perspectives [...] définissent le cadre dans lequel elles peuvent donner lieu à des sujets de baccalauréat et orientent ainsi, sans le contraindre, le traitement des notions par les professeurs et leurs élèves » (*BO* juillet 2019). Les perspectives vous donnent un cadre de réflexion et vous invitent à confronter les notions entre elles pour forger votre esprit critique et votre sens de l'analyse philosophique.

Ces notions sont assorties de **repères** que vous devez maîtriser :

Absolu / Relatif – Abstrait / Concret – En acte / En puissance – Analyse / Synthèse Concept / Image / Métaphore – Contingent / Nécessaire – Croire / Savoir – Essentiel / Accidentel – Exemple / Preuve – Expliquer / Comprendre – En fait / En droit – Formel / Matériel – Genre / Espèce / Individu – Hypothèse / Conséquence / Conclusion – Idéal / Réel – Identité / Égalité / Différence – Impossible / Possible – Intuitif / Discursif – Légal / Légitime – Médiat / Immédiat – Objectif / Subjectif / Intersubjectif – Obligation / Contrainte – Origine / Fondement – Persuader / Convaincre – Principe / Cause / Fin – Public / Privé – Ressemblance / Analogie – Théorie / Pratique – Transcendant / Immanent – Universel / Général / Particulier / Singulier – Vrai / Probable / Certain

L'épreuve écrite

Le format de l'épreuve

Durée : 4 heures – Coefficient : 4

L'épreuve de philosophie présente trois sujets au choix : deux sujets de dissertation et un sujet d'explication de texte.

La dissertation

Les deux sujets de dissertation se présentent sous la forme d'une question. Vous devez être capable d'en étudier toutes les dimensions de façon méthodique et structurée. Le but est de formuler le problème philosophique que soulève la question posée.

Le sujet renvoie toujours à une ou plusieurs notions du programme étudiées en classe. La dissertation doit être rédigée de façon soignée et cohérente, dans un français correct. L'objectif est que vous montriez au correcteur que vous êtes capable de mener un raisonnement logique et structuré. La dissertation doit mener à une véritable réponse – claire, approfondie et justifiée – au problème posé par le sujet.

L'explication de texte

Le troisième sujet est constitué d'un texte d'une vingtaine de lignes accompagné d'une série de questions : A – Éléments d'analyse, B – Éléments de synthèse, C – Commentaire. Ces questions doivent vous permettre de réfléchir sur le texte et de guider votre explication :
– la **première série de questions (A – Éléments d'analyse)** vous invite à expliquer certains éléments significatifs du texte (sens d'une phrase, d'un terme précis ou d'une expression dans le texte) ;
– la **deuxième série de questions (B – Éléments de synthèse)** vous invite à dégager l'idée principale du texte (thèse) ainsi que les grandes parties qui le composent, la façon dont le texte est organisé logiquement ;
– la **troisième série de questions (C – Commentaire)** vous guide dans la rédaction du commentaire structuré du texte étudié. Il s'agit ici de rendre compte d'une compréhension détaillée et structurée du texte ainsi que de votre capacité à mettre en perspective la thèse de celui-ci. Vous avez le choix entre deux manières de rédiger l'explication de texte : soit en répondant dans l'ordre aux questions posées (option n° 1), soit en suivant le développement de votre choix (option n° 2).

L'épreuve orale de rattrapage

Temps de préparation : 20 minutes – Temps de passage : 20 minutes

Pour passer l'oral de rattrapage en philosophie, vous devez présenter une liste de textes étudiés en classe. L'épreuve porte sur l'un des textes présentés. Vous devez réaliser l'explication de ce texte, c'est-à-dire exposer le problème posé par le texte, expliquer sa thèse, sa structure, et le mettre en perspective.

Quelques conseils pour réussir l'année

Ne négligez pas la philosophie car, malgré la difficulté apparente de cette discipline, un minimum de travail peut vous permettre d'avoir des résultats très satisfaisants !
Pour ce faire, veillez à :
– apprendre votre cours ;
– apprendre les citations extraites des œuvres étudiées ;
– comprendre les repères et savoir les utiliser à bon escient ;
– soigner l'orthographe et la syntaxe dans la rédaction de vos copies ;
– être curieux/curieuse, et être capable de remettre vos représentations habituelles en question.
Enfin, une bonne culture générale permettra d'enrichir vos copies de philosophie grâce à des exemples pertinents. Lisez, allez au cinéma, au musée, etc. Bref, cultivez-vous !

Les mathématiques

La discipline

La résolution de problèmes est au cœur de l'activité mathématique. Pour ce faire, une prise d'initiative est nécessaire. Cela suppose des connaissances, des procédures et des stratégies automatisées. Aussi, l'acquisition d'**automatismes** est absolument indispensable. Ces automatismes permettent d'utiliser ensuite des fondamentaux solides dans toute activité mathématique de recherche.
Le programme de mathématiques de la voie technologique est divisé en deux parties thématiques : l'**analyse** et les **probabilités-statistiques**. Dans chacune de ces parties est développée l'acquisition d'un **vocabulaire ensembliste et logique**, de connaissances en **algorithmique** et en **programmation**, et d'**automatismes**.

L'épreuve du baccalauréat

L'épreuve du baccalauréat se décompose en **deux parties**.
• La **première partie** est une série de **10 automatismes**.
Les automatismes sont des questions courtes auxquelles il faut répondre sans calculatrice en 20 minutes. Ils sont notés sur 5 points. Cette partie de l'épreuve nécessite un bon entraînement régulier tout au long de l'année et sur l'ensemble des chapitres.
• La **seconde partie** est composée en général de **3 exercices**.
Chacun des exercices est noté sur 5 points. Le temps accordé à cette partie étant de 1 h 40, l'idéal est donc de passer 20 à 30 minutes sur chaque exercice pour se laisser un temps suffisant de relecture. Passer trop de temps sur un seul exercice réduira considérablement la chance d'avoir une bonne note globale.
Dans cette seconde partie de l'épreuve, la **calculatrice** est autorisée. Aussi est-il vraiment important d'apprendre à la maîtriser efficacement. Les capacités en termes de calculs, de graphiques, d'indicateurs statistiques peuvent permettre de gagner un temps précieux le jour de l'épreuve.

Quelques conseils

• L'**assiduité** est un élément fondamental de la réussite : vous n'apprendrez jamais autant qu'en allant en cours de manière assidue.
• Le **travail de groupe** permet de progresser plus rapidement : l'entraide est essentielle.
• Soyez **acteur/actrice** et non pas spectateur/spectatrice : posez-vous en permanence des questions sur ce que vous écrivez et sur ce que vous lisez dans un ouvrage de mathématiques.
• **Relisez régulièrement vos cours** (mêmes plus anciens) et faites régulièrement des exercices.
Le baccalauréat, comme toute évaluation, se prépare sur le long terme : n'attendez pas les derniers jours pour vous y atteler. Apprenez régulièrement, exercez-vous le plus souvent possible avec les nombreux exercices présents dans les livres, utilisez les résumés de cours de cet ouvrage (pour cerner la logique, retenir les principales formules, vous imprégner des questions et exercices « types »).

L'histoire-géographie

Présentation des épreuves

À partir de la session 2021, l'histoire-géographie est évaluée en contrôle continu avec des épreuves écrites organisées dans l'établissement au cours de l'année de première et de terminale.
D'une durée de 2 heures, chaque épreuve commune de contrôle continu se compose de deux parties : un ensemble de questions et une analyse de document(s).

1re partie : les questions

En nombre limité (4 à 6), elles évaluent la maîtrise des « questions obligatoires » du programme en histoire et en géographie. Cette partie évalue vos capacités à :
- caractériser un espace, une période, un événement, une situation ou un personnage ;
- citer des acteurs ;
- localiser et identifier des lieux et/ou des phénomènes sur une carte jointe au sujet ;
- justifier une affirmation en proposant ou en choisissant des arguments ; proposer ou choisir les dates clés et/ou les périodes clés d'une évolution ; proposer ou choisir une définition pour une notion.

2e partie : l'analyse de document(s)

La seconde partie consiste en l'analyse d'un (ou deux) document(s) relatif(s) à chacun des « sujets d'étude au choix » d'un thème du programme d'histoire ou de géographie. Vous choisissez un des deux exercices proposés. L'analyse de document(s) est conduite en répondant à des questions.
L'analyse de document(s) vous permet de montrer que vous comprenez le sens général du ou des deux documents, que vous êtes capable de sélectionner les informations, de les hiérarchiser, de les expliciter et de prendre un recul critique en réponse à une interrogation en vous appuyant, d'une part, sur le contenu du ou des documents et, d'autre part, sur vos connaissances personnelles. Les réponses sont l'occasion d'évaluer votre capacité de rédaction.

Notation

Chaque partie est notée sur 10. La note finale est la somme des notes attribuées à chaque partie.

Les langues vivantes

Les épreuves communes de langues vivantes A et B se font en **contrôle continu** à compter de la session 2021 : deux épreuves en première, une épreuve en terminale.

En classe de terminale

Épreuve 3 : Compréhension de l'oral et de l'écrit – Expression écrite et orale

Niveaux visés : B2 pour la langue A, B1 pour la langue B.

L'évaluation se déroule en deux temps. La compréhension (de l'oral et de l'écrit) et l'expression (écrite et orale) comptent à parts égales.

• Le premier temps consiste en une épreuve écrite de 1 h 30, en trois parties :

– la compréhension de l'oral est évaluée à partir d'un document audio ou vidéo d'une durée maximale de 1 minute 30. Au bout de trois écoutes, vous devez rendre compte du document à l'écrit, **en français**, de manière libre ou guidée ;

– la compréhension de l'écrit est évaluée à partir d'un ou deux textes, d'une longueur cumulée comprise entre 2 500 et 4 500 signes (espaces compris). Vous devez en rendre compte en langue cible, des questions sont là pour vous guider ;

– le sujet d'expression écrite, à traiter en langue cible, se fonde sur une ou deux questions, en lien avec la thématique de la compréhension écrite et orale. Il peut prendre appui sur un document iconographique.

• Le second temps consiste en une épreuve orale individuelle d'une durée de 10 minutes, sans temps de préparation. C'est l'évaluation de l'enseignement technologique de langue vivante (ETLV).

Savoir 1

La démarche marketing

La démarche marketing va permettre à l'organisation d'élaborer une offre.

1 Les étapes de la démarche marketing

Un besoin est une sensation de manque qui peut être exprimée ou non par le consommateur (client ou usager).
La démarche marketing consiste à identifier un besoin sur un marché puis à concevoir une offre qui permet de le satisfaire.

Étude et analyse du marché
↓
Identification d'un besoin
↓
Conception d'une offre

2 Les différentes approches marketing

Pour répondre aux besoins détectés, l'organisation peut choisir différentes approches :

APPROCHES MARKETING	CARACTÉRISTIQUES
Approche anticipatrice	L'organisation anticipe les tendances du marché en proposant une offre répondant à un besoin non encore exprimé.
Approche créative	Elle innove en concevant une nouvelle offre qui va créer un nouveau besoin.
Approche réactive	Elle propose une offre qui va satisfaire un besoin existant.
Approche médiatrice	Elle fait participer les consommateurs à l'élaboration de son offre.

EXEMPLE Lego®, la célèbre firme danoise, a mis en place une approche marketing médiatrice. Les internautes sont invités à déposer des projets de construction en Lego® sur le site Lego Ideas. Les idées les plus plébiscitées sont commercialisées.

3 La connaissance du marché

La mise en œuvre de la démarche marketing par une organisation repose sur une bonne connaissance de son marché et de son environnement.

3.1. Les études de marché

L'étude de marché va permettre à l'organisation de connaître son marché à un moment précis.
Elle consiste à étudier la demande (les consommateurs actuels et potentiels), l'offre (les concurrents) et l'environnement (micro- et macro-environnement).

3.2. La veille commerciale ou marketing

La veille commerciale ou marketing désigne l'ensemble des moyens qui permettent à une organisation de surveiller son marché.
Celle-ci dispose d'une multitude de sources d'information pour mener une veille commerciale ou marketing : Internet, presse, avis des clients et des fournisseurs, données économiques et démographiques, étude des concurrents, rapport des commerciaux...
Le Big Data représente l'ensemble des données récoltées en temps réel par les organisations à l'aide des outils numériques : site Web, réseaux sociaux...
Ces données constituent des volumes considérables. Elles sont devenues un enjeu stratégique pour les organisations car elles leur permettent d'adapter leur offre aux évolutions du marché, voire de les anticiper.

EXEMPLE Chez Zara, les informations sur les ventes de chaque magasin sont envoyées en temps réel au siège espagnol. Le Big Data est analysé chaque matin par les équipes de création, qui peuvent adapter immédiatement les collections.

4 Les choix marketing

Les choix marketing vont déterminer quels biens ou services l'organisation va choisir de commercialiser et l'approche qu'elle va privilégier.
Ils doivent être cohérents avec les finalités de l'organisation, ses orientations stratégiques et ses avantages concurrentiels.

EXEMPLE Dyson a lancé une lampe qui s'adapte automatiquement à la lumière ambiante. À un prix compris entre 550 € et 750 €, cet article est cohérent avec la stratégie de l'entreprise, qui propose des produits innovants à des prix élevés qui attirent une clientèle haut de gamme.

Mes notes pour réviser

MOTS CLÉS

Besoin • Démarche marketing • Approche marketing • Étude de marché • Big Data

....

....

S'ENTRAÎNER AU BAC
Exercice 1 : p. 75

Savoir 2

La création de valeur

À partir de son modèle économique, l'organisation crée de la valeur.

1 L'innovation de produits

L'innovation de produits est la mise à disposition sur un marché d'un nouveau produit ou d'améliorations importantes d'un produit existant.

2 Le modèle économique d'une organisation

Un modèle économique (ou *business model*) décrit la manière dont l'organisation fonctionne et s'organise pour créer de la valeur.

2.1. Le modèle économique de gratuité

L'organisation propose un service gratuit financé grâce à de la publicité (le réseau social Facebook, par exemple). Ce modèle économique a pour objectif d'attirer les utilisateurs pour vendre de la publicité.

2.2. Le modèle économique de plateforme

L'organisation gère une plateforme qui permet la rencontre entre des offreurs et des demandeurs de biens et de services. Ce modèle économique repose sur le prélèvement d'une commission sur les transactions organisées par le site.

EXEMPLE La plateforme Uber permet à un client d'avoir recours à un chauffeur. Uber règle le prix de la course au chauffeur, déduction faite de sa commission.

2.3. Le modèle économique freemium

« Freemium » est la contraction de « *free* » (offre gratuite) et de « premium » (offre haut de gamme payante). L'organisation propose des services de base gratuits mais l'accès aux fonctionnalités complémentaires est payant (le réseau social professionnel LinkedIn, par exemple).

2.4. Le modèle économique de l'abonnement ou de la location

L'organisation propose au client soit de payer un abonnement pour l'utilisation d'un bien ou d'un service, soit de payer un montant fixe à chaque utilisation.

EXEMPLE La start-up Joone distribue des couches pour bébés vendues en ligne avec un système d'abonnement mensuel sans frais et sans engagement.

2.5. Le modèle économique low cost

L'organisation propose une offre simplifiée et réduite au strict minimum pour obtenir des prix bas, les services en option étant payants (la compagnie aérienne Ryanair, par exemple).

3 Les indicateurs de création de valeur

Un indicateur de création de valeur est une donnée chiffrée qui mesure la création de valeur d'une organisation dans le cadre de son activité. La valeur correspond aux revenus qui garantissent une rentabilité pour les entreprises privées ou une couverture des coûts pour les organisations publiques et celles de la société civile.

3.1. La mesure de la création de valeur à partir du compte de résultat

Le compte de résultat permet de calculer le résultat dégagé durant l'année : un bénéfice si le total des produits est supérieur au total des charges, une perte dans le cas contraire. Il mesure aussi la richesse créée par l'entreprise grâce à son activité : la valeur ajoutée (VA). La VA est calculée en déduisant des ventes les consommations intermédiaires qui n'ont pas été créées et produites par l'entreprise.

EXEMPLE La chocolaterie Amaury fabrique et vend des chocolats fins. Pour l'année N, son résultat est un bénéfice de 150 000 € (total des produits 1 016 500 – total des charges 866 500) et sa valeur ajoutée est de 813 050 € (ventes 1 016 500 – consommations intermédiaires : achats de matières premières 102 470 + autres charges externes 100 980).

COMPTE DE RÉSULTAT – ANNÉE N			
CHARGES		PRODUITS	
Achats de matières premières	102 470	Ventes de produits finis	1 016 500
Autres charges externes (loyers...)	100 980		
Impôts et taxes	62 270		
Charges de personnel	585 366		
Amortissement du matériel	15 414		
TOTAL DES CHARGES	866 500	TOTAL DES PRODUITS	1 016 500
Résultat	150 000		
TOTAL GÉNÉRAL	1 016 500	TOTAL GÉNÉRAL	1 016 500

3.2. La mesure de la création de valeur à partir du bilan

Le bilan représente l'ensemble des biens et des dettes à un moment donné. Il montre le patrimoine de l'entreprise en précisant la façon dont il a été financé :
– l'actif présente la valeur d'achat des biens (colonne « Brut ») et leur valeur actuelle (colonne « Net ») après déduction des amortissements (colonne centrale) ;
– le passif présente les dettes et les capitaux propres (capital, résultat...).
Valeur du patrimoine = Total de l'actif net – Total des dettes.

EXEMPLE (SUITE) La valeur du patrimoine de la chocolaterie est de : 427 000 – 77 000 = 350 000 €.

BILAN N					
ACTIF	Brut	Amort.	Net	PASSIF	
Actif immobilisé				**Capitaux propres**	
Immo. incorporelles	5 000		5 000	Capital	50 000
Immo. corporelles	500 000	200 000	300 000	Réserves	150 000
Immo. financières	10 000		10 000	Résultat	150 000
Actif circulant				**Dettes**	
Stocks	50 000		50 000	Emprunts	70 000
Créances clients	12 000		12 000	Dettes fournisseurs	7 000
Disponibilités	50 000		50 000		
Total général	627 000	200 000	427 000	Total général	427 000

Mes notes pour réviser

MOTS CLÉS

Innovation de produits • Modèle économique • Valeur ajoutée

[redacted]énefice : total des produits - total des charges

VA : total général - achats de MP - CE

Valeur du patrimoine = total de l'actif net - total des dettes.

S'ENTRAÎNER AU BAC
Exercices 2, 3 : p. 75-76

Savoir 3

Les ressources financières pour produire

Pour produire, l'organisation a besoin de ressources et doit s'assurer du financement de ses investissements et de son cycle d'exploitation.

1 Les ressources tangibles et intangibles

Produire nécessite, pour l'organisation, de mobiliser et de combiner :
– des ressources tangibles : ressources physiques (usine, locaux, machines-outils), humaines (capacité à recruter, qualification des salariés...), financières (sources de financement, capacité d'endettement...) ;
– des ressources intangibles : ressources technologiques (brevets, dépenses en recherche et développement...), organisationnelles (processus de prise de décision, flexibilité organisationnelle...), mercatiques (marque, nom commercial...).

2 Les ressources financières

Pour produire, l'organisation doit analyser la disponibilité des ressources financières à deux niveaux :
– à long terme, pour savoir si elle peut assurer le financement de ses investissements ;
– à court terme, pour savoir si elle peut assurer le financement de son cycle d'exploitation.

2.1. Le financement de l'investissement

L'investissement consiste, pour une organisation, à acquérir de nouveaux moyens de production (machines, outils, véhicules...) afin de produire plus et mieux.
L'organisation dispose de deux solutions pour financer ses investissements : le financement interne et le financement externe.

FINANCEMENT INTERNE	– **Recours aux fonds propres (autofinancement)** : l'entreprise recourt à sa propre trésorerie. – **Augmentation de capital** : émissions d'actions qui seront acquises par des investisseurs et permettront à l'entreprise de récolter des fonds pour investir.
FINANCEMENT EXTERNE	– **Emprunt à la banque** : prêt à long terme souscrit auprès d'une banque contre le paiement d'intérêts. – **Crédit-bail** : contrat de location à long terme de machines ou de locaux avec possibilité de les acquérir à la fin du contrat. – **Subventions** : aides de l'État à certaines entreprises (conditions strictes). – **Financement participatif (*crowdfunding*)** : outil de collecte de fonds qui permet de mettre en contact des investisseurs et des porteurs de projet à travers une plateforme Internet.

L'organisation doit arbitrer entre ces différentes solutions de financement en fonction de sa stratégie, de sa situation financière et de son environnement.

EXEMPLE Une start-up qui dispose de très peu d'apports personnels et qui n'a pas encore fait ses preuves obtiendra difficilement un prêt à la banque. Elle peut alors se tourner vers le *crowdfunding* pour financer ses investissements.

2.2. Le financement du cycle d'exploitation

L'organisation doit aussi couvrir les besoins de financement liés à son cycle d'exploitation, qui se compose de trois phases : l'**approvisionnement** (achats) en matières premières et/ou marchandises, le **stockage** des marchandises et la **distribution** (ventes).
Le financement du cycle d'exploitation peut se faire de différentes façons :
– avec un découvert bancaire (autorisation d'avoir un compte bancaire débiteur pendant une certaine période) ;
– par un escompte bancaire (pratique qui consiste à se faire avancer le paiement de tout ou partie d'une facture par la banque, et ce dès son émission, notamment en cas de délai de paiement long accordé au client) ;
– par l'affacturage (pratique qui consiste à faire racheter une créance client par une société spécialisée) ;
– avec un crédit de campagne (crédit à court terme pour les entreprises qui ont des activités saisonnières).

3 L'analyse fonctionnelle du bilan

Le bilan fonctionnel est élaboré à partir du bilan comptable. Il permet de visualiser l'équilibre financier d'une entreprise, sa rentabilité et son indépendance financière, et d'apprécier ses besoins financiers.

ACTIF	EXEMPLE	PASSIF	EXEMPLE
Emplois stables (actif immobilisé)	20 000	Ressources stables (capitaux propres et dettes à long terme)	35 000
Actif circulant	12 000	Passif circulant (dettes d'exploitation)	14 000
Trésorerie active (disponibilités)	600	Trésorerie passive (découverts bancaires)	500

À partir du bilan fonctionnel, on peut calculer :
– le **fonds de roulement net global (FRNG)** : FRNG = Ressources stables – Emplois stables.
Il doit être positif afin de respecter un principe important pour l'équilibre financier d'une entreprise : les emplois stables doivent être financés par les ressources stables ;

EXEMPLE (SUITE) FRNG = 35 000 – 20 000 = 15 000

– le **besoin en fonds de roulement (BFR)** : BFR = Actif circulant – Passif circulant
Le BFR représente le besoin de financement dû à l'exploitation ;

EXEMPLE (SUITE) BFR = 12 000 – 14 000 = – 2 000

– la **trésorerie nette (TN)** : TN = FRNG – BFR
Si le FRNG est supérieur au BFR, la trésorerie est positive ; dans le cas contraire, elle est négative : l'entreprise a alors recours au découvert bancaire.

EXEMPLE (SUITE) TN = 600 – 500 = 100

Mes notes pour réviser

MOTS CLÉS

Ressources tangibles • Ressources intangibles • Ressources financières • Bilan fonctionnel

fond de roulement net global = Ressources stables - emplois stables

\+

Le besoin de fond de roulement : actif circulant - Passif circulant

La trésorerie nette = FRNG - BFR

si le resultat du fond de roulement est + de le BFR alors la tresorerie est positif sinon négative ~~emprunt~~ bancaire Découvert

S'ENTRAÎNER AU BAC
Exercice 4 : p. 76

Savoir 4 Les ressources humaines pour produire

Les choix de production ont des conséquences sur les besoins en ressources humaines des organisations. C'est le rôle de la gestion de l'emploi et des compétences d'adapter les ressources humaines aux besoins de l'organisation.

1 La gestion prévisionnelle des emplois et des compétences (GPEC)

1.1. Principe

La GPEC est une démarche qui vise à adapter les ressources humaines (RH) aux besoins des organisations sur le plan quantitatif et sur le plan qualitatif.

EXEMPLE L'entreprise Dyson a annoncé qu'elle souhaitait, à un horizon de 2 ans, délocaliser la majorité de sa production ainsi que son siège social à Singapour afin de se rapprocher du marché asiatique, qui représente une part importante de ses clients.

1.2. La démarche de la GPEC

La GPEC est une démarche qui se déroule en plusieurs étapes :

Prévision des RH sur 3 à 5 ans à partir des RH actuelles en tenant compte des départs prévisibles :
Ressources prévisionnelles des RH

Anticipation des besoins en RH sur 3 à 5 ans en fonction des choix stratégiques et des évolutions du marché :
Besoins anticipés en RH

Comparaison des besoins par rapport aux ressources sur les plans quantitatif et qualitatif, et **constatation d'écarts**

Mesures d'ajustement sur le plan quantitatif
Recrutement, licenciement, flexibilité du temps de travail…

Mesures d'ajustement sur le plan qualitatif
Formation, promotion, flexibilité des compétences…

EXEMPLE La société française de produits pharmaceutiques Sanofi a annoncé vouloir relocaliser d'ici 2022 la production de certaines de ses activités en France. Dans cette optique, elle va devoir adapter ses ressources humaines sur les plans quantitatif et qualitatif pour faire face à ses besoins futurs.

Pour prévoir ses ressources humaines, l'organisation peut utiliser différents outils :
– sur le plan quantitatif : pour projeter ses ressources humaines dans le futur, l'organisation peut disposer d'indicateurs sur l'évolution de son effectif, tels que le taux de rotation, la pyramide des âges… ;
– sur le plan qualitatif : pour évaluer les compétences dont elle dispose, l'organisation peut réaliser une cartographie des métiers ou un référentiel de compétences.

2 L'adaptation des ressources humaines à la stratégie

Pour réduire les écarts entre les besoins anticipés et les ressources prévisionnelles de ses ressources humaines, l'organisation met en œuvre un plan d'action.

2.1. L'adaptation quantitative des ressources humaines

Sur le plan quantitatif, l'organisation a la possibilité de faire varier l'effectif de ses ressources humaines.

a) Un besoin de recrutement ou de réduction des effectifs

L'organisation peut augmenter ses effectifs grâce au recrutement (processus en plusieurs étapes qui va permettre de trouver un candidat correspondant à ses besoins). À l'inverse, elle peut être contrainte de réduire ses effectifs en ayant recours à des licenciements économiques ou des ruptures conventionnelles. Les effectifs diminuent également grâce aux départs naturels liés à la retraite.

b) Un besoin de flexibilité quantitative

L'organisation peut mettre en place de nouvelles relations de travail afin d'adapter ses ressources humaines aux variations de son activité :

– la flexibilité du temps de travail : recours au temps partiel, aux heures supplémentaires, à l'annualisation du temps de travail... ;

– la flexibilité des effectifs : recours aux CDD, aux intérimaires, mise en place du partage de poste de travail, recours à la sous-traitance ou à la franchise...

EXEMPLE Pour effectuer sa relocalisation, Sanofi va créer une filiale dédiée à la création de médicaments et devra faire face à un besoin de recrutement.

2.2. L'adaptation qualitative des ressources humaines

Sur le plan qualitatif, l'organisation cherche à faire évoluer les compétences de ses ressources humaines. Une compétence correspond à la combinaison du savoir, du savoir-faire et du savoir-être dans une situation de travail donnée.

a) Un besoin de formation

Pour faire évoluer les compétences, l'organisation peut recourir à la formation, qui est un investissement immatériel permettant de maintenir et de développer les compétences des ressources humaines.

b) Un besoin de flexibilité qualitative

L'organisation peut adapter ses ressources humaines au niveau qualitatif à travers la flexibilité des compétences, avec le développement de la polyvalence des salariés, le recours à la mobilité professionnelle (changement de poste)...

EXEMPLE La nouvelle filiale de Sanofi va reprendre les salariés des six des onze usines chimiques du groupe implantées sur le territoire français. Dans le cadre de cette mobilité professionnelle, les salariés auront un besoin de formation et devront faire preuve de polyvalence.

Mes notes pour réviser

MOTS CLÉS

GPEC • Recrutement • Compétence • Formation • Flexibilité

S'ENTRAÎNER AU BAC
Exercice 5 : p. 76

Savoir 5

Production, productivité, flexibilité et qualité

Les organisations opèrent des choix d'organisation de la production en déterminant comment produire les biens ou les services pour concilier productivité, flexibilité et qualité.

1 L'innovation de procédés

L'innovation de procédés est la mise en œuvre d'une nouvelle méthode de production ou de distribution qui implique des changements significatifs dans les techniques, le matériel et/ou le logiciel.
Elle permet de réduire les coûts et les délais pour que l'organisation :
– améliore sa productivité en utilisant au mieux ses ressources ;
– fasse preuve de flexibilité en répondant rapidement aux fluctuations de la demande et aux évolutions de l'environnement.

EXEMPLE Avec son projet SpeedFactory, Adidas a développé un processus de fabrication automatisé permettant de relocaliser la production de chaussures dans un seul espace, au plus près du marché. Cela permet à l'entreprise de réduire ses délais de conception et de fabrication, et de répondre ainsi plus rapidement à la demande des consommateurs.

2 Le processus de production

Le processus de production consiste à transformer des ressources (matières, énergie...) à l'aide de moyens de production (équipements, travail...) en biens et/ou services pour les mettre à la disposition d'un client ou d'un usager.

2.1. La production de biens

Les biens matériels sont produits suivant différents modes de production qui dépendent de :

• la nature du produit et de la quantité :
– fabrication à l'unité : réalisation d'un produit unique ou en très faible quantité (exemple : un avion) ;
– fabrication en petites et moyennes séries : réalisation de produits identiques par lots (exemple : les sacs Hermès) ;
– fabrication en grande série (production de masse) : réalisation de produits standardisés fabriqués en très grande quantité (exemple : les stylos BIC).

• l'interruption ou non de la production :
– fabrication en continu : le processus de production ne peut pas être interrompu avant d'aboutir au produit fini (exemple : du pétrole raffiné) ;
– fabrication en discontinu : le processus de production peut être interrompu avant d'aboutir au produit fini (exemple : un smartphone).

2.2. La production de services

Un service est un produit immatériel non stockable qui ne peut être produit sans la participation du client (coupe de cheveux, restauration, transport...). Avec les nouvelles technologies et la dématérialisation des documents, certaines étapes de sa production peuvent être automatisées dans le cadre d'un *workflow* (flux de travaux) afin d'améliorer la productivité.

EXEMPLE Le dépôt de la déclaration de revenu sur le site impots.gouv.fr déclenche un mail automatique de réception et un calcul estimatif du montant de l'impôt à payer.

3 Le mode de pilotage de la production

3.1. Le pilotage des flux de production

Le pilotage des flux consiste à gérer l'ensemble des mouvements de matières, composants et produits finis le long de la chaîne de fabrication. Il existe deux façons de piloter les flux de production :
– la méthode de production en flux poussés consiste à anticiper la demande du marché, à produire en constituant des stocks et à pousser les produits vers le client. La productivité est favorisée au détriment de la flexibilité et des risques d'invendus ;

EXEMPLE Soufflet, un groupe agroalimentaire, collecte des céréales (blé, orge…) qu'il stocke puis commercialise durant l'année de la récolte jusqu'à l'année suivante.

– la méthode de production en flux tendus consiste à produire à la commande du client afin de minimiser les stocks. La flexibilité de l'outil industriel est favorisée au détriment de la productivité.

EXEMPLE Le constructeur Toyota a mis en place la production en flux tendus en choisissant de produire ses véhicules seulement au déclenchement de la commande du client.

3.2. La gestion de la chaîne logistique (*supply chain management*)

Le pilotage de la production repose sur la logistique qui gère l'ensemble des flux d'informations (transferts d'informations tels que les bons de commande…) et des flux physiques (transport et stockage des produits…). Pour l'organisation, l'optimisation de ces flux est une source de création de valeur.
La gestion de la chaîne logistique permet de piloter efficacement la chaîne globale d'approvisionnement, du fournisseur jusqu'au client final (délais, coûts…).

EXEMPLE Decathlon étudie la façon dont les visites sur son site Internet se transforment en achats. Cela lui permet d'anticiper les pics d'activité.

4 Les enjeux de la qualité

4.1. La notion de qualité

La qualité d'un produit correspond à sa capacité à satisfaire les besoins des clients. Elle repose sur un contrôle qualité afin de savoir si le produit est conforme aux exigences du marché, à la demande des clients et à la législation.

4.2. Le processus d'amélioration continue

La qualité repose sur un processus d'amélioration continue qui met en œuvre des actions pour réduire les dysfonctionnements et les insatisfactions des clients, et améliorer les produits et le fonctionnement global de l'organisation.

EXEMPLE Chez Decathlon, les avis des clients sont collectés afin de les remonter aux équipes concernées. Les produits qui obtiennent une note inférieure à 3 sur 5 sont retirés de la vente ou retravaillés et les clients insatisfaits reçoivent des versions améliorées.

MES NOTES POUR RÉVISER

MOTS CLÉS

Innovation de procédés • Productivité • Flexibilité • Processus de production • Flux poussé • Flux tendu • Flux d'informations • Flux physique • Gestion de la chaîne logistique • Qualité • Contrôle qualité • Processus d'amélioration continue

Savoir 6

Le contrôle des coûts

L'évaluation de la performance d'une organisation se mesure notamment grâce au contrôle des coûts.

1 La méthode des coûts complets

La méthode des coûts complets permet de déterminer le coût de revient d'un produit vendu. Les coûts complets correspondent à tous les coûts liés à la fabrication jusqu'à la vente d'un produit.
On distingue deux types de coûts :

CHARGES DIRECTES	CHARGES INDIRECTES
Les charges directes sont celles que l'on peut rattacher directement à un produit. EXEMPLE L'achat de bois pour une entreprise qui fabrique des meubles.	Les charges indirectes sont celles que l'on ne peut pas directement imputer à un produit. EXEMPLE Le salaire de la secrétaire de l'entreprise.

Le tableau de répartition des charges permet de répartir les charges indirectes entre les différents services (= centres d'analyse) de l'entreprise. Il se construit en 4 étapes :
- étape 1 : répartir les charges indirectes entre les différents services ;
- étape 2 : déterminer l'unité d'œuvre (UO) représentative de l'activité de chaque service ;
- étape 3 : évaluer le nombre d'UO de chaque service ;
- étape 4 : calculer le coût d'une UO = Total des charges du service / Nombre d'UO.

EXEMPLE Dans une entreprise qui fabrique des meubles, le montant des charges indirectes est de 38 500 €, réparti de la manière suivante : service d'approvisionnement : 20 %, service de production : 50 %, service de distribution : 30 %. Les charges directes pour le meuble sont de 15 €.

	Service d'approvisionnement	Service de production	Service de distribution
Total des charges indirectes	7 700 € (38 500 × 20 / 100)	19 250 € (38 500 × 50 / 100)	11 550 € (38 500 × 30 / 100)
Unité d'œuvre (UO)	1 planche de bois achetée	1 heure de travail	1 meuble vendu
Nombre d'UO	450	900	150
Coût d'une UO	17,11 €	21,39 €	77 €

Le coût de revient complet d'un meuble est donc de : 17,11 + 21,39 + 77 + 15 = 130,50 €.
Le prix de vente de ce meuble étant de 220 €, la marge dégagée est de : 220 – 130,50 = 89,50 €.

L'intérêt de la méthode des coûts complets est de fixer le prix de vente d'un produit, de s'assurer que le produit dégage de la marge et de rester compétitif par rapport à ses concurrents.

La limite de cette méthode est que certains produits supportent des charges indirectes qui ne leur incombent pas et risquent d'être jugés non rentables alors qu'ils le sont.

2 La méthode des coûts spécifiques

La méthode des coûts spécifiques permet de calculer le coût par produit mais en ne tenant pas compte de l'intégralité des charges de l'entreprise.
Il s'agit de distinguer les charges fixes et les charges variables :
– les **charges fixes** sont les charges qui restent stables quel que soit le niveau d'activité de l'entreprise (exemples : le loyer, les salaires) ;
– les **charges variables** sont celles qui varient en fonction du nombre de produits fabriqués (exemple : les matières premières).
Une fois cette distinction faite, l'entreprise ne tient compte que des charges variables pour juger de la rentabilité d'un produit.
L'intérêt de la méthode des coûts spécifiques est d'apprécier la contribution à la couverture des charges communes et de juger de la pertinence ou non de maintenir la fabrication et la vente d'un produit en fonction de la marge qu'il dégage.
La limite de cette méthode est que d'autres critères doivent être pris en compte dans le maintien ou l'abandon d'un produit : importance de la gamme de produits, complémentarité des produits dans la gamme...

EXEMPLE Une entreprise textile doit décider si elle abandonne ou non la fabrication de vêtements pour enfants. Le chiffre d'affaires de la gamme enfants est de 120 000 €, les charges fixes (salaires, loyer) sont de 36 000 € et les charges variables (tissu, fil) sont de 72 000 €.

Chiffre d'affaires	120 000
– Charges variables	72 000
= Marge sur coûts variables	**48 000**
– Charges fixes	36 000
= Résultat	**12 000**

Le taux de marge sur coûts variables est de : (48 000 / 120 000) × 100 = 40 %. L'entreprise décide de conserver la gamme enfants.

3 La gestion du cycle de vie des produits ou *Product Lifecycle Management* (PLM)

La gestion du cycle de vie des produits ou *Product Lifecycle Management* (PLM) regroupe un ensemble d'actions consistant à intégrer le développement durable dans le processus de production des produits et lors de leur fin de vie.
Il s'agit de prendre en compte l'ensemble des coûts liés à un produit tout au long de son cycle de vie (coûts de recyclage des déchets, coûts de gestion de la fin de vie d'un produit) et de mesurer leur impact sur les coûts complets et les coûts spécifiques.

MES NOTES POUR RÉVISER

MOTS CLÉS

Coût complet • Coût spécifique • Gestion du cycle de vie des produits ou *Product Lifecycle Management* (PLM)

taux de marge sur coûts de variable

marge sur coûts de variable

chiffre d'affaire × 100

coût d'une UO = total des charges du service / nombre d'UO

S'ENTRAÎNER AU BAC
Exercice 6 : p. 77

Savoir 7 Le rôle des technologies numériques dans la production

La digitalisation consiste en l'utilisation des technologies numériques dans les activités de l'organisation.

1 Les transformations digitales du système de production

Au niveau du système de production, les transformations digitales se traduisent par une dématérialisation et une automatisation des processus.

1.1. La dématérialisation des processus

La dématérialisation d'un processus consiste à réaliser des tâches à l'aide d'outils numériques. Elle permet de remplacer des supports matériels (exemple : des documents papier) par des supports immatériels (exemples : une base de données, la numérisation des documents).

EXEMPLE Au sein de l'usine Schneider Electric de Vaudreuil, dans l'Eure, les ordres d'approvisionnement des machines autrefois réalisés sur des fiches papier ont été dématérialisés sur des tablettes numériques.

Cette transformation se traduit également par une dématérialisation des échanges entre l'organisation et ses partenaires, tels que les fournisseurs au niveau de la production.

1.2. L'automatisation des flux de travaux

Un *workflow* (ou flux de travaux) représente l'ensemble des tâches, des acteurs et des documents nécessaires pour réaliser un processus en vue de fabriquer un produit ou de fournir un service. Un diagramme de flux en est la représentation schématique.
L'automatisation des processus consiste à faire réaliser des tâches par des automates (ordinateurs ou machines).
Le PGI (progiciel de gestion intégré) joue un rôle essentiel dans l'automatisation car il permet de centraliser, de gérer, de coordonner et de partager les données de gestion au sein du site de production et avec les partenaires extérieurs.

EXEMPLE Dans l'usine Metalux, après avoir reçu et validé la commande du client, le PGI donne automatiquement l'ordre de produire une fois le niveau des stocks de matières premières disponibles vérifié.

1.3. Les avantages de la transformation digitale du système de production

La dématérialisation des processus et l'automatisation du *workflow* permettent de gagner en réactivité car elles donnent la possibilité de piloter en temps réel la production en s'accordant instantanément avec les fournisseurs.
Ces transformations digitales procurent des gains de productivité en limitant les nombreux échanges par e-mail ou téléphone.

2 L'intégration des nouvelles technologies

La transformation numérique du processus de production est rendue possible par l'intégration de nouvelles technologies.

2.1. Les objets connectés

Un objet connecté, également appelé IOT (*Internet Of Thing*), est muni de capteurs qui lui permettent de recevoir ou d'envoyer des données et des instructions *via* un réseau auquel il est connecté.
Dans les usines, des capteurs connectés installés sur les machines permettent de surveiller en temps réel la production et de repérer des anomalies.

2.2. L'intelligence artificielle

L'intelligence artificielle (IA) a pour but de simuler l'intelligence humaine à partir de l'exploitation de données traitées par des algorithmes (règles de calcul complexes). Les données récoltées et transmises par les capteurs posés sur les machines permettent d'alimenter l'IA, qui va optimiser la production en anticipant les pannes et en améliorant les performances des machines.

EXEMPLE Le groupe Lacroix, qui fabrique des composants électroniques, a lancé une nouvelle usine intelligente dans laquelle toutes les machines sont connectées et reliées à un système d'information. Une maintenance prédictive est mise en œuvre grâce à l'ensemble des informations récoltées qui permettent aux machines de se corriger grâce à l'IA.

2.3. Le *cloud computing*

Le *cloud computing* (ou informatique en nuage) permet de stocker et de partager des données à distance sur Internet. Il facilite les échanges avec les partenaires en rendant les données compatibles et accessibles à tout moment.
Avec les objets connectés et l'intelligence artificielle, le *cloud computing* permet de contrôler et de réparer à distance les machines.

EXEMPLE Air Liquide a inauguré en janvier 2017 à Saint-Priest, près de Lyon, un centre d'opération à distance (COD) qui pilote à distance la production des 22 usines françaises du groupe industriel.

Mes notes pour réviser

MOTS CLÉS

Dématérialisation d'un processus • Workflow (flux de travaux) • Automatisation des processus • Objet connecté • Intelligence artificielle • Cloud computing

S'ENTRAÎNER AU BAC

Exercice 7 : p. 77

Savoir 8

L'organisation et la coordination du travail

Pour répondre à ses finalités et produire des biens et des services, l'organisation doit organiser et contrôler le travail à réaliser.

1 L'organisation du travail

L'organisation du travail a pour but de répartir le travail et de définir des règles de fonctionnement.

1.1. L'organisation rigide du travail

Une organisation rigide du travail se caractérise par un découpage des tâches qui conduit à une spécialisation des salariés (division horizontale du travail) et à la mise en place de plusieurs niveaux hiérarchiques (division verticale du travail).
La spécialisation consiste à confier une tâche élémentaire à un salarié afin d'automatiser et d'accélérer ses gestes, et d'accroître son rendement. Mais cette répétition des tâches conduit à une démotivation du salarié.
Avec le taylorisme, également appelé OST (organisation scientifique du travail), premier modèle d'organisation du travail, l'ingénieur américain Frederick W. Taylor a donné naissance à l'organisation rigide du travail au début du XXe siècle.
Cette forme d'organisation du travail est adaptée à un environnement stable et à une production en grandes séries de produits standardisés.

1.2. L'organisation souple du travail

L'organisation souple du travail est inspirée du toyotisme, une organisation du travail inventée par l'ingénieur japonais Taiichi Ohno dans les usines Toyota au milieu du XXe siècle.
Elle se base sur un enrichissement des tâches, qui consiste à confier des tâches riches et variées aux salariés, leur donnant ainsi une polyvalence.
Elle est adaptée à un environnement instable et à une production à l'unité ou en petites séries de produits différenciés. Elle permet à l'organisation de s'adapter aux variations de son environnement (flexibilité) et d'y répondre rapidement (réactivité).

1.3. Le *lean management*

Inspiré du toyotisme, le *lean management* a pour but de supprimer toutes les tâches inutiles en vue de réduire les coûts de production. Il nécessite d'impliquer chaque membre de l'organisation pour que chacun soit en mesure de proposer des pistes en vue d'améliorer son poste de travail.

2 Les mécanismes de coordination

Le développement d'une organisation conduit à un accroissement du nombre de salariés et du nombre de tâches à réaliser. Henry Mintzberg a établi une typologie des mécanismes de coordination qui visent à assurer la cohérence entre les tâches réalisées en vue d'atteindre un objectif.

MÉCANISMES DE COORDINATION	CARACTÉRISTIQUES
L'ajustement mutuel	La coordination se réalise par de simples échanges entre les salariés (communication informelle), qui se répartissent les tâches à réaliser et se contrôlent mutuellement.
La supervision directe	La coordination est effectuée par un responsable hiérarchique qui donne des ordres et contrôle le travail de ses subordonnés.
La standardisation des procédés de travail	Des procédures de travail sont transmises aux salariés, qui doivent les respecter. Certaines peuvent être automatisées, comme la facturation.
La standardisation des normes	La coordination repose sur les habitudes qui dictent le travail.
La standardisation des résultats	Il s'agit de fixer des objectifs commerciaux (exemple : CA) ou financiers (exemple : bénéfice) à atteindre et de contrôler les résultats obtenus.
La standardisation des qualifications	La coordination repose sur les compétences et les savoirs spécifiques des salariés (possession de diplômes, de formations).

3 Le degré de centralisation du pouvoir

Le degré de centralisation du pouvoir mesure la façon dont est diffusée la prise de décision au sein de l'organisation.

3.1. Le pouvoir de décision centralisé

Le pouvoir est centralisé lorsque le dirigeant prend seul les décisions, sans consulter les subordonnés qui sont de simples exécutants. Généralement, on trouve ce type de pouvoir dans les petites et moyennes entreprises.

3.2. Le pouvoir de décision décentralisé

Lorsque l'organisation grandit, il est de plus en plus difficile pour une personne de prendre seule toutes les décisions. On assiste alors à une décentralisation du pouvoir, qui consiste à déléguer la prise de décision en accordant davantage d'autonomie et de responsabilités aux salariés.
Dans une organisation où le pouvoir de décision est décentralisé, le nombre de lignes hiérarchiques a tendance à se réduire.
Une ligne hiérarchique représente le personnel d'encadrement dont le rôle est d'assurer la liaison entre la direction et les salariés.

MES NOTES POUR RÉVISER

MOTS CLÉS

Organisation du travail souple • Organisation du travail rigide • Polyvalence • Flexibilité • Réactivité • *Lean management* • Mécanismes de coordination • Degré de centralisation du pouvoir

S'ENTRAÎNER AU BAC
Exercice 8 : p. 77

Savoir 9 La prise en compte des attentes des acteurs dans l'organisation

Les acteurs internes d'une organisation peuvent avoir des intérêts soit convergents, soit divergents, qui peuvent être source de conflits. La culture d'entreprise et le style de direction des dirigeants permettent d'assurer la cohésion de tous.

1 Les intérêts et les attentes des acteurs de l'organisation

1.1. Les acteurs internes de l'organisation

Les acteurs internes de l'organisation sont nombreux, avec des rôles, des attentes et des intérêts différents :

ACTEURS	RÔLES	INTÉRÊTS ET ATTENTES
Le dirigeant de l'entreprise et les actionnaires	– Diriger l'entreprise. – Rechercher de nouveaux clients et de nouveaux marchés.	– Maximiser les bénéfices. – Satisfaire les clients et les fidéliser.
Les cadres	– Fixer des objectifs. – Organiser le travail des équipes. – Contrôler les résultats et les faire remonter aux dirigeants.	– Assurer la performance des équipes. – Fidéliser les collaborateurs. – Éviter tout conflit (entre les salariés ou entre les salariés et les dirigeants).
Les représentants des salariés et les syndicats	Transmettre aux dirigeants toute réclamation individuelle ou collective en matière d'application de la réglementation du travail (Code du travail, salaires, conditions de travail...).	Représenter les intérêts des salariés.
Les salariés	Fabriquer des produits et les vendre.	– Travailler dans de bonnes conditions. – Percevoir un salaire correspondant à leur travail et à leurs compétences.

1.2. Les intérêts convergents et divergents des acteurs internes de l'organisation

Les intérêts des acteurs internes de l'organisation peuvent être :
– divergents : les acteurs ont des relations conflictuelles ;

EXEMPLE Les salariés des Eaux Évian (groupe Danone) ont fait un mois de grève au cours du premier trimestre 2020 pour réclamer une hausse des salaires.

– convergents : les acteurs ont des relations partenariales.

EXEMPLE Le groupe PSA (Peugeot SA) a signé un accord avec ses salariés pour fixer le télétravail à 30 jours par an. Les salariés peuvent ainsi mieux s'organiser et sont davantage motivés. La productivité de chacun augmente.

2 La culture d'organisation

La culture d'organisation peut être définie comme un ensemble de valeurs, de mythes, de rituels et de symboles qui participent à la cohérence de tous les acteurs internes à l'entreprise en suscitant leur adhésion, en leur permettant de se reconnaître et de se mobiliser autour d'objectifs communs.

EXEMPLE BlaBlaCar, société de covoiturage, a développé une forte culture d'organisation basée sur des valeurs « *Fun & Serious* » en combinant la fierté du travail bien fait et le plaisir d'être dans un environnement optimiste et fun.

3 Les styles de direction

Le style de direction est la façon dont le dirigeant d'une entreprise exerce le pouvoir. Le psychologue américain Rensis Likert distingue 4 grands styles de direction :
– **autoritaire :** le dirigeant ne laisse aucune autonomie à ses salariés, il donne des ordres et exige qu'on les respecte. Il fonde son pouvoir sur la peur, la menace et la sanction ;
– **paternaliste :** le dirigeant est à la fois autoritaire et proche de ses salariés. Il utilise les sanctions et les récompenses comme outils de motivation ;
– **consultatif :** le dirigeant fait confiance à ses subordonnés, qui sont régulièrement consultés pour donner leur avis lors d'une prise de décision. Il favorise le travail d'équipe et l'implication de tous ;
– **participatif :** le dirigeant encourage les salariés à participer activement à toutes les décisions et à la gestion de l'entreprise. Les salariés sont totalement impliqués et intéressés aux résultats.
Plus le style de direction est autoritaire, plus le pouvoir dans l'organisation est concentré (exercé par très peu de personnes) et, inversement, plus le style de direction est participatif, moins le pouvoir est concentré (exercé par de nombreux salariés).

4 La dynamique de groupe

La dynamique de groupe est définie par le psychologue américain Kurt Lewin comme un système d'interdépendance entre les membres d'un groupe, dont la cohésion est assurée par un sentiment d'appartenance, la solidarité, les échanges et les décisions de groupe. Le rôle du leadership est essentiel à cette dynamique, le leader (le dirigeant) permet de fédérer le groupe et de l'influencer pour atteindre les objectifs fixés.

Mes notes pour réviser

MOTS CLÉS

Culture d'organisation • Style de direction • Dynamique de groupe • Cohésion • Leadership

S'ENTRAÎNER AU BAC
Exercice 9 : p. 77-78

Savoir 10 La coopération et la motivation

La coopération entre les salariés est possible grâce à la mise en place de différents processus et outils numériques qui créent des interdépendances dans le travail. D'autre part, un ensemble de facteurs permet de développer la motivation des salariés et de favoriser une réelle qualité de vie au travail.

1 Les modalités de coopération dans une organisation

La coopération est un mode de relation où les salariés participent volontairement à un travail commun en mutualisant leurs compétences.
Les différents modes d'action coopératifs sont les suivants :

LE GROUPE DE PROJET	Groupe de travail réunissant différents métiers et différentes compétences pour travailler ensemble autour d'un projet commun.
LA RÉUNION	Elle permet aux salariés : – d'être informés par les dirigeants des grandes orientations stratégiques de l'entreprise et des actions à mener pour les atteindre ; – de faire remonter des informations vers les dirigeants, d'échanger, de résoudre des problèmes, ou encore de gérer des projets.
LES TECHNIQUES DE CRÉATIVITÉ	Elles permettent à un groupe de travail de trouver des idées originales et inventives : – le brainstorming : réunion de personnes qui proposent des idées sur un sujet donné ; – la technique associative : création d'une carte mentale à partir d'une idée de départ ; – la technique du concassage : proposition aux participants d'une liste de questions sur un thème qui leur permet de trouver des idées.
LES OUTILS COLLABORATIFS	Agendas partagés, messageries instantanées, plateformes collaboratives, intranet et extranet.
LES RÉSEAUX SOCIAUX D'ENTREPRISE	Systèmes de communication interne entre les différents acteurs de l'organisation qui permettent les échanges et facilitent la communication transversale.
LA COMMUNAUTÉ DE PRATIQUE	Groupe de personnes qui partagent un domaine d'expertise et échangent des idées en transmettant leurs expériences et leurs connaissances au sein de cette communauté.

2 Les facteurs de motivation

La motivation est le fruit d'un ensemble d'actions menées par l'entreprise pour influencer le comportement des salariés et les inciter à s'investir pleinement et efficacement dans la réalisation et l'aboutissement de leurs tâches.
On distingue deux facteurs de motivation :

Les facteurs internes de motivation (intrinsèques)	Le salarié agit uniquement pour son intérêt et le plaisir qu'il trouve à réaliser une tâche, sans attendre de récompense autre. EXEMPLES – Plaisir du travail bien fait – Conscience professionnelle – Recherche de la performance

Les facteurs externes de motivation (extrinsèques)	Le salarié agit sous l'influence d'une circonstance extérieure à lui, une punition ou une récompense. EXEMPLE Prime sur objectifs

Les dispositions favorisant la motivation et l'implication dans le travail sont :
– **monétaires :** augmentation de salaire, primes individuelles ou collectives, participation aux bénéfices, avantages en nature (voiture de fonction, téléphone, tickets-restaurant...) ;
– **non monétaires :** élargissement des tâches et des responsabilités, autonomie dans le travail, reconnaissance de la hiérarchie, participation à des projets, formation, promotion.

3 La qualité de vie au travail

La qualité de vie au travail (QVT) peut être définie comme un sentiment de bien-être au travail perçu par les salariés. Elle influence la motivation des salariés et, de ce fait, la performance de l'entreprise.
Les facteurs d'amélioration de la QVT sont :
– les conditions de travail ;
– l'ambiance au travail ;
– l'autonomie laissée aux salariés ;
– la responsabilisation des salariés.

EXEMPLE En 2019, Renault a signé avec les syndicats un accord de qualité de vie au travail qui prévoit, par exemple, des « parcours d'intégration » pour les nouveaux employés, l'aménagement des espaces de travail pour les personnes handicapées, l'installation de réseaux sociaux internes, des « clubs métiers » pour partager les connaissances, ou encore la possibilité d'« assouplir » les horaires de travail.

Mes notes pour réviser

MOTS CLÉS

Coopération • Motivation • Qualité de vie au travail

....

....

....

....

....

S'ENTRAÎNER AU BAC
Exercice 10 : p. 78

Savoir 11 Les transformations numériques de la relation avec les clients et usagers

Le processus d'achat digitalisé permet aux entreprises de recueillir des informations sur leurs clients et donc d'avoir une connaissance plus approfondie de leurs comportements. Elles peuvent ainsi adapter leur offre et améliorer la gestion de la relation client.

1 Le numérique comme outil d'amélioration de la connaissance client

1.1. Le consommateur au centre du processus d'achat

Le consommateur est une personne physique qui consomme des biens et services afin de satisfaire ses besoins. Son processus d'achat comprend une série d'étapes :

– étape 1 : la reconnaissance du besoin ;
– étape 2 : la recherche d'informations sur plusieurs sites Internet pour se renseigner sur les produits et comparer les différentes offres ;
– étape 3 : la visite en magasin pour la prise en main ou l'essai ;
– étape 4 : la décision d'achat ;
– étape 5 : la souscription au programme de fidélité ;
– étape 6 : l'analyse et les éventuelles actions post-achat (réclamations, SAV).

Ce processus d'achat est aujourd'hui de plus en plus digitalisé, et cette digitalisation a placé le consommateur en son centre. En effet, celui-ci est de plus en plus informé, il compare les produits et les prix sur Internet, donne son avis et écrit des commentaires sur les réseaux sociaux.

1.2. La digitalisation du processus d'achat et le recueil d'informations sur les clients

La digitalisation du processus d'achat permet aux entreprises de recueillir de nombreuses traces numériques, c'est-à-dire des informations sur l'activité et l'identité de chaque client enregistrées à différents moments : lors de sa recherche sur Internet (sites visités, pages consultées, produits vus…), lors de l'achat (nom, prénom, adresse, mail, historique des produits achetés, fréquence d'achat, montants des commandes…), après l'achat (réclamations éventuelles, commentaires sur les réseaux sociaux ou sur des blogs…).

2 Le numérique comme outil d'analyse du comportement du consommateur

Les nouvelles technologies du numérique permettent aussi de mieux comprendre les facteurs explicatifs du comportement des consommateurs :

LE BESOIN	État de tension ou de désir ressenti par un individu. La pyramide de Maslow comporte 5 niveaux, partant des besoins de base d'un individu (sécurité, besoins physiologiques) jusqu'à ceux les plus élaborés qui convergent vers la réalisation de soi (appartenance, estime, accomplissement).
LA MOTIVATION D'ACHAT	Raison poussant le consommateur à acheter un produit. Henri Joannis distingue : les motivations oblatives (faire plaisir aux autres), hédonistes (se faire plaisir) et d'auto-expression (s'affirmer, exprimer ce que l'on est).
LES FREINS À L'ACHAT	Pulsions négatives qui empêchent l'achat. Il peut s'agir de peurs (réelles ou irraisonnées) quant aux risques liés à l'achat, d'inhibitions (difficultés à agir) ou encore de doutes liés à la réelle utilité de l'achat.
L'ATTITUDE	Ensemble des éléments d'évaluation personnelle dont dispose un individu à l'égard d'une marque ou d'un produit, qui peuvent être : – cognitifs (ce que connaît ou croit connaître l'individu) ; – affectifs (sentiments éprouvés) ; – conatifs (intentions d'action : essai, achat...).

3 Le numérique comme outil d'adaptation de l'offre et de gestion de la relation client

Cette connaissance approfondie des clients et de leurs comportements va permettre à l'entreprise d'adapter son offre et d'améliorer sa gestion de la relation client grâce à des outils digitalisés : tchat, réseaux sociaux, prise de commande en ligne...
Les nouvelles technologies du numérique permettent aussi aux administrations de communiquer plus facilement avec leurs usagers (personnes qui utilisent un service public), de donner un accès aux documents administratifs et de simplifier leurs démarches. On assiste aujourd'hui à un développement considérable de l'administration électronique.

Mes notes pour réviser

MOTS CLÉS

Consommateur • Processus d'achat • Trace numérique • Besoin • Motivation • Frein • Attitude • Usager

....

....

....

Savoir 12 — La communication des organisations

Afin de gérer au mieux les relations qu'elle entretient avec une multitude d'acteurs, l'entreprise doit mettre en place des modalités de communication.

1 Les enjeux de la communication

1.1. Le rôle de la communication

Le rôle de la communication est de transmettre un message d'un émetteur vers un récepteur à travers un canal. Le canal est le support utilisé pour diffuser le message (réunion, e-mail, site Web, note, affichage, réseau social...). Si le récepteur du message est interne à l'organisation, on parle de communication interne ; s'il est externe, on parle de communication externe.

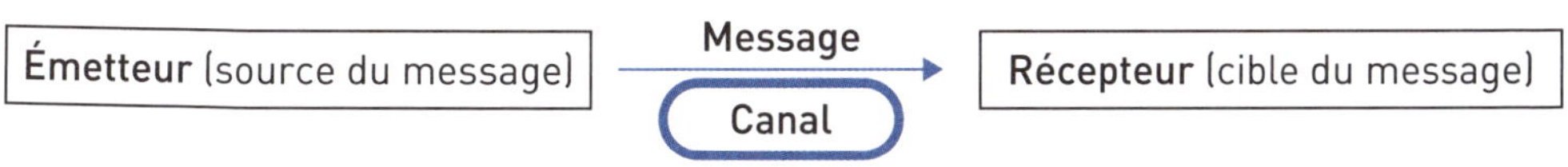

1.2. La stratégie de communication

La communication a une dimension stratégique car elle vise à renforcer l'image de l'organisation. Afin d'atteindre les objectifs de communication qu'elle s'est fixés, l'organisation va mettre en place une stratégie de communication basée sur une communication globale qui harmonise sa communication interne et sa communication externe.

EXEMPLE Patagonia, entreprise de vêtements et d'accessoires outdoor éco-conçus, a pris part à la manifestation pour le climat de septembre 2019 en fermant ses magasins pour encourager les employés et les clients à rejoindre cette grève.

2 La communication interne

2.1. Principe

La communication interne s'adresse aux membres de l'organisation (salariés, direction...). Ses objectifs sont de diffuser des informations et des instructions, de coordonner et de contrôler les activités, d'aider à la prise de décision et de favoriser l'implication des membres pour les faire adhérer aux valeurs de l'organisation.

2.2. Les différents sens de la communication interne

La communication interne circule de différentes façons :

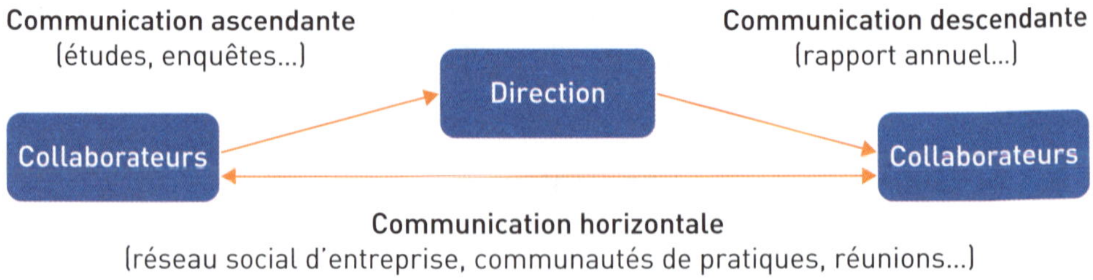

EXEMPLE Yvon Chouinard, fondateur et dirigeant de Patagonia, communique de façon descendante avec ses collaborateurs par le biais de newsletters pour les informer sur les derniers engagements pris par l'entreprise dans la protection de l'environnement.

3 La communication externe

3.1. Principe

La communication externe s'adresse aux parties prenantes externes de l'organisation (clients, associés, banques, associations, médias, grand public...).

EXEMPLE En 2019, Patagonia a financé un film documentaire choc, *Artifishal*, pour interpeller le grand public sur les effets néfastes de la pêche de masse.

3.2. Les différents domaines de la communication externe

Il existe deux modalités de communication externe :
– la communication commerciale pour démontrer les qualités du produit et de la marque, faire connaître et vendre le produit (exemples : publicité, reportage) ;
– la communication institutionnelle pour livrer une image positive et communiquer sur les valeurs, les résultats (exemples : communication financière, site Internet, blogs).

L'efficacité d'un message est décuplée lorsqu'il est transmis de manière complémentaire par plusieurs canaux (presse, radio, TV, affichage, réseaux sociaux, newsletter...). On parle alors de communication intégrée.

EXEMPLE (SUITE) Cette communication contre la pêche d'élevage comprend aussi des vidéos sur YouTube et une pétition qui a pour message : « Arrêtez les fermes piscicoles en Europe ».

3.3. L'identité de l'organisation

En communiquant sur son histoire, ses projets et ses valeurs, l'organisation se construit une identité qu'elle va manifester à travers :
– sa marque employeur : son image auprès des salariés actuels et potentiels ;
– son e-réputation : les publications des internautes (commentaires, articles...) ;
– son identité numérique : les traces numériques qu'elle laisse sur Internet.

4 La communication financière

La communication financière va satisfaire les besoins d'information financière des parties prenantes internes et externes de l'organisation (salariés, clients, actionnaires, autorités, ONG, journalistes...) qui réclament une vision transparente sur sa santé, sa stratégie et sa performance. Elle permet d'attirer les investisseurs.
Les outils de la communication financière sont le communiqué de presse, le rapport annuel, le site institutionnel, les interviews des PDG, le *business plan* (plan de développement détaillant le projet de création d'une entreprise ou d'une activité)...

EXEMPLE Sur son site, Patagonia communique sur sa performance, sa responsabilité sociale et environnementale (RSE) et la gestion de ses ressources en eau et en énergie.

Mes notes pour réviser

MOTS CLÉS

Stratégie de communication • Communication globale • Communication interne • Communication externe • Communication intégrée • Marque employeur • E-réputation • Identité numérique • Communication financière • Business plan

....

....

....

....

....

....

....

....

....

....

....

....

....

....

S'ENTRAÎNER AU BAC
Exercice 11 : p. 78-79

Savoir 13

Les enjeux éthiques des organisations

Les organisations mettent en place des mesures pour lutter contre des pratiques posant des questions d'éthique et pour intégrer des préoccupations civiques.

1 Les notions d'éthique, d'éthique des affaires et de déontologie

L'éthique est une réflexion philosophique portant sur les jugements moraux et définissant les bons comportements à adopter pour permettre une vie sociale.
L'éthique des affaires est centrée sur les principes séparant les bons des mauvais comportements dans le cadre spécifique de la vie des organisations.
L'éthique des affaires est complémentaire avec la déontologie, qui correspond à l'ensemble des principes et règles éthiques qui guident une activité professionnelle. Elle regroupe les devoirs minimums exigibles des professionnels dans l'accomplissement de leur activité.

EXEMPLE L'éthique commerciale fixe les pratiques du « bien agir » vis-à-vis des clients et des prospects (pas de vente forcée, de pratiques commerciales abusives...).

L'éthique concerne aussi :
– les organisations non gouvernementales (ONG) ;

EXEMPLE MSF (Médecins Sans Frontières) s'engage à maintenir une totale indépendance à l'égard de tout pouvoir, ainsi que de toute force politique, économique ou religieuse.

– les organisations gouvernementales et territoriales ;

EXEMPLE En France, l'assurance maladie agit pour que des soins médicaux de qualité et des services de prévention soient accessibles à tous, sans distinction, partout et à tout moment.

2 Les pratiques non éthiques

Certaines organisations sont parfois dénoncées pour des pratiques non éthiques comme :

– la **discrimination au travail** : elle consiste à appliquer un traitement défavorable à une personne à partir de critères subjectifs comme la couleur de peau, le sexe, l'âge, la religion, les préférences sexuelles... Elle peut se faire au moment de l'embauche, lors de la fixation du salaire ou lors de promotion de salariés ;
– le **lobbying** : lorsque l'organisation fait pression sur les pouvoirs publics pour défendre ses propres intérêts ;
– le ***greenwashing*** : procédé de marketing utilisé par une organisation dans le but de se donner une image de responsabilité écologique qui ne correspond pas à la réalité de ses pratiques ;

– le ***socialwashing*** : procédé de marketing utilisé par une organisation dans le but de se donner une image d'entreprise responsable vis-à-vis de ses salariés (management participatif, salaires élevés, politique de formation…) alors qu'elle ne l'est pas ;
– les **malversations** ou les **fraudes** : fautes graves commises par une organisation (détournement de fonds, fraude comptable ou financière…).

EXEMPLE Le scandale de la viande de cheval, survenu en 2013, est une fraude commise à l'échelle européenne par des entreprises qui ont remplacé la viande de bœuf par de la viande de cheval dans certains plats surgelés pour des raisons économiques.

3 Les mesures éthiques mises en place

Il s'agit, pour l'organisation, de prendre des mesures afin de lutter contre des pratiques posant des questions d'éthique. Ces mesures peuvent concerner :
– le respect de la vie privée et de la dignité des salariés ;

EXEMPLE En 2016, Orange a publié un rapport intitulé *Orange et les droits humains*, conforme aux principes directeurs des Nations unies, qui prônent : le respect des droits fondamentaux des salariés, la promotion du respect des droits humains auprès des fournisseurs et sous-traitants, la prise en compte des enjeux de liberté d'expression et de protection des données privées.

– la lutte contre les discriminations dans les relations de travail ;

EXEMPLE Pour lutter contre la discrimination à l'embauche, le groupe Peugeot a mis en place le CV anonyme.

– le respect de l'égalité hommes-femmes ;

EXEMPLE L'Oréal est engagé au quotidien, partout dans le monde, en faveur de la promotion des femmes : égalité d'accès aux promotions et aux formations, réduction des écarts de salaire.

– la transparence de l'activité et une image financière fiable (principes de la normalisation comptable et de l'information financière).

4 L'intégration de préoccupations civiques

Au-delà de ses propres objectifs, une organisation peut intégrer des préoccupations plus larges pour devenir une véritable organisation civique, et cela :
– en favorisant des valeurs humanistes ;

EXEMPLE La Charte éthique du groupe EDF est construite autour des 3 valeurs humanistes : le respect, la solidarité et la responsabilité.

– en menant des actions de mécénat (soutien financier ou matériel apporté à un artiste ou une cause de façon désintéressée) ;

EXEMPLE La fondation d'entreprise Louis Vuitton a pour objectif de pérenniser les actions de mécénat afin de soutenir et d'exposer des artistes d'art contemporain.

– en étant respectueuse de l'environnement ;

EXEMPLE Michelin propose des pneumatiques pour poids lourds éco-conçus dans l'objectif de maintenir leur performance dans la durée, et un programme spécifique qui garantit aux clients des économies de carburant liées notamment à la bonne gestion de l'équipement pneumatique et à l'accompagnement à l'éco-conduite.

– en favorisant la démocratie participative.

EXEMPLE Chez BlaBlaCar, leader du covoiturage en France, les salariés sont encouragés à proposer des idées et à participer à la prise de décision.

Mes notes pour réviser

MOTS CLÉS

Éthique des affaires • Déontologie • Discrimination • Mécénat

Savoir 14 Les organisations et les changements de mode de vie

Les organisations et le management doivent s'adapter aux changements de mode de vie induits par les transformations digitales. De nouvelles tendances se dessinent au niveau des attentes des salariés et des modes de consommation.

1 Les nouveaux comportements sur le lieu de travail

1.1. Le rapport à la hiérarchie

Les salariés souhaitent être plus impliqués dans les prises de décision. Ils veulent donner du sens à leur travail. Pour répondre à ces attentes, l'organisation doit mettre en place un management de proximité en réduisant les niveaux hiérarchiques. Un management participatif favorise la prise d'initiative et l'écoute.

1.2. Les modes d'organisation du travail

Les modes d'organisation du travail représentent l'ensemble des méthodes qui ont pour but de partager les tâches, d'échanger et de manager au sein d'une organisation.
La digitalisation conduit les organisations à mettre en place de nouveaux modes d'organisation du travail :
– le télétravail permet au salarié de réaliser son travail de chez lui ou de l'endroit où il le souhaite ;

EXEMPLE Depuis septembre 2019, une soixantaine de fonctionnaires de la mairie de Suresnes ont choisi de rester travailler chez eux un jour par semaine.

– le travail indépendant permet de travailler pour son propre compte. Le travailleur indépendant réalise des missions pour ses clients sans être lié par un contrat de travail. Cela lui permet de préserver son indépendance et de gérer son emploi du temps.

EXEMPLE La société Deliveroo, spécialisée dans la livraison de repas à domicile, travaille avec plus de 10 000 livreurs indépendants en France.

1.3. L'équilibre vie privée / vie professionnelle

Les salariés souhaitent préserver l'équilibre entre vie privée et vie professionnelle.
– Le télétravail permet de concilier les deux en donnant la possibilité de travailler de chez soi.
– Le droit à la déconnexion permet aux salariés de ne plus être connectables en dehors de leurs horaires de travail, dans le but de lutter contre l'hyperconnectivité, qui se traduit par le comportement d'un individu constamment connecté aux outils digitaux, et qui est une source de surmenage pour les salariés.

EXEMPLE Chez Axa France, les sollicitations des collaborateurs sont à éviter hors des heures de bureau, le week-end et pendant les congés.

2 Les nouveaux modes de consommation

Les nouveaux modes de consommation sont marqués par la digitalisation et la protection de l'environnement.

LA PLATEFORME D'INTERMÉDIATION	Plateforme qui met en relation une offre et une demande *via* Internet. EXEMPLE Airbnb est une plateforme d'intermédiation locative qui met en relation des particuliers qui louent un logement pour une durée limitée et des particuliers qui recherchent une location.
L'ÉCONOMIE COLLABORATIVE (OU DU PARTAGE)	Elle repose sur l'échange de biens ou de services entre particuliers à titre gratuit ou avec un paiement. EXEMPLE Le site Leboncoin propose à des particuliers de vendre des biens ou des services à d'autres particuliers.
L'ÉCONOMIE DE LA FONCTIONNALITÉ	Elle repose sur la vente de l'usage d'un bien et non sur la vente du bien lui-même. EXEMPLE Xerox met à disposition de ses clients des photocopieurs sans vente ni location. La facturation se réalise en fonction du nombre de feuilles imprimées.
LA CONSOMMATION RESPONSABLE	Elle a pour but de prendre en considération la protection de l'environnement dans ses achats, dans une démarche de développement durable.
LE MOUVEMENT LOCAVORE	Il privilégie les producteurs locaux pour la consommation alimentaire.
LE GLANAGE	Il consiste à récupérer les biens abandonnés par leurs propriétaires : fruits et légumes non récoltés dans les champs, déchets des magasins, encombrants... Il s'inscrit dans un mouvement anticonsumériste qui rejette la société de consommation.

MES NOTES POUR RÉVISER

MOTS CLÉS

Mode d'organisation du travail • Hyperconnectivité • Plateforme d'intermédiation • Économie collaborative • Économie de la fonctionnalité • Consommation responsable • Mouvement locavore • Glanage • Anticonsumérisme

....

....

....

S'ENTRAÎNER AU BAC
Exercice 12 : p. 79

Savoir 15 Les responsabilités des organisations face au numérique

Les transformations numériques offrent de nouvelles responsabilités aux organisations.

1 La protection des données personnelles

1.1. Les données personnelles

Une donnée personnelle correspond à toute information relative à une personne physique permettant de l'identifier et relevant de sa vie privée : nom, prénom, localisation, numéro de téléphone, âge, sexe, numéro de Sécurité sociale, photo, empreinte digitale, adresse IP, plaque d'immatriculation de son véhicule…

EXEMPLE Les caisses d'allocations familiales (CAF), en charge de la branche « famille » de la Sécurité sociale française, versent des aides financières à caractère social (prime d'activité) ou familial (allocations familiales) calculées à partir de données personnelles (composition du foyer, revenus, activité professionnelle…).

1.2. Le règlement général sur la protection des données (RGPD)

Les données à caractère personnel sont protégées par le règlement général sur la protection des données (RGPD) du 25 mai 2018. Ce règlement européen renforce l'encadrement des pratiques en matière de collecte et d'utilisation des données personnelles de personnes physiques se trouvant sur le territoire de l'Union européenne. Avec le RGPD, chaque personne bénéficie d'un droit d'information, d'accès, de rectification, de limitation et de suppression de l'utilisation de ses données personnelles par les organisations.
Ces données personnelles revêtent une importance stratégique pour les entreprises qui cherchent à connaître les habitudes d'achat et les centres d'intérêt des internautes afin de définir leur profil et de leur proposer ainsi des publicités ciblées.

EXEMPLE Avec le RGPD, tout site Internet doit demander à l'internaute s'il accepte ou non l'utilisation de *cookies*, des fichiers qui enregistrent ses données personnelles ainsi que l'usage qu'il fait d'Internet. Si l'internaute accepte, ces données pourront être utilisées pour lui envoyer des publicités ciblées.

2 La transparence des algorithmes

2.1. La notion d'algorithme public

Un algorithme est un ensemble d'opérations ou d'instructions devant être suivies dans l'ordre pour résoudre un problème. Une organisation publique utilise un algorithme dans le cadre d'un traitement automatisé (exemple : le calcul de l'impôt sur le revenu) ou pour l'aider à prendre une décision concernant un individu (exemple : Parcoursup).

EXEMPLE La CAF utilise des algorithmes afin de calculer le montant des différentes aides versées aux allocataires, comme la prime d'activité, l'aide personnalisée au logement (APL), le revenu de solidarité active (RSA), les allocations familiales.

2.2. L'exigence de transparence des algorithmes publics

La loi pour une République numérique de 2016 a introduit le principe de transparence des algorithmes publics pour encadrer leur utilisation.
Les administrations doivent :
– indiquer aux intéressés qu'un algorithme est utilisé ;
– publier les principes de fonctionnement des principaux traitements ;
– fournir à l'individu concerné un ensemble d'informations concernant l'algorithme avec le détail de son fonctionnement.
Ces dispositions concernent les algorithmes utilisés pour prendre des décisions qui s'appliquent aux individus.

EXEMPLE Pour calculer le montant de la prime d'activité, la CAF utilise un algorithme. Depuis la loi Numérique, elle doit rendre accessible sur son site la formule de calcul de cette allocation en précisant les éléments intervenant dans le calcul.

3 La chaîne de blocs (*blockchain*)

3.1. La notion de *blockchain*

La chaîne de blocs ou *blockchain* est une technologie qui permet de stocker et de transmettre des informations de manière transparente et sécurisée sans organe central de contrôle. Elle ressemble à une base de données comprenant l'historique de tous les échanges réalisés entre les utilisateurs depuis sa création.

3.2. L'utilisation de la *blockchain*

La *blockchain* peut être utilisée pour :
– sécuriser les engagements des parties dans un contrat (exemples : stockage d'un contrat commercial, d'un brevet) ;
– un transfert d'actifs (exemple : échange de monnaie entre deux ou plusieurs personnes sans passer par une banque) ;
– une meilleure traçabilité des produits (exemple : dans le secteur agroalimentaire pour assurer et garantir une meilleure traçabilité des aliments).

EXEMPLE Les personnes sans abri ont des difficultés pour conserver leurs documents administratifs (carte d'identité…) et cela les empêche de bénéficier des aides de la CAF. Pour répondre à ce problème, l'association Reconnect leur propose un coffre-fort numérique pour stocker et sécuriser leurs documents numérisés à l'aide de la technologie *blockchain*.

Mes notes pour réviser

MOTS CLÉS

Donnée personnelle • Règlement général sur la protection des données (RGPD) • Algorithme • Blockchain

S'ENTRAÎNER AU BAC
Exercice 13 : p. 79

Savoir 16 Les relations des organisations avec leur écosystème

Les organisations sont implantées sur un territoire et intégrées dans un écosystème composé de diverses parties prenantes avec lesquelles elles interagissent.

1 La stratégie d'implantation des organisations

1.1. La notion de stratégie d'implantation

La stratégie d'implantation d'une organisation correspond à sa décision de s'installer sur un territoire en fonction des ressources locales qu'il lui offre : des ressources humaines, financières et fiscales, des infrastructures de transport et numériques, des services publics, des pépinières d'entreprises, des supports techniques (centre technique industriel, laboratoire de recherche...), des organismes de formation...

EXEMPLE La société californienne Symphony, spécialisée dans la messagerie cryptée pour les entreprises, a décidé d'installer son centre de recherche et de développement à Sophia Antipolis (première technopole d'Europe tournée vers les sciences, située près de Nice, dans les Alpes-Maritimes) pour bénéficier des compétences humaines des ingénieurs présents sur le territoire. L'entreprise a aussi été attirée par l'aspect financier puisqu'un ingénieur français coûte 2 fois moins cher et que le système fiscal français est plus intéressant que le système américain.

1.2. L'écosystème d'affaires

Pour épauler son activité, une organisation peut choisir de s'intégrer au sein d'un écosystème d'affaires. Celui-ci regroupe un ensemble d'acteurs issus de différents domaines d'activité (entreprises, administrations, associations, individus...) qui interagissent à travers différentes relations (coopération, compétition...) sur un territoire commun en formant une communauté économique.

EXEMPLE (SUITE) Fondée en 1969, Sophia Antipolis comprend aujourd'hui 2 230 établissements qui génèrent plus de 36 300 emplois. Au sein de cet écosystème d'affaires dédié à l'innovation, cohabitent des grandes entreprises (Bosch, Orange, Huawei...), des PME, des start-up mais également des grandes écoles et des instituts de recherche (INRA, CNRS...).
L'écosystème de Sophia Antipolis comprend aussi plus de 5 000 étudiants et plus de 4 000 chercheurs.

2 Les effets des organisations sur leur écosystème territorial

En s'implantant sur un territoire, une organisation y produit de multiples effets.

2.1. Des effets d'ordre économique, social ou culturel

Sur les plans économique et social, l'organisation va créer des emplois, développer des activités et influencer le pouvoir d'achat des habitants. Sur le plan culturel, elle peut développer l'offre culturelle (musée, manifestations...).

EXEMPLE (SUITE) Pour s'implanter sur le site de Sophia Antipolis, la société californienne Symphony a recruté 30 personnes. À terme, elle compte en embaucher une centaine.

2.2. Des effets en matière de développement d'infrastructures

Pour attirer les organisations, le territoire développe des infrastructures qui vont faciliter l'activité et la mobilité des différents acteurs. Ces infrastructures concernent les domaines du transport (route, métro, bus, tramway...), du numérique (accès au très haut débit...) ou des aménagements (incubateurs, restaurants, écoles...).

EXEMPLE (SUITE) Avec 2 230 organisations sur son territoire, Sophia Antipolis rencontre des problèmes de circulation. Pour améliorer la mobilité, la communauté d'agglomération a investi 130 millions d'euros dans un bus-tram reliant la gare d'Antibes à la technopole.

3 La formation de réseaux d'acteurs

Les organisations n'agissent pas seules et les relations de partenariat qu'elles tissent se traduisent par la création de réseaux d'acteurs.

3.1. La grappe d'entreprises ou le *cluster*

La grappe d'entreprises (ou *cluster*) est un réseau d'entreprises et d'institutions (universités, centres de recherche, organisations professionnelles...) d'un même domaine d'activité ancrées sur un même territoire qui établissent des relations de différentes natures (coopération, partenariat...) en mutualisant des services (partage de ressources, veille, soutien technologique...).

EXEMPLE (SUITE) Telecom Valley, le *cluster* de Sophia Antipolis, regroupe plus de 160 adhérents du numérique de la Côte d'Azur (HP, IBM, Thalès...), organise plus de 100 événements par an, comme le Challenge Jeunes Pousses (un concours pour récompenser la création de start-up étudiantes), propose des services à destination des PME (aide à l'export, assistance juridique...), favorise le partage de connaissances et l'*open innovation* de l'écosystème local.

3.2. L'écosystème d'innovation

Un écosystème d'innovation désigne un ensemble d'acteurs (entreprises, start-up, universités, investisseurs...) qui interagissent en faveur de l'innovation.

EXEMPLE (SUITE) Sophia Antipolis, référence européenne en tant qu'écosystème d'innovation et berceau des télécommunications, a vu naître de nombreux standards de téléphonie sans fil et va abriter un Institut Interdisciplinaire d'Intelligence Artificielle (3IA) dédié à la recherche sur la santé et la biologie numériques ainsi que les territoires intelligents.

Mes notes pour réviser

MOTS CLÉS

Stratégie d'implantation • Territoire • Écosystème d'affaires • Grappe d'entreprises (cluster) • Écosystème d'innovation

Exercice 1 Voir Fiche 1

La démarche marketing de l'entreprise Triballat Noyal

Les parents d'Olivier Clanchin, l'actuel président de la laiterie Triballat Noyal, ont repéré, dès les années 1970, les vertus du lait bio, bien avant que les consommateurs développent une conscience écologique. Ils ont convaincu des producteurs de se lancer dans l'agriculture biologique à une époque où le bio avait une image très marginale. Quelques années plus tard, le groupe dispose de suffisamment d'éleveurs pour lancer Vrai, une marque 100 % bio. « Elle est depuis toujours en tête des ventes dans la grande distribution, hors marques des distributeurs », indique Olivier Clanchin. Les différentes usines de Triballat Noyal fabriquent des produits laitiers (yaourts, crèmes fraîches, fromages blancs) à partir des 50 millions de litres de lait bio de vache, chèvre et brebis fournis annuellement par plus de 150 exploitants.

En 1988, tout en continuant la fabrication de produits laitiers bio, l'entreprise lance la marque Sojasun. Triballat Noyal devient alors une des premières entreprises à fabriquer du lait végétal et des yaourts à partir du soja d'origine française et sans OGM. Depuis, l'industriel breton a construit une usine qui se consacre exclusivement à la fabrication de steaks, de produits traiteurs et de nuggets au soja.

1. Repérez les besoins satisfaits par les produits de l'entreprise Triballat Noyal.

2. Identifiez l'approche marketing mise en œuvre par Triballat Noyal. Justifiez votre réponse.

FAIT ☐ REVU ☐

Exercice 2 Voir Fiche 2

La valeur de l'entreprise Les Jolies Choses

La boutique pour femmes Les Jolies Choses vend des vêtements et des accessoires (bijoux, ceintures et chaussures). Constance, la fondatrice, voudrait savoir si son activité crée de la valeur. Elle vous présente le bilan et le compte de résultat de sa première année d'activité.

1. Calculez le résultat comptable, la valeur ajoutée et la valeur du patrimoine de l'entreprise Les Jolies Choses.

2. Précisez à Constance si son entreprise est créatrice de valeur.

COMPTE DE RÉSULTAT – ANNÉE N			
CHARGES		**PRODUITS**	
Achats de marchandises	45 280	Ventes de marchandises	290 000
Autres charges externes (loyers...)	102 000		
Impôts et taxes	11 000		
Charges de personnel	22 520		
Amortissement du matériel	9 200		
TOTAL DES CHARGES	**190 000**	**TOTAL DES PRODUITS**	**290 000**
Résultat	100 000		
TOTAL GÉNÉRAL	**290 000**	**TOTAL GÉNÉRAL**	**290 000**

BILAN N					
ACTIF	Brut	Amort.	Net	PASSIF	
Actif immobilisé				**Capitaux propres**	
Immo. incorporelles	20 000		20 000	Capital	20 000
Immo. corporelles	50 000	9 200	40 800	Résultat	100 000
Actif circulant				**Dettes**	
Stocks	30 000		30 000	Emprunts	25 000
Créances clients	1 200		1 200	Dettes fournisseurs	2 000
Disponibilités	55 000		55 000		
Total général	**156 200**	9 200	**147 000**	Total général	**147 000**

FAIT ☐ REVU ☐

Exercice 3 Voir Fiche 2

Différents modèles économiques

Complétez le tableau en identifiant le modèle économique de chacune des organisations citées.

ORGANISATION	MODÈLE ÉCONOMIQUE
Le service hôtelier Booking	
L'enseigne de vêtements Primark	
La chaîne de télévision Canal+	
Le moteur de recherche Google	
Le service de streaming musical Deezer	

FAIT ☐ REVU ☐

Exercice 4 Voir Fiche 3

Les ressources de l'entreprise Granier

L'entreprise Granier produit des paddles. Elle dispose d'un local de 120 m², de deux machines (une de découpe des planches de paddle et une de polissage du bois) et d'un véhicule professionnel pour livrer les produits finis. Elle emploie 3 salariés : une secrétaire comptable et 2 ouvriers spécialisés.

L'entreprise est très réputée dans le monde du paddle car elle fabrique des produits haut de gamme et très performants. Elle a déposé en 2015 un brevet pour une innovation qui lui a permis d'améliorer considérablement la stabilité des paddles.

En 2018, l'entreprise a dégagé des bénéfices importants, ce qui a permis à son dirigeant d'aménager un showroom pour présenter les produits. Afin d'acheter son véhicule, l'entreprise Granier a contracté un prêt auprès de la banque. L'an dernier, un problème de trésorerie l'a contrainte à recourir à une société d'affacturage, qui a racheté la dette d'un client important. Elle doit parfois demander une autorisation de découvert à son banquier.

BILAN FONCTIONNEL – ANNÉE N			
ACTIF		PASSIF	
Emplois stables	78 550	Ressources stables	80 800
Actif circulant	65 478	Dettes circulantes	58 930
Trésorerie active	1 250	Trésorerie passive	1 800

1. Quelles sont les ressources tangibles et les ressources intangibles de l'entreprise Granier ?

2. Comment finance-t-elle ses investissements ?

3. Par quels moyens finance-t-elle son cycle d'exploitation ?

4. Calculez le FRNG, le BFR et la trésorerie nette de l'entreprise. Quelles sont vos conclusions ?

FAIT ☐ REVU ☐

Exercice 5 Voir Fiche 4

La GPEC du groupe Air France

Le groupe Air France comptait 41 230 salariés au 31 décembre 2019. Dans sa gestion prévisionnelle des emplois et des compétences (GPEC), la société de transport aérien a identifié que ses besoins en ressources humaines seraient estimés à 39 720 salariés fin 2022. Le groupe prévoit donc une baisse de ses effectifs de 1 500 personnes. En raison d'une pyramide des âges élevée, ces réductions d'effectifs se feront grâce à des départs naturels. En effet, la société prévoit 3 800 départs à la retraite de 2020 à 2022. Pour compenser ces nombreux départs, Air France compte recruter 2 300 personnes durant cette période : des pilotes, des hôtesses et stewards ainsi que des agents de maintenance. La baisse d'effectifs du groupe concernera uniquement les personnels au sol et, parmi eux, essentiellement ceux exerçant des fonctions de support (finances, gestion, ressources humaines...). Les personnels navigants commerciaux (stewards et hôtesses) sont recrutés avec le bac et un bon niveau d'anglais. Pour les faire évoluer vers le poste de chef de cabine, ils suivront le *bachelor* de Montpellier Business School, une formation adaptée aux besoins en compétences d'Air France.

1. Montrez que le groupe Air France a mis en œuvre une démarche de GPEC.

2. Précisez l'outil de GPEC retenu par Air France.

3. Relevez les actions mises en place par Air France pour adapter ses ressources humaines à ses besoins sur le plan quantitatif.

4. Repérez les compétences recherchées par le groupe Air France et les mesures prises pour les développer.

FAIT ☐ REVU ☐

Exercice 6 Voir Fiche 6

Les charges de l'entreprise Cuirsa

L'entreprise Cuirsa, qui fabrique des sacs en cuir, supporte les charges annuelles suivantes : 1 250 000 € d'achat de cuir, 120 000 € de salaires, les charges patronales représentent 20 % des salaires. Le loyer est de 15 000 € par mois. Un sac est vendu 170 € HT, les quantités vendues sont de 12 000 par an.

1. Classez les différentes charges en charges variables et charges fixes.

2. Complétez le tableau suivant.

	DÉTAIL DU CALCUL	RÉSULTAT
Chiffre d'affaires		
– Charges variables		
= **Marge sur coût variable**		
– Charges fixes		
= **Résultat**		

3. Calculez le taux de marge sur coût variable.

FAIT ☐ REVU ☐

Exercice 7 Voir Fiche 7

L'usine 4.0 de Schneider

Située à Vaudreuil, dans l'Eure, l'usine Schneider Electric, spécialisée depuis plus de 40 ans dans la fabrication de contacteurs, est devenue un modèle d'usine 4.0.

Le site s'est offert l'an dernier une cure de rajeunissement. Toutes les machines sont désormais équipées de capteurs connectés qui récupèrent de nombreuses informations consultables en temps réel par les opérateurs *via* le *cloud computing*.

Avec l'ensemble des données collectées, l'intelligence artificielle peut anticiper les pannes et améliorer la performance des machines. Les temps d'arrêt sont réduits et les machines fonctionnent plus longtemps.

« Nous avons réalisé un gain de productivité de 7 % », se félicite Mathieu Pompéo, chef de projet Industrie 4.0 sur le site.

1. Identifiez les technologies utilisées par Schneider Electric dans son usine de Vaudreuil.

2. Quels avantages ces nouvelles technologies apportent-elles à Schneider ?

FAIT ☐ REVU ☐

Exercice 8 Voir Fiche 8

L'enseigne L'Amie Bio

En 2009, Clément Gourvès ouvre sa première boulangerie à Brest, en Bretagne, sous l'enseigne L'Amie Bio. En précurseur, il se spécialise dans la production de pains bio. Au démarrage, Clément travaillait avec Patrick, un boulanger, et Joël, un apprenti. Les trois hommes communiquaient oralement pour partager et ajuster leur travail.

Grâce à la qualité de son pain, l'enseigne connaît un succès rapide. En 2012, Clément ouvre deux nouvelles boulangeries, à Quimper et à Vannes. À la tête de chacune, il nomme un(e) responsable qui a pour rôle de donner des ordres et de contrôler le travail de ses subordonnés.

Aujourd'hui, l'enseigne s'est développée sur tout le grand Ouest de la France, et compte 24 boulangeries et 250 salariés. Chaque entité doit respecter les méthodes mises au point par Clément, tant au niveau de l'accueil des clients que des recettes des pains bio.

Suivez l'évolution de l'entreprise L'Amie Bio en identifiant, à chaque étape, le mécanisme de coordination mis en place.

FAIT ☐ REVU ☐

Exercice 9 Voir Fiche 9

La prise en compte des attentes des acteurs au sein de PageGroup

Au sein de PageGroup, leader du recrutement et de l'intérim spécialisé, la culture d'entreprise n'a rien à voir avec de simples intentions affichées.

« Elle s'exprime en permanence au travers de valeurs fortes », indique Isabelle Bastide, directrice générale de Page Personnel. Fierté, passion, persévérance, travail d'équipe, convivialité : la manière dont elles s'incarnent prend de multiples formes, comme l'accent mis sur la reconnaissance et la méritocratie – « la promotion interne est privilégiée, et tous les membres du comité de direction ont commencé chez nous comme consultants » [...] –, l'organisation en open space « qui favorise la communication et la coopération spontanée », ou encore de nombreux événements sportifs ou conviviaux, « illustrés notamment par le rituel pot du vendredi », et la célébration des succès de chacun. [...]

Le Parisien, 16 février 2015.

1. Quelles sont les différentes composantes de la culture d'organisation de PageGroup (valeurs et rites) ?

2. Expliquez comment cette culture d'entreprise est une source de motivation pour les salariés.

FAIT ☐ REVU ☐

Exercice 10 Voir Fiche 10

La coopération et la motivation dans les start-up

De très nombreuses start-up françaises se sont lancées sur ce créneau : améliorer la vie quotidienne au travail. [...]

Par exemple, à travers certaines applications, on va pouvoir organiser des challenges sportifs au sein de l'entreprise, des cours de yoga, de boxe, des cours collectifs ou avec un coach sportif, et le collaborateur a une solution clé en main pour pouvoir prendre son cours à tout moment de la journée. [...] On a [aussi] une solution qui est un casque à réalité virtuelle qui va permettre la relaxation immersive. On est en immersion totale pour voyager, écouter de la musique et se relaxer. [...]

Il y a aussi ce qui concerne l'équilibre entre la vie personnelle et la vie professionnelle : ce sont par exemple les services de conciergerie à travers une application pour se faire livrer ses courses, son pressing, toutes ses commandes.

Et tout ce qui concerne l'expression des opinions : grâce à la technologie, on va pouvoir prendre les feedbacks massifs des collaborateurs et générer des analyses pour pouvoir améliorer l'engagement des collaborateurs au sein de l'entreprise. On peut aussi organiser des rencontres entre salariés, en fonction de leurs centres d'intérêt et de leur disponibilité. [...]

D'après P. Duport, FranceInfo, 23 juin 2019.

1. Listez tous les dispositifs mis en place par les start-up pour améliorer la qualité de vie au travail.

2. Comment ces dispositifs peuvent-ils être une source de motivation pour les salariés ?

FAIT ☐ REVU ☐

Exercice 11 Voir Fiche 12

La communication au sein de Cdiscount

Filiale du groupe Casino et leader français de l'e-commerce, l'entreprise Cdiscount compte près de 2 000 collaborateurs et a réalisé un chiffre d'affaires de près de 4 milliards d'euros en 2019, avec une place de marché de plus de 12 000 commerçants. Afin de renforcer l'engagement de ses collaborateurs et son attractivité auprès des futurs candidats, Cdiscount a élaboré une nouvelle marque employeur portée par le slogan « Inventez tout, révélez-vous » et une nouvelle charte graphique. Cette nouvelle signature des ressources humaines de Cdiscount a aussi pour objectif de se différencier en tant que futur employeur sur un marché fortement concurrentiel. La construction de cette nouvelle identité s'est faite grâce à l'implication et la collaboration de plus de 800 collaborateurs de tous les niveaux de l'entreprise. En mettant en avant les opportunités offertes par l'entreprise ainsi que ses valeurs d'accessibilité et de responsabilité, cette nouvelle marque employeur permet de renforcer le sentiment d'appartenance de ses 2 000 collaborateurs. Agissant exclusivement sur le secteur de l'e-commerce, Cdiscount doit également contrôler son image et sa réputation sur le Web. En effet, à peine une information est-elle publiée sur Internet qu'elle est reprise puis partagée... Pour maîtriser sa réputation sur Internet, Cdiscount a mis en place un service digital « relations presse et e-réputation » chargé de contrôler et d'animer sa présence sur la Toile grâce, notamment, à un réseau de 140 influenceurs. En échange de « *Like* », l'influenceur gagne des points lui donnant droit à certaines promotions ou privilèges. D'ailleurs, d'après Visibrain, une plateforme de veille des réseaux sociaux, Cdiscount est l'un des sites d'e-commerce qui obtient la popularité la plus forte sur les réseaux sociaux, devant la Fnac et Darty.

1. Identifiez les objectifs recherchés par l'entreprise Cdiscount en créant sa marque employeur.

2. Précisez pourquoi Cdiscount cherche à surveiller sa réputation sur le Web.

3. Indiquez comment l'entreprise contrôle son e-réputation.

4. Quel résultat montre que Cdiscount gère son e-réputation ?

FAIT ☐ REVU ☐

Exercice 12 Voir Fiche 14

L'entreprise La Ruche Qui Dit Oui ! et les nouveaux modes de consommation

L'entreprise La Ruche Qui Dit Oui ! a été créée en 2010 par Guilhem Chéron, qui a eu l'idée de lancer une nouvelle plateforme communautaire d'achat groupé. Son principe est de mettre en relation, *via* un site Internet, des producteurs et des consommateurs au niveau local. L'ambition de La Ruche Qui Dit Oui ! est de donner à tous les moyens de mieux se nourrir et de soutenir les agriculteurs qui « cultivent un monde meilleur ».

N'importe quel particulier peut créer une Ruche près de chez lui. Son rôle est alors de trouver des producteurs locaux et de proposer leurs produits (fruits, légumes, viandes, fromages, pain, miel, vin, mais aussi produits de jardinage, semences, produits d'entretien bio) aux acheteurs.

Aujourd'hui, 1 500 Ruches ont été ouvertes en France, en Belgique, au Royaume-Uni, en Espagne, en Allemagne et en Italie. 10 000 producteurs approvisionnent les Ruches, qui comptent plus de 250 000 acheteurs.

En moyenne, la distance parcourue par les produits ne dépasse pas 65 km.

La Ruche Qui Dit Oui ! emploie actuellement une centaine de salariés qui ont pour mission de développer la plateforme et de coordonner le réseau.

1. Présentez les finalités et les caractéristiques de l'entreprise.

2. Montrez que La Ruche Qui Dit Oui ! répond aux nouveaux modes de consommation.

FAIT ☐ REVU ☐

Exercice 13 Voir Fiche 15

Les responsabilités des organisations face au numérique

Cdiscount, leader français de l'e-commerce, connaît un trafic de 20 millions de visiteurs mensuels sur son site Internet marchand. L'entreprise recueille les données personnelles des internautes quand ils visitent le site, créent un compte sur le site, achètent des produits et adhèrent au programme de fidélité « Cdiscount à volonté » ou aux newsletters (mail, SMS). Depuis le règlement général sur la protection des données (RGPD) de mai 2018, l'accord des internautes est obligatoire pour permettre à un site Internet d'utiliser des *cookies*, ces fichiers qui enregistrent les données personnelles de l'internaute ainsi que sa navigation. Mais à la fin de l'année 2019, l'ONG européenne Noyb a constaté que le site de Cdiscount avait communiqué les données personnelles d'individus sans leur autorisation à des sociétés spécialisées dans le traçage publicitaire. L'entreprise s'est justifiée en expliquant « un dysfonctionnement rencontré sur l'outil de consentement » ; elle a présenté des excuses à ses clients et a mis en œuvre des investigations pour comprendre l'origine de ce problème et le résoudre.

Afin de développer ses ventes sur son site marchand, Cdiscount a confié le pilotage de ses actions promotionnelles à des algorithmes. Ainsi, pour connaître la probabilité d'achat des visiteurs sur son site, les algorithmes prennent en compte le type de pages visitées, le temps passé et l'appareil utilisé.

L'entreprise réfléchit également à l'utilisation de la *blockchain*. En effet, dans son incubateur, elle accueille Ownest, une start-up qui propose une solution *blockchain* afin d'assurer une traçabilité en temps réel des 3,5 millions de colis de plus de 30 kg traités par Cdiscount chaque année. Cette solution aurait pour avantage de réduire de 15 % les délais de livraison, de sécuriser et d'améliorer la traçabilité des produits livrés.

1. L'entreprise Cdiscount respecte-t-elle le RGPD ?

2. Précisez pourquoi les données personnelles ont une dimension stratégique pour les entreprises.

3. Repérez l'intérêt pour Cdiscount d'utiliser des algorithmes.

4. Pourquoi l'entreprise Cdiscount s'intéresse-t-elle à la technologie *blockchain* ?

FAIT ☐ REVU ☐

Corrigés

Exercice 1 Voir Fiche 1

La démarche marketing de l'entreprise Triballat Noyal

1. Les produits de l'entreprise Triballat Noyal répondent aux besoins des consommateurs qui veulent manger bio (marque Vrai) ou végane (marque Sojasun).

2. Lors des lancements des marques Vrai et Sojasun, l'entreprise s'est placée en précurseur sur les marchés de l'alimentation bio et végane.
L'approche marketing de Triballat Noyal peut être qualifiée d'« anticipatrice » car l'entreprise appréhende les futures tendances du marché.

Exercice 2 Voir Fiche 2

La valeur de l'entreprise Les Jolies Choses

1. • Résultat comptable
Total des produits : 290 000 €
Total des charges : 190 000 €
Le résultat comptable est de : 290 000 – 190 000 = 100 000 €.
Le total des produits est supérieur au total des charges, il s'agit donc d'un bénéfice.
• Valeur ajoutée
Ventes de marchandises : 290 000 €
Consommations intermédiaires (achats de marchandises et autres charges externes) : 45 280 + 102 000 = 147 280 €
La valeur ajoutée est de : 290 000 – 147 280 = 142 720 €.
• Valeur du patrimoine
Total de l'actif net : 147 000 €
Total des dettes : 25 000 + 2 000 = 27 000 €
La valeur du patrimoine est de : 147 000 – 27 000 = 120 000 €.

2. Pour sa première année d'activité, l'entreprise Les Jolies Choses a dégagé un bénéfice de 100 000 €, une valeur ajoutée de 142 720 € et une valeur du patrimoine de 120 000 €. Grâce à sa gestion et son activité de revente de vêtements et d'accessoires, elle a donc réussi à dégager du profit, à créer de la richesse et de la valeur financière.

Exercice 3 Voir Fiche 2

Différents modèles économiques

ORGANISATION	MODÈLE ÉCONOMIQUE
Le service hôtelier Booking	Plateforme
L'enseigne de vêtements Primark	Low cost
La chaîne de télévision Canal+	Abonnement
Le moteur de recherche Google	Gratuité
Le service de streaming musical Deezer	Freemium

Exercice 4 Voir Fiche 3

Les ressources de l'entreprise Granier

1. Les ressources de l'entreprise Granier sont les suivantes :
– ressources tangibles : le local, les machines, le véhicule, les ressources humaines qualifiées ;
– ressources intangibles : le brevet.

2. L'entreprise finance ses investissements avec des financements :
– internes : bénéfices ;
– externes : emprunts bancaires.

3. Les moyens utilisés par l'entreprise pour financer son cycle d'exploitation sont l'affacturage et l'autorisation de découvert.

4. FRNG = 80 800 – 78 550 = 2 250 €
BFR = 65 478 – 58 930 = 6 548 €
Trésorerie nette = 1 250 – 1 800 = – 550 €
L'entreprise Granier finance durablement ses investissements. Par contre, elle a un besoin de financement de 6 548 € qui n'est pas financé par la FRNG, elle a donc une trésorerie négative de 550 €. Elle devra demander une autorisation de découvert à la banque.

Exercice 5 Voir Fiche 4

La GPEC du groupe Air France

1. Le groupe Air France a mis en œuvre une démarche de GPEC en décelant ses besoins futurs en ressources humaines, en les comparant à ses ressources prévisibles et en analysant les écarts afin de procéder aux ajustements nécessaires. L'enjeu pour Air France est d'anticiper l'évolution des métiers et de développer les compétences nécessaires pour être compétitif.

2. Air France a utilisé la pyramide des âges, ce qui lui a permis de prévoir ses ressources humaines futures et de savoir qu'il devrait anticiper 3 800 départs à la retraite de 2020 à 2022.

3. Dans le cadre de la GPEC, le groupe Air France a mis en place un plan d'action qui repose sur :
– des départs naturels à la retraite qui ne seront pas remplacés ;
– en parallèle, le recrutement de 2 300 personnes : des pilotes, des hôtesses et stewards, des agents de maintenance.

4. Pour mener son activité, Air France a besoin de recruter des personnels navigants commerciaux (stewards, hôtesses). Pour les faire monter en compétences, notamment vers le métier de chef de cabine, il a mis en place des formations avec l'aide de Montpellier Business School.

Exercice 6 Voir Fiche 6

Les charges de l'entreprise Cuirsa

1. Charges fixes : salaires, charges patronales, loyer ; charges variables : cuir.

2.

	MODE DE CALCUL	RÉSULTAT
Chiffre d'affaires	170 × 12 000	**2 040 000**
– Charges variables		1 250 000
= Marge sur coût variable	2 040 000 – 1 250 000	**790 000**
– Charges fixes	120 000 (salaires) + 24 000 (20 % de charges) + 180 000 (loyer sur 12 mois)	324 000
= Résultat		**466 000**

3. Taux de marge sur coût variable = (790 000 / 2 040 000) × 100 = 38,7 %

Exercice 7 Voir Fiche 7

L'usine 4.0 de Schneider

1. – Les capteurs connectés permettent de recueillir des données sur les machines.
– Le *cloud computing* regroupe les données récoltées, qui sont consultables en ligne par les opérateurs.
– L'intelligence artificielle anticipe les pannes et améliore les performances des machines.

2. Les nouvelles technologies numériques permettent à Schneider d'améliorer sa productivité et la qualité de sa production.

Exercice 8 Voir Fiche 8

L'enseigne L'Amie Bio

ÉTAPES	MÉCANISMES DE COORDINATION
2009-2012 : 1 seule boulangerie	Ajustement mutuel
2012 : ouverture de 2 nouvelles boulangeries	Supervision directe
Actuellement : 24 boulangeries	Standardisation des procédés de travail

Exercice 9 Voir Fiche 9

La prise en compte des attentes des acteurs au sein de PageGroup

1. Les différentes composantes de la culture d'organisation de PageGroup sont :
– les valeurs : fierté, passion, persévérance, travail d'équipe, convivialité ;
– les rites : événements sportifs ou conviviaux, pot du vendredi et célébration des succès de chacun.

2. La culture d'entreprise est une source de motivation pour les salariés car elle permet à chacun de se sentir appartenir au groupe et elle crée des solidarités entre les salariés.

Exercice 10 Voir Fiche 10

La coopération et la motivation dans les start-up

1. Les dispositifs mis en place par les start-up sont :
- l'organisation de challenges sportifs, de cours de yoga, de boxe, de cours collectifs ou avec un coach sportif ;
- l'utilisation d'un casque à réalité virtuelle permettant la relaxation immersive ;
- des mesures pour préserver la vie personnelle des salariés ;
- des services de conciergerie pour se faire livrer ses courses, son pressing, toutes ses commandes ;
- des mesures pour favoriser l'expression des opinions : feedbacks, organisation de rencontres entre salariés, en fonction de leurs centres d'intérêt et de leur disponibilité.

2. Ces dispositifs peuvent être une source de motivation pour les salariés car ils permettent de faciliter leur quotidien et d'éviter le stress, et favorisent un travail plus efficace et plus serein.

Exercice 11 Voir Fiche 12

La communication au sein de Cdiscount

1. En créant sa marque employeur, l'entreprise Cdiscount cherche à :
- renforcer l'engagement de ses collaborateurs actuels en les impliquant dans la création de cette nouvelle signature des ressources humaines ;
- renforcer le sentiment d'appartenance de ses 2 000 collaborateurs ;
- séduire de futurs candidats à l'embauche ;
- se différencier en tant que futur employeur sur un marché fortement concurrentiel.

2. En exerçant son activité uniquement sur Internet, Cdiscount doit absolument surveiller sa réputation sur la Toile afin d'éviter les commentaires négatifs par rapport à son site ou à l'un des produits de son catalogue en ligne. En effet, un avis négatif pourrait nuire à sa réputation et donc à son activité commerciale.

3. Pour contrôler son e-réputation, l'entreprise a mis en place un service digital « relations presse et e-réputation » qui contrôle sa présence sur la Toile, et un réseau de 140 influenceurs chargés d'animer la présence de l'entreprise sur le Web.

4. En obtenant la popularité la plus forte sur les réseaux sociaux devant la Fnac et Darty, Cdiscount montre qu'elle contrôle son image et gère sa présence sur le Web.

Exercice 12 Voir Fiche 14

L'entreprise La Ruche Qui Dit Oui ! et les nouveaux modes de consommation

1.

FINALITÉS	– Lucrative : faire du profit. – Non lucrative : permettre aux consommateurs de mieux se nourrir et soutenir les producteurs locaux.
SECTEUR D'ACTIVITÉ ÉCONOMIQUE	Tertiaire : mise en relation de producteurs et d'acheteurs.
EFFECTIF	L'entreprise emploie 100 salariés, il s'agit d'une PME (petite et moyenne entreprise).
TYPE DE PRODUCTION	Service
CHAMP GÉOGRAPHIQUE	Champ d'activité : l'Europe

2. La Ruche Qui Dit Oui ! répond aux nouveaux modes de consommation car :
- elle fonctionne sur le mode d'une plateforme d'intermédiation qui met en relation des producteurs locaux et des acheteurs potentiels ;
- elle favorise une consommation responsable et respectueuse de l'environnement : les produits ne parcourent pas plus de 65 km ;
- elle correspond au mouvement locavore car elle privilégie les producteurs locaux.

Exercice 13 Voir Fiche 15

Les responsabilités des organisations face au numérique

1. En collectant puis en diffusant les données à caractère personnel de ses clients à des sociétés spécialisées dans le traçage publicitaire sans leur autorisation, l'entreprise Cdiscount ne respecte pas le RGPD, qui protège et renforce le contrôle par les internautes de l'utilisation qui peut être faite de leurs données personnelles.

2. Les données personnelles ont une dimension stratégique pour les entreprises car elles vont leur permettre de mieux connaître leurs clients, mieux comprendre leurs comportements et leurs attentes afin de leur proposer des offres personnalisées dans le but d'augmenter leurs ventes.

3. En confiant le pilotage de ses actions promotionnelles à des algorithmes, Cdiscount souhaite personnaliser l'expérience du client sur son site marchand afin de lui offrir des offres qui vont davantage l'intéresser et le pousser à l'achat.

4. L'entreprise Cdiscount s'intéresse à la ***blockchain*** car cette technologie pourrait lui permettre de transformer sa façon de gérer le suivi de ses colis en sécurisant les transactions et en assurant une meilleure traçabilité, avec l'avantage de réduire de 15 % les délais de livraison.

Lexique

Action collective : action accomplie par un groupe de personnes qui poursuivent ensemble un objectif commun dans un intérêt collectif.

Algorithme : ensemble d'opérations devant être suivies dans l'ordre pour résoudre un problème.

Anticonsumérisme : mouvement qui rejette la société de consommation.

Approche marketing : méthode utilisée pour répondre aux besoins détectés.

Attitude : ensemble des éléments conatifs, cognitifs et affectifs d'évaluation personnelle dont dispose un individu à l'égard d'une marque ou d'un produit.

Automatisation des processus : consiste à faire exécuter des tâches par des machines avec une intervention humaine nulle ou partielle.

Avantage concurrentiel : capacité pour une entreprise de créer davantage de valeur que ses concurrents.

Besoin : sensation de manque qui peut être exprimée ou non par le consommateur.

Bien public : les deux caractéristiques d'un bien public sont la non-rivalité (la consommation du bien par un individu ne prive pas un autre individu de le consommer de la même manière) et la non-exclusion (une personne ne peut en aucun cas être privée de consommer ce bien).

Biens et services marchands : vendus à un prix supérieur à leur coût de revient.

Big Data : ensemble des données récoltées en temps réel par les organisations à l'aide des outils numériques (site Web, réseaux sociaux...).

Bilan fonctionnel : permet de visualiser l'équilibre financier d'une entreprise, sa rentabilité et d'apprécier ses besoins financiers.

***Blockchain* (chaîne de blocs) :** technologie de stockage et de transmission d'informations, transparente et sécurisée, fonctionnant sans intermédiaire ni organe de contrôle.

***Business plan* :** plan détaillant le projet de création d'une entreprise ou d'une activité.

Chaîne de valeur : outil qui permet d'identifier les activités créatrices de valeur pour le client.

***Cloud computing* (informatique en nuage) :** technologie qui permet le stockage et le partage de données à distance sur Internet.

Cohésion : forte union des parties assurée par un sentiment d'appartenance, la solidarité, les échanges et des décisions de groupe.

Communication externe : s'adresse aux parties prenantes externes de l'organisation.

Communication financière : informe les parties prenantes sur la santé et la performance de l'organisation.

Communication globale : harmonisation des actions de communication interne et externe.

Communication intégrée : diffusion complémentaire d'un message sur plusieurs canaux (presse, radio...) pour décupler son efficacité.

Communication interne : dirigée vers les membres de l'organisation (salariés, direction...).

Compétence : ensemble des ressources mobilisées par une personne afin d'atteindre des résultats dans une situation professionnelle.

Conflit d'intérêts : situation d'interférence entre l'intérêt général et des intérêts personnels.

Consensus : accord sur un sujet, obtenu au moyen de discussions ou de négociations, afin de parvenir à une convergence des avis.

Consommateur : consomme des biens et des services afin de satisfaire ses besoins.

Consommation responsable : mode de consommation qui vise à respecter l'environnement.

Contrôle qualité : opération qui permet de savoir si les produits sont conformes aux exigences du marché et à la législation.

Coopération : mode de relation où les individus participent volontairement à un travail commun dans le but d'atteindre des objectifs en partageant leurs compétences.

Coût complet : méthode qui permet de déterminer le coût de revient d'un produit vendu. Cela correspond à la somme de tous les coûts liés à sa fabrication jusqu'à sa vente.

Coût spécifique : méthode qui permet de calculer le coût par produit sans tenir compte de l'intégralité des charges de l'entreprise.

Croissance externe : modalité de développement qui consiste, pour une entreprise, à se développer en rachetant une autre entreprise.

Croissance interne : modalité de développement qui consiste, pour une entreprise, à se développer par ses propres moyens.

Culture d'organisation : ensemble de valeurs, de mythes, de rituels et de symboles qui participent à la cohérence de tous les acteurs internes à l'entreprise en suscitant leur adhésion et en leur permettant de se reconnaître et de se mobiliser autour d'objectifs communs.

Décision opérationnelle : décision qui concerne la gestion courante de l'entreprise.

Décision stratégique : décision irréversible qui nécessite la mise en œuvre de moyens importants et engage l'organisation sur du long terme.

Degré de centralisation du pouvoir : mesure la façon dont est diffusée la prise de décision au sein de l'organisation.

Délégation de service public (DSP) : contrat par lequel une personne morale de droit public confie la gestion d'un service public dont elle a la responsabilité à un délégataire public ou privé.

Démarche marketing : consiste à identifier un besoin sur un marché puis à concevoir une offre qui permet de le satisfaire.

Démarche stratégique : repose sur un diagnostic stratégique permettant de définir les objectifs de l'organisation sur du long terme et les moyens à mettre en œuvre pour les atteindre.

Dématérialisation d'un processus : consiste à réaliser des tâches à l'aide d'outils numériques.

Déontologie : ensemble des principes et règles éthiques qui guident une activité professionnelle.

Diagnostic externe : analyse de l'environnement de l'organisation en vue de repérer des opportunités et des menaces.

Diagnostic interne : analyse de l'organisation pour identifier ses forces et ses faiblesses.

Diagnostic stratégique : outil de la démarche stratégique qui repose sur l'analyse FFOM (SWOT en anglais), et qui consiste à réaliser un diagnostic interne et un diagnostic externe.

Différenciation : obtention d'un avantage concurrentiel en introduisant une différence perçue comme unique aux yeux des clients.

Discrimination : traitement défavorable appliqué à une personne en matière d'embauche, de salaire, de formation et fondé sur des critères racistes, sexistes, homophobes, liés à l'âge...

Diversification : stratégie qui consiste, pour une entreprise, à s'engager dans de nouveaux métiers et domaines d'activité stratégique.

Domaine d'activité stratégique (DAS) : sous-partie de l'entreprise regroupant un ensemble de biens et de services homogènes.

Domination par les coûts : stratégie qui consiste à réduire les coûts afin de proposer des prix plus bas que ceux de la concurrence.

Donnée personnelle : information permettant d'identifier une personne (nom, âge, sexe,...).

Dynamique de groupe : système d'interdépendance entre les membres d'un groupe, dont la cohésion est assurée par un sentiment d'appartenance, la solidarité, des échanges...

Économie collaborative : repose sur le partage et/ou l'échange entre particuliers de biens ou de services *via* une plateforme numérique.

Économie de la fonctionnalité : consiste à remplacer la notion de vente du bien par celle de la vente de l'usage du bien.

Écosystème d'affaires : ensemble d'acteurs de diverses natures issus de différents domaines d'activité qui interagissent à travers différentes relations sur un territoire commun.

Écosystème d'innovation : ensemble d'acteurs qui interagissent en faveur de l'innovation.

Entreprise privée : organisation qui produit des biens et/ou des services marchands.

E-réputation : réputation que possède une marque ou une organisation sur Internet.

Éthique des affaires : centrée sur les principes séparant les bons des mauvais comportements dans le cadre de la vie des organisations.

Étude de marché : menée ponctuellement, l'étude de marché consiste à récolter des informations sur les caractéristiques du marché.

Externalisation : stratégie qui consiste à confier la réalisation d'activités à une autre entreprise.

Facteur clé de succès : élément à caractère commercial ou technologique que l'entreprise doit maîtriser pour réussir dans une activité donnée.

Faiblesse : vulnérabilité de l'organisation qui peut nuire à son fonctionnement et à sa pérennité.

Finalité : raison d'être de l'organisation. On distingue la finalité lucrative, qui vise à faire du profit, et la finalité non lucrative, qui revêt des dimensions environnementales, sociales et sociétales.

Flexibilité : capacité de l'organisation à s'adapter sans délai aux variations de son environnement.

Flux d'informations : transfert d'informations aux différents acteurs de l'organisation.

Flux physique : transfert de biens ou services aux différents acteurs de l'organisation.

Flux poussé : pilotage de la production à partir de prévisions de demande favorisant la constitution de stocks.

Flux tendu : pilotage de la production qui réduit les stocks et les délais pour satisfaire la demande au moment où elle se manifeste.

Focalisation : stratégie qui consiste à s'adresser à un segment de marché spécifique.

Force : ressources et compétences de l'organisation qui lui permettent de réussir sur son marché ou son domaine d'activité.

Formation : investissement immatériel pour développer les compétences des salariés.

Frein : pulsion négative qui empêche l'achat.

Gestion de la chaîne logistique : ressources et méthodes destinées à piloter la chaîne d'approvisionnement du fournisseur au client final.

Gestion du cycle de vie des produits (*Product Lifecycle Management*, PLM) : ensemble d'actions prenant en compte le développement durable dans le processus de production des produits et lors de leur fin de vie.

Glanage : consiste à récupérer les biens abandonnés par leurs propriétaires.

GPEC (gestion prévisionnelle des emplois et des compétences) : vise à adapter les ressources humaines aux besoins des entreprises.

Grappe d'entreprises (*cluster*) : réseau d'entreprises et d'institutions d'un même domaine d'activité sur un même territoire qui établissent des relations de différentes natures (coopération…).

Groupe de pression : ensemble d'individus ayant des intérêts convergents et qui œuvrent à les faire entendre afin qu'ils soient pris en compte (par des manifestations, des grèves…)

Hyperconnectivité : état d'un individu qui est constamment connecté aux outils numériques.

Identité numérique : ensemble des contenus publiés sur des médias numériques (sites Internet, réseaux sociaux…) qui permettent de définir un individu, une organisation, une marque…

Indicateur : critère d'évaluation permettant de mesurer les résultats et la performance.

Innovation de procédés : méthode de production ou de distribution nouvelle, ou améliorée.

Innovation de produits : création d'un produit (bien ou service) nouveau, ou amélioration importante d'un produit déjà existant, ou intégration d'un nouveau service à l'offre de biens.

Intégration : stratégie qui consiste à accomplir ses activités en interne.

Intelligence artificielle : ensemble de techniques mises en œuvre pour simuler l'intelligence humaine à partir de données informatiques.

Internationalisation : modalité de développement qui consiste, pour une entreprise, à s'implanter sur des marchés étrangers.

Leadership : influence qu'exerce le leader (dirigeant) sur le groupe afin de le fédérer et d'atteindre les objectifs fixés.

***Lean management* :** méthode de management inspirée du toyotisme qui implique les salariés dans la lutte contre le gaspillage.

Macro-environnement : ensemble des facteurs qui influencent l'activité des organisations.

Management : gouvernement d'une organisation qui vise à gérer une production collective.

Management opérationnel : consiste, pour le personnel d'encadrement, à prendre des décisions opérationnelles à court ou moyen terme.

Management stratégique : consiste, pour les dirigeants, à prendre des décisions stratégiques.

Marque employeur : stratégie de l'image de marque de l'organisation à l'égard des salariés actuels ou potentiels.

Mécanismes de coordination : ensemble des moyens et techniques utilisés pour assurer la cohérence des tâches au sein d'une organisation.

Mécénat : soutien financier ou matériel visant à aider une personne physique ou morale (entreprise) en lui assurant des revenus ou en promouvant son art.

Menace : perturbation de l'environnement qui peut nuire à la pérennité de l'organisation.

Mesure correctrice : action permettant à l'organisation d'ajuster sa stratégie ou ses objectifs.

Méthode PESTEL : méthode qui permet d'analyser le macro-environnement d'une organisation selon 6 domaines : politique, économique, socioculturel, technologique, écologique, légal.

Micro-environnement : ensemble des acteurs se situant dans l'environnement proche d'une organisation qui sont susceptibles de l'influencer ou d'être influencés par son activité.

Mode d'organisation du travail : méthodes qui ont pour but de partager les tâches, d'échanger et de manager au sein d'une organisation.

Modèle économique : manière dont l'organisation crée de la valeur pour assurer sa pérennité.

Motivation : actions menées par l'entreprise pour influencer le comportement des salariés et les inciter à s'investir efficacement dans la réalisation et l'aboutissement de leurs tâches.

Mouvement locavore : mode de consommation qui consiste à privilégier les producteurs locaux.

Mutation (ou transition) écologique : transition vers un nouveau modèle économique et social qui préserve et protège la planète.

Nœud de conflit : situation dans laquelle des individus s'opposent parce qu'ils poursuivent des buts opposés et que chaque partie veut faire valoir son point de vue ou sa solution.

Objectif stratégique : résultat que l'organisation souhaite atteindre à moyen et long terme.

Objet connecté : objet équipé d'un capteur qui peut recevoir et transmettre des données et/ou des instructions en se connectant à un réseau.

Objet social : activité pour laquelle l'organisation a été constituée.

Opportunité : changement positif dans l'environnement que l'organisation doit saisir pour en tirer un effet bénéfique.

Organisation : groupe organisé dans un cadre juridique et dans une structure hiérarchisée.

Organisation de la société civile (OSC) : organisation privée à but non lucratif, qui propose des services non marchands à ses adhérents.

Organisation du travail rigide : inspirée du taylorisme, elle se caractérise par un découpage des tâches et conduit à une spécialisation des salariés et à plusieurs niveaux hiérarchiques.

Organisation du travail souple : inspirée du toyotisme, elle consiste à confier des tâches riches et variées aux salariés en leur donnant ainsi une polyvalence.

Partenariat : modalité de développement qui consiste, pour une entreprise, à s'associer avec une autre afin de se développer.

Partenariat public-privé (PPP) : contrat par lequel un ou plusieurs entrepreneurs privés s'associent à la construction, à la gestion et au financement d'un ouvrage public.

Partie prenante : individu ou groupe d'individus qui peut avoir une influence sur l'organisation.

Performance : capacité d'une organisation à atteindre les objectifs qu'elle s'est fixés.

Plateforme d'intermédiation : site Internet qui permet la rencontre d'une offre et d'une demande de manière dématérialisée.

Polyvalence : aptitude d'un salarié à effectuer des activités différentes.

Processus d'achat : ensemble des étapes d'un achat depuis la prise de conscience du besoin jusqu'à l'achat lui-même.

Processus d'amélioration continue : actions visant à réduire les dysfonctionnements et les insatisfactions des clients, et à améliorer les produits et le fonctionnement de l'organisation.

Processus de production : enchaînement d'opérations qui conduisent à la réalisation du produit fini.

Productivité : organisation de la production qui permet à une entreprise d'utiliser au mieux les ressources dont elle dispose pour fabriquer des biens et/ou des services.

Qualité : capacité d'un bien ou d'un service à satisfaire les attentes des clients ou des usagers.

Qualité de vie au travail (QVT) : sentiment de bien-être au travail perçu par les salariés et qui dépend des conditions de travail, de l'ambiance générale, de l'autonomie...

Réactivité : capacité à répondre rapidement à une modification de son environnement.

Reconnaissance d'utilité publique : label accordé par l'État à une association loi 1901 qui permet de recevoir des donations et des legs.

Recrutement : processus qui répond à un besoin de ressources humaines.

Règlement général sur la protection des données (RGPD) : renforce l'encadrement des pratiques en matière de collecte et d'utilisation des données à caractère personnel de personnes physiques sur le territoire de l'Union européenne.

Régulation managériale : ensemble de décisions qui ont pour but d'adapter l'organisation à son écosystème.

Responsabilité sociale et environnementale (RSE) : prise en compte des dimensions sociales, sociétales et environnementales dans les décisions de l'organisation.

Ressources : ensemble des moyens détenus par l'organisation pour réaliser son activité. Les ressources peuvent être matérielles, humaines, financières et immatérielles.

Ressources intangibles : ressources technologiques (brevets...), organisationnelles (processus de prise de décision...) et mercatiques (marque...).

Ressources tangibles : ressources physiques (locaux...), humaines (capacité à recruter...) et financières (sources de financement...).

Secret : vise à garder confidentielles certaines informations détenues par l'entreprise.

Service marchand : bien immatériel payant.

Service non marchand : service gratuit ou à un prix inférieur aux coûts de production.

Spécialisation : stratégie globale qui consiste à maintenir l'entreprise dans un seul DAS.

Lexique

Stratégie : détermine les objectifs à long terme d'une organisation et les actions et moyens à mettre en œuvre pour les atteindre.

Stratégie de communication : ensemble des actions de communication qui vont développer l'adhésion du personnel aux objectifs de l'organisation et renforcer son image.

Stratégie de domaine : stratégie de l'entreprise dans un domaine d'activité stratégique (domination par les coûts, différenciation, concentration).

Stratégie d'implantation : décision prise par une organisation de s'installer sur un territoire en fonction des ressources locales qu'il lui offre.

Stratégie globale : choix de l'entreprise concernant son périmètre d'activité (spécialisation sur un seul domaine d'activité ou diversification vers de nouvelles activités).

Style de direction : façon d'exercer le pouvoir pour un dirigeant d'entreprise. On distingue 4 grands styles de direction : autoritaire, paternaliste, consultatif et participatif.

Système complexe : organisation en interaction avec un grand nombre d'éléments externes et internes qui agissent sur son activité.

Tableau de bord : document qui récapitule les indicateurs afin de suivre leur évolution.

Territoire : espace géographique limité sur lequel interagissent différents acteurs économiques.

Trace numérique : informations sur l'activité ou l'identité des utilisateurs enregistrées automatiquement, ou par un dépôt intentionnel.

Transformation numérique (ou digitale) : intégration des technologies numériques (ou digitales) dans les activités des organisations.

Usager : personne qui utilise un service public.

Valeur ajoutée : indicateur économique d'une entreprise qui mesure le supplément de valeur qu'elle est capable d'apporter à un produit provenant d'un tiers grâce à son activité.

Veille stratégique : moyens permettant à l'organisation de surveiller son environnement.

***Workflow* (flux de travaux) :** ensemble des tâches, des acteurs et des documents nécessaires pour réaliser un processus en vue de fabriquer un produit ou de fournir un service.

Savoir 1

Les besoins en compétences

Le développement de la digitalisation, l'automatisation, la transition énergétique, les nouveaux enjeux économiques font apparaître de nouvelles formes d'organisation du travail ainsi que de nouveaux métiers. Anticiper les besoins en compétences issus de ces évolutions devient un enjeu majeur pour les entreprises et la poursuite de leur développement.

1 La gestion prévisionnelle des emplois et des compétences (GPEC)

1.1. La démarche

La GPEC est une démarche conçue pour anticiper les besoins en ressources humaines à court et à moyen terme. Elle vise donc à adapter les emplois, les effectifs et les compétences en fonction des exigences définies par la stratégie de l'organisation. Elle peut s'appuyer sur la pyramide des âges, l'évolution des effectifs, les contrats de travail...

1.2. La méthode

La GPEC se construit en trois étapes :
– recenser les métiers de l'entreprise ;

EXEMPLE
Définir les postes existants à l'aide de fiches de poste.

– définir les compétences qui seront nécessaires en prenant en compte la pyramide des âges, les niveaux d'ancienneté et les classifications, les mobilités professionnelles ;

EXEMPLE
Lors de son entretien d'évaluation périodique, un salarié a fait le souhait d'une mobilité géographique.

– établir un plan d'action en fonction des besoins.

EXEMPLES
Élaborer un plan de formation, des parcours de mobilité interne, un plan de recrutement, des modalités de reconversion de certains salariés, développer la polyvalence.

2 Les compétences et les qualifications

2.1. Définitions

COMPÉTENCES
Les compétences représentent la capacité d'un salarié à utiliser un ensemble de savoirs (connaissances), de savoir-faire (habiletés et/ou pratiques) et de savoir-être (comportement relationnel). EXEMPLES Savoir : maîtrise de logiciels de paie. Savoir-faire : capacité à gérer une équipe. Savoir-être : dynamisme, discrétion. Elles sont mises en œuvre pour accomplir les tâches demandées. Elles se distinguent du potentiel, qui est une « compétence en devenir ».
QUALIFICATIONS
La qualification professionnelle est la capacité d'une personne à exercer un métier ou à occuper un poste déterminé. Elle dépend de la formation, des diplômes et de l'expérience. EXEMPLE Titulaire du Bac STMG RHC, du BTS SAM, formation aux outils collaboratifs dispensée par Pôle emploi, 2 ans d'expérience chez Naturex Avignon.

2.2. Les enjeux de la gestion des compétences et du potentiel

Pour un individu, les compétences et les qualifications sont un gage d'employabilité, notamment s'il est en recherche d'emploi ou s'il envisage une évolution professionnelle au sein même de son entreprise ou encore une reconversion.
Pour l'entreprise, la gestion des compétences a pour but d'optimiser les performances et la compétitivité, en faisant coïncider les compétences dont elle a besoin avec celles dont elle dispose, dans une optique gagnant-gagnant. C'est pourquoi, le recrutement n'est pas toujours nécessaire : il suffit parfois d'observer, de connaître et d'exploiter le potentiel de ses équipes.

EXEMPLE
La formation est aujourd'hui le meilleur moyen de développer les compétences et de fidéliser les talents en entreprise.

3 Le parcours professionnel

3.1. Définition

Le parcours professionnel est l'ensemble des mouvements opérés par un salarié collaborateur au cours de sa carrière au sein d'une ou de plusieurs entreprises.
La gestion des parcours professionnels consiste donc à s'appuyer sur le capital humain de l'organisation en faisant en sorte que les bonnes compétences soient disponibles au bon moment, au bon endroit.

3.2. Les objectifs de la gestion des parcours professionnels

– Fidéliser les salariés : un parcours professionnel bien défini est source de motivation et d'implication, favorisant chez le salarié un sentiment d'appartenance.
– Sécuriser les emplois : c'est une obligation légale qui incombe à l'employeur depuis 2013, avec notamment la création d'un compte personnel de formation (CPF).
– Favoriser la montée en compétences des salariés : ce qui servira la compétitivité de l'entreprise.
– Optimiser l'efficacité des salariés : un salarié placé en situation de réussite et sur lequel il sera possible de s'appuyer sera plus performant.

Mes notes pour réviser

MOTS CLÉS

GPEC • Compétence et qualification • Potentiel • Employabilité • Gestion des parcours professionnels • Compte personnel de formation

S'ENTRAÎNER AU BAC
Exercices 2, 3 : p. 144-145

Savoir
2 Le processus de recrutement

Le processus de recrutement connaît une véritable révolution depuis ces dix dernières années. Les entreprises ne se contentent plus du CV et de la lettre de motivation, elles font appel à des outils technologiques qui permettent de repenser le processus de recrutement dans un souci d'efficacité.

1 Définitions

Le recrutement est un processus qui permet de répondre à un besoin en ressource humaine, autrement dit de trouver le candidat le plus proche possible du profil recherché. L'entreprise a le choix entre le recrutement interne et le recrutement externe.

Le **recrutement interne** consiste à promouvoir une personne déjà présente dans l'entreprise à un poste disponible. Ainsi, les frais de recrutement sont faibles et le salarié n'a pas besoin d'intégration particulière.

Le **recrutement externe** est mis en œuvre lorsque l'entreprise ne dispose pas des compétences nécessaires pour un poste au sein de son personnel. Cette méthode offre un plus grand vivier de candidatures. De plus, recruter en externe apporte des idées et des techniques nouvelles. Le coût est certes élevé mais les frais de formation sont moindres car le candidat a déjà les qualifications requises pour le poste.

2 Les étapes du processus de recrutement

ÉTAPE N° 1 PRÉPARATION DU RECRUTEMENT	– Définition du besoin : définition du poste (identification, missions et responsabilités, tâches à accomplir, activités, profil et compétences) et identification du profil du candidat idéal. – Choix de la méthode : interne ou externe.
ÉTAPE N° 2 CONDUITE DU RECRUTEMENT	– Rédaction et diffusion de l'annonce (offre d'emploi). – Choix des canaux de diffusion : traditionnels et/ou e-recrutement – Réalisation de la grille de sélection des CV et lettres de motivation. – Lancement. – Présélection : tri des CV et lettres de motivation. – Convocation à un entretien et/ou tests, envoi d'une lettre de refus aux candidats non retenus. – Sélection du candidat.
ÉTAPE N° 3 ACCUEIL ET INTÉGRATION	– Accueil : pot d'accueil, désignation d'un tuteur, visite des locaux. – Formalités administratives : mise à jour du registre unique du personnel, etc.

3 L'e-recrutement

3.1. Définition

L'e-recrutement, ou recrutement en ligne, est devenu incontournable pour les entreprises à la recherche de nouveaux talents. Il s'appuie sur les technologies du numérique (Internet, réseaux sociaux, chatbot...) pour attirer les meilleurs profils et permet de gagner en efficacité.

3.2. Les outils de l'e-recrutement

ÉTAPES DE DIFFUSION DES ANNONCES ET DE RECUEIL DES CANDIDATURES	RÉSEAUX SOCIAUX (LINKEDIN, TWITTER)	Ils donnent une grande visibilité sur des profils de candidats potentiels tout en développant la marque employeur (voir Savoir 20).
	JOBBOARDS (SITES WEB METTANT EN LIGNE DES OFFRES D'EMPLOI)	Ils s'adressent aux chercheurs d'emploi et aux recruteurs. Pôle emploi, l'APEC, Indeed, Monster, Leboncoin, Wizbee proposent de déposer les CV dans une CVthèque disponible pour les recruteurs et de consulter des offres d'emploi.
	SITE INTERNET DE L'ENTREPRISE	Les candidats postulent directement sur le site Internet de l'entreprise de leur choix en déposant leur CV et leur lettre de motivation.
ÉTAPE DE SÉLECTION DES CANDIDATS	CHATBOT OU ROBOT CONVERSATIONNEL VIRTUEL	C'est un logiciel programmé pour simuler une conversation qui peut se faire *via* une application. Le questionnement émis par le robot permet de mieux cerner la personnalité du candidat.
	VISIOCONFÉRENCE	Un employeur peut mener un entretien préalable à distance avec un ou des candidats afin d'éviter tout déplacement inutile ou pour faire une présélection.

3.3. Les avantages

L'e-recrutement offre les avantages suivants : gain de temps et baisse des coûts, meilleur ciblage des candidats, forte augmentation des candidatures, mise à jour des offres facilitée...
Il est plébiscité par les « Millennials » (générations Y et Z) et développe la marque employeur car il donne une image novatrice de l'entreprise.
Même si l'e-recrutement est devenu incontournable dans les pratiques RH, il n'en reste pas moins que l'étape finale du recrutement reste le processus humain basé sur la qualité des relations humaines.

MES NOTES POUR RÉVISER

MOTS CLÉS

Recrutement • E-recrutement • Marque employeur • Millennials

....

....

....

....

....

S'ENTRAÎNER AU BAC
Exercices 1, 2 : p. 144

RHC

Savoir 3

L'intégration et la fidélisation

Une fois le processus de recrutement terminé, il faut accueillir et intégrer le nouveau salarié. Un accueil et une intégration réussis sont la clé de la qualité de la relation qui s'établit entre l'entreprise et le nouveau salarié.

1 Le processus d'intégration du nouveau salarié

Le nouveau salarié doit être opérationnel le plus rapidement possible. Il est donc indispensable que l'entreprise mette en place un programme d'*onboarding*, qui recense les actions qui vont faciliter l'arrivée du nouveau collaborateur.

1.1. Avant le jour « J »

L'entreprise doit remplir des formalités administratives afin de rendre l'embauche effective : déclarer le salarié auprès des organismes de protection sociale, l'affilier aux organismes de retraite complémentaire obligatoire, mutuelle et prévoyance, mettre à jour le registre unique du personnel, organiser la visite médicale du salarié, l'informer et le former à la sécurité et à la santé, établir le contrat de travail, mettre à jour l'organigramme. Elle doit également prévenir l'équipe de l'arrivée d'un nouveau salarié, vérifier les conditions matérielles (bureau, matériel, NTIC), et identifier la personne responsable de son accueil et de son suivi.

1.2. Le jour « J »

Pour fidéliser le salarié, le premier jour doit être bien préparé. Il convient donc de lui présenter le lieu de travail et chacun des membres, de lui remettre un dossier d'accueil qui présente la culture de l'entreprise (livret d'accueil, règlement intérieur...) ainsi qu'un packaging d'accueil (clés, badge, codes informatiques, clé USB, stylo de l'entreprise, cadeau de bienvenue...), de lui fournir sa fiche de poste ainsi que les documents d'information sur les produits et activités de l'entreprise, de le convier à un pot d'accueil...

1.3. Après le jour « J »

Faire le point régulièrement au travers de réunions informelles, d'entretiens et/ou d'un rapport d'étonnement est primordial. Cette période peut durer jusqu'à deux mois.

2 Fidéliser le nouveau salarié, un enjeu majeur

Les capacités d'un individu ne peuvent s'exprimer pleinement que s'il est motivé. Chaque entreprise détient des leviers de motivation qui permettent de développer un sentiment d'appartenance plus ou moins fort durant la phase d'intégration. Le but étant d'éviter un départ prématuré et coûteux, et de rendre le salarié productif à l'issue de cette période.

Mes notes pour réviser

MOTS CLÉS

Onboarding • *Sentiment d'appartenance*

S'ENTRAÎNER AU BAC
Exercice 1 : p. 144

Savoir 4

Les formes de la relation de travail

Les transformations structurelles et les mutations économiques survenues au cours de ces quinze dernières années ont remis en cause les formes de travail. Des formes alternatives plus flexibles se sont développées pour répondre aux nouvelles exigences de production et aux nouveaux profils des générations X, Y, Z.

1 Les formes classiques de la relation de travail

1.1. Le contrat de travail

Le contrat de travail est un acte juridique qui lie l'employeur et le salarié. Le salarié s'engage à travailler (prestation de travail) pour le compte et sous la direction (lien de subordination) d'un employeur, en contrepartie d'une rémunération.

1.2. Le CDI

Le contrat de travail à durée indéterminée (CDI) est la forme normale et générale de la relation de travail. Il ne prévoit pas la date à laquelle il prend fin. Il peut être interrompu sur décision unilatérale du salarié (démission). Un écrit n'est pas exigé. 84,7 % des salariés sont en CDI. En 2019, les CDI ont augmenté de 5 %.

1.3. Le CDD

Le contrat à durée déterminée (CDD) n'est possible que pour l'exécution d'une tâche précise et temporaire (remplacement d'un salarié absent – sauf en cas de grève –, accroissement temporaire d'activité, emploi à caractère saisonnier...). Il fait l'objet d'un écrit et représente 10,5 % des contrats. Sa durée maximale est de 18 mois (renouvellements compris), 24 mois dans certains cas.

2 Des relations de travail contractuelles plus flexibles

2.1. L'intérim

L'intérim permet de répondre à un besoin ponctuel en termes de qualification ou de personnel. Son fonctionnement engage trois parties : l'intérimaire signe un contrat de mission avec une agence de travail temporaire et l'entreprise utilisatrice. Ce type de contrat est conclu pour des missions non durables.

EXEMPLES
Accroissement soudain de l'activité, remplacement temporaire d'un salarié.

L'intérim représente 3 % des contrats en 2019.
Il est de plus en plus fréquent car avantageux pour l'entreprise et le salarié. L'intérimaire bénéficie des mêmes droits et avantages que les salariés permanents, il enrichit son CV et son expérience. L'entreprise qui y recourt n'a pas à s'occuper de la phase de recrutement, qui est prise en charge par l'agence d'intérim, très

compétente pour trouver le bon profil assez rapidement et s'occuper des formalités administratives (contrat de travail, bulletins de paie).

2.2. Le multisalariat

Le salarié travaille sous contrat avec plusieurs entreprises. Il dispose des mêmes droits et avantages que les autres. Les congés payés sont calculés au prorata du temps passé dans l'entreprise. Le multisalariat peut permettre aux jeunes diplômés d'acquérir une forte expérience.

2.3. Le portage salarial

Ce type de relation met en relation trois acteurs : le client (qui peut être une entreprise, une administration, une collectivité locale, une association), le « porté » (qui est un expert – consultant – dans un ou plusieurs domaines et effectue une mission en entreprise) et la société de portage salarial (qui joue un rôle d'intermédiaire entre les deux autres acteurs). L'expert négocie lui-même ses honoraires avec ses clients et conserve une totale indépendance de travail. La société de portage se réserve un taux de gestion (environ 10 % de rémunération du porté).

EXEMPLES
Chef de projet, ingénieur, expert en informatique, consultant en RH, coach.

3 Les autres formes de la relation de travail

3.1. Le travailleur indépendant

Il n'est pas lié par un contrat de travail avec l'entreprise ou la personne pour laquelle il exécute sa mission. Il travaille pour son propre compte sans lien de subordination. Toutefois, il peut arriver que le juge requalifie la relation de travail entre un travailleur indépendant et le donneur d'ordre en contrat de travail car un lien de subordination a pu être établi.

EXEMPLE
Requalification du statut des chauffeurs Uber en contrat de travail (Cour de cassation, mars 2020).

3.2. Le bénévolat ou « engagement bénévole »

En l'absence de définition juridique, le bénévolat se définit comme la situation d'une personne qui accomplit un travail gratuitement, sans y être obligée, en direction d'autrui. Cette activité non rétribuée s'exerce généralement au sein d'une institution sans but lucratif (ISBL), type association ou organisation non gouvernementale. Il n'existe pas de contrat de travail mais une sorte de « contrat moral », le bénévole n'est soumis à aucun lien de subordination.
De plus en plus d'entreprises sensibilisent leurs collaborateurs au bénévolat en mettant leur savoir-faire au service de missions d'intérêt général, contribuant ainsi à renforcer leur RSE (responsabilité sociale des entreprises), à motiver et valoriser leurs équipes.

Mes notes pour réviser

MOTS CLÉS

Lien de subordination • RSE

S'ENTRAÎNER AU BAC
Exercice 9 : p. 148

Savoir 5

L'évaluation des ressources humaines

L'évaluation des ressources humaines est un processus qui permet de mesurer les compétences du personnel. L'objectif de cette démarche est d'estimer les capacités du capital humain afin d'optimiser la gestion des parcours professionnels et d'ajuster ou de personnaliser les systèmes de formation ou d'apprentissage.

1 Les objectifs de l'évaluation

1.1. Pour le salarié

L'évaluation peut permettre au salarié de :
- mieux gérer l'évolution de son parcours professionnel ;
- négocier une promotion, une mobilité, une augmentation de salaire ;
- faire reconnaître ses compétences et son potentiel ;
- s'épanouir durablement dans ses missions.

1.2. Pour l'entreprise

Les objectifs de l'évaluation pour l'entreprise sont de :
- faire un diagnostic précis des compétences de son personnel ;
- détecter d'éventuels talents ou du potentiel parmi ses salariés ;
- améliorer sa gestion des compétences ;
- rémunérer ses salariés à leur juste valeur.

2 Pertinence et loyauté de la méthode

Le Code du travail encadre très strictement l'évaluation du salarié. En effet, les informations demandées ne peuvent avoir pour finalité que d'apprécier ses aptitudes professionnelles et doivent présenter un lien direct et nécessaire avec leur évaluation. En outre, les méthodes utilisées doivent être loyales et fiables.

3 Les méthodes d'évaluation

Les savoirs et savoir-faire peuvent être mesurés de différentes manières. L'entreprise doit informer au préalable le salarié sur les méthodes d'évaluation mobilisées. Un climat de confiance et de transparence est indispensable.

3.1. À l'initiative de l'employeur

a) L'entretien individuel périodique

Rencontre en face-à-face entre le salarié et l'évaluateur, l'entretien individuel permet de faire un bilan des actions passées, de fixer de nouveaux objectifs, d'adapter des formations, de revoir la rémunération. Il n'est pas obligatoire mais a généralement lieu au moins une fois par an. Il se déroule à partir d'une grille d'évaluation

qui reprend les savoirs, savoir-faire et savoir-être requis pour le poste, et aide à mesurer les performances individuelles en attribuant soit une note, soit une appréciation générale.
Aujourd'hui, l'entretien périodique est un outil de pilotage des carrières et de la mobilité interne.

b) Le 360° feedback : une évaluation collective
Le salarié est évalué par plusieurs sources et en contexte de travail. Il commence par s'autoévaluer, puis il est évalué par ses collaborateurs et enfin par son manager. Les clients et fournisseurs peuvent également être sollicités. Cette évaluation a la forme d'un questionnaire. Elle permet d'apprécier les performances du salarié, mais aussi ses compétences transversales et sa capacité d'adaptation.

c) L'entretien professionnel
Il est obligatoire **tous les 2 ans**, quelle que soit la taille de l'entreprise, pour tous les salariés ayant plus de 2 ans d'ancienneté. Il permet d'identifier les besoins d'accompagnement et/ou de formation du salarié et de l'impliquer dans la construction et la gestion de son parcours. Afin de mieux se préparer à cet entretien, le salarié peut bénéficier de conseils en évolution professionnelle (CEP) dispensés par des professionnels. **Tous les 6 ans**, l'entretien professionnel permet de faire un état des lieux récapitulatif du parcours professionnel du salarié.
Les entreprises de plus de 50 salariés ont l'obligation de proposer un **entretien professionnel de deuxième partie de carrière** à tout employé de plus de 45 ans. Cet entretien doit permettre de faire le point sur la situation du salarié, ses compétences, ses besoins en formation et son évolution professionnelle.

3.2. À l'initiative du salarié ou de l'employeur

Le **bilan de compétences**, prévu à l'article L900-2 du Code du travail, permet à l'individu, qu'il soit ou non en poste, d'envisager une évolution professionnelle ou une formation. Il peut également être utilisé comme un instrument de négociation pour un emploi ou une évolution de carrière. Il répond au besoin de faire le point à un moment donné du parcours professionnel. Il est réalisé par un organisme extérieur à l'entreprise. Les données et résultats obtenus restent confidentiels. Le bilan de compétences peut être effectué au titre du plan de développement des compétences (voir Savoir 6) ou hors temps de travail dans le cadre du compte personnel de formation. Dans ce cas, l'employeur n'a pas à être informé.
Il se déroule en plusieurs étapes et s'appuie sur des rencontres avec des professionnels. Sa durée ne peut excéder 24 heures.

Les informations recueillies lors des différents entretiens d'évaluation permettent à l'entreprise de préparer le budget de formation et de faciliter la communication interne. S'ils sont suivis d'effets, les entretiens sont un excellent outil de motivation et de fidélisation des salariés.

Mes notes pour réviser

MOTS CLÉS

Potentiel • Grille d'évaluation • Conseil en évolution professionnelle

Savoir 6

Le développement des compétences

La formation professionnelle continue permet à l'individu d'acquérir de nouvelles compétences pour le retour ou le maintien dans l'emploi et d'assurer son employabilité. Le salarié se forme dans le cadre du plan de développement des compétences établi par l'employeur mais bénéficie également d'un certain nombre de dispositifs pour répondre à un besoin personnel en compétences.

1 Les actions de formation à l'initiative de l'employeur

1.1. Définition

L'action de formation est un parcours pédagogique permettant d'atteindre un objectif professionnel. Il est possible de réaliser des formations en situation de travail, en externe, en intra et à distance *via* les nouvelles technologies.

1.2. Les obligations de l'employeur en matière de formation professionnelle

L'employeur a des obligations en matière de formation professionnelle vis-à-vis de ses salariés. Il doit notamment :
- adapter le salarié au poste de travail ;
- assurer son employabilité et son maintien dans l'emploi ;
- le former à la santé et sécurité.

1.3. Le plan de développement des compétences

Les actions de formation à l'initiative de l'employeur s'inscrivent dans le cadre d'un plan de développement des compétences (PDC).

a) Élaboration

Ce plan regroupe les actions nécessaires et obligatoires (sur le temps de travail) et celles non obligatoires (30 heures maximum). Il peut concerner toutes les entreprises, quelle que soit leur taille. La loi n'impose pas l'élaboration d'un PDC mais celui-ci est fortement conseillé car il facilite l'organisation des formations, étant indispensable à une bonne communication interne et au dialogue social. Il doit être soumis à la consultation et à l'avis du comité social et économique (CSE).

b) Mise en œuvre

L'employeur est libre de programmer les formations obligatoires et de désigner les bénéficiaires. Le salarié ne peut refuser de suivre une formation obligatoire, au risque de se voir licencier pour faute.

2 Les actions de formation à l'initiative du salarié

2.1. Le conseil en évolution professionnelle (CEP)

Le CEP est une prestation gratuite d'accompagnement dans le cadre d'un projet professionnel. Toute personne peut en bénéficier, tout au long de sa vie professionnelle. Le conseiller remet à l'intéressé un document de synthèse récapitulant la description du projet, la stratégie de mise en œuvre et le plan d'action. Il est délivré par les organismes désignés par la loi : Pôle emploi, l'APEC, les missions locales, Cap emploi pour les personnes présentant un handicap.

2.2. Le compte personnel de formation (CPF)

Le CPF permet au salarié, tout au long de sa vie active, d'acquérir des droits pour suivre une formation ou faire valider son expérience professionnelle. Il est alimenté automatiquement chaque année dans la limite d'un plafond de 500 euros (le montant total stocké est de 5 000 euros). Ce crédit peut être utilisé pour suivre une formation, obtenir un diplôme ou un titre, bénéficier d'un bilan de compétences.

2.3. Le projet de transition professionnelle (PTP, CPF de transition)

Le PTP permet au salarié qui justifie d'une activité salariée d'au moins 2 ans dont un an dans la même entreprise de s'absenter de son poste afin de suivre une formation pour se qualifier, évoluer ou se reconvertir. Il est accordé par l'employeur sur demande. Le salarié perçoit son salaire pendant toute la durée de la formation.

2.4. Le congé pour validation des acquis de l'expérience (VAE)

Toute personne ayant exercé une activité professionnelle peut, sous conditions, bénéficier du congé VAE. Son expérience lui permet d'obtenir une certification afin d'évoluer professionnellement. La certification doit être enregistrée au registre national des certifications professionnelles (RNCP). Le congé a une durée maximale de 24 heures et se déroule pendant le temps de travail.

3 Le déroulement des formations

3.1. En présentiel

Plusieurs modalités sont possibles.
– En externe : le salarié bénéficiaire se déplace dans un centre de formation. Cette formation est la plus coûteuse pour l'organisation.
– En interne : un salarié de l'organisation qui détient les compétences à acquérir forme les autres. Cette formation est la moins coûteuse.
– En intra : un formateur extérieur à l'entreprise vient dans l'entreprise. Cette formule est rentable s'il y a plusieurs salariés à former.

3.2. À distance ou en e-learning

Ce type de formation désigne l'usage des NTIC pour l'apprentissage d'une compétence. Il peut mixer des quiz, des vidéos, de l'audio, des jeux, des exercices, du tchat, un forum, une classe virtuelle... Cette solution revient souvent moins cher à l'organisation car elle permet de former à grande échelle. C'est un moyen d'apprentissage plus ludique et plus motivant pour les salariés, qui peuvent choisir le moment pour se former, de manière autonome.

EXEMPLES
Améliorer la maîtrise d'une langue étrangère, développer une technique de vente, apprendre à négocier.

L'objectif principal de la formation professionnelle continue est d'augmenter la productivité et la compétitivité de l'organisation.

Mes notes pour réviser

MOTS CLÉS

Formation professionnelle continue • Employabilité • Plan de développement des compétences • NTIC • Productivité • Compétitivité

Savoir 7

La mobilité professionnelle

La réforme de la formation professionnelle initiée en 2018 vise à favoriser l'accès des salariés à la formation tout au long de la vie afin qu'ils soient en capacité de s'adapter aux évolutions de l'entreprise et du marché du travail. La mobilité professionnelle doit répondre à un besoin en compétences et faciliter l'employabilité des salariés.

RHC

1 La mobilité professionnelle

La mobilité professionnelle peut être soit **interne** (suite à un changement d'activité, de métier ou de lieu mais toujours au sein de la même entreprise), soit **externe** (suite à un changement d'employeur).

2 La mobilité interne

2.1. Définition

La mobilité interne peut être **horizontale** (poste équivalent mais dans un autre service), **verticale** (ce qui correspond à une promotion), **volontaire**, **imposée** et/ou **géographique** (lorsque le poste est situé dans un autre établissement du groupe).

2.2. Intérêts

La mobilité interne est un outil incontournable de la gestion des talents. Elle permet de développer les compétences et représente un facteur important de motivation et de fidélisation pour le salarié. Elle est moins onéreuse qu'un recrutement externe. De plus, le salarié connaît déjà le fonctionnement de l'entreprise et sa culture.

3 La mobilité externe

3.1. Définition

Toute personne appartenant à une **entreprise d'au moins 300 salariés** et ayant une **ancienneté d'au moins 2 ans** (consécutifs ou non) peut bénéficier, avec l'**accord de son employeur**, d'une mobilité volontaire externe sécurisée lui permettant de travailler dans une autre entreprise puis de retrouver son emploi d'origine. Le salarié peut aussi choisir de ne pas retourner dans l'entreprise à la fin de sa période de mobilité. Un avenant au contrat de travail précisera l'objet de la période, les dates de début et de fin de la mobilité, ainsi que les conditions de retour du salarié.

3.2. Intérêts

La mobilité présente plusieurs intérêts : elle permet de :
- découvrir un nouvel environnement de travail ;
- développer de nouvelles compétences, de nouvelles méthodes de travail ;
- découvrir un nouveau secteur d'activité.

Mes notes pour réviser

MOTS CLÉS

Mobilité professionnelle

....

....

....

....

....

....

....

....

....

....

....

....

....

....

....

....

....

....

....

....

S'ENTRAÎNER AU BAC
Exercice 4 : p. 145

Savoir

8 La qualité de vie au travail

Le bien-être au travail est un enjeu fort dans les organisations. Dans le cadre de sa responsabilité sociale (RSE), toute entreprise doit prendre en compte, au-delà des préoccupations environnementales et économiques, la qualité de vie au travail (QVT) des salariés.

RHC

1 La QVT, qu'est-ce que c'est ?

En 2013, un accord national interprofessionnel (ANI), renforcé par la loi Rebsamen de 2015, a conduit les entreprises à mener une véritable réflexion sur l'amélioration des conditions de travail et l'implication des salariés dans cette démarche.

1.1. Définition

La QVT est une démarche qui vise à combiner performance de l'entreprise et bien-être des salariés. Elle est mise en œuvre au travers d'actions qui permettent à la fois d'améliorer les conditions de travail et de rendre l'entreprise performante.

1.2. Les dimensions de la QVT

EXEMPLE
Castorama a mis en place un ascenseur social qui permet à tous les collaborateurs d'évoluer dans le groupe et suggère des passerelles entre les différentes fonctions proposées au siège ou dans les magasins.

EXEMPLE
Le groupe Colas propose le télétravail à ses collaborateurs afin que ceux-ci puissent mieux concilier vie privée et vie professionnelle.

1.3. Les apports de la QVT

POUR L'ENTREPRISE	POUR LES SALARIÉS
– Plus grande loyauté des salariés. – Meilleur engagement des collaborateurs. – Favorise la fidélisation des talents. – Augmente la productivité des salariés. – Réduit l'absentéisme et la rotation du personnel. – Accroît la performance collective et sa compétitivité. – Renvoie une image positive.	– Motivation et implication. – Sentiment fort d'appartenance et de reconnaissance. – Favorise le sens donné au travail. – Sensation de bien-être, de confort, de satisfaction générale. – Réduit le stress. – Favorise la qualité du travail.

1.4. La recherche du bien-être dans la démarche de RSE

ACTIONS
– Mettre en place des dispositifs permettant aux salariés de concilier vie privée et vie professionnelle (crèche d'entreprise, télétravail…). – Instaurer des réunions « flash » hebdomadaires entre les salariés et leur(s) manager(s). – Donner la parole aux salariés au travers de questionnaires portant sur un point précis de leurs conditions de travail, sur le contenu de leur travail. – Mieux reconnaître l'implication et l'engagement des salariés par une valorisation de leur rémunération ou l'élection du « salarié du mois ».

Les actions en faveur de l'amélioration de la QVT peuvent limiter les risques psychosociaux et le turnover, mais aussi améliorer l'efficacité de l'organisation dans sa globalité.

2 La QVT, un levier de performance sociale

La QVT est désormais envisagée par nombreuses entreprises comme un atout de la performance.

2.1. La performance sociale

La performance sociale désigne le niveau des résultats (quantitatif et qualitatif) obtenus par une entreprise en matière de QVT, de bien-être, de climat social, de relations entre les managers et les collaborateurs.

2.2. Les indicateurs de la QVT

Certains indicateurs permettent d'évaluer la QVT : le taux de départ, le taux d'absentéisme, le taux de fréquence des accidents de travail, le taux de rotation.

EXEMPLE
Un taux de rotation élevé signifie que l'entreprise rencontre des difficultés à fidéliser son personnel à cause de conditions de travail peu satisfaisantes.

Au travers de ses objectifs, la performance sociale s'inscrit dans une véritable démarche de développement durable car l'entreprise investit dans la qualité de vie de ses salariés sur du long terme.

Favoriser la QVT doit être une priorité pour l'organisation. Celle-ci doit être un lieu de vie où le travail est facteur de bien-être, de plaisir et de satisfaction. La performance individuelle conduira à une performance globale.

Mes notes pour réviser

MOTS CLÉS

Responsabilité sociale des entreprises • QVT • Bien-être • Performance sociale

S'ENTRAÎNER AU BAC
Exercices 5, 10 : p. 146-148

Savoir 9

La motivation

La motivation est l'un des facteurs déterminants de la productivité du personnel d'une organisation. Or, ce processus très complexe dépend à la fois d'éléments propres à chaque individu mais aussi de l'environnement de travail dans lequel ce dernier évolue.

1 La motivation

La motivation constitue le moteur qui pousse un individu à agir pour atteindre l'objectif qu'il s'est fixé. Elle évolue avec le temps.

EXEMPLE
Un individu sera motivé par une rémunération attractive (= MOTEUR de la motivation). Pour ce faire, il effectuera des heures supplémentaires (= ACTION).

2 Les sources de la motivation

Aujourd'hui, l'une des difficultés pour l'entreprise est de pouvoir garder ses meilleurs salariés collaborateurs. Améliorer la motivation est un des moyens pour y parvenir. Pour ce faire, l'entreprise doit agir sur des facteurs internes mais aussi sur des facteurs externes.

2.1. Les facteurs internes de la motivation

Ils sont propres à chaque individu et sont liés au plaisir qu'ils procurent. Ils dépendent fortement de la personnalité, de l'éducation et du mode de vie de chacun. Ils ont une influence sur l'intensité des efforts fournis par le salarié dans l'exercice de son travail. La motivation interne est durable et se consolide à force de pratique.

FACTEURS INTERNES	EXEMPLES
LA PERSONNALITÉ	La personnalité du salarié le conduit à agir et à adopter un comportement qui lui correspond. Ses traits de personnalité influencent ses actions et ses choix. Un salarié extraverti, autonome privilégiera plus facilement un travail d'équipe car les relations sociales sont pour lui source de motivation.
LES VALEURS	Le fait d'être en accord avec les valeurs de l'entreprise est source de motivation pour agir, comme l'engagement dans le développement durable, la diversité, l'entraide, le dialogue.
LE PLAISIR	Valoriser le plaisir de faire soi-même une tâche permet de progresser. Un salarié qui participe à l'amélioration de ses outils de travail se sent valorisé et trouve davantage de plaisir à s'impliquer dans ce qu'il fait car on lui fait confiance.
L'ESTIME DE SOI ET L'ACCOMPLISSEMENT	Construire l'estime de soi en développant le sentiment d'être compétent favorise l'autosatisfaction, source de motivation.
LE SENTIMENT D'AUTONOMIE	Renforcer le sentiment d'autonomie, se sentir acteur et être responsable de ses performances est source de motivation.

2.2. Les facteurs externes de la motivation

Ils sont reliés à l'environnement de travail et renvoient à un événement qui pousse l'individu à agir, à s'engager pour les conséquences qu'il procure. La motivation externe doit être maintenue dans le temps et incitative.

FACTEURS EXTERNES	EXEMPLES
LE CONTENU DU TRAVAIL ET LES OBJECTIFS FIXÉS	L'enrichissement ou la polyvalence des tâches, le sens donné au travail ainsi que des objectifs réalisables sont source de motivation.
LES CONDITIONS DE TRAVAIL	L'ergonomie a permis de réduire la fatigue professionnelle en limitant les impacts sur la santé physique et mentale. Bénéficier d'un aménagement du temps de travail permet de mieux concilier vie privée et vie professionnelle. Ainsi, la mobilisation et la motivation du salarié seront de meilleure qualité.
LE STYLE DE MANAGEMENT	Le travail d'équipe, la communication, un management accès sur l'accompagnement humain favorisent la motivation des collaborateurs, tout comme l'organisation de réunions « flash » afin d'entendre l'opinion de chacun.
LES PERSPECTIVES D'ÉVOLUTION	Lors d'un entretien d'évaluation avec son manager, un salarié apprend que s'il atteint les nouveaux objectifs fixés d'ici la fin du mois, il pourra bénéficier d'une promotion. Cela aura un impact sur les efforts à fournir, donc sur la motivation.
LES RÉCOMPENSES	La rémunération, les primes, les avantages sociaux (tickets-restaurant) sont source de motivation. Le salaire au mérite agit sur la motivation individuelle du salarié alors qu'une prime sur l'intéressement agit davantage sur la motivation collective.

3 Les enjeux de la motivation

Les principaux bénéfices d'une meilleure motivation sont nombreux :

– un meilleur engagement et une meilleure mobilisation des salariés ;
– une meilleure ambiance dans les équipes ;
– de meilleurs résultats (CA, bénéfices...) ;
– une amélioration des indicateurs sociaux (baisse du turnover, de l'absentéisme, des retards) ;
– une meilleure capacité à innover, une qualité du travail améliorée ;
– une plus grande attractivité de l'entreprise et une meilleure image.

La démotivation du salarié est une variable complexe pour l'entreprise à ne pas sous-évaluer. Elle peut avoir un effet viral et se répandre plus largement très rapidement. L'entreprise aura donc tout intérêt à tout mettre en œuvre pour motiver son personnel et éviter ainsi les coûts cachés de la démotivation (absentéisme).

Mes notes pour réviser

MOTS CLÉS

Motivation • Facteurs internes et externes • Environnement de travail • Conditions de travail • Style de management

S'ENTRAÎNER AU BAC

Exercices 6, 9 : p. 146-148

Savoir 10

Les conditions de travail

Les conditions de travail ont une forte incidence sur le comportement des salariés, leur santé, leur sécurité, leur motivation au travail et, par conséquent, sur les performances de l'entreprise.

RHC

1 Définition

Les conditions de travail sont constituées de composantes permettant l'exercice d'une activité professionnelle.
Ces composantes (physiques, environnementales, organisationnelles, sociales et psychologiques) auront un impact plus ou moins favorable sur la mobilisation, la motivation et la santé des travailleurs.

COMPOSANTES	EXEMPLES
PHYSIQUE	Les outils (ordinateur, tablette, vidéoprojecteur), les équipements (tableau blanc, lampe, corbeille), le mobilier (bureau surélevé d'architecte), la pénibilité et les risques professionnels liés à la santé et sécurité, les efforts physiques, les gestes répétitifs, l'exposition à des produits dangereux, les accidents de travail, les maladies professionnelles.
ENVIRONNEMENTALE	Les espaces de travail (bureau cloisonné ou semi-ouvert) et de repos, l'éclairage, la climatisation, le bruit.
ORGANISATIONNELLE	L'aménagement du temps de travail, le travail de nuit, la répartition et la charge de travail, les procédures, les normes, les mesures de prévention et de sécurité mises en place, le contrôle des objectifs, la connexion permanente *via* les outils nomades.
SOCIALE	Les conditions d'intégration, de suivi du personnel, le contenu du travail, les perspectives d'évolution, la formation, le style de management, les relations professionnelles, le dialogue social, l'autonomie.
PSYCHOLOGIQUE	La reconnaissance du travail, la prise en compte du bien-être, la gestion du stress, le degré d'épanouissement, le sens donné au travail.

Les conditions de travail peuvent être qualifiées de « mauvaises » lorsque le salarié ne trouve plus de satisfaction à travailler à cause des horaires qui ne permettent pas de concilier vie privée et vie professionnelle, de la rémunération qui n'est pas suffisante ou encore parce que l'environnement de travail n'est pas en adéquation avec les règles de sécurité qui incombent à l'employeur.

2 Les conséquences de mauvaises conditions de travail

POUR LE PERSONNEL	POUR L'ENTREPRISE
– La démotivation et la démobilisation. – La perte de sens dans le travail. – La souffrance au travail (troubles musculo-squelettiques) et le stress (épuisement professionnel ou burn-out, dépression).	– Des coûts liés à l'augmentation de l'absentéisme (remplacement des salariés absents), aux accidents du travail et aux maladies professionnelles (AT/MP). Le taux de cotisation AT/MP employeur est calculé chaque année en fonction de la sinistralité de l'entreprise – Des retards dans l'exécution du travail – Une moins bonne qualité des produits – Une image dégradée – L'émergence de conflits – Une baisse des résultats financiers...

3 L'amélioration des conditions de travail

La prévention des risques professionnels participe à l'amélioration des conditions de travail, qui jouent un rôle considérable sur la santé et la productivité des hommes. Améliorer les conditions de travail est un formidable levier de transformation positive.

3.1. Les acteurs au cœur de l'amélioration

EN INTERNE	EN EXTERNE
– La direction et les managers – Les représentants du personnel – Le CSE (comité social et économique) – Les salariés	– Le médecin du travail – L'inspection du travail – L'ANACT (Agence nationale pour l'amélioration des conditions de travail) / l'ARACT (Association régionale pour l'amélioration des conditions de travail) / la CARSAT (caisse d'assurance retraite et de la santé au travail) – Un ergonome et/ou un préventeur

EXEMPLE

Chez Saint-Gobain, les salariés participent prioritairement à l'amélioration de leur poste de travail.

3.2. La démarche d'amélioration des conditions de travail

Selon l'article L4121-2 du Code du travail, l'employeur doit tout mettre en œuvre pour éviter les risques professionnels et évaluer ceux qui ne peuvent être évités, et en combattre la source.

a) Analyser les risques

– Réaliser un diagnostic à l'aide d'indicateurs de santé (AT/MP), sociaux (absentéisme, rotation, plaintes), de production (pannes, retards, rebus, satisfaction client) et de facteurs de risque (pénibilité, degré d'autonomie, délais à respecter).

– Impliquer le CSE et les salariés : soumettre des questionnaires sur l'environnement de travail, organiser des débats, observer des temps de travail.

– Faire intervenir des acteurs extérieurs comme l'ANACT ou un ergonome qui procédera à une étude scientifique des conditions de travail.

b) Mettre en place un plan d'action

Ce plan devra être établi en termes techniques, managériaux et de gestion RH dans le cadre d'un comité de pilotage paritaire, appuyé par un médecin du travail et un préventeur. Il devra combiner des actions à court, moyen et long terme.

EXEMPLES

– L'installation de sièges et des cabines adaptables à la physionomie du travailleur avec suspensions pneumatiques limitera les vibrations des conducteurs d'engin et leur impact sur le squelette.

– La mise en place de caillebotis antidérapants dans des ateliers de préparation de plats à base de poissons évitera les risques de chute.

– La proposition du télétravail comme nouvelle forme de travail répond à des problématiques liées aux difficultés de concilier vie privée et vie professionnelle.

3.3. Les enjeux d'une amélioration des conditions de travail

Depuis quelques années, les entreprises ont pris la mesure de l'amélioration des conditions de travail sur leur performance. Accroître le bien-être et la QVT des salariés (voir Savoir 8) a un impact significatif sur leur motivation et leur engagement (voir Savoir 9), donc sur leur efficacité et leur productivité (jusqu'à 20 % en plus).

EXEMPLE

Le groupe Allianz offre à ses salariés 17 à 29 jours de congé supplémentaires, des primes à l'intéressement et à la participation aux résultats entre 2 et 5 % du salaire annuel, un temps de travail flexible pour les cadres et le télétravail.

MES NOTES POUR RÉVISER

MOTS CLÉS

Conditions de travail • Performance • Aménagement du temps de travail • Environnement de travail • Accidents du travail et maladies professionnelles (AT/MP) • Risques professionnels • ANACT

....

....

....

....

....

S'ENTRAÎNER AU BAC
Exercices 6, 10 : p. 146-148

Savoir 11

La santé et sécurité au travail

Le Code du travail oblige l'employeur à prendre les mesures nécessaires pour protéger l'intégrité physique et mentale des salariés. Les atteintes à cette intégrité englobent notamment les atteintes corporelles mais aussi toute forme de discrimination, comme le harcèlement.

1 Le cadre légal

1.1. Les obligations de l'employeur en matière de santé et sécurité

Selon l'article L4121-1 du Code du travail, l'employeur est tenu de prendre toutes les mesures nécessaires pour assurer la sécurité et protéger la santé physique et mentale de ses salariés. Il doit donc mettre en place des actions de prévention des risques professionnels et de la pénibilité au travail. Il est par ailleurs soumis à une obligation de résultat.

EXEMPLES
Former son personnel à l'usage de nouveaux outils, renouveler régulièrement les équipements de sécurité (gants, chaussures de sécurité, casque).

En cas de non-respect des règles de sécurité, l'employeur engage sa responsabilité civile (réparation du préjudice) et/ou pénale (amende, peine d'emprisonnement).

1.2. Les droits des salariés

Si le salarié a un motif raisonnable de penser que sa situation de travail présente un danger grave **et** imminent pour sa santé ou sa vie, il dispose alors d'un droit d'alerte et de retrait. Il a donc le droit d'arrêter son travail sans l'accord de son employeur et, si nécessaire, de quitter son lieu de travail pour se mettre en sécurité.

2 Les risques professionnels

L'activité professionnelle est source de risques pouvant entraîner des atteintes à la santé des salariés.

2.1. Les accidents du travail (AT)

Selon l'article L411 du Code de la Sécurité sociale, « est considéré comme accident du travail, quelle qu'en soit la cause, l'accident survenu par le fait ou à l'occasion du travail à toute personne salariée ou travaillant [...] pour [un employeur] ». Est également considéré comme accident du travail l'accident survenu pendant le trajet aller/retour entre l'habitation et le lieu de travail.

EXEMPLES
Les accidents de manutention manuelle (51 %), les chutes de hauteur ou de plain-pied (28 %).

2.2. Les maladies professionnelles (MP)

La maladie professionnelle apparaît suite à l'exposition (plus ou moins longue) à un facteur de risque dans l'entreprise. La MP est reconnue dès lors qu'elle figure dans l'un des tableaux des MP et lorsqu'il est prouvé qu'elle a été causée directement par le travail habituel et une exposition prolongée.

EXEMPLES
Les pathologies liées à l'amiante, les troubles musculo-squelettiques.

2.3. La souffrance au travail et les risques psychosociaux

La souffrance au travail se définit comme un mal-être ressenti dans son environnement professionnel.
Les risques psychosociaux (RPS) sont induits par l'activité elle-même ou générés par l'organisation et les relations de travail. Ils correspondent à des situations où se combinent : du stress, des violences internes (harcèlement) et externes (relations avec les clients), et de l'épuisement psychologique.

FACTEURS DE RISQUE	RPS	ATTEINTES À LA SANTÉ
– Faible autonomie dans le travail – Cadence et intensité du travail élevées – Contrôle et surveillance permanents – Conflits de valeurs – Complexité du travail	– Stress – Violences internes – Violences externes – Épuisement psychologique	– Fatigue chronique – Dépression – Anxiété – Burn-out – Maladies cardiovasculaires – Suicide...

3 Le rôle de la gestion sociale et des indicateurs sociaux

Pour bien mener son entreprise, le dirigeant dispose d'outils d'évaluation et d'aide à la décision tels que le bilan social et les tableaux de bord sociaux.

3.1. Le bilan social

Le bilan social est un outil d'évaluation de la situation sociale d'une entreprise (voir Savoir 18).

3.2. Le tableau de bord social

Cet outil de pilotage s'appuie sur des indicateurs sociaux choisis, et qui permettent de mettre en évidence les écarts entre les objectifs recherchés et les objectifs réellement atteints.

EXEMPLES
Les employés par type d'emploi, les congés de maladie.

3.3. Les principaux indicateurs de la gestion sociale

INDICATEURS	CALCULS
TAUX D'ABSENTÉISME	(Nombre de jours (ou heures) d'absence pendant une période P / Nombre de jours (ou heures) théoriques travaillés pendant la période P) × 100
TAUX DE ROTATION DU PERSONNEL OU TURNOVER	{[(Nombre de départs durant l'année N + Nombre d'arrivées durant l'année N) / 2] × 100} / Effectif total au 1er janvier N
TAUX DE FRÉQUENCE DES ACCIDENTS DU TRAVAIL	(Nombre d'accidents du travail avec arrêt / Nombre d'heures travaillées) × 1 000 000
TAUX DE GRAVITÉ DES ACCIDENTS DU TRAVAIL	(Nombre de journées perdues par incapacité temporaire / Nombre d'heures travaillées) × 1 000

D'autres indicateurs sont utilisés : la stabilité des effectifs, la répartition des salariés par sexe et par âge (pyramide des âges), les types de contrat de travail (CDD, CDI, intérimaire, saisonnier...), la mobilité interne...

4 La prise en charge financière des risques

4.1. La reconnaissance et l'indemnisation des AT/MP

a) Les coûts directs

Lorsqu'un AT ou une MP survient dans l'entreprise, cette dernière adresse une demande d'AT/MP auprès de la CPAM (caisse primaire d'assurance maladie) pour étude. La CPAM avance les frais médicaux au salarié en attente d'un remboursement par l'entreprise. Une fois payée, la CPAM envoie les informations à la CARSAT (caisse d'assurance retraite et de la santé au travail), qui détermine un taux d'AT/MP. L'entreprise paiera sa cotisation à l'URSSAF en fonction du coût (moyen forfaitaire) occasionné par les AT et MP survenus dans l'année dans le secteur d'activité auquel elle appartient. Toutefois, elle peut voir sa cotisation augmenter si les coûts liés aux AT et MP sont supérieurs à ceux du secteur. Selon le degré d'incapacité, le salarié pourra toucher une rente à vie.

b) Les coûts indirects ou coûts « cachés »

Les coûts indirects concernent le temps de traitement administratif du sinistre, le temps de convalescence du blessé, son remplacement, les retards dans le traitement des tâches, une perte potentielle de contrats, l'atteinte à la notoriété...

EXEMPLE

Les coûts moyens (directs et indirects) liés aux AT pour une journée d'absence s'élèvent à 300 € ; pour 3 mois d'absence, ils s'élèvent à 93 000 €.

Les AT et MP génèrent des coûts économiques non négligeables. En prévenant les risques professionnels, l'employeur assure son obligation de santé et sécurité envers son personnel, évite des dépenses inutiles, préserve le climat social et améliore la performance globale.

EXEMPLE

Pour 1 € dépensé en prévention des RPS, le bénéfice économique représente 13,64 €.

4.2. Une complémentaire santé depuis le 1er janvier 2016

La complémentaire santé (ou mutuelle) est proposée par l'employeur moyennant une participation du salarié sous forme de cotisation. Elle couvre les dépenses de santé non prises en charge par la base Sécurité sociale. La protection sociale consiste en un accord entre un organisme d'assurances (Allianz, la Macif...) et l'employeur.

Mes notes pour réviser

MOTS CLÉS

Risques professionnels • Obligation de résultat • Droit d'alerte et de retrait • Accident du travail • Maladie professionnelle • Souffrance au travail • Risques psychosociaux • Bilan social

S'ENTRAÎNER AU BAC
Exercices 6, 10 : p. 146-148

Savoir 12

La rémunération : généralités

La rémunération doit être motivante et répondre aux besoins du salarié. Une fois les besoins fondamentaux de celui-ci satisfaits, elle doit permettre de répondre à ses besoins de reconnaissance et d'estime de soi.

1 Définition

La rémunération correspond à la contrepartie d'une prestation fournie. Elle est strictement encadrée par la loi et les conventions collectives. Elle prend la forme d'un salaire versé par l'employeur au salarié en échange de son travail, dans le cadre d'une relation contractuelle, et de tous les autres avantages en espèces ou en nature.

2 Les composantes de la rémunération

La rémunération globale comprend le salaire de base et les compléments.

2.1. Le salaire de base (salaire minimum)

Le salaire de base est défini et précisé dans le contrat de travail. Il est composé d'une part fixe, liée à la fonction du salarié, et d'une part variable, liée aux performances individuelles et collectives. Des heures supplémentaires peuvent y être ajoutées. Il sert de référence pour le calcul des autres prestations.

2.2. Les compléments de salaire

FIXÉS PAR LA LOI	Indemnités de congés payés, congés familiaux	
FIXÉS PAR LES CONVENTIONS COLLECTIVES	**EN ESPÈCES**	– Prime* d'ancienneté (vise à récompenser la fidélité) – Prime de salissure (compense les frais supportés à l'occasion du travail) – Autres gratifications* (à l'occasion de la naissance d'un enfant ou d'un mariage)
	EN NATURE	– Voiture et logement de fonction – Téléphone – Ordinateur portable

* Les primes et gratifications sont soumises à l'impôt et aux cotisations sociales.

2.3. Les suppléments de salaire

– En espèces : mutuelle, prévoyance retraite, prêt, ticket-restaurant, chèque-vacances...
– En nature : assistance juridique, conseils...

2.4. Les périphériques

Ils correspondent à tout ce qui n'est pas directement lié au salaire de qualification. Ils permettent aux employeurs de compléter la rémunération des salariés d'une manière différente.

EXEMPLES
Intéressement, participation, plan d'épargne salariale

Mes notes pour réviser

Savoir 13

La rémunération individualisée et la rémunération collective

La rémunération récompense, motive et encourage. Elle transmet bien davantage au salarié qu'une simple rétribution de son travail.

1 La rémunération individualisée

1.1. Définition

La rémunération individualisée consiste en des augmentations de salaire basées sur la performance du salarié évalué individuellement au cours d'une période donnée. Elle peut être basée sur différents critères individuels : la performance sur une période déterminée, le potentiel, les compétences acquises, le comportement, le mérite...

L'individualisation des salaires est un levier de motivation individuelle et de performance économique de l'entreprise. Les éléments fixes garantissent la sécurité et les éléments variables reconnaissent l'investissement personnel.

1.2. Les éléments fixe et variables

ÉLÉMENT FIXE	ÉLÉMENTS VARIABLES
Le salaire de base	– Les heures supplémentaires majorées* – Les primes et gratifications (prime sur objectifs pour les commerciaux ou vendeurs, primes d'ancienneté, de fin d'année) – Les avantages en nature (voir Savoir 12) – Les avantages sociaux (voir Savoir 12)

* Heures supplémentaires majorées : + 25 % de la 39ᵉ heure à la 43ᵉ heure, + 50 % de la 44ᵉ heure à la 48ᵉ heure.

EXEMPLE Les postes de commercial sont particulièrement adaptés à ce système de rémunération, comme les postes de vendeur ou de négociateur dans l'immobilier. Les métiers liés à la production peuvent aussi être gratifiés selon le principe de la rémunération variable en fonction du rendement (quantités préalablement fixées).

1.3. Avantages et inconvénients

	AVANTAGES	INCONVÉNIENTS
POUR LE SALARIÉ	L'augmentation de la rémunération fixe et variable est source de motivation.	– Peut être source de jalousie au sein d'une équipe. – Favorise l'individualisme et l'injustice sociale. – La part variable peut être anxiogène si l'on veut maintenir des revenus stables.

	AVANTAGES	INCONVÉNIENTS
POUR L'ENTREPRISE	– Fidélise le salarié et réduit le turnover. – Encourage la productivité et l'investissement personnel. – Valorise le salarié méritant, donc encourage la motivation. – Les résultats seront meilleurs et favoriseront les bénéfices et le développement de l'entreprise.	– Des objectifs atteignables doivent être fixés. – Représente un coût pour l'entreprise. – Une dégradation du climat social liée au sentiment d'injustice sociale est possible.

2 La rémunération collective

De plus en plus d'employeurs introduisent une part collective dans la rémunération variable pour fidéliser les salariés et attirer de nouveaux candidats. La rémunération collective correspond à tout ce qui n'est pas directement lié au salaire de qualification mais dépend de la **performance de l'entreprise**.

	DESCRIPTION	INTÉRÊT
L'INTÉRESSEMENT	Dispositif **facultatif** qui dépend de l'atteinte ou non d'un objectif fixé en concertation entre l'employeur et les IRP. Il prend la forme d'une prime liée aux résultats et aux performances de l'entreprise, il est donc aléatoire. Condition : ancienneté de 3 mois.	Il incite les salariés à contribuer à l'effort collectif puisqu'ils bénéficient en contrepartie d'une amélioration de leurs revenus. Pour les entreprises, le système a été simplifié avec la loi Pacte (2019).
LA PARTICIPATION	Dispositif **obligatoire** pour les entreprises de plus de 50 salariés. Elle vise à redistribuer aux salariés une partie des bénéfices qu'ils ont contribué à générer. Condition : ancienneté de 3 mois.	C'est un puissant levier de motivation et de mobilisation des salariés puisqu'ils ont le sentiment d'être reconnus pour leur investissement.
L'ÉPARGNE SALARIALE : – LE PEE (PLAN D'ÉPARGNE ENTREPRISE) – LE PERCO (PLAN D'ÉPARGNE POUR LA RETRAITE COLLECTIF)	Dispositif **facultatif** pour les entreprises. Elle offre la possibilité aux salariés de se constituer un capital ou une épargne pour un besoin futur. Les différents plans peuvent être alimentés par des sommes qui proviennent de l'intéressement, de la participation ou de l'actionnariat. Les salariés choisissent le montant versé et la périodicité. L'épargne est disponible au bout de 5 ans.	Elle permet aux salariés de disposer d'une épargne sans plafond légal et de bénéficier d'une exonération fiscale des sommes investies et du capital à l'échéance. L'entreprise peut abonder en plus des versements réguliers des salariés.

En France, pour les 120 plus grandes entreprises, la prime d'intéressement se situe en moyenne à 2 543 € par salarié et par an. Les petites entreprises n'ont que très peu recours à ce mécanisme car il est trop coûteux, malgré une simplification récente.

Un système de rémunération, qu'il soit individuel ou collectif, perçu comme juste créera les conditions d'une augmentation de la motivation.

Mes notes pour réviser

MOTS CLÉS

Rémunération individualisée • Potentiel • Primes et gratifications • IRP

Savoir 14

Les relations professionnelles

La gestion des relations sociales est une priorité pour les entreprises car ces relations peuvent avoir un impact plus ou moins satisfaisant sur le bien-être et la motivation des salariés. L'entente entre les acteurs de l'organisation contribue à instaurer un bon climat social, levier de performance collective.

1 Définition

Les relations professionnelles désignent l'ensemble des échanges et interactions entre les différents acteurs de l'organisation. Une bonne gestion des relations professionnelles se construit sur la collaboration et la cohésion de groupe, ce qui permet d'instaurer un bon climat social et d'éviter les conflits. Ainsi, le climat social est un indicateur de la qualité des relations professionnelles mais aussi de la bonne santé humaine et sociale de l'entreprise.

EXEMPLE Les incivilités et réflexions menacent la cohésion d'un groupe de travail.

Le climat social se mesure à l'aide d'indicateurs (voir Savoir 11) : le taux d'absentéisme, le taux d'évolution, le taux de rotation, le taux de conflits individuels... Ces indicateurs sont recensés dans des tableaux de bord ou bilans sociaux (voir Savoir 19) et permettent une meilleure compréhension et un meilleur suivi de leur évolution.

2 Les facteurs favorisant de bonnes relations professionnelles

Les relations professionnelles sont caractérisées par des interactions, des phases de dialogue, des compromis... Leur succès repose sur plusieurs facteurs :

FACTEURS	EXEMPLES
LA COMMUNICATION, L'INTÉGRATION À UN GROUPE	Favoriser les échanges permet de mieux se connaître. Adapter les langages verbal et non verbal aux circonstances et aux interlocuteurs, c'est faire preuve d'une intelligence émotionnelle. EXEMPLE Les conversations informelles devant la machine à café.
LES ATTITUDES DES MEMBRES DU GROUPE (SALARIÉS ET MANAGERS)	Développer les qualités humaines (*softskills*) telles que l'empathie, l'écoute active, le sens du collectif, adopter un style de management participatif harmonise les liens et les relations. EXEMPLE Exprimer ses limites évite l'épuisement professionnel.
LES OUTILS COLLABORATIFS	Ils facilitent les relations entre les membres d'une équipe. EXEMPLE Un agenda partagé permet une meilleure coordination et visibilité des tâches.

En outre, pour garantir de bonnes relations professionnelles, les dirigeants doivent mettre en place des pratiques managériales visant à créer une ambiance de travail favorisant bien-être et performance. De plus, l'outil collaboratif ne doit pas supprimer le face-à-face, au risque de menacer les relations humaines.

Mes notes pour réviser

MOTS CLÉS

Climat social • Tableau de bord • Bilan social • Softskills

S'ENTRAÎNER AU BAC

Exercice 10 : p. 148

Savoir
15 La gestion des conflits

La gestion des conflits consiste, pour le manager, à faire face à une situation d'opposition entre plusieurs personnes. Un conflit s'exprime au travers d'émotions telles que la peur, la colère, la rancune, la frustration. Même s'il n'est pas toujours négatif, il peut être source de stress, de fatigue, de perte de confiance et de baisse de productivité.

1 Définition

1.1. Les conflits interpersonnels et les conflits sociaux

Dans une organisation, on observe le plus souvent des situations conflictuelles entre deux personnes d'un même groupe. Le conflit est alors dit « interpersonnel ». L'objectif est de faire connaître son point de vue, son mécontentement, de protéger son territoire.

EXEMPLE Un salarié reproche à un collègue son manque d'implication.

Le conflit est dit « social » lorsqu'il y a un affrontement entre plusieurs groupes sociaux aux intérêts et idéaux divergents. L'objectif est de modifier le rapport de force entre les parties.

EXEMPLE L'équipe de direction fait face à un arrêt de travail des salariés qui réclament une augmentation de leur rémunération.

1.2. Les conflits latents et les conflits ouverts

Un conflit « étouffé » est un conflit latent ou larvé, qui ne s'est pas encore exprimé. Il se manifeste par des absences, une colère refoulée, une attitude d'évitement, des silences gênants.
Un conflit ouvert est une situation conflictuelle exprimée. Il se manifeste par de la violence verbale (cris, insultes…) ou physique (gestes, attitudes…).

Le conflit n'est pas en soi toujours négatif, il peut permettre d'exprimer ses frustrations et de sortir d'une crise. Son évolution dépendra de l'intervention plus ou moins précoce du manager et de sa capacité à impulser une attitude de sortie de crise.

2 Les sources de conflit

LE CONFLIT D'INTÉRÊTS	Il apparaît lorsqu'il y a une divergence sur les intérêts des personnes.
LE CONFLIT D'IDENTITÉ	Il est issu de réactions de compétition ou d'antipathie.
LE CONFLIT DE POUVOIR	Il apparaît entre deux personnes de même rang hiérarchique qui s'opposent lorsque l'une empiète sur les compétences de l'autre.

LE CONFLIT D'IDÉOLOGIE	Le désaccord porte sur des opinions, des points de vue, des valeurs perçus comme opposés. Une des personnes veut imposer son point de vue sans écouter l'autre.
LE MALENTENDU	Les personnes qui s'opposent ne disposent que d'informations partielles ou ont une idée fausse de la réalité.

3 La gestion des conflits

Face à un conflit, l'individu peut avoir différents comportements.

3.1. L'attitude dans le conflit

L'ÉVITEMENT	L'individu ignore le conflit ou fait semblant de l'ignorer.
LA DÉNÉGATION	L'individu nie les faits.
LA MANIPULATION	L'individu tente de séduire l'autre ou le fait culpabiliser.
LA SOUMISSION	L'individu accepte la situation.
LA VIOLENCE	L'individu répond avec agressivité et autorité.
LA COLLABORATION OU LE COMPROMIS	L'individu a une approche conciliante, facilitatrice.

3.2. Les modalités de dépassement du conflit

Seule la collaboration permet une sortie de la crise. Plusieurs méthodes permettent une résolution complète des conflits faisant appel, la plupart du temps, à une personne extérieure (le manager, un médiateur, un arbitre...).

LE RECOURS HIÉRARCHIQUE	Modalité qui fait appel à un supérieur hiérarchique qui va trancher de manière autoritaire et définitive.
L'ARBITRAGE	Implique les parties en leur demandant de choisir chacune un arbitre. Un troisième arbitre interviendra pour trancher. Le consentement est préalablement nécessaire.
LA MÉDIATION	Les deux parties désignent un intervenant extérieur. Ce dernier n'est qu'un facilitateur, un guide.
LA NÉGOCIATION	Confrontation directe entre les parties, basée sur le dialogue. Deux issues sont possibles : – la résolution « gagnant-perdant » lorsque les intérêts semblent totalement opposés : une seule des parties est satisfaite de l'issue ; – la résolution « gagnant-gagnant » : les parties ont trouvé un compromis ou un consensus.

Afin d'éviter tout conflit, le manager doit mettre l'accent sur la prévention et être attentif à tout changement d'attitude ou comportement (repli sur soi, absentéisme...). Il doit pratiquer l'écoute active et favoriser les échanges informels, mettre en place des boîtes à suggestions/idées (par exemple, *via* une application sur smartphone), développer l'esprit d'équipe (au travers de séances de team building, par exemple).

Mes notes pour réviser

MOTS CLÉS

Conflit interpersonnel • Conflit social • Conflit latent (larvé) • Conflit ouvert • Modalités de dépassement du conflit

S'ENTRAÎNER AU BAC
Exercice 7 : p. 147

Savoir 16

Le dialogue social

La réforme du Code du travail commencée en 2016 vise à promouvoir le dialogue social dans l'entreprise. L'objectif du dialogue social est de faciliter l'organisation et le fonctionnement de l'entreprise. Sa mise en œuvre a pour but de maintenir une cohésion forte de l'ensemble du personnel et une meilleure qualité de vie au travail.

1 Définition

Selon l'Organisation internationale du travail (OIT), le dialogue social regroupe l'ensemble des processus de négociation, de partage d'informations ou de consultation mis en place entre l'employeur et les salariés dans le cadre de problématiques ou de questions liées à la politique économique et sociale.

2 Les acteurs du dialogue social

Les salariés ont un droit d'expression directe et collective sur le contenu, les conditions d'exercice et l'organisation du travail. Ce droit s'exerce par le biais de leurs représentants : le CSE (comité social et économique) et les délégués syndicaux.

	LE CSE (À PARTIR DE 11 SALARIÉS)	LES DÉLÉGUÉS SYNDICAUX (À PARTIR DE 50 SALARIÉS)
DÉFINITION	Instance unique de représentation du personnel. Il est composé de l'employeur et d'une délégation élue du personnel.	Interface entre l'employeur et les salariés. Ils défendent les salariés et améliorent leurs conditions de travail. Ils siègent au CSE.
DÉSIGNATION	Ses membres sont élus par les salariés lors d'élections professionnelles pour un mandat de 4 ans.	Ils sont désignés par le ou les syndicats représentatifs (qui ont recueilli au moins 10 % des suffrages lors des élections professionnelles).
RÉUNIONS	– Effectif de moins de 50 salariés : 1 fois par mois. – Effectif de plus de 50 salariés : 4 fois par an.	Heures de délégation en fonction de l'effectif : de 12 heures à 24 heures par mois.
DOCUMENTS À DISPOSITION	Base de données économiques et sociales (BDES) (voir Savoir 17)	
RÔLE	Le CSE est informé et consulté sur les thèmes prévus par la loi. Il négocie lorsqu'il n'y a pas de délégué syndical.	Ils transmettent les réclamations, les revendications ou les propositions de leur syndicat à l'employeur. Ils négocient avec l'employeur sur des thèmes prévus par la loi.
OBJECTIF	Veiller à l'expression collective des salariés pour aboutir à un accord collectif ou une convention collective avec l'employeur.	

3 Le contenu du dialogue social

Les sujets de discussion sont nombreux : la rémunération (négociation annuelle obligatoire pour les entreprises de plus de 50 salariés), le temps de travail, le télétravail, l'égalité entre femmes et hommes, l'emploi des seniors, les situations de handicap, la GPEC (obligatoire tous les 3 ans pour les entreprises de plus de 300 salariés), la formation...

4 Les formes du dialogue social

4.1. Le dialogue social informel

Non prévu par la loi, il est développé dans un cadre et une organisation définis par l'entreprise, sans empiéter sur les prérogatives des IRP. C'est une relation qui s'anime au quotidien dans les relations entre collègues et avec la hiérarchie.

4.2. Le dialogue social formel

Prévu par la loi ou par disposition conventionnelle, il associe l'employeur, les IRP et les organisations syndicales. La rencontre est organisée à l'avance suivant un planning, des convocations sont adressées aux participants. À l'issue de la réunion, un procès-verbal (PV) des délibérations est établi et envoyé aux participants, il permet de prouver l'existence d'un réel dialogue entre les parties prenantes. Le dialogue social prend la forme d'**informations** (obligatoires sur l'effectif pour les entreprises de plus de 300 salariés tous les 3 mois), de **consultations** et de **négociations**.

CONSULTATION (DU CSE)	NÉGOCIATION (AVEC LES DÉLÉGUÉS SYNDICAUX)
Objectif : les consultations du CSE doivent permettre un meilleur dialogue social et la co-construction de projets importants avec les parties prenantes. Le CSE dispose d'un mois pour rendre un avis (positif ou négatif). Obligatoires dans les entreprises de plus de 50 salariés, les consultations peuvent être : – **récurrentes** : sur les orientations stratégiques, la situation économique et financière, la politique sociale, les conditions de travail et d'emploi ; –**ponctuelles** : en cas de restructuration, de compression d'effectif, de licenciement collectif pour motif économique, de procédure de sauvegarde, de redressement et de liquidation judiciaire.	**Objectif :** les négociations visent à conclure une convention ou un accord. Une convention collective traite de l'ensemble des conditions d'emploi, de travail et de garanties sociales. Un accord collectif traite d'un ou de quelques points de cet ensemble. Les négociations obligatoires portent sur : – la rémunération, le temps de travail, le partage de la valeur ajoutée, l'égalité professionnelle et la QVT : **1 fois par an** ; – la gestion des emplois, les parcours professionnels et la mixité des métiers : **tous les 3 ans**.

Mes notes pour réviser

MOTS CLÉS

GPEC • IRP • Convention collective • Accord collectif

Savoir 17

La base de données économiques et sociales (BDES)

Depuis 2015, la BDES est obligatoire pour toutes les entreprises d'au moins 50 salariés. Elle vise un partage de l'information plus simple et plus transparent entre les dirigeants et les instances représentatives du personnel (IRP). C'est un outil indispensable du dialogue social (voir Savoir 16).

RHC

1 Définition

La BDES est un document (papier ou numérique) qui rassemble toutes les données économiques et sociales de l'entreprise. Ces données chiffrées portent sur l'année en cours, les deux précédentes et les trois suivantes (perspectives).

Ce document est un support aux diverses consultations obligatoires du CSE. Il revient à l'employeur ou au service RH de la concevoir, de la remplir et de la tenir à jour.

2 Contenu

La BDES contient :
– les orientations stratégiques de l'entreprise (ex. : l'investissement social, matériel et immatériel) ;
– la situation économique et financière de l'entreprise (ex. : les fonds propres, endettement et impôts) ;
– la politique sociale de l'entreprise, les conditions de travail et d'emploi (ex. : l'égalité professionnelle entre les hommes et les femmes. Depuis 2016, les entreprises doivent détailler les mesures prises).

Le contenu est le fruit d'un dialogue social entre l'employeur et les représentants du personnel. Un accord définit alors l'organisation, l'architecture, le contenu et les modalités de fonctionnement de la BDES.

À défaut d'un accord, le contenu varie en fonction de la taille de l'entreprise. Pour les entreprises de moins de 300 salariés, les rubriques relatives au bilan social sont reprises dans la BDES.

Les informations contenues dans la BDES permettent aux IRP d'émettre des avis. Ainsi, elles doivent pouvoir être comprises par tous et peuvent être accompagnées d'éléments d'explication.

3 Des obligations pour l'employeur et les utilisateurs

Les utilisateurs de la BDES ont une obligation de discrétion, notamment lorsque les informations sont indiquées comme confidentielles par l'employeur.

En l'absence de BDES, l'employeur s'expose à une amende de 7 500 € pour délit d'entrave (comportement qui empêche le fonctionnement normal d'un IRP).

Mes notes pour réviser

MOTS CLÉS

Dialogue social • CSE

Savoir 18

Le bilan social

Le bilan social est un état des lieux de la situation du personnel d'une entreprise. Obligatoire dans les entreprises de plus de 300 salariés, il apporte une vue d'ensemble des caractéristiques du personnel et des conditions de travail. Il permet de repérer les problèmes et dysfonctionnements, et d'anticiper une politique de gestion des ressources humaines.

1 Les objectifs du bilan social

Au travers des données chiffrées qu'il offre, le bilan social permet d'identifier les dysfonctionnements et de voir les améliorations d'une année à l'autre. Il apporte des réponses sur l'atteinte des objectifs préalablement définis. C'est un outil :

DE MANAGEMENT	Il permet d'observer et d'étudier les personnels, de suivre les évolutions, de fixer des objectifs et de s'y tenir, de stimuler le dialogue avec les salariés.
D'INFORMATION	Il regroupe en un document unique les principales données chiffrées. C'est un outil de connaissance sociale qui contribue au dialogue social.
DE PLANIFICATION	C'est un outil d'aide à l'élaboration d'une démarche de gestion prévisionnelle des effectifs.
DE CONCERTATION	Il stimule le dialogue social avec les représentants du personnel sur la base de données claires, objectives et comparatives dans le temps.

Le bilan social ne résout aucun problème : il guide les responsables dans le repérage des dysfonctionnements.

2 Contenu

Le bilan social contient un certain nombre d'indicateurs, c'est-à-dire de données quantitatives concernant des variables de l'entreprise :

INDICATEURS	EXEMPLES
LES EMPLOIS	Les CDI, les CDD, les temps pleins ou partiels, l'évolution des emplois.
LES EFFECTIFS	Le personnel permanent, l'effectif par service, l'âge de l'effectif, l'ancienneté, l'effectif à temps plein, le temps non complet.
LE RECRUTEMENT ET LES CARRIÈRES	Les modalités de recrutement, la mobilité interne, la promotion.
LES TRAVAILLEURS HANDICAPÉS	Le taux de travailleurs handicapés.
LES FLUX	Les entrées et sorties, le taux de recrutement, le taux de sortie, le taux de rotation.
LE TEMPS DE TRAVAIL ET LES ABSENCES	Le nombre de jours travaillés dans l'année, le taux d'absence pour maladie de courte durée, la durée des arrêts de travail.
LA RÉMUNÉRATION	La rémunération nette moyenne, la part des primes dans la rémunération.

INDICATEURS	EXEMPLES
LA MASSE SALARIALE	La masse salariale brute, le coût moyen par emploi permanent.
LES CONDITIONS D'HYGIÈNE ET DE SÉCURITÉ ET DES CONDITIONS DE TRAVAIL	L'accident du travail, la maladie professionnelle, le taux de fréquence et de gravité, l'hygiène et la prévention des risques professionnels, l'organisation du travail, la surveillance médicale du personnel, les types d'accident par catégorie d'emplois, le coût financier des accidents.
LA FORMATION	Le taux de présence en formation, les demandes non réalisées, les types de formation suivis, le coût de la formation.
LES RELATIONS PROFESSIONNELLES	Les conflits sociaux, les avantages sociaux.

3 Le calcul des principaux indicateurs

LE TAUX D'ENTRÉE	Nombre d'entrées / Effectif
LE TAUX DE SORTIE	Nombre de sorties / Effectif
LE TAUX DE ROTATION	{[(Nombre de départs en N + Nombre d'arrivées en N) / 2] / Effectif au 1er janvier de l'année N} × 100
LE TAUX D'ABSENCE POUR MALADIE	Nombre de jours d'absence (en jours ouvrés) / 251 jours* * 365 jours – nombre de week-ends et jours fériés
LE TAUX DE FRÉQUENCE DES ACCIDENTS DE TRAVAIL	(Nombre d'AT avec arrêt / Nombre d'heures travaillées) × 1 000 000
TAUX DE GRAVITÉ DES ACCIDENTS DE TRAVAIL	(Nombre de jours d'arrêt de travail / Nombre d'heures travaillées) × 1 000
LE TAUX DE PARTICIPATION À LA FORMATION	Montant des dépenses consacrées à la formation / Masse salariale

4 La représentation graphique des indicateurs

Pour un bon nombre d'indicateurs, il est intéressant de faire une représentation graphique du phénomène, notamment pour représenter une évolution (courbe, histogramme, pyramide des âges) ou une répartition variable de plusieurs éléments (camembert, diagramme). La représentation graphique de données chiffrées permet une vision d'ensemble rapide et concise de la situation.

EXEMPLE
Une courbe sera privilégiée pour représenter l'évolution des effectifs.

Mes notes pour réviser

MOTS CLÉS

Dialogue social • Accident du travail • Maladie professionnelle

S'ENTRAÎNER AU BAC
Exercice 7 : p. 147

Savoir

19

La communication RH

La communication RH est une communication spécifique essentielle aux salariés car elle informe sur la gestion du personnel dans sa globalité (paie, congés, avantages, formations…) mais aussi sur les projets de recrutement à venir. Une de ses composantes, la communication de recrutement, consiste à positionner l'entreprise comme employeur de premier choix et vise deux types de cible (interne et externe).

1 La cible interne

L'entreprise peut mener des actions de communication de recrutement auprès de son personnel. Plusieurs moyens peuvent être mobilisés :
– la **bourse à l'emploi** consiste à diffuser des offres d'emploi sur l'intranet avant d'ouvrir le recrutement vers l'extérieur. Le salarié intéressé postule *via* un formulaire en ligne ;
– la **cooptation** consiste à solliciter le réseau de ses salariés (amis, connaissances…) afin de communiquer sur un poste à pourvoir. Le coopteur peut recevoir une prime ou un cadeau si le recrutement aboutit ;

EXEMPLE Décathlon offre à ses collaborateurs coopteurs des bons d'achat sur tous les produits de la marque.

– le **journal interne**, qu'il soit sous format papier ou dématérialisé, permet de communiquer sur les postes à pourvoir en interne.

2 La cible externe

Afin de communiquer en externe sur ses postes à pourvoir, l'entreprise dispose de plusieurs outils :
– les **forums entreprise / grandes écoles** : lieux dédiés au recrutement facilitant la procédure de recrutement grâce à un contact direct avec l'étudiant candidat. Ils permettent de dénicher les profils en adéquation avec les postes proposés ;

EXEMPLE L'association étudiants HEC Paris organise tous les ans les Carrefours HEC avec plus de 150 entreprises.

– les ***jobboards*** : sites Web qui mettent en ligne des offres d'emploi avec la possibilité de déposer un CV, visible par les recruteurs ;

EXEMPLES APEC, Pôle emploi, Cadremploi, Monster, RegionsJob.

– les **réseaux sociaux** : l'entreprise poste ses offres d'emploi sur les réseaux sociaux les plus utilisés.

EXEMPLES LinkedIn, Facebook, Twitter.

Mes notes pour réviser

MOTS CLÉS

Communication de recrutement • Jobboards

S'ENTRAÎNER AU BAC
Exercice 7 : p. 147

Savoir 20

La marque employeur

La marque employeur désigne l'image de marque liée à la gestion des ressources humaines, à la communication et au recrutement d'une entreprise. Aujourd'hui, 95 % des candidats se renseignent sur la réputation d'une entreprise avant de postuler. Il est donc primordial de mettre en place une communication adaptée.

1 Les composantes de la marque employeur

L'IMAGE DE L'ENTREPRISE EN INTERNE	L'IMAGE DE L'ENTREPRISE EN EXTERNE
Elle correspond à ce que l'entreprise souhaite communiquer à ses salariés collaborateurs et à sa capacité à les fidéliser (perspectives d'évolution, formations, management participatif…).	Elle correspond à la capacité à attirer et à recruter de nouveaux talents par l'offre RH. Cette attractivité repose sur les **valeurs** (RSE), sur la **culture** de l'entreprise mais aussi sur les **pratiques managériales**, les **conditions de travail**, les **innovations** et les **possibilités d'évolution**. Elle correspond aussi à la perception que les partenaires ont de l'entreprise.

2 Les outils et moyens de valorisation

2.1. Les outils du Web 3.0

OUTILS	INTÉRÊT
LES RÉSEAUX SOCIAUX (LINKEDIN, TWITTER)	Ils permettent de faire parler de l'entreprise, d'informer, de séduire et de faire connaître l'entreprise en externe, d'augmenter la notoriété.
LE SITE CARRIÈRE	La création d'un site dédié au recrutement développe une image de marque innovante.
LES SITES DE NOTATION OU « *NAME AND SHAME* » (GLASSDOOR, INDEED, GOOGLE)	Ils sont de plus en plus consultés par les différents acteurs externes. Ils témoignent de la qualité du climat social interne. L'entreprise doit prendre le temps de répondre aux avis positifs et négatifs.

2.2. Les autres moyens de valorisation de la marque employeur

– Les **salariés ambassadeurs** : l'entreprise doit inciter ses salariés collaborateurs à devenir des ambassadeurs de la marque en partageant leurs expériences positives sur les sites de notation, par exemple.
– Le ***community manager*** : ce nouveau métier RH a pour rôle de communiquer sur la marque, de la représenter et d'augmenter sa visibilité sur le Web.

Mes notes pour réviser

MOTS CLÉS

Community manager

S'ENTRAÎNER AU BAC
Exercice 8 : p. 147

Savoir

21 Les outils collaboratifs

Les outils collaboratifs sont aujourd'hui très répandus. Ils permettent d'assurer la cohésion de l'organisation en rapprochant des collaborateurs parfois éloignés géographiquement. Ils sont aussi vecteurs des valeurs de l'organisation auprès de tous les salariés.

1 Le travail collaboratif au service de la cohésion

1.1. Définition

Le travail collaboratif est le travail réalisé en commun par plusieurs personnes qui mutualisent leurs connaissances et leurs compétences, s'organisent et coordonnent leurs actions pour atteindre l'objectif fixé. Les nouvelles technologies de l'information et de la communication (NTIC) sont l'outil indispensable de ce mode de travail.

1.2. Les avantages

Les avantages du travail collaboratif sont nombreux :
– l'ambiance de travail est plus agréable : les problèmes sont résolus plus rapidement, les décisions sont prises collégialement et immédiatement ;
– il renforce la cohésion du groupe et développe l'autonomie des membres.
Les outils digitaux ont apporté la souplesse nécessaire au travail collaboratif et le rendent possible même si les collaborateurs sont géographiquement éloignés.

2 Les outils du travail collaboratif

2.1. Des outils de communication

– La messagerie instantanée, les forums de discussion, le tchat, les podcasts internes, les web conférences ou les webinaires, la téléphonie mobile (Google Hangouts, Skype), les newsletters, le blog d'entreprise.
– Le réseau social d'entreprise : outil convivial de discussions entre salariés sur le Web. Chacun peut partager des informations utiles à tous, poser des questions à des collègues, proposer une idée… Il permet de créer du lien social, de contribuer à l'intelligence collective et de susciter l'innovation.

EXEMPLE Le RSE du groupe Orange compte 10 000 membres inscrits et 350 communautés, comme celle des « Télécoms talents ».

2.2. Des outils de partage et de collaboration

– Les outils de gestion de projet en ligne (Trello, Asana).
– L'intranet : il permet de rassembler des informations et des outils utiles pour les salariés, favorise les échanges et le travail collaboratif.

– Les plateformes collaboratives (Google Drive, OneDrive) : elles permettent le partage et la gestion de documents entre plusieurs utilisateurs. Elles améliorent la productivité au sein d'un groupe, facilitent le travail collaboratif et la gestion de projet.

Mes notes pour réviser

MOTS CLÉS

Nouvelles technologies de l'information et de la communication • Réseau social d'entreprise

S'ENTRAÎNER AU BAC
Exercice 7 : p. 147

Exercice 1 voir Fiches 2 et 3

Le recrutement chez Airvol

Extrait de l'interview de Patrick Gilibert, DRH au sein du groupe Airvol, 3e acteur du transport aérien, sur sa politique d'embauche.

Que demandez-vous à un candidat lors de l'entretien d'embauche ?

Patrick Gilibert : Dans la phase de recrutement, j'ai toujours pour habitude de poser trois questions qui permettent de mieux explorer la personnalité du candidat : qui êtes-vous ? Qu'est-ce qui vous pousse à vous lever le matin ? De quoi êtes-vous capable ? Comportement, motivation et aptitudes, trois données qui permettent de mieux cerner un candidat car, si les compétences techniques peuvent s'acquérir, le savoir-être ne change pas. À compétences égales, ce qui fera la différence entre deux candidats reste la personnalité.

À partir de quel moment un recrutement est-il considéré comme réussi ?

P. G. : Au-delà de la signature du contrat, un recrutement est considéré comme validé si et seulement si le nouveau collaborateur parvient à s'intégrer dans l'équipe et à être en confort dans son nouvel environnement de travail.

Comment faites-vous ?

P. G. : Lorsqu'une entreprise accueille une nouvelle recrue, il est indispensable d'anticiper cette arrivée afin de la préparer au mieux. L'objectif n'est pas seulement « d'accueillir chaleureusement le nouveau collègue » mais bien de comprendre ce dont il aura besoin pour être à l'aise dans son poste et au sein de son équipe dès ses premiers jours.

Quelles sont, pour vous, les conséquences d'une intégration ratée ?

P. G. : Pour l'entreprise, c'est de l'énergie, du temps et de l'argent dépensés sur une collaboration qui n'a pas su aboutir. Pour le recruté, c'est un échec professionnel qui peut aussi être vécu comme un échec personnel.

1. **Rappelez les différentes étapes du processus de recrutement.**

2. **Quelles caractéristiques les questions posées par Patrick Gilibert lors de l'entretien d'embauche vont-elles faire ressortir ?**

3. **Pour P. Gilibert, quelle phase du recrutement est primordiale ?**

4. **Proposez un programme d'accueil et d'intégration d'un nouveau collaborateur.**

5. **Quels sont les enjeux d'une intégration réussie ?**

FAIT ☐ REVU ☐

Exercice 2 voir Fiches 1 et 2

L'expérience candidat, un gisement d'innovations

« Viens en short pour une embauche »

[Mardi 13 novembre 2018], il est 20 h 30 et le magasin Décathlon est vide – ou presque. Les vendeurs et les clients ont laissé la place à près de 25 personnes en tenue de sport. Réunies en équipes, elles s'affrontent dans des versions revisitées du jeu du béret ou de *Puissance 4*, encouragées par des recruteurs du groupe de grande distribution de sport et de loisirs. « *Ce n'est pas leur performance qui nous intéresse mais leur comportement, leur personnalité*, indique Perrine Saintier, directrice du magasin. *La pratique sportive nous permet de voir comment ils partagent nos valeurs, comme l'importance du collectif. L'autre avantage de cet* afterwork *est de tomber les barrières et de permettre une rencontre plus informelle avec le recruteur.* »

Gilles Marchand, Focus RH, 21 août 2019.

1. **Quel mode de recrutement est mis en œuvre dans le cas de Décathlon ? Définissez-le.**

2. **À quelle étape du recrutement se situe-t-on ?**

3. **Quel est l'objectif de Décathlon dans cette mise en situation ?**

4. **Quels autres éléments peuvent être évalués lors d'un recrutement ?**

FAIT ☐ REVU ☐

Exercice 3 voir Fiche 1

Compétences, qualification et potentiel

Annexe 1 – Extrait du CV d'une candidate

Inès Garbi
Gestionnaire Ressources humaines
Assistante formation

Capacités d'organisation
Expertise métier
Confidentialité

Bilingue anglais
Service client
Esprit d'équipe

Expériences en ressources humaines

SFR Group
La Plaine Saint-Denis
CDI
Depuis juillet 2015

Assistante formation, Direction de la formation et du développement RH
Missions principales : déploiement et organisation des formations du plan de formation pour le périmètre B2B
- Analyse et compréhension des besoins de formation avec les RH et les managers opérationnels
- Interface avec les organismes de formation
- Gestion administrative et budgétaire des formations (inscription des collaborateurs, suivi, évaluation...)
- Création des demandes de subrogation auprès de l'OPCA
- Organisation et logistique
- Suivi des indicateurs de qualité des formations (taux de satisfaction et de recommandation)

Novotel Paris – Les Halles
(Hôtel managé, groupe Accor, 100 personnes)
Stage de 4,5 mois
2013

Stage licence professionnelle RH
- Coordination des relations sociales
- Élaboration du Document unique d'évaluation des risques (projet tutoré)
- Élaboration du Rapport annuel unique
- Élaboration du Rapport de situation comparée des femmes et des hommes
- Gestion du plan de formation (gestion et inscriptions)

Coordonnées

5 rue Raspail
93100 Montreuil
06 95 85 XX XX
igarbi@email.fr

Compétences clés

Compétences fonctionnelles
- Gestion et déploiement des besoins de formation
- Coordination des relations sociales
- Gestion administrative du personnel
- Préparation des rapports sociaux

Annexe 2 – Notes prises par le recruteur au cours de l'entretien

Candidate xxx
– Très dynamique, de bonne volonté
– Réagit vite
– Très responsable
– Très bonne expression orale
– N'a pas peur des initiatives
– Grande capacité d'écoute, rigoureuse

RHC

1. Définissez les notions de qualification et de compétence.
2. À partir des deux annexes, distinguez les compétences des qualifications de la candidate.
3. Peut-on identifier le « potentiel » de la candidate à partir du CV ? Comment le recruteur peut-il évaluer le potentiel d'un candidat ?
4. Quels sont les avantages d'avoir recours à un recrutement externe ?

FAIT ☐ REVU ☐

Exercice 4 voir Fiche 7

La mobilité internationale, un enjeu crucial pour les entreprises innovantes

Mobilité des salariés à l'international : lever les freins

Les entreprises ont encore tendance à envisager la volonté de départ à l'étranger d'un collaborateur comme une perte, une sorte de « démission de la France ». Pourtant, le plus souvent, cette expatriation profitera aussi bien à l'entreprise qu'au collaborateur. Mettre en place un programme de mobilité, notamment dans les entreprises innovantes, permettra un essaimage de compétences et la promesse d'un retour d'une grande valeur pour la marque employeur. Avec, à la clef, un avantage concurrentiel crucial dans un secteur aussi compétitif [celui des entreprises innovantes].

Alors, comment tirer parti de cet élan international pour les PME, ETI et autres start-up ? Tout d'abord, les entreprises françaises bénéficient d'un outil de choix : le volontariat international à l'étranger (VIE). Lancés en l'an 2000, ces contrats sont fortement convoités par les jeunes diplômés et très avantageux pour les entreprises. La formule est simple : envoyer un collaborateur de moins de 28 ans à l'étranger dans le cadre de missions de R&D ou commerciales, le tout, dans des conditions pour le moins optimales. Pour l'employé, l'expérience sur CV est très valorisable puisqu'elle permet l'épanouissement de « *soft skills* » comme la sociabilité ou la débrouillardise – des qualités qui seront ensuite scrutées par les recruteurs. Pour l'entreprise, le VIE permet de faire rayonner son expertise française à l'étranger, mais également d'attirer de nouveaux talents.

Cécile Chopinet (DRH du Groupe IT Link),
Le Cercle *Les Echos*, 3 janvier 2019.

1. Rappelez la définition de la mobilité interne.

2. De quel type de mobilité est-il question dans l'article ?

3. Quels sont les avantages de la mobilité évoqués par Cécile Chopinet ?

4. Quels arguments peuvent être utilisés par les entreprises pour encourager la mobilité de leurs salariés ?

FAIT ☐ REVU ☐

Exercice 5 voir Fiche 8

La QVT chez Colas (BTP)

Colas, une autre image du BTP

Chez Colas, leader de la construction d'infrastructures routières, le bien-être au travail est une histoire prospère qui dure. [...] Le groupe a développé sa marque employeur et son attractivité autour de la qualité de vie au travail (QVT). « *Fort de certaines initiatives du terrain sur le travail à distance, nous avons instauré le télétravail dans notre accord QVT. Les collaborateurs qui en font la demande peuvent en bénéficier jusqu'à deux jours par semaine* », [explique Philippe Tournier, DRH du groupe]. Le géant de la route a également mis sur pied une politique de parentalité, octroyant trois jours d'absence par an aux collaborateurs désireux de s'occuper de leurs enfants en cas de maladie ou de sortie scolaire. « *Notre dispositif d'accompagnement des familles connaît un grand succès* », se félicite le DRH, « *nous avons d'abord proposé la garde d'enfant avec un prestataire national, puis pour la rentrée scolaire de 2018, nous avons mis à disposition un soutien scolaire aux enfants de tous nos collaborateurs.* » [...] Le service a séduit 1 300 collaborateurs.

Antoine Favier, *Les Echos*, 1er avril 2019.

1. Rappelez la définition de la QVT.

2. Montrez comment le groupe Colas participe au bien-être de ses salariés.

3. En quoi la QVT peut-elle avoir un impact sur la performance de l'entreprise ?

FAIT ☐ REVU ☐

Exercice 6 voir Fiches 9, 10 et 11

Les conditions de travail, sources de stress

Annexe 1 – Observatoire Cegos « 20e édition du baromètre social et QVT 2018 »

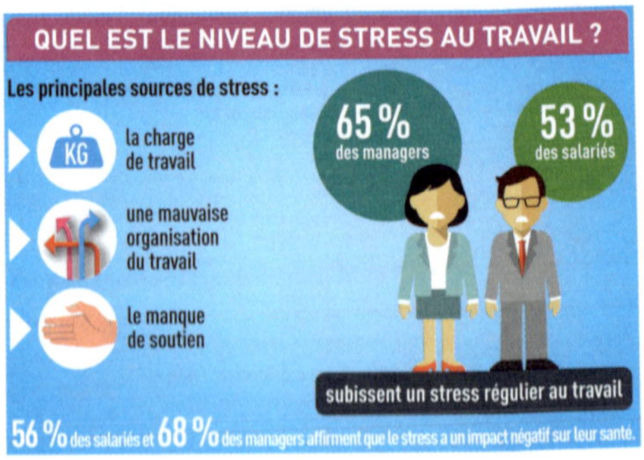

Annexe 2 – Échange entre Juliette Tamara (déléguée syndicale) et Élise Galiano (salariée)

Juliette Tamara : Vous me dites que vous subissez une démotivation depuis quelques mois. Pourriez-vous m'expliquer pourquoi ?

Élise Galiano : Au début, le poste était diversifié au niveau des tâches, j'aimais beaucoup ce que je faisais, et puis, suite au rachat de l'entreprise, mes responsabilités ont été réduites et mes tâches réparties. J'ai essayé d'en parler à mon manager, mais il est plutôt autoritaire et n'est pas à l'écoute. Les objectifs qu'il fixe sont trop ambitieux, du coup, nous sommes constamment sous pression et stressés, certaines de mes collègues sont en arrêt maladie depuis plusieurs mois. Moi-même j'envisage de quitter l'entreprise.

1. D'après l'annexe 1, quelles sont les principales sources du stress au travail ?

2. Quelles sont les composantes des conditions de travail concernées par le mal-être vécu par Élise ? Justifiez.

3. Identifiez les motifs de démotivation rencontrés par Élise.

4. Quelles peuvent être les conséquences de mauvaises conditions de travail ?

FAIT ☐ REVU ☐

Exercice 7 voir Fiches 15, 18, 19 et 21

Mots croisés

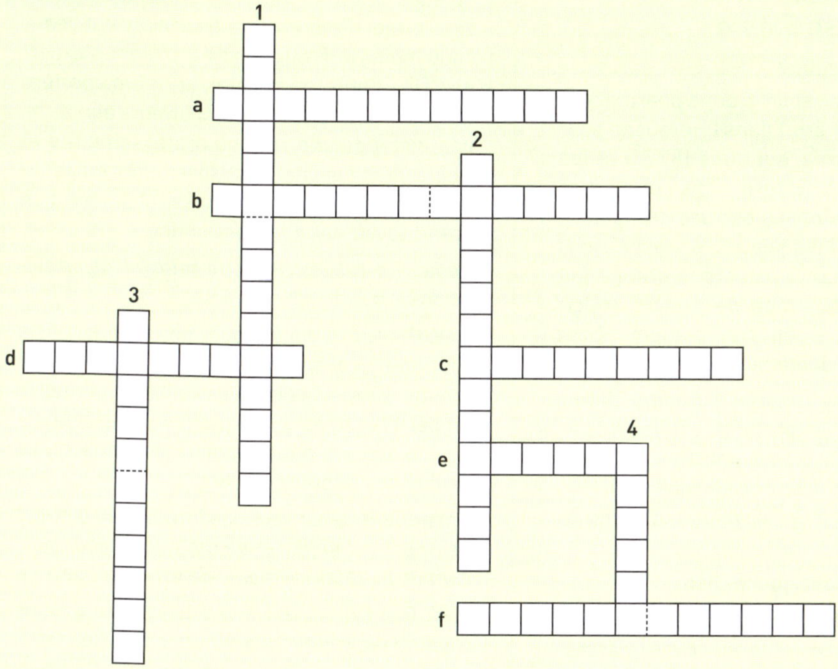

Complétez la grille avec les définitions ci-dessous.

VERTICAL

1 Image de marque liée à la gestion des ressources humaines, à la communication et au recrutement.

2 Ensemble de moyens mis en œuvre pour favoriser les échanges.

3 Document qui recense les indicateurs sociaux.

4 Se dit d'un conflit déclaré, qui s'exprime.

HORIZONTAL

a Qualifie une communication qui concerne tous les échanges d'informations entre les acteurs d'une entreprise.

b Outil du Web 3.0.

c Type de conflit dans lequel le désaccord porte sur des opinions.

d Modalité de dépassement de conflit dans laquelle les deux parties désignent un intervenant extérieur.

e Outil de gestion de projet.

f Indicateur de la qualité des relations professionnelles.

FAIT ☐ REVU ☐

Exercice 8 voir Fiche 20

La marque employeur

1. Définissez la notion de marque employeur.

2. À l'aide du schéma, trouvez un exemple d'action à mettre en œuvre pour chaque axe de la marque employeur.

3. Quels sont les enjeux de la marque employeur pour l'organisation ?

FAIT ☐ REVU ☐

Exercice 9 voir Fiches 4 et 9

Motivation et cohésion dans l'entreprise Safino

L'entreprise Safino est un groupe pharmaceutique français, numéro 1 dans l'Hexagone pour les produits pharmaceutiques (87 %) et les vaccins humains et vétérinaires (13 %). Les produits sont développés par des groupes de projet composés d'ingénieurs, de techniciens ou de commerciaux, auxquels le groupe fait appel pour la réalisation de projets spécifiques. Ces experts sont très compétents et créatifs dans leur domaine.

Pierre-Yves Gallay, ingénieur depuis 20 ans dans l'entreprise, fait partie du groupe mis en place pour le projet « Dailypharm ». À l'occasion d'un entretien avec une journaliste, il livre ses impressions sur ce nouveau mode d'organisation.

Entretien entre Rosa, journaliste, et Pierre-Yves Gallay, ingénieur

Rosa : *Quelles raisons vous ont poussé à accepter de prendre en charge ce projet ?*

Pierre-Yves Gallay : Je travaille dans cette entreprise depuis plus de 20 ans maintenant. J'en connais bien les rouages, les liens hiérarchiques. Je pense être au fait de l'expérience et avoir développé un certain nombre de compétences au long de toutes ces années. J'avais besoin d'un nouvel élan, d'un nouveau challenge à relever, et travailler en équipe a redéfini les contours de ma fonction, mon environnement de travail et le mode de management auquel je suis soumis. De plus, cela correspond un peu à ma personnalité.

Rosa : *Concernant les liens hiérarchiques, ce nouveau mode d'organisation modifie-t-il les relations que vous aviez avec vos collègues ?*

P.-Y. G. : Oui, d'abord parce qu'en charge d'un groupe de projet, je me sens plus investi vis-à-vis de ma hiérarchie et vis-à-vis du groupe auquel j'appartiens. Je ne connaissais pas personnellement les personnes avec lesquelles je travaille, puisque nous expérimentons depuis deux ans de nouvelles formes de travail, à savoir faire appel à des experts dans leur domaine de compétences pour la durée du projet.

Rosa : *Pourquoi faire appel à des experts extérieurs à votre entreprise ?*

P.-Y. G. : Tout simplement car nous ne disposons pas des compétences en interne et qu'elles ne seront mobilisées que pour ce nouveau projet. Pour notre entreprise, c'est beaucoup moins onéreux que de recruter un expert en CDI. Et puis, en général, lui-même préfère travailler pour plusieurs employeurs afin de ne pas installer une routine professionnelle et freiner sa créativité. Ces experts sont en général des personnes très motivées et dotées d'un grand savoir-faire professionnel.

Rosa : *Y a-t-il des risques à cette forme de collaboration ?*

P.-Y. G. : Oui, il y a toujours des risques liés à l'intégration et au partage des valeurs de notre groupe. L'expert peut ne pas adhérer et mettre en péril la cohésion du groupe. Mais cela est rare, d'ailleurs nous n'avons rencontré qu'un seul échec depuis deux ans.

Rosa : *Considérez-vous que travailler en groupes de projet est un levier de motivation pour vous comme pour les membres de votre groupe ?*

P.-Y. G. : Oui, à 100 %. Le travail de groupe modifie les rapports avec les collègues car il suppose une véritable confiance mutuelle, la responsabilisation de chacun, même s'il est vrai que cette motivation doit être entretenue par de petites choses tels que des repas, des sorties...

1. **Quelles sont les sources de motivation qui poussent Pierre-Yves Gallay à s'investir dans le projet « Dailypharm » ?**

2. **Les conditions permettant la cohésion du groupe vous paraissent-elles réunies dans le projet « Dailypharm » ? Justifiez votre réponse.**

3. **Identifiez la forme de relation professionnelle évoquée par P.-Y. Gallay. En quoi est-elle adaptée au travail par projet ?**

FAIT ☐ REVU ☐

Exercice 10 voir Fiches 8, 10, 11 et 14

Bilan social et amélioration de la QVT dans l'entreprise Safino

Depuis son arrivée en 2016 au service des ressources humaines de l'entreprise Safino (voir exercice 9), Béatrix Imbert s'est fixé pour priorité de mettre en place des mesures afin d'alléger le rythme de travail de ses salariés.

Cette jeune cadre dynamique, mère de famille, se lance dans l'étude et la recherche d'initiatives innovantes de quelques grandes entreprises. Avant toute chose, elle souhaite analyser la situation actuelle du groupe. Pour ce faire, elle dispose d'un extrait du bilan social du groupe. Consciente de l'intérêt et de l'urgence du bien-être de ses employés, Béatrix s'investit sans relâche dans cette mission, d'autant que le climat social semble actuellement assez tendu. En effet, les collaborateurs se plaignent d'être régulièrement contactés sur leur smartphone lorsqu'ils sont en repos, du rythme de travail soutenu qui fragilise leur vie de famille et des horaires trop rigides.

Annexe 1 – Extrait du bilan social de Safino

Effectif total au 1er janvier N : 28 000

Mouvements

ABSENTÉISME (NOMBRE D'HEURES D'ABSENCE)	N		N-1	
	CADRES	TS/AM*	CADRES	TS/AM*
	432	354	285	330

	N	N-1
ENTRÉES	133	109
SORTIES	439	522

Temps de travail hebdomadaire affiché

TS/AM*	35 heures	8 h-12 h 14 h-17 h
CADRES	5 jours	________

* TS : technicien supérieur / AM : agent de maîtrise.

Annexe 2 – Le Groupe Orange : plusieurs formes de travail à distance

Depuis 2009, le Groupe offre la possibilité pour ses collaborateurs d'effectuer du travail à distance. Trois formes de travail à distance sont possibles :

- le télétravail alterné entre le domicile et le lieu habituel de travail (3 jours par semaine à la maison et 2 jours au bureau) ;
- le télétravail alterné entre un bureau satellite et le lieu habituel de travail (3 jours/2 jours) ;
- le télétravail occasionnel pour des situations d'urgence ou inhabituelles.

Tous les salariés – cadres ou non cadres – peuvent être concernés par une possibilité de télétravail, à l'exception des salariés dont l'activité professionnelle requiert la présence physique (par exemple, la vente en boutique).

Annexe 3 – L'aménagement des horaires contribue à l'épanouissement personnel des employés et améliore leur performance

Les salariés dont l'entreprise a opté pour une organisation flexible des horaires mettent en avant une meilleure gestion de leurs obligations personnelles et professionnelles. À titre d'exemple, le salarié n'est pas tenu de poser une demi-journée lorsqu'il a un rendez-vous médical ou lors de la rentrée des classes de ses enfants. Il peut tout à fait s'absenter quelques heures au cours de la journée au vu et au su de tout le monde, y compris de son employeur. La souplesse ainsi offerte aux employés est également avantageuse pour l'entreprise à plusieurs égards : les salariés sont moins stressés, plus épanouis et s'impliquent davantage dans l'exercice de leurs fonctions.

Répondez aux questions en vous appuyant sur vos connaissances et sur les annexes 1 à 3.

1. **Calculez le taux d'évolution de l'absentéisme des cadres et des TS/AM*. Qu'en concluez-vous ?**

2. **Dans quelle mesure peut-on dire que ces indicateurs reflètent la situation sociale de l'entreprise ?**

3. **Comment l'aménagement du temps de travail peut-il impacter positivement la performance du salarié au travail ?**

4. **Quelles autres solutions pouvez-vous apporter à Béatrix Imbert afin d'améliorer la situation de l'entreprise ?**

FAIT ☐ REVU ☐

Exercice 1 voir Fiches 2 et 3

Le recrutement chez Airvol

1. Les différentes étapes du processus de recrutement sont :
– la préparation (définir le besoin, définir le poste et identifier le profil du candidat idéal) ;
– la conduite du recrutement (rédiger l'annonce et la diffuser suivant un ou des canaux sélectionnés, réaliser une grille de sélection des CV et lettres de motivation, lancer le recrutement via une présélection des CV, convoquer à un entretien, sélectionner un candidat) ;
– l'accueil et l'intégration.

2. Ces questions vont faire ressortir le comportement, la motivation, les aptitudes et donc le savoir-être du candidat.

3. Pour P. Gilibert, la phase primordiale du recrutement est l'intégration. Cette phase consiste à accueillir et répondre aux besoins du nouveau salarié afin qu'il soit opérationnel le plus rapidement possible et bien intégré dans son équipe. C'est pourquoi, l'intégration doit être préparée en amont afin que rien ne soit laissé au hasard.

4. Programme d'accueil et d'intégration d'un nouveau collaborateur
Respecter le « onboarding » établi.
• Avant le jour « J » : l'entreprise doit effectuer un certain nombre de formalités administratives afin de rendre l'embauche effective. Elle doit aussi :
– prévenir l'équipe de l'arrivée d'un nouveau salarié ;
– vérifier les conditions matérielles (bureau, matériel, NTIC) ;
– identifier la personne responsable de son accueil et de son suivi ;
– mettre à jour l'organigramme.
• Le jour « J » : il faut présenter au nouveau salarié le lieu de travail et chacun des membres, les habitudes et la culture de l'entreprise, lui remettre un dossier ou un packaging d'accueil (clés, badge, codes informatiques, clé USB, stylo de l'entreprise, cadeau de bienvenue...), lui donner sa fiche de poste détaillée ainsi que les documents d'information sur les produits et activités de l'entreprise, prévoir un pot d'accueil...
• Après le jour « J » : accompagner la prise de poste pendant la période d'adaptation est nécessaire à travers des points réguliers, des réunions ou entretiens informels.

5. Les enjeux d'une intégration réussie sont :
– pour le salarié : d'éviter de ressentir un sentiment d'échec personnel, et de souffrir d'une démotivation passagère ;
– pour l'entreprise : d'éviter un départ prématuré du salarié qui serait coûteux, car le recrutement représente un coût financier et mobilise du temps et de l'énergie.

Exercice 2 voir Fiches 1 et 2

L'expérience candidat, un gisement d'innovations

1. Décathlon met en œuvre un recrutement externe. Afin de répondre à un besoin en compétences, l'entreprise doit chercher les compétences spécifiques nécessaires en dehors de son personnel.

2. On se situe à l'étape de la conduite du recrutement, avec la convocation à un test. Il s'agit d'une mise en situation pour observer les comportements des candidats lors de jeux collectifs.

3. L'objectif de Décathlon est de faire ressortir le comportement et la personnalité des candidats, mais aussi la façon dont ils partagent les valeurs du sport, du collectif, de façon moins formelle, plus spontanée, sans filtre ni frein.

4. Les autres éléments qui peuvent être évalués lors d'un recrutement sont les compétences, les qualifications et le potentiel.

Exercice 3 voir Fiche 1

Compétences, qualification et potentiel

1. La qualification est la capacité à exercer un métier ; elle dépend de la formation et de l'expérience. La compétence est la capacité du salarié à utiliser un ensemble de savoirs (connaissances), de savoir-faire (habiletés, pratiques) et de savoir-être (comportement).

2. • Compétences :
– gestion et déploiement des besoins de formation ;
– coordination des relations sociales ;
– gestion administrative du personnel ;
– préparation des rapports sociaux ;
– dynamisme ;

– réactivité ;
– responsable, esprit d'équipe ;
– prise d'initiative ;
– écoute et rigueur ;
– capacité d'organisation ;
– bilingue anglais.
• Qualifications :
– stage licence professionnelle RH chez Novotel Paris – Les Halles en 2013 (4,5 mois) ;
– assistante formation, Direction de la formation et du développement RH au sein de SFR Group depuis juillet 2015.

3. Le CV peut fournir au recruteur quelques éléments qui permettent d'évaluer le « potentiel » de la candidate. Dans le cas présent, certains points peuvent être intéressants : la capacité d'organisation, la confidentialité, l'esprit d'équipe et l'expertise métier montrent que la candidate pourrait assumer, dans un futur plus ou moins proche, un poste de responsable ou de manager. Afin d'évaluer le potentiel d'un candidat, le recruteur procède à un entretien et pose des questions qui feront ressortir un profil atypique, voire incontournable. Il peut également mettre le candidat en situation afin d'évaluer plus précisément sa personnalité.

4. Recruter en externe apporte à l'entreprise des idées et des techniques nouvelles. Les frais de formation sont moindres car le candidat a déjà les qualifications requises pour le poste.

Exercice 4 voir Fiche 7

La mobilité internationale, un enjeu crucial pour les entreprises innovantes

1. La mobilité interne peut être horizontale (poste équivalent mais dans un autre service), verticale (elle correspond à une promotion), volontaire, imposée et/ou géographique (lorsque le poste est situé dans un autre établissement du groupe).

2. Le type de mobilité abordé dans cet article est la mobilité interne géographique basée sur le volontariat.

3. Les avantages de la mobilité évoqués dans l'article sont un développement des compétences et un retour d'une grande valeur pour la marque employeur. Le salarié apportera un avantage concurrentiel essentiel à l'entreprise puisqu'il va déployer de nouvelles compétences et montrer l'intérêt de demander une mobilité professionnelle. Par ailleurs, le VIE permet à l'entreprise de faire rayonner son expertise française à l'étranger, mais également d'attirer de nouveaux talents. Pour l'employé, l'expérience sur CV est très valorisable puisqu'elle permet l'épanouissement de « *soft skills* ».

4. Les arguments qui peuvent être utilisés sont les suivants :
– une meilleure rémunération ;
– le développement de nouvelles compétences ;
– l'enrichissement du parcours professionnel ;
– une éventuelle promotion au retour ;
– l'aide à l'installation à l'étranger par des démarches facilitatrices (trouver un logement, inscrire ses enfants à l'école, trouver un emploi pour le conjoint, obtenir une prime au déménagement, aider à approfondir la langue d'accueil et les connaissances sur la culture du pays…).

Exercice 5 voir Fiche 8

La QVT chez Colas (BTP)

1. La qualité de vie au travail (QVT) peut être définie comme une démarche qui vise à combiner performance de l'entreprise et bien-être des salariés. Elle est mise en œuvre au travers d'actions qui permettent d'améliorer les conditions de travail et de rendre l'entreprise performante.

2. Le groupe Colas participe au bien-être de ses salariés :
– en instaurant le télétravail 2 jours par semaine ;
– en mettant en place une politique de parentalité qui offre aux parents 3 jours supplémentaires par an pour s'occuper de leurs enfants, propose une garde d'enfant et du soutien scolaire.
Ces actions permettent aux familles de mieux concilier vie privée et vie professionnelle, notamment en assouplissant les contraintes horaires.

3. Une bonne QVT aura un impact positif sur la performance de l'entreprise car elle permet de réduire les risques psychosociaux, le turnover, l'absentéisme, et améliore l'efficacité de l'organisation dans sa globalité. Un salarié heureux sur son lieu de travail est un salarié motivé et donc performant.

Exercice 6 voir Fiches 9, 10 et 11

Les conditions de travail, sources de stress

1. D'après l'annexe 1, les principales sources de stress au travail sont la charge de travail, une mauvaise organisation du travail et le manque de soutien.

2. Les composantes des conditions de travail concernées par ce mal-être sont la composante sociale (contenu du travail, répartition des tâches, peu de responsabilités, travail peu intéressant, objectifs trop ambitieux) et la composante psychologique (stress, pression).

3. Élise rencontre différents motifs de démotivation : des tâches moins diversifiées, des objectifs trop ambitieux, des responsabilités réduites, un manager peu à l'écoute et privilégiant un style de management trop autoritaire.

4. De mauvaises conditions de travail peuvent engendrer du stress, un réel mal-être et des risques psychosociaux. Ces conséquences peuvent être à l'origine d'une forte démotivation conduisant à de l'absentéisme, voire à une démission, du turnover...

Exercice 7 voir Fiches 15, 18, 19 et 21

Mots croisés

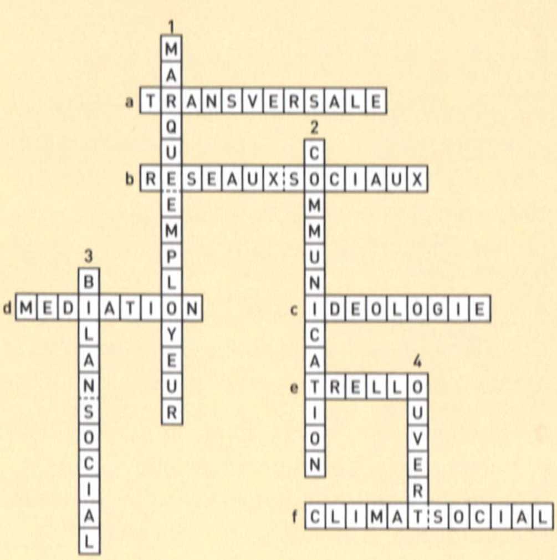

Exercice 8 voir Fiche 20

La marque employeur

1. La marque employeur est l'image de marque liée à la gestion des ressources humaines, à la communication et au recrutement.

2. • Axe « Attractivité » : mettre en place un recrutement *via* les réseaux sociaux (LinkedIn, Twitter).

• Axe « Engagement des salariés » : permettre aux salariés de devenir des ambassadeurs pour déployer la marque, le nom à l'extérieur.

• Axe « Réputation » : recruter un social media manager afin de traquer les avis négatifs qui circulent sur les réseaux sociaux et mettre en œuvre des actions pour y remédier (ex. : répondre systématiquement à chaque « avis négatif »).

• Axe « Différenciation » : se distinguer des concurrents à travers des actions novatrices (ex. : lors de ses recrutements, Décathlon met en place des situations ludiques et collectives. Les candidats viennent en tenue de sport).

3. Pour l'organisation, les enjeux de la marque employeur sont de développer sa visibilité, de réduire le turnover, de recruter plus facilement, d'attirer les meilleurs profils, de se différencier de la concurrence.

Exercice 9 voir Fiches 4 et 9

Motivation et cohésion dans l'entreprise Safino

1. Les sources de motivation de Pierre-Yves Gallay sont le besoin d'un nouvel élan, d'un nouveau challenge à relever, et travailler en équipe.

2. Les conditions qui permettent la cohésion du groupe sont la confiance mutuelle, la responsabilisation de chacun, l'adhésion aux valeurs du groupe, un management bienveillant.

3. La forme de relation professionnelle évoquée par P.-Y. Gallay est le portage salarial, qui consiste à faire appel à des experts extérieurs. Ici, l'expert est recruté pour la durée du projet et il conserve toute son indépendance. Cela permet à l'entreprise de faire appel de façon ponctuelle à des compétences clés et spécifiques pour un projet particulier. Pour elle, cette forme de collaboration est moins onéreuse car elle n'est pas obligée d'embaucher l'expert.

Exercice 10 voir Fiches 8, 10, 11 et 14

Bilan social et amélioration de la QVT dans l'entreprise Safino

1. Rappel de la formule : Taux d'évolution de l'absentéisme = [(Valeur actuelle – Valeur de départ) / Valeur de départ] × 100
Taux d'évolution de l'absentéisme :
– des cadres : [(432 – 285) / 285] × 100 = 51,6 % ;
– des TS/AM : [(354 – 330) / 330] × 100 = 7,3 %.
On peut observer que l'absentéisme est beaucoup plus important chez les cadres que chez les non-cadres.

2. Ces indicateurs reflètent la situation sociale de l'entreprise car, entre deux années, les chiffres montrent une aggravation de la situation et des conditions de travail.
• Le taux d'évolution montre que la situation des cadres dans le groupe Safino est à étudier de près. Il témoigne d'une véritable dégradation des conditions de travail ces deux dernières années. Les TS/AM semblent moins touchés, même si les chiffres montrent une légère augmentation des heures d'absence.
Nous pouvons en déduire que la situation sociale des cadres est préoccupante. Ceux-ci sont souvent victimes de pressions de la part de la hiérarchie, qui peut être exigeante sur les objectifs à atteindre. L'absentéisme est un des facteurs aggravants d'une situation déjà dégradée.
Les absences des cadres traduisent un mal-être qui peut, à terme, avoir une incidence sur la performance du groupe.
• L'aménagement du temps de travail : on peut voir dans l'extrait du bilan social que le temps de travail hebdomadaire des cadres est de 5 jours mais le nombre d'heures par jour n'apparaît pas. On peut donc supposer que les cadres effectuent un certain nombre d'heures, dépassant probablement 48 heures par semaine et 10 heures par jour (limite légale).
• Le turnover : le nombre de sorties depuis N-1, toutes catégories confondues, a augmenté de 16 %. Cet indicateur montre que la politique de fidélisation des salariés est insuffisante ou que les conditions de travail sont pénibles.
• Le climat social : la responsable RH constate que le climat social est tendu. Les collaborateurs se plaignent d'être régulièrement sollicités par téléphone alors qu'ils sont en repos ainsi que d'un rythme de travail trop soutenu. L'emploi du temps des TS/AM à horaires fixes ne facilite pas la gestion des contraintes familiales.

3. La vie du salarié est totalement dépendante de l'aménagement de ses horaires de travail. L'entreprise Safino impose des horaires fixes aux TS/AM, ce qui peut créer un mal-être en rendant difficile, pour cette catégorie de salariés, la conciliation de leurs obligations familiales et professionnelles. Une telle situation occasionne aux salariés du stress et les fragilise physiquement et mentalement. Cela peut les conduire à être régulièrement en retard, à s'absenter souvent, à être démotivés. À terme, certains salariés pourront même envisager de quitter l'entreprise. Une flexibilité dans l'organisation du travail peut produire les effets inverses et donc impacter positivement la performance des salariés.

4. En s'inspirant de ce qui se pratique dans d'autres entreprises, Béatrix Imbert peut proposer des mesures favorisant l'équilibre entre vie professionnelle et vie privée :
– développement du travail à distance ou télétravail ;
– mise en place du temps partiel annualisé ;
– création d'une crèche interentreprises ou d'entreprise ;
– octroi de congés parentaux supplémentaires ;
– création d'une conciergerie ;
– mise en place d'horaires variables ou individualisés.

Savoir 1

Le marketing et ses évolutions

1 Définition du marketing

Le marketing peut être défini comme l'ensemble des techniques et des actions ayant pour objectifs :
- d'étudier les besoins et les comportements des consommateurs ;
- de réaliser l'adaptation continue de l'appareil productif et de l'appareil commercial à ces besoins.

On distingue :
- le **marketing stratégique**, qui consiste à collecter des informations sur les concurrents, les marchés, les attentes des consommateurs afin de fixer des objectifs marketing à long terme : type de segments visé, choix du couple produit/marché, positionnement de la marque... ;
- le **marketing opérationnel**, qui consiste à mettre en place un plan de marchéage à travers les « 4P » pour atteindre les objectifs : politiques de produit (*Product*), de prix (*Price*), de distribution (*Place*) et de communication commerciale (*Promotion*).

EXEMPLE C'est en étudiant les attentes des consommateurs que Mercedes a identifié un véritable besoin de voiture compacte pour se déplacer et se garer facilement en ville et a proposé, en réponse à ces besoins, la Smart, micro-citadine à deux places.

2 L'évolution du marketing

Le marketing a considérablement évolué ces dernières années, passant d'un marketing de masse à une relation de plus en plus personnalisée avec le client. L'objectif pour une entreprise n'est plus de trouver des clients pour ses produits, mais de concevoir des produits pour ses clients.

Marketing de masse

Durant la période des Trente Glorieuses, la demande est élevée et devient supérieure à l'offre. Les entreprises produisent en masse des produits identiques et trouvent des clients immédiatement. EXEMPLE En 1963, la marque Polaroïd lance le premier appareil photo instantané en couleur. La firme ne propose qu'un seul modèle pour tous les consommateurs.

↓

Marketing différencié ou marketing concentré

Dans les années 1980, la concurrence se développe, les consommateurs sont de plus en plus exigeants, le marketing différencié apparaît. Il consiste à découper le marché en plusieurs segments et à proposer une offre différente à chaque segment. Le marketing concentré consiste à s'adresser à un seul segment. EXEMPLE La firme Renault propose la Twingo pour les clients habitant en ville, le Scénic pour les familles, le Koleos pour les clients à hauts revenus.

↓

Marketing individualisé (*one-to-one*)

Aujourd'hui, les consommateurs sont de plus en plus volatils et pour les fidéliser, les entreprises cherchent à individualiser la relation avec chacun de leurs clients. Une entreprise s'adresse à un seul client : *one-to-one*. EXEMPLE La marque Converse propose à ses clients de personnaliser leurs baskets en choisissant la couleur et l'imprimé.

3 Le marketing aujourd'hui

Le marketing connaît aujourd'hui de nombreuses évolutions :

LE MARKETING RELATIONNEL	Il consiste à entretenir une relation prolongée et renforcée avec le client dans le but de le fidéliser. EXEMPLE Le Contrat de confiance Darty vise à instaurer une relation étroite avec le client au moment de l'achat, de la livraison et de l'installation de l'appareil électroménager, afin de le fidéliser.
LE MARKETING DIGITALISÉ	Il désigne l'ensemble des techniques marketing utilisées sur les supports et canaux digitaux. EXEMPLE Dans un magasin Leroy Merlin, on peut commander des produits sur des bornes interactives, voir des démonstrations de produits sur écran dans les rayons et les étiquettes prix sont électroniques.
LE MARKETING OMNICANAL	Il désigne le fait, pour une entreprise, de mettre en synergie ses différents canaux de distribution afin de faciliter le parcours d'achat des clients. EXEMPLE Chez Boulanger, un client peut soit acheter son ordinateur sur le site après être allé en magasin pour comparer les différents modèles, soit aller d'abord sur le site, puis se rendre en magasin pour tester et acheter le produit.
LE MARKETING SENSORIEL ET EXPÉRIENTIEL	Il consiste à solliciter les 5 sens du consommateur : l'ouïe, le toucher, l'odorat, la vue, le goût. L'objectif est de faire vivre au client une expérience unique lors de sa visite dans l'unité commerciale, de l'inciter à l'achat et de le fidéliser. EXEMPLE Les magasins Nature & Découvertes diffusent des odeurs d'huiles essentielles, des musiques douces, proposent des massages, des dégustations de thé afin de susciter chez le consommateur un sentiment de relaxation et de détente.
LE MARKETING ÉTHIQUE ET RESPONSABLE, VERT	Il propose de mettre en avant des produits fabriqués par des entreprises qui offrent de bonnes conditions de travail et de rémunération à leurs salariés (commerce équitable) et proposent des produits respectueux de l'environnement et/ou biologiques. EXEMPLE La marque Alter Eco distribue des produits alimentaires (thé, café, riz, céréales, boissons végétales...) de petits producteurs locaux situés partout dans le monde, qui produisent sans engrais ni pesticide et versent une vraie rémunération à leurs salariés.

Mes notes pour réviser

MOTS CLÉS

Marketing de masse • Marketing différencié • Marketing concentré • Marketing individualisé (one-to-one) • Marketing relationnel • Marketing digitalisé • Marketing omnicanal • Marketing sensoriel • Marketing expérientiel • Marketing éthique et responsable • Marketing vert

S'ENTRAÎNER AU BAC
Exercice 1 : p. 206

Savoir
2

La segmentation, le ciblage, le positionnement

Afin de répondre aux attentes des consommateurs par une offre adaptée, l'entreprise doit faire des choix stratégiques : segmenter, cibler et se positionner.

1 La segmentation

1.1. Définition

La segmentation consiste, pour une entreprise, à découper son marché en segments homogènes, c'est-à-dire en groupes de consommateurs ayant les mêmes caractéristiques, les mêmes besoins et les mêmes comportements.

EXEMPLE
Danone a découpé le marché des consommateurs de yaourts en plusieurs segments : enfants, consommateurs attentifs à leur poids, consommateurs soucieux de leur santé, consommateurs qui achètent des produits bio...

1.2. Le découpage du marché

Pour découper le marché, on utilise des critères de segmentation :

CRITÈRES DE SEGMENTATION	
DÉMOGRAPHIQUES	Sexe, âge, situation familiale (marié, célibataire...).
GÉOGRAPHIQUES	Région d'habitation, taille de la commune, habitat rural ou urbain, centre-ville ou périphérie, type de climat...
SOCIO-ÉCONOMIQUES	Revenu, profession, niveau d'études...
SOCIOCULTURELS	Style de vie : manière de vivre (et parfois de penser) adoptée par un individu. Les styles de vie subissent notamment l'influence de la société, de la culture, des valeurs, des spécificités de la personnalité de l'individu qui l'adopte et/ou qui l'adapte.
COMPORTEMENTAUX	– Taux d'utilisation : petit, moyen ou gros utilisateur. – Fréquence d'utilisation ou d'achat : quotidienne, hebdomadaire, mensuelle... – Avantages recherchés : simplicité, utilité, praticité... – Statut de l'utilisateur : premier utilisateur, utilisateur régulier, utilisateur potentiel. – Circuit de distribution préféré : hypermarché, magasin de proximité...

Les segments doivent être :
– homogènes : les individus qui composent un segment doivent avoir des comportements très proches et bien distincts des autres segments ;
– durables : les segments doivent persister dans le temps ;
– identifiables : il faut pouvoir bien distinguer chaque segment pour satisfaire les attentes des individus qui le composent ;
– substantiels : les segments doivent être suffisamment importants pour justifier un plan d'action spécifique et pour qu'ils soient rentables.

2 Le ciblage

Le ciblage consiste, après la phase de segmentation, à choisir les segments que l'on désire conquérir et fidéliser.
L'entreprise peut choisir de cibler :
– un seul segment : **marketing concentré** ;
– plusieurs segments avec une même offre : **marketing indifférencié** ;
– plusieurs segments avec une offre différente pour chaque segment : **marketing différencié**.

EXEMPLE
La firme Porsche a choisi de ne s'adresser qu'à un seul segment : les très hauts revenus, alors que Renault s'adresse à plusieurs segments : les familles, les jeunes, les hauts revenus, les citadins...

3 Le positionnement

Le positionnement est l'image qu'occupe une entreprise, un produit ou une marque dans l'esprit du consommateur. On distingue le positionnement perçu (l'image de l'entreprise dans l'esprit des consommateurs) et le positionnement voulu (l'image que l'entreprise veut donner aux consommateurs).

EXEMPLE
Nike symbolise, dans l'esprit des consommateurs, le sport, le dépassement de soi et la performance, c'est son positionnement perçu. Il correspond au positionnement voulu de la firme.

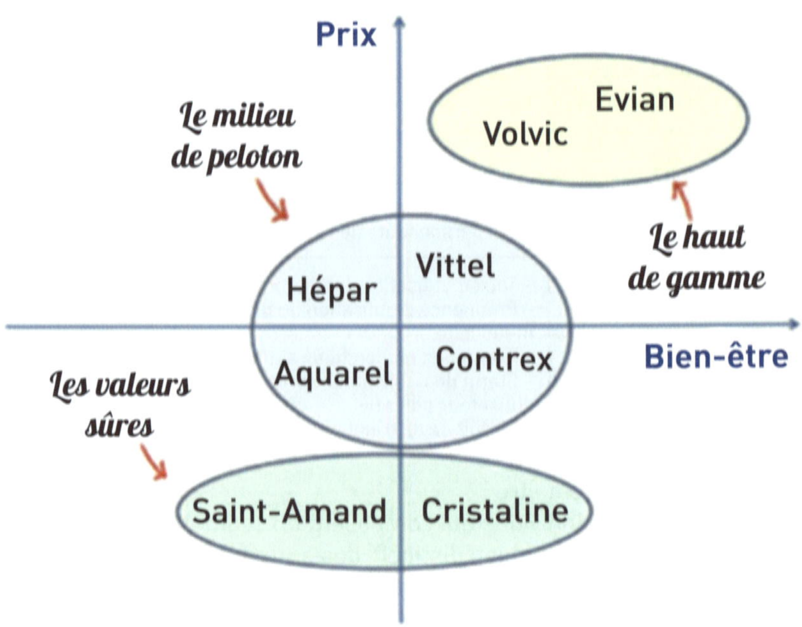

La carte de positionnement (ou carte perceptuelle) permet de visualiser le positionnement d'une entreprise par rapport à ses concurrents en fonction de deux critères, qui peuvent varier : prix, qualité, performance...

4 Le couple produit/marché

Le couple produit/marché est une démarche qui consiste, pour une entreprise, à proposer un produit adapté à chaque segment.

EXEMPLE Danone propose les petits-suisses aux fruits Danonino pour les enfants, le yaourt Taillefine 0 % pour les personnes attentives à leur poids, la boisson au lait fermenté Actimel pour les personnes soucieuses de leur santé, les yaourts Les 2 Vaches pour les personnes qui consomment des produits bio.

Mes notes pour réviser

MOTS CLÉS

Segmentation • Ciblage • Positionnement • Carte de positionnement • Couple produit/marché

S'ENTRAÎNER AU BAC
Exercice 2 : p. 206

Savoir 3

Les composantes de l'offre

Pour créer son offre, l'entreprise s'appuie sur un ensemble de composantes matérielles et immatérielles qui doivent être en cohérence avec son positionnement et avec les attentes des consommateurs.

1 Les composantes matérielles de l'offre

1.1. Les caractéristiques du produit

La notion de produit comprend :
– les **biens** : objet physique, tangible et stockable, un bien peut être défini par ses caractéristiques techniques (composition, dimensions, poids, couleur…).
On distingue les biens **durables** (utilisés sur une longue période – exemple : une voiture), **semi-durables** (qui ont une durée de vie moyenne – exemple : un vêtement) et **non durables** (détruits lors d'une seule consommation – exemple : de la nourriture).
On distingue aussi les biens **banals** (qui font l'objet d'un achat routinier – exemple : du pain) et **anomaux** (qui donnent lieu à un achat exceptionnel – exemple : un téléviseur) ;
– les **services** : un service est immatériel, intangible et non stockable.

1.2. Le conditionnement et l'emballage

Le **conditionnement** est la première enveloppe du produit. L'**emballage** comprend les enveloppes successives ajoutées au conditionnement.

EXEMPLE
Pour un yaourt, le conditionnement est le pot, l'emballage est le carton qui maintient ensemble les 4 pots.

Les fonctions de l'emballage sont techniques et commerciales :

FONCTIONS TECHNIQUES	FONCTIONS COMMERCIALES
– Conserver le produit. – Transporter le produit. – Utiliser le produit. – Stocker le produit. – Sécuriser le produit et les personnes. – Recycler le produit.	– Identifier le produit. – Différencier le produit par rapport aux produits concurrents. – Susciter l'envie chez le consommateur et déclencher l'achat. – Informer le consommateur (étiquette avec la composition du produit et code-barres qui informe sur le prix).

2 Les composantes immatérielles de l'offre

2.1. La marque

La marque est un signe permettant de distinguer les produits d'une entreprise de ceux de ses concurrents. Elle permet aussi de véhiculer une certaine image, rassure le client et garantit un certain niveau de qualité.
Une marque se présente, le plus couramment, sous la forme :
– d'un nom, qui peut être un mot (Yoplait), un patronyme (Chanel), un lieu (Quézac), un chiffre (1664), un slogan (« Parce que vous le valez bien » pour L'Oréal)… ;

– d'un signe graphique, comme un dessin, un logo (le losange de Renault) ;
– d'un son ou d'un ensemble de sons (le jingle de la SNCF).

Pour être protégée, une marque doit être déposée à l'INPI (Institut national de la propriété industrielle). Son renouvellement doit se faire tous les 10 ans.

Une marque doit avoir des qualités commerciales et juridiques :

QUALITÉS COMMERCIALES	QUALITÉS JURIDIQUES
– **Euphonique :** elle doit être facilement prononçable. – **Évocatrice du produit :** Lactel rappelle le lait. – **Déclinable :** Danone se décline en Danette, Danao… – **Internationalisable :** elle doit être utilisable dans d'autres langues. – **Mémorisable :** elle doit se retenir facilement.	– **Distinctive :** elle doit permettre à l'entreprise de se distinguer des autres (du beurre ne peut pas avoir pour marque « Le Beurre »). – **Non déceptive :** elle ne doit pas tromper le consommateur (une tablette de chocolat doit contenir du cacao). – **Conforme aux bonnes mœurs :** pas d'injure ni d'appel à la violence. – **Disponible :** elle ne doit pas avoir été déposée à l'INPI par une autre entreprise.

2.2. La stylique

La stylique (ou design) est constituée de l'ensemble des éléments contribuant à l'apparence visuelle du produit.

On distingue :

– la **stylique produit**, qui permet de séduire le consommateur par la forme du produit, ses couleurs, sa matière ;

EXEMPLE

Les yaourts La Fermière sont conditionnés dans des pots en verre et le nom de la marque est écrit en caractères « manuscrits » pour évoquer un mode traditionnel de fabrication.

– la **stylique graphique et d'architecture**, qui permet d'identifier rapidement une entreprise par son identité visuelle : son logo, sa charte graphique, ses couleurs, l'aménagement de ses points de vente, de son site Internet.

EXEMPLE

On reconnaît facilement la marque Sephora par son logo noir et blanc, l'aménagement des points de vente dans des couleurs sombres, la tenue noire des vendeuses.

2.3. La qualité

Un bien ou un service de qualité est un produit dont les caractéristiques lui permettent de satisfaire les besoins exprimés ou implicites des consommateurs. La qualité permet à l'entreprise de véhiculer des valeurs et une certaine image de marque.

Elle est certifiée par des normes (NF, ISO) et/ou des labels (Label rouge, AB…).

EXEMPLES

Un casque de moto NF sera considéré comme résistant aux chocs et permettant une protection optimale. Un poulet de Bresse Label rouge est certifié de qualité car élevé en plein air et nourri avec des aliments sains.

Mes notes pour réviser

MOTS CLÉS

Produit • Bien • Service • Conditionnement • Emballage • Marque • INPI • Stylique • Qualité • Norme • Label

S'ENTRAÎNER AU BAC
Exercice 3 : p. 206

Savoir 4

L'offre produit

La création d'une offre globale avec une offre principale de produits et une offre associée de services permet à l'entreprise de se positionner par rapport à ses concurrents.

1 La composition de la gamme

1.1. La notion de gamme

La gamme regroupe des produits semblables répondant à un même besoin. Une entreprise peut proposer une ou plusieurs gammes de produits à ses clients, composées de plusieurs lignes de produits.

1.2. La dimension de la gamme

La dimension de la gamme est définie par :
- la largeur : nombre de lignes de produits proposés ;
- la profondeur : nombre de produits différents par ligne ;
- l'étendue (ou ampleur) : nombre total de produits proposés par l'entreprise.

EXEMPLE

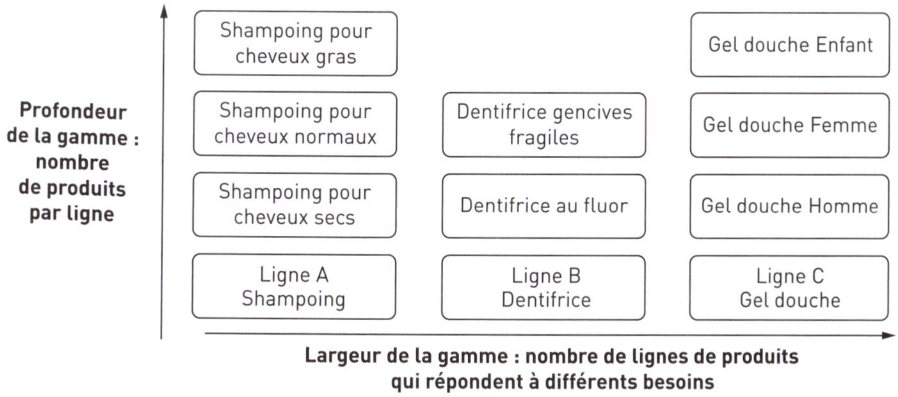

La dimension de la gamme de cette entreprise est la suivante :
- **largeur** : 3 lignes de produits A, B, C ;
- **profondeur** : de la ligne A = 3 produits, de la ligne B = 2 produits, de la ligne C = 3 produits ;
- **étendue** de la marque : 8 produits.

La hauteur de la gamme est définie par trois niveaux :
- entrée de gamme : produits de qualité moindre à des prix bas ;
- moyen de gamme : produits avec un bon rapport qualité/prix ;
- haut de gamme : produits de qualité supérieure à des prix élevés.

1.3. Le rôle des produits dans la gamme

Chaque produit proposé par une entreprise joue un rôle différent dans la gamme :
– le **produit d'appel** attire le client par son prix bas et permet de faire découvrir le reste de la gamme ;
– le **produit régulateur** assure un chiffre d'affaires régulier par des ventes constantes ;
– le **produit leader** est le produit le plus vendu de la gamme, il permet de générer du chiffre d'affaires et de valoriser la marque (ex. : la clio de Renault) ;
– le **produit tactique** permet d'occuper un créneau du marché et de stimuler les ventes (ex. : la voiture électrique ZOE de Renault).
Le rôle des produits est différent en fonction de leur cycle de vie. Un produit leader est souvent en phase de maturité, alors qu'un produit tactique est plutôt en phase de croissance.

2 La politique de marque

Les choix stratégiques à long terme de l'entreprise s'articulent autour du choix de la stratégie de marque et de la politique de marque.

2.1. Les stratégies de marque

LA MARQUE PRODUIT	L'entreprise crée une marque différente pour chacun de ses produits afin de proposer différents couples produit/marché aux différents segments ciblés. Ex. : Unilever commercialise ses lessives sous différentes marques : Omo, Persil, Skip...
LA MARQUE GAMME	L'entreprise regroupe un ensemble homogène de produits sous la même marque. Ex. : Tous les produits Findus sont associés à cette marque.
LA MARQUE OMBRELLE	L'entreprise regroupe un ensemble hétérogène de produits sous la même marque. Ex. : Honda commercialise sous la même marque des motos, des voitures et des tondeuses à gazon.
LA MARQUE CAUTION	La marque caution donne son approbation à un ensemble large et diversifié de produits en couvrant un ensemble de marques. Ex. : Danone couvre un ensemble de produits laitiers sous sa marque : Danette, Danao, Dan'up...
LA MARQUE DE DISTRIBUTEUR (MDD)	La MDD est une marque créée par une enseigne de distribution et utilisée pour commercialiser des produits fabriqués par des industriels. Ex. : La marque Carrefour.

2.2. Les politiques de marque

Il existe deux politiques de marque :
- l'**extension de marque (ou *brand stretching*)** consiste, pour une entreprise, à utiliser sa marque pour le lancement d'un nouveau produit en lui permettant de bénéficier de la notoriété de cette marque. L'entreprise va alors économiser des coûts sur la communication. Ex. : Bonne Maman commercialise ses nouveaux produits (yaourts, biscuits) sous sa marque célèbre pour les confitures ;
- l'**alliance de marque (ou *co-branding*)** consiste à associer deux marques (ou plus) pour la création d'un nouveau produit. L'avantage est de faire s'associer des images de marque complémentaires. Ex. : Le chocolat Milka et le fromage Philadelphia se sont associés pour créer une pâte à tartiner.

Mes notes pour réviser

MOTS CLÉS

Gamme • Largeur • Profondeur • Étendue (ampleur) • Marque ombrelle • Marque caution • MDD • Extension de marque (brand stretching) • Alliance de marque (co-branding)

....

....

....

....

....

....

....

....

....

....

....

....

....

....

....

S'ENTRAÎNER AU BAC
Exercices 4, 5 et 6 : p. 207

Savoir 5

Le marketing expérientiel

En proposant son offre à des consommateurs, l'entreprise cherche aussi, le plus souvent, à optimiser leur expérience de consommation, c'est-à-dire leur ressenti au moment de l'acte de consommation.

1 La composition de la gamme

1.1. Définition

Le marketing expérientiel a pour objectif de proposer un produit ou une ambiance en magasin qui permettra au consommateur de vivre une expérience unique et lui laissera durablement une image positive de l'entreprise.
Pour une entreprise, les objectifs du marketing expérientiel sont :
- de renforcer son attractivité ;
- d'accroître sa notoriété ;
- de faciliter les achats de ses clients ;
- de fidéliser ses clients.

Le marketing expérientiel utilise différentes techniques, comme la théâtralisation de l'offre, le marketing sensoriel ou encore le marketing immersif.

1.2. La théâtralisation de l'offre

La théâtralisation de l'offre consiste à mettre en scène les produits dans le point de vente, ponctuellement ou de façon permanente, afin de créer une ambiance favorable à l'achat.

EXEMPLE
Dans les magasins Zodio, le parcours d'achat client commence par la visite d'un appartement avec cuisine, salon, chambre et salle de bains. Dans chaque pièce, les produits vendus dans le magasin sont mis en scène comme dans un vrai logement.

1.3. Le marketing sensoriel

Le marketing sensoriel fait appel aux 5 sens du consommateur (la vue, l'odorat, le toucher, l'ouïe et le goût) pour lui faire vivre une véritable expérience et favoriser l'achat.

EXEMPLE
La marque de cosmétiques Lush a mis en place une politique de marketing sensoriel basée sur :
- la **vue** : cosmétiques en forme de bonbons ou de gâteaux, couleurs vives, présentation des produits sur des comptoirs provençaux traditionnels ;
- l'**odorat** : les cosmétiques diffusent une odeur sucrée très reconnaissable ;
- le **toucher** : les produits sont en libre-service et de nombreux tests de produits sont proposés par les vendeurs ;
- l'**ouïe** : diffusion de chansons apaisantes et de musiques vivifiantes ;
- le **goût** : les produits sont associés à des produits alimentaires (crème, chocolat, glace) qui donneraient presque envie de les manger.

1.4. Le marketing immersif

Le marketing immersif consiste, par différentes techniques, à favoriser l'immersion du consommateur dans l'univers d'une marque ou d'un magasin.
La théâtralisation de l'offre et le marketing sensoriel sont des techniques de marketing immersif, mais avec le développement des nouvelles technologies et la digitalisation des points de vente, de nouvelles techniques de marketing immersif apparaissent :
– la réalité virtuelle permet des visites à 360° d'un point de vente avec des casques ou des cabines digitalisées qui offrent la possibilité de se voir dans un vêtement sans l'essayer ;
– la réalité augmentée permet d'intégrer des éléments virtuels en 3D dans un environnement réel ;

EXEMPLE
Ikea propose une application qui permet de visualiser virtuellement un meuble chez soi. Ainsi, on choisit une armoire Ikea, on dirige le smartphone sur un mur vide de sa chambre et on voit apparaître une image virtuelle de l'armoire installée à cet endroit.

– les sites Internet et les réseaux sociaux (Twitter, Facebook, Instagram...) permettent de prolonger l'immersion du consommateur même quand il n'est pas dans le point de vente.

2 La valeur perçue

L'optimisation de l'expérience client permet aussi d'augmenter la valeur perçue.
La valeur perçue correspond à la valeur d'une entreprise, d'une marque ou d'un produit dans l'esprit du consommateur. Elle résulte de la confrontation entre les avantages attendus (bénéfice que le produit apporte : facilité d'utilisation, apport pour la santé, satisfaction de besoins...) et les coûts consentis pour son acquisition (prix à payer pour acquérir le produit).
Les éléments qui influencent la valeur perçue sont :
– les **caractéristiques fonctionnelles du produit** (éléments objectifs) : son utilité, son usage, ses qualités ;

EXEMPLE
La caractéristique fonctionnelle d'un téléphone portable est de pouvoir communiquer.

– les **caractéristiques psychologiques du produit** (éléments subjectifs) : la sensation que son utilisation procure, les valeurs qu'il véhicule, l'image de marque...

EXEMPLE
L'iPhone 11 permet une grande facilité d'utilisation, et renseigne sur le niveau de revenu et le statut social de son utilisateur.

3 La satisfaction client

La satisfaction client résulte de la comparaison entre les attentes et l'expérience de consommation du client. Plus son expérience se rapproche de ses attentes et plus la satisfaction est importante.
Pour accroître la satisfaction client, l'entreprise doit chercher à augmenter le bénéfice perçu et à réduire les coûts consentis.
La satisfaction client se mesure par des enquêtes de satisfaction ou des baromètres.

Mes notes pour réviser

MOTS CLÉS

Marketing expérientiel • Théâtralisation de l'offre • Marketing sensoriel • Marketing immersif • Réalité virtuelle • Réalité augmentée • Valeur perçue • Satisfaction client

S'ENTRAÎNER AU BAC
Exercice 7 : p. 207

Savoir 6 Les politiques de prix

L'offre produit doit s'accompagner d'une proposition de prix qui doit être cohérente avec les objectifs de l'entreprise, les attentes des consommateurs et les autres variables du marchéage.

1 La politique de prix unique

La politique de prix unique consiste à proposer un produit à prix unique quel que soit le consommateur ou le moment de l'achat.
Elle peut toutefois s'accompagner de réductions de prix, de promotions ou, au contraire, de majorations de prix.
L'avantage pour le consommateur est que le prix est clair. L'inconvénient pour l'entreprise est que ce prix unique ne permet pas d'adapter son offre à chaque segment ciblé.

EXEMPLE
Un magasin de vêtements propose ses articles à des prix identiques pour tous les clients.

2 La politique de prix différencié

La politique de prix différencié consiste à proposer plusieurs prix pour des produits relativement semblables afin de s'adapter à la valeur perçue que chaque segment ciblé attache à ces produits.
La différenciation des prix peut se faire en fonction : des quantités commandées (plus les quantités commandées sont importantes, plus le prix baisse), du lieu d'achat (à Paris ou en province), du type de clients (client particulier ou client professionnel), du moment de consommation (plus cher le soir que le midi), des attentes des clients (offre premium pour les hauts revenus qui veulent un service plus complet).
L'avantage de cette politique est de s'adapter aux attentes de chaque segment. L'inconvénient est de créer de la confusion dans l'esprit des consommateurs, qui peuvent se tromper dans la tarification ou être étonnés de payer plus cher que les autres.

EXEMPLE
Pour un même trajet entre Paris et Marseille, la SNCF propose un tarif en seconde classe et un tarif en première classe plus élevé pour les clients qui attendent davantage de confort.

3 La politique de prix forfaitaire

La politique de prix forfaitaire consiste à appliquer un prix pour la vente d'un ensemble de produits, similaires ou différents, dont la valeur totale peut être inférieure à la somme des prix unitaires de chacun de ces produits.
Le but est d'inciter le client à acquérir des produits qu'il n'aurait pas achetés à leur prix habituel.

EXEMPLE
Le forfait de l'opérateur téléphonique SFR comprend des appels et SMS illimités, et une connexion à Internet de 60 Go pour le prix unique de 20 €.

4 La gestion des capacités (*yield management*)

La gestion des capacités (*yield management*) consiste à ajuster les prix en fonction de l'offre restante et de la demande. Le but est d'éviter la perte de biens ou de services non consommés. Cette politique de prix se pratique surtout dans les domaines des transports, de l'hôtellerie et de la restauration, et nécessite une gestion en temps réel de l'offre et des prix.
Ex. : un hôtel propose une réduction de 50 % sur le prix des chambres aux clients qui réservent à la dernière minute.

5 Les modèles de gratuité

La gratuité, spécificité de l'économie non marchande, est de plus en plus proposée aujourd'hui par l'ensemble des entreprises, notamment dans le cadre des services associés (livraison, installation...) ou de services sur Internet (presse, logiciels, jeux...). Il s'agit généralement, pour ces entreprises, d'attirer les consommateurs grâce à des gratuités pour vendre ensuite des biens payants.
Les différents modèles de gratuité sont les suivants :
– le **marché tripartite** : ce modèle de publicité sur Internet met en lien 3 acteurs : un consommateur, une entreprise et un moteur de recherche. Par exemple, L'accès au moteur de recherche Google est gratuit car ce sont les entreprises qui financent Google pour être bien référencées, c'est-à-dire placées sur les premières pages lors d'une recherche ;
– les **subventions croisées directes** : l'objectif est d'offrir un produit (généralement peu cher) et d'inciter les consommateurs à acheter ensuite des produits complémentaires. Par exemple, SFR offre un téléphone portable si l'on s'engage 2 ans pour un forfait téléphonique ;
– les **subventions croisées indirectes** : l'objectif est d'offrir un service à une catégorie de consommateurs et de le faire payer à d'autres. Par exemple, Disneyland Paris offre des séjours gratuits aux enfants de moins de 12 ans ;
– le **freemium** : c'est une offre à deux vitesses : une formule de base gratuite (*free*) et une formule payante (premium) avec davantage de services ;
– le **don** : c'est une offre gratuite de services de certaines entreprises (ex. : Wikipédia propose une encyclopédie gratuite en ligne) ;
– la **vente de données** : l'objectif est de créer une très grande base de données d'informations personnelles (âge, sexe, PCS...) dans le but de les revendre à des entreprises qui les utiliseront pour cibler des consommateurs lors de campagnes de publicité.

EXEMPLE
Facebook est un réseau social gratuit car il se finance en revendant à des entreprises les informations recueillies sur ses utilisateurs.

Mes notes pour réviser

MOTS CLÉS

Prix unique • Prix différencié • Prix forfaitaire • Gestion des capacités (yield management) • Modèles de gratuité • Marché tripartite • Subventions croisées • Freemium • Don • Vente de données

S'ENTRAÎNER AU BAC
Exercice 8 : p. 208

Savoir 7

La fixation du prix

La fixation du prix de vente peut se faire en tenant compte des coûts de l'entreprise, de la marge souhaitée et des attentes des consommateurs.

1 La fixation du prix de vente par les coûts

Pour ne pas vendre à perte et assurer sa rentabilité, l'entreprise doit d'abord tenir compte de son coût de revient.

Coût de revient HT = Coût d'achat HT ou Coût de production HT + Coût de distribution HT

– Pour les entreprises commerciales : Coût d'achat HT = Prix d'achat HT + Frais accessoires liés à l'achat (transport, stockage, assurance...)
– Pour les entreprises industrielles : Coût de production = ensemble des coûts liés à la production des marchandises (matières premières, machines, salaires, loyer du lieu de production...)
– Coût de distribution = frais liés à la distribution des produits (loyer du magasin, salaires des vendeurs...)
L'entreprise ajoute ensuite sa marge au coût de revient pour fixer son prix de vente.

Prix de vente HT = Coût de revient HT + Marge

Elle peut ensuite calculer son taux de marge, c'est-à-dire comparer la marge dégagée par l'entreprise avec le coût d'achat des marchandises. Le calcul du taux de marge permet de savoir si l'entreprise est rentable.

Taux de marge = (Marge / Coût de revient) × 100

EXEMPLE
Une entreprise achète des produits à un prix unitaire de 15 € HT. Elle a des frais de transport de 1 € par article et des frais de distribution de 0,50 €. Elle décide d'attribuer une marge de 3 € par produit.
Coût de revient : 15 + 1 + 0,5 = 16,50 €
Prix de vente HT : 16,50 + 3 = 19,50 €
Marge : 3 €
Le taux de marge est de : (3 / 16,50) × 100 = 18,2 %.

2 La fixation du prix de vente par la demande

L'entreprise peut aussi fixer son prix en tenant compte du comportement d'achat des consommateurs et en calculant la sensibilité-prix et le prix cible.

2.1. La sensibilité-prix

La sensibilité-prix représente l'influence qu'a une variation des prix sur la quantité achetée par les consommateurs. Elle se mesure par l'élasticité-prix/demande qui est la variation en pourcentage de la quantité demandée d'un bien lorsque son prix varie.

$$\textbf{Élasticité-prix/demande} = \frac{\text{(Variation de la demande / Demande initiale)} \times 100}{\text{(Variation du prix / Prix initial)} \times 100}$$

ÉLASTICITÉ NULLE	Demande inélastique	Aucune réaction de la demande lors d'une variation du prix.	Produits vitaux EXEMPLE Un médicament
ÉLASTICITÉ COMPRISE ENTRE 0 ET – 1	Demande peu élastique	La réaction de la demande est moins que proportionnelle à la variation du prix. Une variation des prix entraîne peu de variations de la demande.	Produits de première nécessité EXEMPLE Des pâtes
ÉLASTICITÉ INFÉRIEURE À – 1	Demande très élastique	La réaction de la demande est plus que proportionnelle à la variation du prix. Une variation des prix entraîne d'importantes variations de la demande.	Produits substituables EXEMPLE Un parfum

EXEMPLE

Le prix d'un produit augmente de 12 à 14 €, les quantités demandées baissent de 135 à 128.

$$\text{Élasticité-prix/demande} = \frac{[(128 - 135) / 135] \times 100}{[(14 - 12) / 12] \times 100} = \frac{-5{,}19\ \%}{16{,}7\ \%} = -0{,}3$$

Le coefficient d'élasticité est de – 0,3, la demande est donc peu élastique : une augmentation du prix entraîne une baisse 2 fois moins importante des ventes.

2.2. Le prix cible

Cette méthode consiste, dans un premier temps, à partir du prix d'acceptabilité des consommateurs et du prix moyen des concurrents pour fixer le prix de vente du produit.

Ensuite, en fonction de la marge que l'entreprise désire réaliser, elle va en déduire les coûts de production à respecter.

EXEMPLE

Le prix d'acceptabilité des consommateurs après étude de marché est de 12 €, le prix des concurrents est de 14 €. Le prix cible sera donc fixé en faisant une moyenne des 2 prix, soit : (12 + 14) / 2 = 13 €. L'entreprise veut réaliser une marge de 2 €. Les coûts de production ne devront donc pas dépasser 11 €.

Mes notes pour réviser

MOTS CLÉS

Coût de revient • Marge • Taux de marge • Sensibilité-prix • Élasticité-prix/demande • Prix cible

S'ENTRAÎNER AU BAC
Exercices 9 et 10 : p. 208

Savoir 8

La distribution

La distribution est partie intégrante de l'offre de l'entreprise. Elle permet de se différencier de ses concurrents et d'agir sur la valeur perçue par les consommateurs.

MERCATIQUE

1 La notion de distribution

La distribution désigne l'ensemble des opérations qui permettent d'acheminer un produit du producteur jusqu'au consommateur final.

2 Les unités commerciales physiques et virtuelles

La distribution se fait en unité commerciale, lieu permettant à un client potentiel d'accéder à une offre de biens et/ou de services. On distingue les unités commerciales physiques et les unités commerciales virtuelles.

• **Les unités commerciales physiques**

– Les points de vente traditionnels (exemple : un magasin de vêtements)
– Les supérettes (exemple : Petit Casino)
– Les supermarchés (exemple : Casino)
– Les hypermarchés (exemple : Carrefour)
– Les magasins populaires (exemple : Monoprix)
– Les grandes surfaces spécialisées (exemple : Decathlon)
– Les grands magasins (exemple : Galeries Lafayette)

• **Les unités commerciales virtuelles**

– Les sites marchands présentent des produits avec possibilité d'achat. (Remarque : les sites non marchands, appelés aussi « sites vitrines », présentent des produits sans possibilité d'achat et sont aussi parfois qualifiés d'« unités commerciales virtuelles ».)
– Les places de marché (*marketplaces*) sont des plateformes sur Internet qui mettent en relation des acheteurs et des vendeurs (Amazon, Rue du Commerce...).

3 Les canaux et les circuits de distribution

Le canal est le chemin parcouru par le produit du producteur au consommateur. En fonction du nombre d'intermédiaires entre le producteur et le consommateur final, on distingue :

– le **canal direct** : le producteur vend son produit au client final sans intermédiaire. Les avantages pour le producteur sont qu'étant en contact direct avec ses clients, il les connaît mieux et peut ainsi répondre plus précisément à leurs besoins. Il réalise aussi des marges plus importantes car il n'y a pas d'intermédiaire. Par contre, il doit gérer un point de vente ;

EXEMPLE Un agriculteur vend ses légumes sur un marché.

– le **canal court** : un intermédiaire s'intercale entre le producteur et le consommateur. L'avantage pour le producteur est qu'il ne doit pas organiser la vente de ses produits et que le distributeur peut conseiller les clients. Par contre, il perd de l'autonomie car il dépend du distributeur ;

EXEMPLE Un fabricant de meubles passe par un magasin d'ameublement pour vendre ses produits.

– le **canal long** : il comporte au moins deux intermédiaires. En général, cela permet de vendre dans de nombreux points de vente. L'inconvénient pour le producteur est qu'il perd tout contrôle sur la distribution.

EXEMPLE Un fabricant de vêtements vend ses produits à un grossiste, qui lui-même les revend à un détaillant.

Le **circuit de distribution** est l'ensemble des canaux empruntés par un produit du producteur au consommateur.

EXEMPLE Le circuit de distribution de la confiture en France comprend : les épiceries fines, les supérettes, les supermarchés, les hypermarchés et les magasins bio.

4 Les stratégies de distribution

Choisir une stratégie de distribution, c'est d'abord, pour une entreprise, choisir entre :
– une **distribution directe (ou désintermédiée)** : le producteur assure lui-même la distribution de ses produits auprès du consommateur, sans aucun intermédiaire ;
– une **distribution indirecte (ou intermédiée)** : le produit passe par un ou plusieurs intermédiaires entre le fabricant et le client final ;
– une **distribution indirecte réintermédiée** : de nouveaux canaux de distribution sont utilisés, par exemple les « places de marché », ces sites Internet qui distribuent les produits de plusieurs fabricants (exemple : Amazon).

Il s'agira ensuite de choisir entre :
– une **distribution intensive** : le producteur cherche à vendre ses produits dans un maximum de points de vente afin de développer ses ventes et son chiffre d'affaires ;

EXEMPLE Un producteur de légumes en boîtes de conserve cherche à être présent dans un maximum de points de vente.

– une **distribution sélective** : le producteur choisit ses distributeurs en fonction de leur image et de leurs compétences ;

EXEMPLE Un producteur de chocolats artisanaux haut de gamme cherche à être distribué en épiceries fines.

– une **distribution exclusive** : le producteur choisit ses distributeurs et leur accorde l'exclusivité de la commercialisation du produit.

EXEMPLE Un fabricant de climatisations confie l'exclusivité de la distribution de ses appareils à des revendeurs qui sont compétents pour installer et éventuellement réparer les climatiseurs.

Mes notes pour réviser

MOTS CLÉS

Distribution • Unité commerciale physique • Unité commerciale virtuelle • Canal • Canal direct • Canal court • Canal long • Circuit de distribution • Distribution directe (désintermédiée) • Distribution indirecte (intermédiée) • Distribution réintermédiée • Distribution intensive • Distribution sélective • Distribution exclusive

S'ENTRAÎNER AU BAC
Exercice 11 : p. 209

Savoir 9

Les relations producteurs/distributeurs

Les relations entre producteurs et distributeurs peuvent être conflictuelles. Les conséquences sont alors néfastes pour les deux acteurs mais aussi pour les consommateurs. Il est donc préférable de privilégier des actions de coopération entre producteurs et distributeurs.

1 Les sources de conflit entre producteurs et distributeurs

Les producteurs et les distributeurs poursuivent des objectifs qui leur sont propres et peuvent parfois entrer en conflit, par exemple quand le distributeur pratique une marge élevée sur un produit, ralentissant ainsi ses ventes, ou qu'il met en avant des produits concurrents dans son point de vente.
La grande distribution impose souvent des prix très bas aux producteurs.

2 Les conséquences des conflits

POUR LE PRODUCTEUR	Le producteur peut être mal distribué, voire « déréférencé », c'est-à-dire que ses produits sont retirés des rayons du distributeur.
POUR LE DISTRIBUTEUR	Si un producteur refuse d'être vendu chez un distributeur, ce dernier peut alors perdre des clients s'ils ne trouvent pas chez lui le produit qu'ils recherchent.
POUR LE CONSOMMATEUR	Le consommateur subit les augmentations de prix du distributeur lorsque celui-ci pratique des marges trop importantes et ne trouve parfois pas les produits qu'il cherche.

EXEMPLE
En 2018, suite à un conflit sur les prix entre Coca-Cola et les supermarchés Leclerc, Coca-Cola a décidé de retirer tous ses sodas des rayons du distributeur.

3 Les actions de coopération

Il est préférable que producteurs et distributeurs s'entendent et travaillent ensemble dans une véritable relation de partenariat. On nomme cette coopération le *trade marketing* (co-mercatique) ou ECR (Efficient Consumer Response). L'ECR est un ensemble d'actions menées conjointement entre producteurs et distributeurs pour apporter une réponse optimale aux consommateurs.
Les **actions de coopération entre producteurs et distributeurs** peuvent être :
– la mise en avant des produits en rayons pour que les clients les trouvent facilement : tête de gondole, publicité sur le lieu de vente, etc. ;
– des offres promotionnelles et des animations commerciales ;
– la gestion optimisée des stocks pour éviter les ruptures de stock.

Mes notes pour réviser

MOTS CLÉS

Trade marketing (co-mercatique) • ECR (*Efficient Consumer Response*)

S'ENTRAÎNER AU BAC

Exercice 12 : p. 209

Savoir
10
L'omnicanalité

Face à des parcours client de plus en plus complexes, les entreprises adoptent de nouvelles stratégies de distribution.

1 L'évolution du comportement des consommateurs

Le comportement des consommateurs a évolué au cours de ces dernières années. Ceux-ci sont devenus de plus en plus exigeants, de plus en plus informés et très volatils, n'hésitant pas à changer de marque ou de produit s'ils trouvent un meilleur rapport qualité/prix.
Le parcours client a également évolué. Le consommateur adopte aujourd'hui un parcours d'achat de plus en plus digitalisé et ROPO (*Research Online, Purchase Offline* – recherche en ligne, achat hors ligne). Le ROPO est donc un acte d'achat où le consommateur commence sa recherche sur Internet puis effectue l'achat physiquement en magasin et cela pour différentes raisons : besoin de vérifier l'objet de l'achat, refus de se faire livrer ou de donner des informations personnelles sur les sites commerciaux...

2 Du multicanal à l'omnicanalité des unités commerciales

En réponse à l'évolution du parcours d'achat client, la distribution s'adapte et évolue du multicanal au cross-canal et, aujourd'hui, à l'omnicanal.

LE MULTICANAL	LE CROSS-CANAL	L'OMNICANAL
		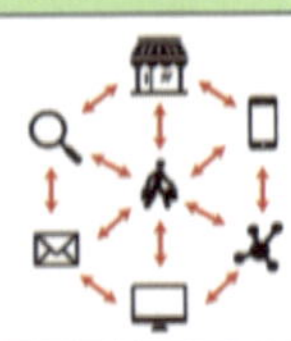
Stratégie de distribution combinant plusieurs canaux : magasin traditionnel, site Internet, applications mobiles. Les canaux sont cloisonnés.	Stratégie de distribution permettant aux différents canaux de distribution (magasin physique, catalogue, site Web...) de fonctionner ensemble plutôt que de se concurrencer.	Stratégie de distribution qui consiste à créer une synergie entre les différents canaux de distribution qui communiquent entre eux.

EXEMPLE
La Fnac est aujourd'hui une unité commerciale omnicanale avec plus de 500 magasins, un site Internet marchand, un service de click & collect (le client commande sur Internet et retire son produit en magasin soit à un guichet, soit dans un casier-consigne), une application Fnac pour smartphone, un service de livraison après une commande en ligne ou en magasin.

Mes notes pour réviser

MOTS CLÉS

Parcours d'achat • ROPO • Multicanal • Cross-canal • Omnicanal

S'ENTRAÎNER AU BAC
Exercice 13 : p. 209

Savoir

11 La distribution collaborative

Suite à de nombreux scandales alimentaires et à des pratiques abusives de la grande distribution, de plus en plus de consommateurs cherchent aujourd'hui de nouvelles façons de consommer.

1 L'évolution du comportement des consommateurs

Les consommateurs sont de plus en plus soucieux de la qualité des produits et davantage sensibilisés aux problèmes environnementaux liés à la surconsommation.
De nouvelles façons de consommer apparaissent alors, qui privilégient l'usage sur la propriété avec une économie du don, de la location, de l'échange et du partage.
Les consommateurs recherchent aussi de plus en plus de produits bio, de saison, locaux, accessibles en circuits courts sans intermédiaire, des produits sans emballages et fabriqués dans le respect du travail des producteurs.

2 Le développement de la distribution collaborative

Pour répondre à ces attentes, de nouvelles formes de distribution collaborative (dans lesquelles le consommateur devient acteur de la distribution) sont apparues ces dernières années :

– des **circuits courts et locaux**, qui mettent directement en relation les producteurs et les consommateurs, sans passer par les grandes et moyennes surfaces. Cette nouvelle distribution passe par les marchés paysans, les supermarchés coopératifs et participatifs dans lesquels les clients sont également sociétaires et travailleurs bénévoles (exemple : SuperQuinquin à Lille) ou encore les AMAP (associations pour le maintien de l'agriculture paysanne), qui consistent en un partenariat entre un groupe de consommateurs et un agriculteur basé sur un système de distribution de paniers composés des produits de la ferme ;

– l'**achat de biens d'occasion** ;

EXEMPLE Vinted.fr permet la vente de vêtements d'occasion.

– le **troc** de produits ;

EXEMPLE France-troc.fr permet de troquer des voitures, des vêtements, des ordinateurs...

– le **don** de produits ;

EXEMPLE Donnons.org permet de donner des meubles ou des appareils électroménagers.

– la **location** de produits ;

EXEMPLE Allovoisins.com permet la location d'objets entre particuliers : tondeuse à gazon, perceuse, voiture...

– le **partage**.

EXEMPLE BlaBlaCar.fr permet de partager son véhicule lors d'un trajet.

Mes notes pour réviser

MOTS CLÉS

Distribution collaborative • AMAP

....

....

....

....

....

....

....

....

....

....

....

....

....

....

....

S'ENTRAÎNER AU BAC
Exercice 14 : p. 209

Savoir 12

La digitalisation des unités commerciales

Face au développement des nouvelles technologies et à leur appropriation par les consommateurs qui achètent de plus en plus en ligne, la distribution s'est adaptée en digitalisant les points de vente et en proposant de nouveaux parcours d'achat sur Internet.

1 La digitalisation des unités commerciales

La digitalisation des points de vente, c'est-à-dire l'utilisation d'outils numériques dans les magasins, permet d'améliorer le parcours d'achat des clients et d'élargir l'offre. Ces outils poursuivent plusieurs objectifs :

OBJECTIFS	OUTILS NUMÉRIQUES	EXEMPLES
Améliorer l'accueil et le parcours d'achat du client dans le point de vente	Robot d'accueil	Dans certaines agences du Crédit agricole, c'est un robot qui accueille le client puis l'oriente vers un conseiller.
	Plan interactif du point de vente	Leroy Merlin propose un plan interactif à l'entrée de chaque magasin pour faciliter la recherche des produits.
	Vitrine digitalisée	Certains magasins Louis Vuitton présentent leurs produits sur des écrans géants placés en vitrine.
Informer sur les produits, leur prix et leur utilisation **Élargir l'offre en proposant des produits non disponibles en magasin**	Étiquette électronique	Dans la plupart des grandes surfaces, les prix sont désormais affichés sur des étiquettes électroniques.
	Borne interactive et tablette tactile	Dans les magasins Darty, des bornes interactives permettent aux clients de consulter les fiches techniques des produits et éventuellement de commander sur le site Darty des produits indisponibles en magasin.
	Écran vidéo	Chez Castorama, des écrans vidéo proposent des démonstrations de produits et des astuces bricolage.
Permettre l'essayage du produit en réalité virtuelle	Hologramme	Carrefour a testé la présentation des produits sous forme d'hologrammes (images virtuelles en 3D) dans son rayon « High-Tech ».
	Miroir interactif et réalité augmentée	Chez Optic2000, on peut essayer virtuellement des lunettes en réalité augmentée.
Faire gagner du temps aux clients lors de l'encaissement	Scan des produits et paiement en ligne	Monoprix a lancé sur son application le service « Coupe-file », qui permet au client de scanner directement ses produits avec son téléphone et de payer sur l'application sans passer en caisse.
	Caisse en libre-service	Cet outil est proposé dans les supermarchés et les grandes surfaces spécialisées.
	Chariot connecté	Carrefour propose, dans certains de ses hypermarchés, un chariot connecté qui permet de scanner ses produits au fur et à mesure de ses courses, mais aussi de repérer plus facilement les produits en magasin ou encore d'être averti des promotions.
	Paiement sur un terminal mobile	Chez Sephora, lorsque l'attente en caisse est trop longue, la conseillère de vente peut encaisser les achats directement sur un terminal de vente portable.
	Ticket de caisse envoyé par mail	Chez Uniqlo, pour aller plus vite lors de l'encaissement, le ticket de caisse peut ne pas être imprimé et être envoyé directement au client par mail.

2 L'e-commerce et le m-commerce

La digitalisation des unités commerciales passe aussi par le développement du commerce en ligne. Ainsi, l'e-commerce (commerce électronique) et le m-commerce (commerce sur mobile et tablette) regroupent l'ensemble des ventes à distance s'opérant par le biais d'interfaces digitalisées.
L'e-commerce et le m-commerce concernent :
– la vente par le biais d'un site Internet ;
– la vente *via* une application sur smartphone ;
– le click & collect : le client commande sur Internet puis retire son produit en magasin soit à un guichet, soit dans un casier-consigne ;
– le drive : des points de retrait proposés par la grande distribution permettent de retirer des marchandises préalablement commandées sur Internet.

EXEMPLE
Si l'on désire acheter un livre à la Fnac, on peut le commander en ligne sur le site Internet ou sur l'application mobile de l'enseigne puis le recevoir à son domicile ou le retirer dans un magasin Fnac de son choix.

3 Les places de marché (*marketplaces*)

Une place de marché (*marketplace*) désigne une plateforme sur Internet qui met en relation des acheteurs et des vendeurs. C'est l'équivalent d'un centre commercial mais en ligne. L'avantage pour les vendeurs est de bénéficier du nombre très important d'internautes qui se rendent sur ces places de marché.

EXEMPLES
Amazon, Cdiscount, Rue du Commerce.

Mes notes pour réviser

MOTS CLÉS

Digitalisation des unités commerciales • E-commerce • M-commerce • Place de marché (marketplace)

....

....

....

....

S'ENTRAÎNER AU BAC
Exercice 15 : p. 210

Savoir 13

La communication commerciale

La communication commerciale regroupe l'ensemble des actions dont l'objectif est de créer et de maintenir une relation avec les consommateurs et d'influencer leur comportement. Elle doit être cohérente avec la stratégie commerciale de l'entreprise, sa cible et les objectifs fixés.

1 L'objet, la cible et les objectifs de la communication commerciale

La communication commerciale de l'entreprise peut porter sur différents objets : la marque, les biens et/ou services vendus, les événements que l'entreprise organise ou encore ses valeurs et sa culture.
Les actions de communication commerciale visent le segment de consommateurs que l'entreprise désire toucher : c'est la cible. Elles s'adressent aux utilisateurs mais peuvent aussi cibler les prescripteurs, les influenceurs ou les distributeurs.
La communication commerciale a 3 objectifs :
- un **objectif cognitif** : faire connaître l'entreprise, ses biens et/ou ses services, et donc augmenter sa notoriété ;
- un **objectif affectif** : faire aimer l'entreprise et ses produits, renforcer ou modifier son image ;
- un **objectif conatif** : faire agir, donc faire acheter.

2 La construction du message publicitaire

Un message publicitaire se construit autour de 3 axes :

LA PROMESSE	C'est l'avantage fonctionnel ou symbolique qui doit être procuré au consommateur (efficacité du produit, appartenance à un groupe...). EXEMPLE Nespresso promet un café d'exception.
LA JUSTIFICATION DE LA PROMESSE	Ce sont tous les éléments qui soutiennent et prouvent la crédibilité de la promesse (images, textes...). EXEMPLE Une nouvelle façon de faire du café avec des capsules hermétiques qui enferment les arômes et une machine à café quasi professionnelle.
LE TON EMPLOYÉ	Il est déterminé en fonction des objectifs et de la cible du message (humoristique, scientifique...). EXEMPLE Un ton décalé et humoristique tout en faisant référence au luxe.

Ces éléments sont réunis dans la copie stratégie, document de travail de référence de l'annonceur et de l'agence de publicité prenant la forme d'un cahier des charges.

3 Les différents moyens de communication

Pour décrire la communication commerciale d'une entreprise, on utilise aujourd'hui une approche POEM : *Paid, Owned and Earned Media*, qui désigne les différents types d'exposition média dont peut bénéficier une entreprise auprès des consommateurs.

3.1. La communication commerciale *Paid Media*

Le *Paid Media* (exposition achetée) désigne l'exposition médiatique obtenue par une entreprise grâce à l'achat d'espaces publicitaires. Cette forme de communication commerciale, nommée aussi « publicité », consiste, pour un annonceur (entreprise, collectivité, association, administration...), à transmettre un message à une large cible en utilisant des médias de masse.
On distingue le média (exemple : la télévision) et le support utilisé au sein de ce média (exemple : TF1).

MÉDIAS	AVANTAGES	INCONVÉNIENTS
La télévision	Mise en avant des avantages du produit avec valorisation de la marque qui permet une bonne mémorisation.	Coût très élevé.
La presse	Permet de cibler précisément les clients (le lectorat de chaque publication est connu).	Coût élevé et durée de vie de l'encart publicitaire très brève.
L'affichage	Bonne sélectivité géographique.	Audience peu attentive et uniquement pour des messages très courts.
Le cinéma	Audience très attentive.	Frais de production élevés et public touché réduit.
La radio	Permet de cibler les clients.	Audience peu attentive.

3.2. La communication commerciale *Owned Media*

Le *Owned Media* (exposition possédée) désigne l'exposition dont bénéficie une entreprise ou une marque sur les supports qu'elle maîtrise et contrôle. Cette communication commerciale est aujourd'hui de plus en plus digitalisée sur des supports numériques.

LE SITE INTERNET (VITRINE OU MARCHAND) ET L'APPLICATION MOBILE	Permettent à l'entreprise de présenter ses produits, ses prix et ses conditions de vente.
LA TV SUR INTERNET (WEB TV) : YOUTUBE, DAILYMOTION...	Permet de présenter l'entreprise, ses produits, ses nouveautés ou de faire des campagnes de communication commerciale.
LE BLOG	Permet de développer sa notoriété et d'améliorer son image de marque en exprimant ses idées ou en proposant de façon périodique des analyses sur un produit ou sur l'évolution des attentes des consommateurs.

LE FORUM MIS EN PLACE PAR L'ENTREPRISE	Permet de répondre aux questions posées par les internautes et donc de développer une relation privilégiée avec ses clients.
LES RÉSEAUX SOCIAUX : FACEBOOK, INSTAGRAM, TWITTER, SNAPCHAT...	Permettent d'établir une véritable relation de proximité avec ses clients et de créer une communauté de consommateurs autour de l'entreprise et de ses produits en envoyant des messages (*posts*) comprenant du texte, des photos et des vidéos, et en créant des événements qui feront du « buzz » (rumeur propageant un message).
LA NEWSLETTER	Lettre d'information périodique envoyée à des abonnés pour présenter les nouveautés de l'entreprise ou de la marque.

3.3. La communication commerciale *Earned Media*

Le *Earned Media* (exposition gagnée) désigne l'exposition dont bénéficie gratuitement une entreprise ou une marque sur les réseaux sociaux, les blogs, et les avis et commentaires des consommateurs.

EXEMPLE
À chaque sortie d'un nouveau modèle d'iPhone, les consommateurs postent des commentaires sur tous les réseaux sociaux qui sont autant de publicités dont bénéficie gratuitement Apple.

4 La mesure de l'efficacité de la communication commerciale

À la fin d'une campagne de communication, il est nécessaire de mesurer son efficacité en évaluant l'impact des actions menées sur les ventes, la notoriété et l'image de marque de l'entreprise.

MOYENS DE COMMUNICATION	INDICATEURS DE PERFORMANCE
Mesure de performance *Paid Media*	– **Audience utile** : ensemble des individus appartenant à la cible en contact avec le média – **Coût au contact utile** : Coût du support / Audience utile – **Mémorisation publicitaire** : (Nombre de personnes ayant mémorisé la marque / Nombre de personnes ayant vu la publicité) × 100 – **ODV** : Occasion De Voir un affichage urbain
Mesure de performance *Owned Media*	– **Taux d'engagement** : [Nombre total d'interactions (commentaires, *likes*, partages, retweets...) relatives à une publication / Nombre d'individus exposés à cette publication] × 100 – **Trafic** du site Internet ou du blog

Mes notes pour réviser

MOTS CLÉS

Objet • Cible • Objectifs cognitif, conatif, affectif • Copie stratégie • POEM • Paid Media • Publicité • Média • Support • Owned Media • Earned Media

S'ENTRAÎNER AU BAC

Exercices 16 et 17 : p. 210-211

Savoir 14

Les autres formes de communication commerciale

Les entreprises peuvent utiliser d'autres formes de communication commerciale que sont la mercatique directe, la promotion des ventes et la communication événementielle.

1 La mercatique directe

La mercatique directe consiste à diffuser un message personnalisé, qui s'adresse à une cible précise, et incitatif, dans le but d'obtenir une réaction immédiate. Les outils de la mercatique directe sont essentiellement :

LE MAILING ET L'E-MAILING	Courriers (papier ou électroniques) envoyés pour la présentation d'une offre promotionnelle.
LE SMS MAILING ET LE MMS MAILING	Envois de messages courts sur les téléphones portables pour présenter une offre promotionnelle.

2 La promotion des ventes

2.1. Définition de la promotion des ventes et objectifs

La promotion des ventes consiste, par un ensemble de techniques et d'actions, à offrir aux clients un avantage matériel (une baisse de prix ou un cadeau). Elle doit être limitée dans le temps afin d'inciter le client à acheter.
Les objectifs sont d'augmenter le volume des ventes et le flux de clients dans le magasin, de faire connaître de nouveaux produits et de fidéliser les clients.

2.2. Les différentes techniques d'offres promotionnelles

TECHNIQUES	PRINCIPES
La réduction des prix	Baisse temporaire du prix de vente du produit.
Le coupon, le bon de réduction, le bon d'achat, l'offre de remboursement	Titre de remboursement ou bon d'achat.
La vente jumelée	Vente de deux ou plusieurs articles de nature différente à un prix total inférieur à la somme de chacun d'eux.
La vente avec prime	Remise gratuite d'un article, identique ou non au produit acheté, au moment de l'achat ou en différé par rapport à l'achat.
La vente par lot	Vente de plusieurs articles (identiques ou distincts) sous un même emballage.

TECHNIQUES	PRINCIPES
Le produit girafe	Produit faisant l'objet d'une opération promotionnelle dans le cadre de laquelle une quantité supplémentaire du produit est offerte pour le même prix.
L'échantillon	Produit offert dans une quantité inférieure à l'unité habituelle de vente.
Les loteries, jeux et concours	Opérations permettant aux participants d'espérer un gain par la voie du hasard ou en participant à des épreuves.
Les soldes	Ventes accompagnées ou précédées de publicité et annoncées comme tendant, par une réduction de prix, à l'écoulement accéléré de marchandises en stock.
La vente privée	Vente réservée à une partie seulement de la clientèle fidèle qui reçoit une invitation.

Les promotions doivent être limitées pour ne pas dégrader l'image de marque de l'entreprise et ne pas inciter les clients à reporter leurs achats lors des périodes de promotion.

3 La communication événementielle

La communication événementielle consiste à créer ou à tirer parti d'un événement pour susciter l'intérêt du public et augmenter ses ventes. Elle peut prendre différentes formes.

3.1. Le parrainage (sponsoring) et le mécénat

Le parrainage (sponsoring) consiste à apporter un soutien financier à des événements (principalement des manifestations sportives).
Le mécénat consiste à apporter un soutien financier à des projets culturels ou caritatifs. L'objectif est d'associer le nom de l'entreprise à l'événement choisi, qui doit correspondre aux objectifs et à l'image de marque de l'entreprise.

EXEMPLES
Senseo sponsorise le Tour de France, Carrefour soutient Les Restos du Cœur.

3.2. Les autres formes de communication événementielle

• Les salons et foires permettent à l'entreprise de se faire connaître, de rencontrer des clients et des concurrents :
– un salon regroupe des exposants appartenant à un même domaine d'activité ;
– une foire regroupe des exposants appartenant à des domaines d'activité très divers.
• Le street marketing regroupe les opérations de communication qui se déroulent dans la rue avec distribution de flyers et de cadeaux.
• Un magasin éphémère (*pop-up store*) est un magasin ouvert pour une courte durée.

• La communication événementielle consiste en l'organisation d'événements (soirée, conférence...) destinés à présenter des produits et à créer des relations entre les participants.

EXEMPLE
Apple a tenu une conférence de presse pour la sortie du logiciel Keynote.

Mes notes pour réviser

MOTS CLÉS

Mercatique directe • Promotion • Parrainage • Mécénat • Salon • Foire • Street marketing • Magasin éphémère (pop-up store) • Communication événementielle

S'ENTRAÎNER AU BAC
Exercice 18 : p. 211

Savoir 15

La fidélisation des clients

Dans un contexte de plus en plus concurrentiel et face à des consommateurs plus informés, plus connectés mais aussi plus volatils, l'enjeu majeur pour l'entreprise reste de fidéliser ses clients.

MERCATIQUE

1 Définition de la fidélisation

La fidélité d'un client se manifeste par un attachement durable, préférentiel ou exclusif à une entreprise ou à une marque. Il est préférable de fidéliser ses clients pour plusieurs raisons : acquérir de nouveaux clients coûte plus cher que de fidéliser ses clients ; un client fidèle dépense plus, réalise des achats complémentaires et a une fréquence d'achat plus élevée ; enfin, il participe à un « buzz » positif autour de la marque ou de l'entreprise. On distingue :
– la **fidélité attitudinale (ou active)**, qui correspond à une réelle préférence ressentie par le consommateur pour la marque et ses produits, et se manifeste par un réachat ;

EXEMPLE Un consommateur préfère Adidas aux autres marques de vêtements de sport et achète toujours cette marque.

– la **fidélité comportementale (ou passive)**, qui résulte d'une habitude d'achat plus que d'une préférence.

EXEMPLE Un client fait ses courses dans le supermarché Casino situé près de chez lui car c'est plus pratique.

2 Les facteurs explicatifs de la fidélité client

Les facteurs explicatifs de la fidélité des clients à une marque ou une entreprise sont :
– la qualité des produits : labels, normes, sécurité des produits, services associés ;
– le prix : bon rapport qualité/prix ;
– l'expérience de consommation : aménagement et théâtralisation du lieu de vente, attente en caisse, choix de produits… ;
– la gestion de la relation client : disponibilité des vendeurs, service après-vente… ;
– l'image véhiculée par la marque : respect de l'environnement, produits bio, etc.

3 Les stratégies de fidélisation

Il existe deux stratégies de fidélisation :
– la **fidélisation induite** consiste à prolonger la relation avec le consommateur en l'empêchant de partir à la concurrence. Cette stratégie repose sur l'absence de liberté pour le consommateur ;

EXEMPLE Une salle de sport propose un abonnement à l'année. Le client revient toujours dans cette salle non par choix, mais parce qu'il s'est engagé sur un an.

– la **fidélisation recherchée** vise à séduire le consommateur pour l'inciter à rester.

EXEMPLE Un client choisit de revenir faire ses achats dans un magasin d'électroménager car il trouve les produits proposés de bonne qualité, abordables et les vendeurs sont très compétents pour le renseigner.

4 Les outils de fidélisation

L'AGENCEMENT DU MAGASIN, L'ASSORTIMENT PROPOSÉ ET LE PERSONNEL DE CONTACT	Vitrine, facteurs d'ambiance, présentation de l'offre, qualité des produits, conseils des vendeurs.
LA CARTE DE FIDÉLITÉ	Gratuite ou payante, elle permet d'identifier le client lors de son passage en caisse et de lui proposer des offres spécifiques.
LE BON D'ACHAT, LE COUPON	Offres de réduction après un achat.
LE BONUS, LE CADEAU	Offres de cadeaux, d'échantillons à diverses occasions.
LA SOIRÉE PRIVÉE	Invitation à une soirée organisée par l'entreprise et réservée à une partie seulement de la clientèle.
LE CLUB	Octroi de privilèges aux clients membres du club en développant un sentiment d'appartenance à l'entreprise.
LE PARRAINAGE	Recrutement de nouveaux clients par des clients actuels en échange d'une prime.
LA MERCATIQUE DIRECTE	Envoi d'e-mails, de SMS, de MMS avec des offres personnalisées.
LE SERVICE CLIENT ET LE SAV	Traitement des réclamations clients, des retours, des pannes.
LE BLOG, LE SITE INTERNET, LES RÉSEAUX SOCIAUX	Communication privilégiée avec les clients par le biais de blogs, des réseaux sociaux (Instagram, Facebook…).

5 La valeur vie client (*Customer Lifetime Value*)

L'unité commerciale ne doit pas chercher à fidéliser tous ses clients, mais seulement ceux qui lui permettent de générer le plus de chiffre d'affaires et de marge, c'est-à-dire ceux qui ont une valeur vie client élevée.
La valeur vie client (*Customer Lifetime Value*) permet de comparer :
– la somme des dépenses engagées par l'entreprise pour fidéliser ses clients (mailing, cadeaux, avantages, réductions de prix…) ;
– la somme du chiffre d'affaires généré par chaque client durant toute la période où il reste fidèle à l'entreprise.
Un client est rentable lorsqu'il génère un chiffre d'affaires dépassant les coûts nécessaires à son acquisition, sa fidélisation et sa satisfaction.

EXEMPLE Les frais de fidélisation d'une entreprise sont de 25 € par an et par client. Un client X est fidélisé par l'entreprise pendant 5 ans. Le montant du chiffre d'affaires dégagé par ce client est de 45 € par an.

– Coût de fidélisation engendré par le client X sur 5 ans : 25 × 5 = 125 €
– Chiffre d'affaires dégagé par le client X sur 5 ans : 45 × 5 = 225 €
La valeur vie client est de : 225 – 125 = 100 € sur 5 ans. Il est donc pertinent de fidéliser ce client.

Mes notes pour réviser

MOTS CLÉS

Fidélité • Fidélité attitudinale • Fidélité comportementale • Fidélisation induite • Fidélisation recherchée • Valeur vie client (Customer Lifetime Value)

S'ENTRAÎNER AU BAC
Exercice 19 : p. 211

Savoir 16 La digitalisation de la gestion de la relation client (GRC)

Face aux comportements des consommateurs toujours plus connectés, les entreprises doivent repenser leur stratégie de fidélisation en développant une GRC digitalisée.

1 Définition de la GRC

La GRC (en anglais CRM, *Customer Relationship Management*) est un ensemble d'actions ayant pour but de développer une relation continue, forte et personnalisée avec le client, cela afin de le fidéliser. Pour tisser un lien étroit avec le client, il faut le connaître. La GRC suppose donc le recueil de nombreuses informations sur lui, ses comportements d'achat, ses habitudes, ses fréquences d'achat et ses goûts. Elle peut s'appuyer sur un logiciel de GRC qui centralise les données. Toutes ces informations constituent une masse de données appelée « Big Data ».

2 La digitalisation de la GRC

La GRC digitalisée consiste à développer l'expérience client et à proposer des parcours d'achat de plus en plus digitalisés.

2.1. Le management de l'expérience client

La digitalisation de la GRC permet d'améliorer l'expérience client, c'est-à-dire l'ensemble des émotions et sentiments ressentis par un client avant, pendant et après l'achat d'un bien ou d'un service. L'utilisation des nouvelles technologies permet en effet de renforcer le sentiment de proximité avec les clients, notamment par le biais des réseaux sociaux, mais aussi de lui faire vivre une expérience unique dans les unités commerciales physiques (vitrine digitale, borne connectée, réalité augmentée...) et sur les sites Internet. Elle permet enfin, après l'achat, de maintenir un lien fort par des politiques de fidélisation. Le management de l'expérience client s'appuie également sur l'analyse des données recueillies par les outils de GRC, qui peuvent faire remonter des axes d'amélioration.
C'est un facteur de différenciation pour l'entreprise car l'expérience vécue par un client est singulière et ne peut être imitée par d'autres entreprises.

2.2. La digitalisation du parcours client

La GRC consiste aussi pour les entreprises à proposer un parcours client de plus en plus digitalisé qui permet de simplifier l'acte d'achat et de l'optimiser en proposant aux clients différents canaux d'achat qui sont en synergie les uns avec les autres et donc, là encore, de fidéliser les clients.

EXEMPLE

Boulanger offre à ses clients un parcours d'achat omnicanal : achat en magasin, achat sur une borne interactive en magasin et livraison à domicile, achat sur le site Internet de l'enseigne avec livraison à domicile ou retrait en magasin (click & collect), achat sur l'application mobile...

Mes notes pour réviser

MOTS CLÉS

GRC (ou CRM) • Big Data • Management de l'expérience client • Digitalisation du parcours client

Savoir 17 La communication numérique et ses limites

Les unités commerciales communiquent aujourd'hui de plus en plus grâce aux réseaux sociaux et à de nouveaux outils numériques.

1 Le *community management* et le *social selling*

Le *community management* consiste, pour une entreprise, à gérer sa présence sur les réseaux sociaux. Il s'agit de promouvoir ses produits, sa marque, d'annoncer des événements, d'échanger avec ses clients et de gérer son e-réputation sur Facebook, Twitter, Instagram, Snapchat... Il s'agit aussi de vendre grâce aux réseaux sociaux, on nomme cela le *social selling*.
Le *community management* suppose de poster régulièrement des messages sur les réseaux sociaux et donc de créer du contenu : vidéos, articles, tutoriels, conseils, ce que l'on nomme le *brand content*. Ces contenus peuvent permettre à la marque d'affirmer son expertise ou de produire des récits autour de ses produits (*storytelling*), créant ainsi un lien affectif étroit avec ses abonnés. Ce marketing de contenus, qui délivre de l'information à la cible, s'appelle « *inbound marketing* ».

EXEMPLE
Nike est présent sur tous les réseaux sociaux : Instagram, Twitter, Facebook... Elle a créé des pages spécifiques (Nike Football, Nike Basketball, Nike Golf, Nike Running...) afin de rassembler des amateurs d'un même sport et de créer un sentiment de communauté et de partage.

2 Le marketing d'influence

Le marketing d'influence regroupe l'ensemble des actions qui visent à utiliser le potentiel de recommandation des influenceurs.
Un influenceur est une personne dont les écrits sur une marque ou un produit sont susceptibles d'influencer le comportement d'un nombre significatif de consommateurs.

EXEMPLE
EnjoyPhoenix, une influenceuse beauté sur les réseaux sociaux qui compte plus de 4 millions d'abonnés, s'associe avec Sephora pour promouvoir les produits Benefit.

3 Les outils de la communication numérique et la mesure de son efficacité

La communication numérique digitalisée *via* les réseaux sociaux et Internet dispose d'outils spécifiques pour accompagner et suivre les clients et d'outils pour mesurer son efficacité.

3.1. Les outils pour accompagner le client

LE TRACKING	Action qui consiste à « pister » le client sur un site Internet pour observer ses centres d'intérêt et son parcours d'achat.
L'ASSISTANCE VOCALE	Possibilité de lancer des requêtes personnalisées à des enceintes connectées ou des mobiles : heure, météo, recherches Internet (exemple : Google Home) et service de relation client entièrement basé sur la reconnaissance vocale.
LE CHATBOT	Un chatbot est un robot logiciel pouvant dialoguer avec les clients, répondre à des demandes de renseignements et prendre des commandes.
LA RECONNAISSANCE D'IMAGE	Ce logiciel permet d'obtenir des informations sur un produit en flashant son image sur une publicité papier puis de l'acheter directement.
LE *SHOPPABLE MEDIA*	Le *shoppable media* permet d'acheter directement un produit *via* un bouton « acheter », qui apparaît sur une image publiée sur Instagram ou sur Pinterest.

3.2. La mesure de l'efficacité de la communication numérique

Pour mesurer les retombées des actions de communication numérique, l'entreprise dispose de différents indicateurs de clés de performance (ICP) ou KPI (*Key Performance Indicators*).

LE TAUX D'OUVERTURE	(Nombre d'e-mails ouverts / Nombre d'e-mails envoyés) × 100
LE TAUX DE CONVERSION	(Nombre de clients qui ont acheté / Nombre d'e-mails, SMS ou MMS envoyés) × 100
LE COÛT PAR *LEAD*	Le coût par *lead* (CPL) représente le coût d'acquisition d'un prospect dans la publicité sur Internet. EXEMPLE Une entreprise dépense 600 € de publicité sur Internet pour acquérir des clients. Elle obtient grâce à cela 200 contacts, dont 150 deviendront des clients. Son CPL est de : 600 / 200 = 3 €.
LE TAUX D'ENGAGEMENT	[Nombre total d'interactions (commentaires, *likes*, partages, retweets...) relatives à une publication / Nombre d'individus exposés à cette publication] × 100
LE NOMBRE DE *FOLLOWERS*	Nombre d'abonnés à un compte sur un réseau social

4 Les contraintes réglementaires

Les entreprises doivent respecter le RGPD (règlement général sur la protection des données) de 2018 qui complète les dispositions de la CNIL (Commission nationale de l'informatique et des libertés) en matière de collecte et de traitement des données personnelles. L'entreprise qui souhaite créer un fichier ne contenant que les noms et les coordonnées de ses clients doit procéder à une déclaration simplifiée auprès de la CNIL. En revanche, si elle souhaite mettre en place un fichier clients plus complet, elle doit préciser : qui gère le fichier, quelles informations seront collectées, par quel moyen, dans quel but et pour quelle durée.

Elle doit aussi respecter les droits des personnes :

LE DROIT DE S'OPPOSER	Une personne peut s'opposer à ce que ses données personnelles soient utilisées à des fins commerciales ou transmises à des entreprises tierces.
LE DROIT DE RECTIFICATION	Une personne peut faire rectifier ses données personnelles lorsqu'elles sont inexactes et compléter celles qui sont incomplètes.
LE DROIT À L'EFFACEMENT	Une personne peut obtenir l'effacement de ses données.
LE DROIT À LA LIMITATION DU TRAITEMENT	Une personne peut obtenir la limitation du traitement de ses données à caractère personnel, c'est-à-dire l'usage qui en est fait.

5 Les limites de la communication numérique

La communication numérique présente certaines limites :

DES PHÉNOMÈNES DE REJET DES CONSOMMATEURS	Les consommateurs perçoivent parfois tous ces messages publicitaires comme trop présents et trop envahissants, et n'hésitent plus à utiliser des *adblockers*, ces logiciels qui permettent de bloquer l'affichage des publicités sur les sites Web.
DES RISQUES RELATIFS À LA SÉCURITÉ DES DONNÉES	La GRC digitalisée suppose de recueillir de très nombreuses informations sur les clients. Ces données doivent être protégées et sécurisées pour ne pas fuiter. De nombreux pare-feu, logiciels antivirus, programmes de cryptage des données et sécurisation des modes de stockage sont aujourd'hui utilisés par les entreprises.
DES RISQUES DE PERTE DE CONTRÔLE DE LA COMMUNICATION	Les entreprises utilisent de plus en plus les techniques de marketing viral, et de « buzz », qui consiste à faire parler de leurs produits, de leurs marques par le bouche-à-oreille. Mais ce « buzz » peut aussi se retourner contre elles et devenir négatif.

6 Les nouvelles pratiques

Pour faire face à ces nouveaux risques, l'entreprise doit mettre en place de nouvelles pratiques :
– la **gestion de l'e-réputation** : l'e-réputation peut être définie comme l'image véhiculée et subie par une entreprise sur Internet et les réseaux sociaux. L'entreprise doit donc mettre en place une veille pour surveiller son e-réputation ainsi que des actions de communication si sa réputation est ternie par des commentaires et des avis négatifs ;
– la **communication de crise** : elle consiste à limiter les conséquences d'un « buzz » négatif sur l'image de l'entreprise et sa réputation. Elle passe par différentes étapes : jouer d'abord la transparence en reconnaissant les faits puis contre-attaquer en décrédibilisant les attaques et en communiquant sur des éléments positifs pour faire diversion.

Mes notes pour réviser

MOTS CLÉS

Community management • *Social selling* • *Brand content* • *Storytelling* • *Inbound marketing* • Marketing d'influence • Communication numérique • KPI (*Key Performance Indicators*) • RGPD • *Adblocker* • Marketing viral • « Buzz » • Bouche-à-oreille • E-réputation • Communication de crise

LEXIQUE

MERCATIQUE

Alliance de marque (ou *co-branding*) : politique de marque consistant à associer deux marques (ou plus) pour la création d'un nouveau produit. L'avantage est d'associer des images de marque complémentaires.

Bien : objet physique, tangible et stockable, il peut être défini par ses caractéristiques techniques (composition, dimensions, poids, couleur...).

Big Data : masse de données recueillies par les entreprises, souvent à l'aide des outils de gestion de la relation client, sur les comportements et les habitudes des clients.

Canal : chemin parcouru par le produit du producteur au consommateur. Canal **direct** : pas d'intermédiaire, canal **court** : un seul intermédiaire, canal **long** : plusieurs intermédiaires.

Ciblage : technique consistant à choisir des segments que l'on désire conquérir et fidéliser. Il fait suite à la phase de segmentation.

Cible : segment de consommateurs à qui s'adresse l'entreprise.

Circuit de distribution : ensemble des canaux empruntés par un produit du producteur au consommateur.

Communication de crise : réponse d'une entreprise face à un buzz négatif, visant à limiter les conséquences sur l'image de l'entreprise et sur sa réputation.

Communication numérique : communication commerciale sur Internet et sur les réseaux sociaux.

***Community management* :** ensemble des actions qui permettent à une entreprise de gérer sa présence sur les réseaux sociaux.

Conditionnement : première enveloppe du produit.

Copie stratégie : document de travail de référence de l'annonceur et de l'agence de publicité prenant la forme d'un cahier des charges.

Couple produit/marché : démarche qui consiste, pour une entreprise, à proposer un produit adapté à chaque segment.

Coûts de revient : coûts d'achat HT ou coûts de production HT + coûts de distribution HT.

Digitalisation du parcours client : simplification et optimisation de l'acte d'achat en créant une synergie entre les différents canaux d'achat.

Distribution : ensemble des opérations qui permettent d'acheminer un produit du producteur jusqu'au consommateur final.

Distribution cross-canal : stratégie de distribution permettant aux différents canaux de distribution (magasin physique, catalogue, site Web...) de fonctionner ensemble plutôt que de se concurrencer.

Distribution directe (désintermédiée) : stratégie de distribution des produits assurée par le producteur lui-même auprès du consommateur, sans aucun intermédiaire.

Distribution exclusive : stratégie de distribution dans laquelle le producteur choisit ses distributeurs et leur accorde l'exclusivité de la commercialisation du produit.

Distribution indirecte (intermédiée) : stratégie de distribution dans laquelle le produit passe par un ou plusieurs intermédiaires entre le fabricant et le consommateur final.

Distribution intensive : stratégie de distribution dans laquelle le producteur cherche à vendre ses produits dans un maximum de points de vente afin de développer ses ventes et son chiffre d'affaires.

Distribution multicanal : stratégie de distribution combinant plusieurs canaux (magasin traditionnel, site Internet, applications mobiles).

Distribution omnicanale : stratégie de distribution qui consiste à mettre en synergie les différents canaux de distribution d'une entreprise afin de faciliter le parcours d'achat des clients.

Distribution réintermédiée : stratégie de distribution dans laquelle de nouveaux canaux de distribution sont utilisés (par exemple, les places de marché).

Distribution sélective : stratégie de distribution dans laquelle le producteur choisit ses distributeurs en fonction de leur image et de leurs compétences.

Don : offre gratuite de produits de certaines entreprises.

***Earned Media* (exposition gagnée) :** exposition dont bénéficie gratuitement une entreprise ou une marque sur les réseaux sociaux, les blogs, et par les avis et commentaires des consommateurs.

ECR (*Efficient Consumer Response*) : ensemble d'actions menées conjointement entre producteurs et distributeurs pour apporter une réponse optimale au consommateur.

Élasticité-prix/demande : variation en pourcentage de la quantité demandée d'un bien lorsque son prix varie. Elle mesure la sensibilité-prix.

Emballage : enveloppes successives ajoutées au conditionnement d'un produit.

E-réputation : image véhiculée et subie par une entreprise sur Internet et sur les réseaux sociaux.

Extension de marque (ou *brand stretching*) : politique de marque consistant, pour une entreprise, à utiliser sa marque pour le lancement d'un nouveau produit en lui permettant de bénéficier de la notoriété de cette marque. Elle va alors économiser des coûts sur la communication.

Fidélité : attachement durable, préférentiel ou exclusif, à une entreprise ou à une marque.

Fidélité attitudinale : fidélité issue d'une réelle préférence ressentie par le consommateur pour la marque et ses produits, et qui se manifeste par un rachat.

Fidélité comportementale : fidélité résultant d'une habitude d'achat plus que d'une préférence.

Fidélité induite : stratégie de fidélisation visant à prolonger la relation avec le consommateur en l'empêchant de partir à la concurrence. Cette stratégie repose sur l'absence de liberté pour le consommateur.

Fidélité recherchée : stratégie de fidélisation visant à séduire le consommateur pour l'inciter à rester.

Foire : événement regroupant des exposants appartenant à des domaines d'activité très divers.

Franchise : contrat par lequel un franchiseur offre la possibilité à un franchisé de bénéficier de sa marque, de sa notoriété, de sa communication commerciale et de ses méthodes de vente. En échange, le franchisé doit respecter la politique commerciale du franchiseur et reverser à celui-ci un pourcentage de son chiffre d'affaires.

Freemium : offre à deux vitesses : une formule de base gratuite (*free*) et une formule payante (premium) avec davantage de services.

Gamme : regroupement de produits semblables répondant à un même besoin. Une entreprise peut proposer une ou plusieurs gammes de produits à ses clients. La gamme est définie par sa largeur (nombre de lignes de produits proposés), sa profondeur (nombre de produits différents par ligne) et son étendue ou ampleur (nombre total de produits).

GRC (gestion de la relation client) ou CRM (*Customer Relationship Management*) : ensemble d'actions ayant pour but de développer avec le client une relation continue, forte et personnalisée, cela afin de le fidéliser.

INPI : Institut national de la propriété industrielle. C'est l'organisme qui permet de protéger les marques et les brevets.

KPI (*Key Performance Indicators*) : indicateurs de performance de la communication commerciale (taux d'ouverture, taux de conversion...).

Management de l'expérience client : ensemble des actions mises en place pour développer et améliorer l'expérience client, c'est-à-dire le ressenti du client au cours de son parcours d'achat.

Marché tripartite : modèle de la publicité sur Internet mettant en lien 3 acteurs : un consommateur, une entreprise et un moteur de recherche.

Marge : chiffre d'affaires HT – coûts de revient.

Marketing d'influence : ensemble des actions qui visent à utiliser le potentiel de recommandation des influenceurs.

Marketing de masse : ensemble d'actions marketing indifférenciées, non personnalisées, caractéristiques de la période des Trente Glorieuses. À cette période, la demande est élevée et devient supérieure à l'offre. Les entreprises produisent en masse des produits identiques et trouvent des clients immédiatement.

Marketing différencié (ou concentré) : stratégie visant à proposer une offre différente à chaque segment. Ce type de marketing voit le jour dans les années 1980, lorsque la concurrence se développe. Les entreprises découpent alors le marché en plusieurs segments et proposent une offre différente à chaque segment. Le marketing concentré consiste à s'adresser à un seul segment.

Marketing digitalisé : ensemble des techniques marketing utilisées sur les supports et canaux digitaux.

Marketing éthique et responsable, vert : marketing mettant en avant des produits fabriqués par des entreprises qui offrent de bonnes conditions de travail et de rémunération à leurs salariés (commerce équitable) et qui proposent des produits respectueux de l'environnement et/ou biologiques.

Marketing expérientiel : ensemble de techniques marketing consistant à proposer un produit ou une ambiance en magasin qui permettront au consommateur de vivre une expérience unique et qui lui laisseront durablement une image positive de l'entreprise.

Marketing immersif : ensemble de techniques consistant, par différentes méthodes, à favoriser l'immersion du consommateur dans l'univers d'une marque ou d'un magasin.

Marketing individualisé (*one-to-one*) : ensemble d'actions marketing personnalisées et s'adressant à un seul client. Aujourd'hui, afin de fidéliser des consommateurs de plus en plus volatils, les entreprises cherchent à individualiser la relation avec chacun de leurs clients.

Marketing relationnel : ensemble d'actions marketing visant à entretenir une relation prolongée et renforcée avec le client dans le but de le fidéliser.

Marketing sensoriel : ensemble de techniques marketing consistant à faire appel aux 5 sens du consommateur (la vue, l'odorat, le toucher, l'ouïe et le goût) pour lui faire vivre une véritable expérience et favoriser l'achat.

Marketing viral : ensemble d'actions marketing consistant, pour une entreprise, à faire parler de ses produits, de ses marques par le bouche-à-oreille (buzz) sur Internet et sur les réseaux sociaux.

Marque : signe distinctif qui permet au consommateur de distinguer le bien ou le service d'une entreprise de ceux proposés par les concurrents.

MDD : marque de distributeur. Marque créée par une enseigne de distribution et utilisée pour commercialiser des produits fabriqués par des industriels.

Mécénat : soutien financier à des projets culturels ou caritatifs.

Mercatique directe : ensemble de techniques permettant la diffusion d'un message personnalisé, qui s'adresse à une cible précise, et incitatif, dans le but d'obtenir une réaction immédiate.

Modèle de gratuité : modèle économique qui consiste à attirer le consommateur grâce à des gratuités pour vendre ensuite des biens payants.

***Owned Media* (exposition possédée) :** exposition dont bénéficie une entreprise ou une marque sur les supports qu'elle maîtrise et contrôle.

***Paid Media* (exposition achetée) :** exposition médiatique obtenue par une entreprise grâce à l'achat d'espaces publicitaires.

Parrainage : soutien financier à des événements (principalement des manifestations sportives).

Place de marché (*marketplace*) : plateforme sur Internet qui met en relation des acheteurs et des vendeurs.

Positionnement : image qu'occupe une entreprise, un produit ou une marque dans l'esprit du consommateur. On distingue le positionnement perçu (l'image de l'entreprise telle qu'elle est dans l'esprit des consommateurs) et le positionnement voulu (l'image que l'entreprise veut donner aux consommateurs).

Prix cible : méthode qui consiste, dans un premier temps, à partir du prix d'acceptabilité des consommateurs et du prix moyen des concurrents pour fixer le prix de vente d'un produit. Ensuite, en fonction de la marge que l'entreprise désire réaliser, elle va en déduire les coûts de production à respecter.

Prix différencié : politique de prix consistant à proposer plusieurs prix pour un même bien ou service afin de s'adapter à la valeur perçue que chaque segment ciblé attache à ce produit.

Prix forfaitaire : politique de prix consistant à appliquer un prix pour la vente d'un ensemble de biens ou services, similaires ou différents, et dont la valeur totale peut être inférieure à la somme des prix unitaires de chacun de ces produits.

Prix unique : politique de prix consistant à proposer un bien ou un service à prix unique quel que soit le consommateur ou le moment d'achat.

Produit : notion comprenant les biens (matériels) et les services (immatériels) proposés par une entreprise.

Promotion : ensemble de techniques et d'actions permettant d'offrir un avantage matériel aux clients.

Qualité : un bien ou un service de qualité est un produit dont les caractéristiques lui permettent de satisfaire les besoins exprimés ou implicites des consommateurs. La qualité permet à l'entreprise de véhiculer des valeurs et une certaine image de marque.

RGPD : règlement général sur la protection des données (2018) qui complète les dispositions de la CNIL (Commission nationale de l'informatique et des libertés) en matière de collecte et de traitement des données personnelles.

ROPO : *Research Online, Purchase Offline* (recherche en ligne, achat hors ligne). Acte d'achat où le consommateur commence sa recherche sur Internet puis effectue l'achat physiquement en magasin.

Salon : événement regroupant des exposants appartenant à un même domaine d'activité.

Satisfaction client : résultat de la comparaison du client entre ses attentes et son expérience de consommation. Plus son expérience se rapproche de ses attentes, plus la satisfaction est importante.

Segmentation : découpage par une entreprise de son marché en segments homogènes, c'est-à-dire en groupes de consommateurs ayant les mêmes caractéristiques, les mêmes besoins et les mêmes comportements.

Sensibilité-prix : influence qu'a une variation des prix sur la quantité achetée par les consommateurs.

Service : composante de l'offre d'une entreprise qui se distingue du bien par son caractère immatériel, intangible et non stockable.

***Social selling* :** fait de vendre grâce aux réseaux sociaux.

***Storytelling* :** technique de communication qui consiste à promouvoir un produit, une marque, une entreprise à travers des histoires et récits.

Stylique : ensemble des éléments contribuant à l'apparence visuelle d'un produit.

Subvention croisée directe : modèle de gratuité dont l'objectif est d'offrir un produit peu cher et d'inciter les consommateurs à acheter ensuite des produits complémentaires à ce produit.

Subvention croisée indirecte : modèle de gratuité dont l'objectif est d'offrir un service à une catégorie de consommateurs et de le faire payer à d'autres.

Taux de marge : (marge / coûts de revient) × 100.

Théâtralisation de l'offre : mise en scène ponctuelle ou permanente des produits dans le point de vente afin de créer une ambiance favorable à l'achat.

***Trade marketing* (co-mercatique) :** ensemble d'actions de coopération entre producteurs et distributeurs.

Valeur perçue : valeur d'une entreprise, d'une marque ou d'un produit dans l'esprit du consommateur.

Valeur vie client (*Customer Lifetime Value*) : indicateur qui permet de comparer la somme des dépenses engagées par l'entreprise pour fidéliser ses clients (mailing, cadeaux, avantages, réductions de prix...) à la somme du chiffre d'affaires généré par le client durant toute la période où il reste fidèle à l'entreprise.

Vente de données : modèle de gratuité dans lequel la gratuité est la contrepartie de la revente d'une très grande base de données d'informations personnelles (âge, sexe, PCS...) à des entreprises qui utiliseront ces données pour cibler des consommateurs lors de campagnes de publicité.

***Yield management* (gestion des capacités) :** politique de prix consistant à ajuster les prix en fonction de l'offre restante et de la demande. Le but est d'éviter la perte de biens ou de services non consommés.

Exercice 1 voir Fiche 1

Le marketing et ses évolutions

Répondez par vrai ou faux aux propositions suivantes.

1. Le marketing stratégique consiste à définir les politiques de produit, de prix, de distribution et de communication de l'entreprise.

☐ Vrai ☐ Faux

2. Le marketing *one-to-one* cherche à individualiser la relation avec le client.

☐ Vrai ☐ Faux

3. Une stratégie omnicanale désigne le fait pour une entreprise de mettre en synergie différents canaux de distribution afin de faciliter le parcours d'achat client.

☐ Vrai ☐ Faux

FAIT ☐ REVU ☐

Exercice 2 voir Fiche 2

La segmentation, le ciblage, le positionnement

The North Face est une marque américaine qui s'adresse aux sportifs, de 25 à 45 ans, de revenus moyens à élevés.

Elle est aussi celle qui réalise le plus gros chiffre d'affaires sur le marché de l'« outdoor », ce secteur qui regroupe toutes les activités qui touchent à la nature, de l'escalade à la marche en passant par le ski ou la pêche. [...] La grande force de North Face, ce n'est pas seulement de livrer des équipements aux adeptes de sports et loisirs nature, mais de leur vendre l'idée d'aventure elle-même. Pousser la porte de l'une de ses boutiques, c'est déjà mettre un pied sur les pentes de l'Everest. [...] Tout aventurier sait que le choix du matériel est crucial, il doit donc être prêt à y consacrer le prix nécessaire à la meilleure qualité. C'est l'autre point fort de North Face, comme des autres grandes marques outdoor d'ailleurs : proposer à M. Tout-le-Monde des équipements résolument techniques et innovants, testés par ses athlètes dans des conditions extrêmes. [...] La marque multiplie les collaborations avec les labels tendance,comme Suprême, la marque de streetwear la plus cool du moment, ou encore avec le créateur de Comme des garçons, pour séduire les jeunes urbains. Un positionnement *a priori* éloigné du cœur de cible des adeptes de trek et d'escalade, mais qui doit lui permettre d'être moins dépendant des saisons. [...]

Source : Pierre Demoux, lesechos.fr, 11 mai 2017.

1. Quel est le cœur de cible de la marque The North Face ?

2. Quels sont les critères retenus par la marque pour segmenter le marché ?

3. Quelle autre cible l'entreprise désire-t-elle toucher ? Pour quelle raison ?

4. Quel est le positionnement de The North Face ?

FAIT ☐ REVU ☐

Exercice 3 voir Fiche 3

Les composantes de l'offre

Les 2 Vaches est une marque de produits laitiers bio. Nous avons choisi de créer une marque qui soit à la fois joyeuse et pédagogique, une marque qui parle de lait, des fermiers, de leurs vaches : Les 2 Vaches.

Deux vaches porte-parole, l'une sérieuse (Savante) qui sait les choses, qui a un rôle d'éducation sur le bio et sur l'environnement, et l'autre plus futile (Pipelette) qui n'en manque pas une pour faire un bon mot.

« Nous avançons dans cette aventure aux côtés de tous les grands acteurs du biologique, et bien évidemment tous nos produits sont audités par l'organisme Ecocert pour mériter l'appellation AB. Nous nous battons pour que cette agriculture respectueuse de la santé de la planète et des hommes se développe et que nous espérons être de plus en plus nombreux à le faire. »

Source : les2vaches.com

1. Analysez les qualités juridiques et commerciales de la marque Les 2 Vaches.

2. Analysez la stylique du conditionnement des yaourts Les 2 Vaches.

3. Expliquez en quoi il est cohérent avec la politique de produit de l'entreprise.

4. Les produits laitiers Les 2 Vaches ont-ils un signe de qualité ? Si oui, lequel ?

FAIT ☐ REVU ☐

Exercice 4 voir Fiche 4

L'offre produit

Alter Eco proposent des produits bio issus du commerce équitable.

L'entreprise propose différents produits :
- du café : Éthiopie, Mexique, Pérou, Guatemala ;
- des tablettes de chocolat : noir corsé, 70 % cacao du Honduras, 95 % du Togo, noir éclats de menthe ;
- du thé : thé vert Ceylan, Rooibos, thé vert orange ;
- du riz : riz basmati, riz rouge, riz thaï ;
- du quinoa.

1. Quelle est la largeur de la gamme d'Alter Eco ?

2. Quelle est la profondeur de la gamme pour chaque ligne ?

3. Quelle est l'étendue de la gamme ?

FAIT ☐ REVU ☐

Exercice 5 voir Fiche 4

L'offre produit

La voiture la plus vendue chez Renault en 2019 reste la Clio IV. La voiture électrique ZOE permet à la marque de préparer l'avenir post-pétrole. Le véhicule le moins cher de la marque est la Sandero (Renault Dacia). Renault propose aussi un véhicule haut de gamme : le Koleos.

1. Quel est le rôle de chaque voiture dans la gamme des véhicules Renault ? (Produit d'appel, produit régulateur, produit leader, produit d'avenir)

2. Quels sont les trois niveaux de la gamme chez Renault ?

FAIT ☐ REVU ☐

Exercice 6 voir Fiche 4

L'offre produit

LU, marque française créée à Nantes en 1846 par Jean-Romain Lefèvre et Pauline-Isabelle Utile, compte une quarantaine de marques telles que Prince, Petit Écolier, Mikado, Granola, Petit Beurre, Paille d'Or, Pépito, Napolitain, Figolu, Belvita... Cette marque patrimoniale est régulièrement citée comme préférée des Français, témoignant du fort lien affectif liant intimement les biscuits à la population.

1. Quelle est la stratégie de la marque LU ? Justifiez votre réponse.

2. Quels sont les avantages de cette stratégie ?

FAIT ☐ REVU ☐

Exercice 7 voir Fiche 5

Le marketing expérientiel

Pour concevoir son flagship[1] new-yorkais, Adidas s'est inspiré des stades des lycées américains, très présents dans l'imaginaire collectif. On y entre donc comme un athlète entrerait sur le terrain, par un couloir en pente, où la musique apporte à elle seule un shoot d'adrénaline. Le reste du magasin est pensé sur le même principe : des matériaux bruts, un mobilier épuré et des parois grillagées pour une ambiance d'installation sportive. [...] Cette approche expérientielle n'oublie évidemment pas les produits, que les visiteurs sont invités à tester pour les choisir en toute connaissance de cause. C'est ainsi qu'Adidas a installé une piste de course au deuxième étage, le long de l'immense baie vitrée qui surplombe la 5ᵉ Avenue. On chausse une paire de sneakers et on lui appose un capteur. Quelques enjambées plus loin, Adidas analyse la foulée du coureur et lui recommande le modèle le plus adapté. [...]

Particularité du flagship Adidas, commune aux magasins qu'ouvre la marque depuis 2016 : son ouverture sur la ville. Profitant d'une situation à un angle de rues, les murs sont vitrés et la circulation est organisée pour encourager les visiteurs à profiter du spectacle. Les parois et rambardes grillagées n'arrêtent pas le regard, qui traverse les étages et sort du magasin. Ici, sur des gradins qui alimentent l'impression d'être au bord d'un terrain de jeu – celui de la ville.

1. Bateau amiral, vitrine d'une marque.

Source : marketing-professionnel.fr

1. Expliquez comment Adidas met en place un marketing expérientiel dans son flagship new-yorkais.

2. Quel est l'intérêt pour Adidas de créer cette expérience client ? Quel est son objectif ?

FAIT ☐ REVU ☐

Exercice 8 voir Fiche 6

Les politiques de prix

Le *yield management*, c'est quoi ? Derrière ce nom obscur se cache une réalité concrète, expérimentée par de nombreux voyageurs.

Lors de votre dernier vol, votre voisin d'avion a payé son billet bien moins cher que le vôtre ? À l'inverse, en réservant une chambre d'hôtel au dernier moment, vous avez décroché un tarif plus intéressant que votre ami, qui a pourtant réservé pour la même période ?

C'est la conséquence directe du *yield management* [...], « tarification en temps réel ». [...]

Cette technique marketing est particulièrement utilisée par les entreprises ayant des coûts et des capacités fixes, et commercialisant des services non stockables.

Par exemple, lorsqu'une chambre d'hôtel ou une place d'avion n'est pas vendue, elle est définitivement perdue.

En définitive, mieux vaut les vendre moins cher, que pas du tout. [...] Le secteur des transports est le premier à avoir employé le *yield management* pour optimiser sa rentabilité. En ajustant leurs tarifs selon le coefficient d'occupation, compagnies aériennes, entreprises ferroviaires et même autocaristes maximalisent leur clientèle.

L'explosion de la vente sur Internet, qui permet un ajustement à la demande en temps réel, a accéléré le développement du *yield management* : c'est ainsi que les prix d'un billet d'avion peuvent être plus élevés à certains moments de l'année (haute/basse saison), voire à certaines heures, plus propices à l'achat en ligne. [...]

Source : linternaute.fr

1. Expliquez comment se fixent les prix selon la technique du *yield management*.

2. Dans quels secteurs le *yield management* peut-il se pratiquer ?

3. Pour quelle raison certaines entreprises pratiquent-elles le *yield management* ?

FAIT ☐ REVU ☐

Exercice 9 voir Fiche 7

La fixation du prix

Un magasin de vêtements pour enfants passe à son fournisseur une commande de 42 pantalons taille 6 ans.

Le prix d'achat unitaire HT des articles est de 22 €. Les frais accessoires liés à l'achat représentent 8 % du montant total HT de la commande. Les frais de distribution s'élèvent à 0,50 € par pantalon. La marge est de 25 % du coût de revient. La TVA est de 20 %.

1. Calculez les coûts de revient unitaire et total de cette commande.

2. Calculez les marges unitaire et totale.

3. Calculez les prix de vente HT et TTC.

FAIT ☐ REVU ☐

Exercice 10 voir Fiche 7

La fixation du prix

Une entreprise vend des bonbons artisanaux.

	PRIX D'ACHAT HT AU KILO	MARGE	TAUX DE MARGE
BONBONS PRALINÉS	12,00 €	3,20 €	
BONBONS AUX FRUITS	8,50 €	2,40 €	
BONBONS AU CHOCOLAT	6,30 €	1,80 €	

1. **Complétez le tableau en calculant les taux de marge.**

2. **L'entreprise désire savoir si elle peut augmenter ses prix. Calculez pour cela l'élasticité-prix/demande des bonbons pralinés sachant que, suite à une augmentation de prix de 16 € le kilo à 18 €, les quantités vendues sont passées de 20 kg par semaine à 15 kg. Quelles sont vos conclusions ?**

FAIT ☐ REVU ☐

Exercice 11 voir Fiche 8

La distribution

Répondez par vrai ou faux aux propositions suivantes.

1. Un canal de distribution direct est un canal où il n'y a qu'un seul intermédiaire entre le producteur et le distributeur.

☐ Vrai ☐ Faux

2. Le circuit de distribution comprend tous les chemins parcourus par un produit du producteur au consommateur.

☐ Vrai ☐ Faux

3. Une stratégie de distribution intensive consiste à sélectionner ses distributeurs en fonction du lieu où ils sont implantés et de leurs compétences.

☐ Vrai ☐ Faux

4. La distribution indirecte réintermédiée consiste pour un producteur à distribuer lui-même ses produits.

☐ Vrai ☐ Faux

FAIT ☐ REVU ☐

Exercice 12 voir Fiche 9

Les relations producteurs/distributeurs

Répondez par vrai ou faux aux propositions suivantes.

1. La stratégie de fixation des prix par le distributeur peut être une source de conflit avec le producteur.

☐ Vrai ☐ Faux

2. L'ECR est un ensemble d'actions menées conjointement entre producteurs et distributeurs pour apporter une réponse optimale aux consommateurs.

☐ Vrai ☐ Faux

3. Un franchisé doit respecter les politiques de distribution et de prix du franchiseur.

☐ Vrai ☐ Faux

4. Le franchiseur doit reverser chaque année un pourcentage de son chiffre d'affaires au franchisé.

☐ Vrai ☐ Faux

FAIT ☐ REVU ☐

Exercice 13 voir Fiche 10

L'omnicanalité

Un couple qui désire acheter un téléviseur consulte d'abord le site www.electroguide.fr, qui propose un comparatif de plusieurs modèles de différentes marques. Après avoir sélectionné trois téléviseurs qui correspondent à ses attentes, le couple se rend chez Darty pour les voir. Les conjoints choisissent l'un d'eux, mais comme ils désirent réfléchir encore, ils décident qu'ils commanderont le téléviseur sur Internet. Entretemps, ils trouvent le même modèle en promotion sur le site de Boulanger. Ils passent alors commande et pour avoir le téléviseur plus rapidement, ils décident de le retirer en clic & collect dans le magasin le plus proche de chez eux.

1. **Retracez toutes les étapes du parcours d'achat de ce couple.**

2. **Pourquoi peut-on dire que ce parcours d'achat est digitalisé et ROPO (*Research Online*, *Purchase Offline*) ?**

FAIT ☐ REVU ☐

Exercice 14 voir Fiche 11

La distribution collaborative

La Louve est un supermarché un peu différent des grandes et moyennes surfaces classiques. Ce supermarché propose des produits bio, artisanaux et locaux. Mais sa particularité est surtout son mode de gestion. En effet, pour être client d'un supermarché La Louve, il faut payer une cotisation et ainsi être membre de l'organisation.

D'autre part, il faut participer bénévolement aux différentes tâches nécessaires au bon fonctionnement du supermarché : commandes, mise en rayon, encaissement...

Chaque membre travaille donc 3 heures par mois au sein du supermarché. L'objectif de celui-ci n'est pas de faire des profits, mais de permettre à ses adhérents d'accéder à une offre de produits de qualité.

Expliquez pourquoi La Louve est une forme de distribution collaborative.

Exercice 15 voir Fiche 12

La digitalisation des unités commerciales

À Shinjuku, quartier animé et commerçant de Tokyo, la marque britannique Lush a présenté son nouveau concept, qui couvre 1 240 m² sur trois étages. À l'entrée, un écran LED d'un mètre sur 352 cm habille la façade du point de vente. Il « *reflétera l'ambiance de Shinjuku et visera à capter l'attention des passants* ». Il présentera les valeurs, les campagnes et la créativité de la marque.

Première innovation remarquée, et qui s'inscrit dans la démarche responsable de la marque depuis sa création, en 1995 : les étiquettes ont disparu, Lush invite ses clients, dès l'entrée du magasin, à télécharger Lush Labs, son application qui scanne les produits (sans emballage, autre parti pris historique de la marque) et délivre instantanément les informations correspondantes. [...] Autre nouveauté qui n'est pas passée inaperçue : une vitrine connectée 24 h/24 et 7 j/7, et qui permet aux clients d'acheter des références en dehors des horaires d'ouverture. Il suffit de scanner les produits projetés sur l'écran, de les commander et le client les reçoit ensuite à son domicile dans un emballage recyclable. Le magasin propose également des expériences sensorielles et indique que des capteurs cartographient la position et les mouvements des clients afin d'activer des sons particuliers.

Source : Aude Chardenon, lusine.digitale.fr, 7 juin 2019.

Listez toutes les innovations de digitalisation du magasin Lush de Tokyo. Vous préciserez les avantages que procure cette digitalisation aux clients de la marque.

FAIT ☐ REVU ☐

Exercice 16 voir Fiche 13

La communication commerciale

Oasis cible les 13-17 ans et les familles avec des jus de fruits naturels et sains. Ses publicités sont amusantes, exotiques, elles évoquent la joie de vivre avec humour et fraîcheur.

Synopsis du film *Fruit Race* raconté dans le langage d'Oasis : « Tandis que fruits et humains se prélassent sur la plage de l'île Oasis, le redoutable Chris Passion et les irréductibles Raizinzins viennent troubler leur bonheur en dérobant le frigo rempli de leurs boissons préférées : Tropical, Pomme-Cassis-Framboise, Orange... Sacrilège ! Ni une, ni deux, fruits et humains se lancent à leur poursuite dans une course effrénée, à fond les barquettes, où les compères vont se faire secouer comme des pruniers et prendre un bain frais d'eau de source. Les p'tits fruits parviendront-ils à rattraper le précieux frigo ? Une chose est sûre : c'est encore la bonne humeur qui arrive en tête ! »

Source : lsa.fr

1. Quels sont les objectifs d'Oasis lors de cette campagne publicitaire ?

2. Comment est construit le message publicitaire de la marque Oasis (promesse, justification de la promesse et ton) ?

3. Montrez comment la communication d'Oasis est cohérente avec sa cible.

FAIT ☐ REVU ☐

Exercice 17 voir Fiche 13

La communication commerciale

> [Lors de la dernière Coupe du monde de football], au débarquement des avions, en arrivant au stade ou pendant les déplacements, les plus grandes stars du ballon rond ont été aperçues par plusieurs milliards de spectateurs avec de jolies paires d'AirPods aux oreilles.
>
> La FIFA n'est bien sûr pas dupe et applique des règles relativement strictes concernant les accessoires que portent les joueurs en dehors des matchs : aucune marque ou aucun logo ne peut être visible. Une solution simple pour lutter contre le « marketing sauvage ». Mais là où Apple tire son épingle du jeu, c'est grâce au design prononcé de ses AirPods et Beats, reconnaissables au premier regard sans même un logo. Une belle opération donc pour Apple, qui a gagné une visibilité incroyable sans débourser le moindre centime.
>
> Source : Jean-Charles Dierickx, lesoir.be, 12 juillet 2018.

1. **Comment pourrait-on qualifier l'exposition dont a bénéficié Apple lors de la dernière Coupe du monde ?**

2. **Grâce à quoi cette exposition a-t-elle été possible ?**

FAIT ☐ REVU ☐

Exercice 18 voir Fiche 14

Les autres formes de communication commerciale

HORIZONTAL	VERTICAL
2 Magasin éphémère. **4** Ventes accompagnées ou précédées de publicités et annoncées comme tendant, par une réduction de prix, à l'écoulement des stocks. **5** Manifestation commerciale regroupant des exposants appartenant à des domaines d'activité très divers. **6** Consiste pour une entreprise à apporter son soutien financier à des manifestations sportives.	**1** Manifestation commerciale regroupant des exposants appartenant à un même domaine d'activité. **3** Ensemble de techniques et d'actions visant à offrir un avantage matériel aux clients.

Exercice 19 voir Fiche 15

La fidélisation des clients

> **Tous les avantages Fidélité Carrefour sur la Carte PASS en la rattachant à la carte Fidélité**
>
> – 15 % tous les jours sur des milliers de produits de nos marques Carrefour, 10 % chaque jour de la semaine dans un rayon différent de votre magasin Carrefour Market, jusqu'à 50 % d'économies avec les promotions Catalogues... et vos avantages fidélité disponibles chez Carrefour, sur carrefour.fr ou rueducommerce.fr dès le lendemain de vos achats grâce à la Cagnotte Fidélité ! *Tous vos coupons dans votre Carte Carrefour.* Fini les coupons oubliés au fond du sac ! Désormais, en présentant votre Carte Carrefour en caisse, bénéficiez de tous vos coupons de réduction !
>
> Source : carrefour.fr

1. **Quels sont les moyens utilisés par Carrefour pour fidéliser sa clientèle ?**

2. **Quelle est la stratégie de fidélisation de Carrefour ? Justifiez votre réponse.**

FAIT ☐ REVU ☐

Exercice 1 voir Fiche 1

Le marketing et ses évolutions

1. Faux **2.** Vrai **3.** Vrai

Exercice 2 voir Fiche 2

La segmentation, le ciblage, le positionnement

1. Le cœur de cible de la marque The North Face est composé des sportifs « outdoor » : alpinistes, personnes pratiquant l'escalade, randonneurs, pêcheurs… L'entreprise cible aussi les personnes qui sont en quête d'aventure dans leurs loisirs.

2. Les critères retenus sont l'âge (de 25 à 45 ans), le revenu (moyen à élevé) et les comportements des consommateurs dans la pratique d'un sport (sport « outdoor » et désir d'aventure).

3. L'autre cible que l'entreprise désire toucher est les jeunes urbains. Cet élargissement de cible s'explique par le fait que l'entreprise veut réduire la saisonnalité de ses ventes.

4. Le positionnement voulu par The North Face est l'image qu'elle désire occuper dans l'esprit des consommateurs : une entreprise qui propose des produits techniques pour les sports « outdoor » et qui est liée à l'esprit d'aventure.

Exercice 3 voir Fiche 3

Les composantes de l'offre

1. Les qualités juridiques et commerciales de la marque Les 2 Vaches sont les suivantes.

• Qualités juridiques

La marque est :
- distinctive : elle permet de distinguer l'entreprise de ses concurrents ;
- non déceptive : elle ne trompe pas le consommateur, les yaourts Les 2 Vaches sont bien au lait de vache ;
- conforme aux bonnes mœurs : elle n'est pas injurieuse et ne fait pas d'appel à la violence ;
- disponible : elle n'était pas déposée à l'INPI par une autre entreprise.

• Qualités commerciales

La marque est :
- euphonique : « Les 2 Vaches » est facilement prononçable ;
- évocatrice du produit : elle évoque les produits laitiers et est construite sur un jeu de mots : « Les 2 Vaches » pour « lait de vache » ;
- mémorisable : elle se retient facilement.

2. Le conditionnement des yaourts Les 2 Vaches est un pot en plastique avec une étiquette jouant plutôt sur l'humour. Deux vaches de dessin animé sont dessinées sur les pots.
Les couleurs : vert et bleu, évoquent la nature et la campagne.

3. Ce conditionnement répond bien au positionnement de l'entreprise : des produits de bonne qualité jouant sur l'humour et le ton décalé.

4. Les produits laitiers Les 2 Vaches ont le label AB, ce qui signifie qu'ils sont bio.

Exercice 4 voir Fiche 4

L'offre produit

1. La largeur de la gamme d'Alter Eco se compose de 5 lignes de produits : café, tablettes de chocolat, thé, riz, quinoa.

2. La profondeur la gamme pour chaque ligne est la suivante :
- café : 4 produits ;
- tablettes de chocolat : 4 produits ;
- thé : 3 produits ;
- riz : 3 produits ;
- quinoa : 1 produit.

3. L'étendue de la gamme est de 15 produits.

Exercice 5 voir Fiche 4

L'offre produit

1. Le rôle de chaque voiture dans la gamme des véhicules Renault est le suivant :
- Sandero Dacia : produit d'appel ;
- Clio IV : produit régulateur et produit leader ;
- ZOE : produit d'avenir.

2. Les trois niveaux de la gamme chez Renault sont les suivants :
- entrée de gamme : Sandero Dacia ;
- moyen de gamme : Clio IV ;
- haut de gamme : Koleos.

Exercice 6 voir Fiche 4

L'offre produit

1. La stratégie de la marque LU est une stratégie de marque ombrelle. En effet, LU donne sa marque à tous ses produits.

2. Les avantages de cette stratégie sont qu'elle permet :
– de faire bénéficier tous les produits de l'image de marque de l'entreprise et de sa notoriété ;
– de limiter les coûts de communication.

Exercice 7 voir Fiche 5

Le marketing expérientiel

1. Adidas met en place un marketing expérientiel dans son flagship new-yorkais en récréant l'ambiance des stades des lycées américains : entrée du magasin évoquant l'entrée sur un stade, mobilier évoquant des équipements sportifs, piste de course, gradins... Tout est fait pour que le client vive une expérience liée au sport.

2. L'intérêt pour Adidas de créer cette expérience client est de faciliter le parcours d'achat des clients en créant un univers attractif et étonnant, qui favorise un réel enchantement chez les clients. L'objectif de l'entreprise est que cet enchantement vécu par les clients sera par la suite associé aux produits et à la marque Adidas.

Exercice 8 voir Fiche 6

Les politiques de prix

1. La technique du *yield management* (ou « tarification en temps réel ») consiste à ajuster les prix en fonction de l'offre restante et de la demande. Le but est d'éviter la perte de biens ou de services non consommés.

2. Le *yield management* peut se pratiquer dans les secteurs où les entreprises ont des coûts et des capacités fixes, et commercialisant des services non stockables (hôtellerie, transports...).

3. Certaines entreprises pratiquent le *yield management* car il est préférable de vendre moins cher un service que de ne pas le vendre du tout.

Exercice 9 voir Fiche 7

La fixation du prix

1. Coût de revient unitaire : 22 + (22 × 0,08) + 0,50 = 22 + 1,76 + 0,50 = 24,26 €
Coût de revient total : 24,26 × 42 = 1 018,92 €

2. Marge unitaire : 24,26 × 0,25 = 6,07 €
Marge totale : 6,07 × 42 = 254,94 €

3. Prix de vente HT : 24,26 + 6,07 = 30,33 €
Prix de vente TTC : 30,33 + (30,33 × 0,20) = 30,33 + 6,07 = 36,40 €

Exercice 10 voir Fiche 7

La fixation du prix

1. Calcul des taux de marge :

	PRIX D'ACHAT HT AU KILO	MARGE	TAUX DE MARGE
BONBONS PRALINÉS	12,00 €	3,20 €	(3,2 / 12) × 100 = 26,67 %
BONBONS AUX FRUITS	8,50 €	2,40 €	28,24 %
BONBONS AU CHOCOLAT	6,30 €	1,80 €	28,58 %

2. Élasticité-prix/demande des bonbons pralinés :

$$\text{Élasticité p/d} = \frac{[(15 - 20) / 20] \times 100}{[(18 - 16) / 16] \times 100}$$

= – 25 % / 12,5 % = – 2
Le coefficient d'élasticité est inférieur à – 1, la demande est très élastique. Une variation des prix entraîne d'importantes variations de la demande. Il faut donc conseiller à cette entreprise de ne pas augmenter ses prix.

Exercice 11 voir Fiche 8

La distribution

1. Faux **2.** Vrai **3.** Faux **4.** Faux

Exercice 12 voir Fiche 9

Les relations producteurs/distributeurs

1. Vrai **2.** Vrai **3.** Vrai **4.** Faux

MERCATIQUE

Exercice 13 voir Fiche 10

L'omnicanalité

1. Les étapes du parcours d'achat de ce couple sont les suivantes :
- étape 1 : étude comparative des produits sur le site www.electroguide.fr ;
- étape 2 : sélection de 3 produits correspondant à ses attentes ;
- étape 3 : visite en unité commerciale chez Darty pour voir les produits ;
- étape 4 : choix d'un produit ;
- étape 5 : achat en click & collect sur le site Internet de Boulanger ;
- étape 6 : retrait de la marchandise en magasin.

2. On peut dire que ce parcours d'achat est digitalisé car le couple utilise Internet et qu'il est ROPO (*Research Online*, *Purchase Offline*) car le couple a commencé son parcours d'achat sur Internet et l'a terminé en magasin.

Exercice 14 voir Fiche 11

La distribution collaborative

La Louve est une forme de distribution collaborative car la gestion du supermarché est assurée par ses clients/adhérents qui participent bénévolement aux différentes tâches : commandes, mise en rayon, encaissement... L'objectif de ce supermarché n'est pas de faire des profits, mais de proposer une offre locale et bio à ses adhérents.

Exercice 15 voir Fiche 12

La digitalisation des unités commerciales

Les innovations de digitalisation du magasin Lush de Tokyo sont les suivantes :
- un écran LED géant pour faire découvrir aux clients les valeurs de la marque et ses campagnes de publicité ;
- une application smartphone Lush pour connaître les prix et les caractéristiques des produits ;
- une vitrine connectée 24 h/24 et 7 j/7 pour présenter les produits mais aussi pour commander avec un système de scan en dehors des heures d'ouverture du magasin ;
- des capteurs qui cartographient la position et les mouvements des clients, et leur permettent d'écouter des sons particuliers.

Exercice 16 voir Fiche 13

La communication commerciale

1. Les objectifs d'Oasis lors de cette campagne publicitaire sont les suivants :
- objectif cognitif : faire connaître l'entreprise et ses produits, et donc augmenter sa notoriété ;
- objectif affectif : faire aimer l'entreprise et ses produits, renfoncer ou modifier son image ;
- objectif conatif : faire agir, c'est-à-dire faire acheter.

2. Le message publicitaire est construit de la façon suivante :
- promesse : produits sains et joie de vivre ;
- justification de la promesse : personnages de dessins animés joyeux, couleurs vives, décors de paysages naturels et exotiques ;
- ton : humour décalé.

3. La communication d'Oasis autour de ses personnages joyeux et de son atmosphère de dessin animé est cohérente avec sa cible (13-17 ans et familles).

Exercice 17 voir Fiche 13

La communication commerciale

1. Apple a bénéficié d'une exposition *Earned Media*, qui est une exposition dont bénéficie gratuitement une entreprise ou une marque lorsqu'on parle d'elle sur les réseaux sociaux, les blogs, et les avis et commentaires des consommateurs.

2. Cette exposition a été possible grâce aux produits Apple, qui se reconnaissent immédiatement.

Exercice 18 voir Fiche 14

Les autres formes de communication commerciale

Horizontal : **2** Pop-up – **4** Soldes – **5** Foire – **6** Sponsoring
Vertical : **1** Salon – **3** Promotion

Exercice 19 voir Fiche 15

La fidélisation des clients

1. Les moyens utilisés par Carrefour pour fidéliser sa clientèle sont la carte de fidélité et les avantages qui lui sont liés : réductions, promotions catalogue, coupons.

2. La stratégie de fidélisation de Carrefour est une fidélité recherchée car elle consiste à séduire les clients en leur offrant différents avantages pour les inciter à rester.

Savoir 1

Le système d'information comptable (SIC)

Le système d'information comptable a pour objectif de piloter, d'une part, l'ensemble des informations circulant dans l'entreprise et, d'autre part, les moyens humains, matériels et organisationnels mis en œuvre pour les gérer.

1 Le système d'information comptable (SIC)

1.1. Définition du SIC

Le système d'information comptable est composé d'un ensemble de données comptables et financières. Toute comptabilité doit être organisée autour d'un SIC dont l'objectif est de coordonner les différentes activités de l'entreprise (achat, vente, données financières et bancaires…) sur deux niveaux :
– **interne** : aide à la prise de décision grâce aux documents (pièces et documents comptables) ;
– **externe** : nécessité de justifier chaque écriture comptable par un document classé et archivé, sur support papier et/ou numérique.
Le cadre comptable fait l'objet d'une normalisation aussi bien nationale (obligation d'utiliser un plan comptable général) qu'internationale (convergence des méthodes comptables en raison de l'internationalisation de l'économie).

1.2. La structuration du SIC

Le SIC se structure autour de trois types de moyens :

MOYENS HUMAINS	MOYENS MATÉRIELS	MOYENS ORGANISATIONNELS
Équipes comptables, collaborateurs externes (experts-comptables…).	Ordinateurs et progiciels de gestion organisés autour d'un réseau informatique.	Procédures et méthodes comptables. Contrôle interne de la fiabilité des informations produites.

1.3. Les fonctions du SIC

Le SIC doit assumer quatre fonctions principales :
– la **collecte des informations** : les sources d'information sont à la fois internes (services comptable, administratif et commercial) et externes (clients, fournisseurs, Administration…) ;
– la **mémorisation des informations** : enregistrement des pièces comptables sur les supports informatiques appropriés ;
– l'**exploitation des données** : traitement de l'information pour faciliter la prise de décision ;
– la **diffusion de l'information** : le SIC participe également à l'information des tiers (clients, fournisseurs, État, instituts de statistiques économiques…). Cette information doit appliquer des procédures strictes en matière de contrôle interne en vue d'assurer la fiabilité des comptes publiés et des informations délivrées au marché économique et financier.

2 Les documents de synthèse issus du SIC

2.1. Le bilan

Le bilan est un document qui fait état de la situation patrimoniale de l'entreprise à un moment donné, généralement en fin d'année. Il récapitule, d'une part, l'actif de l'entreprise, c'est-à-dire ce qu'elle possède, et, d'autre part, le passif, qui représente les ressources mises en œuvre pour assurer le financement de l'actif (capital social, emprunts, dettes).

ACTIF OU EMPLOIS		PASSIF OU RESSOURCES	
Immobilisations ou actifs durables	Emplois stables	Capitaux propres et capitaux étrangers (emprunts)	Ressources stables
Stocks, créances clients, disponibilités (trésorerie)	Emplois circulants	Dettes (fournisseurs, État, Sécurité sociale)	Ressources circulantes

Le bilan cumule tous les mouvements comptables créés depuis l'existence de l'entreprise.

EXEMPLE
Un terrain acquis il y a 30 ans doit figurer dans le bilan actif de l'entreprise à sa valeur d'achat. Il n'en disparaîtra qu'en cas de cession (vente).

2.2. Le compte de résultat

Le compte de résultat est un document comptable qui récapitule l'ensemble des produits (recettes) et des charges (dépenses) au cours d'une période définie qui se nomme « exercice comptable » (en règle générale, l'année civile).

CHARGES		PRODUITS	
L'ENTREPRISE S'APPAUVRIT	Achats	Ventes	L'ENTREPRISE S'ENRICHIT
	Charges de personnel	Autres revenus	
	Charges diverses	Gains financiers	

La différence entre les produits et les charges permet de dégager un résultat. Ce dernier est :
- **positif** si les produits sont supérieurs aux charges (on parle alors de **bénéfice**) ;
- **négatif** dans le cas contraire (on désigne cette situation de **perte**).

Le résultat dégagé issu de l'activité de l'entreprise pour une période annuelle donnée est ensuite reporté dans le passif du bilan (rubrique « Capitaux propres ») car il représente une ressource.

Tous les comptes de produits et de charges sont annulés au début de l'année suivante : ils ont donc une durée de vie égale à une année. Ils font l'objet d'une « remise à zéro ».

Ces documents de synthèse sont édités de manière automatique à l'aide d'un progiciel de gestion intégré (PGI).

Mes notes pour réviser

MOTS CLÉS

Système d'information comptable • Bilan • Actif • Passif • Compte de résultat • Résultat

S'ENTRAÎNER AU BAC
Exercice 1 : p. 270

Savoir 2

Les progiciels de gestion intégrés (PGI)

Les PGI sont devenus des supports technologiques courants des procédures comptables car ils permettent d'optimiser la circulation des flux du système d'information comptable.

1 Des progiciels de gestion aux PGI

1.1. Les progiciels de gestion

Les progiciels de gestion sont des applications qui permettent d'assurer le suivi des opérations comptables et commerciales. Ils sont toutefois limités à leur domaine principal d'activité et souvent gérés de manière indépendante. Ils ne donnent pas une vue globale du système d'information et les données sont souvent difficiles à importer ou exporter d'un progiciel à l'autre.

EXEMPLES

Les progiciels de comptabilité permettent l'enregistrement des écritures comptables, l'édition des documents de synthèse (bilan, compte de résultat), le suivi de la trésorerie.
Les progiciels de paye permettent aux entreprises de gérer la paye de leurs salariés. Les écritures comptables générées par la paye peuvent être transférées dans le progiciel de comptabilité, mais cela demande un paramétrage anticipé et précis ainsi qu'une compatibilité des deux progiciels (de la même marque commerciale).

1.2. Les progiciels de gestion intégrés (PGI)

Les PGI permettent de pallier les limites des progiciels de gestion car ils reposent sur une base de données commune à tous les services de l'entreprise, ce qui leur permet de gérer l'ensemble du système d'information comptable. Ils sont organisés en modules (applications) autour de la base de données unique.
Les informations sont partagées et accessibles selon les droits d'accès attribués aux différents utilisateurs. La plupart des traitements sont automatisés, ce qui permet une fiabilité de l'information financière. Le comptable intervient en amont (paramétrage) et en aval (contrôle des documents fournis par le PGI).

EXEMPLE

Le fait de modifier une donnée dans un module impacte tous les autres modules (comptabilité, paye, gestion commerciale, gestion de la production, gestion des règlements, gestion d'affaires, etc.). La base de données unique est mise à jour et la modification s'applique à tout le système d'information. L'intervention humaine est minimisée.

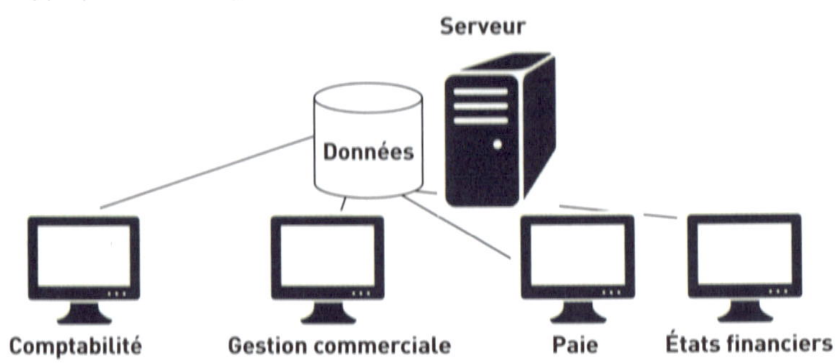

2 La structuration et les avantages d'un PGI

2.1. La structuration d'un PGI

La base de données unique du PGI est organisée autour de différents modules.

EXEMPLE

- Saisie des opérations comptables
- Suivi des comptes
- Clôture de l'exercice comptable

- Gestion des ventes et des achats
- Gestion des réclamations clients

- Gestion des approvisionnements
- Organisation du processus de production

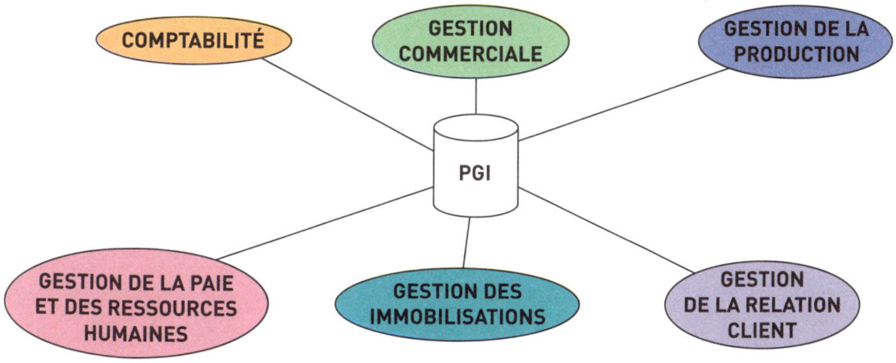

- Paramétrage de la paie
- Traitement de la paie
- Établissement des déclarations sociales

- Amortissements comptables
- Entrée et sortie des immobilisations

- Prospection de la clientèle
- Propositions commerciales

2.2. Les avantages de l'utilisation d'un PGI

Les principaux avantages sont les suivants :

UN ENVIRONNEMENT DE TRAVAIL UNIQUE	Un seul progiciel est utilisé pour gérer toutes les missions et fonctions de l'organisation. Cela permet d'éliminer les saisies multiples liées à l'existence de données redondantes.
DES GAINS DE PRODUCTIVITÉ ET UNE DIMINUTION DES COÛTS D'EXPLOITATION	L'automatisation des tâches lourdes et répétitives (exemple : la facturation) permet d'optimiser toutes les activités et libère du temps pour d'autres tâches (contrôle et analyse des données). Un progiciel unique remplaçant tous les progiciels existants permet également des coûts de formation moins élevés.
UN OUTIL D'AIDE À LA DÉCISION ET UNE AMÉLIORATION DE LA PERFORMANCE GLOBALE	Une interface unique combinée avec une utilisation de plusieurs modules fonctionnant ensemble permet de restituer des indicateurs précis et ciblés dans un tableau de bord. La meilleure coordination entre les services permet des gains en qualité et en respect des délais de livraison, indispensable pour l'amélioration de la performance et la survie de l'entreprise.

→ ATTENTION Si le PGI tombe en panne, l'entreprise arrête de fonctionner.

Mes notes pour réviser

MOTS CLÉS

Module • Base de données unique

S'ENTRAÎNER AU BAC
Exercice 2 : p. 270

Savoir 3 — La sécurité des traitements comptables

La sécurité dans les traitements est indispensable afin d'assurer la disponibilité, l'intégrité, la confidentialité et la traçabilité des informations.

GESTION ET FINANCE

1 L'incidence des technologies de l'information

1.1. La dématérialisation des documents comptables

Les documents comptables (factures, bulletins de salaire, déclarations fiscales et sociales…) sont de plus en plus dématérialisés, c'est-à-dire stockés non plus sous forme papier mais sur des supports numériques internes et/ou externes. Cette forme de sauvegarde présente plusieurs avantages :
- la réduction des coûts (notamment d'expédition) ;
- un volume de stockage peu important ;
- une empreinte environnementale réduite.

EXEMPLE

L'entreprise n'a plus besoin d'expédier par courrier les factures émises. Elle les envoie par mail ou les met à disposition de ses clients sur son site Internet. De même, le comptable n'a plus besoin de se déplacer dans un centre des impôts pour se procurer une nouvelle déclaration fiscale : il suffit qu'il la télécharge sur le site www.impots.gouv.fr.

1.2. Le travail en réseau

Le travail comptable est informatisé et organisé en réseau. Le réseau permet à des utilisateurs distants de disposer d'une base de données commune afin de partager les informations. Une base de données unique est stockée sur un ordinateur appelé « serveur » ; les ordinateurs appelés « clients » se connectent à ce serveur afin de disposer des ressources nécessaires (logiciels, imprimantes, Internet…).
Le serveur peut être soit présent physiquement dans l'entreprise (voir schéma ci-dessous), soit à distance comme l'utilisation du « *cloud* » (nuage), accessible à partir de n'importe quel navigateur Internet.

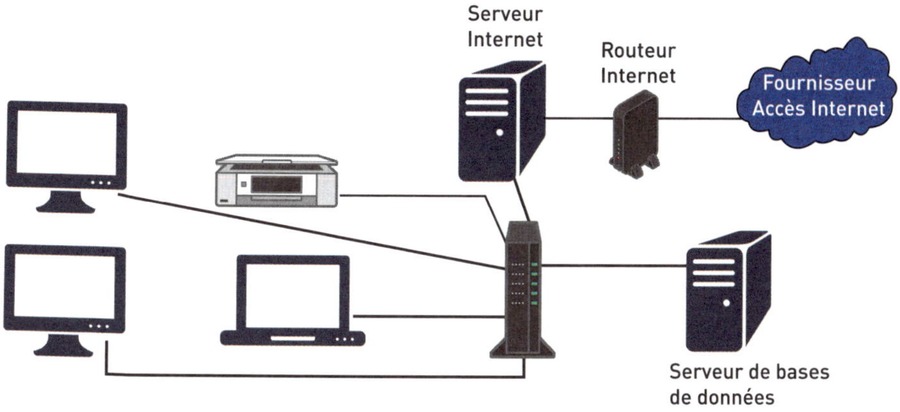

2 La sécurité d'accès au réseau informatique

2.1. Les droits d'accès au réseau informatique

Pour accéder à son poste de travail, le comptable ou tout autre utilisateur doit se connecter à l'aide de son identifiant et de son mot de passe.
Identifiant : droit d'accès au réseau avec restrictions selon les missions confiées.

EXEMPLE
Le comptable a accès à certains modules du progiciel de gestion mais ne peut pas accéder aux missions qui relèvent de la compétence exclusive du chef comptable (opérations de fin d'exercice comptable, par exemple).

Mot de passe : il permet de vérifier que la personne qui effectue la connexion est bien celle prévue par le système d'information.

2.2. Les différents types d'autorisation

Il existe quatre types d'autorisation :

TYPES D'AUTORISATION	EXEMPLES
Visualisation	Consulter un compte client, une facture.
Création	Créer un nouveau compte, un nouveau fournisseur.
Modification	Modifier le taux de prélèvement de l'impôt sur le revenu des salariés.
Suppression	Supprimer un article dans les fiches de tenue des stocks.

3 La sauvegarde et l'archivage des données comptables

3.1. La sauvegarde en continu par les progiciels de gestion

Les enregistrements (ou écritures) comptables sont automatiquement sauvegardés au fur et à mesure de leur saisie dans le mode dit « brouillard » (possibilité de modification). Une fois qu'une écriture a été validée, il n'est plus possible de la modifier. En cas d'erreur, il faut procéder à son annulation et la refaire.

3.2. La sauvegarde périodique du système d'information

Une sauvegarde quotidienne, hebdomadaire ou mensuelle est effectuée. Pour éviter la perte totale des données, il est nécessaire de les sauvegarder sur différents supports numériques (disque dur externe, *cloud*).

3.3. L'archivage

Les données du système d'information comptable sont numérisées. D'ici à quelques années, la facturation électronique sera obligatoire entre entreprises.

Mes notes pour réviser

MOTS CLÉS

Dématérialisation • Réseau • Serveur • Identifiant • Mot de passe • Autorisation • Sauvegarde • Numérisation

S'ENTRAÎNER AU BAC
Exercice 3 : p. 270

Savoir 4

La tenue des comptes

L'activité économique de l'entreprise se matérialise par des échanges avec des tiers (clients, fournisseurs, État, banque...). Ces mouvements (ou flux) ont une incidence sur le patrimoine de l'entreprise et sont enregistrés dans des comptes.

1 Les flux et les comptes

1.1. Les notions de flux, d'emploi et de ressource

Les flux sont des mouvements physiques (de biens ou de services) ou monétaires entre l'entreprise et ses partenaires. Pour pouvoir les traduire en comptabilité, il faut connaître leur origine, leur destination et leur valeur.

EXEMPLE
Une entreprise vend des marchandises pour 1 000 € à un client et encaisse les fonds de la vente. On distingue deux flux : le flux physique de marchandises dont l'origine est l'entreprise, la destination le client, la valeur 1 000 €, et le flux monétaire de règlement dont l'origine est le client, la destination l'entreprise, la valeur 1 000 €.

Pour l'enregistrement en comptabilité, on se place du point de vue de l'entreprise uniquement. Lorsque celle-ci est à l'origine d'un flux, il s'agit pour elle d'une ressource. Lorsqu'elle en est destinataire, il s'agit d'un emploi. C'est toujours la ressource qui permet l'emploi.

EXEMPLE (SUITE)
La ressource est la vente de marchandises pour 1 000 € ; l'emploi est l'encaissement du règlement pour 1 000 €. La vente de marchandises (ressource) a permis d'encaisser 1 000 € (emploi).

1.2. Les notions de débit, de crédit et de compte

En comptabilité, les ressources sont toujours enregistrées au crédit des comptes et les emplois au débit des comptes.
Les comptes sont destinés à recevoir les mouvements de flux effectués par l'entreprise. La fiabilité du SIC repose très largement sur le bon choix des comptes.
Un compte qui constate une ressource (flux sortant) est crédité et il est débité lorsqu'il constate un emploi (flux entrant). Le compte est souvent représenté sous la forme schématique dite « en T » (mais d'autres représentations sont possibles).

EXEMPLE (SUITE) La vente de 1 000 € de marchandises sera comptabilisée au crédit du compte « Ventes de marchandises » (ressource) et son encaissement au débit du compte « Banque » (emploi).

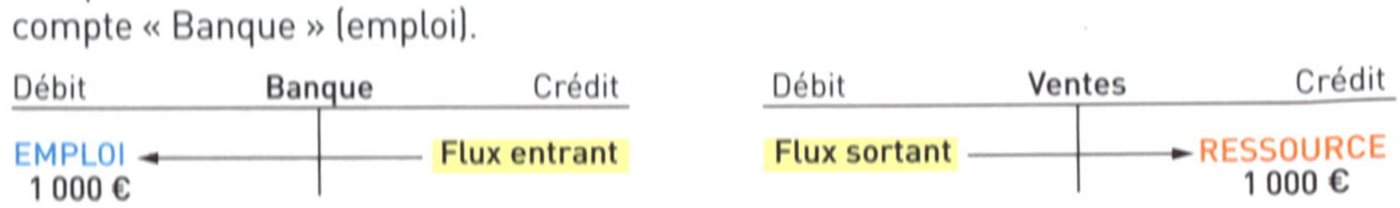

En ce qui concerne le compte « Banque », l'entreprise qui enregistre une entrée de fonds sur son compte bancaire fournit de l'argent à sa banque. Une entreprise (par exemple, un particulier) n'est pas le client de la banque mais son fournisseur d'argent. C'est la raison pour laquelle les sommes déposées sur un compte bancaire apparaissent au crédit sur le relevé bancaire car elles représentent une dette financière pour la banque envers son client (comptabilité dite « inversée »).

2 Le plan de comptes, la partie double et le journal

2.1. Le plan de comptes

Afin de faciliter les comparaisons économiques entre entreprises, il est nécessaire de normaliser la codification des comptes. Le plan comptable général (PCG) a procédé à cette codification qui s'impose à toutes les entreprises.

EXEMPLE

Subdivision comptable des comptes de bilan :

CLASSE 1	CLASSE 2	CLASSE 3	CLASSE 4	CLASSE 5

Comptes de capitaux

10 CAPITAL ET RÉSERVES	← COMPTE PRINCIPAL
101 Capital	← Subdivision
16 EMPRUNTS ET DETTES ASSIMILÉES	← COMPTE PRINCIPAL
164 Emprunts auprès des éts. de crédit	← Subdivision

2.2. Le principe de la partie double

Toute opération comptable doit être enregistrée selon un système dit « en partie double » où les emplois et les ressources sont égaux pour chaque enregistrement. Un enregistrement informe à la fois sur la nature de l'opération (exemple : un achat) et les ressources utilisées (exemple : le règlement de l'achat ou le délai de paiement accordé).

EXEMPLE

M. Martin ouvre son entreprise le 1er juillet. Il dispose d'un capital de 50 000 €, qu'il dépose sur un compte bancaire pour couvrir ses premiers frais.

Débit — Compte 512 Banque	Crédit
Versement 50 000 **EMPLOI**	

Débit — Compte 101 Capital	Crédit
	Réserve d'argent 50 000 **RESSOURCE**

Total des emplois (débit) → = ← Total des ressources (crédit)

2.3. Le journal

Le journal est un document comptable obligatoire dans lequel toutes les opérations comptables sont enregistrées dans l'ordre chronologique.

EXEMPLE (SUITE)

Les mouvements de comptes présentés ci-dessus s'enregistrent de la façon suivante dans le journal de banque (code BQ) :

CODE JOURNAL	DATE	N° DE COMPTE	INTITULÉ DU COMPTE	DÉBIT	CRÉDIT
BQ	01-juil	512 101	Banque Capital *Libellé : création entreprise MARTIN*	50 000	50 000

Mes notes pour réviser

MOTS CLÉS

Flux • Emploi • Ressource • Débit • Crédit • Compte • Plan comptable général • Partie double • Journal

....

....

....

....

....

....

....

....

....

....

....

....

....

....

....

....

....

S'ENTRAÎNER AU BAC
Exercice 4 : p. 270

Savoir 5 L'articulation des documents comptables

Les documents comptables (factures, relevés bancaires...) sont le point de départ de l'enregistrement des flux dans les différents journaux, de leur report dans le grand-livre des comptes. Tous ces reports vont permettre d'établir une balance mensuelle des comptes et déboucher en fin d'année sur la production de documents de synthèse.

1 Des documents comptables au grand-livre des comptes

1.1. Les documents comptables

Les documents comptables sont variés. Ils peuvent être internes (factures de vente, bulletins de salaire, etc.) ou externes (factures d'achat, relevés bancaires, etc.). Ces documents représentent des pièces comptables justificatives, c'est-à-dire nécessaires à la production d'un enregistrement dans les comptes.
Ils sont enregistrés dans un journal (voir Savoir 4).

1.2. L'enregistrement dans un journal

Dans un PGI, les écritures comptables sont enregistrées dans des journaux divisionnaires en fonction de leur nature. Ces derniers sont souvent codifiés.

EXEMPLES

Les achats dans le journal des achats (ACH), les ventes dans le journal des ventes (VTE), les salaires dans le journal des salaires (SAL).

1.3. Le report dans le grand-livre des comptes

Chaque enregistrement comptable dans un journal fait l'objet d'un report dans un grand-livre des comptes. Ce document regroupe l'ensemble des comptes utilisés par l'entreprise avec tous les mouvements au débit et au crédit.

EXEMPLE

Encaissement le 16 octobre d'une créance client pour 600 €. L'enregistrement dans le journal de banque entraîne *ipso facto* un report des sommes dans le grand-livre des comptes.

JOURNAL					
CODE JOURNAL	DATE	N° DE COMPTE	INTITULÉ DU COMPTE	DÉBIT	CRÉDIT
BQ	16-oct	512	Banque	600	
		411	Clients		600
			Libellé : encaissement créance client		

GRAND-LIVRE DES COMPTES					
Débit	Compte 512 Banque	Crédit	Débit	Compte 411 Clients	Crédit
600					600

2 De la balance aux documents de synthèse

2.1. La balance générale des comptes

La balance est un document qui reprend tous les comptes en faisant apparaître non seulement les mouvements au débit et au crédit, mais également les soldes débiteurs et créditeurs.

EXEMPLE
Si l'on reprend l'écriture du Savoir 4 pour la création de l'entreprise Martin, à la date du 1er juillet, la balance des comptes créés va se limiter à deux comptes.

BALANCES DES COMPTES DE L'ENTREPRISE MARTIN AU 1ER JUILLET						
N° DES COMPTES	INTITULÉS DES COMPTES	MOUVEMENTS		SOLDES		
		DÉBIT	CRÉDIT	DÉBITEURS	CRÉDITEURS	
101 512	Capital Banque	 50 000	50 000 	 50 000	50 000 	
	Totaux	50 000	50 000	50 000	50 000	

2.2. Le report dans les documents de synthèse

En automatisant les reports dans la chaîne des opérations comptables, le PGI permet l'édition de deux documents de synthèse primordiaux : le bilan (comptes des classes 1 à 5) et le compte de résultat (comptes des classes 6 et 7).

3 Les contrôles à effectuer

3.1. Le lettrage des comptes

Le lettrage des comptes de tiers (clients et fournisseurs) permet de rapprocher deux sommes qui sont liées afin de repérer les erreurs éventuelles et les factures non payées. On parle de lettrage car cela consiste à écrire une même lettre, qui sert de repère, en face d'une somme débitée, comme une créance client, et d'une somme créditée, comme le règlement du client. Chaque client ou fournisseur est identifié à l'aide d'un compte auxiliaire (exemple : 411DARTY pour le client DARTY), sous-compte de 401 ou 411.

3.2. Le rapprochement bancaire

Le solde du relevé bancaire expédié par la banque est très rarement identique à celui qui figure dans le compte « 512 Banque ». C'est la raison pour laquelle l'entreprise réalise, de manière périodique, un rapprochement bancaire en lettrant les deux documents afin de repérer les éventuelles erreurs et d'enregistrer les opérations manquantes.

EXEMPLE
Si la banque a prélevé des frais de tenue de compte, ces dernières ne sont pas enregistrées car elles ne seront connues que lors de la réception du relevé de banque.

Mes notes pour réviser

MOTS CLÉS

Pièce comptable justificative • Grand-livre des comptes • Balance • Bilan • Compte de résultat • Lettrage • Rapprochement bancaire

S'ENTRAÎNER AU BAC

Exercice 5 : p. 270

Savoir
6
Le processus d'achat/vente

Les opérations nécessaires à la réalisation d'activités économiques (achats, production, ventes) caractérisent le cycle d'exploitation de l'entreprise. Les documents fournis ou reçus se matérialisent sous la forme de factures.

1 Le cycle d'exploitation

1.1. Les caractéristiques du cycle d'exploitation

Le cycle d'exploitation correspond à toutes les opérations réalisées entre l'achat initial et l'encaissement final de la vente. Les achats et les ventes ne sont pas toujours payés immédiatement, et les biens achetés ou fabriqués nécessitent un certain délai avant d'être vendus et doivent être stockés. Tous ces décalages dans le temps entraînent également des décalages dans la trésorerie.

1.2. Représentation schématique du cycle d'exploitation

Le schéma ci-dessous met l'accent sur les décalages de trésorerie :

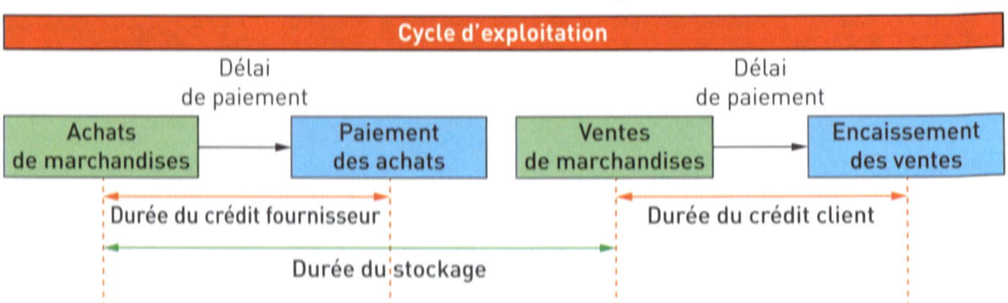

2 La facturation

2.1. Les règles juridiques

Une facture est obligatoirement délivrée en cas d'achat ou de vente. Elle peut être sur support papier ou numérique (de plus en plus fréquent). Elle doit indiquer un certain nombre de mentions obligatoires (coordonnées du fournisseur et du client, date et lieu, détail des biens et des réductions éventuelles, montant à payer, etc.).

2.2. Les réductions commerciales et les frais de port

a) Les réductions commerciales

Une facture peut contenir trois catégories de réduction commerciale :
- le rabais : réduction exceptionnelle en raison d'un défaut de qualité ;
- la remise : réduction accordée en cas de commande importante ;
- la ristourne : réduction périodique souvent accordée en fin d'année.

b) Les frais de transport (ou de port)

Les frais de port représentent un service supplémentaire soumis à la TVA.

2.3. La présentation d'une facture

Cette présentation n'est pas normalisée mais elle doit contenir un certain nombre de mentions obligatoires.

EXEMPLE

Facture de vente d'un fournisseur à un client :

Coordonnées du vendeur
(fournisseur)

Coordonnées de l'acheteur
(client)

Facture de DOIT ou d'AVOIR n° ...

Date et lieu

RÉFÉRENCE	LIBELLÉ	QUANTITÉ	PRIX UNITAIRE HT	MONTANT HT
4521580	Chaise pliante	20	3,00	60,00
			Montant HT Remise de 10 %	60,00 – 6,00
Fournisseur : forme juridique, raison sociale Capital, n° de TVA et n° de RCS			Net commercial Frais de port TVA à 20 %	54,00 10,00 12,80
			Net à payer TTC	**76,80**

2.4. La comptabilisation d'une facture de doit

La facture de doit constate la dette du client envers son fournisseur (créancier).

EXEMPLE (SUITE)

Enregistrement de la facture chez le client et chez le fournisseur en supposant qu'il s'agisse de marchandises :

CHEZ LE CLIENT				CHEZ LE FOURNISSEUR			
N° COMPTE	INTITULÉ	DÉBIT	CRÉDIT	N° COMPTE	INTITULÉ	DÉBIT	CRÉDIT
607	Achats de march.	54,00		411	Clients	76,80	
624	Transports	10,00		707	Ventes de march.		54,00
44566	TVA déductible	12,80		7085	Port		10,00
401	Fournisseurs		76,80	44571	TVA collectée		12,80

2.5. La facture d'avoir

La facture d'avoir est souvent due à un retour de marchandises non conformes à la commande. L'écriture est inversée par rapport à l'achat ou la vente.

3 La TVA

La TVA (taxe sur la valeur ajoutée) est collectée par le vendeur pour le compte de l'État. Seul le consommateur final la paie, les entreprises peuvent donc la déduire de leurs achats, ce qui signifie :
- la collecte de la TVA due à l'État (compte 44571) ;
- la déduction de la TVA payée sur les achats (comptes 44562 et 44566).

La différence représente la TVA à décaisser (compte 44551) ou un crédit de TVA (compte 44567) si la TVA déductible est supérieure à la TVA à décaisser.

Mes notes pour réviser

MOTS CLÉS

Cycle d'exploitation • Achat • Vente • Stock • Facture • Rabais • Remise • Ristourne • Frais de port • Facture de doit • Facture d'avoir • TVA

S'ENTRAÎNER AU BAC
Exercice 6 : p. 271

Savoir 7

Le processus d'investissement

Pour assurer la continuité de son cycle d'exploitation, une entreprise doit investir dans des outils de production que l'on appelle des immobilisations.

1 Les caractéristiques des immobilisations

1.1. Différence entre actif et charge

Les immobilisations représentent des biens durables acquis par l'entreprise qui sont destinés à être utilisés pendant plusieurs années, contrairement aux charges qui sont des biens et services destinés à être consommés ou revendus au cours du cycle d'exploitation. Elles font donc partie de l'actif et participent à la création de ressources en procurant des avantages économiques futurs.

1.2. Les trois catégories d'immobilisations

Le plan comptable général distingue trois catégories d'immobilisations :

20 IMMOBILISATIONS INCORPORELLES	Ce sont des biens immatériels qui n'ont pas de substance physique. EXEMPLES Fonds commercial, logiciels, licences.
21 IMMOBILISATIONS CORPORELLES	Il s'agit d'actifs physiques qui participent directement ou indirectement à la création de ressources immédiates et futures. EXEMPLES Terrains, constructions, matériel et outillage.
26 ET 27 IMMOBILISATIONS FINANCIÈRES	Ce sont des titres de sociétés possédés de façon durable ainsi que des prêts accordés à des tiers. EXEMPLES Actions, obligations, bons du Trésor.

2 L'acquisition des immobilisations corporelles

2.1. Le coût d'acquisition des immobilisations corporelles

Le coût d'acquisition se calcule de la façon suivante :

Prix d'achat HT (ou TTC si la TVA n'est pas récupérable)
– Réductions commerciales et financières (remises, escomptes)
+ Charges d'installation et de livraison

➜ Les petites immobilisations dont le prix unitaire HT est inférieur à 500 € sont enregistrées dans des comptes de charge.

2.2. L'enregistrement comptable d'une immobilisation corporelle

EXEMPLE

Acquisition d'un matériel industriel pour 20 000 € HT, TVA déductible 4 000 €.

2182		Matériel de transport	20 000	
44562		TVA déductible sur immobilisations	4 000	
	404	Fournisseurs d'immobilisations		24 000

3 L'amortissement et la cession des immobilisations

3.1. L'amortissement comptable

L'amortissement permet d'étaler le coût d'acquisition d'une immobilisation sur sa durée d'utilisation prévue. Les amortissements sont regroupés dans un tableau appelé « plan d'amortissement », qui répartit la valeur d'acquisition selon un rythme de consommation des avantages économiques attendus.

EXEMPLE

Un matériel industriel acquis 20 000 € HT doit participer sur 4 ans à la création de 10 000 biens (2 000 en N, 2 500 en N+1, 3 500 en N+2 et 2 000 en N+3).

ANNÉE	BASE AMORTISSABLE	AMORTISSEMENT	CUMUL DES AMORTISSEMENTS	VALEUR NETTE COMPTABLE (VNC)
N	20 000	20 000 × (2 000 / 10 000) = 4 000	4 000	16 000
N+1	20 000	20 000 × (2 500 / 10 000) = 5 000	9 000	11 000
N+2	20 000	20 000 × (3 500 / 10 000) = 7 000	16 000	4 000
N+3	20 000	20 000 × (2 000 / 10 000) = 4 000	20 000	0

3.2. La cession d'une immobilisation

Lorsqu'elle sort du patrimoine, une immobilisation ne doit plus figurer dans les comptes de l'entreprise. La sortie se fait en trois écritures comptables.

EXEMPLE (SUITE)

Le matériel industriel qui a fait l'objet du plan d'amortissement est cédé le 30 juin N+3 pour 5 000 € HT (TVA 1 000 €). Il aura donc été conservé **6 mois** en N+3 au lieu d'une année entière (du 1er janvier N+3 au 30 juin N+3).

		30/06/N+3		
462		Créances sur cessions d'immobilisations	6 000	
	775	Produits des cessions d'éléments d'actif		5 000
	44571	TVA collectée		1 000
		Produit de la cession		
		31/12/N+3		
6811		Dotations aux amortissements	2 000	
	28	Amortissements des immobilisations (4 000 × 6/12 mois [prorata])		2 000
		Charge partielle d'amortissement		
		31/12/N+3		
28		Amortissements des immobilisations (16 000 + 2 000)	18 000	
675		VNC (20 000 – 18 000)	2 000	
	215	Matériel industriel		20 000
		Sortie de l'actif		

GESTION ET FINANCE

MES NOTES POUR RÉVISER

MOTS CLÉS

Immobilisation • Bien durable • Actif • Avantage économique futur • Coût d'acquisition • Amortissement • Plan d'amortissement

S'ENTRAÎNER AU BAC
Exercice 7 : p. 271

Savoir

8 L'inventaire et les principes comptables

Il est nécessaire d'établir périodiquement un état récapitulatif du système d'organisation comptable. Ceci prend la forme d'un résultat (ou perte) dégagé en fin d'exercice et d'une situation patrimoniale (bilan) qui répondent à des principes d'élaboration précis.

1 Le rôle de l'inventaire comptable

1.1. L'exercice comptable

La loi impose qu'au moins une fois par an tous les comptes soient arrêtés afin d'en tirer des documents de synthèse (bilan et compte de résultat). L'activité est donc mesurée sur une période de 12 mois nommée « exercice comptable ». En règle générale, ce dernier coïncide avec l'année civile mais ce n'est pas une obligation.

1.2. Les travaux d'inventaire

Les comptes ouverts en début d'exercice comptable font l'objet d'une clôture à l'issue de laquelle un certain nombre de travaux doivent être réalisés :
- le contrôle de la valeur des éléments de l'actif et du passif du patrimoine ;
- la passation d'écritures correctives dites « de régularisation » en vue de corriger certains comptes.

EXEMPLE
Un terrain d'une valeur de 100 000 € subit une perte de valeur en raison d'inondations répétées. Il convient de constater comptablement cette dépréciation.

2 Les principes comptables

2.1. Définition

Les principes comptables sont fixés par la loi et le PCG. Ils définissent un ensemble de règles et de normes qui doivent être respectées afin de garantir la fiabilité de l'information financière.

2.2. Le principe de prudence

Toute comptabilité doit être établie avec un principe de prudence. Cela consiste à anticiper toute perte probable afin d'éviter de transférer sur les exercices futurs les incertitudes présentes qui pourraient entraîner une diminution du patrimoine de l'entreprise.

EXEMPLE
Une partie des stocks contient des articles non encore écoulés qui sont considérés comme obsolètes technologiquement. Il est nécessaire de prendre en compte cette perte de valeur dans les documents de synthèse.

Cela signifie :
– qu'une charge doit être comptabilisée dès lors qu'elle est certaine ou probable car elle peut diminuer à terme le patrimoine ;
– qu'un produit ne peut être comptabilisé que s'il est réalisé à la date de clôture de l'exercice (on ne tient pas compte des plus-values possibles dites « latentes »).

2.3. Le principe d'indépendance des exercices

Le principe d'indépendance des exercices implique le découpage de l'activité de l'entreprise en exercices indépendants (ou spécialisés). Chaque charge et chaque produit doivent être rattachés à l'exercice comptable qui les concerne. Ils sont donc comptabilisés au fur et à mesure de leur naissance, sans tenir compte des dates d'encaissement (factures clients) ou de paiement (factures fournisseurs).

EXEMPLE
Le 28/12/N, une entreprise a reçu des marchandises non encore réglées. La facture sera expédiée par le fournisseur au début de l'année N+1. Comme les marchandises sont déjà physiquement en stock, il est nécessaire de constater comptablement une charge à payer.

2.4. Le principe de continuité de l'exploitation

Le principe de continuité indique que l'entreprise prévoit de continuer son activité au moment où elle établit les comptes annuels. La valeur du patrimoine est donc établie en fonction de sa valeur d'inventaire et non de sa valeur liquidative (en cas de vente).

EXEMPLE
Une entreprise possède des immobilisations pour une valeur d'inventaire de 100 000 €. Dans le bilan, ces biens sont donc évalués à 100 000 € au 31/12/N.
Quelques mois plus tard, l'entrepreneur décide de procéder à l'arrêt de son activité et de vendre son entreprise. Un liquidateur judiciaire est chargé de procéder à l'évaluation des immobilisations à leur valeur de revente sur le marché, qui peut être inférieure ou supérieure à la valeur d'inventaire.

2.5. Le principe de permanence des méthodes

Le principe de permanence des méthodes comptables oblige les entreprises à respecter les mêmes règles et méthodes d'évaluation et de présentation des comptes d'un exercice comptable à l'autre.
Ce principe dit « de fixité » doit être obligatoirement appliqué afin d'éviter toute manipulation dans la présentation des comptes, sauf si un changement exceptionnel intervient dans la situation de l'entreprise. Cette règle permet de faciliter la comparaison des comptes d'une entreprise d'un exercice comptable à l'autre.

EXEMPLE
Une entreprise possède des immobilisations qu'elle amortit sur plusieurs années (voir Savoir 7) en fonction d'une méthode d'amortissement choisie au départ.
Le chef d'entreprise souhaite augmenter le montant des dotations annuelles aux amortissements afin d'augmenter les charges et, par là même, diminuer le montant du bénéfice soumis à l'impôt. Il demande à son comptable de changer le mode d'amortissement des immobilisations en cours afin d'augmenter les charges. Le comptable refuse au nom du principe de permanence des méthodes.

GESTION ET FINANCE

MES NOTES POUR RÉVISER

MOTS CLÉS

Exercice comptable • Clôture • Principe de prudence • Indépendance des exercices • Principe de continuité • Permanence des méthodes

S'ENTRAÎNER AU BAC
Exercice 8 : p. 271

Savoir 9

La régularisation des stocks, des charges et des produits

À la clôture de chaque exercice comptable, l'entreprise doit procéder à une évaluation physique de ses stocks, afin de constater la variation, et procéder à la régularisation de certains comptes de gestion.

1 Le traitement des stocks à l'inventaire

1.1. Les principes

Toute entreprise doit effectuer au moins une fois par an un inventaire physique de ses stocks. Le PCG distingue deux types d'inventaire :
- l'inventaire permanent : les comptes de stocks sont tenus à jour régulièrement ;
- l'inventaire intermittent : les comptes de stocks sont mouvementés à la clôture de chaque exercice comptable. C'est la méthode recommandée par le PCG.

Les stocks sont évalués selon la méthode du coût unitaire moyen pondéré (CUMP).

CUMP = Total des entrées en valeur / Total des quantités

EXEMPLE

Soit un stock initial de marchandises de 1 000 unités à 10 € l'unité. Les entrées (achats) s'élèvent à 3 000 unités à 11 € l'unité.
CUMP = [(1 000 × 10) + (3 000 × 11)] / (1 000 + 3 000) = 10,75 €

1.2. L'enregistrement comptable des stocks et de leur variation

En fin d'exercice comptable, il est nécessaire, dans les comptes :
- d'annuler le stock initial de début d'exercice ;
- de créer le nouveau stock de fin d'exercice (stock final) ;
- de procéder à la constatation de la variation des stocks.

Variation des stocks = Stock initial – Stock final

EXEMPLE

Au 01/01/N, le stock initial de marchandises était de 10 000 €. Au 31/12/N, le stock final après inventaire est estimé à 8 000 €.
Variation de stock = 10 000 – 8 000 = 2 000 €
L'entreprise a donc procédé à un déstockage car le stock final est plus faible que le stock initial. Ce déstockage aura une incidence sur le résultat car en augmentant les charges de 2 000 €, le résultat va diminuer d'autant.

		31/12/N		
6037		Variation des stocks de marchandises	10 000	
	37	Stock de marchandises		10 000
		Annulation du stock initial		
		31/12/N		
37		Stocks de marchandises	8 000	
	6037	Variation des stocks de marchandises		8 000
		Création du stock final		

2 La régularisation des charges et des produits

2.1. Les charges et produits constatés d'avance

Les charges et produits constatés d'avance concernent certaines opérations comptabilisées en N qui se répartissent sur deux exercices comptables (N et N+1). Il est donc nécessaire de procéder à l'annulation de la quote-part de charge ou de produit au 31/12/N qui concerne l'exercice N+1.

EXEMPLE
Le 01/09/N, une entreprise a comptabilisé la prime annuelle d'assurance de 1 200 € qui va du 01/09/N au 31/08/N+1. Il faut procéder à l'annulation de la prime qui dépasse le 31/12/N, soit 8 mois sur 12 (1 200 × 8/12 mois = 800 €).

CHEZ LE CLIENT (ENTREPRISE)				CHEZ LE FOURNISSEUR (ASSUREUR)			
N° COMPTE	INTITULÉ	DÉBIT	CRÉDIT	N° COMPTE	INTITULÉ	DÉBIT	CRÉDIT
486	Charges constatées d'avance	800		706	Prestations de services	800	
616	Primes d'assurance		800	487	Produits constatés d'avance		800

2.2. Les charges à payer et les produits à recevoir

Les charges à payer et les produits à recevoir sont des charges et des produits qui concernent l'exercice N mais qui n'ont pas encore été comptabilisés à la clôture de l'exercice pour des raisons techniques.

EXEMPLE
Des marchandises ont été livrées avant l'inventaire fin N et comptabilisées début N+1 lors de la réception de la facture. Au 31/12/N, ces marchandises sont en stock sans aucune facturation chez le client, et sont sorties des stocks chez le fournisseur sans facturation établie.

La TVA doit être comptabilisée dans le compte « 44586 TVA sur factures non parvenues » dans le cas d'une charge et dans le compte « 44571 TVA collectée » s'il s'agit d'un produit.

EXEMPLE
Une entreprise a reçu des marchandises le 29/12/N suite à une commande. Le fournisseur expédiera la facture début janvier N+1. D'après le bon de commande, le montant HT doit s'élever à 500 €, auquel il faut ajouter une TVA de 100 €.

CHEZ LE CLIENT				CHEZ LE FOURNISSEUR			
N° COMPTE	INTITULÉ	DÉBIT	CRÉDIT	N° COMPTE	INTITULÉ	DÉBIT	CRÉDIT
607	Achats de marchandises	500		4181	Clients – Factures à établir	600	
44586	TVA s/factures non parvenues	100		707	Ventes de marchandises		500
4081	Fournisseurs – Fact. non parvenues		600	44571	TVA collectée		100

Mes notes pour réviser

MOTS CLÉS

Inventaire permanent • Inventaire intermittent • CUMP • Variation des stocks • Charges et produits constatés d'avance • Charge à payer • Produit à recevoir

S'ENTRAÎNER AU BAC
Exercice 9 : p. 272

Savoir
10 La dépréciation des actifs

Le principe de prudence exige qu'à l'inventaire, l'entreprise procède à une identification des pertes de valeur sur certains éléments d'actif (dépréciation).

1 Principes de base

1.1. Définition

La dépréciation d'un actif constitue une perte de valeur qui doit venir diminuer la valeur comptable de l'actif concerné.

EXEMPLE
L'utilisation plus importante que prévu d'un matériel entraîne une dégradation physique plus rapide de ce matériel.

1.2. L'évaluation des actifs à l'inventaire

Si l'entreprise estime qu'il existe un indice de perte de valeur, il est nécessaire de procéder à une nouvelle évaluation de l'actif, dite « valeur actuelle ». Si cette dernière est inférieure à la valeur comptable, il faut constater une dépréciation.

EXEMPLE
Au 31/12/N, le fonds commercial d'un camping (immobilisation non amortissable) est estimé à 200 000 €. En raison de l'ouverture d'un camping concurrent à proximité, un test de dépréciation réalisé par un expert porte la valeur actuelle du fonds commercial à 150 000 €. Il est donc nécessaire de procéder à une dépréciation de 50 000 € dans les comptes afin de ramener la valeur nette comptable du fonds commercial à 150 000 €.

1.3. Le suivi et les incidences des dépréciations

À chaque clôture des comptes, l'entreprise doit :
- procéder à une réévaluation de la valeur actuelle afin de calculer ou de recalculer la dépréciation ;
- ajuster le montant de la dépréciation à la hausse (dotation compte 681) ou à la baisse (reprise compte 781).

L'enregistrement de la dépréciation constate une charge au débit du compte 681 et une baisse de la valeur de l'actif au crédit. On utilise le chiffre 9 en deuxième position.

EXEMPLE (SUITE)
L'écriture relative à la dépréciation du fonds commercial et l'incidence dans le bilan sont les suivantes :

6816		Dotations pour dépréciation	50 000	
	2907	Dépréciation du fonds commercial		50 000

Extrait du bilan au 31/12/N

ÉLÉMENTS DE L'ACTIF (EXTRAIT)	BRUT	AMORTISSEMENTS ET DÉPRÉCIATIONS	NET
Actif immobilisé Fonds commercial	200 000	50 000	150 000

2 La dépréciation des actifs circulants

2.1. La dépréciation des stocks

S'il existe des dépréciations au niveau des stocks, il faut annuler la dépréciation sur le stock initial (reprise) et créer une dépréciation sur le stock final (dotation).

EXEMPLE

Au 01/01/N, la dépréciation sur le stock initial (SI) de marchandises était de 500 €. Au 31/12/N, il est nécessaire de constater une dépréciation de 800 € sur le stock final (SF).

		31/12/N		
397		Dépréciation des stocks de marchandises	500	
	78173	Reprises sur dépréciations des stocks		500
		Annulation de la dépréciation sur le SI		
		31/12/N		
68173		Dotations pour dépréciation des stocks	800	
	397	Dépréciation des stocks de marchandises		800
		Création de la dépréciation sur le SF		

2.2. La dépréciation des créances clients

a) Les créances douteuses

En cas de doute sur la solvabilité d'une créance, il est nécessaire de constater celle-ci dans un compte de clients douteux (416) par le crédit du compte clients (411).

b) La constatation de la dépréciation à l'inventaire

La dépréciation se calcule sur le montant HT car la TVA est récupérable.

EXEMPLE

Au 31/12/N, un client douteux doit 1 200 € TTC (soit 1 000 € HT) à l'entreprise. Celle-ci estime perdre 50 % du montant de cette créance, soit : 1 000 × 50 % = 500 €.

		31/12/N		
68174		Dotations pour dépréciation des créances	500	
	491	Dépréciation des créances clients		500

c) Les créances irrécouvrables

Si le client ne paie pas tout ou partie de sa créance, il devient irrécouvrable et la perte doit être constatée dans un compte de charges pour son montant HT.

EXEMPLE (SUITE)

Le client devient totalement insolvable en N+1.

		31/12/N+1		
654		Pertes sur créances irrécouvrables	1 000	
44571		TVA collectée (annulation)	200	
	416	Clients douteux		1 200

➜ Ne pas oublier d'annuler les dépréciations encore existantes (compte « 781 Reprises sur amortissements et provisions »).

MES NOTES POUR RÉVISER

MOTS CLÉS

Perte de valeur • Valeur actuelle • Dépréciation • Créance douteuse • Créance irrécouvrable

S'ENTRAÎNER AU BAC
Exercice 10 : p. 272

Savoir 11

La mesure de la performance

Les documents de synthèse issus des opérations d'inventaire vont permettre d'analyser la situation financière de l'entreprise et surtout de mesurer sa performance économique et financière.

GESTION ET FINANCE

1 L'analyse de la profitabilité

1.1. L'analyse du compte de résultat

Le compte de résultat indique à l'entreprise si elle a réalisé un bénéfice ou une perte. Il est nécessaire de procéder à une analyse plus détaillée de ce résultat dégagé aux différentes étapes de sa formation à l'aide de soldes intermédiaires de gestion (SIG).

EXEMPLE

Une entreprise dégage en N un bénéfice de 80 000 € et en N+1 un bénéfice de 65 000 €, en baisse en dépit d'une progression du chiffre d'affaires de plus de 10 %. Les comptes de résultat N et N+1 ne permettent pas d'expliquer ce résultat. Une analyse des SIG permet de faire apparaître une augmentation conséquente des charges d'amortissement (dotations) en raison d'un effort d'investissement pour la modernisation de l'outil de production.

1.2. Les principaux SIG

a) L'excédent brut d'exploitation

L'excédent brut d'exploitation (EBE) est le résultat dégagé par les opérations d'exploitation (produits – charges d'exploitation) avant incidence des opérations d'investissement (dotations et reprises). Il indique la capacité de l'entreprise à dégager de la trésorerie en se basant uniquement sur son exploitation.
S'il est négatif, on parle d'insuffisance brute d'exploitation (IBE).

PRODUITS D'EXPLOITATION (SAUF COMPTES 781, 791 ET 75)	– Charges d'exploitation (sauf comptes 65 et 681)
	= EBE (positif) ou IBE (négatif)

b) Le résultat d'exploitation

Le résultat d'exploitation représente la différence entre les produits et les charges liés à l'exploitation. Il mesure la performance de l'activité de l'entreprise, c'est-à-dire la rentabilité de son exploitation.

EBE + AUTRES PRODUITS D'EXPLOITATION (COMPTES 75, 781 ET 791)	– Autres charges d'exploitation (comptes 65 et 681)
	= Résultat d'exploitation

c) Le résultat courant avant impôt

Le résultat courant avant impôt (RCAI) permet de mesurer la rentabilité de l'exploitation en tenant compte de l'incidence des choix de financement mais avant incidence des opérations exceptionnelles et de l'impôt sur les bénéfices.

Résultat d'exploitation + Produits financiers (comptes 76, 786 et 796)	– Charges financières (comptes 66 et 686)
	= Résultat courant avant impôt

2 La capacité d'autofinancement

2.1. Définition

La capacité d'autofinancement (CAF) permet de mesurer l'aptitude de l'entreprise à générer des ressources financières en interne dans le but, d'une part, de financer ses investissements et, d'autre part, de pouvoir faire face aux remboursements des dettes financières et à la rémunération des actionnaires (dividendes).

2.2. La détermination de la capacité d'autofinancement

La CAF représente la différence entre les produits décaissables et les charges décaissables. Il existe deux manières de la calculer :
– à partir de l'EBE : **CAF = EBE + Produits encaissés (sauf comptes 775, 777 et 78) – Charges décaissables (sauf comptes 675, 775 et 68)**. C'est la méthode recommandée par le PCG ;
– à partir du résultat de l'exercice : **CAF = Résultat net comptable + Charges non décaissables (comptes 675 et 68) – Produits non encaissables (comptes 775, 777 et 78)**.

3 L'analyse de la rentabilité

3.1. La rentabilité économique

La rentabilité économique (RE) mesure la performance de l'entreprise à dégager des bénéfices par rapport à ses capitaux investis (capitaux propres et dettes financières). C'est la vision des dirigeants de l'entreprise.

Rentabilité économique = Résultat d'exploitation / Capitaux investis

3.2. La rentabilité financière

La rentabilité financière (RF) permet aux actionnaires de mesurer la capacité de l'entreprise à rémunérer de manière satisfaisante leur investissement financier. C'est la vision des apporteurs de capitaux.

Rentabilité financière = Résultat net d'impôt / Capitaux propres

3.3. L'effet de levier

L'effet de levier est une technique qui consiste à utiliser l'endettement pour investir afin d'augmenter la rentabilité et les bénéfices. Si le taux de rentabilité est supérieur au taux d'emprunt, l'effet de levier est positif.

EXEMPLE
Une entreprise décide d'investir dans un immeuble locatif et choisit comme mode de financement l'endettement plutôt que des capitaux propres en raison d'un faible taux d'intérêt. Si le montant des loyers perçus est supérieur aux mensualités de remboursement, l'effet de levier sera alors positif.

Mes notes pour réviser

MOTS CLÉS

Solde intermédiaire de gestion • Excédent brut d'exploitation • Résultat d'exploitation • Résultat courant avant impôt • Capacité d'autofinancement • Rentabilité économique • Rentabilité financière • Effet de levier

S'ENTRAÎNER AU BAC
Exercice 11 : p. 272

Savoir 12

L'analyse de la structure financière

Toute entreprise doit procéder à une analyse de sa structure financière en vue de déterminer un équilibre financier optimal qui doit permettre un développement serein de ses cycles d'exploitation, d'investissement et de financement.

1 Les cycles de l'entreprise

1.1. Le cycle d'exploitation

Le cycle d'exploitation représente l'ensemble des opérations nécessaires à la réalisation d'activités économiques et commerciales, c'est-à-dire les emplois (stocks et créances) et les ressources (dettes) d'exploitation qui ont un impact sur la trésorerie. Son cycle est assez rapide (court).

1.2. Le cycle d'investissement

Le cycle d'investissement est relatif aux opérations d'acquisitions et de ventes d'immobilisations. Contrairement au cycle d'exploitation, c'est un cycle long qui peut modifier de façon durable l'équilibre financier de l'entreprise.

1.3. Le cycle de financement

Le cycle de financement fait appel à la mobilisation de ressources financières durables (capitaux propres, emprunts, etc.) dans un double but : assurer le financement des immobilisations et faire face aux besoins courants de trésorerie.

2 Le bilan fonctionnel

2.1. Les objectifs et la structure du bilan fonctionnel

Le bilan fonctionnel sert de point de départ à une analyse des performances économiques et financières. Pour cela, le bilan comptable doit faire l'objet de quelques retraitements afin de déboucher sur un bilan dit « fonctionnel » par grandes masses, qui sera plus simple à analyser.

EXEMPLE

Soit le bilan comptable suivant :

POSTES D'ACTIF	BRUT	AMORT.	NET	POSTES DE PASSIF	NET
Immobilisations				**Capitaux propres**	
Matériel industriel	130	30	100	Capital	120
Matériel de transport	80	40	40	Réserves	25
Actif circulant				**Dettes**	
Stocks	70	10	60	Emprunts bancaires[1]	50
Créances clients	50	10	40	Dettes fournisseurs	40
Disponibilités (banque)	15		15	Dettes fiscales	20
Total de l'actif	**345**	**90**	**255**	**Total du passif**	**255**

1. Dont découvert bancaire à court terme (trésorerie du passif) : 10.

2.2. La construction du bilan fonctionnel

Les éléments de l'actif et du passif sont présentés en trois grandes masses : les éléments stables, les éléments circulants et la trésorerie.

EXEMPLE (SUITE)

Le bilan comptable peut se présenter de manière plus simple et condensée dans le bilan fonctionnel ci-dessous :

POSTES D'ACTIF *(VALEURS BRUTES)*	SOMMES	POSTES DE PASSIF	SOMMES
Emplois stables (130 + 80)	210	Ressources stables[1]	275
Emplois circulants (70 + 50)	120	Ressources circulantes (50 + 40)	90
Trésorerie de l'actif (banque)	15	Trésorerie du passif (découvert)	10
Total de l'actif	**345**	**Total du passif**	**345**

1. Il s'agit des ressources financières qui vont rester pendant plusieurs années à la disposition de l'entreprise : le capital (120) et les réserves (25), les emprunts bancaires à l'exception des découverts à court terme (50 – 10) auquel il faut ajouter les amortissements et dépréciations de l'actif (90).

3 L'analyse de la structure financière

3.1. Le fonds de roulement net global (FRNG)

Le fonds de roulement net global (FRNG) permet de déterminer si les ressources stables sont suffisantes pour financer les emplois stables (immobilisations). Il doit toujours être positif. S'il est négatif, cela signifie que les investissements sont financés par le cycle d'exploitation. L'entreprise doit réagir :
- soit en augmentant ses ressources stables (augmentation de capital, emprunts) ;
- soit en diminuant ses emplois stables (cessions d'éléments de l'actif immobilisé).

FRNG = Ressources stables – Emplois stables

EXEMPLE

Une entreprise possède des ressources stables d'un montant de 200 000 € et des emplois stables égaux à 197 000 €. Elle dégage donc un FRNG positif de : 200 000 – 197 000 = 3 000 €. Elle envisage de procéder à l'acquisition d'une nouvelle immobilisation pour 10 000 € mais souhaite payer au comptant car elle dispose d'une trésorerie de 15 000 €.
Vu que les emplois stables augmentent de : 197 000 + 10 000 = 207 000 €, mais que les ressources stables restent identiques, le nouveau FRNG sera négatif : 200 000 – 207 000 = –7 000 €. Sa trésorerie sera, quant à elle, réduite à : 15 000 – 10 000 = 5 000 €, pour faire face aux besoins de financement de son cycle d'exploitation, ce qui peut se révéler insuffisant.

3.2. Le besoin en fonds de roulement (BFR)

Le cycle d'exploitation peut dégager un besoin en fonds de roulement (BFR). En effet, les stocks ne sont pas immédiatement vendus par l'entreprise, ses clients ne paient pas toujours au comptant et ses fournisseurs lui accordent un délai de règlement. Tous ces décalages de trésorerie entraînent un besoin qui doit être le plus faible possible.

BFR = Emplois circulants – Ressources circulantes

EXEMPLE

Dans une entreprise, les stocks de marchandises sont écoulés en moyenne en 30 jours, les clients paient à 45 jours et les fournisseurs lui accordent un délai de règlement de 25 jours. Cela signifie que ses emplois circulants sont de : 30 + 45 = 75 jours, et ses ressources circulantes de 25 jours. La différence (BFR) indique un besoin de financement du cycle d'exploitation de : 75 – 25 = 50 jours. Si le BFR journalier est de 7 000 €, cela signifie que l'entreprise doit trouver : 50 jours × 7 000 € = 350 000 € pour faire face à ses besoins.

3.3. La gestion du BFR

Si le BFR est trop important, il convient de le réduire, sinon le financement du cycle d'exploitation sera menacé. Le rééquilibrage à la baisse du BFR peut être obtenu de plusieurs manières :

- par une optimisation de la gestion des stocks dans le but d'éviter le surstockage ;
- par un raccourcissement des délais de paiement accordés aux clients, par exemple en incitant un paiement comptant avec escompte financier (voir Savoir 6) ;
- par une renégociation des délais de règlement des fournisseurs, en faisant jouer la concurrence si cela est possible afin de retarder les décaissements.

→ Certaines entreprises ont parfois un BFR négatif. Cela signifie qu'elles dégagent une ressource d'exploitation, ce qui est favorable. Dans le secteur de la grande distribution, les clients paient au comptant (0 jour de crédit), les stocks sont écoulés en moyenne en 30 jours (parfois moins) et les fournisseurs sont payés à 60 jours. Cela dégage donc un BFR négatif de : (0 + 30) – 60 = – 30 jours d'exploitation.

3.4. La trésorerie nette (TN)

La trésorerie nette (TN) représente les liquidités immédiatement disponibles. C'est un indicateur comptable et financier très important pour l'entreprise qui est en lien avec le FRNG et le BFR. La TN doit bien entendu être le plus largement positive, ce qui signifie que les besoins à court terme peuvent être financés de manière autonome. Si elle est négative, l'entreprise doit se procurer des moyens de financement à court terme auprès des banques (concours bancaires courants et soldes créditeurs de banque) qui engendrent des frais financiers.

a) Le calcul de la TN

La TN est la différence entre la trésorerie de l'actif (les disponibilités en banque et en caisse) et celle du passif (les concours bancaires courants et les soldes créditeurs de banque).

Trésorerie nette = Trésorerie de l'actif – Trésorerie du passif

b) Le lien entre le FRNG, le BFR et la TN

Si le FRNG est supérieur au BFR, cela signifie que l'entreprise dispose d'un excédent de liquidités dégagé par son cycle d'exploitation.

TN = FRNG – BFR

EXEMPLE

Une entreprise réalise, dans le bilan de fin d'exercice, un FRNG de 400 000 € et un BFR de 340 000 €. Elle dégage donc une trésorerie nette positive.
TN = 400 000 (FRNG) – 340 000 (BFR) = 60 000 €

c) La gestion de la TN

Dans le cas d'une TN largement positive, il convient de ne pas laisser les sommes disponibles « dormir » en effectuant des placements financiers à court terme susceptibles de générer des produits financiers.
Si la TN est négative, l'entreprise doit recourir au financement bancaire à court terme afin de faire face à ses échéances immédiates. Le recours aux concours et découverts bancaires n'est pas forcément négatif si l'on doit faire face à une situation exceptionnelle. Toutefois, une situation de trésorerie négative qui devient chroniquement structurelle peut devenir dangereuse car elle traduit une insuffisance de financement du cycle d'exploitation.

4 Les ratios

4.1. Définition

Un ratio est un rapport jugé significatif en comparant deux valeurs du bilan. Les ratios sont très utilisés dans l'analyse de la structure financière.

4.2. Les ratios relatifs au cycle d'exploitation

Ces ratios traduisent l'impact du cycle d'exploitation sur le BFR et, par là même, d'équilibre financier. Ils sont exprimés en jours de chiffre d'affaires HT.

a) Le ratio de rotation des stocks de marchandises

Le ratio de rotation des stocks mesure le temps d'écoulement des stocks de marchandises. Il doit être le plus court possible.

Ratio de rotation = Stock moyen[1] / Coût d'achat des marchandises vendues[2]

1. (Stock initial + Stock final) / 2
2. Achats de marchandises ± Variation des stocks

b) Le ratio de la durée du crédit accordé aux clients

Le ratio de la durée du crédit accordé aux clients exprime le délai moyen de règlement de la clientèle. Il doit être le plus court possible.

Ratio du crédit clients = (Créances clients / Chiffre d'affaires TTC) × 360 jours

c) Le ratio de la durée du crédit consenti par les fournisseurs

Le ratio de la durée du crédit consenti par les fournisseurs exprime le délai moyen de règlement aux fournisseurs. Il doit être, si possible, assez élevé et supérieur au ratio de la durée du crédit accordé aux clients.

Ratio du crédit fournisseurs = (Dettes fournisseurs / Achats TTC) × 360 jours

4.3. Les ratios de structure financière

Ces ratios permettent d'analyser la situation financière de l'entreprise.

a) Le ratio d'indépendance financière

Le ratio d'indépendance financière mesure l'endettement par rapport aux capitaux propres. Il ne doit pas être supérieur à 1 car les dettes financières ne doivent pas excéder le montant des capitaux propres.

Ratio d'indépendance financière = Emprunts / Capitaux propres

b) Le ratio de capacité de remboursement

Le ratio de capacité de remboursement mesure la capacité de l'entreprise à rembourser ses dettes à l'aide de ses ressources financières internes.

Ratio de capacité de remboursement = Dettes financières / Capacité d'autofinancement (CAF)

Mes notes pour réviser

MOTS CLÉS

Cycle d'exploitation • Cycle d'investissement • Cycle de financement • Bilan fonctionnel • FRNG • BFR • Trésorerie nette • Ratio • Rotation des stocks • Crédit clients • Crédit fournisseurs • Indépendance financière • Capacité de remboursement

S'ENTRAÎNER AU BAC
Exercice 12 : p. 273

Savoir 13

Les modes de financement

Les entreprises ont à leur disposition plusieurs modes de financement, aussi bien internes qu'externes. Le choix d'un mode de financement dépend de plusieurs critères : performance et attractivité de l'entreprise, niveau d'endettement, capacité de négociation.

1 Les financements internes

1.1. L'autofinancement

a) Définition

L'autofinancement représente la capacité de l'entreprise à financer son activité et ses investissements par ses propres moyens. Il représente ce qu'il reste de la capacité d'autofinancement (voir Savoir 11) une fois effectuée la rémunération des actionnaires (dividendes).

Autofinancement = Capacité d'autofinancement (CAF) – Dividendes

b) Les avantages et les limites de l'autofinancement

AVANTAGES	LIMITES
– Aucune dette contractée – Autonomie de la prise de décision – Accroissement de l'indépendance financière et de la capacité d'endettement future	– Dépend des performances de l'entreprise à générer des flux de trésorerie. – Ne peut couvrir tous les besoins de financement de l'entreprise.

c) Autofinancement et performance de l'entreprise

Comme l'autofinancement ne permet pas à lui seul de financer tous les investissements, l'entreprise doit faire appel à d'autres sources de financement (voir ci-après). C'est pourquoi les performances passées et futures de l'entreprise seront analysées à la loupe pour l'octroi de financements externes, et l'autofinancement est un bon indicateur de la capacité à rembourser une dette.

1.2. Les apports en compte courant d'associés

Les apports en compte courant d'associés représentent des avances de fonds de la part des associés, souvent pour aider l'entreprise à faire face à une insuffisance temporaire de trésorerie. En contrepartie, les associés bénéficieront d'une rémunération sur les sommes versées. Il s'agit d'un prêt et non d'un apport en capital. Ces apports présentent des avantages et des limites :

AVANTAGES	LIMITES
– Mode de financement plus souple et rapide que l'augmentation de capital. – Le taux d'intérêt versé peut être plus facilement négocié avec les associés.	– Les sommes peuvent être remboursées à tout moment, sauf si le compte courant est bloqué sur une période déterminée. – Le taux d'intérêt est plafonné fiscalement afin d'éviter les abus.

2 Les financements externes

2.1. L'emprunt bancaire

L'emprunt bancaire est le mode de financement externe le plus courant. Il s'agit d'emprunter une partie des sommes nécessaires à l'investissement auprès d'un établissement financier qui applique un taux d'intérêt sur la somme prêtée.
Les banques sont très exigeantes quant aux garanties données sur la capacité à rembourser un prêt. C'est la raison pour laquelle la capacité de négociation de l'entreprise va grandement dépendre de la solidité de sa structure financière et de la rentabilité du projet présenté (budget prévisionnel, plan de financement, etc.).

2.2. L'augmentation de capital

L'augmentation de capital consiste à faire financer tout ou partie d'un investissement en ayant recours aux associés par le biais d'une augmentation de capital. Contrairement aux apports en compte courant d'associés, ces sommes ne sont pas remboursables et feront l'objet chaque année d'un versement de dividendes en tant que rémunération, à condition que l'entreprise réalise des bénéfices.
L'augmentation de capital évite des frais financiers, renforce les fonds propres de l'entreprise et limite son endettement.

2.3. Le financement participatif

Le financement participatif (*crowdfunding*) permet de collecter des fonds auprès du grand public par l'intermédiaire d'une plateforme Internet en dehors des circuits financiers traditionnels dans le but de financer un projet clairement identifié. Ce type de projet a souvent un caractère environnemental, associatif ou sociétal.
L'entreprise peut donc récolter des fonds auprès du grand public sous plusieurs formes : dons avec ou sans contrepartie, prêt avec ou sans intérêts, investissement en capital.

EXEMPLE
Certaines plateformes de financement participatif sont spécialisées dans les projets d'énergies renouvelables comme le solaire ou l'éolien.

2.4. Les subventions

Une subvention est une aide accordée par l'État ou les collectivités territoriales aux entreprises, soit pour les aider financièrement en cas de difficulté afin d'éviter une fermeture qui serait préjudiciable à l'emploi, soit pour contribuer à la gestion et au développement d'un projet d'investissement.

EXEMPLE
Dans un département rural, le conseil départemental peut accorder des subventions aux entreprises du secteur agricole pour les dépenses relatives aux investissements productifs, les travaux et acquisitions de matériels. Le but est d'aider les entreprises à moderniser leur outil de production et à consolider l'emploi local.

MES NOTES POUR RÉVISER

MOTS CLÉS

Autofinancement • Apport en compte courant d'associés • Emprunt bancaire • Augmentation de capital • Financement participatif • Subvention

S'ENTRAÎNER AU BAC
Exercice 13 : p. 273

Savoir 14 L'optimisation de la trésorerie

Une gestion efficace de la trésorerie est indispensable afin d'éviter deux écueils : une insuffisance de trésorerie qui pourrait conduire à un risque de défaillance et un excédent de trésorerie qui pourrait priver l'entreprise de revenus supplémentaires.

1 La gestion de la trésorerie à travers les budgets

1.1. La notion de trésorerie

La trésorerie (ou disponibilités) représente l'ensemble des ressources financières dont dispose une entreprise à un instant donné, auxquelles il faut retrancher les éventuels concours bancaires ou soldes créditeurs de banque.

EXEMPLE

Le 31/03/N, une entreprise édite les comptes de trésorerie du grand-livre afin de connaître les soldes des comptes bancaires et de la caisse. Le compte à la banque X est débiteur (solde positif) de 8 200 €, le compte à la banque Y est créditeur (découvert bancaire) de 1 200 € et l'entreprise dispose de 1 000 € en caisse. Le montant des disponibilités s'élève à donc au 31/03 à la somme de : 8 200 – 1 200 + 1 000 = 8 000 €.

1.2. La notion de budget

Un budget est un document qui récapitule les prévisions de recettes et de dépenses sur une période donnée. Les charges et les produits sont rarement payés ou encaissés au comptant. Il faut donc tenir compte des délais de règlement.

EXEMPLE

Une entreprise accorde les délais de règlement suivants à ses clients : 30 % au comptant, 30 % le mois suivant et 40 % le mois d'après. Si l'entreprise réalise un chiffre d'affaires de 100 000 € au mois de janvier, l'encaissement des ventes sera ventilé ainsi : 30 000 € en janvier, 30 000 € en février et 40 000 € en mars.

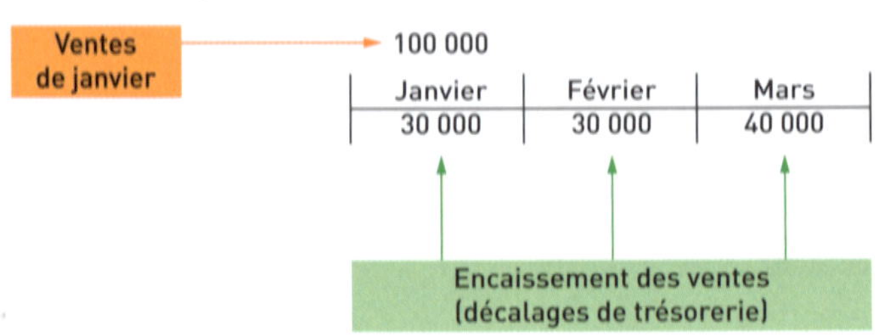

2 La pratique de l'optimisation de la trésorerie

2.1. La mise au point des différents budgets

Avant de procéder à toute optimisation de la trésorerie, il est nécessaire de connaître le montant prévisionnel de celle-ci pour les mois à venir. Pour cela, il faut élaborer différents budgets.

a) Le budget prévisionnel des encaissements
À partir des informations collectées auprès des services commerciaux et de production, on peut établir, pour les mois à venir, les prévisions des encaissements mensuels en fonction des délais de règlement accordés aux clients.

b) Le budget prévisionnel des décaissements
Les prévisions d'achats, d'investissements et charges diverses et de versement du solde de la TVA à décaisser sont rassemblées dans ce budget en tenant compte des délais de règlement accordés habituellement par les fournisseurs et l'État. Ce budget récapitule les prévisions de décaissements pour les mois à venir. Les investissements et la TVA à décaisser font l'objet de prévisions dans des budgets spécifiques avant d'être intégrés dans le budget général des décaissements.

c) Le budget prévisionnel de trésorerie
Il récapitule les informations collectées dans les budgets précédents afin de déterminer le solde prévisionnel de trésorerie dans les mois à venir. Il fait l'objet d'une réévaluation permanente, comme les autres budgets.

EXEMPLE
Un budget prévisionnel de trésorerie présente les soldes ci-dessous. On s'aperçoit d'un problème de financement à court terme dès le mois de février, qui va aboutir à une trésorerie négative au mois de mars, débouchant sur un découvert bancaire.

ÉLÉMENTS	JANVIER	FÉVRIER	MARS
Trésorerie au 01/01/N	10 000	18 000	3 000
+ Encaissements	178 000	182 000	181 000
– Décaissements	– 170 000	– 197 000	– 190 000
= Trésorerie de fin de mois	18 000	3 000	– 6 000

2.2. Les modalités d'optimisation

Lorsque les prévisions font apparaître une trésorerie négative, comme c'est le cas dans l'exemple ci-dessus au mois de mars, il faut procéder à la recherche de l'équilibre par plusieurs moyens :
– diminution du besoin en fonds de roulement (BFR) en renégociant les délais de règlement clients et fournisseurs si cela est possible ;
– apports en compte courant d'associés ou cession de titres de placement.
Dans le cas contraire (trésorerie très importante), il faut envisager des placements financiers à court terme afin qu'ils génèrent des recettes supplémentaires.

Mes notes pour réviser

MOTS CLÉS

Trésorerie • Budget • Prévision • Délai de règlement • Encaissement • Décaissement • Solde prévisionnel de trésorerie

S'ENTRAÎNER AU BAC

Exercice 14 : p. 273

Savoir 15 L'affectation du résultat

En fin d'exercice, les dirigeants doivent élaborer un projet de répartition du résultat en arbitrant entre deux objectifs contradictoires : rémunérer les actionnaires investisseurs (dividendes) ou préserver la capacité d'autofinancement de l'entreprise (réserves).

1 Le cadre légal de la répartition du résultat

1.1. Les règles à respecter

Dans un délai de six mois à compter de la clôture de l'exercice, l'assemblée générale ordinaire des associés (ou actionnaires) doit être convoquée afin d'approuver les comptes clôturés et le projet de répartition du résultat.

1.2. L'affectation des pertes

Si le résultat dégagé est une perte, il est en général affecté dans un compte de report à nouveau (RAN) débiteur afin de reporter la perte sur les exercices suivants. Cette dernière sera soldée dès que l'entreprise dégagera un bénéfice.

EXEMPLE

Une société a réalisé en N une perte de 5 000 €. Cette dernière est affectée dans un compte de report à nouveau débiteur. L'écriture est la suivante :

		31/12/N		
119		Report à nouveau débiteur	5 000	
	129	Résultat de l'exercice – Perte		5 000
		Affectation de la perte		

1.3. L'affectation des bénéfices et la politique d'arbitrage

L'affectation des bénéfices est soumise à un certain nombre de contraintes légales et techniques (voir ci-après). Mais le principal problème se situe au niveau de l'arbitrage : comment rémunérer de manière satisfaisante les investisseurs (distribution de dividendes) sans compromettre les capacités financières futures en matière d'investissement (autofinancement) ?

2 Les contraintes liées à la répartition des bénéfices

2.1. Les contraintes légales liées au bénéfice distribuable

L'entreprise doit dégager un bénéfice distribuable dont les règles de calcul sont fixées par la loi.

a) La détermination du bénéfice net après imputation des pertes antérieures

Il est nécessaire d'imputer sur le bénéfice les éventuelles pertes antérieures.

Bénéfice net comptable	Solde du compte 120
– RAN débiteur de N-1	Compte 119 (perte antérieure reportée)
= Bénéfice net après imputation des pertes antérieures	

b) La détermination du bénéfice distribuable

Le bénéfice distribuable doit tenir compte des contraintes ci-dessous.

Bénéfice net après imputation des pertes antérieures	
– Dotation à la réserve légale	La loi oblige d'affecter chaque année 5 % du bénéfice dans une réserve légale (compte 1061). Cette obligation cesse lorsque le montant de la réserve légale atteint 10 % du capital social.
– Dotation à la réserve statutaire	Affectation en réserve prévue dans les statuts (compte 1063)
+ RAN créditeur de N-1	Report des bénéfices antérieurs non distribués (compte 110)
= Bénéfice distribuable	

EXEMPLE

Une société ayant réalisé un bénéfice de 20 000 € doit déterminer son bénéfice distribuable en sachant que 5 % de ce bénéfice doit être affecté à la réserve légale, que 300 € sont affectés chaque année en réserve statutaire et qu'il existe un report à nouveau débiteur antérieur de 2 000 € (perte) et un report à nouveau créditeur antérieur de 500 €.

Bénéfice net comptable	20 000	
– RAN débiteur N-1	–2 000	Perte antérieure
= Bénéfice net après imputation	18 000	
– Dotation réserve légale	– 900	18 000 × 5 %
– Dotation réserve statutaire	– 300	
+ RAN créditeur de N-1	500	
= Bénéfice distribuable	17 300	

2.2. La répartition du bénéfice distribuable

L'existence d'un bénéfice distribuable permet de rémunérer les actionnaires en distribuant des dividendes. L'assemblée générale des actionnaires peut décider d'une affectation d'une partie de ce bénéfice distribuable dans un compte de réserve facultative.

Bénéfice distribuable	
– Dotation réserve facultative	Compte 1068. Permet d'augmenter l'autofinancement.
– Dividendes	Compte 457. Il s'agit du montant à verser aux actionnaires proportionnellement à leurs apports dans le capital.
= Report à nouveau créditeur	Compte 110. Fraction du bénéfice non distribuée et reportée sur l'exercice suivant.

Mes notes pour réviser

MOTS CLÉS

Perte • Bénéfice • Bénéfice distribuable • Dividende

S'ENTRAÎNER AU BAC
Exercice 15 : p. 273

Savoir
16 Les coûts complets

Un coût est une somme de charges. Le système des coûts complets permet de dégager la rentabilité individuelle de chaque produit.

1 Les charges directes et indirectes

1.1. Les charges directes

Une charge directe peut être affectée à un seul produit (matières premières, frais de transport des matières premières, main-d'œuvre de production).

EXEMPLE
Si le coût de l'heure du personnel de production est de 20 €, un produit nécessitant 2 heures de main-d'œuvre engendre des charges directes de : 20 × 2 = 40 €.

1.2. Les charges indirectes

Une charge indirecte est une charge commune à plusieurs produits (amortissement des outils de production, dépenses énergétiques, services extérieurs, etc.).
Il est nécessaire de répartir les charges indirectes dans un tableau de répartition afin de pouvoir les affecter à un produit et à un niveau de coût. Ce tableau contient deux catégories de centre d'analyse (division comptable).

CENTRES AUXILIAIRES	Ils concernent l'organisation générale (exemple : la maintenance) et sont affectés dans les centres principaux.
CENTRES PRINCIPAUX	Ils regroupent les charges indirectes avant leur imputation au coût des produits.

a) La répartition primaire
Les charges indirectes sont, dans un premier temps, réparties dans tous les centres auxiliaires et principaux à l'aide de clés de répartition.

EXEMPLE
Les charges de maintenance peuvent être réparties au prorata du volume de production de chaque atelier ou du volume des heures travaillées.

b) La répartition secondaire et le calcul du coût des unités d'œuvre
Une fois les centres auxiliaires affectés dans les centres principaux, il est nécessaire de procéder à la détermination du coût de chaque unité d'œuvre (u/o) (unité de mesure de l'activité du centre) pour chaque centre.

EXEMPLE
Le coût de chaque unité d'œuvre (u/o) pour chaque centre d'analyse d'une entreprise de production est calculé en fonction de l'activité principale de chaque centre :

ÉLÉMENTS	CENTRES D'ANALYSE PRINCIPAUX		
	APPROVISIONNEMENT	PRODUCTION	DISTRIBUTION
Charges indirectes	1 000	8 000	2 000
Nature des u/o	1 kg acheté	1 produit fabriqué	1 produit vendu

ÉLÉMENTS	CENTRES D'ANALYSE PRINCIPAUX		
	APPROVISIONNEMENT	PRODUCTION	DISTRIBUTION
Nombre d'u/o	500 (kg)	1 000 (produits)	800 (produits)
Coût de l'u/o	2 €	8 €	2,50 €

2 Le calcul des coûts complets

2.1. Le coût d'achat

Le coût d'achat est composé des charges directes et indirectes d'achat.

EXEMPLE
Les achats de matières premières sont de 500 kg à 10 € le kg, soit 5 000 € (charge directe) et les charges indirectes d'approvisionnement (voir tableau de répartition page précédente) sont égales à : 500 kg (ou u/o) × 2 € (coût de l'u/o) = 1 000 €.
Le coût d'achat est donc égal à : 5 000 + 1 000 = 6 000 € (soit 12 € le kg).

2.2. Le coût de production

Le coût de production est composé du coût d'achat augmenté des charges directes et indirectes de production.

EXEMPLE (SUITE)
Les charges directes de production sont constituées de 2 heures de main-d'œuvre à 20 € par produit fabriqué, soit un coût direct de production égal à : 2 × 20 € × 1 000 produits = 40 000 €. Le coût indirect de production est de 8 € par produit, soit : 8 × 1 000 produits = 8 000 €.
Coût de production : 40 000 + 8 000 = 48 000 € (soit 48 € par produit fabriqué)

2.3. Le coût de revient

Le coût de revient est composé du coût de production augmenté des charges directes et indirectes hors production (essentiellement les charges liées à la vente).

EXEMPLE (SUITE)
Sur les 1 000 produits fabriqués, seuls 800 ont été vendus, le reste a été stocké. Les charges directes de distribution (commissions des vendeurs) sont égales à 1 € par produit vendu, soit : 1 € × 800 produits vendus = 800 €. Les charges indirectes de distribution sont de 2,50 € par produit vendu, soit : 2,50 € × 800 = 2 000 €.
Coût de revient total = Coût de production des produits vendus (800 produits × 48 € = 38 400 €) + Coûts direct et indirect hors production (800 + 2 000 = 2 800 €) = 41 200 €
Coût de revient unitaire : 41 200 / 800 produits vendus = 51,50 €

2.4. Intérêts et limites de la méthode

a) Intérêts

Le coût complet permet de fixer un prix de vente en fonction du coût de revient et d'établir des devis. Il contribue également à la décision de choix stratégique d'abandonner un produit estimé peu rentable.

b) Limites

L'affectation des charges indirectes dans les centres d'analyse est souvent très approximative car le choix des clés de répartition est arbitraire (un changement de nature de l'unité d'œuvre peut modifier la répartition des coûts). Enfin, l'impact des variations d'activité sur les coûts n'est pas pris en compte (voir Savoir 17).

Mes notes pour réviser

MOTS CLÉS

Charge directe • Charge indirecte • Centre d'analyse • Unité d'œuvre • Coût d'achat • Coût de production • Coût de revient

S'ENTRAÎNER AU BAC

Exercice 16 : p. 274

Savoir 17

Le coût partiel, le coût spécifique, le coût marginal

Ces systèmes de calcul de coûts permettent d'aborder une autre approche : celle de la rentabilité globale compte tenu du fait que certaines charges sont considérées comme fixes, c'est-à-dire indépendantes du niveau d'activité.

1 La méthode des coûts partiels

1.1. La distinction entre charges variables et fixes

a) Les charges variables (ou opérationnelles)

Les charges variables (CV) varient en fonction du chiffre d'affaires ou du volume de production de l'entreprise de manière proportionnelle.

EXEMPLE

S'il faut 10 kg de matière à 4 € le kg pour un produit fabriqué, le coût variable unitaire est donc égal à : 10 × 4 = 40 €. Si l'on fabrique 1 000 produits, le coût variable total est égal à : 1 000 × 40 = 40 000 €.

b) Les charges fixes (ou de structure)

Les charges fixes (CF) sont indépendantes du chiffre d'affaires ou du volume de production.

EXEMPLE

Le montant des dotations aux amortissements de l'outil de production s'élève à 50 000 €. Il reste inchangé quel que soit le niveau d'activité des ateliers.

1.2. La détermination de la marge sur coût variable

La marge sur coût variable (MCV) représente la différence entre le chiffre d'affaires (CA) et le montant des charges variables (CV). On l'exprime très souvent en pourcentage du CA (taux de marge sur coût variable, TMCV).

EXEMPLE

Le chiffre d'affaires d'une entreprise est égal à 300 000 € et le montant des charges variables à 240 000 €.
Marge sur coût variable : 300 000 – 240 000 = 60 000 €
Taux de marge sur coût variable (TMCV) en % : 60 000 / 300 000 × 100 = 20 %

1.3. La détermination du seuil de rentabilité

a) Définition

Le seuil de rentabilité (SR) est le niveau de chiffre d'affaires à partir duquel l'entreprise commence à faire des bénéfices (le résultat est égal à 0). On l'appelle également « point mort » ou « chiffre d'affaires critique ».

b) Calcul

Seuil de rentabilité = Charges fixes / Taux de marge sur coût variable

EXEMPLE (SUITE)
Le chiffre d'affaires est égal à 300 000 € et le taux de marge sur coût variable à 20 %, soit 0,20. Si le montant des charges fixes est égal à 30 000 €, le seuil de rentabilité (SR) sera de : 30 000 / 0,20 = 150 000 €.
Cela signifie qu'il faut réaliser un CA de 150 000 € pour commencer à faire des bénéfices.

c) Représentation graphique
La représentation graphique du seuil de rentabilité se construit à partir de l'équilibre suivant :

Marge sur coût variable (MCV) = Charges fixes (CF) pour un résultat égal à 0

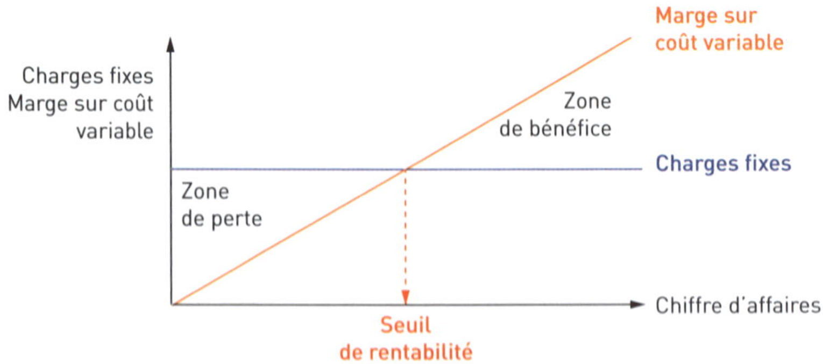

1.4. Intérêts et limites de la méthode des coûts partiels

a) Intérêts
La méthode des coûts partiels permet de fixer un prix de vente minimum afin de dégager une MCV positive et de chiffrer l'incidence d'une commande supplémentaire sur la rentabilité. Elle se projette également dans le temps en vue d'effectuer des prévisions.

b) Limites
Les charges fixes peuvent augmenter brutalement en cas de dépassement des capacités de production. De plus, cette méthode ne s'intéresse qu'à la manière dont la MCV permet de couvrir ou non les charges fixes globales. Or, certaines charges fixes peuvent être imputées directement à un produit, ce qui permet de dégager par produit une MCV dite « spécifique ».

2 La méthode des coûts spécifiques

2.1. Principe

La méthode des coûts spécifiques prolonge naturellement celle des coûts partiels en permettant d'imputer à chaque produit les charges fixes directes ou spécifiques qui le concernent à l'aide d'une clé de répartition ou d'un pourcentage.

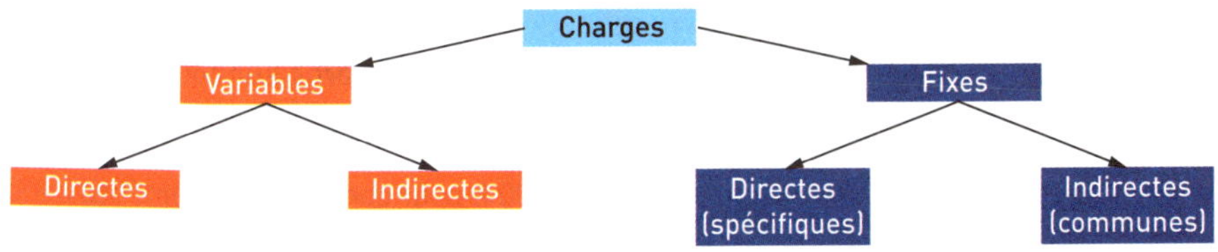

2.2. La détermination de la marge sur coût spécifique (MCS) par produit

La marge sur coût spécifique par produit se détermine de la façon suivante :

Marge sur coût spécifique (MCS) = Marge sur coût variable – Charges fixes directes ou spécifiques

EXEMPLE

Une entreprise fabrique deux produits A et B. La répartition des coûts est la suivante :

ÉLÉMENTS	TOTAL	PRODUIT A	PRODUIT B
Chiffre d'affaires	470 000	250 000	220 000
– CV directes	– 285 000	– 135 000	– 150 000
– CV indirectes	– 50 000	– 30 000	– 20 000
= Marge sur CV	**135 000**	**85 000**	**50 000**
– CF directes	– 105 000	– 40 000	– 65 000
= Marge sur CS	**30 000**	**45 000**	**– 15 000**
– CF indirectes[1]	– 20 000		
= Résultat	**10 000**		

1. Charges fixes communes aux deux produits, donc difficilement répartissables de manière satisfaisante.

Les remarques peuvent être regroupées dans le tableau suivant :

ÉLÉMENTS	PRODUIT A	PRODUIT B	REMARQUES
MCV	Positive	Positive	Chaque MCV est positive.
MCS	Positive	Négative	La MCS sur B est négative.

La MCS sur le produit B est négative, ce qui signifie que la MCV de ce produit est insuffisante pour couvrir les charges fixes directes ou spécifiques.

2.3. Les actions à entreprendre en cas de MCS négative

On peut conseiller à l'entreprise :

– d'arrêter la commercialisation du produit, ce qui peut parfois être difficile à réaliser (réorganisation de la chaîne de production, de l'activité du personnel, de la nécessité de préserver l'image de marque) et aussi du fait que le produit déficitaire contribue à absorber les charges fixes indirectes, ce qui peut fragiliser les autres produits bénéficiaires ;

– de procéder si possible à une modification de la structure des charges du produit déficitaire (économie de charges par une meilleure réorganisation, voire augmentation du prix de vente si le marché le permet).

2.4. Intérêt de la méthode

Le principal intérêt de la méthode des coûts spécifiques réside dans le fait qu'elle permet de fixer à chaque responsable de produit des objectifs de résultat à atteindre sur chaque marge sur coût spécifique.

3 La méthode du coût marginal

3.1. Principe

Le coût marginal est la variation du coût total en fonction de l'augmentation ou de la diminution du niveau d'activité. Il permet de répondre aux questions suivantes :
– Est-il rentable d'augmenter ou de diminuer le volume des ventes ?
– Peut-on accepter une commande supplémentaire ?

3.2. La détermination du coût marginal

Le coût marginal représente la différence entre le coût total pour *x* unités et celui pour *x + 1* unités.

EXEMPLE

Une entreprise fabrique des produits en série de 100 unités. Pour le mois de janvier, la production est prévue pour s'arrêter à 3 000 produits mais une commande supplémentaire entraîne la mise en route de la série n° 31 pour 100 produits en plus. Les coûts sont résumés dans le tableau ci-dessous :

SÉRIE	NOMBRE PAR SÉRIE	CUMUL DES QUANTITÉS (N)	CHARGES VARIABLES (A)	CHARGES FIXES (B)	COÛT TOTAL (A) + (B)	COÛT UNITAIRE $\frac{(A)+(B)}{N}$	COÛT MARGINAL PAR SÉRIE[1]	COÛT MARGINAL POUR 1 PRODUIT[2]
N° 28	100	2 800	140 000	50 000	190 000	67,86	–	–
N° 29	100	2 900	145 000	50 000	195 000	67,24	5 000	50
N° 30	**100**	**3 000**	**150 000**	**50 000**	**200 000**	**66,67**	**5 000**	**50**
N° 31	100	3 100	157 000	55 000	212 000	68,39	12 000	120

1. Coût total série *n* – Coût total série *n-1* (exemple : 200 000 – 195 000 = 5 000 €)
2. Coût marginal par série / Nombre par série (exemple : 12 000 / 100 = 120 €)

La production ayant dépassé le seuil technique de 3 000 unités, cela a entraîné une augmentation des charges variables (paiement des salaires en heures supplémentaires) et des charges fixes (nouveaux investissements).

3.3. L'utilisation de la méthode du coût marginal

La méthode du coût marginal est surtout utilisée lors de la prise de décision d'accepter ou non une nouvelle commande.

EXEMPLE (SUITE)
Les lots de 100 produits sont habituellement vendus au prix de 130 € l'unité. Le client souhaite obtenir un prix de 115 € par produit commandé. L'entreprise doit refuser ce prix et demander au minimum 120 € afin d'éviter de produire à perte.

3.4. Intérêt de la méthode du coût marginal

L'augmentation des quantités produites entraîne une diminution du coût unitaire de fabrication (phénomène dit « des économies d'échelle »). La méthode du coût marginal permet notamment de connaître le niveau de production supplémentaire qui entraîne une hausse du coût unitaire par l'accroissement des charges variables et fixes.

EXEMPLE (SUITE)
Le coût unitaire baisse régulièrement jusqu'à 3 000 unités produites. Il augmente au-delà de ce seuil en raison de l'augmentation plus rapide des charges variables (heures supplémentaires) et des charges fixes (investissements).

MES NOTES POUR RÉVISER

MOTS CLÉS

Charge fixe • Charge variable • Marge sur coût variable • Seuil de rentabilité • Coût spécifique • Marge sur coût spécifique • Coût marginal

S'ENTRAÎNER AU BAC
Exercice 17 : p. 274

Exercice 1 voir Fiche 1

Le système d'information comptable (SIC)

La société New 2100, créée il y a 3 ans, est spécialisée dans l'implantation de panneaux solaires et d'éoliennes. Elle emploie 10 salariés :
- le gérant, qui assure lui-même la relation avec la clientèle ;
- un comptable, qui exécute l'ensemble des tâches administratives et financières ;
- un ingénieur de production ;
- 4 techniciens en photovoltaïque et 3 en éolien.

Équipée d'un réseau informatique, l'entreprise a récemment décidé d'utiliser un PGI et le gérant a mis en place un certain nombre d'informations qui ont permis d'adapter le PGI à ses besoins (noms et fonctions des utilisateurs, journaux utilisés, plan de comptes).

1. Définissez le SIC à l'aide d'une phrase simple.

2. Donnez quelques exemples concrets de documents comptables qui participent au SIC.

3. Quels sont les moyens matériels du SIC ?

FAIT ☐ REVU ☐

Exercice 2 voir Fiche 2

Les progiciels de gestion intégrés (PGI)

La société New 2100 (exercice précédent) utilisait jusqu'à présent un progiciel comptable pour ses différents enregistrements. Elle a décidé de se doter d'un PGI afin d'utiliser un véritable module commercial en liaison avec les commandes de ses clients et un module comptable qui permet de récupérer directement les données du service commercial. Les deux modules précédents sont reliés aux modules production (panneaux solaires, éoliennes), gestion du personnel et gestion des immobilisations.

1. Expliquez pourquoi l'utilisation du PGI va permettre à l'entreprise d'être plus performante.

2. Citez les utilisateurs du PGI en précisant, pour chacun d'eux, le ou les modules auxquels ils ont accès.

FAIT ☐ REVU ☐

Exercice 3 voir Fiche 3

La sécurité des traitements comptables

Dans la société New 2100 (exercices précédents), le gérant s'occupe lui-même de la facturation des ventes aux clients à l'aide du module commercial du PGI.

1. Précisez la manière selon laquelle la sécurité de l'utilisation du PGI est assurée.

2. Indiquez les fonctionnalités nouvelles apportées par l'utilisation du PGI en matière comptable.

FAIT ☐ REVU ☐

Exercice 4 voir Fiche 4

La tenue des comptes

La société Les Chalets des Alpes fabrique deux catégories de maisons en bois : des chalets en bois en kit et des chalets en bois montés. Les ventes de chalets sont enregistrées au crédit du compte « 701 Ventes de chalets ». Le dirigeant souhaite, d'une part, connaître la répartition de son chiffre d'affaires entre les deux catégories de chalets et, d'autre part, comprendre pourquoi le compte « 512 Banque » enregistre les entrées de fonds au débit alors qu'elles figurent au crédit sur le relevé bancaire expédié par la banque.

1. Proposez une subdivision du compte 701.

2. Répondez à la deuxième interrogation du dirigeant.

FAIT ☐ REVU ☐

Exercice 5 voir Fiche 5

L'articulation des documents comptables

La société Lemercier est spécialisée dans la vente en gros d'appareils électroniques. Ses clients sont uniquement des centrales d'achat et elle s'approvisionne auprès d'un nombre restreint de fournisseurs (notamment Sony, Panasonic et Samsung).

Les créances clients sont enregistrées au débit du compte 411 et les dettes fournisseurs au crédit du compte 401. Chaque mois, un état de rapprochement bancaire est effectué pour connaître le solde exact de la trésorerie.

1. Quelle adaptation du plan comptable la société peut-elle mettre en place pour faciliter le suivi des créances et des dettes en procédant au lettrage des comptes ?

2. Expliquez le rôle de l'état de rapprochement.

FAIT ☐ REVU ☐

Exercice 6 voir Fiche 6

Le processus d'achat/vente

La société Martial fabrique des vélos de compétition. Le 27/04, elle a envoyé la facture suivante à son client Cycles Tourmalet :

MARTIAL FACTURE N° 428	DOIT : CYCLES TOURMALET LE 27/04/N
Vélos « Cols terribles » 10 unités – Remise commerciale de 10 %	8 000 – 800
= Net commercial + Frais de livraison + TVA à 20 %	7 200 400 1 520
= **Net à payer TTC** avant le 15/05/N	**9 120**

1. Précisez le rôle de la société Martial dans le mécanisme de la TVA.

2. Enregistrez la facture n° 428 dans le journal des ventes de la société Martial.

3. Le 3 mai, le client Cycles Tourmalet fait savoir à la société Martial qu'un vélo a été endommagé lors du transport et qu'il va le lui retourner. Quel document la société Martial doit-elle établir à son client ?

FAIT ☐ REVU ☐

Exercice 7 voir Fiche 7

Le processus d'investissement

La société Hercly fabrique des pièces en sous-traitance pour l'industrie automobile. Elle a procédé à l'acquisition d'un nouveau robot permettant de mieux contrôler la qualité des pièces qui sortent des chaînes de fabrication.

ROBOTIK FRANCE Facture n° 129	DOIT : HERCLY Le 16/10/N
Robot de contrôle AZ65 + Frais d'installation + Frais de livraison + TVA à 20 %	28 000 1 500 500 6 000
= **Net à payer TTC** avant le 30/10/N	**36 000**

Elle a décidé d'amortir ce robot au prorata du nombre prévisionnel de pièces contrôlées :

N	N+1	N+2	N+3	N+4	TOTAL
20 000	70 000	80 000	70 000	60 000	**300 000**

Ce robot remplace l'ancien, acheté pour 40 000 € et entièrement amorti à la date de remplacement. Il a été cédé pour 6 000 € TTC (dont TVA incluse : 1 000 €) le 16/10/N.

1. Calculez le coût d'acquisition du nouveau robot au 16/10/N.

2. Calculez et enregistrez la dotation du nouveau robot au 31/12/N.

3. Enregistrez les écritures de cession de l'ancien robot et de sa sortie de l'actif au 16/10/N.

FAIT ☐ REVU ☐

Exercice 8 voir Fiche 8

L'inventaire et les principes comptables

Le magasin Ski 3000, installé dans une station de ski des Alpes, commercialise des articles pour les activités d'hiver uniquement. Le montant des stocks non écoulés en fin de période hivernale s'élève à 8 000 €. Le gérant du magasin souhaite procéder à une dépréciation d'au moins 20 % sur les articles restants en raison du phénomène de mode.

De plus, à la clôture de la saison (le 30/04/N), qui correspond à la fin de l'exercice comptable, le magasin a reçu des marchandises en retard de la part d'un fournisseur. Le gérant souhaite néanmoins les conserver en raison de leur qualité. Le fournisseur expédiera sa facture vers le 15 mai.

1. Identifiez et expliquez le principe comptable justifiant l'enregistrement d'une dépréciation sur les stocks.

2. Renseignez le gérant sur la marche à suivre au sujet des marchandises reçues sans facture et précisez le principe comptable qui s'applique.

FAIT ☐ REVU ☐

Exercice 9 voir Fiche 9

La régularisation des stocks, des charges et des produits

La société Juraplus est spécialisée dans la fabrication et la pose de menuiseries extérieures en bois. Le gérant a réalisé l'inventaire physique des différents stocks au 31/12/N.

COMPTE	INTITULÉ DU COMPTE	SOLDE AU 01/01/N	SOLDE AU 31/12/N
310100	Stock de chêne	13 000	7 000
355300	Stock de menuiserie	9 000	10 000

Le comptable doit enregistrer les écritures relatives aux stocks, c'est-à-dire procéder à l'annulation des stocks initiaux et à la création des stocks finaux.

De plus, au 31/12/N, il faut procéder à la régularisation de la facture de la prime d'assurance, qui va du 01/07/N au 30/06/N+1, d'un montant de 900 €.

1. Justifiez les numéros de comptes utilisés pour le stock de chêne et celui de menuiserie.

2. Précisez l'objectif des écritures relatives aux stocks que doit enregistrer le comptable.

3. Présentez l'écriture de régularisation de la prime d'assurance au 31/12/N.

FAIT ☐ REVU ☐

Exercice 10 voir Fiche 10

La dépréciation des actifs

Au 31/12/N, l'entreprise Mallard a un client douteux : le solde du compte « 411120 Client Albert » est égal à 527,50 € TTC (TVA à 5,50 % incluse), soit 500 € HT. L'an dernier, une dépréciation de 10 % avait été constatée sur le montant HT, soit 50 €. On estime que, cette année, le montant de la dépréciation doit être porté à 40 % du montant HT.

1. Expliquez pourquoi la dépréciation se calcule sur le montant HT de la créance.

2. Quel est le montant de la dépréciation à constater au 31/12/N au débit du compte 6817 ?

FAIT ☐ REVU ☐

Exercice 11 voir Fiche 11

La mesure de la performance

La société Dulac fabrique des moteurs électriques. Pour conquérir le marché, elle a procédé à de fortes baisses de prix. Les chiffres issus du compte de résultat sont assez éloquents sur l'évolution au cours des trois dernières années :

SOLDES INTERMÉDIAIRES DE GESTION (SIG)	N	N+3
Chiffre d'affaires HT (CA)	977 000	1 750 000
Valeur ajoutée	526 600	895 100
Excédent brut d'exploitation (EBE)	368 600	516 900
Résultat d'exploitation	120 550	189 330
Résultat courant avant IS	98 550	182 250
Résultat net (RN)	90 150	145 890
Capacité d'autofinancement (CAF)	190 220	468 040

Les taux de profitabilité sont les suivants :

TAUX DE PROFITABILITÉ	N	N+3
EBE/CA	40 %	28 %
RN/CA	10 %	8 %
CAF/CA	37 %	25 %

1. Qu'apporte le calcul de la CAF à la prise de décision ?

2. En dépit de la forte progression des SIG, la situation financière de la société s'est-elle réellement améliorée ?

FAIT ☐ REVU ☐

Exercice 12 voir Fiche 12

L'analyse de la structure financière

La société Nancy est spécialisée dans la production de pièces détachées en sous-traitance pour l'industrie automobile. En N+1, a eu lieu un important programme d'investissement. Le comptable a déterminé les valeurs suivantes pour les années N et N+1 :

ÉLÉMENTS	N	N+1
FRNG	388 000	311 500
BFR	356 000	415 200
Trésorerie nette	32 000	- 103 700
Ratio d'indépendance financière	0,88	1,22

1. Commentez l'évolution des chiffres entre N et N+1.

2. Comment pouvez-vous expliquer cette évolution ?

FAIT ☐ REVU ☐

Exercice 13 voir Fiche 13

Les modes de financement

Une jeune créatrice d'entreprise vient de créer avec une amie une société qui a pour objet la création et la vente d'accessoires de mode (sacs, bijoux…). Pour faciliter leurs livraisons et certains de leurs achats, elles ont décidé d'acquérir une camionnette pour 15 000 € HT (TVA 20 %).

1. Présentez trois différentes solutions de financement qui s'offrent à l'entreprise en précisant les avantages et les inconvénients de chacune de ces options compte tenu de sa petite structure.

2. Expliquez pourquoi le financement de cette acquisition sera analysé sur le montant HT.

FAIT ☐ REVU ☐

Exercice 14 voir Fiche 14

L'optimisation de la trésorerie

La société Lemercier fabrique une large gamme de produits biologiques. Elle envisage de fusionner avec un petit producteur local, ce qui la conduirait à financer des investissements par autofinancement. Avec la fusion, les nouvelles modalités de règlement seraient les suivantes : les clients régleraient en moyenne à 45 jours et les fournisseurs seraient réglés au bout de 30 jours. À court terme, la société craint des difficultés de trésorerie. La direction a demandé au comptable un budget prévisionnel de trésorerie sur les 6 prochains mois :

MOIS	JANVIER	FÉVRIER	MARS
Trésorerie	14 500	-3 400	-5 800
MOIS	**AVRIL**	**MAI**	**JUIN**
Trésorerie	- 14 200	-5 700	1 800

1. Commentez l'évolution de la trésorerie.

2. Proposez des solutions afin d'anticiper les problèmes de trésorerie.

FAIT ☐ REVU ☐

Exercice 15 voir Fiche 15

L'affectation du résultat

La société Cindy, au capital de 5 000 000 €, fabrique des chaussures haut de gamme pour les sportifs. Depuis quelques années, elle a maintenu un outil de production performant en réalisant des investissements réguliers. Les actionnaires ont fait l'effort de renoncer à leurs dividendes pendant plusieurs années afin de soutenir cet effort de modernisation. Le projet d'affectation du résultat pour l'exercice N est le suivant (bénéfice : 300 000 €) :
- réserve légale : 15 000 € ;
- autres réserves : 110 000 € ;
- dividendes : 175 000 €.

1. Le montant affecté à la réserve légale est-il conforme à la réglementation ?

2. L'affectation du bénéfice est-elle cohérente avec les objectifs des dirigeants de l'entreprise ?

FAIT ☐ REVU ☐

Exercice 16 voir Fiche 16

Les coûts complets

Une entreprise fabrique des parpaings (blocs) pour le bâtiment dont la production est largement automatisée.

Les charges directes sont les suivantes pour 600 unités :
- ciment : 100 kg à 1,25 € le kg ;
- sable et gravier : 900 kg à 1,37 € le kg ;
- main-d'œuvre : 2 heures à 40 € de l'heure.

Les charges indirectes sont composées du centre fabrication (nombre de parpaings fabriqués), qui va consommer 600 unités d'œuvre à 1 € l'unité.

1. Calculez le coût de revient d'un parpaing.

2. Indiquez quelle autre unité d'œuvre il serait possible de choisir pour le centre fabrication.

FAIT ☐ REVU ☐

Exercice 17 voir Fiche 17

Le coût partiel, le coût spécifique, le coût marginal

La société Dulex vend des luminaires et autres accessoires électriques. Afin de diversifier son activité, elle a décidé de se lancer dans une nouvelle activité : la réalisation d'interventions de dépannage à domicile. Il est prévu de réaliser 150 interventions par mois à 60 € HT l'unité.

Le compte de résultat mensuel par variabilité correspondant à l'étude prévisionnelle est le suivant :

ÉLÉMENTS	QUANTITÉ	PRIX	MONTANT	%
Chiffre d'affaires	150	60	9 000	100 %
Charges variables	150	18	2 700	30 %
Marge sur coût variable	150	42	6 300	70 %
Charges fixes			4 400	
Résultat	150	12,67	1 900	21,11 %

1. Déterminez le seuil de rentabilité mensuel de la nouvelle activité.

2. Déduisez-en le nombre minimum d'interventions à réaliser pour rentabiliser cette nouvelle activité.

FAIT ☐ REVU ☐

Corrigés

Exercice 1 voir Fiche 1

Le système d'information comptable (SIC)

1. Le SIC représente l'ensemble des informations de nature comptable au sein d'une entreprise.

2. Les factures, les relevés bancaires, les fiches de paie et les déclarations fiscales et sociales sont des documents comptables qui participent au SIC.

3. Le réseau informatique et le PGI sont les moyens matériels du SIC.

Exercice 2 voir Fiche 2

Les progiciels de gestion intégrés (PGI)

1. Trois arguments principaux expliquent l'intérêt du PGI sur la performance de l'entreprise : un gain de temps en évitant la double saisie, l'enrichissement de la base de données commune à chaque fois qu'un salarié dépose une information, la rapidité de la diffusion d'une donnée modifiée auprès des salariés concernés.

2. Le gérant a accès à l'ensemble des modules du fait de son statut de dirigeant. Le comptable a accès aux modules comptabilité, gestion du personnel et gestion des immobilisations. L'ingénieur de production et éventuellement les techniciens ont accès au module production.

Exercice 3 voir Fiche 3

La sécurité des traitements comptables

1. La sécurité est assurée par la mise en place de comptes d'utilisateurs avec identifiant et mot de passe et l'attribution de droits d'accès aux utilisateurs en fonction de leurs missions.

2. Les écritures comptables sont générées automatiquement lors de la validation de la facture de vente par le module commercial. Le comptable a surtout un rôle de contrôle.

Exercice 4 voir Fiche 4

La tenue des comptes

1. Afin de connaître la répartition du chiffre d'affaires entre les deux catégories de chalets, il est nécessaire de subdiviser le compte 701 en « 701100 Ventes de chalets en kit » et « 701200 Ventes de chalets montés ».

2. Les fonds déposés sur un compte bancaire représentent un actif (emploi) pour l'entreprise. Ils doivent donc figurer au débit.

Exercice 5 voir Fiche 5

L'articulation des documents comptables

1. Pour assurer un meilleur suivi de ces comptes, il faut identifier chaque client et fournisseur par un compte auxiliaire (ex. : 401PANA pour le fournisseur Panasonic). Seules les factures et les règlements de ce fournisseur seront enregistrés dans ce compte et faciliteront le suivi de la dette.

2. L'état de rapprochement est un outil de contrôle de l'information financière puisqu'il permet de comparer les montants du compte « 512 Banque » avec ceux du relevé de compte expédié par la banque. Cela permet de vérifier, après pointage, les opérations non encore enregistrées par l'entreprise ou la banque, de corriger les erreurs et de contrôler l'exactitude des deux comptes.

Exercice 6 voir Fiche 6

Le processus d'achat/vente

1. La société Martial collecte la TVA sur les ventes effectuées auprès de ses clients pour le compte de l'État. En fin de mois, elle reverse cette TVA à l'État sous déduction de la TVA qu'elle-même a payée à ses fournisseurs sur ses achats.

2. Enregistrement de la facture n° 428 dans le journal des ventes de la société Martial le 27/04/N :

N° COMPTE	INTITULÉ	DÉBIT	CRÉDIT
411	Clients	9 120	
701	Ventes de vélos		7 200

N° COMPTE	INTITULÉ	DÉBIT	CRÉDIT
7085	Port facturé		400
44571	TVA collectée		1 520

3. La société Martial doit établir une facture d'avoir à son client qui viendra en déduction des prochains règlements de sa part.

Exercice 7 voir Fiche 7

Le processus d'investissement

1. Coût d'acquisition du nouveau robot le 16/10/N :
28 000 + 1 500 + 500 = 30 000

2. Dotation du nouveau robot :
30 000 × 20 000 / 300 000 = 2 000 €

Écriture de dotation aux amortissements au 31/12/N :

N° COMPTE	INTITULÉ	DÉBIT	CRÉDIT
6811	Dotation aux amortissements	2 000	
28154	Amort. mat. industriel		2 000

3. Écriture de cession de l'ancien robot au 16/10/N :

N° COMPTE	INTITULÉ	DÉBIT	CRÉDIT
462	Créances s/cessions d'immob.	6 000	
775	Produits des cessions d'actif		5 000
44571	TVA collectée		1 000

Écriture de sortie de l'actif de l'ancien robot totalement amorti au 16/10/N :

N° COMPTE	INTITULÉ	DÉBIT	CRÉDIT
28154	Amortissements matériel ind.	40 000	
2154	Matériel industriel		40 000

Exercice 8 voir Fiche 8

L'inventaire et les principes comptables

1. Le principe de prudence s'applique car la comptabilité doit être établie sur la base d'appréciations prudentes pour éviter le risque de transferts sur les années à venir d'incertitudes susceptibles d'affecter le patrimoine et le résultat de l'entreprise (ici, une moins-value latente).

2. Du fait que les marchandises sont présentes physiquement dans les stocks à la clôture de l'exercice, le gérant doit constater leur existence à l'aide d'une écriture constatant une charge à payer. Cela répond au principe d'indépendance des exercices.

Exercice 9 voir Fiche 9

La régularisation des stocks, des charges et des produits

1. Le chêne est une matière première, il est enregistré dans un compte 31. Les menuiseries sont des produits finis enregistrés dans un compte 35.

2. Les écritures ont pour objectif de mettre à jour les stocks (annuler le stock initial et créer le stock final).

3. La prime d'assurance a été payée d'avance pour les 6 mois de l'exercice suivant (du 01/01/N+1 au 30/06/N) :

N° COMPTE	INTITULÉ	DÉBIT	CRÉDIT
486	CCA (900 / 2)	450	
616	Primes d'assurance		450

Exercice 10 voir Fiche 10

La dépréciation des actifs

1. La dépréciation se calcule sur le montant HT car la TVA n'appartient pas à l'entreprise.

2. L'an dernier, une dépréciation de 10 % avait été constatée, soit : 500 × 10 % = 50 €. Cette année, il faut porter la dépréciation à 40 %, soit : 500 × 40 % = 200 €. Il faut donc augmenter la dépréciation de la différence, soit : 200 – 50 = 150 €.

Exercice 11 voir Fiche 11

La mesure de la performance

1. La CAF représente le surplus monétaire dégagé par l'activité au cours d'un exercice. Elle représente une ressource potentielle de financement de l'entreprise.

2. La forte augmentation des SIG en 3 ans traduit en fait une baisse importante des taux de profitabilité. Les fortes baisses sur le prix de vente des moteurs électriques peuvent expliquer cette dégradation.

Exercice 12 voir Fiche 12

L'analyse de la structure financière

1. Le FRNG a baissé entre N et N+1 mais reste largement positif. Par contre, le BFR (financement cyclique de l'exploitation) a augmenté, ce qui a entraîné une trésorerie nette négative (recours au financement bancaire à court terme). Quant au ratio d'indépendance financière, il est supérieur à 1, ce qui signifie que les dettes financières excèdent le montant des capitaux propres.

2. Le financement des investissements explique cette dégradation. Ces derniers ont été insuffisamment financés par des capitaux stables et par un recours trop important au crédit fournisseurs ou bancaire à court terme.

Exercice 13 voir Fiche 13

Les modes de financement

1. L'autofinancement a un coût nul mais il est difficile pour une jeune entreprise d'en avoir les moyens. L'augmentation de capital permet de faire appel à des capitaux externes mais il existe un risque de perte du pouvoir par les créateurs. L'emprunt bancaire nécessite un apport peu élevé mais entraîne une perte d'indépendance financière.

2. La TVA n'est pas une charge pour l'entreprise car l'État la rembourse lors de la déclaration de TVA (en déduction de la TVA collectée). L'investissement correspond au montant HT qui est seul à devoir être financé.

Exercice 14 voir Fiche 14

L'optimisation de la trésorerie

1. Le budget prévisionnel indique un déficit de trésorerie de février à mai, puis le solde deviendrait positif en juin. Ceci sera occasionné par les investissements financés à l'aide de l'autofinancement et des délais clients plus longs que les délais fournisseurs.

2. Il faudrait financer les investissements soit par un emprunt, soit par une augmentation de capital, et réduire les délais clients, qui sont trop longs par rapport aux délais fournisseurs.

Exercice 15 voir Fiche 15

L'affectation du résultat

1. La dotation à la réserve légale est égale à 5 % du bénéfice, soit : 300 000 × 5 % = 15 000 €. Elle ne dépasse pas en cumul le plafond de 10 % du capital social.

2. Les dividendes permettent de rémunérer le risque pris par les actionnaires. Pendant plusieurs années, ces derniers ont renoncé aux dividendes pour autofinancer les investissements. Ils doivent maintenant faire l'objet d'une rémunération.

Exercice 16 voir Fiche 16

Les coûts complets

1. Charges directes : (100 × 1,25) + (900 × 1,37) + (2 × 40) = 1 438 €
Charges indirectes : 600 × 1 = 600 €
Coût de revient total : 1 438 + 600 = 2 038 €
Coût de revient unitaire : 2 038 / 600 = 3,40 €
2. On peut envisager de choisir le nombre d'heures de main-d'œuvre ou d'heures-machine.

Exercice 17 voir Fiche 17

Le coût partiel, le coût spécifique, le coût marginal

1. SR = Charges fixes / Taux de marge sur coût variable
SR = 4 400 / 0,70 (70 %) = 6 286 € par mois
2. Nombre minimum d'interventions à réaliser
= SR / Prix de facturation d'une intervention
= 6 286 / 60 = 104,76 soit 105 interventions

Savoir 1

Système d'information & système informatique

Le système d'information prend en charge, par le biais du système informatique, les informations nécessaires à la réalisation des activités de l'organisation.

1 La notion de système informatique

Le système informatique représente l'ensemble des ressources matérielles et logicielles d'une organisation.

2 La notion de système d'information

Le système d'information correspond à l'ensemble organisé de ressources (des matériels, des logiciels, du personnel, des données, des procédures) permettant de :
• fournir aux acteurs internes et externes à l'organisation les informations utiles à la prise de décision.
• accompagner l'organisation dans ses activités et dans ses transformations organisationnelles induites par l'innovation technologique (nouveaux processus, transformation de la chaîne de valeur, évolutions des métiers).

2.1 Histoire du système d'information

Système d'information et système informatique sont 2 notions bien distinctes. La notion de système d'information a toujours existé.

Exemple

On est en 1950 dans une entreprise qui fabrique et vend des boulons. Elle gère toutes sortes de données comme des clients, des fournisseurs, des salariés, des produits, des commandes, des factures etc... sur des supports "papier". On a donc bien un système d'information sans système informatique.

Cependant, avec l'avènement de l'informatique, le système d'information s'appuie désormais sur le système informatique pour réaliser ses fonctions. Le système informatique n'est qu'un support du système d'information.

2.2 Fonctions du du système d'information

Le système d'information assure 4 fonctions :
✓ L'acquisition des informations (collecte d'information en entrée)
✓ Le traitement des informations (transformation des informations collectées en données utiles)
✓ Le stockage des informations (conservation durable des données à des fins de réutilisation)
✓ La diffusion des informations (fourniture des données stockées dans différents formats : texte, image, vidéo, son...).

2.3 Dimensions du système d'information

Le système d'information pour être abordé sous différentes dimensions :

✓ informationnelle : les informations collectées et traités par le système d'information permettant de coordonner les processus de l'organisation.

✓ technique : les différents éléments techniques matériels, logiciels et d'interconnexion permettant de mettre en œuvre les fonctionnalités du SI.

✓ organisationnelle : les procédures (modes opératoires) mises en œuvre au travers du système d'information pour réaliser les activités de l'organisation et coordonnées par l'information.

2.4 Niveau du système d'information

Le système d'information peut être abordé au niveau :

✓ Organisationnel : périmètre du système d'information couvrant les acteurs d'une organisation

✓ Inter-organisationnel : périmètre du système d'information intégrant plusieurs organisations aux activités communes (filiales, partenaires économiques)

✓ Extra-organisationnel : périmètre du système d'information incluant toutes les parties prenantes de son environnement (clients, fournisseurs, services étatiques).

2.5 Décomposition en systèmes d'information fonctionnels

Le système d'information peut être décomposé en plusieurs systèmes d'information fonctionnels en fonction des services de l'organisation : commercial, comptable, de production, des ressources humaines (gestion commerciale et marketing, gestion de la production, gestion comptable et financière ou encore gestion des ressources humaines). Chaque système d'information fonctionnel soutient et optimise les activités de chaque fonction de l'organisation.

EXEMPLE

Analyse des comportements clients pour la fonction commerciale, gestion prévelionnelle des emplois et des compétences pour la fonction ressources humaines, historiques des prix fournisseurs pour la fonction achat...

3 Objectifs du système d'information

Le système d'information vise deux objectifs :

✓ opérationnel, par son soutien aux activités quotidiennes de l'organisation

✓ stratégique, par sa capacité à fournir des informations de qualité aux décideurs.

EXEMPLE

Dans un processus de facturation, le partage des informations entre les différents services (commercial, marketing, comptabilité...) permet de limiter les erreurs, la redondance des informations, d'optimiser le suivi des paiements.

Mes notes pour réviser

MOTS CLÉS

Système d'information • système informatique • ressources • fonctionnalités d'acquisition • de traitement • de stockage et de diffusion • dimensions informationnelle • technique et organisationnelle • niveaux organisationnel • inter- organisationnel et extra- organisationnel du système d'information • objectifs opérationnel et stratégique

S'ENTRAÎNER AU BAC
Exercice 1 : p. 320

Savoir 2

Processus de gestion

Au niveau organisationnel, les procédures (modes opératoires) sont mises en œuvre par des processus de gestion

1 Définition

Un processus de gestion est un ensemble d'activités, coordonné par l'information, consommant des ressources :
- humaines,
- matérielles,
- logicielles,
- informationnelles,
- procédurières

et produisant un résultat (bien ou service) dont la finalité est la satisfaction d'un besoin client, déclencheur du processus.

2 Modélisation

La modélisation des processus consiste en une représentation schématique des différents éléments (flux d'informations, activités, acteurs...) qui les constituent afin de comprendre le fonctionnement de l'organisation. On parle de schéma Évènement-Résultat.

2.1 Acteurs

Dans un processus, on qualifie d'acteur :
- une personne identifiée par son rôle (ex. : sa fonction, sa responsabilité) dans le processus,
- un service, une machine (ex. : robot intervenant dans la réalisation d'une ou plusieurs activités du processus)
- une autre organisation.

Vis-à-vis du processus étudié, l'acteur est soit :
- **interne** et réalise des activités créatrices ou transformatrices d'information, ou
- **externe** (client, assureur, banque, administration fiscale, transporteur), uniquement récepteur ou émetteur d'informations.

2.2 Tâches & Activités

Une activité est un traitement effectué lors du processus. Il se compose d'une ou plusieurs tâches réalisées sans interruption dans un même but et par un seul acteur.

2.3 Évènement

Un événement est la survenance d'un flux d'informations. Il peut être :
- déclencheur ou résultat d'une activité.
- temporel (arrivée à une date d'échéance par exemple)
- provenir d'acteurs internes ou externes.

2.4 Règles d'émission

Les activités peuvent générer différents résultats dont les conditions d'émission sont précisés par des règles d'émission.

2.5 Synchronisation

Dans le cas ou plusieurs évènements déclenchent une activité, ils peuvent être synchronisés au moyen d'opérateurs ET/OU et combinés à l'aide de parenthèses.

3 Formalisme

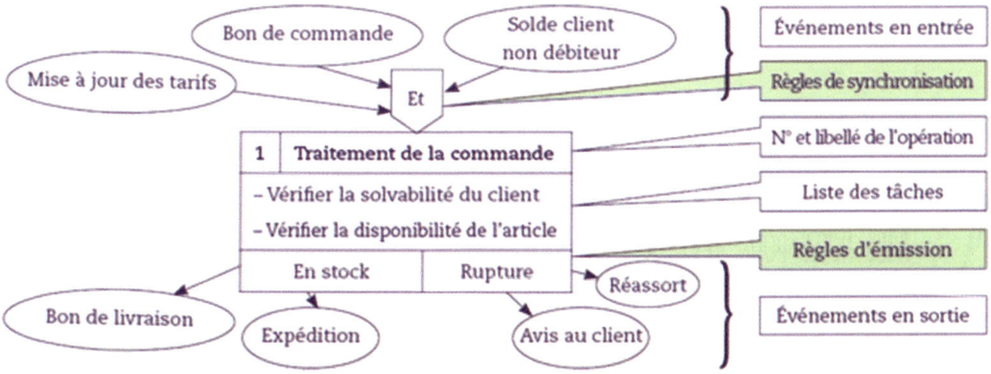

3 Formalisme au niveau organisationnel

Afin d'obtenir une vision globale de l'exécution et de l'enchaînement des différentes tâches à des fins de diagnostic et d'amélioration des processus, le schéma Évènement-Résultat peut être modélisé au niveau organisationnel. A ce niveau, il est complété par des colonnes propres à chaque acteur.

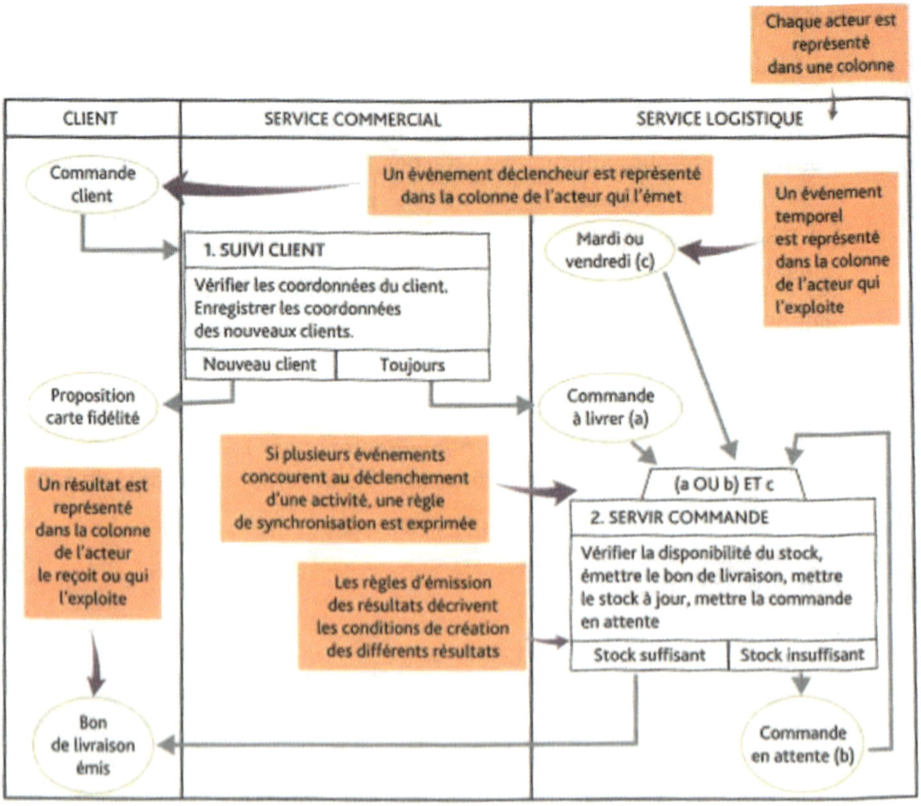

Mes notes pour réviser

MOTS CLÉS

Processus de gestion • schéma évènement-résultat • activité • tâche • acteur • évènement • synchronisation • règle d'émission.

....

....

....

....

....

....

....

S'ENTRAÎNER AU BAC
Exercice 4 : p. 321

Savoir 3

Budget du système d'information

Le système d'information par son soutien aux opérations de l'organisation est une charge financière pour l'organisation à laquelle il faut allouer des ressources par le biais d'un budget. La performance du système d'information est alors mesurée par des tableaux de bord opérationnels. En cas de dépenses trop importantes, le système d'information peut partiellement ou en totalité faire l'objet d'une externalisation.

1 Budget

Un budget est un document présentant les recettes et les dépenses prévisionnelles d'une fonction de l'organisation. Son élaboration permet de :
• Prévoir les ressources pour une période donnée et s'assurer qu'elles seront disponibles
• Contrôler que les dépenses n'excéderont pas les prévisions
En matière de système d'information (SI), un budget de SI prévoit donc les recettes et dépenses des services rendus par le SI. L'utilisation du budget peut être contrôlée par des tableaux de bord.

2 Tableaux de bord

Un tableau de bord est un outil de suivi des activités de l'organisation composé de mesures quantitatives appelés indicateurs.
La composition d'un tableau de bord est libre et adaptée selon les besoins d'information de l'organisation. Les critères de choix des indicateurs dépendent des objectifs de l'organisation.
Les indicateurs d'un tableau de bord montrent ainsi la performance de l'organisation en mesurant l'atteinte ou non de ses objectifs. A destination des dirigeants, ils constituent une aide à la prise de décision puisque la non-atteinte des objectifs donne lieu à une recherche des causes et la mise en place d'actions correctives.

En matière de système d'information (SI), un tableau de bord de SI pourra contenir des indicateurs relatifs :

• à l'exploitation de l'infrastructure informatique (nombre de postes de travail, de serveurs, état du parc, charge, disponibilité...),
• aux incidents techniques (nombre de pannes, délai de résolution ..)
• à l'avancement des projets de SI (jours de retard, dépassement de budget...)
• à la qualité de service rendu auprès des utilisateurs (sondage de satisfaction).
Un tableau de bord opérationnel permet de suivre la réalisation des opérations quotidiennes du SI et de déterminer si le système d'information satisfait les besoins de l'organisation.

3 L'externalisation du système d'information

Avec les évolutions technologiques et la nécessité de maîtriser toutes les compétences et ressources informatiques requises pour faire fonctionner le système d'information, les organisations peuvent confier sa gestion à une société spécialisée. On parle d'infogérance ou d'externalisation du système d'information. Cette démarche consiste à faire réaliser par un prestataire externe (une ESN – Entreprise de Services Numériques) des tâches ou une activité que l'entreprise ne souhaite pas (ou plus) effectuer en interne.

L'infogérance peut être partielle ou totale. Elle peut porter sur les infrastructures et/ou les applications et/ou les fonctions de l'organisation.

Dans certains cas, l'externalisation peut être réaliser sous forme de délocalisation à l'étranger généralement dans un pays où le coût de la main d'œuvre est plus faible. On parle d'externalisation offshore.

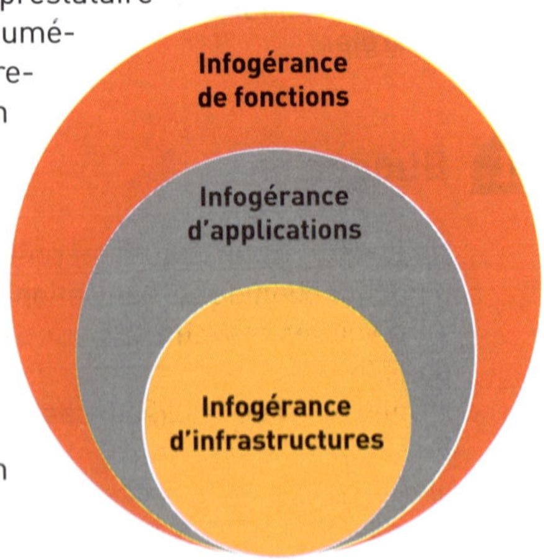

3.1 Apports de l'externalisation

- Accès à des compétences non détenues dans l'entreprise
- Réduction des coûts, la prestation étant moins onéreuse qu'une réalisation en interne
- Maîtrise des couts car prévus et budgétés
- Recentrage sur le cœur de métier et sur des activités davantage créatrices de valeur

3.2 Limites de l'externalisation

- Perte de savoir-faire
- Dépendance vis-à-vis du prestataire
- Nécessité de suivi du prestataire
- Non-adéquation des services rendus par le prestataire face aux besoins de l'organisation
- Perte de confidentialité, de qualité
- Défaillance du prestataire

Mes notes pour réviser

MOTS CLÉS

Budget • tableaux de bord • indicateurs • critères • tableau de bord opérationnel • infogérance • externalisation • offshore • ESN

....

....

Savoir 4

Gestion de projet de système d'information

L'environnement d'une organisation, en constante évolution, nécessite que son système d'information s'y adapte en permanence. Aussi, les entreprises doivent-elles mettre en place des projets permettant à la fois de faire évoluer leur système d'information et leur organisation interne. La réalisation de ces projets, impactant un certain nombre de processus métier, nécessite d'être piloter, planifier et contrôler.

SIG

1 Définition

Un projet est un ensemble d'activités coordonnées, entrepris dans le but d'atteindre un objectif, comportant une date de début et de fin et respectant des contraintes de délais, coûts et de qualité.

Un projet de système d'information modifie le comportement du système d'information et inclut toujours une composante technologique. Cela peut-être un :

Projet d'amélioration de l'existant	Retouche, évolution de logiciel
Projet de développement	Ajout d'une nouvelle fonctionnalité au SI
Projet d'intégration	Création d'interfaces de communication entre les applications
Projet de migration	Changement de système d'exploitation ou de système applicatif

EXEMPLE

L'entreprise BioTech, spécialisée dans les aérosols biologiques, décide de faire évoluer son SI dont la plupart des logiciels sont obsolètes et ne répondent plus aux contraintes de fabrication et aux nouvelles normes en vigueur. Elle envisage un projet de SI visant à mettre en place un PGI (Progiciel de Gestion Intégré) dans un objectif de refonte de son système d'information.

Un projet répond toujours à un besoin d'évolution de l'organisation qui impacte le système d'information aux niveaux :

- Organisationnels : processus
- Technologiques : applications, infrastructures
- Humaines : modification des tâches métier, des compétences, des profils de postes

Le résultat d'un projet correspond ainsi à un produit technique faisant évoluer les processus métier.

2 Acteurs

L'organisation d'un projet repose sur 2 entités distinctes mais pouvant appartenir à la même entreprise

– la maîtrise d'ouvrage (MOA), qui est le client du projet ;
– la maîtrise d'œuvre (MOE), qui est le fournisseur du projet.

Chaque entité se compose d'une équipe projet gérée par un chef de projet. L'ensemble de ces acteurs participent en coopération au déroulement du projet.

- La MOA représente les personnes qui décident de faire réaliser le projet, en assurent le financement et qui, à terme, utiliseront le résultat du projet.

• La MOE représente les personnes en charge de la réalisation du projet dans le temps imparti.
Parfois, l'entreprise peut faire appel à une MOE externe pour différentes raisons (économiques, manque de compétence, manque de temps).

EXEMPLE
L'entreprise BioTech, n'ayant ni le temps, ni les compétences pour réaliser le projet d'installation du nouveau PGI fait appel à l'ESN (Entreprise de Services Numériques) ToutInfo afin qu'elle réalise le projet.
BioTech sera le maître d'ouvrage du projet PGI et ToutInfo son maître d'œuvre.

Dans le cas d'une MOE interne, c'est la DSI (Direction des Systèmes d'Information), habituellement en charge du fonctionnement du système d'information, qui est maître d'œuvre.

3 Phases

Un projet se décline en trois phases constituées chacune de différentes étapes :

3.1 L'avant-projet

Cette phase est conduite par la MOA, qui étudie le projet pour s'assurer que sa mise en œuvre est pertinente. Le terme de cette phase est marqué par la rédaction du cahier des charges précisant les attentes du projet.

3.2 La réalisation du projet

Menée par la MOE, sous le contrôle de la MOA, cette phase correspond à la réalisation effective de l'ouvrage. Elle commence par la réception du cahier des charges et se clôture par la livraison du résultat du projet.

3.3 L'après-projet

Cette phase correspond à la mise en production de l'ouvrage et de son déploiement. Elle est conduite conjointement par la MOE et la MOA.

EXEMPLE
L'entreprise BioTech, a fourni à ToutInfo le cahier des charges de son projet PGI. Celui-ci précise les différentes étapes de mise en œuvre du nouvel outil (sélection du PGI, installation, paramétrage, migration des données, tests de vérification).

Certains projets peuvent faire l'objet de jalons qui symbolisent le passage d'une étape à une autre après validation par l'équipe en charge du projet

4 Planification & Suivi

La planification d'un projet consiste à prévoir les tâches qui le composent et à y associer des ressources qui peuvent être :
• Financières (budget du projet de SI)
• Matérielles (locaux, ordinateurs...) et immatérielles (logiciels, méthodes de travail...)
• Humaines (compétences et temps de travail des intervenants)

Une tâche correspond à une charge de travail. Sa durée dépend des ressources affectées et s'exprime en jour-homme. Cette unité correspond à la charge de travail accomplie par un homme en une journée.

EXEMPLE :
Une tâche nécessitant 4 jours-homme peut être réalisée :
- En 4 jours avec 1 seul homme
- En 2 jours avec 2 hommes
- En 1 jour avec 4 hommes

Certaines tâches, sans antériorité les unes envers les autres et ne nécessitant pas les mêmes ressources, pourront être menées en parallèle dans le cadre d'une synchronisation.

La planification va ainsi permettre de :
- définir l'enchaînement des tâches nécessaire pour mener le projet à son terme.
- mettre en évidence les contraintes d'antériorité entre les tâches (certaines tâches doivent s'exécuter avant d'autres) et de disponibilité des ressources (affectation des hommes et du matériel aux différentes tâches...).
- dresser le chemin critique du projet c'est à dire l'enchaînement des tâches dites critiques c'est à dire ne souffrant d'aucun retard sous peine de retarder l'achèvement du projet.
- déterminer les marges (le retard possible), les dates de début et de fin de chaque tâche.
- calculer la durée du projet et sa date de fin.

4.1 Le diagramme de Gantt : outil de suivi d'un-projet

Il existe différents outils de suivi de projet. L'un d'entre eux, le diagramme de Gantt (inventé par l'ingénieur éponyme) est un tableau affichant l'enchainement des tâches à réaliser avec leur durée.

EXEMPLE
L'ESN ToutInfo a élaboré la liste des tâches du projet d'installation d'une PGI de l'entreprise BioTech.

TÂCHE	DURÉE	TÂCHES ANTÉRIEURES
T1 – Sélection du PGI	3 jours	
T2 – Installation et paramétrage	4 jours	
T3 – Migration des données	4 jours	T1 et T2
T4 – Test et recette du PGI	2 jour	T3
Durée totale	**13 jours**	

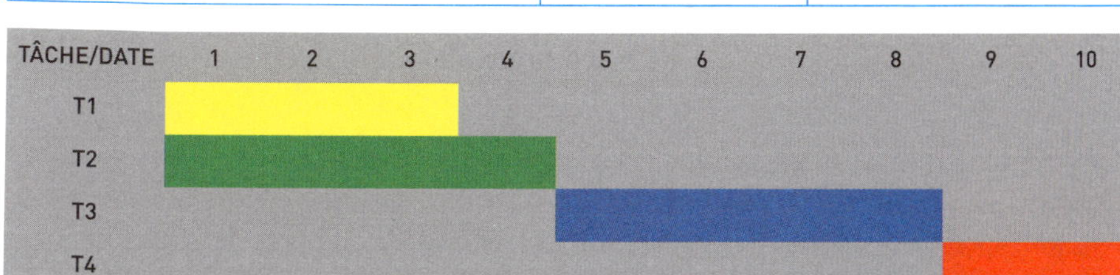

5 Contraintes

Un projet doit respecter 3 contraintes difficilement compatibles entre elles :

- Une contrainte de délai : à partir de son démarrage à la date de début, la durée d'un projet ne doit pas aller au-delà de sa date de fin.
- Une contrainte de coût : les dépenses d'un projet ne doivent pas dépasser les ressources financières allouées par le budget dédié au projet.
- Une contrainte de qualité : la qualité d'un projet correspond à sa conformité par rapport aux attentes définies au départ du projet. Ces attentes sont précisées dans un cahier des charges.

La problématique de ces contraintes sont qu'elles s'opposent mutuellement. Si le délai d'un projet augmente, cela aura un impact positif sur sa qualité (meilleure conformité aux attentes) mais aussi un impact négatif sur son coût (hausse des dépenses). A l'inverse, si le budget d'un projet est limité cela aura un impact négatif sur le délai de réalisation (durée raccourcie) et par conséquent sur sa qualité.

6 Pilotage & contrôle

Le pilotage d'un projet désigne l'ensemble des actions permettant d'organiser le déroulement d'un projet, en tenant compte des contraintes de délai, de coût et de qualité.

Le contrôle d'un projet consiste à surveiller son déroulement et s'assurer du respect des délais, du budget et de la qualité.

Pilotage et contrôle sont réalisés par les chefs de projet des maîtrises d'œuvre et d'ouvrage au moyen de tableaux de bord dont les indicateurs informent sur l'avancement du projet (étapes réalisées, jalons validés) et les ressources consommées. Les écarts constatés entre les éléments prévus et la réalité sont ainsi mis en évidence et peuvent alors faire l'objet d'ajustements afin de les corriger.

Une fois réalisé par la maîtrise d'œuvre, le projet fait l'objet de tests d'acceptation par la maîtrise d'ouvrage nommée recette. La recette d'un projet est donc une tâche finale, matérialisée par un procès-verbal, qui vérifie la conformité du résultat du projet aux attentes du cahier des charges.

Mes notes pour réviser

MOTS CLÉS

Projet de système d'information • phase • étape • jalon • recette • pilotage • contrôle • tâches • jour-homme • maîtrise d'œuvre • maîtrise d'ouvrage • délai • coût • qualité • cahier des charges • chemin critique • coopération • synchronisation.

....

....

Savoir 5

Les données du SI

Les données du SI sont issues d'une multitude de sources internes et externes. Afin d'aiguiller leur stratégie, les organisations cherchent désormais à exploiter leurs données. Cela a généré l'émergence de nouveaux métiers : les métiers de la donnée.

1 Caractéristiques des données du SI

On dit qu'une information est de qualité quand elle est :
- Actuelle : récente et à jour.
- Pertinente : utile à l'utilisateur.
- Exacte : non déformée car fidèle à la réalité.
- Exhaustive : complète au regard du besoin de l'utilisateur.
- Accessible : disponible au moment voulu, récupérable facilement au bon endroit, exploitable dans un délai raisonnable, licite (usage permis par le droit).

Les données du SI sont centralisées dans une ou plusieurs bases de données, elles-mêmes situées sur des serveurs informatiques. Les données sont ainsi accessibles à tous les utilisateurs de l'entreprise selon leurs droits d'accès.

2 Sources des données du SI

Les données du SI proviennent de différentes sources internes et externes :
- Du SI lui-même : des données sont produites à partir des données existantes.
- Du SI des partenaires de l'organisation : fichiers reçus des partenaires de l'organisation (clients, fournisseurs)
- De l'internet : les données collectées par les capteurs des objets connectés (montre, téléphone portable, réfrigérateur, véhicule...)
- Des entreprises : des données ouvertes sont mises à disposition sur le Web (Open Data).
- Des réseaux sociaux : des données émises par les internautes

3 Données massives – Big Data

Les données massives sont caractérisées par :
- Un très grand **volume** de donnée produites et qui ne cesse de croître
- Une **variété** des sources (internes, externes) et de formats (texte, image, audio, vidéo)
- Une **vitesse** de production, de collecte et de partage

Ces données massives peuvent être :
- ✓ **structurées** : issues de bases de données et facilement exploitables.
- ✓ **semi-structurées** : issues de fichier de partage (ex : fichiers XML, CSS, JSON...).
- ✓ **non structurées** : issues le plus souvent des réseaux sociaux (images, vidéos, commentaires).

EXEMPLE

Données structurées issues d'une base de données

Interne	Produits	Clients	Relations	Fournisseurs	Privilèges	Employés	Commandes

	ID	Société	Nom	Prénom	Adresse de messagerie	Fonction
⊞	1	Fournisseur A	Andersen	Elizabeth A.		Directeur commercial
⊞	2	Fournisseur B	Weiler	Cornelia		Directeur commercial
⊞	3	Fournisseur C	Koch	Madeleine		Représentant commerci
⊞	4	Fournisseur D	Sato	Naoki		Responsable marketing
⊞	5	Fournisseur E	Hernandez-Ech	Amaya		Directeur commercial
⊞	6	Fournisseur F	Hayakawa	Satomi		Assistant marketing
⊞	7	Fournisseur G	Gutierrez	Pedro		Responsable marketing
⊞	8	Fournisseur H	Dunton	Bryn Paul		Représentant commerci
⊞	9	Fournisseur I	Sandberg	Mikael		Directeur commercial
⊞	10	Fournisseur J	Sousa	Luis		Directeur commercial
*	(Nouv.)					

EXEMPLE

Données semi-structurées issues d'un fichier de partage XML à balises

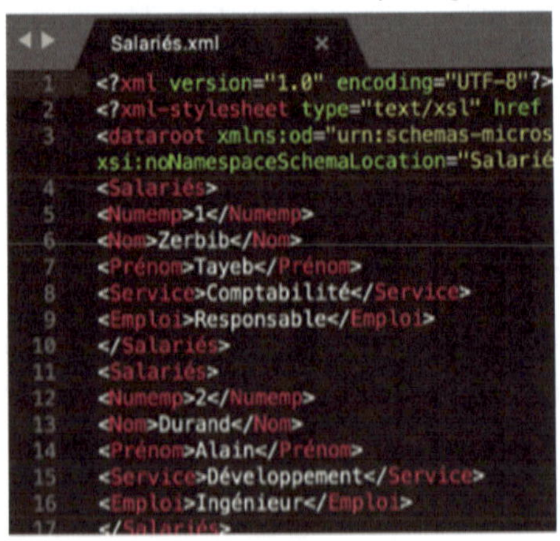

```
Salariés.xml
<?xml version="1.0" encoding="UTF-8"?>
<?xml-stylesheet type="text/xsl" href
<dataroot xmlns:od="urn:schemas-micros
xsi:noNamespaceSchemaLocation="Salarié
<Salariés>
<Numemp>1</Numemp>
<Nom>Zerbib</Nom>
<Prénom>Tayeb</Prénom>
<Service>Comptabilité</Service>
<Emploi>Responsable</Emploi>
</Salariés>
<Salariés>
<Numemp>2</Numemp>
<Nom>Durand</Nom>
<Prénom>Alain</Prénom>
<Service>Développement</Service>
<Emploi>Ingénieur</Emploi>
</Salariés>
```

EXEMPLE

Données non-structurées issues d'un réseau social

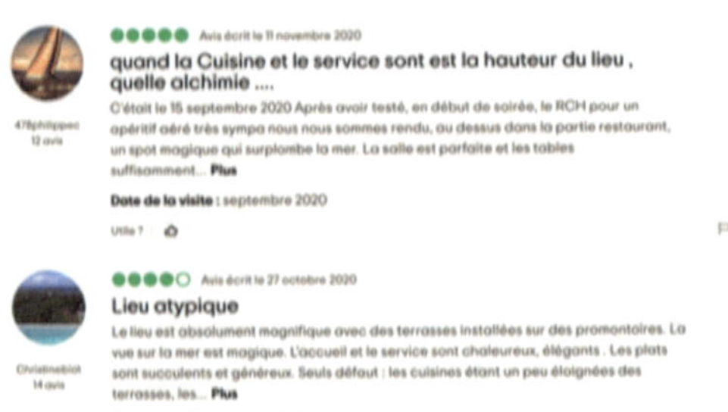

Stockées dans des «lacs de données» (Data Lake), **ces données brutes ne créent pas de valeur par elles-mêmes** c'est pourquoi elles doivent analysées afin de devenir des données créatrices de valeur et donc susceptibles d'améliorer les performances de l'organisation. On distingue différents types d'analyses :

- **Descriptives** : capables de fournir un compte rendu par le biais de calculs statistiques, des éclaircissements sur ce qui s'est déjà produit.

• **Diagnostiques** : capables de déterminer les causes d'une situation
• **Prescriptives** : capables de déterminer la meilleure solution entre plusieurs actions
• **Prédictives** : capables d'effectuer des projections futures basées sur des données existante (par exemple : anticiper les comportements des consommateurs)
A ces analyses peuvent être complétées du forage de données (Data Mining) qui consiste à rechercher des relations entre des données structurées (Comportement des acheteurs, caractéristiques des produits, historisation de la production...)
Pour terminer, l'intelligence artificielle (Algorithmes informatiques capables d'imiter l'intelligence humaine aussi appelé Machine Learning) permet, par le biais de simulations sur les données non structurées de mieux éclairer les dirigeants d'organisation sur certaines situations et ainsi faciliter leur prise de décision.

4 Nouveaux métiers en rapport avec les données du SI

Pour gérer les données du SI et notamment le volume de données que constituent les données massives sont apparus de nouveaux dis métiers «de la donnée» comme :
• Le **directeur des données** (Chief Data Officer – CDO) dont le rôle est de recueillir et d'analyser l'ensemble des données du SI pour en extraire les plus pertinentes pour la la stratégie de l'entreprise. Il s'assure que les informations recueillies en interne comme en externe sont fiables, cohérentes entre elles et permettent un traitement permettant des décisions adaptées.
• Au service du marketing, le **DataScientist** valorise l'ensemble des données client pour en faire un levier de création de valeur pour l'entreprise. Il analyse des masses de données hétérogènes, éventuellement non structurées, pour en extraire de la connaissance utile à l'optimisation des offres et services de l'entreprise.

Mes notes pour réviser

MOTS CLÉS

Données de qualité • centralisées • structurées • non structurées • massives (Big Data) • ouvertes (Opne Data) • lacs de données • droit d'accès • analyses descriptives • diagnostiques • prescriptives • descriptives • Directeur des données • DataScientist

....

....

....

....

S'ENTRAÎNER AU BAC
Exercice 6 : p. 321

Savoir 6

Structuration des données

Aujourd'hui, la majorité des échanges d'une organisation avec son environnement se caractérise par la circulation d'informations sous forme de documents liés à l'activité économique (Factures de fournisseurs, bons de commande, documentation technique, courriers, contenus de travail internes).

La gestion du contenu de ces documents souvent numériques permet à l'organisation de les valoriser et de les exploiter.

1 Document numérique

Afin de pouvoir être exploité par le système d'information, un document doit être au format numérique. Les documents au format papier doivent donc faire l'objet d'une numérisation préalablement à leur exploitation.

La numérisation d'un document consiste à transformer un document au format papier en un document au format numérique. Cette technique s'effectue grâce à un scanner qui va générer une image numérique du document papier. Cette image ne sera accessible qu'en lecture : si le document est un texte, il ne pourra pas être modifié. Pour le rendre éditable, il faudra effectuer une reconnaissance optique de caractères.

① Original

② Numérisation

③ Document numérique

Disposer de documents sous forme numérique permet ainsi de les exploiter : ils peuvent être conservés, classés et diffusés. Afin de faciliter leur classement et leur recherche, des métadonnées leurs sont associés. Il s'agit d'éléments descriptifs, comme le type de document, le nom de l'auteur, la date de création ou des mots-clés en rapport avec le contenu des documents et permettant leur indexation.

Par ailleurs, pour que les informations d'un document puissent être exploitées de manière automatisée, elles doivent être structurées au moyen de balises. La structuration des documents s'effectue au moyen d'un langage de définition de document.

2 Langage de définition de document

Le langage XML (Extensible Markup Language) est un langage de définition de document permettant de structurer les informations d'un document. Il s'agit d'un langage de balisage permettant d'organiser les données d'un document à l'aide de balises. Un document au format XML est ainsi un fichier texte, contenant des données entourées de balises les décrivant.

EXEMPLE

<prenom>Nathan</prenom> indique que la donnée "Nathan" est un prénom.

Savoir 6 Structuration des données

Un document XML est dit «bien formé» (well-formed) lorsque :
- une balise unique constitue la racine du document
- toute balise ouvrante possède sa «fermante» de même nom et de même casse.
- les balises sont imbriquées les unes dans les autres,

Exemple

Le fichier XML suivant relatif à un devis client possède la balise racine <devis> et l'arborescence suivante.

```
<devis>
  <dateDevis>12 mai 2004</dateDevis>
  <client>
    <nom>Delonge</nom>
    <prenom>Tom</prenom>
    <adresse>
      <adrRue>4 allée des acacias</adrRue>
      <adrVille>NICE</adrVille>
      <CP>06000</CP>
    </adresse>
  </client>
  <produit>
    <desProduit>Table basse</desProduit>
    <prixHT> 189 </prixHT>
    <TauxRemise>0.1</TauxRemise>
  </produit>
  <produit>
    <desProduit>Canapé cuir brun</desProduit>
    <prixHT> 1500 </prixHT>
  </produit>
  <montantHT>1689 </montantHT>
  <montantTVA>331 </montantTVA>
  <montantTTC>2200 </montantTTC>
  <remarque> valable 30 jours dès réception </remarque>
</devis>
```

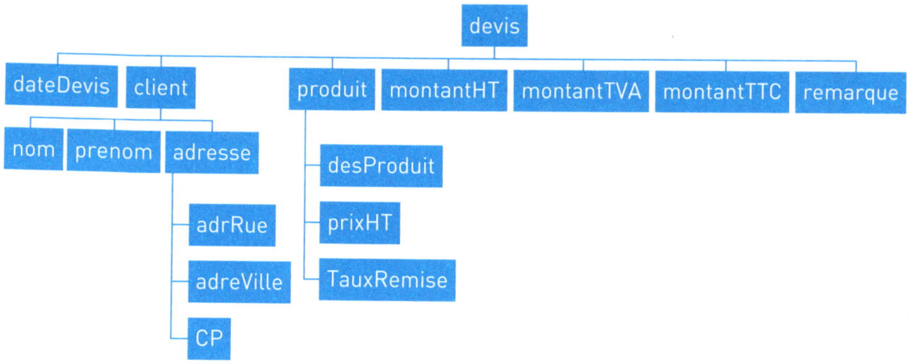

3 Documents sur Internet

Les acteurs d'une organisation doivent pouvoir chercher et trouver facilement des documents électroniques sur Internet. Pour cela, on utilise des **moteurs de recherche.** Il s'agit de programmes informatiques qui classent, en fonction de mots-clés, les documents numériques présentés sous forme de pages Web.
L'information contenue dans les documents peut aussi être retrouvée par un système d'hyperliens. Un hyperlien est un mot ou groupe de mots cliquables inclus dans les pages Web permettant de passer d'un document à un autre.

Une page Web peut être :

- Référencée, par ajout de métadonnées la décrivant et d'hyperliens, afin d'améliorer sa visibilité sur Internet.
- Syndiquée c'est-à-dire mise à disposition d'une autre. On parle de syndication de contenu. Pour cela, un fichier XML (aussi appelé «flux XML») faisant le lien vers la page syndiquée est inséré dans la page d'accueil.

Mes notes pour réviser

MOTS CLÉS

Numérisation • structuration • indexation • langage de définitions de documents • XML • métadonnées • langage de balisage • hyperliens • moteur de recherche • syndication.

Savoir 7

Organisation d'une base de données

Le système d'information traite les informations qu'il collecte afin de les transformer en données utiles aux acteurs de l'organisation et stocke ces dernières dans des bases de données.

1 La notion de base de données

Une base de données est un ensemble de données regroupées en relations et gérée par un Système de Gestion de Bases de Données.

1.1 Les relations et leurs attributs.

Une relation est un ensemble d'attributs reflétant un objet du monde réel.

EXEMPLE
l'ensemble des informations relatives aux clients (Numéro, Nom, Prénom...) sera rassemblé dans une relation "CLIENT".

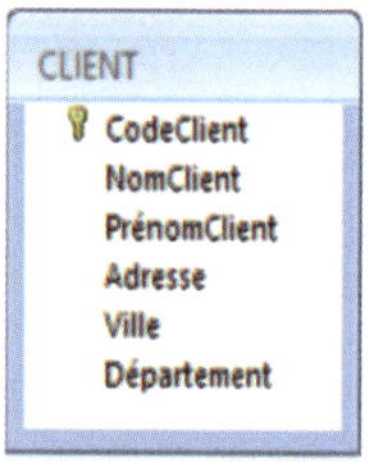

Un attribut est une donnée du système d'information qui est élémentaire (non décomposable) et variable (la valeur de la donnée varie).

EXEMPLE
Une adresse n'est pas élémentaire car elle peut être décomposé en "rue", "cp", "ville".

EXEMPLE
L'âge d'un étudiant est une donnée variable dont la valeur varie dans le temps.

Une relation est constituée de lignes et de colonnes.
Chaque ligne correspond à un enregistrement (un exemplaire de l'objet représenté) et chaque colonne correspond à un attribut (une caractéristique de l'objet représenté).
Un enregistrement correspond donc à un ensemble de valeurs prises par les attributs d'une relation.

EXEMPLE
la relation CLIENT ci-dessous possède plusieurs enregistrements.

CLIENT

CodeClien	NomClient	PrénomCli	Adresse	Ville	Départem
1	BLANPAIN	Jérémy	Rue Sanzot	Boulogne	62
2	BRUNEL	Noël	Boulevard de la Côte	Calais	62
3	DE SAINTE M	Marie-Céline	Avenue Georges III	Lille	59
4	DEBOVE	Céline	Rue Voltaire	Arras	62
5	DELATTRE	Arnaud	Avenue Carnot	Douai	59
6	DEMAY	Marie	Rue de l'esplanade	Lille	59
7	DUBROMEZ	Marie-Pierre	Rue du Parc Bertin	Douai	59

1.2 Les dépendances fonctionnelles

Dans une relation, existent des liens de dépendance fonctionnelle entre attributs. Ainsi, un attribut B est en dépendance fonctionnelle d'un attribut A si, et seulement si, pour une valeur de A n'existe qu'une seule valeur de B.

EXEMPLE
Le numéro d'un client permet de connaître ses nom, prénom, adresse, ville et département. Ici, les attributs nom, prénom, adresse, ville et département sont en dépendance fonctionnelle de l'attribut numéro de client.

1.3 Les types de données

Les attributs d'une base de données possèdent chacun un type de données qui correspond au format (texte, entier/décimal, date/heure, oui/non, image...) que peut prendre les valeurs d'une donnée.

EXEMPLE
Les attributs de la relation CLIENT possèdent des types de données NUMRIQUE et TEXTE;

CLIENT

Nom du champ	Type de données
CodeClient	Numérique
NomClient	Texte
PrénomClient	Texte
Adresse	Texte
Ville	Texte
Département	Numérique

1.4 Les clés primaires et étrangères d'une relation

Toute relation possède toujours une et une seule clé primaire et, parfois une ou plusieurs clés étrangères.

✓ Clé primaire : C'est un ou plusieurs attribut(s) permettant d'identifier chaque enregistrement d'une relation. Dans le cas d'une clé primaire composée de plusieurs attributs, les attributs ne sont plus considérés individuellement mais dans leur ensemble et sont indissociables pour identifier un enregistrement. La valeur d'une clé primaire, qu'elle soit composée d'un ou de plusieurs attributs est obligatoirement **unique et non nulle**.

EXEMPLE
L'attribut CodeClient est clé primaire de la relation CLIENT. Les attributs RefProduit ET NumCommande forment la clé primaire de la relation DETAIL_COMMANDE. Ces 2 attributs sont nécessaires pour indiquer la quantité de produit relatif à une commande donnée.

CLIENT

Nom du champ
CodeClient
NomClient
PrénomClient
Adresse
Ville
Département

DETAIL_COMMANDE

Nom du champ
RefProduit
NumCommande
Quantité

✓ Clé étrangère : C'est un attribut d'une relation dont la valeur existe obligatoirement dans une autre relation. C'est cette valeur d'attribut identique qui permet de lier les enregistrements entre relations et de garantir la cohérence de la base de données.

EXEMPLE

l'attribut CodeClient de la relation COMMANDE indique le client qui a passé la commande. La valeur contenue dans cet attribut existe obligatoirement parmi les valeurs de l'attribut CodeClient de la relation CLIENT.

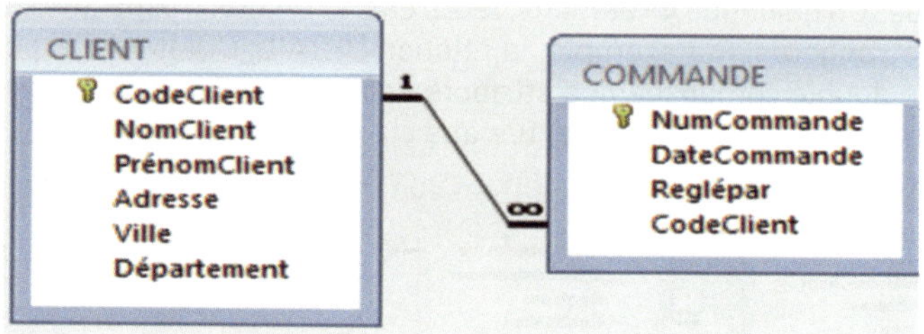

1.5 Les contraintes d'intégrité

L'intérêt d'une base de données est de pouvoir garantir la cohérence des données stockées. Cette cohérence est garantie par des contraintes d'intégrité :

✓ De clé : cette contrainte indique que toute relation possède une clé primaire permettant de retrouver un enregistrement.

✓ De domaine : cette contrainte restreint les valeurs d'un attribut au seul type de données (texte, entier/décimal, date/heure, oui/non, image...) spécifié pour celui-ci.

✓ Référentielle : cette contrainte garantit la cohérence des enregistrements liés par des clés étrangères : la valeur de la clé étrangère fait obligatoirement référence à la valeur d'un autre attribut dans une autre relation.

EXEMPLE

La valeur de domaine appliqué à l'attribut "Age" de type ENTIER, vérifie, dans un formulaire de saisie, que les valeurs saisies soient bien des nombres entier sans virgule.

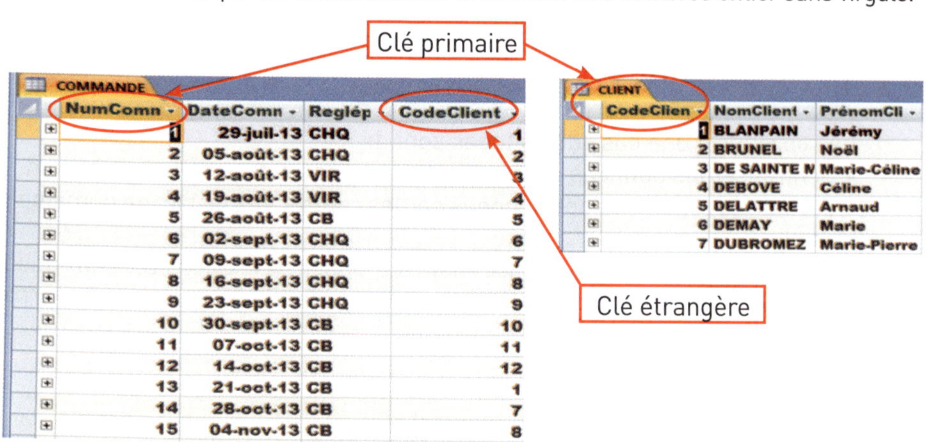

COMMANDE

NumComn	DateComn	Reglép	CodeClient
1	29-juil-13	CHQ	1
2	05-août-13	CHQ	2
3	12-août-13	VIR	3
4	19-août-13	VIR	4
5	26-août-13	CB	5
6	02-sept-13	CHQ	6
7	09-sept-13	CHQ	7
8	16-sept-13	CHQ	8
9	23-sept-13	CHQ	9
10	30-sept-13	CB	10
11	07-oct-13	CB	11
12	14-oct-13	CB	12
13	21-oct-13	CB	1
14	28-oct-13	CB	7
15	04-nov-13	CB	8

CLIENT

CodeClien	NomClient	PrénomCli
1	BLANPAIN	Jérémy
2	BRUNEL	Noël
3	DE SAINTE M	Marie-Céline
4	DEBOVE	Céline
5	DELATTRE	Arnaud
6	DEMAY	Marie
7	DUBROMEZ	Marie-Pierre

SIG

2 Le modèle relationnel

Le modèle relationnel d'une base de données représente sa structure c'est-à-dire les relations qui la compose, leurs attributs et les contraintes d'intégrité de clé (clés primaires) et référentielle (clés étrangères) associées. Elle peut être représentée sous forme graphique ou textuelle.

Exemple

La base de données d'un magasin est représentée par ce modèle relationnel graphique. On distingue 4 relations, leurs clés primaires respectives ainsi que quelques clés étrangères. Par exemple, la relation DETAIL_COMMANDE possède une clé primaire double composée des attributs *RefProduit ET NumCommande.* Chacun de ces attributs pris isolément constitue une clé étrangère.

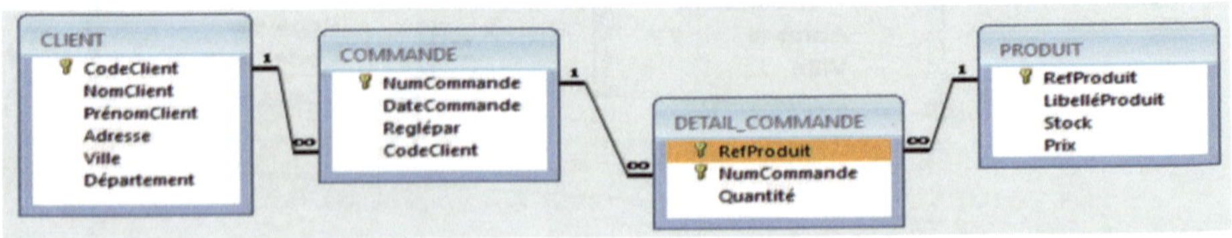

Exemple

La même base de données est représentée par ce modèle relationnel textuel.

CLIENT (CodeClient, NomClient, PrénomClient, AdresseRue, AdresseVille, Département)
Clé primaire : CodeClient

COMMANDE (NumCommande, DateCommande, Réglépar, CodeClient)
Clé primaire : NumCommande
Clé étrangère : CodeClient en référence à CodeClient de la relation CLIENT

PORTER_SUR (RefProduit, NumCommande,Quantité)
Clé primaire : RefProduit, NumCommande
Clé étrangère : RefProduit en référence à RefProduit de la relation PRODUIT
Clé étrangère : NumCommande en référence à NumCommande de la relation COMMANDE

PRODUIT (RefProdult, LibelléProduit, Stock, Prix)
Clé primaire : RefProduit

3 Objectifs d'une base de données

Les objectifs d'une base de données sont de :
- Centraliser les données nécessaires à tous les acteurs de l'organisation
- Garantir la cohérence des données par les contraintes de clé, de domaine et référentielle
- Préserver la sécurité des données par l'attribution de droits d'accès aux utilisateurs.
- Restituer les données aux différents acteurs à l'aide de requêtes d'interrogation

MOTS CLÉS

Bases de données • relation • attribut • valeur • enregistrement • type de données • dépendance fonctionnelle • clé primaire • clé étrangère • contrainte d'intégrité de clé • de domaine • référentielle • modèle relationnel

S'ENTRAÎNER AU BAC
Exercices 2 et 3 : p. 320

Savoir
8

Règlementation des données du SI

Tout internaute laisse des traces numériques contenant des données à caractère personnel (DCP) qui peuvent potentiellement être source de risques d'atteinte à sa vie privée. Les organisations qui traitent des DCP des citoyens sont responsables de la sécurité de ces données et doivent respectées le Règlement Général sur la Protection des Données (RGPD).

1 Traces numériques

Tout utilisateur du SI laisse des traces numériques localisées :

- dans le navigateur : historique des sites visités, des téléchargements...
- sur le disque dur de l'ordinateur : cookies (fichiers texte stockant l'identité et les actions de l'utilisateur sur les sites visités)

Par ailleurs, les moteurs de recherches conservent des informations sur les dates de visites, les mots-clés utilisés, les liens cliqués... Pour terminer, les serveurs des sites visités conservent les données des internautes via les formulaires de saisie (identité, nombre de visites, produits commandés, montant du panier d'achat...).

Toutes ces informations constituent des traces numériques contenant des Données à Caractère Personnel (DCP) permettant d'identifier une personne physique. L'exploitation mal intentionnée de ces informations par des tiers peut faire courir des risques importants pour les personnes et les organisations. Le Règlement Général sur la Protection des Données (RGPD) a été mis en place pour règlementer l'usage et le traitement par les organisations des DCP et ainsi protéger la vie privée des citoyens.

2 Le RGDP

Entré en vigueur en 2018 ce règlement européen a pour objectif la sécurisation juridique des DCP selon 2 dispositifs :

- la responsabilisation des organisations effectuant des traitements sur les DCP
- le contrôle par les citoyens eux-mêmes sur leurs données.

EN France, la CNIL (Commission Nationale de l'Informatique et des Libertés) est l'autorité nationale d'application de ce règlement.

2.1 La responsabilisation des organisations

Le règlement impose aux organisations pratiquant des traitements informatiques sur des DCP de respecter 3 principes :

- Le principe de consentement : obtenir l'accord des personnes dont on collecte les DCP
- Le principe de transparence : informer ces personnes que leur DCP vont faire l'objet d'un traitement.
- Le principe d'accountability (obligation de rendre des comptes) : démontrer à la CNIL qu'elle respecte le RGPD et met en œuvre toute la sécurité informatique nécessaire à la protection des DCP.

2.2 Le contrôle par les citoyens

Pour permettre le contrôle des données collectées et détenues par les organisations, le RGPD accorde 5 droits aux citoyens :
- Droit à l'information sur les données détenues et à l'accès à celles-ci.
- Droit d'opposition à la collecte de DCP
- Droit de rectification des données détenues
- Droit de portabilité (possibilité de récupérer les données pour un usage personnel ou pour les transmettre à un tiers)
- Droit à l'oubli

3 Risques encourus

3.1 Pour les organisations :

En cas de détournement, par un pirate informatique, des DCP détenues par les organisations, les risques encourus sont les suivants :
- Atteinte à l'image et à la réputation de l'entreprise
- Frais de notification de la violation des données personnelles à la CNIL, voire aux personnes concernées
- Amende administrative en cas d'action de la CNIL pour non-respect du RGPD (risque de sanction financière pouvant aller jusqu'à 4 % du chiffre d'affaires annuel global, ou 20 millions d'euros)
- Sanctions pénales (amendes pénales jusqu'à 300 000 € et peine d'emprisonnement jusqu'à 5 ans)
- Responsabilité civile de l'entreprise engagée en cas de dommages causés du fait de la violation des DCP

3.2 Pour les individus

En cas d'exploitation malveillante de DCP par un tiers, le principal risque encouru pour un individu est l'usurpation d'identité pouvant générés de nombreux dommages comme :
- Le détournement de sommes d'argent (utilisation de coordonnées bancaires)
- La dévalorisation de l'image d'une personne (utilisation de codes d'accès sur les réseaux sociaux)
- L'envoi de mails frauduleux (utilisation de codes d'accès de messagerie personnelle)...

MOTS CLÉS

Données à Caractère Personnel (DCP) • traces numériques • Règlement Général sur la Protection des Données (RGPD) • Commission Nationale de l'Informatique et des Libertés (CNIL) • principe de transparence • principe de consentement • principe d'accountability • droits des citoyens.

S'ENTRAÎNER AU BAC
Exercice 5 : p. 321

Savoir 9

Traitement automatisé du système d'information

Le système d'information (SI) offre aux utilisateurs la prise en charge de certaines tâches par le biais de traitements automatisés. Ces derniers manipulent les données du SI selon les règles des gestion propres à l'organisation et produisent des résultats permettant d'accompagner la réalisation des activités et la prise de décision.

1 Définition

Un **traitement automatisé** est un programme informatique capable d'effectuer de manière automatique des tâches de contrôle et de calcul facilitant le travail de l'utilisateur. Un **programme** est une séquences d'instructions écrites dans un langage de programmation, et exécutées par un ordinateur.
Au départ un programme est un **algorithme**, c'est-à-dire une suite d'instructions écrites en pseudo-code dont la syntaxe est proche du langage naturel. Cette suite d'instructions manipule des données «en entrées» et renvoie des résultats «en sortie».

EXEMPLES	DONNÉES EN ENTRÉES	TRAITEMENT	RÉSULTATS
Algorithme permettant de calculer le carré d'un nombre	Nombre	Nombre x Nombre	Carré
Algorithme permettant de calculer un montant TTC	Montant HT Taux	Montant HT + Montant TVA	Montant TTC

2 Variables

2.1 Définition

Les données en entrées sont affectées dans des **variables** car leurs valeurs peuvent varier pendant le traitement algorithmique. Une variable est ainsi un espace mémoire identifié par un nom et contenant une valeur.

2.2 Constantes

À l'inverse les valeurs de certaines données en entrée ne changent jamais. Dans ce cas, on les appelle des **constantes**.

Exemple
Le taux de TVA est une constante.

2.3 Types de données

Une variable appartient un type de données qui définit le domaine de valeur qu'elle peut contenir.

TYPE	DÉTAILS
Entier	Nombre entier positif ou négatif
Décimal	Nombre à virgule flottante positif ou négatif
Caractère	Un caractère (entier ou texte)
Chaîne de caractères	Ensemble de caractères.
Date	Date et heure.
Boolean	True (vrai) ou False (faux).
Tableau	Ensemble d'éléments auxquels ont peut accéder selon sa position

Ainsi, une variable est toujours **déclarée** (assignée à un type de données) avant d'être utilisée.

EXEMPLE
Dans l'algorithme qui calcule le carré d'un nombre, on a besoin d'un nombre en entrée. On va donc déclarer un variable NB de type entier tel que : NB : entier

2.4 Affectation des données

Les données en entrée sont **affectées** dans des variables par saisie utilisateur.

EXEMPLE
Saisir NB

D'autres variables peuvent être créées pour les besoins du programme et avoir des valeurs renseignées par affectation par le programme lui-même.

EXEMPLE
NB ← 10.

Par ailleurs, des variables peuvent faire l'objet de cumul c'est-à-dire que leur nouvelle valeur est obtenue à partir de l'ancienne valeur à laquelle on ajoute une autre valeur.

EXEMPLE
NB ← NB + 10.

2.5 Affichage des résultats

Les résultats en sortie des traitements sont affichés dans des interfaces utilisateurs.

EXEMPLE

Afficher 'Nombre ?"

Saisir NB

Afficher "NB vaut ", NB

Ici la variable NB contraint la valeur saisie par l'utilisateur.

2.6 Opérateurs

Différents opérateurs arithmétiques et logiques peuvent être utilisés pour effectuer des calculs et affecter le résultat de ces calculs aux variables.

=	est égal à	AND	et
<>	est différent de		
<	est plus petit que	OR	ou
<=	est plus petit ou égal à		
>	est plus grand que	NOT	faux
>=	est plus grand ou égal à		

EXEMPLE

TEST : booléen

TEST ← 15 > 10

Afficher "Le test vaut : " , test

Ici la variable TEST contiendra VRAI

2.7 Tableaux

Une variable ne peut stocker qu'une seule valeur mais il existe des variables nommées tableaux pouvant contenir plusieurs valeurs. Un tableau appartient à un type de données et se compose de cases numérotées dans lesquelles sont stockées des valeurs appartenant toutes au type de données du tableau. L'accès à chaque valeur s'effectue par l'indice de la case dans laquelle elle est stockée.

Pierre	Paul	Jacques	Sonia	Evaelle	Vaena	Arhur	Esteban
1	2	3	4	5	6	7	8

EXEMPLE

Noms : Tableau de chaîne de caractères

Afficher "Le nom stocké dans la case n° 3 est ", Noms [3]

3 Logique de traitement

3.1 Structure conditionnelle

L'exécution des instructions d'un traitement peut être effectuée sous certaines conditions. Dans ce cas, les instructions sont incluses dans une structure conditionnelle.

```
Si condition
Alors          Instruction
[Sinon ]
               [Instruction ]
Fin Si
```

EXEMPLE

Algorithme qui affiche le résultat du baccalauréat à un candidat.

```
DEBUT
Si note > 10
Alors Message ← "Reçu"
Alors    Si note > 8
         Alors Message ← "Oral"
         Sinon Message ← "Recalé"
         Fin Si"
Fin Si
Afficher Message
FIN
```

3.2 Structures itérative et répétitive

L'exécution des instructions d'un traitement peut être répétée :

- ✓ Un nombre de fois connu à l'avance : dans ce cas, la boucle POUR sera utilisée.
- ✓ Un nombre de fois inconnu à l'avance : dans ce cas, la boucle TANT QUE sera utilisée.
- ✓ Un nombre de fois inconnu à l'avance mais au moins une fois : dans ce cas, la boucle REPETER sera utilisée.

```
POUR compteur = valeur_début A valeur_Fin
        instruction
Fin POUR
```

EXEMPLE

Algorithme de calcul d'une moyenne de notes d'une classe de 30 élèves

```
DEBUT
Somme : décimal
Note : décimal
Compteur : entier
Somme ← 0
Pour compteur ← 1 à 30
         Afficher "Entrer la note de l'élève ", Compteur
         Saisir Note
         Somme ← Somme + Note
Fin Pour
Afficher "La moyenne de la classe est ", Somme / Compteur
FIN
```

```
TANT QUE condition de continuation est VRAI
        instruction
FIN TANT QUE
```

EXEMPLE

Algorithme de calcul d'une moyenne de notes d'une classe dont on ne connait pas le nombre d'élèves

```
DEBUT
Somme : décimal
Note : décimal
Réponse : Chaîne de caractère
NbEleve : entier
Somme ← 0
NbEleve ← 0
Afficher "Voulez-vous entrer une nouvelle note (Oui/Non)? "
Saisir Réponse
Tant que Réponse = "Oui"
    NbEleve ← NbEleve + 1
    Afficher "Entrer la note de l'élève ", NbEleve
    Saisir Note
    Somme ← Somme + Note
    Afficher "Voulez-vous entrer une nouvelle note (Oui/Non)? "
    Saisir Réponse
Fin Pour
Si NbEleve > 0
Alors Afficher "La moyenne de la classe est ", Somme/NbEleve
FinSi
FIN
```

```
REPETER
        instruction
JUSQU'A condition de sortie soit VRAI
```

EXEMPLE

Algorithme de calcul d'une moyenne de notes d'une classe dont on ne connait pas le nombre d'élèves mais pour laquelle on sait qu'on a au moins un élève

```
Somme : décimal
Note : décimal
Réponse : Chaîne de caractère
NbEleve : entier
Somme ← 0
NbEleve ← 0
Répéter
```

```
        NbEleve ← NbEleve + 1
        Afficher "Entrer la note de l'élève ", NbEleve
        Saisir Note
        Somme ← Somme + Note
        Afficher "Voulez-vous entrer une nouvelle note (Oui/Non)? "
        Saisir Réponse
Jusqu'à Réponse = "Non"
Si NbEleve > 0
Alors Afficher "La moyenne de la classe est ", Somme/NbEleve
FinSi
```

4 Les sous-programmes

Les sous-programmes sont un ensemble d'instructions appelés par un programme principal. L'intérêt d'utiliser des sous-programmes est double dans la mesure ou le code devient plus lisible (et donc plus facilement maintenable) puisque divisé en plusieurs parties et que les sous-programmes peuvent être réutilisés autant de fois que nécessaire pour un programme appelant. On distingue 2 types de sous-programmes : les procédures et les fonctions.

4.1 Procédures

Une procédure est une suite d'instructions appelée par un programme principal. Les variables déclarées dans le programme principal sont dites globales et connues du programme principal et de ses sous-programmes.

EXEMPLE

Algorithme de calcul d'un carré avec appel à une procédure

```
ALGO Principal
Nombre : Entier
Carré : entier
DEBUT
        Saisir Nombre
        CalculCarre()
        Afficher «Le carré du nombre «, Nombre, « est «, Carré
FIN

PROCEDURE CalculCarre()
        Carré ← Nombre * Nombre
```

4.2 Paramètre

Un paramètre est une valeur transmise par le programme principal à un sous-programme, selon les besoins de traitement. Tout paramètre transmis à un sous-programme doit être déclaré dans l'entête du sous-programme. En cas de passage de paramètres à un sous-programme, l'ordre de transmission et le type de chaque paramètre doit être rigoureusement identique à ce qui a été définis lors de l'appel.

EXEMPLE

Algorithme de calcul d'un carré avec appel à une procédure et passage de paramètre

```
ALGO Principal
Nombre : Entier
Carré : entier
DEBUT
        Saisir Nombre
        DonneCarré(Nombre)
        Afficher «Le carré du nombre «, Nombre, « est «, Carré
FIN

PROCEDURE DonneCarré (Nb : entier)
        Carré ← Nb * Nb
```

4.3 Fonction

Une fonction est une suite d'instructions, dotée ou non de paramètres, appelée par un programme principal et qui renvoie une valeur au programme appelant. L'appel à une fonction s'effectue par affectation dans une variable ou par affichage.

EXEMPLE

Algorithme de calcul d'un carré avec fonction appelée à l'affichage

```
ALGO Principal
Nombre : Entier
DEBUT
        Saisir Nombre
        Afficher «Le carré du nombre «, Nombre, « est «, EffectueCarré
        (Nombre)
FIN

FONCTION EffectueCarré (Nb : entier)
        Retourner Nb * Nb
```

EXEMPLE

Algorithme de calcul d'un carré avec fonction appelée par affectation

```
ALGO Principal
Nombre : Entier
```

```
Résultat : entier
DEBUT
        Saisir Nombre
        Résultat ← EffectueCarré (Nombre)
        Afficher «Le carré du nombre «, Nombre, « est «, Résultat
FIN

FONCTION EffectueCarré (Nb : entier)
        Retourner Nb * Nb
```

5 Tests et mise au point

Afin d'être utilisables par les organisations, les programmes informatiques doivent être testés afin de vérifier que les traitements produisent exactement les résultats attendus et qu'ils ne comportent pas d'erreur. La mise au point des programmes passe donc par la mise en place de tests unitaires portant sur une partie du programme et de tests fonctionnels et d'intégration (portant sur tout le programme). Des scénarios de tests sont ainsi implémentés à l'aide de jeux d'essai c'est-à-dire un ensemble de données fictives.

MES NOTES POUR RÉVISER

MOTS CLÉS

Traitement automatisé • programme • algorithme • séquence d'instructions • langage de programmation • variable • constante • paramètre • type de données • tableau • structure conditionnelle • structure itérative • Boucles POUR • TANT QUE • REPETER • structure répétitive • sous-programme • procédure • fonction • tests.

Réseaux informatiques

Afin de permettre la mise à disposition de nouveaux services à ses utilisateurs et de faciliter les échanges avec ses partenaires, les organisations doivent faire évoluer en permanence leurs réseau informatiques, supports et techniques de communication. Par ailleurs le développement de la mobilité professionnelle et du télétravail impose de plus en plus aux organisations de se tourner vers le Cloud Computing.

1 Architecture de réseau

1.1 Réseau informatique

Un réseau informatique est un ensemble de matériels informatiques (ordinateur, tablette, téléphone, imprimante, switch, routeur...) reliés entre eux par des supports de transmission filaires (câbles Ethernet) et/ou non filaires (Wifi, Bluetooth).

1.2 Dispositifs d'interconnexion

Pour se connecter au réseau informatique, les équipements sont physiquement reliés par les supports de transmission à des dispositifs d'interconnexion comme des commutateurs (switch en anglais) et des routeurs.

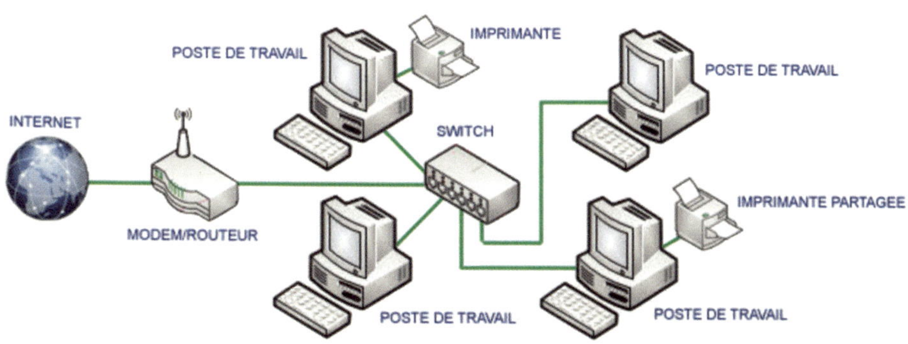

1.3 Topologie

Supports de transmission et dispositifs d'interconnexion peuvent être interconnectés au niveau spatial selon différents agencements nommés topologies.

TOPOLOGIE EN ÉTOILE	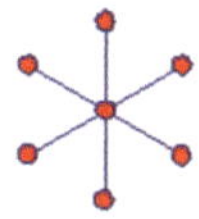
TOPOLOGIE EN ANNEAU	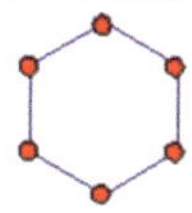
TOPOLOGIE EN BUS	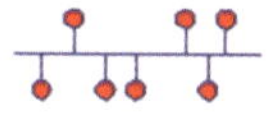
TOPOLOGIE EN LIGNE	

1.4 Protocole de communication

Si les **supports de transmission** permettent la circulation des données sous forme d'impulsions électriques ou d'ondes entre les différents appareils ils ne permettent pas leur communication. En effet, pour que chaque appareil se comprennent, les messages échangés doivent appartenir au même langage. Aussi les dispositifs informatiques doivent-ils utiliser un protocole de communication pour se comprendre c'est à dire un ensemble de règles qui régit le codage des données échangées.

EXEMPLE
Le protocole TCP/IP est un protocole de communication permettant la communication des matériels informatiques dans un réseau d'entreprise et sur le réseau Internet,

1.5 Services

Ainsi un réseau informatique repose sur :

✓ une infrastructure matérielle de communication (les supports de transmission couplés aux dispositifs d'interconnexion)
✓ des protocoles d'échanges de données (Exemple : protocole TCP/IP)

Cet ensemble matériel permet la mise en œuvre d'une architecture applicative c'est-à-dire la mise à disposition d'applications, de logiciels et de services (accès à une imprimante partagée, à un espace de stockage, à l'Internet...) aux utilisateurs du système d'information.

1.6 Adressage d'une ressource

Pour pouvoir accéder à un service disponible sur un réseau, il faut pouvoir se connecter à la ressource informatique proposant le service.

EXEMPLE
Un utilisateur souhaite se connecter au réseau internet. Pour cela, son ordinateur doit se connecter au serveur physique proposant le service Web d'accès au réseau Internet.

L'adressage d'une ressource informatique consiste en un ensemble de techniques permettant d'identifier les équipements informatiques. Pour cela, chaque élément d'un réseau possède une adresse unique.

EXEMPLE
Le protocole TCP/IP identifie de manière unique un équipement dans un réseau grâce à une adresse IP propre à chaque élément. Exemple : 192.168.2.12

Une fois l'accès à la ressource physique, permis par la connaissance de son adresse sur le réseau, l'accès au service logiciel s'effectue par ajout du port lors de l'adressage de la ressource. C'est donc le couple adresse physique + port logique qui permet l'accès aux services informatiques du système d'information.

EXEMPLE
L'accès d'un utilisateur au réseau internet s'effectue par accès au serveur physique (adresse IP 192.168.2.12) et au service Web logique (port 80) via l'adresse http://192.168.2.12:80

2 Sécurisation

En mettant à disposition des services au travers d'un réseau, ou en le connectant à internet, Un système d'information est de fait plus vulnérable. En effet, le réseau peut faire l'objet de perte de connexion internet perturbant voire empêchant le travail des utilisateurs ou l'objet d'une intrusion par un pirate informatique venu dérober les données de l'organisation.

Ainsi, l'organisation se doit de mettre en place de dispositifs de sécurisation du SI capables de garantir :

- ✓ la **confidentialité** (les données ne sont consultées que par les seules personnes autorisées)
- ✓ la **disponibilité** (l'accès aux données sans interruption)
- ✓ **l'intégrité** (données n'ont pas été altérées pendant leur transfert, leur traitement ou leur stockage)
- ✓ la **non-répudiation** (l'impossibilité de nier la participation au traitement, à l'envoi d'une information par combinaison de l'authentification, de l'imputabilité (l'attribution de la preuve) et de la traçabilité.

• **L'authentification** a pour but de vérifier qu'une personne est bien celle qu'elle prétend être : cela comprend le fait de fournir un identifiant et le fait de le valider (mot de passe, empreinte digitale, etc.).

• **L'imputabilité** désigne la capacité d'un système à garantir qu'une entité a bien pris part à une action et ne pourra pas la contester par la suite.

• La **traçabilité** donne la preuve des actions menées sur des données. Cela permet, en cas de problème de sécurité, de rechercher les causes et l'origine du problème.

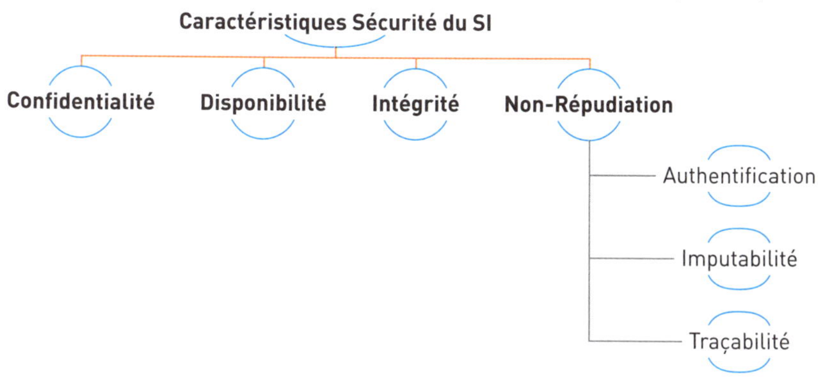

Différentes techniques permettent de mettre en œuvre ces caractéristiques :

CARACTÉRISTIQUES	TECHNIQUE INFORMATIQUE
La confidentialité	Le chiffrement des données
L'intégrité	Le hachage des données
La disponibilité	Les infrastructures redondantes, la tolérance aux pannes, les plans de secours (PRA, PCA)
La non-répudiation (Combinaison de l'authentification, de l'imputabilité et de la traçabilité)	La signature électronique

2 Architecture centralisée / décentralisée

3.1 Architecture centralisée

Une architecture centralisée correspond au fait que l'ensemble des ressources informatiques est concentré sur un serveur central auquel accède les utilisateurs via leurs postes de travail.

EXEMPLE
Une organisation possède une imprimante localisée dans un couloir et partagée entre les collaborateurs de l'étage. Pour pouvoir lancer une impression depuis leur poste de travail, les utilisateurs doivent accéder au service d'impression fourni par le serveur central.

L'intérêt de ce type d'architecture est que tous les services (connexion Internet, partage d'imprimantes, gestion des données et utilisation d'applications) sont gérés au niveau d'un serveur central. Ainsi, si le poste d'un utilisateur tombe en panne, il lui suffit d'utiliser un autre ordinateur pour accéder à ses données et fichiers. Ce système trouve sa limite dans le fait que l'ensemble des services est délivré par un serveur central. Si celui-ci tombe en panne, l'ensemble des utilisateurs est impacté et ne peut plus travailler.

3.2 Architecture décentralisée

À l'inverse, une architecture décentralisée signifie que chaque poste utilisateur fournit lui-même une partie des services informatique dont il a besoin.

EXEMPLE
Les postes de travail d'une organisation sont tous dotés d'un progiciel de gestion et d'une base données ainsi que d'une suite bureautique permettant ainsi aux utilisateurs de travailler de manière autonome.

L'avantage d'un tel système est que le fonctionnement des postes de travail est indépendant d'un serveur central. Les inconvénients de ce type d'architecture sont pourtant nombreux :

- les données des utilisateurs sont stockées sur leurs machines respectives ce qui les obligent à toujours utiliser le même ordinateur. En cas de panne, l'utilisateur ne peut pas utiliser un autre poste pour travailler.
- les données de l'organisation sont disséminées sur l'ensemble des postes informatiques.
- les données existent bien souvent en double et leur synchronisation est difficile.

3.3 Cloud Computing

L'informatique en nuage ou «Cloud Computing» désigne un mode d'organisation donnant accès à des ressources et services à la demande via Internet. Les ressources sont centralisées et implantées sur des serveurs externes accessibles via Internet dans des centres de données (DataCenter).

EXEMPLE
Le service "DRIVE" de Google est une forme de cloud computing. Il permet de stocker des données sur des disques durs distants. De même, le service "DOCS" de Google en est une autre. Il offre un service de traitement de texte distant.

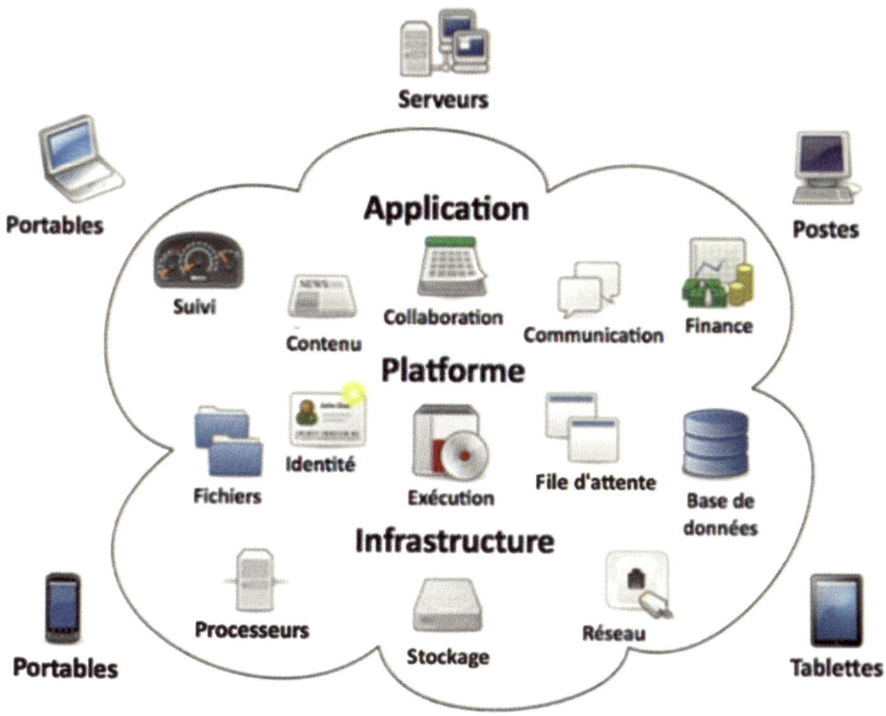

le Nuage

Mes notes pour réviser

MOTS CLÉS

Réseau informatique • supports de transmission • dispositifs d'interconnexion • topologie • protocole de communication • codage des données • infrastructure matérielle de communication • services • adressage de ressources informatiques • confidentialité • disponibilité • intégrité • non-répudiation • architecture centralisée • architecture décentralisée • Cloud Computing

....

....

....

....

....

Savoir 11

Sécurité et cyber-sécurité du système d'information

La dépendance des organisations envers leur SI, aussi bien au niveau du service rendu que des données contenues nécessite de le protéger, notamment face aux risques liés aux nouvelles technologies et à l'ouverture du SI aux partenaires de l'organisation.

1 Risques informatiques

Le système informatique représente l'ensemble des ressources matérielles et logicielles d'une organisation.

Le système d'information est soumis à plusieurs types de risques :

- Les défaillances matérielles (pannes de serveur, incendie, inondation, coupure de courant...)
- Les erreurs logicielles (traitement incorrect de l'information, fonctionnalités inadaptée liée à une conception erronée du logiciel)
- Les maladresses humaines (mauvaise manipulation, négligence pouvant être causée par manque d'information et de formation).
- Les actions malveillantes humaines (vol, sabotage, falsification, suppression de matériel et/ou de données, insertions de logiciels malveillants – ver, virus, chevaux de Troie, intrusion dans un système d'information, usurpation d'identité, cyber-attaques...)

2 Sécurité du système d'information

La sécurisation du système d'information s'effectue par la mise en place d'une politique de sécurité informatique. Il s'agit d'une approche globale regroupant l'ensemble des moyens humains, techniques et organisationnels destinés, à lutter contre les risques de toute nature, encourus par un SI, qu'ils soient d'origine matérielle ou humaine, intentionnels ou accidentels. Cela passe par une identification des risques et la mise en place de contre-mesures :

- préventives (éviter leur survenance)
- palliatives (permettre un fonctionnement du SI en mode dégradé suite à un sinistre)
- curatives (retour à une situation de fonctionnement normal après un blocage du SI).

L'ampleur de ces mesures résulte d'un arbitrage entre leurs coûts, leur probabilité de survenance et leurs impacts en termes économique, technique et juridique.

2.1 Sécurisation physique des matériels informatiques

La sécurisation physique concerne les postes utilisateurs, serveurs et dispositifs d'interconnexion. Elle est assurée par la mise en place :

- D'onduleurs, de climatiseurs, de locaux sécurisés et d'équipements redondants.
- De dispositifs de protection des réseaux informatiques (Pare-feu, VPN, VLAN, DMZ) ;

2.2 Sécurisation logique des applications informatiques

La sécurisation logique concerne les programmes utilisés par les utilisateurs de l'organisation (logiciels bureautiques, applications métiers, base de données). Elle est assurée par :
• Une authentification des accès utilisateurs (login/mot de passe pour accéder au système d'information)
• Une gestion des habilitations (droits d'accès des utilisateurs en lecture, écriture et/ou suppression aux différentes applications et données fournies par le SI).
• L'installation d'anti-virus.
• Un calendrier de mises à jours applicatives destinées à corriger les failles de sécurité logicielles.

2.3 Sécurisation contre les maladresses humaines

La sécurisation du SI contre les maladresses humaines est assurée par :

✓ la sensibilisation des utilisateurs aux problèmes de sécurité ;
✓ la formation des utilisateurs aux bonnes pratiques de sécurisation de leur poste de travail ;
✓ la mise en place d'une charte informatique précisant le cadre d'utilisation des outils informatiques.

3 Plans & Sauvegardes

3.1 Plans de sécurité

Une politique de sécurité, en plus de prévenir tout risque sur le SI, doit également être complétée par des mesures de réparation ou de reconstruction du système d'information déclinées sous forme de plans de secours informatiques comme le :
• PCA (Plan de Continuité d'Activité) qui, suite à un incident de sécurité sur le SI, définit les éléments à mettre en place pour en assurer le fonctionnement, en mode dégradé, de ses activités critiques.
• PRA (Plan de Reprise d'Activité) qui décrit comment redémarrer le SI au cas où une attaque ou à une panne majeure survient et bloque son fonctionnement.
Ces mesures de réparation ou de reconstruction du système d'information ne peuvent se faire qu'à partir de sauvegardes informatiques.

3.2 Sauvegardes informatiques

Une politique de sécurité doit enfin être toujours couplée à une politique de sauvegarde. La sauvegarde consiste à effectuer un double des données contenues dans le SI. Les sauvegardes de l'ensemble du SI sont donc complémentaires de celles intégrées dans les logiciels et en théorie, ne seront jamais utilisées sauf en cas de sinistre.
Les sauvegardes peuvent être effectuées sur des supports :
• internes (RAID – double des disques durs des serveurs),
• amovibles (DVD),
• externes (disque dur externe, cartouches de sauvegarde, serveur informatique interne ou externe – cloud).

Les copies de sauvegarde doivent être stockées dans un endroit différent de l'original et réalisées régulièrement.

4 Cybersécurité

La cyber sécurité a pour mission de défendre le SI contre toutes les attaques opérées par des pirates informatiques. Elle se décline par la mise en place de dispositifs visant à assurer le respect des caractéristiques de sécurité des données du système d'information.
On distingue :
• la confidentialité des données (s'assurer que seules les personnes autorisées consultent les données)
• la disponibilité des données (s'assurer que l'accès aux données soit fourni sans interruption).
• l'intégrité des données (s'assurer que les données n'ont pas été modifiées pendant leur stockage leur traitement ou leur transfert par des personnes non autorisées)
• la non-répudiation des données (s'assurer de l'impossibilité de nier la participation au traitement, à la modification et/ou à l'envoi d'une donnée par combinaison de :
✓ **l'authentification** (s'assurer de l'identité d'un utilisateur par la fourniture d'un identifiant et mot de passe)
✓ **l'imputabilité** (capacité du SI à attribuer une action à un utilisateur avec des fichiers de log notamment).
✓ la **traçabilité** (capacité du SI à conserver les informations (dates, sites joints, données modifiées) des actions des utilisateurs

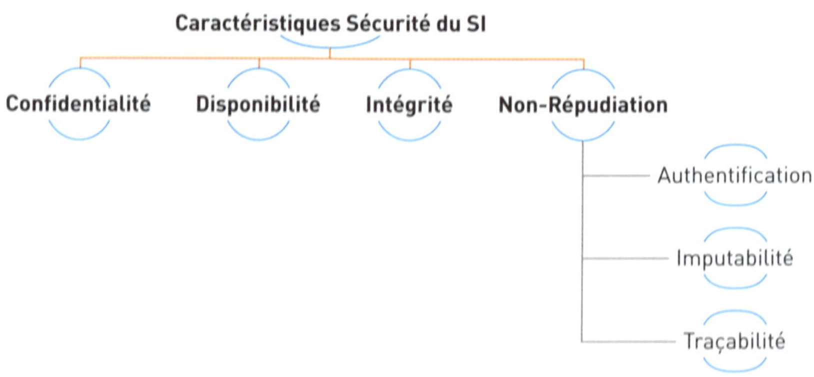

Les dispositifs permettant de garantir le respect de ces caractéristiques sont :

• La confidentialité est assurée par le chiffrement des données. Cela consiste à rendre le contenu d'un document incompréhensible à toute personne ne disposant pas du mécanisme de déchiffrement. On distingue 2 techniques de chiffrement :
✓ Le chiffrement symétrique qui repose sur une clé unique pour chiffrer/déchiffrer)
✓ Le chiffrement asymétrique qui repose sur un jeu de clé privée/publique pour chiffrer/déchiffrer
• La disponibilité des données est assurée par un doublage des équipements informatiques (par exemple, bascule automatique et transparente sur un serveur de secours en cas de défaillance du serveur initial).
• L'intégrité des données est assurée par la création et la comparaison d'empreintes électroniques de document.

• La non-répudiation des données est assurée par la signature électronique qui met en jeu les techniques d'empreintes électroniques et de chiffrement. La signature électronique est une donnée numérique jointe au message échangé.

5 Sécurisation des échanges

La chaîne de blocs (blockchain) est une technologie de stockage et de transmission d'informations, transparente, sécurisée et fonctionnant sans organe central de contrôle. Cette technologie permet de sécuriser entre autres :
• les contrats juridiques par un stockage multiple des documents entre parties,
• les transferts de monnaie entre individus sans intermédiaire financier comme les banques
• la traçabilité des produits par un transfert de responsabilité entre tous les acteurs impliqués dans un approvisionnement ou une livraison.

Mes notes pour réviser

MOTS CLÉS

Risques informatiques • politique de sécurité • plans de secours • PCA • PRA • sauvegardes • confidentialité • disponibilité • intégrité • non-répudiation • authentification • imputabilité • traçabilité • chaîne de blocs (blockchain).

Exercice 1 Voir Fiche 1

Le système d'information

L'association «Meilleur à l'école» assure du soutien scolaire au sein d'un quartier défavorisé de Marseille. Composée de bénévoles (retraités, étudiants, parents disponibles), elles aide les enfants en difficulté scolaire dans des locaux mis à disposition par la mairie de quartier.

Mme Genseing, présidente de l'association, coordonne les différents intervenants. Chaque mois, elle demande aux intervenants leurs disponibilités et aux parents d'élèves les cours de soutien souhaités. À partir de ces éléments obtenus par courriel, elle prépare un planning des différents cours avec, pour chacun, les dates et lieux d'interventions puis met à disposition ces informations sur un agenda partagé. Dans l'espace de partage de l'association, elle met à disposition les feuilles d'appel des enfants à prendre en charge pour chaque cours.

1. **Distinguer les différentes ressources du système d'information de l'association.**

2. **Déterminer comment le SI soutient les activités de l'association.**

FAIT ☐ REVU ☐

Exercice 2 Voir Fiche 7

Base de données & Modèle relationnel

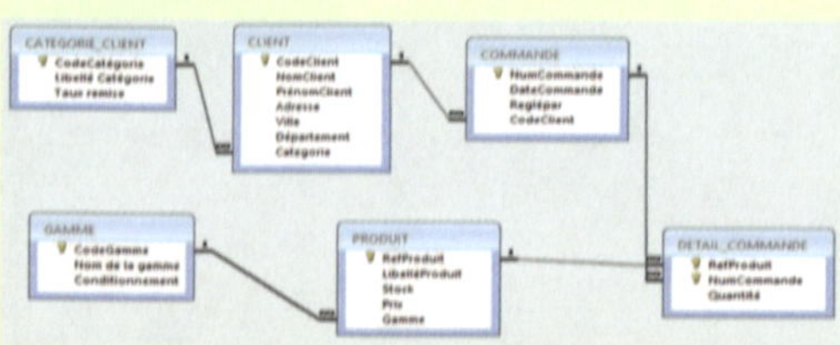

Le modèle relationnel ci-dessus décrit la structure de la base de données d'un grand magasin.

1. **Distinguer le nombre de relations de cette base de données.**

2. **Déterminer ce qu'apporte comme informations la relation DETAIL_COMMANDE.**

3. **Justifier la présence de l'attribut Catégorie dans la relation CLIENT.**

4. **Dire pourquoi on ne peut pas enregistrer dans la relation COMMANDE la commande d'un client non enregistré dans la relation CLIENT.**

5. **Justifier si l'attribut CodeGamme de la relation GAMME peut posséder plusieurs valeurs identiques.**

6. **Justifier si l'attribut Gamme de la relation PRODUIT peut posséder plusieurs valeurs identiques.**

7. **Indiquer si l'attribut NumCommande de la relation DETAIL_COMMANDE peut contenir plusieurs valeurs identiques.**

8. **Confirmer que l'attribut Quantité de la relation DETAIL_COMMANDE est en dépendance fonctionnelle du couple constitué par les attributs RefProduit et NumCommande de cette relation.**

Le magasin reçoit un nouveau produit appartenant à une nouvelle gamme. On doit créer dans les tables correspondantes les enregistrements relatifs au nouveau produit et à la nouvelle gamme.

9. **Préciser si l'on doit enregistrer en premier les données relatives au nouveau produit ou celles relatives à la nouvelle gamme.**

FAIT ☐ REVU ☐

Exercice 3 Voir Fiche 7

Interrogation d'une base de données

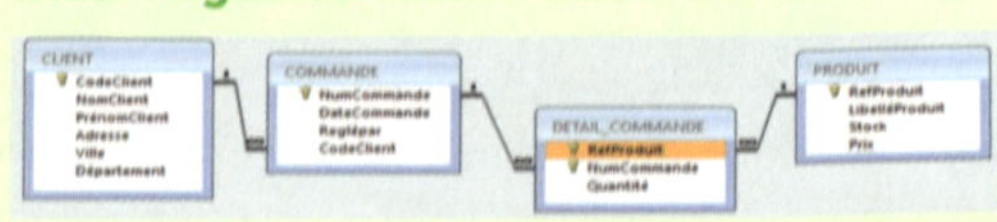

Le modèle relationnel ci-dessus décrit la structure de la base de données d'un magasin de bricolage.

Écrire les requêtes SQL permettant d'afficher les demandes ci-dessous :

1. **Liste des libellés et des stocks des produits.**

2. **Liste des libellés de produits dont les stocks sont inférieurs à 10.**

3. **Liste des libellés de produits dont les prix sont compris entre 20 et 50.**

4. **Quantité d'articles commandés pour la commande n° 232.**

5. **Montant total de la commande n° 232.**

6. Pourcentage de commandes réglées par chèque.

7. Numéros de commandes avec pour chacun d'eux le nombre de produits par commande.

8. Numéros de commandes de plus 50 produits avec pour chacun d'eux le nombre de produits par commande.

On vous communique la requête SQL suivante :

Select LibelléProduit from Produit where NumProduit NOT IN (Select NumProduit from Detail_Commande)

9. Préciser à quel besoin de gestion répond cette requête SQL ?

FAIT ☐ REVU ☐

Exercice 4 Voir Fiche 2

Étude d'un processus de gestion

Soit le processus de gestion de traitement des commandes client ci-dessous.

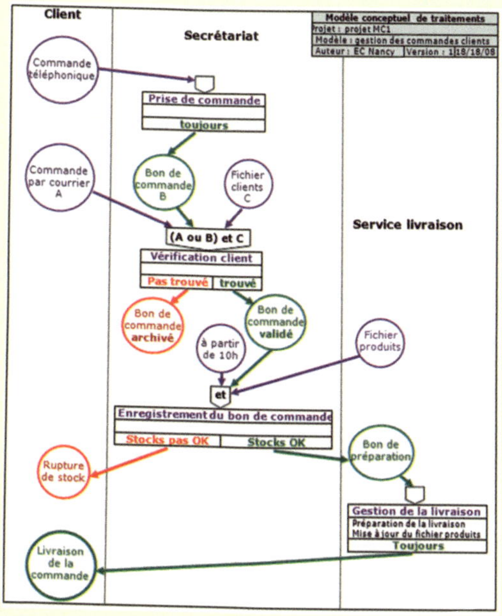

1. Déterminer les acteurs internes et externes de ce processus

2. Indiquer l'évènement déclencheur de ce processus.

3. Indiquer le nombre d'activités de ce processus.

4. Préciser le nombre d'évènements nécessaire pour démarrer l'activité «Vérification client».

5. Donner le nombre de règle d'émission de l'activité « Enregistrement du bon de commande ».

FAIT ☐ REVU ☐

Exercice 5 Voir Fiche 8

Étude sur les DCP et le RGPD

Le bar à sushis SushiBar livre des sushis à domicile. Pour cela, les clients lui communiquent leurs nom, prénom, adresse et téléphone. Ces informations sont inscrites sur un cahier à la vue de tous sur le comptoir du bar

1. Quel point du RGPD ne respecte pas l'entreprise SushiBar ?

Mme Deltour est abonnée à une plateforme de recettes de cuisine en ligne «CuisinezTout.com». Suite à son récent divorce, elle souhaite modifier son abonnement afin d'être enregistrée sous son nom de jeune fille. La société CuisinezTout.com refuse d'opérer cette rectification, prétextant que cette modification est techniquement compliquée

2. La scoiété « CuisinezTout.com » respecte-t-elle le RGPD ?

Lors de la consultation du site CuisinezTout.com, les internautes peuvent lire la mention suivante : *«Les cookies nous permettent de personnaliser le contenu et les annonces, d'offrir des fonctionnalités relatives aux médias sociaux et d'analyser notre trafi : Accpeter, Refuser, En savoir plus».*

3. Expliquer la présence de cette mention sur le site

FAIT ☐ REVU ☐

Exercice 6 Voir Fiche 5

Étude de données

Soit le fichier ci-dessous :

CLIENT - bd - OpenOffice Base: Table Data View

Fichier Édition Affichage Insertion Outils Fenêtre Aide

NCLI	NOM	ADRESSE	LOCALITE	CAT	COMPTE
B062	GOFFIN	72 RUE DE LA GARE	NAMUR	B2	-3200,00
B112	HANSENNE	23 A. DUMONT	POITIERS	C1	1250,00
B332	MONTI	112 RUE NEUVE	GENEVE	B2	0,00
B512	GILLET	14 RUE DE L'ETE	TOULOUSE	B1	-700,00
C003	AVRON	8 CHEMIN DE LA CURE	TOULOUSE	B1	-700,00
C123	MERCIER	25 RUE LEMAITRE	NAMUR	C1	-2300,00
C400	FERARD	65 RUE. DU TERTRE	POITIERS	B2	350,00
D063	MERCIER	201 BD DU NORD	TOULOUSE		-2250,00
F010	TOUSSAINT	5 RUE GODEFROID	POITIERS	C1	0,00
F011	PONCELET	17 CLOS DES ERABLES	TOULOUSE	B2	0,00
F400	JACOB	78 CHEMIN DU MOULIN	BRUXELLES	C2	0,00
K111	VANBIST	180 RUE FLORIMONT	LILLE	B1	720,00
K729	NEUMAN	40 RUE BRANSART	TOULOUSE		0,00
L422	FRANCK	60 RUE DE WEPION	NAMUR	C1	0,00
S127	VANDERKA	3 AV. DES ROSES	NAMUR	C1	-4580,00
S712	GUILLAUME	14A CHEMIN DES ROSES	PARIS	B1	0,00

SIG

1. Les données de ce fichier sont-elles :

☐ Structurées

☐ Semi-structurées

☐ Non structurées

Soit le fichier ci-dessous :

```xml
<?xml version="1.0" encoding="UTF-8"?>
<liste>
    <personne>
        <NOM>Perrin</NOM>
        <PRENOM>Léo</PRENOM>
        <AGE>18</AGE>
    </personne>
    <personne>
        <NOM>Petit</NOM>
        <PRENOM>Loic</PRENOM>
        <AGE>32</AGE>
    </personne>
    <personne>
        <NOM>Leroux</NOM>
        <PRENOM>Pierre</PRENOM>
        <AGE>27</AGE>
    </personne>
</liste>
```

2. Les données de ce fichier sont-elles :

☐ Structurées

☐ Semi-structurées

☐ Non structurées

Soit le fichier ci-dessous :

3. Les données de ce fichier sont-elles :

☐ Structurées

☐ Semi-structurées

☐ Non structurées

CORRIGÉS

Exercice 1

Le système d'information

1.

PERSONNEL	Mme Genseing, intervenants
PROCEDURES	Gestion des plannings des cours, des intervenants. Gestion des enfants (inscriptions, feuille d'appel)
MATERIELS / LOGICIELS	Messagerie électronique, Agenda partagée, espace partagé (feuilles d'appel)
DONNEES	Disponibilités des intervenants, inscriptions des élèves, cours organisés, planning (dates et lieux d'intervention), feuilles d'appel

2. Le système d'information soutient la mission de soutien scolaire de l'association en permettant la **collecte** les inscriptions des élèves et les disponibilités des bénévoles, le **traitement et le stockage** des données inhérentes à l'activité (inscription des enfants, planning d'interventions, relevés des présences...). Enfin, le SI permet de **diffuser** l'information nécessaire aux différents acteurs (bénévoles, parents) pour qu'ils puissent réaliser leur mission de soutien scolaire.

Exercice 2

Base de données & Modèle relationnel

1. 6 relations.

2. La relation DETAIL_COMMANDE précise, pour chaque commande, les produits commandés et en quelle quantité.

3. L'attribut Catégorie de la relation CLIENT renseigne sur la catégorie du client et permet ainsi de savoir quel taux de remise lui appliquer. C'est un attribut clé étrangère c'est-à-dire que la valeur de cet attribut existe obligatoirement dans la relation CATEGORIE.

4. On ne peut pas enregistrer dans la relation COMANNDE la commande d'un client qui n'est pas enregistré dans la relation CLIENT en raison de la contrainte d'intégrité référentielle qui lie les 2 relations.

5. L'attribut CodeGamme de la relation GAMME ne peut pas posséder des valeurs identiques car cet attribut est clé primaire. Ainsi, seules des valeurs uniques peuvent être enregistrées.

6. L'attribut Gamme de la relation PRODUIT peut posséder des valeurs identiques. En effet, plusieurs produits peuvent appartenir à la même gamme. Cet attribut n'est contraint que par l'intégrité référentielle qui implique seulement l'existence de la valeur enregistrée dans la relation GAMME.

7. L'attribut NumCommande de la relation DETAIL_COMMANDE peut posséder des valeurs identiques. En effet, cet attribut seul n'est pas contraint par l'intégrité de clé mais simplement par l'intégrité référentielle. Par ailleurs, une commande étant souvent constitué de plusieurs produits, il est légitime que cet attribut puisse contenir plusieurs fois la même valeur.

8. L'attribut Quantité de la relation DETAIL_COMMANDE est en dépendance fonctionnelle du couple RefProduit et NumCommande car seul la connaissance d'une référence produit donnée pour une commande donnée permet d'en connaître la quantité commandée.

9. Il faut en premier enregistrement les données relatives à la nouvelle gamme dans la relation GAMME et ensuite celles relatives au nouveau produit dans la relation PRODUIT afin de respecter la contrainte d'intégrité référentielle pour laquelle tout produit appartient à une gamme existante.

Exercice 3

Interrogation d'une base de données

1. Select LibelléProduit, Stock from Produit.

2. Select LibelléProduit from Produit where stock < 10.

3. Select LibelléProduit from Produit where prix between 20 and 50.

4. Select SUM(Quantité) from DETAIL_COMMANDE where NumCommande = 232.

5. Select SUM(Quantité x Prix) from DETAIL_COMMANDE, PRODUIT where DETAIL_COMMANDE.RefProduit = PRODUIT. RefProduit NumCommande = 232.

6. Select AVG(NumCommande) from COMMANDE where RégléPar = «Chèque».

7. Select NumCommande, COUNT(RefProduit) from DETAIL_COMMANDE group by NumCommande.

8. Select NumCommande, COUNT(RefProduit) from DETAIL_COMMANDE group by NumCommande having COUNT(RefProduit) > 50.

9. La requête SQL renvoie les libellés de produits non commandés. Cela permet de connaître les produits non rentables et d'adapter les ventes en conséquence.

Exercice 4

Étude d'un processus de gestion

1. Interne : Secrétariat, service livraison.
Externe : Client

2. Le passage d'une commande soit par téléphone, soit par courrier.

3. 4 activités

4. 2 évènements : A et C ou B et C

5. 2 règles : « Stock OK » ou « Stock pas OK »

Exercice 5

Étude sur les DCP et le RGPD

1. Les données collectées sur les clients sont des DCP car elles permettent d'identifier des personnes physiques. A ce titre SushiBar doit protéger ces données, or ici, aucune sécurisation n'est appliquée. En l'espèce, le cahier papier, de surcroit à la vue de tous, ne permet pas de protéger les données inscrites.

2. La société ne respecte pas le RGPD qui stipule que toute personne dispose d'un droit d'accès et de rectification sur les données le concernant. CuisinezTout.com ne peut donc pas s'opposer à la demande de Mme Deltour.

3. Cette mention permet de répondre aux obligations légales du RGPD de transparence (données collectées dans quel but) et de consentement des internautes.

Exercice 6

Étude de données

1. Les données de ce fichier sont-elles :
☒ Structurées
☐ Semi-structurées
☐ Non structurées

2. Les données de ce fichier sont-elles :
☐ Structurées
☒ Semi-structurées
☐ Non structurées

3. Les données de ce fichier sont-elles :
☐ Structurées
☐ Semi-structurées
☒ Non structurées

Savoir 1

La formation du contrat

Le contrat est un accord de volonté entre deux ou plusieurs personnes (les parties) destiné, selon ses clauses, à créer, modifier, transmettre ou éteindre des obligations.

1 Les principes fondamentaux

1.1. La liberté contractuelle

La liberté contractuelle a plusieurs aspects et connaît quelques limites :
– la liberté de conclure ou de ne pas conclure un contrat, sauf dans les cas où on a l'obligation de contracter (ex. : assurer son véhicule à moteur) ;
– la liberté de déterminer le contenu du contrat, mais en respectant l'interdiction de certaines clauses (ex. : les clauses abusives créant un déséquilibre significatif) ;
– la liberté de déterminer la forme du contrat (oral ou écrit), sauf dans quelques cas (ex. : donation, vente d'immeuble, statuts d'une société sont toujours écrits) ;
– la liberté de choisir son cocontractant, hormis les cas où la loi l'interdit (ex. : un professionnel ne peut pas refuser de vendre à un consommateur).

1.2. L'effet relatif des contrats

Le contrat ne crée d'obligations qu'entre les parties. Les tiers ne peuvent ni demander l'exécution du contrat, ni se voir contraints de l'exécuter.

2 Les conditions de validité des contrats

2.1. Les obligations imposées aux parties

– La bonne foi exigée des parties par la loi signifie que celles-ci doivent faire preuve de loyauté et de coopération dans la formation du contrat.
– L'obligation d'information oblige la partie qui connaît une information déterminante pour le consentement de l'autre à l'en informer. C'est même un véritable devoir de conseil lorsqu'il existe une inégalité de compétences entre les parties.

EXEMPLE Contrat conclu entre un banquier et un épargnant.

2.2. Le consentement sans vice des parties

Le consentement est la rencontre de l'offre de contrat et de son acceptation, l'une et l'autre pouvant être expresses ou tacites. Il doit être sans vice, libre et éclairé.

LES TROIS VICES DU CONSENTEMENT	L'erreur porte soit sur un élément essentiel du contrat, soit sur la personne (pour les contrats conclus en considération de la personne). EXEMPLES Erreur sur l'authenticité d'un tableau acheté, erreur sur l'identité d'un salarié embauché.
	Le dol est une tromperie d'une partie pour inciter l'autre à contracter. Il est établi si la manœuvre a été déterminante dans la conclusion du contrat. EXEMPLE Le vendeur ment sur la constructibilité du terrain vendu.
	La violence est une contrainte physique (coups) ou morale (chantage) exercée par une partie pour obliger l'autre à conclure le contrat.

2.3. La capacité des parties

La capacité d'exercice est exigée pour tout contractant. Les personnes physiques sont capables, sauf exception (mineurs et majeurs sous curatelle ou tutelle).
Les personnes morales, quant à elles, sont représentées par leur dirigeant.

2.4. Le contenu du contrat

– Le contenu du contrat doit être certain : l'obligation prévue doit avoir pour objet une prestation présente ou future (ex. : un appartement vendu sur plan), possible, déterminée ou déterminable. Dans un contrat à titre onéreux, la contrepartie convenue au profit de celui qui s'engage ne doit pas être illusoire ou dérisoire.
– Le contenu doit être licite : le contrat ne peut déroger à l'ordre public ni par ses stipulations (les clauses d'un contrat écrit), ni par son but (sa raison d'être).

2.5. Les sanctions du non-respect des conditions de validité

Tout contrat dépourvu d'une condition de validité peut être annulé par les tribunaux dans les 5 ans. La nullité relative sanctionne la transgression d'une règle protectrice des intérêts privés (ex. : vices du consentement). La nullité absolue est protectrice de l'intérêt général (ex. : contenu illicite).

3 La protection du consommateur et du cyberconsommateur

3.1. L'obligation générale d'information

Le contrat conclu entre un consommateur et un professionnel oblige ce dernier à une information précontractuelle portant sur les éléments essentiels du contrat.

EXEMPLES Caractéristiques, prix, conditions de vente, délai de livraison.

3.2. Les règles propres à l'e-commerce

a) La conclusion du contrat en ligne

La procédure dite « du double-clic » prévoit que le contrat n'est conclu que si le destinataire de l'offre a eu la possibilité de vérifier le détail de sa commande et son prix total, et la possibilité de corriger d'éventuelles erreurs avant de confirmer celle-ci. Une fois la commande validée par le cyberconsommateur, le cybervendeur doit accuser réception de la commande, sans délai et par voie électronique.

b) Le droit de rétractation

Comme dans d'autres contrats de consommation (achat à crédit, vente par démarchage), la vente en ligne fait naître au profit du consommateur un droit de rétractation, qui permet de revenir sur son consentement sans pénalités ni justification. Le consommateur doit exercer son droit de rétractation (en informant le professionnel) au plus tard dans les 14 jours de la date de réception de la commande. Il devra supporter les coûts directs de renvoi des biens, sauf si le professionnel accepte de les prendre à sa charge.

MES NOTES POUR RÉVISER

MOTS CLÉS

Contrat • Liberté contractuelle • Bonne foi • Erreur • Dol • Violence • Contenu du contrat • Nullité relative • Nullité absolue • Consommateur • Droit de rétractation

S'ENTRAÎNER AU BAC
Exercice 2 : p. 351

Savoir 2

L'exécution du contrat

Une fois le contrat formé, les parties doivent respecter leurs obligations.

1 La force obligatoire du contrat

1.1. Le principe

Le Code civil précise que le contrat tient lieu de loi pour les parties. C'est le principe de la force obligatoire du contrat.

1.2. Le cas des clauses abusives

Les clauses abusives n'ont pas à être respectées : il s'agit des clauses qui créent un déséquilibre entre les droits et obligations des parties.

EXEMPLE Le contrat stipule que le prix du bien vendu peut changer avant la livraison.

2 Les recours en cas d'inexécution du contrat

2.1. Les formes de l'inexécution

- L'inexécution totale : l'une des parties n'effectue pas la prestation prévue.

EXEMPLE Le transporteur ne livre pas le colis confié.

- L'exécution partielle ou imparfaite : la prestation n'est pas conforme au contrat.
- Le retard dans l'exécution : les délais prévus au contrat ne sont pas respectés.

2.2. Les sanctions de l'inexécution

Selon le Code civil, le créancier d'une obligation inexécutée a plusieurs options :
- invoquer l'exception d'inexécution, qui consiste à refuser d'exécuter sa propre obligation ou à en suspendre l'exécution ;
- exiger l'exécution forcée en nature, sauf si cette exécution est impossible ou s'il existe une disproportion manifeste entre son coût et son intérêt pour le créancier ;
- accepter une exécution imparfaite du contrat et solliciter une réduction du prix ;
- opter pour la résolution du contrat entraînant son anéantissement rétroactif.

De plus, des dommages et intérêts peuvent être demandés si l'inexécution du contrat a causé un préjudice au créancier.

EXEMPLE Le retard dans l'exécution et le manque à gagner commercial qui en découle.

Le montant des dommages et intérêts éventuels peut être déterminé d'avance par une clause pénale du contrat.

2.3. La mise en demeure préalable

Avant de demander une sanction de l'inexécution du contrat, le créancier doit manifester officiellement son mécontentement : il le fait par une mise en demeure, soit par voie d'huissier, soit par lettre recommandée avec accusé de réception.

Mes notes pour réviser

MOTS CLÉS

Force obligatoire • Clause abusive • Exception d'inexécution • Résolution • Clause pénale • Mise en demeure

Savoir 3

La responsabilité et le dommage

La personne responsable doit assumer la réparation des divers dommages dont elle doit répondre.

1 Les différents types de responsabilité

1.1. La responsabilité pénale

Lorsqu'une personne commet une infraction (contravention, délit ou crime), sa responsabilité pénale est engagée. Le rôle du juge pénal est de prononcer une peine (amende, emprisonnement, etc.) car le but de la responsabilité pénale est de punir la personne et de sanctionner l'atteinte à l'ordre public.

1.2. La responsabilité civile

La responsabilité civile est parfois contractuelle : il s'agit des cas où l'inexécution fautive d'un contrat cause un préjudice au cocontractant. Dans les autres cas (dommage ne résultant pas d'un problème d'exécution d'un contrat), la responsabilité civile engagée est extracontractuelle.

1.3. La conjugaison des deux types de responsabilité

Lorsqu'une personne cause un dommage à une autre et que le fait générateur de la responsabilité civile est également une infraction, elle engage à la fois sa responsabilité civile et sa responsabilité pénale. La victime peut alors choisir entre intenter une action civile devant les tribunaux judiciaires ou se constituer partie civile auprès du juge pénal chargé d'instruire l'action publique.

2 Les différents dommages

2.1. La nature des dommages

LE DOMMAGE CORPOREL	LE DOMMAGE MATÉRIEL	LE DOMMAGE MORAL
Atteinte à l'intégrité physique de la victime.	Atteinte aux biens d'une personne.	Dommages de nature immatérielle.
LE CAS PARTICULIER DU PRÉJUDICE ÉCOLOGIQUE		
Le préjudice écologique consiste en une atteinte non négligeable aux éléments ou aux fonctions des écosystèmes ou aux bénéfices collectifs tirés par l'homme de l'environnement.		

2.2. Les dommages patrimoniaux et extrapatrimoniaux

– Les dommages patrimoniaux résultent d'une atteinte à des droits patrimoniaux (pécuniaires) de la victime. Ils sont évaluables en argent.
– Les dommages extrapatrimoniaux sont les atteintes aux droits extrapatrimoniaux de la victime et, parfois, certains dommages résultant d'un préjudice corporel.

EXEMPLE Le préjudice d'agrément résultant d'une blessure.

3 Les caractères du dommage réparable

LE CARACTÈRE CERTAIN	Le dommage doit être vérifiable, même s'il n'est que futur ; un dommage seulement éventuel n'est pas réparable.
LE CARACTÈRE PERSONNEL	La personne indemnisée est celle qui a personnellement subi le préjudice. La victime « par ricochet » (conjoint, enfant) peut aussi être indemnisée.
LE CARACTÈRE LÉGITIME	Le dommage ne peut être réparé que s'il est juridiquement protégé (pas d'indemnisation pour la perte d'un bien illicite).
LE CARACTÈRE DIRECT	Le dommage doit résulter directement du fait générateur de la responsabilité : le juge limitera les dommages « en cascade ».

4 La réparation du dommage

4.1. Les deux modes de réparation

Lorsque cela est possible, la meilleure réparation consiste à faire disparaître le préjudice par une remise en l'état des choses : on parle de réparation en nature.

EXEMPLE Faire cesser un dénigrement entraînant une concurrence déloyale.

Mais, dans la plupart des cas, c'est par l'attribution d'une somme d'argent à la victime – les dommages et intérêts – que le responsable répare le dommage.

4.2. Le rôle de l'assurance

a) Le dispositif de l'assurance

L'assurance est un contrat qui permet de faire supporter à l'assureur les risques de responsabilité. En échange de cotisations, l'assureur indemnise les victimes des agissements accidentels de l'assuré, parfois l'assuré lui-même.

b) Les fonds de garantie

Les fonds de garantie ont été créés pour indemniser les victimes de situations particulières : un attentat, un accident commis par un conducteur de véhicule en fuite, inconnu ou non assuré, etc.

5 L'exonération de responsabilité

La cause étrangère est la seule cause d'exonération possible dans tous les cas de responsabilité.

LA FORCE MAJEURE	LE FAIT DE LA VICTIME OU LE FAIT D'UN TIERS
L'événement qui a causé le dommage doit être irrésistible (insurmontable), imprévisible et extérieur au défendeur. EXEMPLE Une catastrophe naturelle.	Pour exonérer totalement la personne mise en cause, les comportements de la victime ou d'un tiers ayant causé le dommage doivent être irrésistibles et imprévisibles.

MES NOTES POUR RÉVISER

MOTS CLÉS

Responsabilité pénale/civile • Dommages (corporel, matériel, moral) • Préjudice écologique • Réparation • Assurance • Exonération

S'ENTRAÎNER AU BAC
Exercice 1 : p. 350

Savoir 4

Les différents régimes de responsabilité civile

La responsabilité civile trouve sa source dans le contrat ou dans des situations extracontractuelles.

1 La responsabilité contractuelle

1.1. Les conditions de la responsabilité contractuelle

La responsabilité contractuelle est engagée en cas de faute contractuelle ayant engendré un dommage : absence totale d'exécution de la prestation, retard dans l'exécution, exécution défectueuse. Pour ce qui est de la preuve de la faute :
– en cas d'obligation de résultat, le contractant (transporteur, vendeur…) s'engage à fournir un résultat précis. Le défaut de résultat suppose la faute contractuelle ;
– en cas d'obligation de moyens, le contractant (médecin, avocat…) s'engage à faire son possible. En cas d'inexécution, le créancier doit prouver une faute.

1.2. Les modalités de réparation

Outre les suites possibles de l'inexécution (voir Savoir 8), le créancier de l'obligation inexécutée peut obtenir des dommages-intérêts. Les parties peuvent convenir à l'avance d'une limite à leur montant (clause limitative de responsabilité) ou d'une indemnisation déterminée (clause pénale).

2 Les faits générateurs de responsabilité civile extracontractuelle

Selon le fait générateur, on détermine le régime de responsabilité applicable.

2.1. Le fait personnel

L'auteur du fait personnel a commis une faute dont il est responsable. Celle-ci consiste soit en une faute volontaire, soit en une négligence ou une imprudence.

EXEMPLES Violence, acte de concurrence déloyale, accident.

2.2. Le fait d'autrui

Le responsable répond du fait d'autrui, une personne qui n'est pas responsable.

a) La responsabilité des père et mère
Les parents sont responsables des faits commis par leur enfant mineur. Il faut et il suffit que le fait dommageable soit commis par l'enfant mineur et que le parent mis en cause ait la garde de cet enfant, même en l'absence de faute de sa part.

b) La responsabilité de l'employeur
Tout employeur est responsable des dommages causés à autrui par un de ses salariés. Il doit assumer le risque lié à l'activité de ses salariés.

2.3. Le fait des choses

Le responsable du fait des choses est le gardien, qui n'est pas forcément le propriétaire, mais la personne qui en a l'usage, la direction et le contrôle.

LA CHOSE EN GÉNÉRAL	LES CHOSES SPÉCIFIQUES
Il s'agit de toute chose inanimée : – un bien meuble ou un immeuble ; – une chose solide, liquide ou gazeuse ; – une chose dangereuse ou non dangereuse.	Les divers cas sont prévus par la loi : – les animaux ; – les bâtiments menaçant ruine ; – les produits défectueux.

2.4. Les régimes spécifiques d'indemnisation

a) En cas d'accident du travail
Si un salarié subit un dommage dans un accident survenu par le fait ou à l'occasion de son travail, il peut en obtenir réparation auprès de son employeur.

b) En cas d'accident de la circulation
Des règles particulières concernent les victimes d'accidents de la circulation causés par un véhicule à moteur : voiture, camion, moto, tracteur, etc.

LES VICTIMES « PROTÉGÉES »	LES VICTIMES « SUPER-PROTÉGÉES »
Les piétons, cyclistes et passagers transportés, à l'exclusion du conducteur.	Les mêmes personnes mais de moins de 16 ans, de plus de 70 ans ou invalides.

Les victimes « protégées » sont toujours indemnisées, sauf si la cause exclusive de l'accident est une faute inexcusable de leur part.

EXEMPLE Un cycliste fait du vélo sur une autoroute, la nuit, sans lumière.

Les victimes « super-protégées » sont toujours indemnisées, sauf si elles ont commis une faute volontaire à l'origine du dommage.

EXEMPLE Une personne se suicide en se jetant sous les roues d'une voiture.

Tout conducteur d'un véhicule à moteur devant être assuré, c'est sa compagnie d'assurances qui prend en charge l'indemnisation de la victime.

c) En cas de produits défectueux
La responsabilité des produits défectueux n'est pas reliée à la faute : elle s'applique à tout produit n'offrant pas « *la sécurité à laquelle on peut légitimement s'attendre* ».

LE RESPONSABLE	Toute personne ayant participé à la mise sur le marché du produit : le producteur du produit et celui qui le vend sous son nom ou l'importe.
LA DÉFECTUOSITÉ	Une conception dangereuse du produit ou une fabrication rendant le produit dangereux (ex. : produit dangereux par ses composants).
LES VICTIMES	Les consommateurs comme les professionnels, acheteurs (responsabilité contractuelle) ou tout utilisateur (responsabilité extracontractuelle).

Sont réparés les dommages subis par les personnes et les dommages aux biens (autres que le produit défectueux) de plus de 500 €.

Mes notes pour réviser

MOTS CLÉS

Fait personnel • Fait d'autrui • Fait des choses • Accident du travail • Accident de la circulation • Produits défectueux

S'ENTRAÎNER AU BAC
Exercice 1 : p. 350

Savoir 5

Le contrat de travail

Les rapports entre l'employeur et le salarié sont gouvernés par le contrat de travail.

1 Les spécificités du contrat de travail

1.1. Le lien de subordination, élément distinctif du contrat de travail

La jurisprudence définit le contrat de travail comme celui par lequel une personne, le salarié, s'engage à fournir une prestation de travail en échange d'une rémunération (principalement, un salaire), pour le compte et sous la direction d'une autre personne, l'employeur, qui dispose des pouvoirs de commandement, de contrôle et de sanction. Cette formule traduit l'existence d'un lien de subordination.
Lorsqu'une personne effectue un travail rémunéré pour une autre personne en toute indépendance, sans lien de subordination, il s'agit d'un contrat d'entreprise.

1.2. La forme du contrat de travail

En l'absence d'écrit, un contrat de travail n'est pas nul. Il est présumé être un contrat à durée indéterminée (CDI) à temps plein, et il se prouve par tous moyens.

1.3. Les clauses générales du contrat de travail

Le contrat de travail fixe les modalités d'exécution du travail : il précise la fonction du salarié, la nature des tâches qu'il doit exécuter, le lieu de travail, la durée de l'engagement, etc., et les obligations de l'employeur en matière de rémunération.

1.4. Les pouvoirs du chef d'entreprise

LE POUVOIR DE DIRECTION	LE POUVOIR RÉGLEMENTAIRE	LE POUVOIR DISCIPLINAIRE
L'employeur recrute, organise le travail, détermine les horaires, le lieu de travail, etc.	L'employeur édicte les consignes (hygiène, sécurité, harcèlement, discipline) et prévoit les sanctions en cas de faute.	L'employeur sanctionne les salariés ayant commis une faute dans l'exercice de leur travail.

S'il emploie au moins 20 salariés, l'employeur doit rédiger un règlement intérieur.

2 Les différents contrats de travail

2.1. Le CDI, contrat de droit commun

Par définition, le CDI n'a pas de terme fixé lors de sa conclusion. On le considère comme le type de contrat le plus favorable au salarié. En effet, si l'employeur peut licencier le salarié, il doit respecter de nombreuses règles limitant ses pouvoirs.

EXEMPLES Existence d'une cause réelle et sérieuse, versement d'une indemnité.

2.2. Les contrats précaires

a) Les principaux types de contrat précaire

– Le contrat à durée déterminée (CDD) : il est conclu entre un salarié et son employeur. Ce dernier doit assurer lui-même le recrutement.

– Le contrat de travail temporaire (CTT) : le chef d'entreprise s'adresse à une agence d'emploi. Il y a création de deux contrats complémentaires : un contrat de travail (contrat de mission) entre le salarié et l'entreprise de travail temporaire, et un contrat de mise à disposition entre l'agence d'emploi et l'entreprise « utilisatrice ».

b) Le recours aux contrats précaires

Ces contrats sont un outil de flexibilité. Mais la loi limite les possibilités d'y recourir.

LES CONTRATS PRÉCAIRES AUTORISÉS	LES CONTRATS PRÉCAIRES INTERDITS
– Pour remplacer un salarié absent. – En cas d'accroissement temporaire d'activité. – Pour un emploi saisonnier ou temporaire par nature. – Pour remplacer le chef d'entreprise malade. – Dans le cadre de mesures pour l'emploi.	– Pour un emploi permanent. – Pour remplacer un gréviste. – Pour des tâches dangereuses. – Dans les 6 mois qui suivent un licenciement économique.

c) Les règles communes aux contrats précaires

Le contrat est obligatoirement écrit. Un accord collectif entre partenaires sociaux peut limiter sa durée et le nombre de renouvellements possibles. À défaut, sa durée est limitée à 18 mois, y compris deux renouvellements possibles.

Une indemnité de précarité est versée à la fin du contrat (10 % du salaire brut).

d) Des contrats précaires spécifiques

Il existe des contrats particuliers : le contrat saisonnier, le CDI de chantier, etc.

3 Les clauses spécifiques du contrat de travail

3.1. La clause de mobilité

La clause de mobilité est celle par laquelle le salarié accepte à l'avance l'éventualité d'une mutation géographique. Pour qu'elle soit valable, la jurisprudence pose plusieurs conditions : précision quant au(x) lieu(x) envisagé(s), délai de prévenance, prise en compte de la situation personnelle du salarié, intérêt de l'entreprise.

3.2. La clause de non-concurrence

La clause de non-concurrence interdit à un salarié de s'installer à son compte ou de se mettre au service d'un concurrent après la rupture du contrat de travail.

La Cour de cassation a précisé les critères de validité de cette clause :

– la limitation de ses effets dans l'espace, dans le temps et pour une activité définie ;

– la défense nécessaire des intérêts de l'entreprise ;

– une contrepartie financière pour compenser les inconvénients de la clause.

3.3. La clause de recours au télétravail

S'il n'est pas prévu par un accord collectif, le recours au télétravail résulte d'une clause spécifique du contrat de travail, qui est très encadrée par la loi.

EXEMPLE Prise en charge par l'employeur des coûts découlant directement de l'exercice du télétravail, notamment le coût des matériels, logiciels, abonnements, etc.

MES NOTES POUR RÉVISER

MOTS CLÉS

Contrat de travail • Lien de subordination • Contrat d'entreprise • CDI, CDD/CTT • Clauses de mobilité/de non-concurrence • Télétravail

S'ENTRAÎNER AU BAC
Exercice 3 : p. 351-352

Savoir 6

La rupture du CDI

Chacune des parties à un CDI peut y mettre fin, soit par décision unilatérale du salarié ou de l'employeur, soit d'un commun accord entre les deux.

1 La démission

1.1. Définition, modalités et conséquences de la démission

La démission est la rupture du contrat de travail par le salarié.
La loi n'impose aucune forme, mais le salarié doit respecter un préavis dont la durée résulte soit d'un accord collectif, soit du contrat de travail, soit des usages.
La démission est irrévocable : le salarié ne peut pas revenir sur sa décision.
Elle n'entraîne pas d'indemnisation par l'employeur. N'étant pas une perte involontaire d'emploi, elle ne donne pas droit, en principe, aux allocations-chômage.

1.2. Les caractères de la démission

Selon la jurisprudence, la démission doit :
- manifester une volonté claire, sérieuse et non équivoque ;

EXEMPLE Ne pas reprendre le travail à la fin d'un congé ne signifie pas démissionner.

- être librement donnée, sous peine d'être requalifiée en licenciement par le juge.

EXEMPLE Démission pour mettre fin à un harcèlement moral (pas de vraie liberté).

2 Le départ en retraite

Le salarié peut rompre son contrat de travail pour partir à la retraite, dès lors qu'il a atteint l'âge pour demander la liquidation de sa pension vieillesse (aujourd'hui, 62 ans). Le départ à la retraite ouvre droit à une indemnité de départ volontaire à la retraite. Une seule obligation s'impose au salarié : respecter un préavis.
La pension « à taux plein » suppose une durée légale de cotisation.

3 Le licenciement

Le licenciement est la rupture du CDI par l'employeur. Il doit être fondé, selon la loi, sur une cause « réelle et sérieuse ». À défaut, le salarié peut obtenir réparation en saisissant le conseil de prud'hommes.

3.1. Les motifs du licenciement individuel pour motif personnel

Le licenciement pour motif personnel peut être pour faute ou pour fait non fautif.

LES FAUTES DU SALARIÉ	LE FAIT NON FAUTIF
– La **faute sérieuse** : elle rend impossible le maintien du contrat (ex. : retards répétés). – La **faute grave** : elle rend inéluctable la cessation immédiate du contrat (ex. : abandon de poste). – La **faute lourde** : d'une exceptionnelle gravité, elle révèle une intention de nuire à l'entreprise (ex. : sabotage).	Il relève d'une incapacité professionnelle, d'une inaptitude physique, d'une incompatibilité de caractère avec les autres salariés, etc. (ex. : incapacité à s'adapter à un nouvel équipement informatique).

3.2. Le licenciement pour motif économique

Le licenciement économique résulte d'une suppression ou transformation d'emploi liée, notamment, à des difficultés économiques ou à des mutations technologiques, ou encore à une réorganisation pour sauvegarder la compétitivité de l'entreprise.

4 La rupture conventionnelle du CDI

4.1. La rupture conventionnelle homologuée

a) Le dispositif

Le législateur a créé un dispositif permettant à l'employeur et au salarié de convenir de la rupture du CDI et de ses suites, en prévoyant un contrôle par l'inspecteur du travail, qui décide d'homologuer ou non les mesures décidées. Si cette rupture conventionnelle individuelle est homologuée, le salarié a droit à un préavis et à une indemnité de rupture. Il perçoit par ailleurs les allocations-chômage.

b) Les étapes de la procédure

1. Entretien(s) préalable(s) à la convention
2. Convention rédigée (préavis, indemnité)
3. Délai de rétractation de 15 jours pour chaque partie
4. Convention transmise à l'inspecteur du travail
5. Homologation ou refus sous 15 jours

4.2. La rupture conventionnelle collective

Un accord collectif d'entreprise peut prévoir la rupture du contrat de travail d'un certain nombre de salariés, à qui la mesure est proposée. Cette rupture conventionnelle collective, décidée par l'employeur et les représentants syndicaux de l'entreprise, fixe le nombre maximal de départs, les indemnités dues aux salariés et les mesures d'accompagnement et de reclassement des salariés.
Cet accord collectif doit être validé par l'inspection du travail.

5 Les conséquences de la rupture du contrat de travail

5.1. Les indemnités accompagnant la rupture du contrat

– L'indemnité de licenciement : elle est due à tout salarié licencié. Son montant minimum est de 1/4 de salaire mensuel par année d'ancienneté pour les 10 premières années, et 1/3 de mois de salaire à partir de la 11e année.

– L'indemnité compensatrice de congés payés : elle est due pour les congés payés dont le salarié n'a pas pu bénéficier dans tous les cas de rupture du contrat de travail.

5.2. Les documents remis au salarié

L'employeur remet au salarié plusieurs documents : un certificat de travail, une attestation Pôle emploi (pour la demande d'allocations-chômage) et un reçu pour solde de tout compte, qui peut être dénoncé dans les 6 mois.

MES NOTES POUR RÉVISER

MOTS CLÉS

Démission • Cause réelle et sérieuse • Licenciement pour motif personnel • Licenciement économique • Rupture conventionnelle individuelle/collective

Savoir 7

Les libertés des salariés

Le droit du travail protège les libertés individuelles et collectives du salarié.

1 Les libertés individuelles

1.1. Les différentes libertés individuelles

– La liberté de pensée et d'expression : elle se décline en liberté d'opinion, en liberté d'expression (avis critique sur son travail), en liberté religieuse, etc.
– Le respect de la vie personnelle inclut le respect de la vie privée, qui comprend le secret des correspondances (l'employeur ne peut pas consulter les courriels ou les courriers des salariés identifiés comme « personnels »), le droit à la déconnexion durant les repos, la liberté vestimentaire et le libre choix du domicile.
– La protection des données : l'employeur doit garantir la confidentialité et la sécurité des données qu'il collecte sur les salariés (noms, adresses, taux d'imposition sur le revenu, etc.) en vertu du règlement général sur la protection des données (RGPD).

1.2. La limitation des libertés individuelles

Le Code du travail précise que la limitation des libertés individuelles par l'employeur n'est possible que sous certaines conditions : les restrictions doivent être justifiées par la nature de la tâche à accomplir et proportionnées au but recherché.

EXEMPLE L'atteinte à la liberté vestimentaire pour des raisons de sécurité.

2 Les libertés collectives

2.1. Le droit de grève

La grève est un droit reconnu par la Constitution et défini par la jurisprudence : c'est une cessation collective et concertée du travail en vue de faire aboutir des revendications professionnelles. La grève entraîne la suspension du travail et une perte de salaire proportionnelle. L'employeur doit respecter le droit de grève : aucune sanction n'est possible à l'égard d'un gréviste, sauf en cas de faute lourde et en cas d'abus du droit de grève.

2.2. Le droit à la représentation dans l'entreprise

Le comité social et économique (CSE), dont les membres sont élus, veille à l'expression collective des salariés et présente leurs réclamations.

2.3. La liberté syndicale

Dans l'entreprise, les délégués syndicaux, désignés par les syndicats représentatifs, défendent les salariés et négocient les accords d'entreprise.

Mes notes pour réviser

MOTS CLÉS

Liberté d'expression • Respect de la vie privée • Droit de grève • Comité social et économique • Délégué syndical

Savoir 8

L'entreprise individuelle et la société commerciale

Entreprendre implique d'abord de déterminer la forme juridique de l'entreprise, en choisissant entre deux options : l'entreprise individuelle ou la société.

1 L'entreprise individuelle

1.1. Les deux types d'entreprise individuelle

a) L'entreprise individuelle classique

L'entreprise individuelle se confond avec l'entrepreneur, lequel peut être commerçant, artisan, professionnel libéral ou agriculteur. L'entrepreneur n'a aucun apport à réaliser puisqu'il n'y a pas constitution de personne morale.

Le fonctionnement de l'entreprise individuelle est simple : pas d'assemblée à réunir comme en société, pas de comptes à publier.

b) La microentreprise

CONSTITUTION	Il suffit de remplir un formulaire en ligne.
DROITS ET OBLIGATIONS	Régime favorable qui limite les cotisations sociales et l'impôt au versement d'un pourcentage du chiffre d'affaires (23,7 % pour les services, 13,8 % pour le commerce). De plus, l'activité est exonérée de TVA.
ACCÈS AU STATUT	Toute personne physique peut choisir le statut de microentrepreneur (personne sans emploi, salarié à temps partiel, retraité, étudiant, etc.).
TAILLE	Statut réservé aux entreprises dont le chiffre d'affaires annuel ne dépasse pas 72 500 € pour les activités de service et 176 200 € pour le commerce.

1.2. L'unicité du patrimoine et la responsabilité des dettes

En cas d'échec de l'entreprise individuelle, tous les biens constituant l'actif du patrimoine de l'entrepreneur constituent la garantie de paiement de ses dettes (le passif du patrimoine), en vertu du principe d'unicité du patrimoine (le patrimoine de l'entrepreneur et celui de l'entreprise se confondent).

1.3. Les atténuations de la responsabilité de l'entrepreneur individuel

a) La préservation d'une partie des biens

L'immeuble du domicile de l'entrepreneur est de droit insaisissable par ses créanciers professionnels. De plus, il peut faire, devant notaire, une déclaration d'insaisissabilité de ses immeubles non affectés à l'activité professionnelle.

b) L'entreprise individuelle à responsabilité limitée (EIRL)

Le statut d'entreprise individuelle à responsabilité limitée (EIRL) permet à l'entrepreneur de constituer un patrimoine d'affectation destiné à son activité, tout en préservant ses autres biens contre les poursuites des créanciers professionnels en cas de difficultés financières.

EXEMPLE Un véhicule personnel non professionnel ne pourra pas être saisi.

2 La société

2.1. Le contrat de société

a) Définition

Le contrat de société est défini par l'article 1832 du Code civil comme un contrat conclu entre deux ou plusieurs personnes qui conviennent « d'affecter à une entreprise commune des biens ou leur industrie en vue de partager le bénéfice ou de profiter de l'économie qui pourra en résulter ».

b) Les éléments caractéristiques du contrat de société

LES APPORTS	Chaque associé fait un apport : il fournit des biens à la société, dont l'ensemble constitue le capital social. La limitation de la responsabilité aux apports est la règle en cas de liquidation de la société.
LE PARTAGE DES BÉNÉFICES ET DES PERTES	C'est la contrepartie des apports et de la finalité de la société, son but lucratif. Chaque associé a droit à des dividendes, c'est-à-dire une partie des bénéfices. Mais les associés s'engagent aussi à contribuer aux pertes.
L'*AFFECTIO SOCIETATIS*	Pour la jurisprudence, l'*affectio societatis* signifie que la société est un groupement dont les membres veulent collaborer sur un pied d'égalité. Il s'agit là d'un élément psychologique, se traduisant par la participation de chaque associé à la gestion (vote aux assemblées générales).

2.2. Les principales sociétés commerciales

Les sociétés pluripersonnelles sont constituées sans capital minimum (SARL, SAS) sauf la SA, qui exige un capital d'au moins 37 000 €. Le nombre d'associés est d'au moins deux et en SARL au plus 100.

Les sociétés unipersonnelles (EURL, SASU) permettent à une personne qui veut entreprendre seule de le faire tout en protégeant son patrimoine, puisque ces sociétés ont la personnalité morale et disposent de leur patrimoine propre.

2.3. La prise de décision en société

Dans toutes les sociétés commerciales, il existe un ou des dirigeants, dotés de pouvoirs spécifiques. Les autres associés participent à la vie sociale au travers des assemblées générales qui les réunissent plus ou moins régulièrement, en assemblées générales ordinaires (AGO) et extraordinaires (AGE).

3 La société coopérative

Une société coopérative favorise un fonctionnement démocratique et une redistribution équitable des bénéfices. Le personnel est associé tant au capital qu'à la prise de décision, sur la base du principe coopératif d'une voix par associé.

Une SCOP (société coopérative et participative) est une SA ou une SARL dont les salariés sont les associés majoritaires. Le dirigeant est élu. Le partage du profit se veut équitable entre salariés, salariés-associés (dividendes) et l'entreprise (réserves).

Mes notes pour réviser

MOTS CLÉS

Principe d'unicité du patrimoine • Déclaration d'insaisissabilité • Patrimoine d'affectation • Contrat de société • Limitation de responsabilité aux apports • Affectio societatis • Société coopérative • SCOP

S'ENTRAÎNER AU BAC
Exercice 4 : p. 352-353

Savoir 9

La concurrence et les partenariats contractuels

Les contrats de franchise ou de sous-traitance servent à organiser la production ou le réseau de distribution de l'entreprise. Mais ces accords ne doivent pas servir à des pratiques anticoncurrentielles.

1 Les partenariats d'entreprises

1.1. La franchise

Le contrat de franchise est un contrat par lequel le franchiseur accepte de mettre à la disposition d'un franchisé – commerçant indépendant – sa marque, ses produits, ses procédés de fabrication ou son savoir-faire, moyennant un droit d'entrée et une redevance régulière.
Le franchiseur peut développer un réseau de vente sans investir massivement, tandis que le franchisé peut développer sa clientèle grâce à la notoriété de la marque dont il a l'usage.

EXEMPLES McDonald's, Starbucks, Domino's Pizza, Ada, Midas, Mobalpa, Norauto.

LES OBLIGATIONS DU FRANCHISEUR	LES OBLIGATIONS DU FRANCHISÉ
– Délivrer un document d'information précontractuel 20 jours au moins avant la formation du contrat. – Accompagner le franchisé par des formations ou des aides dans la gestion. – Respecter la clause d'exclusivité territoriale éventuellement accordée au franchisé.	– Acquitter la redevance due au franchiseur. – Respecter les instructions du franchiseur sur les méthodes de vente. – Respecter un approvisionnement exclusif auprès du franchiseur. – Respecter l'obligation de discrétion et de non-divulgation du savoir-faire du franchiseur.

1.2. La sous-traitance

Le contrat de sous-traitance est un contrat d'entreprise par lequel un donneur d'ordre confie à une autre entreprise, appelée « sous-traitant », le soin d'exécuter pour elle une partie des actes de production ou de service dont elle conserve la responsabilité.
Le donneur d'ordre développe sa capacité de production et/ou bénéficie d'un savoir-faire extérieur. Le sous-traitant bénéficie de débouchés réguliers.

EXEMPLE Le groupe automobile PSA compte environ 800 sous-traitants, dont Bosch Diesel, Tramico, Snop, Loire Étude, Fanuc Robotics, Faurecia.

LES OBLIGATIONS DU DONNEUR D'ORDRE	LES OBLIGATIONS DU SOUS-TRAITANT
– Fournir un cahier des charges précisant les obligations du sous-traitant en termes de qualité des produits ou services, de quantité, de délai de livraison, etc. – Payer le prix convenu au contrat, en respectant les modalités convenues.	– Effectuer personnellement la tâche ou le service confié. – Respecter son obligation de loyauté et de discrétion. – Respecter le cahier des charges et les délais prévus au contrat.

2 Les pratiques anticoncurrentielles

Les accords de coopération entre les entreprises ne doivent pas conduire à des pratiques anticoncurrentielles, comme l'entente illicite entre plusieurs d'entre elles ou l'abus de position dominante exercé par un ou plusieurs acteurs du marché.

2.1. Les ententes illicites

Une entente entre entreprises est un accord, quelle qu'en soit la forme, qui leur permet de mener à bien un projet commun.

EXEMPLE S'allier entre laboratoires pharmaceutiques pour rechercher et mettre au point un vaccin contre un nouveau virus.

Il y a entente illicite si l'accord porte préjudice au fonctionnement normal du marché de concurrence.

LES EFFETS SUR LE MARCHÉ	Les ententes illicites ont pour objet (c'est l'effet recherché) ou peuvent avoir pour effet (même involontairement) d'empêcher, de restreindre ou de fausser le jeu de la concurrence sur un marché.
LES VISÉES	Les ententes illicites peuvent porter sur les prix, un partage du marché, les conditions de vente ou des moyens pour éliminer un concurrent.

2.2. L'abus de position dominante

Il est illégal, pour une entreprise en position de force sur le marché, de fausser le jeu de la concurrence. Les pratiques d'abus de position dominante sont diverses : imposer des prix non équitables à ses partenaires (fournisseurs ou clients), limiter la production au préjudice des consommateurs (en faisant monter les prix de façon artificielle), appliquer à l'égard des partenaires commerciaux des conditions inégales ou dissuader tout nouveau concurrent d'entrer sur le marché.

EXEMPLE Microsoft imposait son logiciel Media Player aux fabricants d'ordinateurs.

2.3. La sanction des pratiques anticoncurrentielles

En France, l'Autorité de la concurrence est compétente pour sanctionner ces pratiques ; au niveau européen, c'est la Commission européenne.
Les entreprises sont tenues de cesser leurs pratiques (« injonction »). Le plus souvent, d'importantes amendes leur sont infligées, qui peuvent atteindre 10 % du chiffre d'affaires des membres de l'entente, avec doublement en cas de récidive.

EXEMPLES Le 16 mars 2020, l'Autorité de la concurrence a infligé à Apple une amende de 1,1 milliard d'euros pour entente illicite avec ses deux grossistes : entre 2005 et 2017, les entreprises se sont entendues pour ne pas se faire concurrence et empêcher les distributeurs de faire jouer la concurrence entre eux.
Le 20 mars 2019, la Commission européenne a condamné Google à une amende de 1,49 milliard d'euros, l'accusant d'abuser de sa position dominante en imposant des clauses restrictives dans les contrats passés avec des sites web (tels des détaillants en ligne ou des journaux), empêchant ainsi ses concurrents de placer leurs publicités sur ces sites.

Mes notes pour réviser

MOTS CLÉS

Contrat de franchise • Contrat de sous-traitance • Entente illicite • Abus de position dominante

Exercice 1 Voir Fiches 3 et 4

Les limites du droit de propriété La responsabilité

Un arrêt rendu le 19 novembre 2015 par la Cour de cassation permet de faire le point sur le droit de clôturer sa propriété ou son terrain et les limites à respecter.

1. Rappelez le fondement juridique sur lequel repose le droit de clôturer sa propriété.

2. Analysez l'affaire à l'origine de l'arrêt du 19 novembre 2015 : quels étaient les faits à l'origine du litige ? Quelles étaient les parties ? Quel est le problème juridique ?

3. Quelles différences faut-il faire entre abus du droit de propriété et inconvénients anormaux du voisinage ?

4. Quel type de responsabilité est engagé dans les deux cas ? Quelles réparations s'ensuit-il ?

Annexe 1 – Articles du Code civil

Art. 544 – La propriété est le droit de jouir et disposer des choses de la manière la plus absolue, pourvu qu'on n'en fasse pas un usage prohibé par les lois ou par les règlements.

Art. 647 – Tout propriétaire peut clore son héritage [sa propriété] [...].

Annexe 2 – Les troubles anormaux du voisinage

Une limite au caractère absolu du droit de propriété, lorsqu'il vient compromettre l'exercice d'un droit de propriété concurrent, a été posée par la doctrine jurisprudentielle des troubles anormaux de voisinage [...].

La situation de voisinage comporte généralement des inconvénients. Certains comportements peuvent excéder ces inconvénients normaux. Cette doctrine complète celle, plus ancienne, de l'abus du droit de propriété [...]. L'usage abusif du droit de propriété suppose une faute commise dans l'intention de nuire au propriétaire voisin, faute qui oblige à réparer le dommage. Ainsi, commet un abus de droit le propriétaire qui s'oppose sans raison valable à la démolition de constructions vétustes et empêche ainsi un propriétaire voisin de procéder sur son fonds à des travaux autorisés (3e Ch. civ., 20 mars 1978).

La doctrine des troubles de voisinage n'implique pas une faute mais un trouble apporté au voisin dans la jouissance de son immeuble. Le trouble peut être sonore, visuel, olfactif, ou même, selon une jurisprudence plus récente, esthétique (3e Ch. civ., 9 mai 2001 ; 2e Ch. civ., 24 février 2005). La création d'un risque (par exemple, d'incendie) peut caractériser le trouble.

www.courdecassation.fr

Annexe 3 – Commentaire de l'arrêt du 19 novembre 2015

La clôture ne doit pas apporter de nuisances au voisinage, notamment réduire son ensoleillement ou être réalisée en fil barbelé présentant un danger pour les enfants. En revanche, si le matériau choisi ne plaît pas à votre voisin, le critère esthétique n'est pas normalement susceptible d'être retenu, sauf quelques rares exceptions.

Tel était le cas dans l'affaire soumise à la sagacité de la 3e chambre civile de la Cour de cassation (3e ch. civ., 19 nov. 2015).

Les propriétaires d'une maison contiguë dans la région de Metz avaient assigné leur voisin qui avait installé une haie de sommiers métalliques à titre de clôture en limite des propriétés : ils considéraient que ce pitoyable alignement de vieux sommiers [était] inesthétique.

La Cour de cassation confirme dans sa décision du 19 novembre 2015 que la présence d'objets « inadaptés et déplaisants » ne répondant pas à la définition d'une clôture engendrait un préjudice esthétique incontestable et que la pose de ces éléments inesthétiques ne pouvait assurer une fonction de soutènement : il s'agit d'un trouble anormal de voisinage dont la réparation implique l'enlèvement des sommiers litigieux sous astreinte de 50 euros par jour de retard. L'affaire aura duré 10 ans [...].

www.thierryvallatavocat.com

FAIT ☐ REVU ☐

Exercice 2 Voir Fiche 1

La formation du contrat

Samuel Cohen, amateur de voitures anciennes et expert en automobiles de son état, vient d'acquérir pour 185 000 € une Facel Vega FV2 de 1956, comme il en existe peu.

À l'occasion de la révision du véhicule, le mécanicien lui fait remarquer certains anachronismes et, après examen approfondi de diverses pièces, il apparaît que la voiture a été montée à partir de plusieurs modèles de la marque. Ce manque d'authenticité lui fait perdre beaucoup de sa valeur.

Aucun accord amiable n'étant possible avec son vendeur, M. Cohen envisage de demander la nullité de son achat.

1. Dans ce litige, qualifiez les parties et les faits.

2. Quel vice du consentement M. Cohen veut-il invoquer ?

3. Quels sont, selon vous, le raisonnement du vendeur et celui de l'acheteur ? Qui devrait obtenir gain de cause en justice ?

Annexe 1 – Articles du Code civil

Art. 1130 – L'erreur, le dol et la violence vicient le consentement lorsqu'ils sont de telle nature que, sans eux, l'une des parties n'aurait pas contracté ou aurait contracté à des conditions substantiellement différentes. [...]

Art. 1131 – Les vices du consentement sont une cause de nullité relative du contrat.

Art. 1132 – L'erreur de droit ou de fait, à moins qu'elle ne soit inexcusable, est une cause de nullité du contrat lorsqu'elle porte sur les qualités essentielles de la prestation due ou sur celles du cocontractant.

Annexe 2 – L'erreur de l'acquéreur professionnel d'une œuvre d'art : cause de nullité de la vente aux enchères ?

En matière de vente d'œuvre d'art, la question de l'authenticité a toujours été au cœur d'un important contentieux. L'acquéreur d'une œuvre d'art qui découvre l'inauthenticité de l'œuvre qu'il a acquise, cherchera à obtenir l'annulation de la vente sur le fondement de l'erreur. [...]

La notion d'erreur **excusable** de l'acheteur professionnel alimente très régulièrement les débats judiciaires lorsqu'est sollicitée l'annulation de la vente. [...]

La jurisprudence se montre ainsi plus sévère lorsque le professionnel commet une erreur dans le domaine de sa spécialité. [...]

Dans une décision rendue par la Cour de cassation le 9 avril 2015, un expert de l'art russe du XXe siècle a souhaité obtenir l'annulation de la vente aux enchères lors de laquelle il avait pensé acquérir un tableau d'un célèbre peintre russe du *XXe* siècle, Konstantin Korovin, qui s'était révélé être une contrefaçon.

Dans cette décision, la Cour a considéré que l'erreur de l'acquéreur professionnel était inexcusable au regard de sa qualité « *d'expert de l'art russe du* XXe *siècle* ». [...] Ainsi, la vente aux enchères n'a pas été annulée sur le fondement de l'erreur sur les qualités essentielles (art. 1132 du Code civil). [...]

Dans une [autre] décision mesurée, la Cour de cassation a pu qualifier d'excusable l'erreur commise par l'acquéreur, expert agréé spécialiste du dépistage des faux et des contrefaçons artistiques, chargé de restaurer le tableau de Camille Claudel, *L'Amie anglaise*, qu'il a ensuite acquis. [...] La Cour de cassation a prononcé la nullité de la vente, considérant que « *l'expert était intervenu à des fins autres qu'une certification de la toile litigieuse, déjà formellement reconnue comme étant de Camille Claudel par Mme Y, experte et spécialiste de ses œuvres, et que cette authentification n'était en rien démentie à l'époque de la vente* » (*Civ. 1re, 14 déc. 2004*).

Béatrice Cohen, Avocat, www.village-justice.com

FAIT ☐ REVU ☐

Exercice 3 Voir Fiche 5

Le contrat de travail

La comptable de la société Kolir SA prend un congé-maternité. Son employeur recrute une personnée pour la remplacer durant son absence.

1. Qualifiez précisément le contrat et les parties.

2. Le recours à ce type de contrat est-il libre pour l'employeur ? Pourquoi est-il licite ici ?

3. Ce contrat de travail pourrait-il être reconduit à son terme ? À quelle condition ?

DROIT

Annexe 1 – Contrat de travail à durée déterminée (extrait)

Entre les soussignés :

– la société Kolir SA, [...] représentée par M. Pierre Grenier, Directeur général, d'une part,

– et Mlle Annie Ducret, [...] d'autre part,

IL A ÉTÉ CONVENU CE QUI SUIT :

Art. 1 – La société Kolir engage Mlle Ducret, pour une durée déterminée, en vue de remplacer Mme Sylvie Cantien, comptable, faisant valoir ses droits à congé-maternité.

Art. 2 – Le présent contrat, qui prend effet au 1er novembre 2020, est conclu pour une période de quatre mois et prendra fin le 28 février 2021.

Art. 3 – Le salaire brut de Mlle Ducret est fixé à deux mille six cents (2 600) euros par mois. [...]

Art. 8 – Les conditions de travail de Mlle Ducret seront régies par les dispositions de la convention collective nationale du commerce de grande distribution applicable à l'entreprise. [...]

Fait en deux exemplaires

Au Mont-Dore, le 30 octobre 2020. [...]

Annexe 2 – Article L.1242-2 du Code du travail

[...] Un contrat de travail à durée déterminée ne peut être conclu que pour l'exécution d'une tâche précise et temporaire, et seulement dans les cas suivants :

1° Remplacement d'un salarié en cas :
a) d'absence ;
b) de passage provisoire à temps partiel, conclu par avenant à son contrat de travail ou par échange écrit entre ce salarié et son employeur ;
c) de suspension de son contrat de travail ;
d) de départ définitif précédant la suppression de son poste de travail après consultation du comité d'entreprise ou, à défaut, des délégués du personnel, s'il en existe ;
e) d'attente de l'entrée en service effective du salarié recruté par contrat à durée indéterminée appelé à le remplacer ;

2° Accroissement temporaire de l'activité de l'entreprise ; **3°** Emplois à caractère saisonnier [...] ;

4° Remplacement d'un chef d'entreprise [...] ;

5° Remplacement du chef d'une exploitation agricole [...].

FAIT ☐ REVU ☐

Exercice 4 Voir Fiche 8

L'entreprise individuelle et la société

Michèle a créé il y a trois ans l'EURL Nestor dont elle est associée unique et gérante. Elle a réalisé un apport en numéraire de 5 000 €. Son activité connaît un certain succès et la notoriété de ses produits l'amène aujourd'hui à envisager de créer une succursale dédiée à la vente directe, aussi bien par Internet que dans un magasin.

Ce projet nécessitant des investissements importants, Michèle consulte son banquier. Celui-ci est d'accord pour prêter à l'EURL Nestor la somme d'argent nécessaire si Michèle accepte de se porter caution solidaire de sa société.

Par ailleurs, Michèle craint d'avoir un peu de mal à continuer à assumer seule la gestion de son entreprise. Elle envisage donc de faire évoluer sa structure juridique.

1. Qualifiez juridiquement l'entreprise de Michèle. En quoi se distingue-t-elle d'une entreprise individuelle ?

2. Quelles sont, selon vous, les raisons qui ont poussé Michèle à choisir le statut d'EURL ?

3. Quelles seraient les conséquences d'une liquidation de l'EURL Nestor sur le patrimoine de sa gérante et associée unique ?

4. Quelles conséquences le cautionnement que Michèle est prête à consentir peut-il entraîner ?

5. Quelle évolution de l'entreprise pourrait éviter à Michèle de fournir un cautionnement ?

Annexe 1 – L'EURL

1. Qu'est-ce qu'une entreprise unipersonnelle à responsabilité limitée (EURL) ?

L'entreprise unipersonnelle à responsabilité limitée (EURL) est une société à responsabilité limitée (SARL) constituée d'un seul associé. Elle est également appelée SARL unipersonnelle. [...]

2. Quels sont les avantages de l'EURL ?

- Elle vous permet de créer une société sans avoir à vous associer ;
- comme l'entrepreneur individuel à responsabilité limitée (EIRL), votre responsabilité financière est limitée au montant de vos apports ;
- vous pouvez déterminer librement le montant du capital dans les statuts ;
- vous pouvez plus facilement basculer vers le statut juridique de société à responsabilité limitée (SARL) ;
- vous pouvez choisir entre le régime de l'impôt sur le revenu ou de l'impôt sur les sociétés.

www.economie.gouv.fr

Annexe 2 – Présentation de l'entreprise individuelle

L'exercice en entreprise individuelle, également appelé exercice en nom propre, consiste à mettre en place une activité professionnelle sans créer une entité juridique distincte de l'exploitant. L'entreprise est confondue avec le patrimoine personnel de l'entrepreneur. [...]

La responsabilité de l'exploitant envers ses créanciers professionnels est en principe totale et indéfinie. [...]

Concernant le fonctionnement, l'exploitant dispose des pleins pouvoirs et peut prendre toutes les décisions sans formalisme particulier (sauf celles nécessitant un dépôt au greffe et éventuellement une publicité).

www.lecoindesentrepreneurs.fr

Annexe 3 – Le cautionnement

C'est un contrat permettant à une personne de se porter caution du paiement de sa dette par une autre personne. Le cautionnement est une convention unilatérale par laquelle une personne, la caution, s'engage à payer la dette d'une autre personne, le débiteur principal, à son créancier.

FAIT ☐ REVU ☐

Exercice 1 Voir Fiches 3 et 4

Les limites du droit de propriété La responsabilité

1. Le droit de clôturer sa propriété a pour fondement le contenu légal du droit de propriété : cette prérogative relève en effet du droit d'user de la chose («*usus*»). De plus, un article spécifique du Code civil (art. 647) prévoit expressément ce droit.

2. Analyse du litige :
– les faits à l'origine du litige : des propriétaires ont installé, en guise de clôture, une haie confectionnée avec des sommiers métalliques, ce qui paraît inadmissible à leurs voisins, qui trouvent cette construction trop inesthétique ;
– les parties qui s'affrontent sont donc les propriétaires des terrains contigus séparés par la haie de sommiers ;
– le problème juridique est de savoir si les modalités de mise en œuvre du droit de se clore peuvent constituer un trouble de voisinage.

3. L'abus du droit de propriété manifeste une intention de nuire à son voisin, alors que les inconvénients anormaux du voisinage ne sont pas le résultat d'une volonté de nuire et sont établis dès lors que la gêne causée (bruit, odeur, risque, etc.) dépasse ce qu'il est convenu d'admettre entre voisins.

4. L'abus du droit de propriété comme les inconvénients anormaux du voisinage constituent des troubles du voisinage, qui mettent en cause la responsabilité civile extracontractuelle de leur auteur. Dans le premier cas, le fait générateur de responsabilité est la faute volontaire de l'auteur du dommage. Dans le second cas, c'est une faute involontaire, par négligence le plus souvent. Dans les deux cas, la victime peut obtenir réparation de deux façons : d'une part, une réparation en nature, par la cessation des troubles ; d'autre part, une réparation par équivalent, par l'attribution de dommages-intérêts.

Exercice 2 Voir Fiche 1

La formation du contrat

1. Le litige oppose le vendeur d'une voiture et son acheteur. Ce dernier se rend compte, après la conclusion du contrat et la livraison du véhicule acheté, que celui-ci n'est pas la voiture ancienne authentique – et rare – qu'il pensait avoir acquise.

2. M. Cohen veut invoquer un vice du consentement à l'origine du contrat : il s'agit d'une erreur portant sur les qualités essentielles du bien acheté.

3. Pour le vendeur, l'existence du vice du consentement est contestable car le Code civil précise que l'erreur invoquée par une partie au contrat ne doit pas être inexcusable. Or, l'acquéreur M. Cohen est un expert en automobiles. Cette qualité professionnelle fait de lui un acheteur particulièrement averti qui aurait dû se rendre compte de l'existence d'éléments disparates utilisés pour remettre la vieille voiture en état de rouler.
Pour l'acheteur, le fait qu'il ait payé si cher la voiture est la marque de sa volonté d'acquérir une pièce d'exception. Quant au caractère excusable de son erreur, il faut l'admettre car, bien qu'expert, il ne pouvait pas déceler la présence de pièces provenant d'autres automobiles sans démonter en partie la voiture achetée.
On peut penser que les juges retiendront l'existence d'une erreur sur un élément essentiel, car l'expert ne pouvait pas se rendre compte des montages mécaniques opérés avant la vente.

Exercice 3 Voir Fiche 5

Le contrat de travail

1. Il s'agit d'un contrat de travail à durée déterminée, conclu entre l'employeur, la société Kolir, et la salariée, Mlle Ducret.

2. Le recours au CDD n'est pas libre pour l'employeur car la loi en limite l'utilisation à des cas précis d'emploi temporaire.
Le contrat présenté ici est valable car il a été conclu pour remplacer une salariée absente.

3. Le CDD peut être renouvelé si, au terme de son congé-maternité, la salariée absente ne reprend pas le travail. En principe, un accord collectif peut limiter le nombre de renouvellements possibles. À défaut, la loi prévoit une limite à deux.

Exercice 4 Voir Fiche 8

L'entreprise individuelle et la société

1. L'entreprise de Michèle est une société commerciale de type entreprise unipersonnelle à responsabilité limitée (EURL). Elle se distingue d'une entreprise individuelle par l'existence de la personnalité morale de la société, qui a son propre patrimoine.

2. En créant une EURL, Michèle dissocie son patrimoine de celui de la personne morale. Pour autant, en tant qu'associée unique et gérante, elle garde l'entier contrôle de son entreprise.

3. La liquidation éventuelle de l'EURL Nestor entraînerait la saisie des biens de l'entreprise, l'actif de son patrimoine servant à faire face – au moins partiellement – à son passif.
Mais la dissociation des patrimoines de Michèle et de l'EURL préserverait les biens propres de Michèle. Sa perte se limiterait au montant de l'apport de 5 000 € qu'elle a effectué en constituant sa société.

4. Le cautionnement est une garantie appréciée des créanciers. En effet, la caution – la personne qui donne son cautionnement – accepte d'avance d'être substituée au débiteur s'il ne paye pas.
Ici, le débiteur principal est l'EURL Nestor. En acceptant d'être caution de sa société, Michèle s'expose à des poursuites sur son patrimoine personnel si la société ne peut pas faire face à ses obligations de remboursement de l'emprunt bancaire. On voit là la limite à la notion de responsabilité limitée au montant des apports effectués par l'associée unique de l'EURL. Rien ne l'oblige à donner son cautionnement, comme rien n'oblige le banquier à lui consentir le prêt dont elle a besoin.

5. L'évolution possible de l'EURL Nestor est, de façon aisée, sa transformation en SARL. Il suffit d'un changement des statuts pour accueillir un ou plusieurs nouveaux associés. Leurs apports enrichiraient le capital de la société et renforceraient la confiance des banques, évitant ainsi à Michèle de fournir son cautionnement.

Savoir 1

L'intervention de l'État

De nombreux débats concernent le degré et les modalités de l'intervention de l'État dans l'économie. La place de l'État et ses fonctions ont ainsi évolué au fil du temps.

1 Le degré d'intervention de l'État

1.1. Deux conceptions de l'État : de l'État gendarme à l'État-providence

La nature et le degré d'intervention de l'État dans l'économie ont toujours fait débat parmi les économistes. Deux conceptions théoriques s'opposent, mais la réalité est plus contrastée, les pays ayant des degrés d'intervention entre ces deux extrêmes. Le degré d'intervention de l'État dépend des choix de société réalisés.

Libéralisme
Une intervention minimale de l'État dans l'économie
→ **État gendarme** : Rôle limité aux fonctions régaliennes (police, justice et défense nationale)
→ Mise en place d'un cadre institutionnel assurant le libre fonctionnement des marchés

Interventionnisme
Une intervention de l'État pour soutenir l'activité et réguler
→ **État-providence** : État qui intervient dans la vie sociale et économique au nom d'impératifs sociaux
→ Fonctions de régulation de l'activité économique, d'allocation des ressources et de redistribution

1.2. La mesure de la place de l'État

La place de l'État peut être appréciée à travers :
– le poids des prélèvements obligatoires dans l'économie ;

EXEMPLE Les prélèvements obligatoires en France représentent 44,1 % du PIB en 2019 contre moins de 35 % en Espagne ou au Royaume-Uni.

– le volume de ses dépenses ;

EXEMPLE En 2019, les dépenses publiques représentent 55,6 % du PIB en France.

– le niveau d'intervention directe de l'État par le biais des services publics ou des entreprises publiques.

L'État fournit lui-même certains services lorsque le marché s'avère défaillant ou qu'ils relèvent de l'intérêt général. Un service public correspond à une activité d'intérêt général fournie ou financée par l'État (éducation, santé, aide juridictionnelle, etc.).
Une entreprise publique est une entreprise dont le capital est détenu à plus de 50 % par l'État. La politique d'ouverture à la concurrence, d'inspiration libérale, a conduit, depuis une trentaine d'années, à des privatisations d'entreprises publiques, et ainsi à un désengagement de l'État de certains secteurs.

EXEMPLE En 1999, Air France fait l'objet d'une privatisation partielle. L'État ne détient plus aujourd'hui que 14 % de son capital.

2 Le budget de l'État

L'action de l'État est rendue possible grâce à l'élaboration d'un budget qui reflète ses choix politiques. Le budget de l'État est un document, appelé « loi de finances », établi par le gouvernement, qui prévoit les dépenses et les recettes que l'État a le droit d'engager et de percevoir pour l'année à venir.

2.1. Les dépenses et les recettes publiques

a) Les dépenses publiques

Les dépenses publiques correspondent à l'ensemble des dépenses des administrations publiques, soit des administrations centrales (ministères, Pôle emploi, universités, etc.), locales (mairies, conseils départementaux, lycées, etc.) et de Sécurité sociale.

Au niveau du budget de l'État (hors collectivités locales et Sécurité sociale), les dépenses sont regroupées autour de 31 missions, c'est-à-dire par politique publique.

EXEMPLE En 2019, la mission la plus importante dans le budget de l'État est l'enseignement scolaire, suivie par la mission de remboursement de la dette.

b) Les recettes publiques

L'essentiel des recettes publiques provient des prélèvements obligatoires, c'est-à-dire de l'ensemble des impôts et cotisations sociales prélevés par les différentes administrations publiques. Les impôts représentent environ 60 % des sommes prélevées et les cotisations sociales 40 %.

2.2. Le déséquilibre des finances publiques

a) La notion de déficit public

Solde budgétaire = Recettes publiques – Dépenses publiques

Depuis plus de quarante ans, les recettes publiques sont insuffisantes pour couvrir les dépenses publiques. On parle de déficit public.

EXEMPLE En 2019, le déficit public est de : 1 259,1 – 1 318,6 = – 59,5 milliards d'euros. Le besoin de financement des administrations publiques s'élève à 59,5 milliards d'euros.

Attention de ne pas confondre déficit budgétaire et déficit public.

Déficit budgétaire	Déficit de l'État
Déficit public (ou déficit de l'ensemble des administrations publiques)	Déficit budgétaire + Déficits des organismes de protection sociale + Déficits des collectivités locales

b) La dette publique

Les administrations publiques financent leur déficit grâce à des emprunts. Le cumul de ces emprunts forme la dette publique. Celle-ci donne lieu au service de la dette, qui est la somme à rembourser chaque année (capital et intérêts).

Le montant des intérêts à payer (charge de la dette) suite aux déficits successifs accroît à nouveau les dépenses publiques, et les amène à s'endetter encore plus.

EXEMPLE Fin 2019, la dette publique représente presque 99 % du PIB.

MES NOTES POUR RÉVISER

MOTS CLÉS

Libéralisme • Interventionnisme • État gendarme • État-providence • Entreprise publique • Dépenses publiques • Déficit public • Dette publique

S'ENTRAINER AU BAC
Exercices 1 et 2 : p. 383

Savoir 2 — Défaillances de marché et défaillances de l'État

Les différents courants économiques trouvent légitime l'intervention de l'État lorsqu'il existe des défaillances sur les marchés. Mais l'État lui-même s'avère parfois défaillant.

1 L'intervention de l'État face aux défaillances de marché

1.1. Les défaillances de marché

On parle de défaillance de marché quand le fonctionnement d'un marché s'avère incapable de fixer les prix et d'assurer une allocation optimale des ressources.

a) Les externalités

Il y a externalité lorsque l'activité d'un agent économique a un impact positif ou négatif sur le bien-être d'au moins un autre agent, sans que cet impact ne soit pas pris en compte dans les coûts, et donc dans l'échange et le prix.
On distingue deux types d'externalités où le marché est défaillant :

EXTERNALITÉ NÉGATIVE	Exemple : la pollution.	Le producteur pollueur n'est pas incité à prendre en considération, dans son calcul économique, le dommage ou le coût subi par la collectivité.
EXTERNALITÉ POSITIVE	Exemples : la recherche et développement, la formation.	L'entreprise ne tient pas compte, dans son calcul économique, du bénéfice que son comportement engendre pour autrui. Ainsi en est-il de la formation d'individus au sein d'une entreprise profitant à d'autres organisations dans lesquelles ils seront embauchés plus tard sans que ces dernières n'y aient participé.

Les externalités n'étant pas prises en compte par le système de prix et donc dans le calcul économique des agents, le niveau d'activité n'est pas optimal pour la société.

b) Les biens collectifs

Les biens collectifs bénéficient à tous et présentent les caractéristiques suivantes :
– la non-rivalité (ou la non-exclusion par l'usage) : la consommation d'un bien par un individu n'empêche pas sa consommation par un autre ;

EXEMPLE L'éclairage public profite à tous.

– la non-exclusion par le prix : aucun agent ne peut être tenu à l'écart de l'utilisation d'un bien.

EXEMPLE Il est impossible d'individualiser la consommation d'éclairage public et d'en faire payer le prix à chaque personne qui en bénéficie.

Devant l'impossibilité d'individualiser la consommation des biens collectifs et d'en faire payer le prix (comportement dit « de passager clandestin »), il est dissuasif pour un opérateur privé d'en assurer une production rentable.

c) Les situations de concurrence imparfaite

Les entreprises cherchant à réduire l'intensité concurrentielle, certaines d'entre elles peuvent exercer trop de pouvoir sur les marchés, qui fonctionnent alors inefficacement et nuisent aux agents économiques.

EXEMPLES L'abus de position dominante, l'entente.

d) L'asymétrie d'information

L'asymétrie d'information sur un marché désigne une situation dans laquelle une des parties détient plus d'informations que l'autre au cours d'un échange. Les décisions ne sont alors pas optimales.

EXEMPLE Seul le vendeur d'un véhicule d'occasion connaît les caractéristiques réelles de celui-ci et peut se garder de les révéler à l'acheteur afin d'en tirer un meilleur prix. Ce dernier est alors victime d'une asymétrie d'information.

1.2. Le rôle de l'État : la correction des défaillances de marché

DÉFAILLANCES	INTERVENTION DE L'ÉTAT	EXEMPLES
EXTERNALITÉS	Il s'agit d'inciter les agents à les intégrer dans leur calcul économique et ainsi : – d'encourager certaines activités par des subventions ; – de décourager des activités nuisibles par la mise en place d'une réglementation ou d'une taxation.	– Subventionner la formation des salariés ou la recherche. – Établir des normes d'émissions de CO_2. – Taxer le pollueur.
BIENS COLLECTIFS	Production prise en charge par l'État et fournie « gratuitement ». On parlera alors de biens publics.	– L'Éducation nationale – Les routes – La justice
CONCURRENCE IMPARFAITE	L'État intervient pour réglementer en menant une politique de la concurrence afin d'avoir un marché plus efficace. En France, c'est la mission de l'Autorité de la concurrence ; au niveau européen, celle de la Commission européenne.	Sanctions des pratiques anticoncurrentielles : – ententes sur les prix et la répartition du marché ; – abus de position dominante.
ASYMÉTRIE D'INFORMATION	– Réglementation afin de rééquilibrer le niveau d'information. – Mise en place de labels informant sur la qualité et l'origine des produits.	– Le contrôle technique sur le marché des véhicules d'occasion. – Le label AOC.

2 Les défaillances de l'État

On constate une défaillance de l'État chaque fois que des responsables politiques font des choix et mettent en œuvre des politiques publiques qui ne vont pas dans le sens de l'intérêt général, soit par inefficacité, soit en raison de groupes de pression.

EXEMPLE La responsabilité de l'État a été reconnue en 2014 pour n'avoir pas retiré du marché le médicament Mediator, qui provoquait de graves effets secondaires sur certains patients.

Mes notes pour réviser

MOTS CLÉS

Défaillance de marché • Externalité • Biens collectifs • Asymétrie d'information • Défaillance de l'État

Savoir

3 Les politiques économiques

Les États et les institutions supranationales comme l'Union européenne sont amenés à jouer un rôle dans l'économie pour compléter ou corriger le fonctionnement des marchés.

1 Les objectifs de la politique économique

1.1. Définition

La politique économique désigne l'ensemble des décisions prises par les pouvoirs publics (État, collectivités locales, Banque centrale) afin d'atteindre, grâce à l'utilisation de divers instruments, certains objectifs économiques.
La politique économique exprime ainsi les choix mis en œuvre par un État.

1.2. Politique conjoncturelle et politique structurelle

Politique conjoncturelle	Politique structurelle
Horizon : court terme	Horizon : long terme
Maintenir ou rétablir les grands équilibres (croissance, stabilité des prix, emploi, équilibre du commerce extérieur). Ex. : la lutte contre l'inflation.	Améliorer le fonctionnement des marchés et la compétitivité pour une croissance à long terme. Ex. : la réglementation du marché du travail pour la flexibilité de l'emploi.

2 Les instruments de la politique économique

2.1. Les instruments de la politique conjoncturelle

La croissance n'est pas un phénomène stable, l'activité connaît des fluctuations et suit des cycles économiques avec différentes phases (expansion, crise, récession, reprise). La politique conjoncturelle, dite « politique contracyclique », vise alors à lisser ces fluctuations pour assurer une croissance régulière en menant :
- des politiques de relance en cas de ralentissement de l'activité ;
- des politiques de rigueur pour limiter l'inflation et/ou les déficits publics.

POLITIQUES	INSTRUMENTS
La **politique monétaire** : action par laquelle la Banque centrale agit sur l'offre de monnaie dans le but de contenir l'inflation et de favoriser la croissance.	Le **taux directeur de la Banque centrale** : son niveau influence les taux d'intérêt des banques commerciales, et ainsi le coût des crédits accordés aux agents économiques.

POLITIQUES	INSTRUMENTS
La **politique budgétaire** : action des pouvoirs publics à l'aide du budget de l'État (ensemble des recettes et des dépenses prévisionnelles pour l'année à venir).	– Les **recettes publiques** : la baisse ou la hausse de la fiscalité encouragent ou non l'activité. – Les **dépenses publiques** permettent d'encourager la consommation, l'investissement, etc.

EXEMPLE Le cas d'une politique de relance :

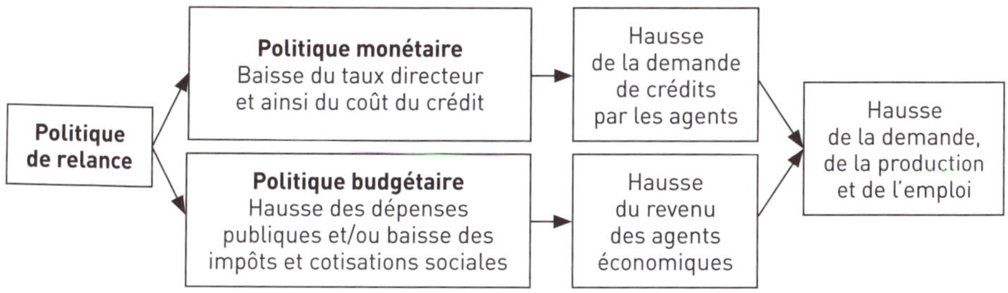

2.2. Le partage des compétences entre l'État et l'Union européenne

L'appartenance à l'UE a entraîné une diminution de la souveraineté nationale des États :

– depuis la mise en place de l'euro, la politique monétaire n'est plus du ressort des États mais de celui de la Banque centrale européenne (BCE), autorité indépendante des pouvoirs publics nationaux ;

– la politique budgétaire reste de la responsabilité des États membres mais ses marges de manœuvre sont limitées par le Pacte de stabilité et de croissance (PSC) adopté en 1997 : les déficits budgétaires des États membres ne doivent pas dépasser 3 % du PIB et leur dette doit être inférieure à 60 % du PIB ;

– les objectifs des politiques structurelles sont fixés au niveau européen.

2.3. Les instruments de la politique structurelle

POLITIQUES	INSTRUMENTS
La politique de la **concurrence** vise à garantir une concurrence libre, loyale et non faussée sur les marchés.	Elle s'articule essentiellement autour du contrôle des ententes et de l'interdiction des abus de position dominante. Au niveau européen : rôle de la Commission européenne En France : rôle de l'Autorité de la concurrence.
La politique de l'**environnement** vise la lutte contre les pollutions de l'air et de l'eau, le réchauffement climatique et la protection de la biodiversité.	Le projet de « pacte vert » (*Green Deal*) dessinant les lignes directrices de la politique climatique européenne avec un objectif de neutralité carbone d'ici 2050. Les États membres poursuivent ces objectifs en prenant des mesures au niveau national.
La politique de l'**innovation**. Objectif européen : les États membres doivent investir 3 % de leur PIB dans la R&D pour favoriser une croissance durable.	En France, diverses mesures ont été prises pour inciter à l'innovation. Ainsi, le crédit d'impôt recherche (CIR) permet aux entreprises de déduire une partie de leurs dépenses de recherche et développement (R&D) de leur impôt.

Mes notes pour réviser

MOTS CLÉS

Politique économique • Politique conjoncturelle • Politique structurelle • Cycles économiques • Politique contracyclique • Politique de relance • Politique de rigueur • Politique monétaire • Politique budgétaire • Pacte de stabilité et de croissance (PSC)

S'ENTRAÎNER AU BAC
Exercice 3 : p. 383

Savoir 4

Les politiques sociales

Le fonctionnement des marchés ne permet pas à tous les individus de vivre décemment. L'intervention de l'État a progressivement permis la prise en charge des risques sociaux et, dans une certaine mesure, la réduction des inégalités.

1 Les objectifs de la politique sociale

1.1. Le cadre : la politique de redistribution

La redistribution modifie la répartition primaire des revenus primaires (issus du travail et de la propriété). Elle s'opère en deux étapes :
– en prélevant une partie des revenus des individus sous forme de prélèvements obligatoires (impôts et cotisations sociales) ;
– en reversant une partie des sommes perçues sous forme de revenus de transfert (prestations sociales).
Après les opérations de redistribution, on obtient le revenu disponible brut (RDB) :

RDB = Revenu primaire – Impôts, taxes et cotisations + Revenus de transfert

1.2. L'objectif de justice sociale : réduction des inégalités et de la pauvreté

La redistribution verticale a pour fonction de réduire les inégalités de revenus et de promouvoir la justice sociale. Elle passe par des transferts monétaires des revenus les plus élevés vers les plus faibles.
Grâce au rapport interdécile, on peut mesurer les disparités entre les revenus des 10 % les plus riches (D9) et les revenus des 10 % les plus pauvres (D1).

EXEMPLE En 2016, le rapport interdécile (D9/D1) est égal à : 45 380 / 7 290 = 6,22. Il indique que le niveau de vie des 10 % les plus aisés représente 6,22 fois celui des plus pauvres.

Par ailleurs, on appelle « revenu médian » le niveau de revenu qui scinde un effectif de salariés en deux parties égales : 50 % perçoivent un revenu supérieur et 50 % un revenu inférieur.

EXEMPLE En 2016, le revenu médian s'élève à 22 140 €.

On peut également mesurer la pauvreté par le seuil de pauvreté, c'est-à-dire le niveau de revenu au-dessous duquel un ménage est considéré comme pauvre. Il est fixé à 60 % du revenu médian par Eurostat.

EXEMPLE Entre 2004 et 2017, le taux de pauvreté au seuil de 60 % du niveau de vie médian est passé de 12,6 % à 14 %, soit une augmentation de plus de 1 million de personnes.

1.3. L'objectif de protection contre les risques sociaux

La redistribution horizontale permet la couverture des risques sociaux (maladie, maternité, chômage, vieillesse) dans une logique de solidarité et de cohésion sociale. Elle est à la base de la protection sociale.

2 Les modalités de la protection sociale

2.1. Définition

La protection sociale désigne l'ensemble des institutions (Sécurité sociale, mutuelles, caisses complémentaires, etc.) et des mécanismes destinés à protéger les individus contre les risques sociaux entraînant une baisse des revenus ou une augmentation des besoins (charge d'enfants, situation de dépendance, etc.).

2.2. Les deux logiques de la protection sociale

UNE LOGIQUE D'ASSURANCE	UNE LOGIQUE D'ASSISTANCE
Objectif : assurance contre les risques sociaux (chômage, maladie, vieillesse, accident du travail, maternité).	**Objectif :** lutte contre la pauvreté par le versement de minima sociaux aux plus démunis.
Prestations : les cotisations sociales ouvrent droit au versement d'une allocation (allocation-chômage, indemnité de maternité, pension de retraite, etc.) si le risque se produit.	**Prestations :** elles sont versées sous conditions de ressources et non de cotisations préalables. Ex. : le revenu de solidarité active (RSA), la protection universelle maladie (PUMA).

2.3. Le financement de la protection sociale

La protection sociale est financée pour moitié par des cotisations sociales, salariales et patronales, sur les revenus du travail et pour moitié par des impôts à caractère « social » (CSG, CRDS, etc.). Au fil du temps, la part des cotisations sociales a considérablement baissé dans le financement de la protection sociale.

EXEMPLE En 2019, elles ne représentent plus que 50 % des recettes de la Sécurité sociale.

3 L'efficacité de la politique sociale en France

3.1. En termes de réduction des inégalités

a) Un système fiscal peu redistributif

Un système fiscal est d'autant plus redistributif que les prélèvements progressifs y occupent une place prépondérante par rapport aux prélèvements proportionnels. Un impôt est progressif lorsque son taux s'élève avec l'augmentation du revenu.

Or, l'impôt sur le revenu, principal impôt progressif en France, représente un faible poids dans l'ensemble des recettes fiscales (moins de 25 %) par rapport à la TVA.

b) L'efficacité de la protection sociale

L'ensemble des prestations permettent de réduire les inégalités de revenu et limitent les phénomènes de pauvreté.

3.2. Des difficultés de financement de la protection sociale

Les comptes de la Sécurité sociale ont été quasiment toujours déficitaires depuis 1990, en raison notamment du vieillissement de la population, aboutissant à l'augmentation des coûts en matière d'assurance maladie, de retraite et de dépendance ainsi qu'à l'amélioration des techniques médicales.

EXEMPLE Le déficit du régime général de la Sécurité sociale s'élève à 5,4 milliards d'euros en 2019. L'essentiel du déficit est aujourd'hui concentré sur les branches Maladie et Vieillesse.

MES NOTES POUR RÉVISER

MOTS CLÉS

Redistribution • Impôts et cotisations sociales • Redistribution verticale • Inégalités de revenus • Redistribution horizontale • Protection sociale • Logique d'assurance • Logique d'assistance • Prélèvements progressifs

S'ENTRAÎNER AU BAC
Exercice 4 : p. 383

Savoir 5

Le marché du travail

Le travail fait l'objet d'une offre et d'une demande sur le marché du travail, qui possède des caractéristiques et un fonctionnement propres.

1 Le fonctionnement du marché du travail

1.1. Un lieu d'échange entre l'offre et la demande

Le marché du travail représente le lieu théorique de rencontre entre l'offre et la demande de travail et permet de déterminer le volume de l'emploi.

L'offre de travail (sens économique) correspond à la demande d'emploi (sens courant) par les individus qui cherchent du travail. La demande de travail (sens économique) correspond à l'offre d'emploi (sens courant) par les entreprises.

1.2. Les caractéristiques de l'offre de travail

La quantité de travail disponible sur le marché (l'offre de travail) dépend de la population active à un instant donné, c'est-à-dire des personnes disponibles pour travailler, soit qu'elles occupent déjà un emploi, soit qu'elles en recherchent un.

Population active = Population active occupée + Chômeurs

EXEMPLE En France, la population active regroupe 29,2 millions de personnes en 2019.

L'offre de travail dépend du taux d'activité de la population.

$$\textbf{Taux d'activité} = \frac{\textbf{Nombre de personnes actives}}{\textbf{Population totale}} \times 100$$

Plus ce taux est élevé, plus la population active, donc l'offre de travail, est importante. On peut le calculer par catégories : selon l'âge, le sexe, etc.

EXEMPLE En 2019 en France, 68,2 % des femmes en âge de travailler (15-64 ans) sont actives, pour 75,3 % des hommes.

L'évolution de la population active et du taux d'activité dépend de différents critères.

CRITÈRES	FACTEURS D'ÉVOLUTION (EN FRANCE)
DÉMOGRAPHIQUES	– **L'évolution démographique et la pyramide des âges :** hausse de la population française (vieillissement démographique, taux de fécondité élevé) ⇒ hausse de la population active. – **L'évolution du solde migratoire.**

CRITÈRES	FACTEURS D'ÉVOLUTION (EN FRANCE)
JURIDIQUES	**La hausse de l'âge légal de départ à la retraite à 62 ans :** les seniors contribuent à l'augmentation de l'offre de travail.
SOCIOLOGIQUES	– **L'allongement de la durée des études :** entrée des jeunes plus tardive sur le marché du travail. – **La hausse du travail des femmes depuis les années 1950.**

1.3. Les caractéristiques de la demande de travail

La demande de travail issue des employeurs est conditionnée par :
– la productivité relative des facteurs de production, et donc le coût du travail : lorsque le coût du travail est élevé, les entreprises sont tentées de remplacer le travail des hommes par des machines. Cette substitution du travail par le capital s'explique par la nécessité pour les entreprises d'améliorer leur productivité, et ainsi leur compétitivité ;
– les perspectives de croissance et le niveau de demande anticipée par les entreprises pour leur produit : si la conjoncture est favorable, les entreprises seront incitées à produire davantage, et donc à embaucher.

2 Les conditions de l'échange sur le marché du travail

2.1. Le rôle de l'offre et de la demande de travail

L'équilibre sur le marché du travail est atteint au niveau de salaire qui assure l'égalité entre l'offre et la demande de travail. Autrement dit, pour ce niveau de salaire, toute personne qui souhaite travailler trouve un emploi, et la demande de travail des entreprises est satisfaite.

EXEMPLE Si la demande est supérieure à l'offre, le salaire augmente, les entreprises devant augmenter les salaires proposés pour attirer des candidats. Et inversement.

L'accord entre l'offreur et le demandeur donne lieu à un contrat de travail.

2.2. Le rôle des institutions et des négociations sur le marché du travail

Les salaires ne sont pas seulement fonction de l'offre et de la demande, ils résultent de différents facteurs.

LE RÔLE DES NÉGOCIATIONS SALARIALES	– **Les négociations individuelles :** négociations entre les employés et les employeurs, bien que, en règle générale, ce soit l'employeur qui impose la rémunération du salarié. – **Les négociations collectives :** les salaires font l'objet de négociations entre les représentants des salariés (les syndicats) et les organisations patronales, aboutissant, en général, à la conclusion d'accords et de conventions collectives qui s'imposent aux employeurs.
LE RÔLE DE LA RÉGLEMENTATION : LE DROIT DU TRAVAIL	– **Le salaire minimum :** en France, le SMIC (salaire minimum interprofessionnel de croissance) est le salaire horaire en dessous duquel aucun salarié ne peut être payé. – **L'existence d'un droit du travail :** pour protéger les salariés et rééquilibrer les relations asymétriques existant entre employés et employeurs.

Mes notes pour réviser

MOTS CLÉS

Marché du travail • Offre de travail • Demande de travail • Population active • Taux d'activité • Négociations salariales • Salaire minimum

S'ENTRAÎNER AU BAC
Exercice 5 : p. 384

Savoir 6 Le chômage et les politiques de l'emploi

Quelles que soient les explications avancées pour expliquer les déséquilibres du marché du travail, la progression du chômage amène les États à intervenir sur le terrain de l'emploi.

1 La définition et la mesure du chômage

1.1. La définition du Bureau international du travail (BIT)

Au sens du BIT, un chômeur est une personne en âge de travailler (15 ans ou plus) qui répond simultanément à trois conditions :
– être sans emploi, c'est-à-dire ne pas avoir travaillé, ne serait-ce qu'une heure, durant une semaine de référence ;
– être disponible pour prendre un emploi dans les 15 jours ;
– avoir cherché activement un emploi dans le mois précédent ou en avoir trouvé un qui commence dans moins de 3 mois.
Cette définition du chômage au sens du BIT, utilisée par l'INSEE, permet d'effectuer les comparaisons internationales et d'analyser son évolution dans le temps.

EXEMPLE Nombre de chômeurs en France au 1er trimestre 2020 : 2,3 millions.

1.2. La mesure du chômage : le taux de chômage

Le taux de chômage s'exprime en pourcentage de la population active :

$$\text{Taux de chômage} = \frac{\text{Chômeurs au sens du BIT}}{\text{Population active}} \times 100$$

EXEMPLE (SUITE) Le taux de chômage en France au 1er trimestre 2020 s'élève à : (2,3 / 29,3) × 100 = 7,8 %.

1.3. Les difficultés de la mesure du chômage

Il n'est pas toujours facile de mesurer le nombre de chômeurs car les frontières entre emploi, inactivité et chômage sont parfois très minces. Par exemple, le chômage au sens du BIT ne tient pas compte des personnes :
– en situation de sous-emploi : elles ont un emploi mais souhaitent travailler plus ;
– se situant dans le halo du chômage : elles ne répondent pas aux trois critères du BIT.

EXEMPLE Les personnes qui recherchent un emploi sans être disponibles car elles sont en formation.

De même, si le plein-emploi correspond à la situation où le chômage se limiterait au chômage frictionnel (qui correspond aux périodes d'inactivité entre deux emplois), il ne peut se résumer à un taux de chômage réduit car, outre le fait qu'il ne comptabilise pas toutes les situations, il ne donne aucune information sur la qualité des emplois, et ne tient pas compte du nombre de personnes en âge de travailler.

Ainsi, le taux d'emploi permet, en complément du taux d'activité et du taux de chômage, d'affiner la situation du marché du travail. Il mesure la part des personnes en âge de travailler qui occupent un emploi.

$$\text{Taux d'emploi} = \frac{\text{Nombre d'individus ayant un emploi}}{\text{Nombre d'individus en âge de travailler}}$$

2 Les causes du chômage

NATURE DU CHÔMAGE	CAUSES
Chômage conjoncturel Il résulte du ralentissement de l'activité économique. Chômage de court terme.	**L'insuffisance de la demande globale** Un ralentissement économique, voire une crise, a pour effet de ralentir la demande qui s'adresse aux entreprises qui limitent leurs recrutements ou licencient. Ex. : la montée du chômage après la crise de 2008.
Chômage structurel Il résulte des déséquilibres structurels de l'économie et perdure sur le long terme.	**L'inadéquation entre l'offre et la demande de travail** La demande de travail des entreprises n'est pas toujours satisfaite faute de trouver sur le marché du travail les individus possédant les compétences recherchées.
	Le coût élevé du travail et l'ouverture des économies Pour limiter leurs coûts, les entreprises peuvent être tentées de restreindre leurs effectifs, de substituer du capital au travail, voire de délocaliser leur production dans des pays à bas salaires.

3 Les politiques de l'emploi

L'intervention de l'État, à travers diverses politiques de l'emploi, peut permettre de réduire le chômage et de rendre ses conséquences sociales plus supportables.

POLITIQUES DE L'EMPLOI	TYPES DE MESURES
Politiques actives Elles sont axées sur l'aide au retour à l'emploi qui permet de lutter contre le chômage structurel.	– La **politique de formation**, qui permet le développement de l'employabilité des personnes à la recherche d'un emploi et une meilleure adéquation de l'offre à la demande. – L'**amélioration des services pour l'emploi par le Pôle emploi** pour l'accompagnement des demandeurs d'emploi. – Le **développement d'incitations au retour à l'emploi** (prime d'activité) ou la mise en place de contrats aidés.
Politiques passives Elles ciblent la réduction des conséquences négatives du chômage.	– L'**indemnisation du chômage** dans le cadre de la protection sociale. – La **diminution de l'offre de travail** par l'incitation au retrait d'activité ou l'abaissement de l'âge légal de la retraite.

Face à un chômage conjoncturel, l'État peut mettre en œuvre des politiques de relance budgétaire (ex. : baisse des impôts) ou monétaire qui permettent de stimuler la consommation et l'investissement, et ainsi de favoriser la croissance et l'emploi.

Mes notes pour réviser

MOTS CLÉS

Chômage au sens du BIT • Taux de chômage • Sous-emploi • Halo du chômage • Plein-emploi • Chômage frictionnel • Taux d'emploi • Chômage conjoncturel • Chômage structurel • Politique active de l'emploi • Politique passive de l'emploi

Savoir 7

Les transformations du commerce mondial

Les échanges internationaux ont fortement progressé, traduisant l'ouverture croissante des économies au commerce mondial.

1 La mesure des échanges internationaux

1.1. La balance des biens et des services

La balance des biens et des services mesure la différence entre les flux d'exportations et les flux d'importations de biens et de services entre un pays et le reste du monde. Son solde, excédentaire ou déficitaire, est un indicateur de performance de l'économie. Le solde des seuls échanges de biens, nommé « solde commercial », résulte de la différence entre les exportations et les importations de marchandises.

1.2. Le commerce extérieur de la France

Même si la France est le sixième exportateur mondial de marchandises, elle n'a plus connu d'excédent depuis 2004.
En 2019, le déficit commercial reste élevé (– 58,9 milliards d'euros) mais il se réduit. Cette réduction est due au dynamisme des exportations de l'aéronautique, de la chimie, de la pharmacie et du secteur du luxe.
À l'inverse, la facture énergétique pèse encore lourd dans la balance commerciale. Elle se stabilise autour de 45 milliards d'euros en 2019.

2 L'évolution des échanges internationaux

2.1. L'explosion des échanges dans le cadre de la mondialisation

La mondialisation désigne un processus d'intégration croissante des économies avec l'accroissement des mouvements de biens et de services, de main-d'œuvre et de capitaux à l'échelle mondiale.
Depuis la fin de la Seconde Guerre mondiale, les économies connaissent une ouverture croissante et une progression considérable de leurs échanges commerciaux : les exportations mondiales représentaient 5,5 % du PIB en 1950 pour presque 30 % aujourd'hui. Les exportations ont quasiment toujours crû à un rythme supérieur à celui de la production mondiale.

2.2. La structure des échanges

LA DOMINATION DES ÉCHANGES DE BIENS	LA CROISSANCE DES ÉCHANGES DE SERVICES
Plus de 80 % de la totalité des échanges mondiaux en 2018, avec une part croissante des échanges de produits manufacturés.	Environ 20 % de la totalité des échanges. Leur part est en forte progression.

Au niveau géographique, les pays émergents occupent une part croissante dans les exportations mondiales.

EXEMPLE En 2010, la Chine est devenue le premier exportateur mondial (et le deuxième importateur), devant les États-Unis et l'Allemagne.

2.3. La régionalisation des échanges

Les pays géographiquement proches ont tendance à échanger davantage entre eux.

EXEMPLE La part des exportations françaises vers l'UE s'élève à 58,90 % en 2018.

Cette régionalisation des échanges est favorisée par la proximité géographique entre les pays, mais également par le développement d'accords régionaux signés entre les pays (UE, ASEAN, CETA, etc.) dans le but de faciliter les échanges.

3 Le poids des firmes multinationales

3.1. Des acteurs majeurs de la mondialisation

Une firme multinationale (FMN) est une entreprise qui contrôle au moins 10 % de filiales situées à l'étranger. Elle exerce ainsi son activité et ses stratégies au niveau mondial.

FMN et commerce mondial

- **À l'origine de 80 % du commerce mondial.**
- **1/3 du commerce mondial est intrafirme** (échanges réalisés par des entreprises appartenant à un même groupe).

Une organisation de la production au niveau mondial
Les entreprises sont aujourd'hui moins spécialisées dans la production d'un bien que dans une étape de sa fabrication.

Cette segmentation de la chaîne de valeur à l'échelle internationale se traduit par des importations de biens intermédiaires, qui représentent désormais plus de la moitié des échanges internationaux.

EXEMPLE Certains pays n'ont qu'un rôle d'assembleur et ne dégagent de ce fait qu'une faible valeur ajoutée du produit final ; d'autres se positionnent sur des segments à plus forte valeur ajoutée (par exemple, dans les secteurs de l'innovation et de la recherche).

3.2. Les investissements directs à l'étranger (IDE)

Les investissements directs à l'étranger (IDE) permettent aux FMN de s'implanter à l'étranger. Ils consistent soit à créer une entreprise à l'étranger, soit à prendre une participation dans le capital d'une entreprise étrangère (à partir de 10 % du capital) pour y acquérir un pouvoir de décision.
Les principales motivations à l'origine des IDE sont la réduction des coûts, la conquête de nouveaux marchés et le contrôle des matières premières.
Si l'effet des IDE est considéré comme positif sur la croissance des pays d'accueil, notamment grâce aux transferts de technologie induits, ils peuvent avoir des effets négatifs sur les emplois et les conditions de travail avec la hausse de la concurrence qu'ils induisent ainsi sur l'environnement en raison des activités polluantes qui sont souvent délocalisées.

Mes notes pour réviser

MOTS CLÉS

Balance des biens et des services • Exportations • Importations • Mondialisation • Firme multinationale (FMN) • Investissements directs à l'étranger (IDE)

Savoir **8**

Les politiques commerciales et la régulation des échanges

Si le libre-échange semble dominer le commerce international, certaines pratiques protectionnistes rendent nécessaire la régulation des échanges par une institution supranationale.

1 Des politiques commerciales divergentes

Les pays peuvent mettre en œuvre des politiques d'ouverture aux échanges ou, au contraire, de plus grand contrôle de ceux-ci.

1.1. Le libre-échange

Le libre-échange est une doctrine économique qui vise à limiter les obstacles à la circulation des biens et des services entre les économies nationales.

Les avantages du libre-échange

Pour les pays
Spécialisation des productions et accès à de nouveaux marchés : économies d'échelle, gains de productivité, croissance économique.

Pour les consommateurs
– Variété dans le choix de produits.
– Baisse des prix et amélioration du produit (innovation, qualité) du fait de la concurrence.

Les pays peuvent ainsi mettre en œuvre des politiques d'ouverture aux échanges en facilitant ces derniers par l'élimination des droits de douane (taxes sur les produits importés) ou par la simplification des réglementations.

1.2. Les pratiques protectionnistes

L'application des principes du libre-échange a permis le développement du commerce mondial. Cependant, avec l'accroissement des inégalités entre les nations et la propagation des crises, de nombreuses pratiques protectionnistes subsistent.
Le protectionnisme regroupe l'ensemble des pratiques cherchant à protéger le marché d'un pays en limitant les importations de produits étrangers. Il peut prendre différentes formes.

PROTECTIONNISME TRADITIONNEL	PROTECTIONNISME DÉGUISÉ
– Barrières tarifaires (droits de douane) Ex. : en 2018, les États-Unis ont décidé de taxer l'acier de 25 % en provenance de certains pays. – Barrières non tarifaires (normes, quotas, etc.). Ex. : en juin 2019, l'UE a annoncé un quota d'importation de bœuf américain de 35 000 tonnes.	– Normes (sanitaires, de sécurité ou écologiques) cherchant à favoriser les produits nationaux. Ex. : l'importation de jouets en France est soumise au respect des normes de sécurité. – Subventions avantageant une entreprise nationale. Ex. : les subventions d'Airbus par l'UE.

La protection du marché permet le développement des entreprises nationales (notamment des industries naissantes incapables d'affronter la concurrence internationale) ainsi que le maintien des emplois.

2 La régulation des échanges

2.1. La création et les objectifs de l'OMC

La libéralisation progressive et la croissance des échanges internationaux ont nécessité la mise en place de règles.
Créée en 1995, l'Organisation mondiale du commerce (OMC) succède à l'Accord général sur les tarifs douaniers et le commerce (GATT) signé en 1947. Son objectif est de promouvoir le libre-échange et d'encadrer le commerce mondial par des règles équitables pour tous les pays.
L'OMC compte aujourd'hui 164 pays membres.

2.2. Le fonctionnement de l'OMC

Les règles communes sont définies lors de cycles de négociation (ou *rounds*) entre les pays membres, qui se concertent sur les questions clés de l'encadrement du commerce mondial et de la libéralisation des échanges.
Le système commercial multilatéral actuel est le résultat de huit cycles de négociation ayant permis d'abaisser les droits de douane et d'élaborer un code de conduite sur les mesures non tarifaires.
L'OMC cherche aujourd'hui à étendre les règles du libre-échange à de nouveaux domaines et à lutter contre les nouvelles mesures protectionnistes.

EXEMPLE Dernier *round* de négociation démarré en 2001, le cycle de Doha est suspendu depuis 2006 en raison d'un manque de consensus entre les États, notamment sur les échanges de produits agricoles.

2.3. Les principes de l'OMC

Dans le cadre des cycles de négociation, des règles du commerce mondial sont négociées entre pays. Elles visent au respect de l'équité entre les membres et à faciliter les échanges entre eux.

LA CLAUSE DE LA NATION LA PLUS FAVORISÉE	LE PRINCIPE DU TRAITEMENT NATIONAL	LE PRINCIPE DE RÉCIPROCITÉ
Tout avantage commercial accordé à un pays doit également être accordé à tous les autres pays membres.	Les produits étrangers importés doivent être traités comme les produits nationaux.	Tout pays bénéficiant d'un avantage tarifaire accordé par un membre de l'OMC doit en proposer un en contrepartie.

Lorsque les pays estiment que les principes de l'OMC sont violés, ils peuvent recourir à l'Organe de règlement des différends (ORD). En cas de désaccords persistants, l'ORD peut prendre des sanctions envers les pays.

Mes notes pour réviser

MOTS CLÉS

Libre-échange • Droits de douane • Protectionnisme •
Barrières non tarifaires • Organisation mondiale du commerce (OMC) •
Cycles de négociation • Organe de règlement des différends (ORD)

Savoir 9

La recherche d'une croissance soutenable

Le mode de croissance actuel crée d'importants déséquilibres qui nécessitent une réflexion en vue d'assurer un développement durable.

1 Les limites de la croissance

1.1. La distinction entre croissance et développement

La croissance désigne l'accroissement durable de la production d'une économie. C'est un phénomène quantitatif (mesuré par le PIB) résultant notamment de l'accumulation des facteurs de production et du progrès technique lié à l'innovation. Le développement désigne l'ensemble des transformations techniques, sociales, démographiques et culturelles qui accompagnent la croissance. Il intègre ainsi des évolutions qualitatives (espérance de vie, taux d'alphabétisation, etc.). Pour favoriser le développement, l'État joue un rôle prépondérant dans le financement des infrastructures et des services (éducation, accès à la santé, etc.).

1.2. Les limites du modèle actuel de croissance

LES LIMITES ÉCOLOGIQUES	La recherche d'une croissance toujours plus forte entraîne : – l'**épuisement des ressources non renouvelables** (matières premières, énergies fossiles) ; – le **réchauffement climatique**, l'**augmentation de la pollution** et la **diminution de la biodiversité**.
LES DÉSÉQUILIBRES DÉMOGRAPHIQUES	– Le **vieillissement de la population** dans les pays développés. – L'**explosion démographique** dans les pays émergents exerce une pression sur les ressources naturelles et aggrave leur situation (difficultés alimentaires, pauvreté, inégalités, pollution).
LES INÉGALITÉS SOCIALES	– **Les inégalités entre les nations :** les pays émergents et en développement n'ont pas réussi, malgré une croissance parfois très forte, à atteindre le niveau de développement des pays développés. Cependant, la croissance a permis de faire baisser la pauvreté absolue (population vivant en dessous de 1,90 $/jour). – **Les inégalités au sein des nations :** dans la majorité des pays, on observe une forte augmentation des inégalités et un maintien de la pauvreté relative (nombre de personnes se situant en dessous du revenu médian).

2 Vers un développement durable

2.1. La notion de développement durable

Le développement durable désigne un mode de développement qui répond aux besoins du présent sans compromettre la capacité des générations futures à répondre à leurs propres besoins.
Il revêt trois dimensions : économique (avec l'augmentation des richesses), sociale (avec la satisfaction des besoins sociaux – accès à l'éducation, à la santé, à la justice) et écologique (avec la préservation des ressources naturelles).

2.2. Les indicateurs de développement durable

Plusieurs indicateurs permettent de mesurer ces différents aspects : l'indice de développement humain (IDH), synthèse de plusieurs indicateurs (l'espérance de vie, le taux d'alphabétisation, la durée de scolarisation et le revenu par habitant), l'empreinte écologique et le PIB vert.

3 La mise en œuvre d'une croissance soutenable

3.1. La nécessité de préserver les biens publics mondiaux

Les biens publics mondiaux (BPM) sont des biens publics (définis par leur non-rivalité et leur non-exclusion) dont les bénéfices profitent à l'ensemble de la population mondiale et qui répondent aux besoins des générations présentes sans entraver ceux des générations futures.

EXEMPLES L'air pur, la biodiversité, les océans.

Leur gestion doit être réalisée au niveau mondial car aucun pays n'aurait, seul, intérêt à les préserver, les produire ou les financer en laissant aux autres pays le bénéfice de cet effort sans y avoir participé.

EXEMPLE La lutte contre le réchauffement climatique doit être réalisée au niveau mondial car elle intéresse le bien-être de tous les pays, et les efforts réalisés par un seul pays ne permettraient pas d'améliorer la situation.

3.2. Les instruments de la transition écologique

La transition écologique est un concept qui vise à mettre en place un nouveau modèle économique et social, et ainsi à repenser nos façons de produire, de travailler et de vivre ensemble pour répondre aux enjeux écologiques. Elle intègre la transition énergétique, période d'adaptation vers de nouveaux schémas énergétiques privilégiant les énergies renouvelables.
Instruments : réglementation, taxes, accords internationaux, subventions.

EXEMPLES La loi d'août 2015 relative à « la transition énergétique pour la croissance verte ».

3.3. Les nouvelles formes d'activités économiques

Un modèle d'économie circulaire poursuit les objectifs de produire de manière durable (avec le développement de l'économie de la fonctionnalité, par exemple) et d'évoluer vers de nouveaux modes de consommation (économies collaborative, de l'usage, de gestion des déchets) pour permettre une croissance plus soutenable.
Le secteur de l'économie sociale et solidaire (ESS) se développe. Il désigne un ensemble d'organisations (coopératives, mutuelles, entreprises, associations ou fondations) dont le fonctionnement et les activités sont fondés sur un principe de solidarité et d'utilité sociale.

Mes notes pour réviser

MOTS CLÉS

Croissance • Développement • Ressources non renouvelables • Pauvreté absolue • Pauvreté relative • Développement durable • Indice de développement humain (IDH) • Bien public mondial • Transition écologique • Économie circulaire • Économie sociale et solidaire

Exercice 1 Voir Fiche 1

Les fonctions de l'État

Pour chacune des situations ci-dessous, indiquez la fonction économique de l'État qui intervient : allocation de ressources, régulation ou redistribution.

1. L'État mène une politique de relance pour sortir de la crise.
2. L'État construit une autoroute.
3. L'État met en place un salaire minimum.
4. L'État augmente l'impôt sur le revenu.
5. L'État lance un plan de soutien au secteur automobile suite à la crise sanitaire.

FAIT ☐ REVU ☐

Exercice 2 Voir Fiche 1

L'évolution des finances publiques

Le déficit public de la France
En % du PIB

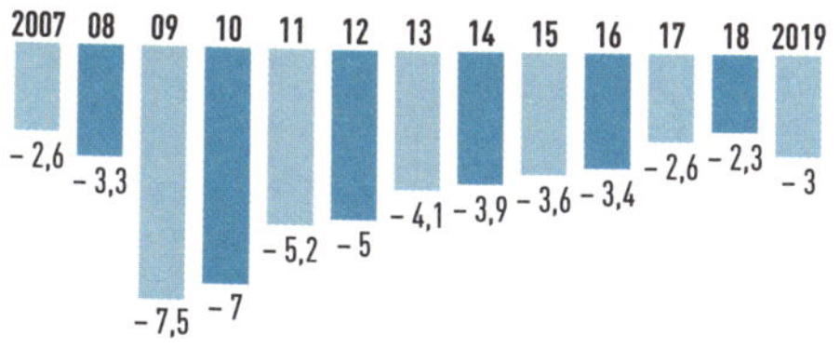

La dette publique de la France augmente. Elle représentait 65 % du PIB en 2007 et dépasse 100 % du PIB en 2019.

1. **Distinguez déficit public et dette publique.**

2. **Analysez l'évolution du déficit public en France de 2007 à 2019.**

3. **Pourquoi dit-on qu'un déficit public alimente la dette publique ?**

4. **En quoi cette évolution est-elle contraire au respect du Pacte de stabilité et de croissance (PSC) de l'Union européenne et monétaire (UEM) ?**

FAIT ☐ REVU ☐

Exercice 3 voir Fiche 3

Les politiques économiques face à la crise du Covid-19

Aux États-Unis, la Banque centrale a baissé son taux directeur à une fourchette comprise entre 0 % et 0,25 %. Elle va également lancer un programme de rachat de dette de 700 milliards de dollars.

Le gouvernement américain discute quant à lui d'un programme de relance budgétaire qui pourrait atteindre un total de 1 000 milliards de dollars. La moitié de ce plan pourrait concerner des sommes versées directement sur le compte bancaire des citoyens, de façon à soutenir leur pouvoir d'achat et la consommation.

lafinancepourtous, mars 2020.

1. **Qualifiez le type de politique économique mise en œuvre aux États-Unis.**

2. **Distinguez les deux instruments de la politique de relance mis en œuvre aux États-Unis et expliquez leurs mécanismes.**

FAIT ☐ REVU ☐

Exercice 4 Voir Fiche 4

La protection sociale

Complétez le tableau suivant.

PRESTATIONS SOCIALES	LOGIQUE D'ASSURANCE	LOGIQUE D'ASSISTANCE
Allocation-chômage		
Pension de retraite		
Revenu de solidarité active (RSA)		
Protection universelle maladie (PUMA)		

FAIT ☐ REVU ☐

Exercice 5 Voir Fiche 5

Prévisions du chômage

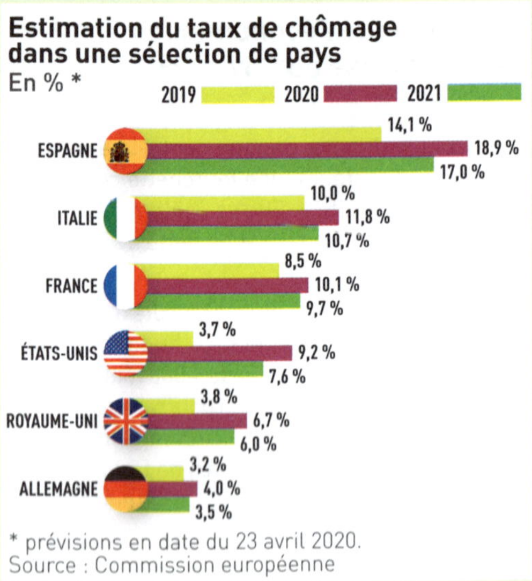

1. Qualifiez le type de chômage qui touche les différents pays à partir du printemps 2020.

2. Comparez les prévisions entre ces pays.

FAIT ☐ REVU ☐

Exercice 1 Voir Fiche 1

Les fonctions de l'État

1. Fonction de régulation
2. Fonction d'allocation de ressources
3. Fonction d'allocation de ressources
4. Fonction de redistribution
5. Fonction de régulation

Exercice 2 Voir Fiche 1

L'évolution des finances publiques de la France

1. Le déficit public représente le solde négatif du budget de l'ensemble des administrations publiques (État, collectivités locales, organismes de Sécurité sociale). Il signifie que leurs recettes (impôts, taxes et prélèvements) ont été inférieures à leurs dépenses.
Les administrations publiques financent leurs déficits grâce à des emprunts. Le cumul de ces emprunts forme la dette publique, qui correspond ainsi à l'ensemble des emprunts contractés.

2. Ce document de l'INSEE montre l'évolution du déficit public en France pour la période allant de 2007 à 2019.
On remarque que, en 2007, la France maîtrise ses dépenses et respecte les critères du Pacte de stabilité et de croissance (déficit public inférieur à 3 % du PIB). À partir de 2009, le déficit augmente brutalement (7,5 % du PIB). Cela s'explique par l'augmentation des dépenses publiques (hausse des revenus de transfert, financement de plans de relance) et la baisse des recettes publiques résultant de la crise financière mondiale qui démarre en septembre 2008.
Le déficit public se réduit progressivement de 2010 (7 % du PIB) à 2019 (2,3 % du PIB), grâce aux efforts des différents gouvernements pour restaurer un certain équilibre budgétaire afin de limiter l'endettement de l'État.

3. En plus du remboursement de leurs emprunts, les administrations publiques doivent payer un intérêt (la charge de la dette), qui accroît à nouveau leurs dépenses et les amènent à s'endetter encore plus. Chaque déficit public annuel engendre donc un flux d'emprunts qui vient alimenter le stock de la dette publique.

4. Cette évolution est contraire au respect du PSC, qui précise que le taux de déficit public d'un État membre de la zone euro ne doit pas dépasser 3 % du PIB et que le taux d'endettement doit être inférieur à 60 % du PIB. En France, dès 2008, aucun des deux critères n'est satisfait. Si l'État parvient à ramener le déficit public sous le seuil des 3 % à compter de 2017, la dette publique se maintient à des niveaux élevés, autour de 100 % du PIB.

Exercice 3 Voir Fiche 3

Les politiques économiques face à la crise du Covid-19

1. La politique mise en œuvre aux États-Unis est conjoncturelle. Elle vise en effet à rétablir les grands équilibres économiques (croissance, emploi, etc.), avec ici un objectif de relance suite au ralentissement brutal de l'activité lié à la crise sanitaire.

2. Les deux instruments de cette politique sont :
– la politique budgétaire : grâce à la mobilisation de son budget, en utilisant le levier des dépenses publiques, le gouvernement américain envisage un plan de relance de 1 000 milliards de dollars, dont la moitié pour soutenir le pouvoir d'achat et la consommation des ménages (politique de demande), et ainsi l'activité économique et l'emploi ;
– la politique monétaire, mise en œuvre par la Banque centrale américaine (la FED). Elle regroupe l'ensemble des mesures par lesquelles les Banques centrales agissent sur la quantité de monnaie en circulation, et ainsi sur les conditions du financement de l'économie.
La FED mène une politique de relance en abaissant ses taux directeurs de manière à stimuler le crédit (rendu moins cher) pour dynamiser la demande (consommation et investissement), ce qui aura pour effet de relancer l'activité.

Exercice 4 Voir Fiche 4

La protection sociale

PRESTATIONS SOCIALES	LOGIQUE D'ASSURANCE	LOGIQUE D'ASSISTANCE
Allocation-chômage	×	
Pension de retraite	×	
Revenu de solidarité active (RSA)		×
PUMA		×

Exercice 5 Voir Fiche 5

Prévisions du chômage

1. Le chômage qui touche les différents pays dès le printemps 2020 est un chômage conjoncturel : il résulte du ralentissement sensible de l'activité économique qui fait suite à la crise sanitaire.

2. Les prévisions réalisées font état d'une envolée du chômage, mais avec des divergences notables entre les différents pays. Si on estime que le taux de chômage en France, qui s'élevait à 8,5 % en 2019, pourrait à nouveau passer la barre des 10 % en 2020, la vague de chômage attendue dans d'autres pays pourrait être de plus grande ampleur, en particulier en Espagne et aux États-Unis, où le taux de chômage augmente de plus de 5 points.

L'Allemagne pourrait être préservée de cette explosion du chômage, avec un taux de chômage qui passerait de 3,2 % en 2019 à 4,0 % en 2020.

Les prévisions pour 2021 montrent partout un ralentissement du chômage, mais avec des niveaux qui restent encore élevés, autour de 10 % en France et en Italie, mais surtout en Espagne (17 %). Les autres pays (Allemagne, États-Unis, Royaume-Uni) retrouveraient un niveau de chômage plus modéré.

Savoir 1

L'art

L'art est une des premières manifestations de la culture humaine. Mais qu'est-ce qu'une œuvre d'art ? Comment la reconnaitre ? À quoi sert l'art et quel rapport entretient-il avec le réel ?

1 L 'art : à la recherche de définitions

Il n'existait pas d'opposition entre art et technique jusqu'au XVIIIe siècle.

a) Sous la Grèce antique, l'art et la technique étaient confondus. D'un point de vue étymologique, les deux termes désignent alors tout ce qui résulte d'une production humaine, tout ce qui n'est pas naturellement présent dans la nature. L'art désignait donc aussi bien l'art (la manière) de faire quelque chose, que la réalisation d'œuvres esthétiques.

b) On oppose depuis le XVIIIe siècle et l'apparition du terme « technique » dans le vocabulaire, la technique et l'art. Tandis que la technique vise l'utile, l'art vise le beau. Si l'artisan produit un objet utile, l'artiste crée une œuvre esthétique et désintéressée. On parle alors du génie de la création.

2 L'art doit-il imiter la nature ?

Perspective : l'existence humaine et la culture

L'art ne fait-il que reproduire la nature et en ce sens nous éloigne-t-il du réel ?

a) L'art ne serait qu'une imitation imparfaite de la nature (la mimésis : l'imitation de l'apparence des choses réelles). L'art serait un simulacre de la réalité. En cela l'art pourrait être « dangereux » car il nous éloignerait de la vérité.

CITATION *« vanité de la peinture, qui attire l'admiration par la ressemblance des choses dont on n'admire point les originaux ».* Blaise Pascal, *Les pensées*, 1670.

b) L'art classique nous laisse deviner que la beauté artistique est autre chose que la simple représentation de la beauté naturelle. La vérité de l'art n'est pas l'imitation. L'art est une transposition et non un reflet du réel. L'art est manifestation de l'absolu. L'art ne nous éloigne pas du réel mais le dévoile à sa manière.

CITATION *« Il n'est pas de serpent, ni de monstre odieux / Qui par l'art imité ne puisse plaire aux yeux ».* Nicolas Boileau, *L'art poétique*, Ch.III, 1674.

3 L'art, le révélateur d'une autre réalité

Perspective : la connaissance

L'art est peut-être ce qui nous permet de redécouvrir le monde.

a) L'art est révélateur d'une autre réalité, car il n'est pas simplement reproduction du réel. Il nous permet de découvrir une autre vérité sur le monde.

PHILOSOPHIE

b) L'art est désintéressé. Il ne doit servir au sens strict à rien. Il ne doit rien viser d'autre que le beau qui est quelque chose qui s'éprouve et qui ne se prouve pas. Il est subjectif.

c) Par l'art, l'homme retrouve donc sa nature d'être de culture, il s'humanise. Les œuvres d'art ne répondent pas à un besoin vital mais répondent à une aspiration fondamentale de l'homme : l'œuvre d'un individu peut toucher une multitude d'autres. L'artiste est un révélateur : il nous montre une autre dimension de l'homme, de la vie, du monde.

Mes notes pour réviser

REPÈRES

Universel/général/particulier/singulier • Nécessaire/contingent • Transcendant/immanent

Savoir 2

La justice

Il semble que nous ayons naturellement l'intuition de ce qui est juste ou non. Mais est-ce aussi simple ? Comment savoir avec certitude ce qui est juste et comment faire régner la justice au sein de la société ?

1 La justice : des définitions multiples

La justice est un terme polysémique. Quelles définitions peut-on lui donner ?

a) La justice est tout à la fois un idéal, une vertu, mais aussi un ensemble d'institutions que met en place un État afin de faire respecter les lois.

b) Qu'est-ce qu'être juste ? Est-ce simplement respecter les lois et les institutions ou est-ce plutôt poursuivre un idéal de justice que nous dicte la loi naturelle ?

c) La justice supposerait l'égalité : un traitement strictement identique pour tous. Cependant, pour être juste, ne faudrait-il pas prendre en compte certains critères et ainsi viser avant tout l'équité ?

2 Il n'y a pas de justice sans loi

Perspective : la morale et la politique

Pour établir la justice dans la société, il semble nécessaire de mettre en place des règles qui valent pour tous. La loi positive a ici pour objectif de faire respecter le droit naturel et doit en découler.

a) Une société sans loi est une société où règne nécessairement l'injustice. Il faut donc qu'une puissance supérieure, l'État, fasse naître des lois qui s'appliquent à tous afin de permettre la vie en communauté.

CITATION *« Là où il n'est pas de pouvoir commun, il n'est pas de loi ; là où il n'est pas de loi, il n'est pas d'injustice. »* Thomas Hobbes, *Léviathan*, 1651.

b) À l'état de nature, c'est donc la loi du plus fort qui règne. La loi, pour être juste, et pour être fondée, doit reposer sur la loi naturelle afin que chacun comprenne qu'il est dans son intérêt comme dans celui de la communauté d'y obéir. La force ne peut être le fondement de la loi.

3 Suffit-il d'obéir aux lois pour être juste ?

Perspective : l'existence humaine et la culture

Obéir aux lois ne suffit pas à être juste. Ce qui est légal n'est pas légitime. La loi positive, promulguée par l'État, peut s'avérer contraire à un certain idéal de justice.

a) La loi, pour être juste, doit d'abord être générale, elle doit s'appliquer à tous. Pourtant, si la loi est générale, elle ne sert à traiter que des cas particuliers. Il ne faudrait donc pas faire preuve de stricte égalité mais bien d'équité.

b) Quand la loi ne sem[illegible] il est du devoir du citoyen de lui désobéir, afin ne pas se retrouver lui-même agent de l'injustice. L'idéal de la loi naturelle doit toujours être à l'origine de la loi positive pour que celle-ci soit juste.

CITATION *« Le respect de la loi doit venir après celui du droit. »* Henry-David Thoreau, *La Désobéissance civile*, 1849.

Mes notes pour réviser

REPÈRES

Absolu/relatif • En fait/en droit • Idéal/réel • Identité/égalité/différence • Légal/légitime • Objectif/subjectif/intersubjectif • Obligation/contrainte • Public/privé • Théorie/pratique • Transcendant/immanent • Universel/général/particulier/singulier.

Savoir 3 La liberté

Notre liberté nous apparaît souvent comme une évidence : notre qualité d'être humain impliquerait que l'on soit libre. Mais si la liberté n'était pas innée chez l'homme ?

1 La liberté est limitée

Perspective : l'existence humaine et la culture, la connaissance

La liberté n'est peut-être qu'une illusion. En effet, est-on absolument libre ?

a) La liberté est limitée par les lois de la nature. Le déterminisme entrave également potentiellement la liberté. Il est possible que nos actes et nos pensées soient déterminés par avance.

CITATION *« Homme faible et vain ! tu prétends d'être libre ; [...] ? Ne vois-tu pas [...] que ce sont des circonstances indépendantes de toi qui modifient ton être et qui règlent ton sort ? »* Paul-Henri Thiry d'Holbach, *Système de la nature*, 1770.

b) La liberté est limitée par les désirs. Peut-être n'a-t-on pas conscience que ce sont nos désirs et nos instincts qui nous poussent à agir ?

CITATION *« Les hommes se croient libres pour cette seule cause qu'ils sont conscients de leurs actions et ignorants des causes par où ils sont déterminés. »* Spinoza, *Éthique*, 1677.

c) La liberté est limitée par la présence d'autrui avec lequel on vit et qui est également libre. Comment concilier ma liberté avec celle d'autrui ?

2 Les contraintes, conditions d'une liberté collective

Perspective : la morale et la politique

L'homme est libre, mais cette liberté ne peut être totale au risque de détruire la liberté.

a) Le déterminisme et les désirs ne sont pas fatals à la liberté. Le stoïcisme nous invite à maîtriser nos désirs afin d'atteindre l'ataraxie.

b) La loi est une autre condition à la liberté. Elle est la condition de la liberté collective. Sans loi, impossible de vivre en société.

CITATION *« Une fois la société civile constituée, chaque citoyen ne conserve qu'autant de liberté qu'il lui en faut pour vivre bien et vivre en paix, de même les autres perdent de leur liberté juste ce qu'il faut pour qu'ils ne soient plus à redouter. »* Thomas Hobbes, *Le Citoyen, 1642.*

c) Pour être réellement libre on ne doit obéir qu'à soi-même. On doit donc être autonome, c'est-à-dire être capable de suivre sa propre loi.

CITATION *« L'obéissance à la loi qu'on s'est prescrite est liberté. »* Jean-Jacques Rousseau, *Du contrat social*, 1762.

3 La conquête de la liberté

Perspective : l'existence humaine et la culture
La liberté n'est peut-être pas innée. Elle est en puissance et s'actualise dans les choix conscients des individus.

a) La liberté consiste donc à avoir le choix et à être capable de choisir en connaissance de cause. C'est le libre arbitre.

b) Pour l'existentialisme, nous sommes libres par essence ce qui implique que nous devons assumer l'ensemble de nos choix. Ce qui peut entraîner une angoisse face à notre liberté et à la responsabilité qui en découle.

Mes notes pour réviser

REPÈRES

En acte/en puissance • Essentiel/accidentel • Obligation/contrainte

Savoir 4

La nature

La nature s'oppose à l'artifice. Quelle place l'être humain occupe-t-il au sein de celle-ci ? Quels rapports les hommes doivent-ils entretenir avec la nature ?

1 Peut-on opposer nature et culture ?

Le mot nature vient du latin *nascor* « naître ». La nature est ce qui est inné, par opposition à la culture, qui vient de *colere*, cultiver la terre, domaine de l'acquis.

a) La nature et la culture semblent s'opposer par leur définition. La culture est ce par quoi l'homme transforme la nature pour la rendre conforme à sa volonté.

b) Par la culture, l'homme s'éloigne de ses instincts animaux innés et acquiert de nouvelles capacités. La culture semble donc être ce qui nous sépare de notre nature.

CITATION *« La perfectibilité est la capacité spécifiquement humaine de concourir à ses propres actions en qualité d'agent libre, alors que la nature fait tout dans celles des animaux »* Jean-Jacques Rousseau, *Discours sur l'origine et les fondements de l'inégalité parmi les hommes, 1755.*

c) Pourtant, il semble être dans la nature de l'homme que de se cultiver, de progresser. Ici la nature et la culture paraissent se confondre au sein de notre essence.

2 Existe-t-il une « nature humaine » ?

Perspective : l'existence humaine et la culture

Parler de nature des hommes, c'est faire référence à leurs caractères communs, alors que la nature d'un individu désigne au contraire les caractères à première vue innés. Doit-on parler de nature humaine, ou davantage de condition humaine ?

a) La nature de l'homme semble moins être une nature donnée qu'une nature acquise. C'est par la culture, l'éducation que l'on se forme à devenir humain. L'homme n'a pas de nature prédéterminée : chaque individu est singulier.

CITATION *« On ne naît pas femme, on le devient »* Simone de Beauvoir, *Le Deuxième sexe, 1949.*

b) La notion de nature humaine semble problématique car cela reviendrait à présenter un modèle d'homme figé et arbitraire duquel on exclurait tous ceux qui ne correspondraient pas à cette définition.

3 Avons-nous des devoirs envers la nature ?

Perspective : la morale et la politique

La crise écologique que nous traversons nous invite à repenser les rapports que l'homme doit entretenir avec la nature et la place qu'il doit y occuper.

a) Nous sommes entrés dans une période appelée « anthropocène », ou « l'ère de l'humain ». Cela signifie que l'influence de l'être humain sur l'environnement a atteint un tel niveau qu'il a tout modifié dans la nature.

b) L'homme serait responsable de son environnement à partir du moment où il se considère comme maître de la nature. Mais cela signifie-t-il que la nature aurait des droits ? Nous devons la protéger et la respecter pour notre bien.

CITATION *« Et si le nouveau type de l'agir humain voulait dire qu'il faut prendre en considération davantage que le seul intérêt de «l'homme» – que notre devoir s'étend plus loin. »* Hans Jonas, *Le Principe responsabilité*, 1979.

Mes notes pour réviser

REPÈRES

Genre/espèce/individu • Identité/égalité/différence • Origine/fondement • Universel/général/particulier/singulier

Savoir
5 La religion

La religion se manifeste sous des formes multiples, tant qu'il semble presque impossible de parler du phénomène au singulier. Etymologiquement, le terme « religion » signifierait aussi bien « relier » que « rassembler ».

1 Qu'est-ce que la religion ?

a) La religion installe une séparation nette entre le domaine du profane et celui du sacré. Les croyances religieuses impliquent souvent le postulat d'une forme de transcendance.

b) La religion n'est pas définie par la croyance en un ou plusieurs dieux. Il existe des religions sans dieu.

c) La religion assigne des valeurs aux hommes. Elle leur impose des règles de vie concrètes et les protège de l'angoisse liée à la mort et à la vanité de leur existence.

CITATION *« Une religion est un système de croyances et de pratiques relatives à des choses sacrées, c'est-à-dire séparées, interdites, croyances et pratiques qui unissent en une même communauté morale, appelée Église, tous ceux qui y adhèrent »* Emile Durkheim, *Les formes élémentaires de la vie religieuse, 1912.*

2 La religion dans son rapport à l'individu et à la société

Perspective : la morale et la politique
Quelle relation entretiennent la religion et la société ?

a) La religion serait pour Freud une réponse culturelle à un besoin psychologique. Dans ce sens, la religion semble être un phénomène subjectif qui s'inscrit dans la foi, mais pourtant pratiqué collectivement au sein de rites et de dogmes.

b) Les institutions religieuses seraient fondamentales pour l'ordre social. La religion est créatrice de lien social, notamment dans les cérémonies religieuses qui créent le sentiment d'une appartenance collective.

c) Pourtant la religion serait aussi source de dangers et de conflits au sein de la société. Pour Marx, la religion est une institution qui permettrait de maintenir la population dans une situation de soumission. La religion produirait des illusions afin de rendre l'ordre social injuste supportable.

CITATION *« La religion est l'opium du peuple »* Karl Marx, *Critique de la philosophie du droit de Hegel, 1844.*

3 Religion et raison : un rapport de rivalité ?

Perspective : la connaissance
Considérant que la religion se distingue de la science par le fait qu'elle se fonde sur un système de croyances dont la validité réside dans l'assentiment plutôt que dans la démonstration, est-il possible de considérer la religion comme un discours de vérité ?

a) Est-il possible de connaître dieu rationnellement ? La foi est un don divin par lequel Dieu se fait connaître. Elle concerne un ordre de connaissances qui n'est pas rationnel mais qui est de l'ordre de l'intuition.

CITATION *« Nous connaissons la vérité non seulement par la raison mais encore par le cœur. »* Blaise Pascal, *Pensées, 1670.*

b) Le croyant fait appel à la foi comme à un principe supérieur de connaissance, l'athée se fie au contraire à la raison scientifique. La seule solution pour trouver un accord entre foi et raison est de distinguer des niveaux de vérité différents.

Mes notes pour réviser

REPÈRES

Absolu/relatif • Croire/savoir • Exemple/preuve • Objectif/subjectif/intersubjectif • Public/privé • Transcendant/immanent • Universel/général/particulier/singulier

Savoir 6

La technique

1 La technique : le propre de l'homme

La technique semble être le propre de l'homme. Elle est ce par quoi nous nous humanisons, elle révèle la liberté de la conscience.

a) La technique révèle la grandeur de l'homme, sa capacité à inventer, à se libérer des contraintes naturelles. L'homme se détache de la nature, la maîtrise et l'utilise pour ses fins. L'homme pour Bergson est *l'homo faber* avant d'être l'homo sapiens.

CITATION « l'intelligence [...] est la faculté de fabriquer des objets artificiels, en particulier des outils, à faire des outils, et d'en varier indéfiniment la fabrication ». Henri Bergson, *L'Évolution créatrice*, 1907.

b) L'homme doit se procurer artificiellement ce dont les autres vivants sont pourvus par la nature. Mais ce remède peut être pire que le mal si la mise en œuvre des techniques n'est pas subordonnée à un art de vivre ensemble (littéralement : la politique). Cf *Mythe de Prométhée* : Platon, *Protagoras*

2 L'interaction entre les sciences et la technique

Perspective : la connaissance

La technique et les sciences sont intrinsèquement liées. Elles avancent de concert et permettent le progrès de la connaissance théorique et pratique.

a) Historiquement, la technique a devancé la science. Par nécessité, pour survivre dans une nature hostile, l'homme a dû s'inventer (rôle de l'intelligence) des moyens artificiels. L'invention des premières techniques (le levier, la roue) a précédé la (science) physique mécanique.

b) Il y a une interaction permanente depuis la Renaissance entre la science et la technique. Les progrès de la technique (ex. microscope) ont permis le développement des sciences, qui lui-même fait progresser les techniques.

CITATION *« une science a l'âge de ses instruments de mesure »*. Gaston Bachelard, *La formation de l'esprit scientifique*, 1938.

3 La question du progrès et de la technique

Perspective : la morale et la politique

Par la technique, l'homme se dote de pouvoirs quasiment divins, mais sans connaître et accepter les limites. Il faut donc appréhender la technique d'un point de vue éthique : la possibilité technique doit être confrontée au devoir moral.

a) les techniques et les sciences posent des problèmes déontologiques : elles ont été au siècle dernier au service du totalitarisme et de l'horreur.

b) La bioéthique remet l'éthique dans le domaine de la connaissance au goût du jour. Michel Serres pense des « droits de la nature » : nous ne sommes pas les « propriétaires de l'environnement », nous n'en sommes que les « locataires ».

c) Si la technique paraît améliorer les conditions de travail, le travail industriel produit la déshumanisation, et la machine crée le chômage. L'ouvrier devient un automate, victime de la division du travail.

CITATION *« l'homme s'est "adapté" à un milieu de machines <au> moment où il les a inventées...les machines exigent que le travailleur...adapte le rythme naturel de son corps à leur mouvement mécanique...pdt la durée du travail à la machine, le processus mécanique remplace le rythme du corps humain »*, Hannah Arendt, *Condition de l'homme moderne*, 1958.

Mes notes pour réviser

REPÈRES

Universel/général/particulier/singulier • Nécessaire/contingent • Impossible/possible • Transcendant/immanent

Savoir 7

La vérité

Opposée à l'opinion et à la croyance, la vérité nous permettrait de posséder une connaissance parfaite, certaine, du monde. Mais existe-t-il une vérité unique, absolue et universelle ? La vérité pourrait-elle être relative à chacun ?

1 Quels sont les critères pour affirmer : « c'est la vérité » ?

a) La première forme de vérité est ce que l'on nomme la « vérité correspondance ». Serait vrai ce qui correspondrait à la réalité.

CITATION *La vérité est « l'adéquation de la chose et de l'esprit. »* Thomas d'Aquin, *Somme théologique*, 1266-1273.

b) Par la « vérité cohérence » on admet que la vérité n'existe qu'au sein des propositions que nous émettons à propos du monde qui nous entoure. La vérité tiendrait donc à la cohérence de nos raisonnements et de nos énoncés.

c) Cependant, nous pouvons ne pas percevoir la réalité telle qu'elle est vraiment et produire des énoncés en apparence cohérents mais finalement faux. Le critère le plus « certain » pour atteindre la vérité serait donc l'évidence.

CITATION *« Est vrai ce qui se présenterait si clairement et distinctement à mon esprit que je n'eusse aucune occasion de la mettre en doute. »* René Descartes, *Discours de la méthode*, 1637.

2 La recherche de la vérité

Perspective : la connaissance

Il existe différentes méthodes pour rechercher la vérité.

a) Le rationalisme postule que nous ne pouvons atteindre la vérité que par la force de la raison car l'expérience sensible serait source d'illusions. La vérité ne peut être qu'une construction rigoureuse de la pensée. C'est le cas du *cogito* de Descartes, vérité première et issue d'un raisonnement purement logique.

CITATION *« Je pense, donc je suis. »* René Descartes, *Méditations métaphysiques*, 1641.

b) L'empirisme postule au contraire qu'une connaissance vraie ne peut provenir que de l'expérience sensible, c'est-à-dire de nos sensations.

CITATION *« L'expérience est le fondement de toutes nos connaissances, et c'est de là qu'elles tirent leur première origine. »* John Locke, *Essai sur l'entendement humain*, 1689.

c) Cependant on peut penser que la vérité absolue n'existe pas, et qu'il serait donc inutile de la rechercher. C'est le relativisme. Ce relativisme peut toutefois être dangereux, notamment dans le domaine de la morale.

3 Faut-il toujours rechercher la vérité ?

Perspective : l'existence humaine et la culture

Croire en la vérité pourrait s'avérer chose dangereuse. N'est-elle qu'un idéal ?

a) Croire en la vérité serait constitutif de comportements dangereux comme le dogmatisme et le fanatisme qui nous pousseraient à l'intolérance.

b) C'est pourquoi il ne faudrait pas perdre de vue qu'un des premiers critères de la vérité serait sans doute de pouvoir être remise en question. C'est l'objet du falsificationnisme (Popper) qui permettrait le progrès.

Mes notes pour réviser

REPÈRES

Absolu/relatif • Croire/savoir • Exemple/preuve • Hypothèse/conséquence/conclusion • Idéal/réel • Médiat/immédiat • Vrai/probable/certain

Exercice 1

L'existence humaine et la culture

1. Quelle différence fait-on aujourd'hui entre art et technique ?

a) L'art produit des objets esthétiques tandis que la technique produit des objets utiles.

b) Aucune.

c) L'art produit des œuvres coûteuses tandis que la technique produit des objets abordables.

2. Que veut dire Kant quand il écrit : *« Le beau est ce qui plaît universellement sans concept. » ?*

a) L'art conceptuel n'est pas esthétique.

b) Tout ce qui est beau est de l'art.

c) Le beau s'éprouve, il ne se prouve pas rationnellement.

3. Qu'est-ce que l'ethnocentrisme ?

a) Croire que toutes les cultures se valent.

b) Croire que sa culture est supérieure à celle des autres.

c) Croire qu'il existe une culture commune.

4. Le déterminisme est une théorie selon laquelle ?

a) Nous sommes absolument libres de nos choix.

b) L'homme ne serait pas libre car l'ensemble de ses choix et de ses actions seraient les conséquences de faits antérieurs.

c) Tout est écrit à l'avance, impossible d'échapper à son destin.

FAIT ☐ REVU ☐

Exercice 2

La morale et la politique

1. Qu'est-ce que le progrès au sens philosophique ?

a) L'accroissement des connaissances.

b) L'amélioration des techniques.

c) L'amélioration de l'humanité.

2. Qu'est-ce que l'autonomie au sens philosophique ?

a) La capacité de se donner à soi-même sa propre loi.

b) La capacité de vivre seul.

c) L'indépendance.

3. Qu'est-ce que l'équité selon Aristote ?

a) C'est être juste en étant parfaitement égal.

b) C'est être juste en prenant en compte la valeur de chacune des parties.

c) C'est être injuste car on traite les individus de manière différente.

4. Que veut dire Thoreau lorsqu'il écrit : *« Le respect de la loi doit venir après celui du droit. »* ?

a) On doit d'abord respecter la loi naturelle avant la loi positive.

b) On doit d'abord respecter la loi positive avant la loi naturelle.

c) On doit désobéir à la loi quelle qu'elle soit.

FAIT ☐ REVU ☐

Exercice 3

La connaissance

1. Que veut dire Pascal lorsqu'il écrit : *« Nous connaissons la vérité, non seulement par la raison, mais encore par le cœur ; c'est de cette dernière sorte que nous connaissons les premiers principes. »* ?

a) Il existe des vérités qui ne se démontrent pas mais qui s'éprouvent, dont nous avons l'intuition.

b) La vérité ne peut provenir que de la raison.

c) La raison ne nous apporte aucune connaissance.

2. Qu'est-ce que le falsificationnisme ?

a) Une théorie selon laquelle la preuve est le critère de la vérité d'une théorie scientifique.

b) Une théorie selon laquelle le fait de pouvoir être réfutée est le critère de la scientificité d'une théorie.

c) Une théorie selon laquelle est vrai ce qui ne peut pas se prouver.

3. Quel est le premier critère de la vérité selon cette citation de Descartes : *« Est vrai ce qui se présenterait si clairement et distinctement à mon esprit que je n'eusse aucune occasion de la mettre en doute »* ?

a) La démonstration. b) L'évidence. c) La preuve.

4. Que veut dire Simone de Beauvoir lorsqu'elle écrit : « *On ne naît pas femme, on le* devient » ?

a) Il faut attendre de devenir adulte pour passer de « fille » à « femme ».

b) Le genre dépend du sexe qui est une donnée naturelle.

c) Le genre n'est pas une donnée naturelle mais une construction sociale et culturelle.

FAIT ☐ REVU ☐

Exercice 4

Explication de texte

La *loi* ne consiste pas tant à limiter un agent *libre* et *intelligent* qu'à le *guider* vers ses propres intérêts, et elle ne prescrit pas au-delà de ce qui conduit au bien général de ceux qui sont assujettis à cette loi. S'ils pouvaient être plus heureux sans elle, la *loi* s'évanouirait comme une chose inutile : et ce qui nous empêche seulement de tomber dans les marais et les précipices mérite mal le nom de contrainte. De sorte que, quelles que soient les erreurs commises à son propos, la *finalité de la loi* n'est pas d'abolir ou de restreindre mais de *préserver et d'élargir la liberté* ; et, dans toutes les conditions des êtres créés qui sont capables de vivre d'après des lois, *là où il n'y a pas de lois, il n'y a pas de liberté*. Car la *liberté* consiste à être délivré de la contrainte et de la violence exercées par autrui, ce qui ne peut être lorsqu'il n'y a point de loi ; mais la liberté n'est pas ce que l'on nous dit, à savoir une *liberté, pour tout homme, de faire ce qui lui plaît* (car qui peut être libre quand n'importe quel homme peut nous imposer ses humeurs ?). Mais c'est une *liberté* de disposer et d'ordonner comme on l'entend sa personne, ses actions, ses biens et l'ensemble de sa propriété, dans les limites de ce qui est permis par les lois auxquelles on est soumis ; et, dans ces limites, de ne pas être assujetti à la volonté arbitraire de quiconque, mais de suivre librement sa propre volonté.

Locke.

Questions de l'explication

Les trois séries de questions posées sont des guides pour procéder à l'explication du texte. Les questions sont là pour vous aider à construire votre réflexion à propos du texte. Vous pouvez choisir de les traiter dans l'ordre, ou de les intégrer à un commentaire unique du texte comme il est présenté à la question 3.

1. a) Précisez la conception de la liberté à laquelle Locke s'oppose dans ce texte.
b) En vous appuyant sur l'image de la ligne 4, expliquez : « *guider* [un agent *libre et intelligent*] vers ses propres intérêts ».
c) Comment Locke définit-il la liberté ? Expliquez cette définition en vous appuyant précisément sur le texte.

2. Dégagez la thèse de ce texte et mettez en évidence les étapes de son argumentation.

3. La loi est-elle la condition de la liberté ?
Pour répondre à ces questions, suivez la démarche guidée, étape par étape.

Démarche guidée

Étape 1 (éléments d'analyse) : expliciter le sens d'un extrait du texte ou d'une expression

1. a) Précisez la conception de la liberté à laquelle Locke s'oppose dans ce texte.
b) En vous appuyant sur l'image des lignes 1-2, expliquez : « *guider* [un agent *libre et intelligent*] vers ses propres intérêts ».
c) Comment Locke définit-il la liberté ? Expliquez cette définition en vous appuyant précisément sur le texte.

Étape 2 (éléments de synthèse) : dégager la thèse et le plan du texte
Dégagez la thèse de ce texte et mettez en évidence les étapes de son argumentation.

1. Quelle est l'idée principale du texte ?
a) La loi empêche la liberté de s'exercer.
b) La loi s'oppose à la liberté.
c) La loi est la condition de la liberté.

2. Dans quelle phrase du texte la thèse est-elle présente ?
a) « La *loi* ne consiste pas tant à limiter un agent *libre* et *intelligent* qu'à le *guider* vers ses propres intérêts. »

b) « *Là où il n'y a pas de lois, il n'y a pas de liberté.* »
c) « La *liberté* consiste à être délivré de la contrainte et de la violence exercées par autrui. »

3. Remettez les étapes de l'argumentation dans l'ordre.
a) 1 : Locke rappelle le préjugé selon lequel la loi s'oppose à la liberté, elle en serait destructrice, puisqu'elle la limite par définition
2 : La loi est ce qui nous permet de préserver nos droits face à autrui. Elle est la garante de la liberté.
3 : La liberté se trouve donc dans la reconnaissance de la légitimité de la loi, dans une certaine forme d'autonomie.
b) 1 : Locke nous dit que la loi est un obstacle à la liberté.
2 : Il ne faut pas suivre la loi pour pouvoir survivre face à autrui.
3 : La liberté consiste donc à faire tout ce que l'on veut.
c) 1 : Dans un premier temps Locke rappelle le principe selon lequel la loi est la condition de la liberté.
2 : Il faut alors se méfier de la croyance selon laquelle la loi est un obstacle à la liberté.
3 : La liberté ne consiste donc pas dans le pouvoir de faire ce que l'on veut.

Étape 3 (commentaire) : rédiger l'explication
La loi est-elle la condition de la liberté ?
La réponse à la question 3 de l'explication de texte exige de rendre compte de votre compréhension du texte, mais également de mettre la thèse de celui-ci en perspective à l'aide de vos connaissances, extérieures au texte étudié.

1. Quelle phrase parmi les propositions suivantes pourrait constituer le point de départ de l'introduction ?
a) Locke remet en question le préjugé selon lequel la liberté est le pouvoir de faire tout ce que l'on veut sans aucune limite.
b) La liberté est un problème que de nombreux philosophes ont traité.
c) Tout le monde souhaite être libre. Mais comment atteindre cette liberté alors que nous vivons sous des lois ?

2. Quelle est la problématique la plus adaptée à la question posée ?
a) La loi est-elle la condition de la liberté ?
b) Peut-on être libre et soumis aux lois en même temps ?
c) Qu'est-ce que la liberté ?

3. Quel est le plan le plus adapté pour répondre au sujet ?
a) I. La loi est la condition de la liberté
II. Qu'est-ce que la liberté ?
b) I. Définition de la liberté
II. Ce que n'est pas la liberté
c) I. La loi est un obstacle à la liberté
II. Pourtant, sans loi la liberté n'existerait pas

FAIT ☐ REVU ☐

Exercice 5

Dissertation

Sujet Les hommes sont-ils des êtres à part dans la nature ?
Démarche guidée
Étape 1 : comprendre le sens du sujet
– À quoi vous invite à réfléchir l'intitulé de ce sujet ?
a) Savoir si l'homme est un être naturel.
b) Savoir si l'homme est différent des animaux.
c) Savoir si l'homme est le plus exceptionnel des créatures terrestres

Étape 2 : formuler la problématique
– Quel est le problème que pose véritablement le sujet ?
a) Les hommes sont-ils des êtres déterminés par leur nature ou sont-ils absolument libres ?
b) Les hommes sont-ils des êtres naturels qui occuperaient une place privilégiée dans la nature ou bien n'y aurait-il aucune nature humaine prédéfinie ?
c) L'homme est-il le maître de la nature ?

Étape 3 : élaborer le plan
– Quel plan est le mieux adapté à la question posée par le sujet ?
a) I. Oui, les hommes sont des êtres à part dans la nature.
II. Non, il les hommes ne sont pas des êtres à part dans la nature.
III. Les hommes peuvent être considérés comme des êtres libres mais qui restent régis par une certaine nature.
b) I. Oui.
II. Non.
c) I. Les hommes sont des animaux comme les autres.
II. Les hommes sont des animaux particuliers
III. Les hommes sont les maîtres de la nature.

Étape 4 : rédiger l'introduction
– Quelles sont les étapes à respecter dans une introduction ?
a) Annonce de la problématique et annonce du plan.
b) Accroche qui caractérise le problème, annonce de la problématique et annonce du plan.
c) Rappel du sujet et annonce du plan.
Étape 5 : rédiger la conclusion
– Quelle réponse la réflexion que nous avons construite nous permet-elle d'apporter au sujet ?
a) On ne peut pas connaître ce dont on a n'a pas l'expérience.
b) On peut connaître ce dont on n'a pas l'expérience.
c) Connaître nécessite non seulement l'expérience mais aussi une activité de la raison.
Étape 6 : passer à la rédaction de la dissertation

Corrigés

Exercice 1

L'existence humaine et la culture

1. Réponse a).

2. Réponse c).

3. Réponse b).

4. Réponse b). Attention à ne pas confondre déterminisme et fatalisme (réponse c).

Exercice 2

La morale et la politique

1. Réponse c). Attention, au sens large, le progrès peut être défini par l'ensemble des réponses proposées. Dans le sens de la question, on comprend que tout progrès technique n'est pas forcément un progrès pour l'humanité.

2. Réponse a). Attention à ne pas confondre l'indépendance, qui consiste à suivre ses désirs, et l'autonomie, qui consiste à agir d'abord selon sa raison.

3. Réponse b).

4. Réponse a).

Exercice 3

La connaissance

1. Réponse a).

2. Réponse b).

3. Réponse b).

4. Réponse c).

Exercice 4

Étape 1 : expliciter un extrait du texte ou une expression

1. a) Locke s'oppose ici à la conception de liberté comme indépendance, c'est-à-dire comme pouvoir de faire tout ce que l'on veut. Pour lui, la liberté est obéissance raisonnable aux lois.

b) La loi guide un « agent libre » car il n'est pas soumis à la contrainte d'autrui et « intelligent » car il n'est pas soumis à la contrainte de ses désirs. En effet, nous avons tendance à nous laisser guider par nos désirs ce qui nous pousse dans les marais et les précipices. C'est pourquoi la loi existe afin de nous protéger de nos propres décisions que nous pouvons prendre sous l'emprise de nos passions.
La loi protège nos intérêts et nous y obéissons donc volontairement.
c) La liberté selon Locke est de ne pas être soumis à autrui, ni aveuglé par ses propres désirs. La liberté se trouve dans l'autonomie : l'obéissance à la loi que l'on s'est soi-même prescrite.

Étape 2 : dégager la thèse et le plan du texte

1. Réponse c).

2. Réponse b).

3. Réponse a).

Étape 3 : rédiger le commentaire du texte

1. Réponse a). Nous reprenons ici le point de départ du texte de Locke.

2. Réponse b).

3. Réponse c).

Plan détaillé de la réponse à la question 3. Ici nous vous présentons le plan détaillé d'une explication du texte, réalisé grâce aux éléments d'analyse et aux éléments de synthèse.
Introduction :
Locke remet en question le préjugé selon lequel la liberté est le pouvoir de faire tout ce que l'on veut sans aucune limite. Pour lui, la loi est la condition de la liberté, elle en est la garantie. Mais peut-on être libre et soumis aux lois en même temps ? On pourrait penser que la liberté se définit par l'indépendance. Pourtant, la loi garantit l'existence de la liberté qui périt si elle n'est pas limitée.

I. La liberté comme pouvoir de faire ce que l'on veut

A/ La loi limite la liberté
– La liberté se définit comme absence de contraintes. La loi prend l'apparence d'une contrainte en tant qu'elle pose des interdits et des obligations.

– La liberté suppose de pouvoir faire ce que l'on veut. La loi est alors un obstacle à la liberté, contrairement à ce qu'affirme Locke.

B/ La conception anarchiste

– La liberté entre en conflit avec les lois. C'est ce que dénonce le mouvement anarchiste en affirmant qu'il est « interdit d'interdire ».

– « La liberté est indivisible » dit Bakounine. Donc retirer un peu de liberté à l'homme, c'est anéantir toute la liberté pour lui.

– On doit donc contester l'autorité politique qui anéantit la liberté individuelle, essence de l'homme.

C/ De la nécessité des lois positives

– L'homme est un être égoïste qui cherche à garantir son intérêt personnel.

– Parallèle Hobbes « l'homme est un loup pour l'homme ». Sans loi, pas de liberté.

– « La liberté consiste à être délivré de la contrainte et de la violence exercées par autrui. » Locke (l. 8).

La loi contraint chacun à respecter les droits inaliénables de tous.

– Mais à quelles conditions concilier loi et liberté ?

II. La loi, condition nécessaire de la liberté

A/ Obligation et contrainte

– Dire que la loi est contrainte, c'est considérer qu'elle va à l'encontre de la volonté de l'homme. Mais ne devons-nous pas vouloir la loi pour pouvoir vivre en société ? Reconnaître la légitimité de la loi, c'est aussi reconnaître qu'on doit lui obéir. La loi doit apparaître comme un guide et non comme une contrainte.

– Obéir à la loi, c'est donc d'abord obéir à soi-même (//démocratie), c'est choisir d'obéir car on reconnaît que c'est dans cette obéissance que se situe notre intérêt.

– La loi n'est donc pas, dans ce sens, obstacle à notre liberté car elle est obligation qui émane de notre propre volonté.

B/ La liberté comme autonomie

– La loi est utile, comme le dit Locke, car les hommes ne peuvent se limiter d'eux-mêmes. « S'ils pouvaient être plus heureux sans elle, la loi s'évanouirait comme une chose inutile. »

– La liberté suppose une obéissance interne à la raison, elle est autonomie. L'homme est libre lorsqu'il agit suivant sa volonté, guidé par la raison.

– Ce n'est pas l'indépendance, mais l'autonomie qui caractérise la liberté (Kant). La liberté est maîtrise de soi, capacité à se limiter soi-même.

C/ Mais toute loi n'est pas source de liberté

– Certaines lois peuvent, être profondément injustes. Les lois arbitraires décrétées par tel ou tel dictateur peuvent ne pas favoriser la liberté.

– Pour que la loi soit source de liberté, elle doit répondre à plusieurs exigences.

– Rousseau (*Du Contrat social*) montre que la loi de l'État vise avant tout à garantir la liberté civile. Souveraineté du peuple. La loi émane de la volonté générale, volonté de tous en vue du bien commun.

– Tous étant soumis aux mêmes lois, chacun n'obéit finalement qu'à lui-même. Les lois, pour permettre la liberté, doivent être légitimes et ne pas aller à l'encontre du droit naturel.

Conclusion :

La liberté ne réside pas dans l'indépendance. La liberté est autonomie. De ce fait, la loi positive est la condition de la liberté tant qu'elle est légitime et qu'elle ne va pas à l'encontre de la loi naturelle.

Exercice 5

Étape 1

Réponse a). Le sujet invite à réfléchir sur la place de l'homme dans la nature et sur le rapport qu'il entretient à l'égard de la nature.

Étape 2

Réponse b). Le sujet appelle à réfléchir sur le paradoxe des hommes : à la fois des êtres inscrits dans la nature et dans l'évolution des espèces et à la fois des êtres doués d'une intelligence et d'une liberté leur permettant de comprendre la nature et de l'exploiter et donc d'y occuper une place particulière.

Étape 3

Réponse a). Pour traiter le sujet il faut bien mettre en avant l'ambiguïté de l'idée de nature humaine et l'originalité du rapport entre l'individu et l'espèce. La réflexion ne doit pas se restreindre à une comparaison entre l'homme et les autres êtres vivants. La réponse b) est l'exemple même du plan qui empêche de parvenir à une véritable réponse au sujet. La réponse c) a trop tendance à réduire le sujet à seulement l'une de ses perspectives.

Étape 4

Réponse b). L'introduction de la dissertation doit montrer que vous avez compris le problème posé par le sujet. Ici, il faut particulièrement montrer que le terme « expérience » est à prendre exclusivement au sens « d'expérience sensible ».

Étape 5

Réponse c). La conclusion doit résumer les étapes de votre argumentation et donner une réponse claire au sujet.

Étape 6

Cette réflexion doit vous mener à rédiger un plan détaillé au brouillon qui vous permettra de construire une dissertation structurée et pertinente qui doit être entièrement rédigée sur votre copie. Le plan ne doit pas apparaître. Les transitions servent à bien faire comprendre au correcteur la logique de votre réflexion.

Introduction : Dans la bible, la nature est présentée comme créée pour l'homme. La nature serait là pour le servir. Les hommes seraient donc des créatures qui profiteraient d'une place à part au sein de la nature. La liberté et l'intelligence dont seraient dotés les hommes à priori leur permettrait de se rendre maîtres de la nature : de la posséder et de la dominer. Mais l'homme fait aussi partie de l'évolution. Sa place particulière dans la nature serait la conséquence d'un processus qu'il ne maîtrise pas. L'homme serait déterminé par des lois de la nature dont il n'aurait pas conscience.
Le problème est donc de savoir si les hommes sont des êtres naturels dont la spécificité serait d'occuper une place particulière dans la nature ou s'ils échappent en fait à tout déterminisme ce qui nierait toute idée de nature humaine.
Si les hommes semblent être à part dans la nature, il semble toutefois que ce particularisme revendiqué soit discutable. Les hommes seraient à la fois dans la nature, et dotés d'un statut particulier par rapport à celle-ci.

I. Oui, les hommes sont des êtres à part dans la nature.

A/Les hommes sont des êtres de culture.

– L'homme serait soumis au besoin comme les animaux. Mais la satisfaction de ces besoins est immédiate chez l'animal tandis qu'elle passe par la médiation de la conscience et de la réflexion chez l'homme. L'homme, contrairement à l'animal peut aller à l'encontre de ses instincts. Les comportements humains sont variables et imprévisibles.

B/ L'homme est un être libre.

– Les hommes n'ont pas de nature. Leur existence n'est ni prévisible, ni totalement explicable. L'homme est un être doué de raison et de mémoire ce qui lui permet d'anticiper et de se projeter. L'homme est le « principe des futurs » selon Aristote.

– Le monde humain est caractérisé par la contingence. L'homme opère ses propres choix et n'est précédé par aucune nature. Il n'a pas d'essence : « l'existence précède l'essence » Jean-Paul Sartre. Il n'existe selon Sartre aucune nature humaine qui déterminerait les individus. L'homme est absolument libre et échappe au déterminisme.

C/ Les hommes sont maîtres de la nature.

– Les homes sont des êtres à part car ils ne se contentent pas d'être dans la nature mais la transforment par leur technique et grâce à leur connaissance de ses lois. Ils se rendent comme « maîtres et possesseurs de la nature » René Descartes.

Transition :
Les hommes seraient donc à part dans la nature car ils la dominent et ne sont pas soumis au déterminisme de ses lois. Mais cette idée serait d'autonomie par rapport aux lois de la nature est peut-être le fruit d'une illusion. Les hommes sont inextricablement inscrits dans la nature.

II. Non, les hommes ne sont pas des êtres à part dans la nature.

A/ Le déterminisme naturel concerne aussi les hommes.

– Le libre-arbitre qui place les hommes hors de la nature ne serait qu'une illusion. Les hommes et les autres êtres sont soumis à la même nécessité. « L'homme n'est pas un empire dans un empire » Baruch Spinoza.

– Les hommes seraient tout autant aveuglés que les animaux quant à la fin de leurs actions. Les hommes seraient également soumis aux intérêts de l'espèce.

B/Les spécificités humaines sont l'œuvre de la nature.

– C'est peut-être la nature elle-même qui pousse l'homme à développer les capacités qui lui sont propres comme le langage, la politique, etc. « L'homme est un animal politique » Aristote. Par exemple, selon Aristote les hommes seraient naturellement enclins à vivre avec leurs semblables et dotés du langage car cela leur permet de progresser, d'actualiser leur essence.

– Les progrès de la culture seraient donc en fait les résultats d'un principe métaphysique naturel que l'homme ne maîtrise pas.

Transition :

Si les hommes sont certes dotés de qualités que ne possèdent pas les autres êtres naturels, ils n'échappent pas pour autant à l'ensemble des lois de la nature, et notamment à certaines qui sont propres à leur espèce. Cependant, la capacité de l'homme à se modifier montre bien qu'il a cela d'original qu'il est le seul à être à la fois déterminé par des lois naturelles et à la fois capable de les comprendre et de s'en libérer.

III. Les hommes sont à la fois déterminés par la nature et libres de s'en extraire.

A/ Les hommes ne sont pas limités par leur nature, ni limités par leur culture.

– Les institutions mises en place par les hommes recherchent l'épanouissement des individus en mettant en place les conditions nécessaires à la réalisation de leur liberté. La culture n'implique pas que l'on renonce à notre nature, mais l'actualise.

– Par exemple, Rousseau invoque dans *Le contrat social* le droit naturel pour fonder des Etats légitimes. Ce droit naturel ne consiste cependant pas à voir dans les choses de la nature le modèle du droit, mais vise à mettre en évidence la véritable nature du droit.

B/ Les actions humaines seraient explicables, comme les choses de la nature, mais seulement dans une certaine mesure.

– Le déterminisme à l'œuvre dans la nature permet de mettre en avant les causes qui sont à l'origine de tel ou tel effet. Et ce serait donc tout autant le cas pour les actions humaines.

– Cependant, comme le montre Kant dans *La critique de la raison pratique*, l'homme en tant qu'être doué de liberté peut échapper à ce déterminisme grâce à la conscience morale qui offre la possibilité à l'homme de s'arracher au déterminisme naturel. En tant qu'être raisonnable et libre, l'homme est donc un être à part dans la nature.

Conclusion : Ainsi les hommes n'auraient pas de nature fixe, contrairement aux autres êtres. Les hommes sont des êtres à part dans la nature et chaque homme est un être à part par rapport aux autres. On ne pourrait prétendre le connaître complètement. Sa conscience lui permet de se donner ses propres fins, et de dominer la part naturelle en lui. « L'homme est un animal qui a conscience d'être un animal ; du fait qu'il a conscience d'être un animal, il cesse de l'être » Hegel.

Savoir 1

Suites arithmétiques et géométriques

1 Suites arithmétiques

- Une suite (u_n) est **arithmétique** s'il existe un réel r (appelé raison) tel que $\boldsymbol{u_{n+1} = u_n + r}$ pour tout entier naturel n.

Pour montrer qu'une suite (u_n) est arithmétique, on montre que la différence $u_{n+1} - u_n$ est constante, égale à un réel r, pour tout entier n.

- Si (u_n) est une suite arithmétique de raison r, alors, pour tout entier naturel n, on a $\boldsymbol{u_n = u_k + (n-k)r}$. En particulier, $\boldsymbol{u_n = u_0 + n \times r}$.

- Si $\boldsymbol{r > 0}$, alors la suite arithmétique (u_n) est strictement **croissante**.

Si $\boldsymbol{r < 0}$, alors la suite arithmétique (u_n) est strictement **décroissante**.

- ***Somme de termes consécutifs d'une suite arithmétique*** = nb de termes × $\dfrac{1^{\text{er}}\text{ terme + dernier terme}}{2}$

o $u_0 + u_1 + ... + u_n = \sum_{k=0}^{n} u_k = (n+1) \times \dfrac{u_0 + u_n}{2}$

o $u_p + u_1 + ... + u_n = \sum_{k=p}^{n} u_k = (n-p+1) \times \dfrac{u_p + u_n}{2}$

- **Moyenne arithmétique** de deux réels a et b : $\dfrac{a+b}{2}$

- La **représentation graphique** d'une suite arithmétique est un **nuage de points alignés**.

2 Suites géométriques

- Une suite (u_n) est **géométrique** s'il existe un réel q (appelé raison) tel que $\boldsymbol{u_{n+1} = q \times u_n}$ pour tout entier naturel n.

Pour montrer qu'une suite (u_n) est géométrique, on montre que le quotient $\dfrac{u_{n+1}}{u_n}$ est constant, égal à un réel q, pour tout entier n (on s'assure bien que u_n est non nul, pour tout entier n au préalable).

- Si (u_n) est une suite géométrique de raison q, alors, pour tout entier naturel n, on a $\boldsymbol{u_n = q^{n-k} \times u_k}$. En particulier, $\boldsymbol{u_n = q^n \times u_0}$.

- Si $\boldsymbol{q > 1}$, alors la suite géométrique **à termes positifs** (u_n) est strictement **croissante**.

- Si $0 < q < 1$, alors la suite géométrique **à termes positifs** (u_n) est strictement **décroissante**.

- Si $\boldsymbol{q = 1}$, alors la suite g éométrique **à termes positifs** (u_n) est **constante.**

- **Somme de termes consécutifs d'une suite géométrique de raison $q(\neq 1)$**

$= 1^{\text{er}}\text{ terme} \times \dfrac{1 - \text{raison}^{\text{nb termes}}}{1 - \text{raison}}$

o $u_0 + u_1 + ... + u_n = \sum_{k=0}^{n} u_k = u_0 \times \dfrac{1 - q^{n+1}}{1-q}$

o $u_p + u_1 + ... + u_n = \sum_{k=p}^{n} u_k = u_p \times \dfrac{1 - q^{n-p+1}}{1-q}$

- **Moyenne géométrique** de deux réels positifs a et b : $\sqrt{ab}$

- La **représentation graphique** d'une suite géométrique est un **nuage de points exponentiel**.

Savoir 2

Dérivation

1 Nombre dérivé

• Soient f une fonction définie sur un intervalle I, a un élément de I et h un nombre réel non nul tel que $a + h \in I$. On note $\mathscr{C}_f$ la courbe représentative de la fonction f, A le point de $\mathscr{C}_f$ d'abscisse a et H le point de $\mathscr{C}_f$ d'abscisse $a + h$.

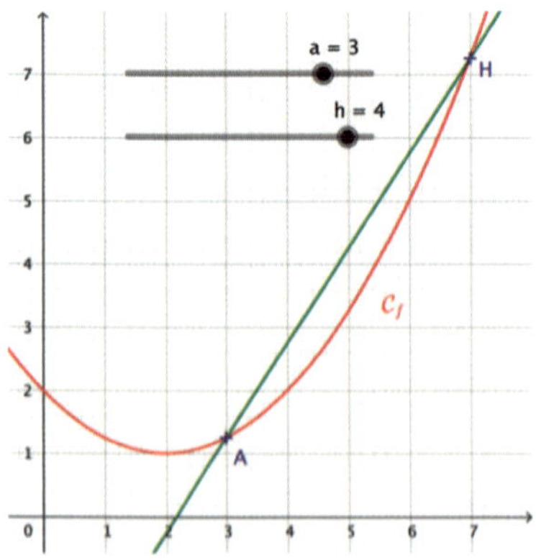

• Le taux d'accroissement de f entre a et $a + h$ est le quotient

$$\frac{f(a+h)-f(a)}{(a+h)-a} = \frac{f(a+h)-f(a)}{h}.$$

Graphiquement, c'est la pente de la droite (AH).

• Le **nombre dérivé** de f en a, noté $f'(a)$, s'il existe, est la valeur limite du taux d'accroissement de f entre a et $a + h$, quand h se rapproche de 0. Graphiquement, c'est la pente de la droite (AH) (si elle n'est pas parallèle à l'axe des ordonnées) quand H se rapproche de A.

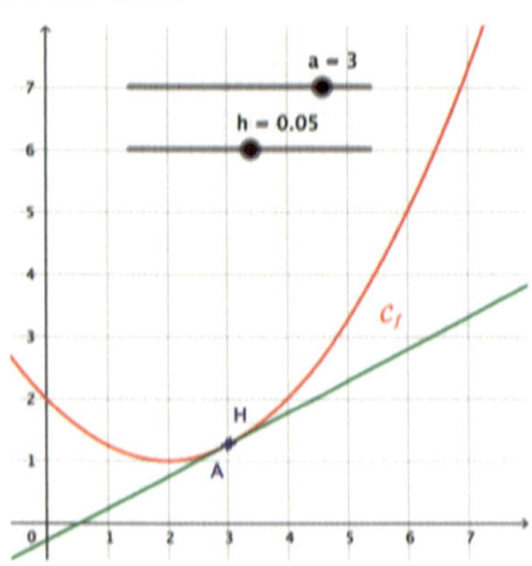

2 Tangente

La position limite de la droite (AH) quand H se rapproche de A s'appelle la **tangente à $\mathscr{C}_f$ en A**. Elle a pour pente $f'(a)$ et pour équation réduite :

$y = f'(a)(x - a) + f(a)$.

3 Fonction dérivée

• On note $\mathscr{D}'$ l'ensemble des réels a pour lesquels $f'(a)$ existe. La fonction f' définie sur $\mathscr{D}'$ qui, à tout élément de $\mathscr{D}'$, associe le nombre dérivé de f en a, s'appelle la **fonction dérivée** (ou **dérivée**) de f. On dit alors que f est **dérivable** sur $\mathscr{D}'$ et a pour dérivée f'.

• **Opérations sur les dérivées** : soient f et g deux fonctions dérivables sur un ensemble $\mathscr{D}'$ et k un réel quelconque. Alors :

o $(f + g)' = f' + g'$: autrement dit, la dérivée d'une somme est égale à la somme des dérivées.

o $(kf)' = kf'$: autrement dit, la dérivée du produit d'une fonction par un réel est égale au produit de la dérivée de cette fonction par ce réel.

• **Dérivées usuelles**

FONCTIONS		DÉRIVÉES
Fonction constante	$f(x) = C$ ($C \in \mathbb{R}$)	$f'(x) = 0$
Fonction identité	$f(x) = x$	$f(x) = 1$
Fonction carré	$f(x) = x^2$	$f'(x) = 2x$
Fonction cube	$f(x) = x^3$	$f'(x) = 3x^2$
Fonction affine	$f(x) = ax + b$ ($a,b \in \mathbb{R}$, $a \neq 0$)	$f'(x) = a$
Polynôme de degré 2	$f(x) = ax^2 + bx + c$ ($a,b,c \in \mathbb{R}$, $a \neq 0$)	$f'(x) = 2ax + b$
Polynôme de degré 3	$f(x) = ax^3 + bx^2 + cx + d$ ($a,b,c,d \in \mathbb{R}$, $a \neq 0$)	$f'(x) = 3ax^2 + 2bx + c$

4 Lien entre les variations d'une fonction et le signe de sa dérivée

• Une fonction est croissante sur un intervalle si et seulement si sa dérivée est positive sur cet intervalle.

• Une fonction est décroissante sur un intervalle si et seulement si sa dérivée est négative sur cet intervalle.

• Si la dérivée d'une fonction s'annule et change de signe en un réel *a*, alors la fonction admet un extremum en *a*.

Mes notes pour réviser

Savoir 3

Fonction inverse

1 Définition

La **fonction inverse** est la fonction f définie sur $]-\infty\,;0[\cup]0\,;+\infty[$ par

$$f(x) = \frac{1}{x}.$$

2 Dérivée

La fonction inverse est **dérivable** sur $]-\infty\,;0[\cup]0\,;+\infty[$ et sa **dérivée** est définie par

$$f'(x) = -\frac{1}{x^2}.$$

3 Comportement de la fonction inverse aux bornes de son ensemble de définition

COMPORTEMENT DE LA FONCTION INVERSE AUX BORNES DE SON ENSEMBLE DE DÉFINITION	CONSÉQUENCES GRAPHIQUES
Quand x prend des **valeurs infiniment grandes** (aussi bien dans les positifs que dans les négatifs), l'inverse de x **se rapproche de *0***.	La courbe représentative de la fonction inverse se rapproche de plus en plus de l'axe des abscisses (sans jamais le couper) au fur et à mesure que les valeurs de x deviennent infiniment grandes (aussi bien dans les positifs que dans les négatifs).

COMPORTEMENT DE LA FONCTION INVERSE AUX BORNES DE SON ENSEMBLE DE DÉFINITION	CONSÉQUENCES GRAPHIQUES
Quand x **s'approche de *0* en restant positif**, l'inverse de x prend des valeurs **infiniment grandes dans les positifs**, noté $+\infty$.	La courbe représentative de la fonction inverse se rapproche de plus en plus de l'axe des ordonnées (sans jamais le couper) au fur et à mesure que les valeurs de x rapprochent de 0.
Quand x **s'approche de *0* en restant négatif**, l'inverse de x prend des valeurs **infiniment grandes dans les négatifs**, noté $-\infty$.	

4 Tableau de variations

Valeurs de x	$-\infty$	0	$+\infty$
Variations de $x \mapsto \frac{1}{x}$	0 ↘ $-\infty$	‖	$+\infty$ ↘ 0

5 Courbe représentative

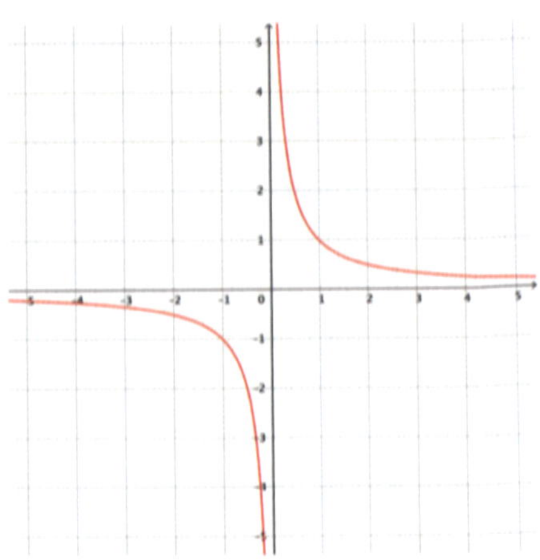

Savoir 4

Fonctions exponentielles

1 Définition

Soit a un nombre réel strictement positif.

On considère la suite géométrique $(a^n)_{n\in\mathbb{N}}$ (de raison a).

On appelle **fonction exponentielle de base a**, la fonction notée exp_a et définie sur l'intervalle $[0;+\infty[$ qui prolonge à des valeurs non entières la suite géométrique $(a^n)_{n\in\mathbb{N}}$.

Pour tout nombre réel $x \in [0\,;+\infty[$, on note a^x l'exponentielle de base a de x.

On étend la fonction exponentielle de base a aux nombres réels négatifs en posant $a^{-x} = \dfrac{1}{a^x}$ pour tout nombre réel positif x.

On a, en particulier, $a^0 = 1$, $a^1 = 1$ et $a^x > 0$, pour tout réel x.

2 Propriétés algébriques

Soient a et b deux nombres réels strictement positifs et x et y deux nombres réels.

$\mathbf{a^x \times a^y = a^{x+y}}$ $\qquad$ $\mathbf{(a^x)^y = a^{xy}}$

$\mathbf{\dfrac{1}{a^x} = a^{-x}}$ $\qquad$ $\mathbf{(ab)^x = a^x b^x}$

$\mathbf{\dfrac{a^x}{a^y} = a^{x-y}}$ $\qquad$ $\mathbf{\left(\dfrac{a}{b}\right)^x = \dfrac{a^x}{b^x}}$

3 Variations

Si $a \in]0\,;1[$

VALEURS DE x	$-\infty$ $\qquad$ $+\infty$
VARIATIONS DE $x \mapsto a^x$	↘

Si $a = 1$

VALEURS DE x	$-\infty$ $\qquad$ $+\infty$
VARIATIONS DE $x \mapsto a^x$	→

Si $a > 1$

VALEURS DE x	$-\infty$ $\qquad$ $+\infty$
VARIATIONS DE $X \mapsto A^X$	↗

- Soient a un nombre réel strictement positif et x et y deux nombres réels.

o Si $a \neq 1$, alors $\mathbf{a^x = a^y} \Leftrightarrow x = y$

o $\mathbf{a^x > a^y} \Leftrightarrow \begin{cases} x > y \text{ si } a > 1 \\ x < y \text{ si } a \in]0\,;1[\end{cases}$

4 Courbes représentatives

Si $a \in]0\,;1[$

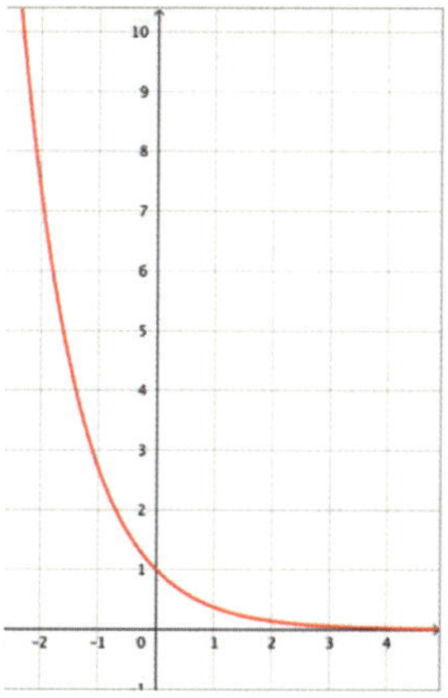

Plus a est proche de 0, plus la courbe représentative est proche des axes.

Si $a > 1$

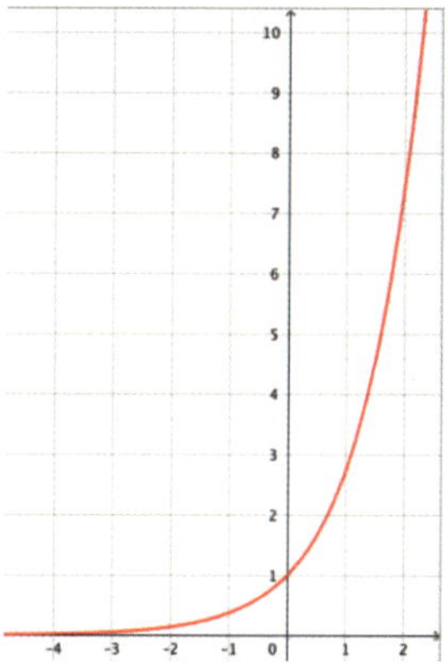

Plus a est grand, plus la courbe représentative est proche des axes.

Savoir

5

Fonction logarithme décimal

1 Définition

Soit x un réel strictement positif. L'équation $10^t = x$ admet une unique solution réelle que l'on appelle **logarithme décimal de x**, noté $\log(x)$.

Autrement dit, $\mathbf{10^t = x \Leftrightarrow t = \log(x)}$.

De plus, pour tout réel x strictement positif, on a $\mathbf{10^{\log(x)} = x}$ et, pour tout réel x, on a $\mathbf{\log(10^x) = x}$.

On a, en particulier, $\log(1) = 0$, $\log(10^n) = n$ pour tout entier naturel n.

2 Propriétés algébriques

Soient x et y deux nombres réels strictement positifs et n un entier naturel.

$$\log(xy) = \log(x) + \log(y)$$

$$\log\left(\frac{1}{x}\right) = -\log(x)$$

$$\log(x^n) = n \times \log(x)$$

$$\log\left(\frac{x}{y}\right) = \log(x) - \log(y)$$

3 Tableau de variations

Valeurs de x	0	$+\infty$
Variations de $x \mapsto \log(x)$	‖ ↗	

4 Signe

Valeurs de x	0	1	$+\infty$
Signe de $\log(x)$	‖ $-$	0	$+$

5 Équations et inéquations

Soient a, b, x et y quatre nombres réels strictement positifs.

o $\mathbf{\log(x) = \log(y)} \Leftrightarrow x = y$

o $\mathbf{\log(x) > \log(y)} \Leftrightarrow x > y$

o Pour tout réel x, $\mathbf{a^x = b \Leftrightarrow x = \dfrac{\log(b)}{\log(a)}}$

o Pour tout réel x, $\mathbf{a^x < b}$

$$\Leftrightarrow \begin{cases} x > \dfrac{\log(b)}{\log(a)} \text{ si } 0 < a < 1 \\ x < \dfrac{\log(b)}{\log(a)} \text{ si } a > 1 \end{cases}$$

o Pour tout réel a, $\mathbf{x^a = b \Leftrightarrow x = 10^{\frac{\log(b)}{a}}}$

o Pour tout réel a, $\mathbf{x^a < b}$

$$\Leftrightarrow \begin{cases} x > 10^{\frac{\log(b)}{a}} \text{ si } a < 0 \\ x < 10^{\frac{\log(b)}{a}} \text{ si } a > 0 \end{cases}$$

6 Courbe représentative

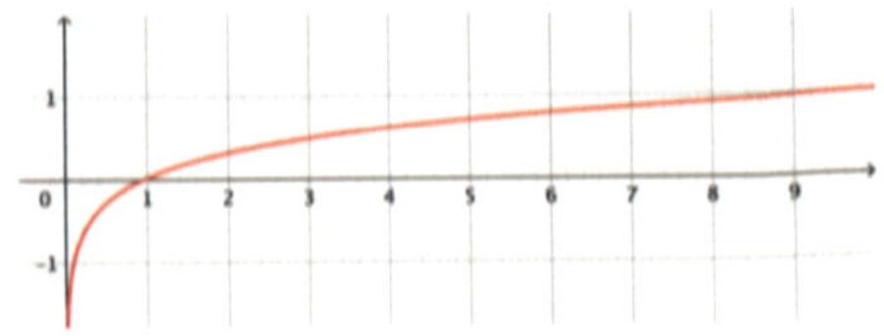

Savoir 6
Séries statistiques à deux variables quantitatives

1 Premières définitions

• Soient X et Y deux variables statistiques représentant les valeurs de deux caractères observés sur une même population de N individus.

Pour chacun des individus numérotés de 1 à N, on note x_1, x_2, ..., x_N les valeurs de la variable X et y_1, y_2, ..., y_N les valeurs de la variable Y.

Les couples de valeurs $(x_1 ; y_1)$, $(x_2 ; y_2)$, ..., $(x_N ; y_N)$ forment une **série statistique à deux variables**, notée (X, Y).

• On appelle **nuage de points** de la série statistique à deux variables (X, Y) l'ensemble des points de coordonnées $(x_1 ; y_1)$, $(x_2 ; y_2)$, ..., $(x_N ; y_N)$.

• **Interpoler**, c'est déterminer ce que pourrait être la valeur de Y pour une valeur intermédiaire de X (et inversement).

Extrapoler, c'est prévoir la valeur de Y pour une valeur de X supérieure (ou inférieure) à toutes les autres (et inversement).

2 Ajustement affine

• Un nuage de points étant donné, on cherche la courbe qui « passe le plus près possible » de chacun des points du nuage : on parle de **problème d'ajustement**.

Quand la courbe qui « passe le plus près possible » de chacun des points du nuage est une droite, on parle d'**ajustement affine**.

Notons que la droite d'ajustement passe toujours par le **point moyen**, c'est-à-dire le point dont l'abscisse est la moyenne de la série X et dont l'ordonnée est la moyenne de la série Y.

• La **méthode des moindres carrés** consiste à déterminer la droite qui minimise la somme des carrés des distances entre les points du nuage et les points de cette droite ayant les mêmes abscisses respectives.

Par exemple, sur la figure suivante, la droite des moindres carrés est celle qui minimise $M_1P_1^2 + M_2P_2^2 + \ldots + M_6P_6^2$.

On détermine l'équation de la droite des moindres carrés à l'aide de la calculatrice.

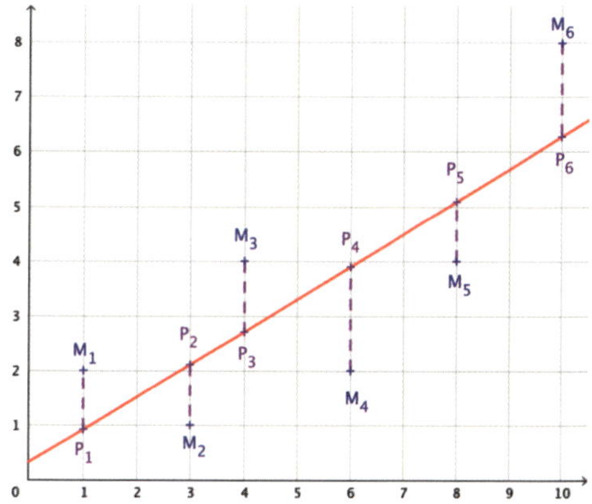

MATHÉMATIQUES

Savoir 7

Probabilités conditionnelles

1 Généralités

Soient A et B deux événements de Ω, avec A un événement non impossible. La **probabilité de l'événement B, sachant que l'événement A est réalisé**, notée $P_A(B)$ (« P de B sachant A »), est définie par : $P_A(B) = \dfrac{P(A \cap B)}{P(A)}$. On en déduit que $P(A \cap B) = P(A) \times P_A(B)$.

Sur l'arbre de probabilité ci-joint, on voit apparaître sur les branches les différentes probabilités (probabilités des événements, probabilités conditionnelles, probabilités d'intersections d'événements). Notons également que :

- o $P_A(A) = 1$
- o si A et B sont incompatibles, $P_A(B) = 0$.
- o $P_A(\overline{B}) = 1 - P_A(B)$

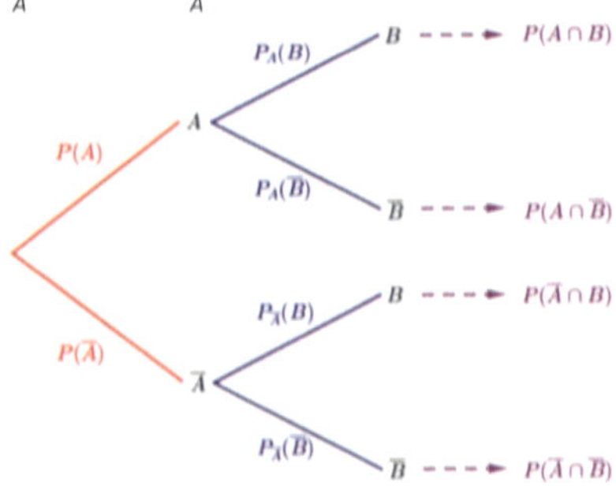

2 Indépendance

Deux événements ***A* et *B*** (non impossibles) **sont indépendants** si la réalisation de l'un n'influe pas sur la réalisation de l'autre. Autrement dit, si A n'est pas un événement impossible, A et B sont indépendants si $\mathbf{P_A(B) = P(B)}$.

On en déduit : A et B sont indépendants si et seulement si $\mathbf{P(A \cap B) = P(A) \times P(B)}$.

3 Formule des probabilités totales

- Une famille d'événements forme une **partition** de l'univers si :
  - o aucun des événements n'est impossible,
  - o les événements sont deux à deux incompatibles,
  - o la réunion de tous les événements est l'univers tout entier.

Sur la figure ci-dessous, les événements A, B, C, D, E, F, G forment une partition de l'univers Ω.

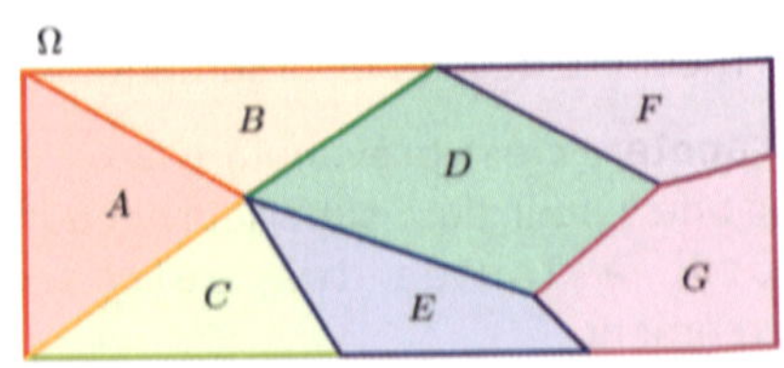

En particulier, tout événement (non impossible) et son complémentaire forment une partition de l'univers.

- **Formule des probabilités totales** : soient $A_1, A_2, ..., A_n$ une partition de l'univers. Alors, pour tout événement E de l'univers, on a : $P(E) = P(A_1 \cap E) + P(A_2 \cap E) + ... + P(A_n \cap E) = P(A_1) \times P_{A_1}(E) + P(A_2) \times P_{A_2}(E) + ... + P(A_n) \times P_{A_n}(E)$.

Dans le cas de la situation représentée par l'arbre ci-dessous, la formule des probabilités totales donne : $P(E) = P(A \cap E) + P(B \cap E) + P(C \cap E) + P(D \cap E) = P(A) \times P_A(E) + P(B) \times P_B(E) + P(C) \times P_C(E) + P(D) \times P_D(E)$.

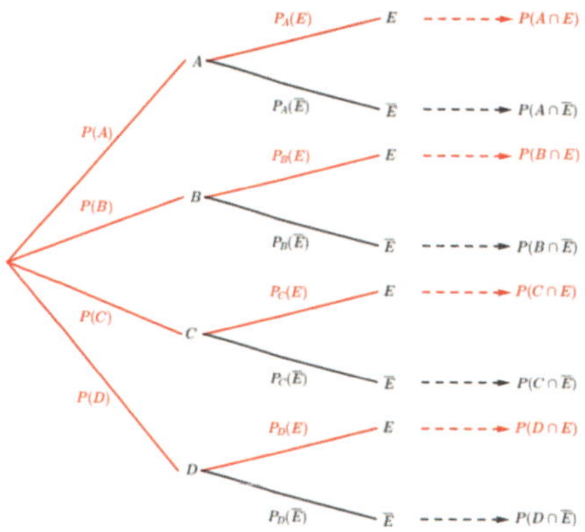

En particulier, pour tout événement non impossible A, on a : $P(E) = P(A \cap E) + P(\overline{A} \cap E) = P(A) \times P_A(E) + P(\overline{A}) \times P_{\overline{A}}(E)$

Mes notes pour réviser

Savoir 8 Variables aléatoires discrètes finies – Loi de Bernoulli et loi binomiale

1 Premières définitions

Soit Ω l'univers associé à une expérience aléatoire. On appelle **variable aléatoire** sur Ω toute fonction définie sur Ω, à valeurs dans $\mathbb{R}$.

Soient Ω l'univers associé à une expérience aléatoire et X une variable aléatoire définie sur Ω. Pour tout nombre réel k, on note **$(X = k)$** l'événement constitué de tous les éléments de Ω ayant pour image k par X. De la même façon, on note **$(X \leqslant k)$** l'événement constitué de tous les éléments de Ω ayant une image par X inférieure ou égale à k.

La **loi de probabilité** de la variable aléatoire X (ou, plus simplement, loi de X) est la donnée des probabilités des événements $(X = k)$. On la résume généralement dans un tableau :

k	k_1	k_2	...	k_n
$P(X = k)$	p_1	p_2	...	p_n

On reprend les notations du tableau précédent. On appelle **espérance** de X le nombre noté $E(X)$, défini par

$$E(X) = k_1 \times p_1 + k_2 \times p_2 + ... + k_n \times p_n.$$

L'espérance correspond à la valeur moyenne prise par la variable X.

2 Loi de Bernoulli

On appelle **épreuve de Bernoulli** toute expérience aléatoire admettant exactement deux issues, appelées succès et échec.

On dit qu'une variable aléatoire X suit la **loi de Bernoulli** de paramètre p (avec $p \in [0;1]$) si elle prend exactement deux valeurs, 0 et 1, avec $P(X = 1) = p$. On note $X \hookrightarrow \mathcal{B}(p)$. La loi de X est :

k	0	1
$P(X = k)$	$1 - p$	p

Enfin, $E(X) = p$.

3 Loi binomiale

On appelle **schéma de Bernoulli** la répétition indépendante d'une épreuve de Bernoulli.

Soient n un entier supérieur ou égal à 2 et $p \in [0;1]$. On dit qu'une variable aléatoire X suit la **loi binomiale** de paramètres n et p lorsqu'elle comptabilise le nombre de succès lors de la répétition indépendante de n épreuves de Bernoulli de paramètre p. On note $X \hookrightarrow \mathcal{B}(n;p)$.

On a : $P(X = 0) = (1 - p)^n$,
$P(X = 1) = np(1 - p)^{n-1}$,
$P(X = n - 1) = np^{n-1}(1 - p)$ et
$P(X = n) = p^n$. De plus, pour tout entier k compris entre 0 et n, on a :

$$P(X = k) = \underbrace{\binom{n}{k}}_{\text{nombre de façons d'avoir } k \text{ succès parmi } n \text{ épreuves}} \underbrace{p^k}_{\text{probabilité des } k \text{ succès}} \underbrace{(1 - p)^{n-k}}_{\text{probabilité des } n-k \text{ échecs}}.$$

Enfin, $E(X) = np$.

4 Coefficients binomiaux

- Le **coefficient binomial** $\binom{n}{k}$ est le nombre de chemins associés à l'événement $(X = k)$ (c'est-à-dire comportant exactement k succès) dans l'arbre représentant le schéma de Bernoulli associée à l'expérience aléatoire.

On sait que $\binom{n}{0} = 1$, $\binom{n}{1} = n$, $\binom{n}{n-1} = n$, $\binom{n}{n} = 1$ et $\binom{n}{k} = \binom{n}{n-k}$ (formule du complémentaire).

• La **formule de Pascal** permet de déterminer les coefficients binomiaux que l'on résume dans le triangle de Pascal : $\binom{n}{k} = \binom{n-1}{k} + \binom{n-1}{k-1}$ (cela se traduit dans le triangle en disant que pour obtenir un coefficient, il faut additionner celui se trouvant sur la ligne précédente à celui se trouvant sur la ligne et la colonne précédente). On a écrit ci-dessous les premières lignes du **triangle de Pascal** :

n \ k	0	1	2	3	4	5	6	7	8	9	10
0	1										
1	1	1									
2	1	2	1								
3	1	3	3	1							
4	1	4	6	4	1						
5	1	5	10	10	5	1					
6	1	6	15	20	15	6	1				
7	1	7	21	35	35	21	7	1			
8	1	8	28	56	70	56	28	8	1		
9	1	9	36	84	126	126	84	36	9	1	
10	1	10	45	120	210	252	210	120	45	10	1

Mes notes pour réviser

....

....

....

....

....

....

....

....

....

MATHÉMATIQUES

S'ENTRAÎNER AU BAC

1 Suites arithmétiques et géométriques

Exercice 1 Questions rapides

1. Si on a $u_0 = 2$, $u_1 = -1$, $u_2 = -4$, $u_3 = -7$, $u_4 = -10$, la suite (u_n) peut-elle être arithmétique ? Si oui, en préciser la raison. Si non, justifier la réponse.

2. Parmi les nuages de points suivants, lequel peut représenter une suite arithmétique ? Lequel peut représenter une suite géométrique ?

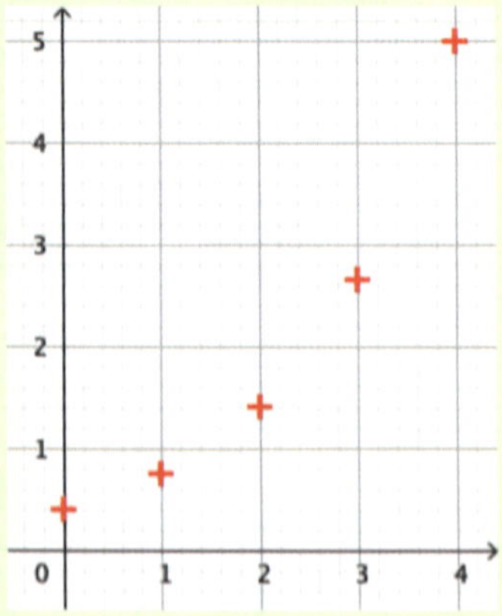

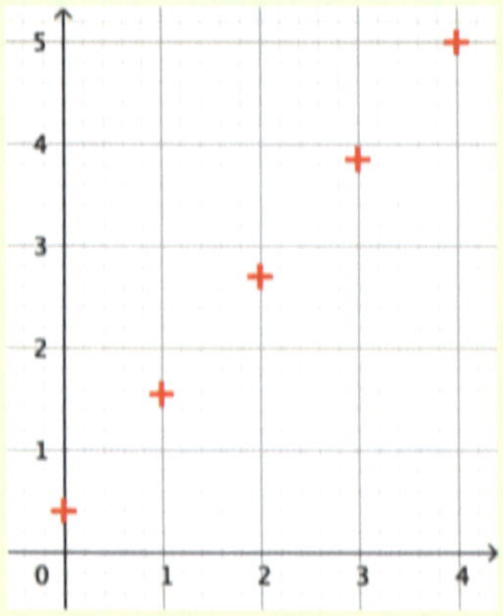

3. Préciser le sens de variation d'une suite arithmétique (u_n) définie par $u_{n+1} = u_n - \frac{1}{2}$.

4. Donner la relation de récurrence définissant une suite arithmétique (u_n) de raison $\frac{7}{3}$.

5. Donner la formule explicite de la suite arithmétique (u_n) définie par $u_0 = 5$ et de raison -2.

6. Soit (u_n) la suite arithmétique de raison -2 et de premier terme $u_0 = 5$. Calculer $\sum_{k=0}^{10} u_k$.

7. Préciser le sens de variation d'une suite géométrique (u_n) définie par $u_n = \left(\frac{1}{2}\right)^n$.

8. Donner la relation de récurrence définissant une suite géométrique (u_n) de raison -3.

9. Donner la formule explicite de la suite géométrique (u_n) définie par $u_0 = \frac{1}{2}$ et de raison $\frac{3}{5}$.

10. Soit (u_n) la suite géométrique de raison 2 et de premier terme $u_0 = \frac{1}{2}$. Calculer $\sum_{k=0}^{10} u_k$.

FAIT ☐ REVU ☐

Exercice 2

Nicolas a trouvé un nouvel emploi qui lui permet d'avoir 18 000 € de salaire annuel en 2020. Son employeur lui promet une augmentation de 2 % par an. Soit u_n le salaire annuel de Nicolas l'année $2020 + n$.

1. Quelle est la nature de la suite (u_n) ? Préciser sa raison et son premier terme.

2. Exprimer u_n en fonction de n.

3. Déterminer le salaire annuel de Nicolas en 2025 (on arrondira au centime).

4. Déterminer la somme des salaires gagnés par Nicolas de 2020 à 2028 inclus (on arrondira au centime).

5. À partir de quelle année Nicolas gagnera-t-il plus de 20 000 € par an ?

FAIT ☐ REVU ☐

Exercice 3

Les clients d'une salle de sports ont le choix entre deux contrats de fidélisation, le choix du contrat étant définitif au moment de la première adhésion :

• Contrat 1 : forfait de la première année (dite année 0) à 350 €, puis baisse de 3 € par an.

• Contrat 2 : forfait de la deuxième année (dite année 0) à 360 €, puis baisse de 3 % par an.

On appelle (u_n) la suite des forfaits annuels si les clients optent pour le contrat 1 et (v_n) s'ils optent pour le contrat 2.

1. a. Pour tout entier naturel n, exprimer u_{n+1} en fonction de u_n.

b. Préciser la nature de la suite (u_n) ainsi que ses éléments caractéristiques (premier, raison).

c. En déduire l'expression de u_n en fonction de l'entier naturel n.

2. a. Pour tout entier naturel n, exprimer v_{n+1} en fonction de v_n.

b. Préciser la nature de la suite (v_n) ainsi que ses éléments caractéristiques (premier, raison).

c. En déduire l'expression de v_n en fonction de l'entier naturel n.

3. Un client envisage de rester 2 ans dans cette salle de sports. Quel contrat devrait-il souscrire ?

4. Même question s'il reste 3 ans.

FAIT ☐ REVU ☐

Exercice 4

Une puce effectue des rebonds sans discontinuer. Son premier saut a une longueur de 1 mètre. A chaque rebond, la longueur de son saut diminue de 20 % par rapport au précédent. On appelle (ℓ_n) la suite des longueurs (en centimètres) des sauts de la puce.

1. Préciser la valeur de ℓ_1.

2. Calculer ℓ_2, ℓ_3, ℓ_4, ℓ_5.

3. Pour tout entier naturel n non nul, exprimer ℓ_{n+1} en fonction de ℓ_n.

4. Pour tout entier naturel n non nul, exprimer ℓ_n en fonction de n.

5. Déterminer à l'aide de la calculatrice au bout de combien de sauts la longueur des sauts de la puce sera inférieure à 10 cm.

FAIT ☐ REVU ☐

2 Dérivation

Exercice 1 Questions rapides

Déterminer la fonction dérivée des fonctions suivantes :

1. $f_1(x) = 5x^2 - 6x + 7$
2. $f_2(x) = -4x^2 + 8x - 7$
3. $f_3(x) = 3x^3 - 6x^2 - 9x + 2$
4. $f_4(t) = 5t^3 - 4$

FAIT ☐ REVU ☐

Exercice 2 Questions rapides

On considère le polynôme de degré 2 $P(x) = 2x^2 - 3x + 9$.

1. Calculer $P(2)$.

2. Calculer $P'(2)$.

3. Déterminer l'équation réduite de la tangente à la courbe représentative de la fonction P au point d'abscisse 2.

FAIT ☐ REVU ☐

Exercice 3 Questions rapides

Indiquer la (ou les) bonne(s) réponse(s).

1. La tangente à la courbe représentative de la fonction cube au point d'abscisse -2 :

a. admet pour équation $y = 12x + 16$.

b. a pour coefficient directeur -12.

c. coupe la courbe représentative de la fonction cube au point de coordonnées (4 ; 64).

2. La tangente à la courbe représentative de la fonction carré au point d'abscisse 0 :

a. est l'axe des abscisses.

b. n'admet pas une équation de la forme $y = ax + b$.

c. a pour coefficient directeur 0.

3. On considère le graphique ci-après représentant une fonction f.

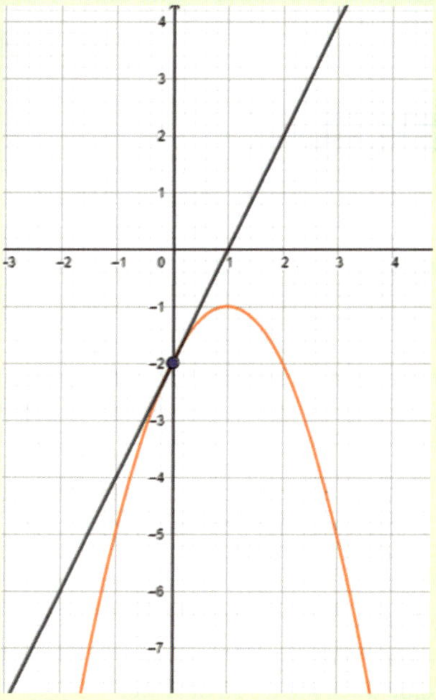

a. La fonction *f* n'est pas dérivable en 1.

b. $f'(0) = 2$.

c. $f'(1) = 0$.

FAIT ☐ REVU ☐

Exercice 4 Questions rapides

On considère le graphique ci-joint où l'on a tracé la courbe représentative d'une fonction *f* et sa tangente en un point *A*.

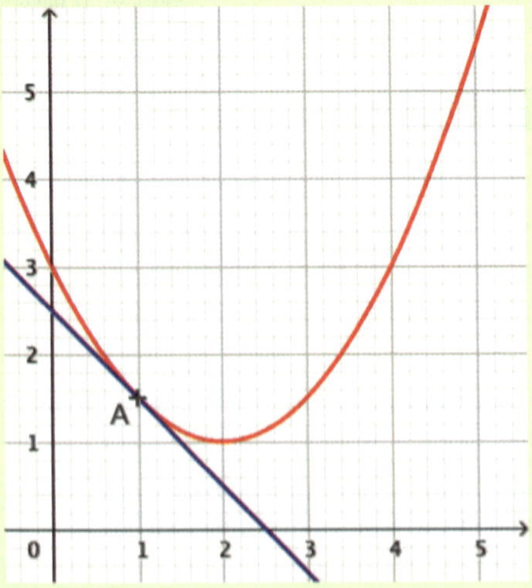

1. Tracer la tangente à la courbe au point d'abscisse 4.

2. Déterminer graphiquement $f'(1)$.

3. Déterminer graphiquement $f'(2)$.

FAIT ☐ REVU ☐

Exercice 5

Une couturière confectionne des pantalons. Elle peut en concevoir jusqu'à 10 par jour. Elle revend chaque pantalon 50 €. Elle sait que le coût de fabrication de *x* pantalons est
$C(x) = 25x^2 - 250x + 800$.

1. Déterminer la fonction $R(x)$ des recettes de la couturière en fonction du nombre *x* de pantalons vendus.

2. Justifier que la fonction $B(x)$ des bénéfices réalisés par la couturière est définie par $B(x) = -25x^2 + 300x - 800$.

3. Déterminer la fonction dérivée de *B*.

4. Dresser le tableau de variations de la fonction *B* à l'aide du signe de sa dérivée.

5. En déduire combien de pantalons la couturière doit confectionner chaque jour pour réaliser un bénéfice maximal. Préciser le montant de ce bénéfice.

FAIT ☐ REVU ☐

Exercice 6

Le chiffre d'affaires mensuel lié à la vente d'un matériau dans une usine est donné par la fonction $K(x) = -\frac{5}{3}x^3 + 43x^2 - 17x - 30$ où *x* représente la quantité de matériau fabriquée en tonnes et *K* est exprimé en milliers d'euros. L'usine ne peut pas fabriquer plus de 22 tonnes par mois.

1. Calculer le chiffre d'affaires réalisé en euros pour 10 tonnes de matériaux vendues. On arrondira au millier d'euros.

2. Étudier les variations de *K* sur l'intervalle [*0* ; *22*].

3. Déterminer la production permettant d'obtenir le chiffre d'affaires maximum. Préciser ce chiffre d'affaires arrondi au millier d'euros.

4. Représenter graphiquement la courbe représentative de la fonction *K* sur l'intervalle [0 ; 22] (on prendra un centimètre pour 5 tonnes en abscisse et un centimètre pour 500 000 € en ordonnées).

5. Pour pouvoir réaliser des investissements ambitieux, les dirigeants de l'usine préconisent de viser un chiffre d'affaires d'au moins 2 000 000 € par mois. Déterminer graphiquement quelle quantité de matériau ils doivent alors faire produire dans l'usine chaque mois pour atteindre cet objectif.

FAIT ☐ REVU ☐

3 Fonction inverse

Exercice 1 Questions rapides

1. Combien vaut l'inverse de –2 ?

2. Combien vaut l'inverse de $\frac{1}{4}$?

3. Combien vaut l'inverse de $-\frac{7}{3}$?

4. Déterminer le(s) antécédent(s) de 3 par la fonction inverse.

5. Déterminer le(s) antécédent(s) de $\frac{8}{9}$ par la fonction inverse.

6. Déterminer le(s) antécédent(s) de –0,5 par la fonction inverse.

7. Déterminer la fonction dérivée f' de la fonction $f : x \mapsto x^2 + \frac{1}{x}$.

8. Déterminer la fonction dérivée f' de la fonction $f : x \mapsto \frac{1}{2}x^2 - 5x + 2 - \frac{1}{x}$.

9. Déterminer la fonction dérivée f' de la fonction $f : x \mapsto x^3 - \frac{1}{x}$.

10. Déterminer la fonction dérivée f' de la fonction $f : x \mapsto \frac{5}{4}x^3 + 3x^2 - \frac{1}{6}x + \frac{7}{2} + \frac{1}{x}$.

FAIT ☐ REVU ☐

Exercice 2

L'entreprise *Woodtoys* fabrique des jouets en bois. Elle ne peut en fabriquer plus de 50 par jour. Le coût total de production, exprimé en euros, est donné par : $C_T(x) = 0{,}2x^2 + 20x + 80$, où x est le nombre de jouets fabriqués.

1. Déterminer les coûts fixes (c'est-à-dire les coûts subis par l'entreprise quand aucun jouet n'est fabriqué).

2. On appelle coût unitaire le coût moyen par jouet fabriqué. Si on note $C(x)$ le coût unitaire pour la fabrication de x jouets, alors on a $C(x) = \frac{C_T(x)}{x}$.

Justifier que $C(x) = 0{,}2x + 20 + \frac{80}{x}$ et déterminer la fonction dérivée C' de la fonction C.

3. Résoudre l'équation $C'(x) = 0$.

4. Dresser le tableau de variation de la fonction C sur l'intervalle $]0;50]$ (on fera apparaître une ligne dans le tableau pour le signe de la dérivée).

5. Déterminer le nombre de jouets à fabriquer pour minimiser le coût unitaire. Préciser le coût unitaire correspondant.

FAIT ☐ REVU ☐

Exercice 3

On considère la fonction f définie sur $[0\,;+\infty[$ par

$$f(x) = \begin{cases} 2x - 1 & si\ 0 \leq x < 1 \\ \frac{1}{x} & si\ x > 1 \end{cases}.$$

1. Dresser le tableau de variations de f en le justifiant.

2. La fonction f admet-elle un maximum sur $[0\,;+\infty[$? Si oui, combien vaut-il et en quelle valeur est-il atteint ?

3. Tracer la courbe représentative de la fonction f.

4. Résoudre graphiquement l'équation $f(x) = \frac{1}{2}$.

5. Retrouver les résultats de la question précédente par le calcul.

FAIT ☐ REVU ☐

Exercice 4

On considère la fonction f définie sur $\mathbb{R}\backslash\{0\}$ par

$$f(x) = \begin{cases} 1 - \frac{1}{x} & si\ x < 0 \\ 1 + \frac{1}{x} & si\ x > 0 \end{cases}.$$

1. Démontrer que, pour tout réel x non nul, on a $f(x) > 1$.

2. Dresser le tableau de variation de f sur $\mathbb{R}\backslash\{0\}$.

3. Tracer la courbe représentative de la fonction f.

4. Résoudre l'équation $f(x) = 2$.

5. Déterminer suivant les valeurs du réel k le nombre de solutions de l'équation $f(x) = k$.

FAIT ☐ REVU ☐

4 Fonctions exponentielles

Exercice 1 Questions rapides

1. Simplifier $\frac{2^x \times (3^x)^2}{5^x}$ le plus possible.

2. Déterminer les variations de la fonction $f : x \mapsto -\frac{1}{2^x}$ sur $\mathbb{R}$.

MATHÉMATIQUES

3. **Déterminer les variations de la fonction $g : x \mapsto \frac{4}{3} \times \left(\frac{1}{5}\right)^x$ sur $\mathbb{R}$.**

4. **Résoudre dans $\mathbb{R}$ l'équation $14{,}7^{-\frac{x}{3}+2} = 14{,}7^{x-4}$.**

5. **Résoudre dans $\mathbb{R}$ l'inéquation $\left(\frac{4}{3}\right)^{\frac{x}{2}-1} \leqslant \left(\frac{4}{3}\right)^{-x-5}$.**

6. **Résoudre dans $\mathbb{R}$ l'inéquation $\left(\frac{1}{2}\right)^{-5x+6} > \left(\frac{1}{2}\right)^{\frac{1}{5}x-\frac{1}{6}}$.**

FAIT ☐ REVU ☐

Exercice 2 Questions rapides

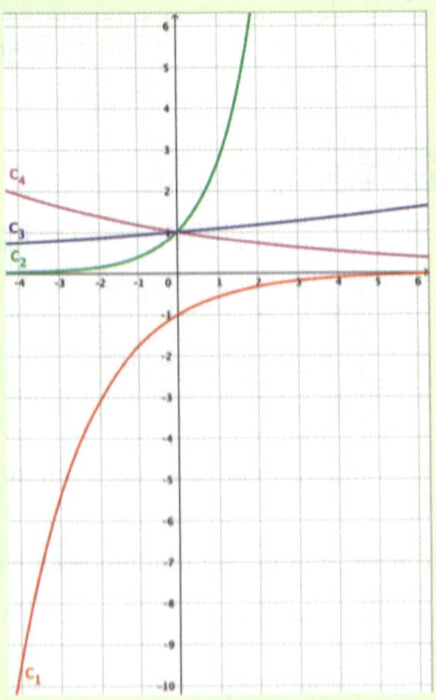

On considère le graphique ci-joint où l'on a tracé les courbes représentatives des fonctions $f_1(x) = 0{,}85^x$, $f_2(x) = -0{,}57^x$, $f_3(x) = 1{,}08^x$, $f_4(x) = \left(\frac{8}{3}\right)^x$.

1. **À quelle fonction la courbe C_1 correspond-elle ?**

2. **À quelle fonction la courbe C_2 correspond-elle ?**

3. **À quelle fonction la courbe C_3 correspond-elle ?**

4. **À quelle fonction la courbe C_4 correspond-elle ?**

FAIT ☐ REVU ☐

Exercice 3

Après un an d'installation, un commerçant réalise un chiffre d'affaires de 45 000 €.

Il a mis en œuvre des actions commerciales pour atteindre son objectif d'accroître son chiffre d'affaires de 5 % par an, avec une hausse régulière chaque année.

On appelle CA la fonction qui, à un réel t positif, associe l'objectif de chiffre d'affaires du commerçant en milliers d'euros, t années après la première année d'installation.

2. **Justifier que, pour tout réel positif t, on a $CA(t) = 45 \times 1{,}05^t$.**

3. **Déterminer les variations de la fonction CA sur $[0;+\infty[$. Justifier la réponse.**

4. **Calculer l'objectif de chiffre d'affaires au bout d'un an et demi, de 5 ans et de 10 ans (on arrondira à la centaine d'euros).**

5. **Tracer la courbe représentative de la fonction CA sur l'intervalle $[0;20]$ (on prendra 1 cm pour deux ans en abscisse et 1 cm pour 10 000 € en ordonnées).**

6. **Déterminer graphiquement au bout de combien d'années le commerçant peut espérer avoir un chiffre d'affaires dépassant les 100 000 €.**

FAIT ☐ REVU ☐

Exercice 4

Pour chacune des quatre questions suivantes, écrire les expressions sous la forme a^x. a et x désignent deux nombres réels, $a > 0$.

1. $A = 2^x \times 3^x$.

2. $B = 4^x \times 5^{-x}$.

3. $C = 6^{2x} \times \left(\frac{1}{7}\right)^x$.

4. $D = \left(\frac{1}{8}\right)^x \times \left(\frac{1}{9}\right)^{-x}$.

FAIT ☐ REVU ☐

Exercice 5

Pour chacune des quatre questions suivantes, développer l'expression donnée. x désigne un nombre réel.

1. $E = 5^x(6^x - 7^x)$.

2. $F = (4^x + 2)(4^x - 4)$.

3. $G = (2^x - 1)(2^x + 1)$.

4. $H = (0{,}3^{2x} - 1)(1 - 0{,}45^x)$.

FAIT ☐ REVU ☐

Exercice 6

Pour chacune des quatre questions suivantes, écrire l'expression donnée sous la forme $2^\alpha \times 3^\beta$ avec α et β deux nombres réels. x désigne un nombre réel.

1. $I = 6^x$.

2. $J = \left(\dfrac{2}{3}\right)^x$.

3. $K = 72^x$.

4. $L = \dfrac{36^x}{8^x \times 3^x}$.

FAIT ☐ REVU ☐

Exercice 7

Soit f la fonction exponentielle de base 0,75.

1. Tracer la courbe représentative de la fonction f sur l'intervalle [– 5 ; 5].

2. Lire graphiquement l'image de – 4 par f.

3. Lire graphiquement le(s) éventuel(s) antécédent(s) de $\dfrac{1}{2}$ par f.

4. Résoudre graphiquement l'équation $f(x) = \dfrac{5}{2}$.

5. Résoudre graphiquement l'inéquation $f(x) < 2$.

FAIT ☐ REVU ☐

5 Fonction logarithme décimal

Exercice 1 Questions rapides

1. Exprimer log(9) – log(3) + log(27) en fonction de log(3).

2. Soit x un nombre réel strictement positif.

Écrire $\log(2x) + 2\log(3x) - \log(5x)$ sous la forme d'un logarithme décimal.

3. Résoudre dans]0 ; +∞[l'équation $\log(x) = 3$.

4. Résoudre dans]0 ; +∞[l'inéquation $\log(x) < 11$.

5. Résoudre dans ℝ l'équation $24^x = 67$.

6. Résoudre dans ℝ l'inéquation $\left(\dfrac{4}{7}\right)^x < 9$.

7. Résoudre dans ℝ l'inéquation $5^x < 0{,}1$.

8. Résoudre dans]0 ; +∞[l'équation $x^{9{,}2} = \dfrac{5}{2}$.

9. Résoudre dans]0 ; +∞[l'inéquation $x^{\frac{1}{7}} < \dfrac{2}{3}$.

10. Résoudre dans]0 ; +∞[l'inéquation $\dfrac{1}{x^{8{,}2}} < 7$.

FAIT ☐ REVU ☐

Exercice 2

Un maire s'intéresse à l'évolution de la population dans son village. Il a utilisé la fonction f dont l'expression est de la forme $f(x) = C \times (1 + t)^x$, qui représente le nombre d'habitants en fonction du temps, exprimé en années.

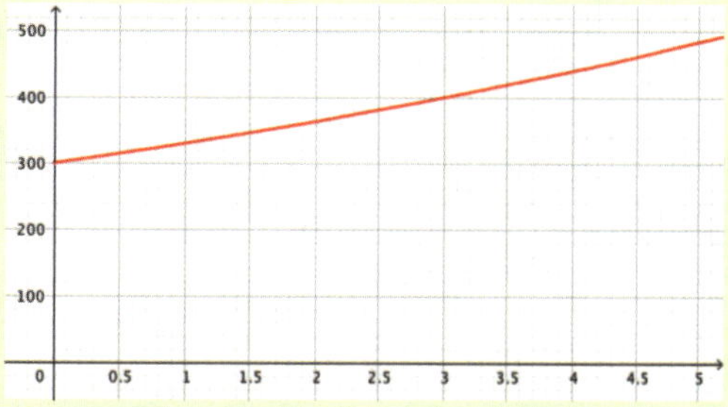

1. À l'aide du graphique, déterminer le nombre initial d'habitants.

En déduire la valeur de C.

2. Sachant que le point de coordonnées (2 ; 363) appartient à la courbe, déterminer la valeur de t.

Dans tout ce qui suit, on admettra que la fonction f a pour expression $f(x) = 300 \times 1{,}1^x$.

3. Déterminer par le calcul la population du village au bout de 90 mois (on arrondira à l'entier).

4. Résoudre dans ℝ l'équation $1{,}1^x = 2$. On donnera la valeur exacte de la solution, puis un arrondi au dixième.

En déduire au bout de combien d'années la population du village aura doublé.

MATHÉMATIQUES

5. Résoudre dans $\mathbb{R}$ l'inéquation $f(x) \geqslant 1\,000$. On donnera la valeur exacte de la borne inférieure de l'ensemble des solutions, puis un arrondi au dixième.

En déduire au bout de combien d'années la population du village aura dépassé 1 000 habitants.

FAIT ☐ REVU ☐

Exercice 3

Pour chacune des quatre questions suivantes, écrire les expressions sous la forme $x\log(a)$. a et x désignent deux nombres réels, $a > 0$.

1. $A = \log(3^x) + \log(9^x)$.
2. $B = \log(6^x) + \log(7^{-x})$.
3. $C = 2\log(6^x) - \log(5^x)$.
4. $D = -\log(2^x) + \log(3^{-x})$.

FAIT ☐ REVU ☐

Exercice 4

Pour chacune des quatre questions suivantes, écrire l'expression donnée sous la forme $\alpha\log(5) + \beta\log(7)$ avec α et β deux nombres réels. x désigne un nombre réel.

1. $E = \log(35^x)$.
2. $F = \log\left(\left(\frac{5}{7}\right)^x\right)$.
3. $G = \log(175^x)$.
4. $H = \log\left(\frac{245^x}{125^x \times 7^x}\right)$.

FAIT ☐ REVU ☐

Exercice 5

Un investisseur s'intéresse à l'évolution de son capital. Il utilise la fonction K dont l'expression est de la forme $K(x) = C_0 \times (1 + t)^x$, qui représente le capital obtenu, exprimé en milliers d'euros au bout de x années. Les intérêts sont versés mensuellement.

1. L'investisseur a placé initialement 50 000 €. Déterminer la valeur de C_0.

2. Au bout d'un an, le capital de notre investisseur a augmenté de 600 €. Déterminer la valeur du taux d'intérêts t en pourcentage.

3. Déterminer le capital de notre investisseur au bout de 75 mois.

4. Résoudre dans $\mathbb{R}$ l'inéquation $50 \times 1{,}012^x \geqslant 60$ en utilisant le logarithme décimal.

5. En déduire au bout de combien de mois le capital de notre investisseur aura dépassé 60 000 €.

FAIT ☐ REVU ☐

6 Séries statistiques à deux variables quantitatives

Exercice 1 Questions rapides

1. Le point de coordonnées (−2 ; 1) appartient-il à la droite d'équation $y = -\frac{1}{2}x + 2$?

2. Déterminer l'ordonnée du point d'abscisse 3 de la droite d'équation $y = -\frac{1}{2}x + 2$.

3. Déterminer l'abscisse du point d'ordonnée −1 de la droite d'équation $y = -\frac{1}{2}x + 2$.

4. Tracer la droite d'équation $y = \frac{3}{4}x - 2$.

5. Tracer la droite passant par le point de coordonnées (−1 ; 1) et de coefficient directeur −2.

FAIT ☐ REVU ☐

Exercice 2 Questions rapides

On considère la série statistique à deux variables suivantes :

X	4	0	7	3	1
Y	6	4	8	4	3

1. Réaliser le nuage de points de la série (X, Y).

2. Déterminer les coordonnées du point moyen de la série (X, Y).

3. À l'aide de la calculatrice, déterminer l'équation de la droite des moindres carrés de la série (X, Y).

FAIT ☐ REVU ☐

MATHÉMATIQUES

Exercice 3 Questions rapides

On considère la figure ci-jointe qui représente le nuage de points d'une série (X, Y) et la droite des moindres carrés.

1. Interpoler graphiquement la valeur de la variable Y quand la variable X prend la valeur 4.

2. Extrapoler graphiquement la valeur de la variable Y quand la variable X prend la valeur 9.

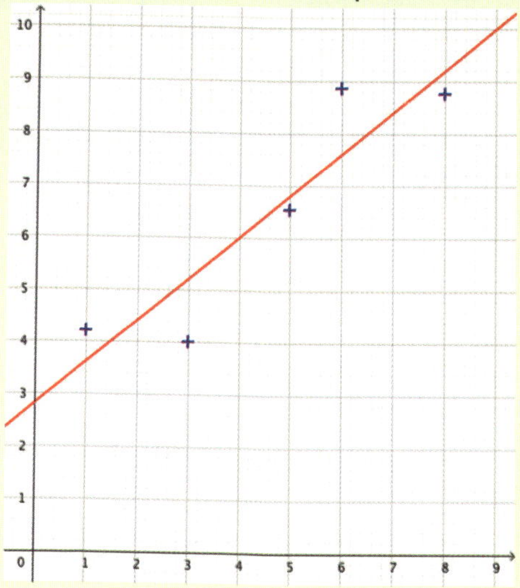

FAIT ☐ REVU ☐

Exercice 4

Un fabricant d'automobiles a relevé au cours des six derniers mois le nombre X d'automobiles vendues (en milliers) et le nombre Y d'options vendues (en milliers) dans un pays.

X	3,8	2,1	5,5	3,2	2,9	6,2
Y	2,3	1,2	2,8	1,6	1,1	2,9

1. Réaliser le nuage de points associé à la série (X, Y).

2. À l'aide de la calculatrice, déterminer l'équation de la droite des moindres carrés de la série (X, Y). On arrondira les coefficients à 10^{-2}.

3. Tracer la droite des moindres carrés sur le même graphique que le nuage de points.

4. Extrapoler par le calcul le nombre d'options vendues pour 10 000 automobiles vendues.

5. Interpoler par le calcul le nombre d'automobiles vendues pour 2 000 options vendues.

FAIT ☐ REVU ☐

Exercice 5

Le proviseur d'un lycée a relevé les moyennes de mathématiques et d'anglais dans ses 5 classes de terminale :

CLASSES	MOYENNE DE MATHÉMATIQUES (X)	MOYENNE D'ANGLAIS (Y)
Terminale 1	12,3	13,2
Terminale 2	14,7	13,5
Terminale 3	9,2	9,6
Terminale 4	11,1	10,7
Terminale 5	10,6	9,8

1. Réaliser le nuage de points associé à la série (X, Y).

2. À l'aide de la calculatrice, déterminer l'équation de la droite des moindres carrés de la série (X, Y). On arrondira les coefficients à 10^{-2}.

3. Tracer la droite des moindres carrés sur le même graphique que le nuage de points.

4. Estimer par le calcul la moyenne qu'aurait une classe en anglais si sa moyenne était 10 en mathématiques. Vérifier le résultat graphiquement.

5. Estimer par le calcul la moyenne (arrondie au dixième) qu'aurait une classe en mathématiques si sa moyenne était 12 en anglais. Vérifier le résultat graphiquement.

FAIT ☐ REVU ☐

Exercice 6

Monsieur Dupont gère deux boutiques de prêt-à-porter X et Y. Il a relevé la fréquentation (en milliers de clients) dans chacune de ses deux boutiques au cours des six derniers mois et a résumés les données dans le tableau suivant :

MOIS	1	2	3	4	5	6
X	9,7	1,1	4,9	0,4	10,1	1,4
Y	8,1	1,4	5,4	0,6	9,5	2,3

1. Réaliser le nuage de points associé à la série (X, Y).

2. À l'aide de la calculatrice, déterminer l'équation de la droite des moindres carrés de la série (X, Y). On arrondira les coefficients à 10^{-2}.

3. **Tracer la droite des moindres carrés sur le même graphique que le nuage de points.**

4 **Extrapoler par le calcul le nombre de clients dans la boutique *Y* pour une fréquentation de 12 000 clients dans la boutique *X*.**

5. **Interpoler par le calcul le nombre de clients dans la boutique *Y* pour une fréquentation de 6 000 clients dans la boutique *X*.**

FAIT ☐ REVU ☐

7 Probabilités conditionnelles

Exercice 1 Questions rapides

On considère l'arbre de probabilité ci-joint.

On sait également que $P(A \cap B) = \frac{1}{4}$.

1. **Calculer $P(A)$.**

2. **Calculer $P_A(B)$.**

3. **Calculer $P_A(\overline{B})$.**

4. **Calculer $P(A \cap \overline{B})$.**

5. **À quelle probabilité correspond la valeur $\frac{4}{5}$?**

6. **Calculer $P(\overline{A} \cap B)$.**

7. **Calculer $P_{\overline{A}}(\overline{B})$.**

8. **Calculer $P(\overline{A} \cap \overline{B})$.**

9. **Calculer $P(B)$.**

10. **Les événements *A* et *B* sont-ils indépendants ?**

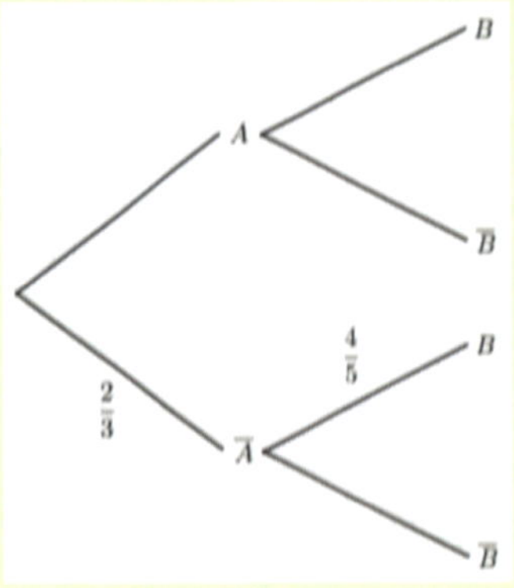

FAIT ☐ REVU ☐

Exercice 2

Pour se rendre au lycée, un élève a le choix entre trois itinéraires *A*,*B* et *C*.

La probabilité qu'il emprunte l'itinéraire *A* est égale à $\frac{2}{3}$ et celle qu'il emprunte l'itinéraire *B* est égale à $\frac{1}{4}$.

La probabilité qu'il arrive en retard en empruntant l'itinéraire *A* est égale à $\frac{1}{30}$.

S'il emprunte l'itinéraire *B*, il a 98 % de chance d'être à l'heure.

En empruntant l'itinéraire *C*, il n'est jamais en retard.

On note *R* l'événement « l'élève est en retard ».

1. **Représenter la situation à l'aide d'un arbre de probabilité que l'on complétera au fur et à mesure de l'énoncé.**

2. **Calculer la probabilité que l'élève emprunte l'itinéraire *C*.**

3. **Calculer $P_B(R)$. On exprimera le résultat sous la forme d'une fraction irréductible.**

4. **Quelle est la probabilité que l'élève arrive en retard ? On exprimera le résultat sous la forme d'une fraction irréductible, puis en pourcentage arrondi à 0,1% près.**

5. **Les événements *A* et *R* sont-ils indépendants ?**

FAIT ☐ REVU ☐

Exercice 3

Une urne contient 3 boules blanches et 5 boules noires indiscernables au toucher. On effectue deux tirages successifs sans remise. On donnera toutes les probabilités sous la forme de fractions irréductibles.

1. **Représenter la situation à l'aide d'un arbre.**

2. **Calculer la probabilité de tirer une boule blanche au deuxième tirage sachant que l'on a tiré une boule blanche au premier tirage.**

3. **Calculer la probabilité de tirer une boule blanche au deuxième tirage sachant que l'on a tiré une boule noire au premier tirage.**

4. **En déduire la probabilité de tirer une boule blanche au deuxième tirage.**

5. **Calculer la probabilité de tirer une boule noire au deuxième tirage de deux manières différentes.**

FAIT ☐ REVU ☐

Exercice 4

On a interrogé une population de 2 000 individus pour connaître le choix que feraient les hommes et les femmes entre chien et chat comme animal de compagnie.

On a résumé les données dans le tableau suivant :

ANIMAUX \ GENRE	FILLES (F)	GARÇONS (G)	TOTAL
Chiens (D)	423		
Chats (C)		280	
Total	1 001		

Toutes les probabilités seront données sous la forme de fractions irréductibles.

1. **Compléter le tableau croisé d'effectifs.**

2. **Calculer la probabilité que l'individu préfère les chiens.**

3. **Calculer $P(F \cap D)$ et $P_F(D)$.**

4. **Les événements F et D sont-ils indépendants ?**

5. **Sachant que l'individu interrogé préfère les chats, quelle est la probabilité qu'il s'agisse d'un garçon ?**

FAIT ☐ REVU ☐

8 Variables aléatoires discrètes finies – Loi de Bernoulli et loi binomiale

Exercice 1 Questions rapides

On considère la variable aléatoire X dont la loi est donnée dans le tableau ci-joint. On donnera les résultats sous la forme d'une fraction irréductible.

k	0	1	2	3	4
$P(X = k)$	$\frac{1}{6}$	$\frac{2}{15}$	$\frac{1}{30}$	$\frac{3}{5}$	…

1. **Calculer $P(X = 4)$.**

2. **Calculer $P(X \leqslant 2)$.**

3. **Calculer $P(X > 1)$.**

4. **Calculer $E(X)$.**

FAIT ☐ REVU ☐

Exercice 2 Questions rapides

On considère la variable aléatoire $X \hookrightarrow \mathcal{B}(0{,}3)$.

1. **Calculer $P(X = 0)$** ***(on donnera le résultat sous forme décimale).***

2. **Calculer $E(X)$** ***(on donnera le résultat sous forme décimale).***

FAIT ☐ REVU ☐

Exercice 3 Questions rapides

On considère la variable aléatoire $X \hookrightarrow \mathcal{B}\left(5\,;\frac{1}{3}\right)$.

1. **Calculer $P(X = 5)$** ***(on donnera le résultat sous la forme d'une fraction irréductible).***

2. **Calculer $P(X = 2)$** ***(on donnera le résultat sous la forme d'une fraction irréductible).***

3. **Calculer $P(X \leqslant 4)$** ***(on donnera le résultat sous la forme d'une fraction irréductible).***

4. **Calculer $E(X)$** ***(on donnera le résultat sous la forme d'une fraction irréductible).***

FAIT ☐ REVU ☐

Exercice 4

On tire 4 cartes successivement et avec remise dans un jeu de 32 cartes. Si on tire exactement un roi, on gagne 10 €. Si on en tire exactement deux, on gagne 20 €, 50 € pour exactement trois et 100 € si on tire les quatre rois. Chaque partie coûte 10 €.

On appelle X la variable aléatoire égale au nombre de rois tirés par le joueur et Y la variable aléatoire égale au gain (éventuellement négatif) du joueur.

Tous les résultats seront donnés sous la forme d'une fraction irréductible.

1. **Justifier que la variable aléatoire X suit la loi binomiale $\mathcal{B}\left(4\,;\frac{1}{8}\right)$.**

2. **Calculer $P(X = 2)$.**

3. **Calculer $E(X)$. Interpréter le résultat.**

4. **Déterminer la loi de Y.**

5. **Calculer $E(Y)$** ***(on donnera la valeur exacte sous la forme d'une fraction irréductible, puis une valeur approchée en centième)*****. Le jeu est-il rentable pour le joueur ?**

FAIT ☐ REVU ☐

Exercice 5

Un jeu consiste à lancer un dé cubique non pipé :

– Si le joueur obtient un nombre premier, il gagne 5 € ;

– Si le joueur obtient un nombre impair non premier, il gagne 2 € ;

– Si le joueur obtient un nombre pair non premier, il ne gagne rien.

Chaque partie coûte 3 €. On appelle X la variable aléatoire correspondant au gain du joueur (éventuellement négatif).

1. Déterminer la loi de X.

2. Calculer l'espérance de X.

Le jeu est-il rentable pour l'organisateur ?

3. Combien devrait coûter chaque partie si l'on souhaitait rendre le jeu parfaitement équitable ?

4. On joue 5 fois d'affilée à ce jeu. On appelle Y la variable correspondant au nombre de partie où l'on a gagné (peu importe la somme gagnée).

Déterminer la loi de Y.

5. Calculer l'espérance de Y.

FAIT ☐ REVU ☐

Exercice 6

Un agent d'assurance a estimé que la probabilité de vendre un contrat suite à un appel téléphonique était de 8 %. Il effectue en général 25 appels téléphoniques par semaine.

On considère que les appels téléphoniques sont des expériences aléatoires indépendantes les unes des autres.

On appelle C la variable aléatoire égale au nombre de contrats vendus en une semaine après un appel téléphonique.

1. Justifier que la variable aléatoire C suit une loi binomiale dont on précisera les paramètres.

2. Calculer à 10^{-4} près la probabilité que 20 % des appels téléphoniques se traduisent par une vente.

3. Calculer à 10^{-4} près la probabilité que l'agent vende au moins un contrat par semaine.

4. Combien l'agent vend-il de contrats en moyenne par semaine ?

5. Calculer $P(C = E(C))$.

FAIT ☐ REVU ☐

1 Suites arithmétiques et géométriques

Exercice 1 Questions rapides

1. Oui, de raison –3

2. Arithmétique : deuxième nuage
Géométrique : premier nuage

3. Strictement décroissante

4. $u_{n+1} = u_n + \dfrac{7}{3}$

5. $u_n = 5 - 2n$

6. $\sum_{k=0}^{10} u_k = -55$

7. Strictement décroissante

8. $u_n = (-3)^n$

9. $u_n = \dfrac{1}{2} \times \left(\dfrac{3}{5}\right)^n$

10. $\sum_{k=0}^{10} u_k = 1023{,}5$

Exercice 2

1. Géométrique, de raison 1,02 et de premier terme 18 000.

2. $u_n = 18\,000 \times 1{,}02^n$

3. $u_5 \approx 19\,873{,}45$ €

9. $\sum_{k=0}^{8} u_k = 175583{,}31$€

4. À partir de 2026

Exercice 3

1. a. Pour tout entier naturel n, $u_{n+1} = u_n - 3$

b. (u_n) est arithmétique, de premier terme $u_0 = 350$ et de raison – 3

c. $u_n = 350 - 3n$

2. a. Pour tout entier naturel n, $v_{n+1} = 0{,}97 v_n$

b. (v_n) est géométrique, de premier terme $v_0 = 360$ et de raison 0,97

c. $v_n = 0{,}97^n \times 360$

3. $u_0 = 350$; $u_1 = 347$; $u_2 = 344$, si bien que $u_0 + u_1 + u_2 = 350 + 347 + 344 = 1\,041$
$v_0 = 360$; $v_1 = 349{,}2$; $v_2 \approx 338{,}72$, si bien que $v_0 + v_1 + v_2 \approx 360 + 349{,}2 + 338{,}72 = 1\,047{,}92$
S'il reste 2 ans, il vaut mieux choisir le contrat 1

4. $u_3 = 341$, si bien que $u_0 + u_1 + u_2 + u_3 = 1\,041 + 341 = 1\,382$
$v_3 \approx 328{,}56$, si bien que $v_0 + v_1 + v_2 \approx 1\,047{,}92 + 328{,}56 = 1\,376{,}48$
S'il reste 3 ans, il vaut mieux choisir le contrat 2.

Exercice 4

1. $\ell_1 = 100$

2. $\ell_2 = 100 \times 0{,}8 = 80$, $\ell_3 = 80 \times 0{,}8 = 64$, $\ell_4 = 64 \times 0{,}8 = 51{,}2$, $\ell_5 = 51{,}2 \times 0{,}8 = 40{,}96$

3. Pour tout entier naturel n non nul, $\ell_{n+1} = 0{,}8 l_n$

4. Pour tout entier naturel n non nul, $\ell_n = \ell_1 \times 0{,}8^{n-1} = 100 \times 0{,}8^{n-1}$

NOMBRE DE SAUTS	LONGUEUR DU SAUT
1	100
2	80
3	64
4	51,2
5	40,96
6	32,768
7	26,2144
8	20,97152
9	16,777216
10	13,4217728
11	10,73741824
12	8,589934592

5. La longueur du saut de la puce sera inférieure à 10 cm à partir du 12e saut.

2 Dérivation

Exercice 1 Questions rapides

1. $f'_1(x) = 10x - 6$

2. $f'_2(x) = -8x + 8$

3. $f'_3(x) = 9x^2 - 12x - 9$

4. $f'_4(t) = 15t^2$

Exercice 2 Questions rapides

1. $P(2) = 11$

2. $P'(2) = 5$

3. $Y = 5x + 1$

Exercice 3 Questions rapides

1. a/c

2. a/c

3. b/c

Exercice 4 Questions rapides

1.

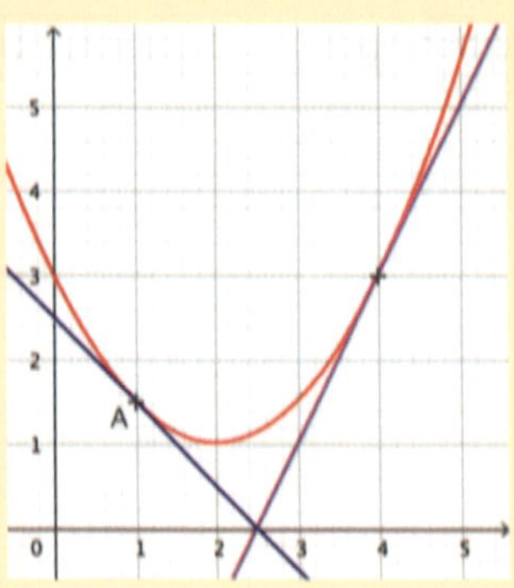

2. $f'(1) = -1$

3. $f'(2) = 0$

Exercice 5 Questions rapides

1. $R(x) = 50x$

2. $B(x) = R(x) - C(x) = -25x^2 + 300x - 800$

3. $B'(x) = -50x + 300$

4.

x	0		6		$+\infty$
$B'(x)$		+	0	−	
B	− 800	↗	100	↘	

5. 6 pantalons pour 100 € de bénéfice.

Exercice 6

1. $K(10) = \frac{7300}{3} \approx 2433$, soit 2 433 000 € de chiffre d'affaires pour 10 tonnes de matériaux vendues.

2. $K'(x) = -5x^2 + 86x - 17$
$\Delta = 86^2 - 4 \times (-5) \times (-17) = 7\,056$

Racines de K : $x = \frac{-86 - \sqrt{7\,056}}{2 \times (-5)} = 17$ et

$x = \frac{-86 + \sqrt{7\,056}}{2 \times (-5)} = 0{,}2$

D'où le tableau de variations suivant :

Valeurs de x	0		0,2		17		22
Signe de $K'(x)$		−	0	+	0	−	
Variaotions de K	−30	↘	$-\frac{2377}{75}$	↗	$\frac{11759}{3}$	↘	$\frac{7984}{3}$

3. La production permettant d'obtenir le chiffre d'affaires maximum est 17 tonnes.

Ce chiffre d'affaires est $\frac{11\,759}{3} \approx 3920$ soit 3 920 000 €

4.

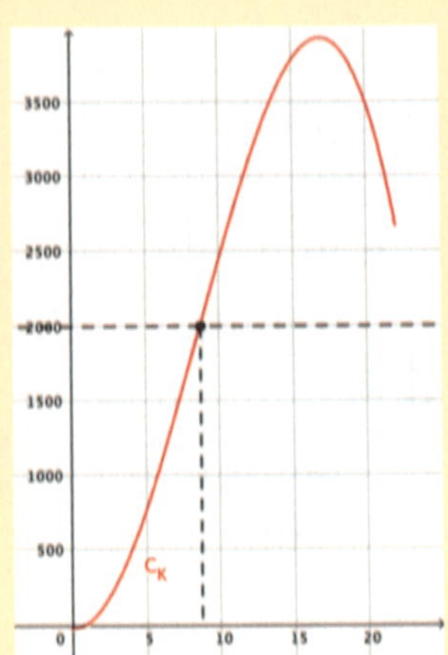

5. On lit graphiquement qu'ils doivent faire produire au moins 9 tonnes par mois pour atteindre cet objectif.

3 Fonction inverse

Exercice 1 Questions rapides

1. $-\frac{1}{2}$

2. 4

3. $-\frac{3}{7}$

4. $\frac{1}{3}$

5. $\frac{9}{8}$

6. -2

7. $f'(x)=2x-\frac{1}{x^2}$

8. $f'(x)=x-5+\frac{1}{x^2}$

9. $f'(x)=3x^2+\frac{1}{x^2}$

10. $f'(x)=\frac{15}{4}x^2+6x-\frac{1}{6}-\frac{1}{2x^2}$

Exercice 2

1. $C_T(0)$ = 80 €

2. $C'(x)=0{,}2-\frac{80}{x^2}=\frac{0{,}2x^2-80}{x^2}$

3. S = {-20 ; 20}

4.

x	0		20		50
$C'(x)$		–	0	+	
C		↘	28	↗	31,6

5. 20 jouets pour un coût unitaire de 28 €

Exercice 3

1. Si $0 \leqslant x \leqslant 1$, alors $f(x) = 2x - 1$ qui est l'expression d'une fonction affine strictement croissante sur $\mathbb{R}$ donc sur [0 ; 1]

Si $x > 1$, alors $f(x)=\frac{1}{x}$ et on sait que la fonction inverse est strictement décroissante sur]0 ; +∞[donc sur]1 ;+∞[

D'où le tableau de variations suivant :

Valeurs de x	0		1		+∞
Variations de f	–1	↗	1	↘	0

2. f admet un maximum sur [0 ;+∞[égal à 1 et atteint en 1

3.

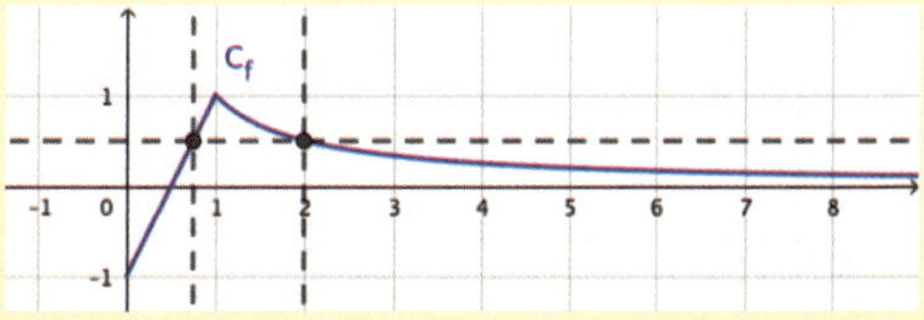

4. Graphiquement, on lit : $S=\left\{\frac{3}{4};2\right\}$

5. Soit $x \in [0\ ;\ 1]$. Alors : $f(x)=\frac{1}{2} \Leftrightarrow 2x-1=\frac{1}{2}$

$\Leftrightarrow x=\frac{\frac{1}{2}+1}{2}=\frac{3}{4}$

Soit $x \in]1\ ;+\infty[$. Alors : $f(x)=\frac{1}{2} \Leftrightarrow \frac{1}{x}=\frac{1}{2} \Leftrightarrow x=2$

Donc : $S=\left\{\frac{3}{4};2\right\}$

Exercice 4

1. Si $x < 0$, alors $\frac{1}{x}<0 \Rightarrow -\frac{1}{x}>0 \Rightarrow 1-\frac{1}{x}>1+0$ $\Rightarrow f(x) > 1$

Si $x > 0$, alors $\frac{1}{x}>0 \Rightarrow 1+\frac{1}{x}>1+0 \Rightarrow f(x)>1$

Donc, pour tout réel x non nul, on a $f(x) > 1$

2.

Valeurs de x	$-\infty$	0	$+\infty$
Variations de f	1 ↗ $+\infty$	‖	$+\infty$ ↘ 1

3.

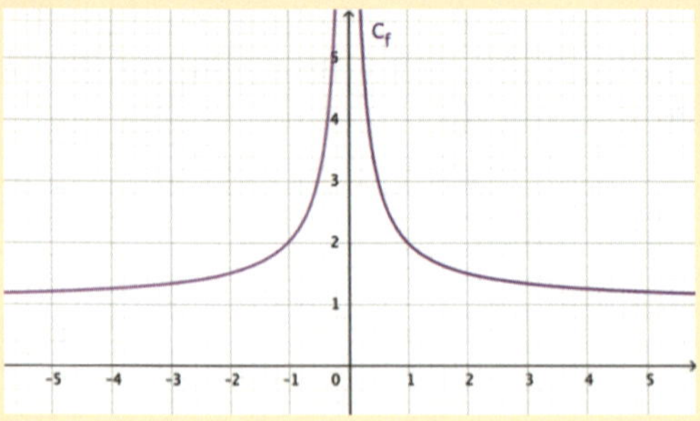

4. Si $x < 0$, $f(x)=2 \Leftrightarrow 1-\frac{1}{x}=2 \Leftrightarrow -\frac{1}{x}=2-1=1$

$\Leftrightarrow \frac{1}{x}=-1 \Leftrightarrow x=\frac{1}{-1}=-1.$

Si $x > 0$, $f(x)=2 \Leftrightarrow 1+\frac{1}{x}=2 \Leftrightarrow \frac{1}{x}=2-1=1$

$\Leftrightarrow x=\frac{1}{1}=1$

Donc, $S = \{-1 ; 1\}$

5. Si $k \leqslant 1$, l'équation $f(x) = k$ n'admet pas de solution.
Si $k > 1$, l'équation $f(x) = k$ admet exactement deux solutions.

4 Fonctions exponentielles

Exercice 1 Questions rapides

1. $3{,}6^x$

2. Strictement croissante.

3. Strictement décroissante.

4. $S = \{4{,}5\}$

5. $S =]-\infty ; -\frac{8}{3}]$

6. $S =]\frac{185}{156} ; +\infty[$

Exercice 2

1. f_2

2. f_4

3. f_3

4. f_1

Exercice 3

1. $CA(t) = 45 \times \left(1+\frac{5}{100}\right)^t = 45 \times 1{,}05^t$

2. Strictement croissante.

3. $CA(1{,}5) \approx 48{,}4$; $CA(5) \approx 57{,}4$; $CA(10) \approx 73{,}3$

4.

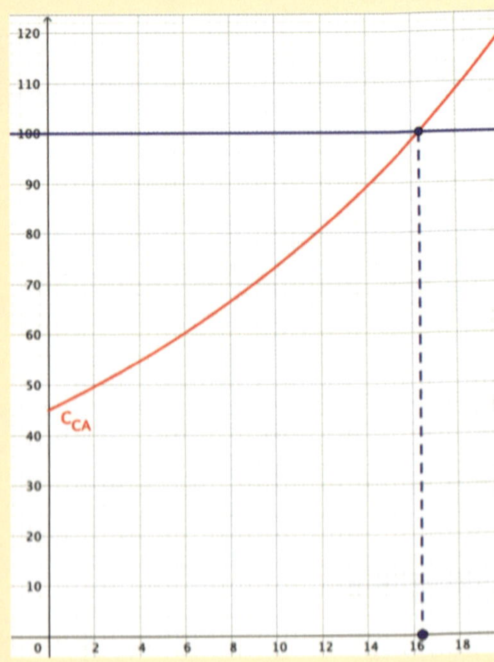

5. Au bout de 17 ans.

Exercice 4

1. $A = 6^x$

2. $B = \left(\frac{4}{5}\right)^x$

3. $C = \left(\frac{36}{7}\right)^x$

4. $D = \left(\frac{9}{8}\right)^x$

Exercice 5

1. $E = 30^x - 35^x$

2. $F = 16^x - 2 \times 4^x - 8$

3. $G = 4^x - 1$

4. $H = 0{,}9^x - 0{,}405^x - 1 + 0{,}45^x$

Exercice 6

1. $I = 2^x \times 3^x$

2. $J = 2^x \times 3^{-x}$

3. $K = 2^{3x} \times 3^{2x}$

4. $L = 2^{-x} \times 3^x$

Exercice 7

1.

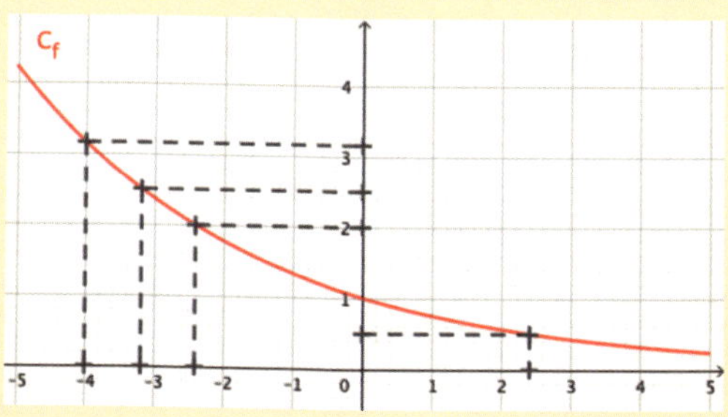

2. Graphiquement, l'image de – 4 par f est 3,2

3. Graphiquement, l'antécédent de $\frac{1}{2}$ par f est 2,4

4. Graphiquement, l'équation $f\left(x\right) = \frac{5}{2}$ a pour solution $S = \{-3{,}2\}$

5. Graphiquement, l'inéquation $f(x) < 2$ a pour solution $S =]-2{,}4\ ;\ +\infty[$

5 Fonction logarithme décimal

Exercice 1 Questions rapides

1. $4\log(3)$

2. $\log(3{,}6x^2)$

3. $S = \{10^3\}$

4. $S =]-\infty;10^{11}[$

5. $S = \dfrac{\log(67)}{\log(24)}$

6. $S = \left]\dfrac{\log(9)}{\log\left(\frac{4}{7}\right)};+\infty\right[$

7. $S =]-\infty;\dfrac{\log(0{,}1)}{\log(5)}[$

8. $S = 10^{\frac{\log\left(\frac{5}{2}\right)}{9{,}2}}$

9. $S =]-\infty;10^{7\log\left(\frac{2}{3}\right)}[$

10. $S =]10^{\frac{\log(7)}{8{,}2}};+\infty[$

Exercice 2

1. $C = 300$

2. $t = 0{,}1$

3. $f\left(\dfrac{90}{12}\right) \approx 613$

4. $S = \left\{\dfrac{\log(2)}{\log(1{,}1)}\right\};\dfrac{\log(2)}{\log(1{,}1)} \approx 7{,}3$

Au bout de 8 ans

5. $S = \left[\dfrac{\log\left(\frac{1000}{300}\right)}{\log(1{,}1)};+\infty\right[;\dfrac{\log\left(\frac{1000}{300}\right)}{\log(1{,}1)} \approx 12{,}6$

Au bout de 13 ans.

Exercice 3

1. $A = x\log(27)$

2. $B = x\log\left(\dfrac{6}{7}\right)$

3. $C = x\log\left(\dfrac{36}{5}\right) = x\log\left(1{,}8\right)$

4. $D = x\log\left(\dfrac{1}{6}\right)$

MATHÉMATIQUES

Exercice 4

1. $E = x\log(5) + x\log(7)$

2. $F = x\log(5) - x\log(7)$

3. $G = 2x\log(5) + x\log(7)$

4. $H = 2x\log(5) + x\log(7)$

Exercice 5

1. $C_0 = 50$

2. $t = \dfrac{50\ 600}{50\ 000} - 1 = 0{,}012$ soit 1,2 %

3. 75 mois $= \dfrac{75}{12}$ années = 6,25 années

$K(6{,}25) = 50 \times (1 + 0{,}012)^{6{,}25} = 53{,}87015$ soit 53 870,15 €

4. $50 \times 1{,}012^x \geqslant 60$

$\Leftrightarrow 1{,}012^x \geqslant \dfrac{60}{50} = 1{,}2$

$\Leftrightarrow \log\left(1{,}012^x\right) \geqslant \log\left(1{,}2\right)$

$\Leftrightarrow \underbrace{x\log\left(1{,}012\right)}_{>0} \geqslant \log\left(1{,}2\right)$

$\Leftrightarrow x \geqslant \dfrac{\log\left(1{,}2\right)}{\log\left(1{,}012\right)}$

$S = \left[\dfrac{\log\left(1{,}2\right)}{\log\left(1{,}012\right)}\ ;+\infty\right[$

5. $K(x) \geqslant 60$

$\Leftrightarrow 50 \times 1{,}012^x \geqslant 60$

$\Leftrightarrow x \geqslant \dfrac{\log\left(1{,}2\right)}{\log\left(1{,}012\right)}$

$\dfrac{\log\left(1{,}2\right)}{\log\left(1{,}012\right)} \times 12 \approx 183{,}4$

Le capital de notre investisseur aura dépassé 60 000 € au bout de 184 mois.

6 Séries statistiques à deux variables quantitatives

Exercice 1 Questions rapides

1. Non

2. $\dfrac{1}{2}$

3. 6

4.

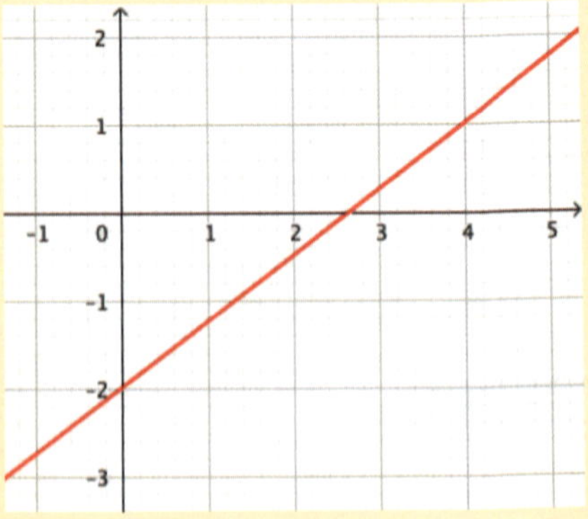

5.

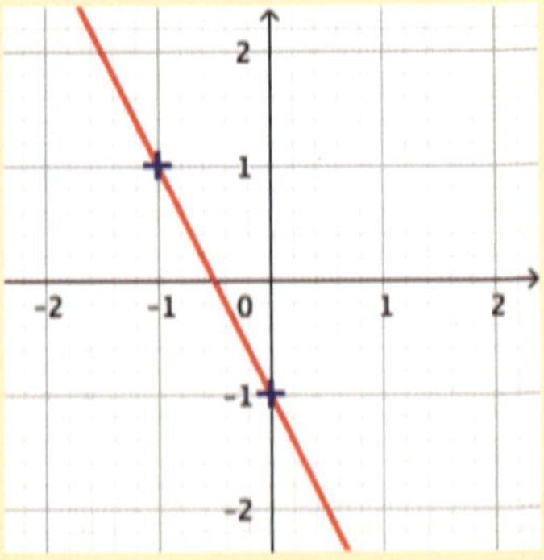

Exercice 2 Questions rapides

1.

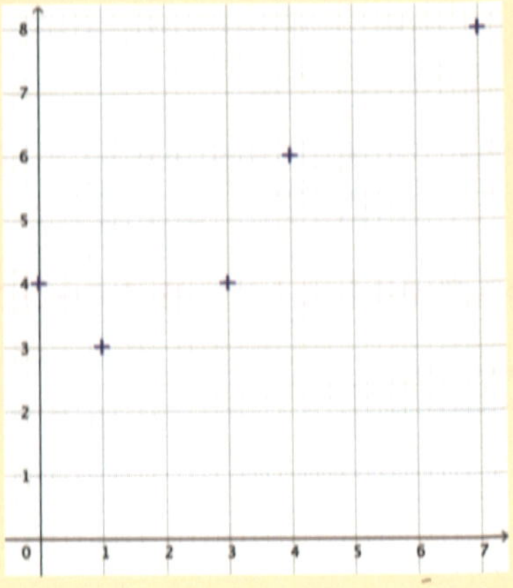

MATHÉMATIQUES

2. (3 ; 5)

3. $y=\frac{2}{3}x+3$

Exercice 3 Questions rapides

1. 6

2. 10

Exercice 4

1.

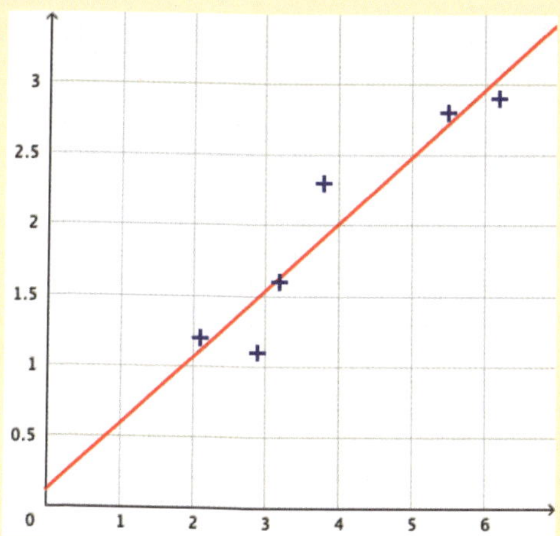

2. $y = 0{,}47x + 0{,}12$

3. cf question 1

4. $y = 0{,}47 \times 10 + 0{,}12 = 4{,}82$ soit 4820 options

5. $x=\frac{2-0{,}12}{0{,}47}=4$ soit 4000 automobiles

Exercice 5

1.

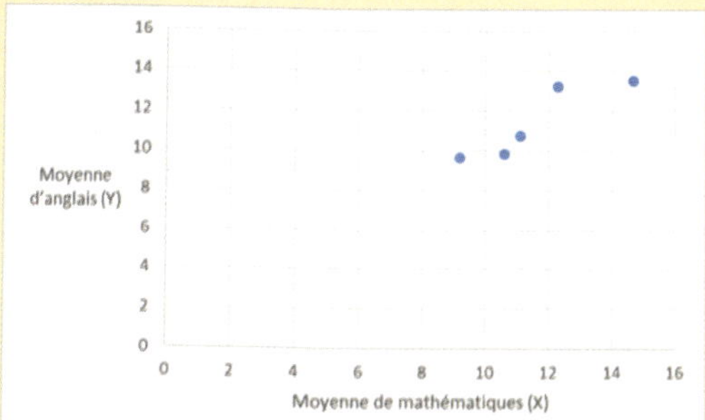

2. $y = 0{,}82x + 1{,}86$

3.

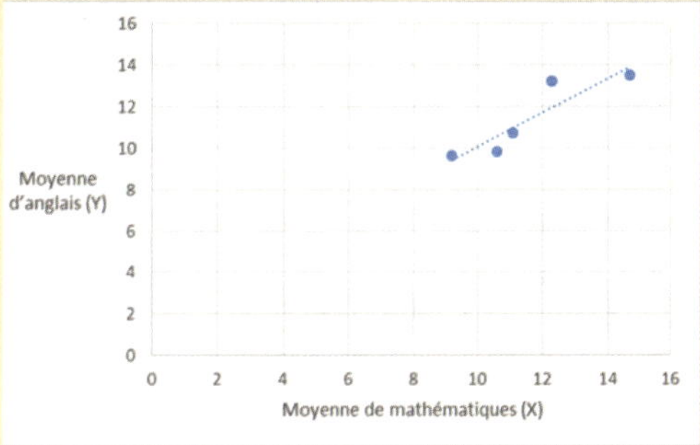

4. $y = 0{,}82 \times 10 + 1{,}86 = 10{,}06$

La moyenne qu'aurait une classe en anglais, si sa moyenne était 10 en mathématiques, est de 10,06.

$12=0{,}82x+1{,}86 \Leftrightarrow x=\frac{12-1{,}86}{0{,}82}\approx 12{,}4$

La moyenne qu'aurait une classe en mathématiques si sa moyenne était 12 en anglais est d'environ 12,4.

Exercice 6

1.

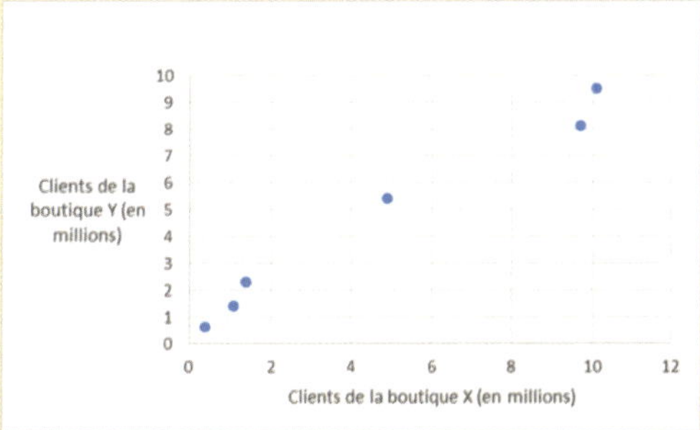

2. $y = 0{,}83x + 0{,}72$

3.

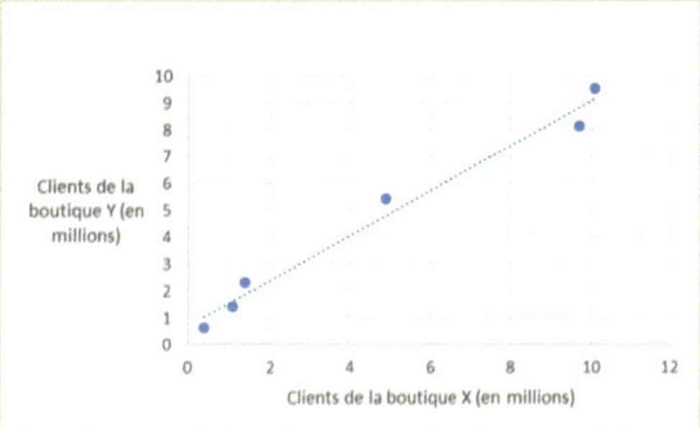

4. $y = 0{,}83 \times 12 + 0{,}72 = 10{,}68$

Le nombre de clients dans la boutique Y pour une fréquentation de 12 000 clients dans la boutique X est de 10 680.

MATHÉMATIQUES

5. $y = 0{,}83 \times 6 + 0{,}72 = 5{,}7$
Le nombre de clients dans la boutique Y pour une fréquentation de 6 000 clients dans la boutique X est de 5 700

7 Probabilités conditionnelles

Exercice 1 Questions rapides

1. $\frac{1}{3}$

2. $\frac{3}{4}$

3. $\frac{1}{4}$

4. $\frac{1}{12}$

5. $P_{\bar{A}}(B)$

6. $\frac{8}{15}$

7. $\frac{1}{5}$

8. $\frac{2}{15}$

9. $\frac{47}{60}$

10. Non

Exercice 2

1.

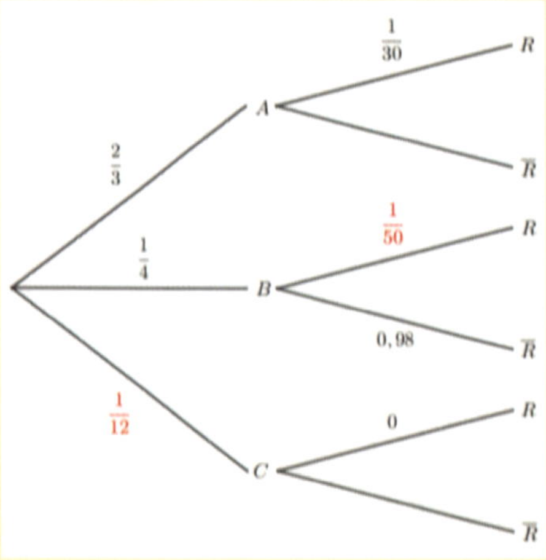

2. $\frac{1}{12}$

3. $\frac{1}{50}$

4. $\frac{49}{1800} \approx 2{,}7\%$

5. Non

Exercice 3

1.

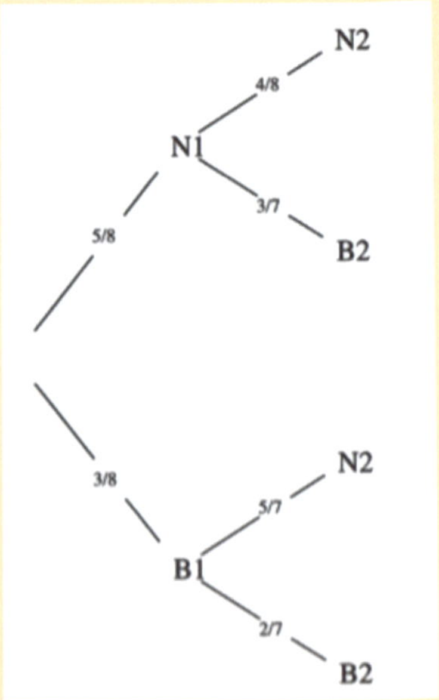

2. $P_{B_1}(B_2) = \frac{2}{7}$

3. $P_{N_1}(B_2) = \frac{3}{7}$

4. $P(B_2) = P(B_2 \cap B_1) + P(B_2 \cap N_1)$
$= P_{B_1}(B_2) \times P(B_1) + P_{N_1}(B_2) \times P(N_1)$
$= \frac{2}{7} \times \frac{3}{8} + \frac{3}{7} \times \frac{5}{8} = \frac{3}{8}$

5. $P(N_2) = \begin{cases} 1 - P(B_2) = 1 - \frac{3}{8} = \frac{5}{8} \text{ d'une part} \\ P(N_2 \cap B_1) + P(N_2 \cap N_1) = P_{B_1}(N_2) \times P(B_1) \\ + P_{N_1}(N_2) \times P(N_1) = \frac{5}{7} \times \frac{3}{8} + \frac{4}{7} \times \frac{5}{8} = \frac{5}{8} \\ \text{d'autre part} \end{cases}$

Exercice 4

1.

GENRE / ANIMAUX	FILLES (F)	GARÇONS (G)	TOTAL
Chiens (D)	**423**	719	1 142
Chats (C)	578	**280**	858
Total	1 001	999	2 000

2. $P(D) = \dfrac{1142}{2000} = \dfrac{571}{1000}$

3. $P(F \cap D) = \dfrac{423}{2\,000}$ et $P_F(D) = \dfrac{423}{1\,142}$.

4. $P(F) \times P(D) = \dfrac{1001}{2\,000} \times \dfrac{571}{1\,000} = \dfrac{571571}{2\,000\,000}$
$\neq P(F \cap D)$:

donc, F et D ne sont pas indépendants.

5. $P_C(G) = \dfrac{280}{858} = \dfrac{140}{429}$

8 Variables aléatoires discrètes finies – Loi de Bernoulli et loi binomiale

Exercice 1 Questions rapides

1. $\dfrac{1}{15}$

2. $\dfrac{1}{3}$

3. $\dfrac{7}{10}$

4. $\dfrac{34}{15}$

Exercice 2 Questions rapides

1. 0,7

2. 0,3

Exercice 3 Questions rapides

1. $\left(\dfrac{1}{3}\right)^5 = \dfrac{1}{243}$

2. $\dfrac{80}{243}$

3. $\dfrac{242}{243}$

4. $\dfrac{5}{3}$

Exercice 4

1. On a affaire à une expérience aléatoire admettant exactement deux issues : le succès « tirer un roi » de probabilité $\dfrac{4}{32} = \dfrac{1}{8}$ et l'échec « ne pas tirer un roi » de probabilité $\dfrac{7}{8}$. Cette expérience aléatoire est donc une épreuve de Bernoulli. On répète cette épreuve de Bernoulli 4 fois de manière indépendante : il s'agit donc d'un schéma de Bernoulli. La variable aléatoire X est égale au nombre de rois tirés, c'est-à-dire au nombre de succès obtenus. Donc, $X \hookrightarrow \mathscr{B}\left(4\,;\dfrac{1}{8}\right)$.

2. $\dfrac{147}{2048}$

3. $E(X) = \dfrac{1}{2}$: on peut espérer tirer « un demi-roi » en moyenne à l'issue des 4 tirages.

4.

k	-10	0	10	40	90
$P(Y=k)$	$\dfrac{2401}{4096}$	$\dfrac{343}{1024}$	$\dfrac{147}{2048}$	$\dfrac{7}{1024}$	$\dfrac{1}{4096}$

5. $E(Y) = -\dfrac{4965}{1024} \approx -4{,}85$. Le joueur perd en moyenne 4,85€ : le jeu n'est donc pas rentable pour lui.

MATHÉMATIQUES

Exercice 5

1.

Valeurs de x_i	2	− 1	− 3
Valeurs de $P(X = x_i)$	$\frac{1}{2}$	$\frac{1}{6}$	$\frac{1}{3}$

2. $E(X) = 2\times\frac{1}{2} + (-1)\times\frac{1}{6} + (-3)\times\frac{1}{3} = -\frac{1}{6}$

Le jeu est rentable pour l'organisateur car l'espérance de gain est négative.

3. Soit x le prix d'une partie d'un jeu équitable.

Valeurs de x_i	$5 - x$	$2 - x$	$-x$
Valeurs de $P(X' = x_i)$	$\frac{1}{2}$	$\frac{1}{6}$	$\frac{1}{3}$

$E(X') = 0$

$\Leftrightarrow (5-x)\times\frac{1}{2} + (2-x)\times\frac{1}{6} + (-x)\times\frac{1}{3} = 0$

$\Leftrightarrow \frac{17}{6} - x = 0$

$\Leftrightarrow x = \frac{17}{6}$

Le prix d'une partie d'un jeu équitable est de $\frac{17}{6}$ € soit environ 2,83 €.

4. La probabilité de gagner est $\frac{1}{2} + \frac{1}{6} = \frac{2}{3}$

Donc : $Y \hookrightarrow \mathcal{B}\left(5 ; \frac{2}{3}\right)$.

5. $E(Y) = 5\times\frac{2}{3} = \frac{10}{3}$

Exercice 6

1. On a affaire à une expérience aléatoire admettant exactement deux issues : le succès « vendre un contrat suite à un appel téléphonique » de probabilité 8 % et l'échec « ne pas vendre un contrat suite à un appel téléphonique » de probabilité 92 %.
Cette expérience aléatoire est donc une épreuve de Bernoulli.
On répète cette épreuve de Bernoulli 25 fois de manière indépendante. On réalise donc un schéma de Bernoulli.
La variable aléatoire C compte le nombre de succès de ce schéma de Bernoulli.
Donc, $C \hookrightarrow \mathcal{B}(25 ; 0{,}08)$.

2. 20 % des appels téléphoniques représentent 5 appels téléphoniques.

$P(C=5) = \binom{25}{5}\times 0{,}08^5 \times 0{,}92^{20} \approx 0{,}0329$

3. $P(C \geqslant 1) = 1 - P(C < 1) = 1 - P(C = 0) = 1 - 0{,}92^{25}$
$\approx 0{,}8756$

4. $E(C) = 25 \times 0{,}08 = 2$ contrats en moyenne par semaine

5. $P(C = E(C)) = P(C = 2) = \binom{25}{2}\times 0{,}08^2 \times 0{,}92^{23}$
$\approx 0{,}2821$

Savoir 1

Totalitarismes et Seconde Guerre mondiale
Question obligatoire

1 L'affirmation des totalitarismes et la guerre

1. Le totalitarisme, un nouveau type de régime politique

Depuis 1917, la Russie est un pays socialiste et collectiviste. En 1922, elle devient l'URSS, avec à sa tête un parti communiste dont le secrétaire général, **Joseph Staline**, établit un régime brutal fondé sur la terreur, le stalinisme. Dans la République allemande de Weimar, les élections législatives de 1933 donnent la majorité au NSDAP (parti national-socialiste ou Nazi) dont le chef **Adolf Hitler** devient chancelier. À partir de 1934, il exerce un pouvoir absolu et engage une politique brutale, raciste, antisémite et expansionniste.

2. Une guerre à l'échelle du monde

La guerre éclate en 1937 en Asie avec l'invasion de la Chine par le Japon, puis **en Europe en 1939** (Pologne) **et en 1940** (Allemagne et Italie opposées à la France et au Royaume-Uni), et **elle devient mondiale en 1941** avec l'invasion de l'URSS par l'Allemagne (juin) puis l'entrée en guerre des États-Unis (décembre).
La Seconde Guerre mondiale a recours à l'emploi de matériels de guerre : sur terre, matériels motorisés et blindés ; en mer, sous-marins et porte-avions ; depuis les airs, l'aviation permet des bombardements massifs. Au cours du conflit, de nouvelles armes apparaissent, fusées allemandes (V2), arme nucléaire, employée pour la première fois en août 1945 sur Hiroshima et Nagasaki.

3. Un déchaînement de violences

Avec **50 à 60 millions de victimes**, elle touche majoritairement les populations civiles victimes des bombardements aériens (Londres, Dresde en Allemagne).
De manière délibérée et programmée, **l'Allemagne nazie engage la destruction des Juifs et Tsiganes**. L'extermination massive des Juifs d'Europe est décidée par les responsables nazis en **janvier 1942 (conférence de Wannsee)**. Plus de la moitié (entre 5 et 6 millions de personnes) trouvent la mort dans ce génocide que le procès de Nuremberg qualifie en 1945 de « crime contre l'humanité ».

4. La France dans la guerre

En juin 1940, l'armée française est vaincue en quelques semaines. Le maréchal Pétain instaure **le régime de Vichy**, antidémocratique, autoritaire et réactionnaire, avec le slogan « Travail, Famille, Patrie », et engage la France dans la collaboration avec l'occupant. À partir de 1941, le régime devient antisémite (lois contre les Juifs) puis pro-allemand. En 1942, la police française participe à la rafle du Vel' d'Hiv (16 juillet).
Réfugié à Londres, un général, **de Gaulle**, lance **le 18 juin 1940** un appel à continuer le combat jusqu'à la libération du pays. À l'extérieur, il crée **la France libre**, et organise progressivement la **Résistance intérieure** (rôle de Jean Moulin), qui réunit les Français de toutes tendances politiques qui n'acceptent pas l'occupation, et qui agit par tracts, sabotages, renseignement pour les Alliés.

Mes notes pour réviser

MOTS CLÉS

Collaboration • Crime contre l'humanité • Génocide • Résistance • Totalitarisme

2 La guerre d'anéantissement à l'Est et le génocide des Juifs

1. De la théorie raciale à sa mise en œuvre

La théorie raciale d'Hitler place au sommet la race aryenne à laquelle appartiennent les Allemands. Les peuples slaves de l'est de l'Europe peuvent être réduits en esclavage ; Juifs, Tsiganes, handicapés doivent être éliminés au prétexte qu'ils corrompent la race allemande.
En juin 1941, lors de l'offensive à l'est contre l'URSS, les commandos des *Einsatzgruppen* exécutent en masse des civils, dont un million de Juifs, lors de leur avancée en Ukraine.
Plus de la moitié des Juifs d'Europe, un tiers des Tsiganes et 70 000 malades mentaux seront victimes de l'application de cette théorie raciale.

2. L'extermination du peuple juif

En janvier 1942, lors de la conférence de Wannsee, les responsables nazis décident de mettre en œuvre la « solution finale du problème juif », c'est-à-dire l'extermination de tous les Juifs d'Europe. Arrêtés lors de rafles ou sur dénonciations dans les pays occupés, hommes, femmes et enfants, déjà soumis au port de l'étoile jaune, sont transportés par trains entiers vers des camps de mise à mort, comme celui d'Auschwitz-Birkenau où a été expérimentée, en 1941, l'utilisation du gaz zyklon B dans des chambres à gaz.

3 De Gaulle et la France libre

1. Un homme

Né en 1890, le général de Gaulle commande en 1940 une unité de chars. Le 17 juin, refusant d'accepter la défaite et la demande d'armistice faite aux Allemands par le nouveau gouvernement de Philippe Pétain, il s'exile par avion à Londres.

2. Une action

Il lance à la BBC l'appel du 18 juin 1940 et parvient à se faire reconnaître par Winston Churchill comme « le chef des Français qui continuent la guerre ». Il crée les FFL, Forces Françaises Libres, et parvient à rassembler l'empire colonial. C'est la division Leclerc qui entre la première dans Paris le 25 août 1944, et le lendemain le général de Gaulle descend triomphalement les Champs-Élysées.

3. Un résultat

De Gaulle permet à la France de faire partie des pays vainqueurs, ce qui lui vaut d'être en 1945 l'un des 5 membres permanents du Conseil de sécurité de l'ONU nouvellement créée, elle est aussi l'une des puissances occupantes de l'Allemagne vaincue.

Au plan intérieur, dans la France libérée, la restauration républicaine se fait sur les bases du programme élaboré à partir de 1943 dans les réunions du Conseil national de la Résistance, présidé par Jean Moulin, l'envoyé du général de Gaulle auprès des mouvements de résistance.

Mes notes pour réviser

Savoir 2

Du monde bipolaire au monde multipolaire

Question obligatoire

1 Le monde de 1945 à nos jours

1. De l'ère des superpuissances aux nouvelles recompositions du monde

De 1947 à 1991, un affrontement idéologique et de puissance oppose les États-Unis et l'URSS. Cette période de guerre froide est émaillée de crises (Berlin 1948-1949 et 1961, Cuba 1962), d'affrontements indirects (en Corée, au Vietnam et dans le tiers-monde) et de moments de détente, le tout dans une course aux armements nucléaires. **Le monde est alors bipolaire**.

Minée par l'immobilisme économique, l'URSS éclate en 1991, les États-Unis semblent alors exercer leur domination sur le monde entier, mais font face au terrorisme international et à l'émergence de nouveaux acteurs internationaux.

À la fin de la décennie 2010, la Chine est devenue une nouvelle superpuissance capable de rivaliser avec les États-Unis comme **acteur d'un monde multipolaire**.

2. La fin des empires coloniaux et la naissance de nouveaux États

Après 1945, **les revendications indépendantistes s'amplifient** (Gandhi en Inde). En août 1947, le Royaume-Uni doit accepter l'indépendance des Indes, c'est le début du processus de décolonisation.

Le reflux des empires coloniaux européens s'étale entre 1947 (Indes britanniques) et 1975, date à laquelle le Portugal renonce à ses colonies africaines. La décolonisation prend deux formes, l'une est celle de **la négociation**, d'autres se font **à l'issue de guerres** avec, comme dans le cas de la France, celle d'Indochine qui prend fin en 1954, ou celle d'Algérie (1954-1962).

Les nouveaux États, baptisés tiers-monde pour les distinguer des deux blocs, sont confrontés à de nombreuses difficultés : frontières tracées artificiellement sans tenir compte des peuples et ethnies, économies fragiles, faible niveau de développement humain.

3. L'Europe en devenir

Les puissances européennes sortent ruinées du conflit en 1945, **l'Europe devient un enjeu dans l'affrontement des superpuissances**, le rideau de fer entre blocs de l'Est et de l'Ouest la coupe en deux. Berlin, avec le blocus de la partie Ouest en 1948-1949 et la construction du mur en 1961, devient le symbole de cette Europe divisée.

Dès le début des années 1950, les Européens prennent conscience de **la nécessité de s'unir** pour exister face aux superpuissances. La construction européenne s'amorce en 1951, avec la CECA (Communauté européenne du charbon et de l'acier), elle se poursuit avec le marché commun (traité de Rome, 1957) et la création de l'Union européenne (1992). Plusieurs élargissements portent le nombre de pays membres à **28**.

Réunissant près de 500 millions d'habitants, l'Union européenne constitue au début du XXIe siècle **un des trois pôles de l'économie mondialisée** mais révèle aussi des faiblesses. Depuis la décennie 2010, **l'euroscepticisme** gagne une partie des opinions publiques. En 2020, pour la première fois, un pays adhérent, le Royaume-Uni, sort de l'Union.

Mes notes pour réviser

MOTS CLÉS

Construction européenne • Décolonisation • Guerre froide • Monde bipolaire • Monde multipolaire

Du monde bipolaire au monde multipolaire
Sujets d'étude

2 De Youri Gagarine à la guerre des étoiles

1. Une compétition spatiale, largement médiatisée, témoigne de l'affrontement idéologique des deux superpuissances. Dans les années 1950-1960, l'URSS prend l'avantage en lançant en 1957 le 1er satellite artificiel (Spoutnik) suivi du premier vol emportant un animal. En 1961, le vol habité de Youri Gagarine confirme l'avance soviétique.

Créée en 1958, la NASA (agence aéronautique et spatiale américaine) est chargée du programme civil de conquête spatiale, elle permet un premier vol spatial habité américain en 1962. Le programme Apollo aboutit à l'envoi d'un homme sur la Lune en 1969.

À la puissance technologique américaine (navette spatiale lancée en 1981), l'URSS peut opposer la fiabilité de ses lanceurs Soyouz et sa maîtrise des séjours de longue durée dans l'espace (station Mir, 1986).

2. Le domaine spatial mêle enjeux civils et enjeux militaires, les satellites d'observation peuvent aussi bien avoir une finalité stratégique (espionnage) que scientifique, il contribue à l'équilibre de la terreur nucléaire, mais permet aussi des collaborations internationales comme la station orbitale ISS achevée en 2011.

3 Le 11 septembre 2001

1. Le 11 septembre, 19 terroristes affiliés à Al-Qaïda s'emparent de quatre avions de ligne ayant décollé de Boston, Washington et Newark, ces attentats provoquent la mort de 3 000 personnes. Avec l'effondrement des tours du World Trade Center retransmis en direct par les télévisions, l'événement devient mondial.

2. Aux États-Unis, un choc énorme. Le 20 septembre, le Président américain George W. Bush annonce engager la lutte contre Al-Qaïda, organisation terroriste islamiste créée en 1987 en Afghanistan par le Saoudien Oussama Ben Laden. En octobre 2001, une coalition internationale mandatée par l'ONU intervient militairement en Afghanistan.

3. Contrer le terrorisme islamiste. Les forces militaires classiques n'ont qu'une efficacité limitée contre les actions développées depuis les années 1990 par des organisations (Al-Qaïda, État islamique au Moyen-Orient ; Boko Haram, Shebab en Afrique) qui veulent l'instauration de régimes islamistes et la destruction des puissances occidentales présentes dans le monde musulman. Les actions de renseignement, la détention sans jugement ou les opérations ciblées contre des individus jugés dangereux menées par les États-Unis posent question au regard des valeurs démocratiques.

Savoir 3

La France de 1945 à nos jours : une démocratie

Question obligatoire

1 La France depuis 1945 : politique et société

1. Les évolutions de la République depuis 1945

En 1944-1945, la démocratie et la République se refondent sur les principes du Conseil national de la Résistance : vote des femmes (1944), Sécurité sociale. La constitution de la IVe République met en place en 1946 un **régime politique parlementaire** : le président de la République a peu de pouvoirs, c'est le président du Conseil des ministres qui conduit la politique du pays.
La question de la décolonisation s'impose rapidement, la France s'engage dans deux guerres coloniales (Indochine 1946-1958, et Algérie 1954-1962).
En 1958, le général de Gaulle, appelé pendant la crise algérienne, veut de nouvelles institutions garantissant un pouvoir exécutif fort et stable. En 1962, il propose l'élection du président de la République au suffrage universel direct, **la Ve République** devient à partir de cette date un régime à forte tonalité présidentielle.

2. Quelle place pour la France dans un monde en recomposition ?

La France fait partie en 1945 des « cinq grands » membres permanents du Conseil de sécurité de l'ONU. Après l'indépendance de l'Afrique noire (1960) et de l'Algérie (1962), elle se replie sur son territoire métropolitain, « l'hexagone », mais conserve ses territoires de l'outre-mer.
Dans les années 1950, la France est l'un des moteurs d'un **rapprochement entre États européens** (Europe des six), elle adhère à la CECA (Communauté du charbon et de l'acier) en 1950, au traité de Rome instituant le Marché commun en 1957.
La force de dissuasion nucléaire voulue par de Gaulle permet à la France d'assurer sa sécurité et de conserver une indépendance face aux deux superpuissances.
Dans un monde où le nombre d'acteurs ne cesse de croître, la France d'aujourd'hui peut se définir comme une puissance moyenne dont les capacités d'action et d'influence lui permettent d'exercer **un rôle international**.

3. Les mutations d'une société

Des années 1950 à 1970, pendant les années de forte croissance (les Trente Glorieuses), la France connaît le plein emploi et souffre même d'une pénurie de main-d'œuvre comblée par l'immigration, en provenance principalement d'Afrique du Nord. Depuis le milieu des années 1970, un chômage chronique culminant aux alentours de 10 % affecte la population active.
Au sortir de la guerre, près de la moitié des Français vivent encore dans les campagnes, la population des villes passe à 70 % en 1968 et se stabilise aux alentours de 80 %. Dans les années 1960-1970, l'urbanisation se fait dans des cités ou grands ensembles édifiés en périphérie immédiate des villes.
Avec les années 1960, une **société de consommation** (automobile, électroménager) se met en place, elle se double d'une **société de loisirs** dont l'offre s'élargit (vacances d'été, sports d'hiver, cinéma, etc.). La situation des femmes se modifie sous l'effet d'une série de lois (loi Veil sur l'IVG en 1975, lois sur la parité).

Mes notes pour réviser

MOTS CLÉS

Décolonisation • Démocratie • Immigration • Institutions • Parité • Puissance • Régime politique • République

2 La guerre d'Algérie

1. L'Algérie coloniale

Elle occupe une place à part dans l'empire colonial français : c'est la seule colonie de peuplement où vivent environ 1 million de colons d'origine européenne, les Français d'Algérie. La population musulmane (90 % du peuplement) ne dispose pas des mêmes droits que les Français d'Algérie.

2. Huit années de conflit

Le 1er novembre 1954 (Toussaint), le FLN (Front de libération nationale) algérien déclenche une série d'attentats, à laquelle la France réplique par des « opérations de maintien de l'ordre ». Un climat de guerre s'installe.
Le conflit a des répercussions politiques et entraîne en 1958 la chute de la IVe République et le retour du général de Gaulle qui promet l'autodétermination à la population algérienne.

3. Vers une solution

Alors que l'armée française remporte la bataille d'Alger au prix de la torture, l'indépendance devient inéluctable, les négociations aboutissent aux accords d'Évian le 18 mars 1962. Approuvée par référendum, l'indépendance est proclamée et célébrée le 1er juillet 1962 en Algérie. Elle provoque l'exode vers la métropole de près d'un million de « pieds noirs » qui, ayant abandonné leurs biens, s'installent principalement dans le sud de la France.

3 L'évolution de la place et des droits des femmes dans la société française

1. Dans les années 1950, les femmes viennent tout juste d'accéder à la citoyenneté, et jusqu'en 1965 le Code civil maintient les femmes mariées dans un statut d'infériorité. Leur taux d'activité, de 50 % en 1970, s'élève à 80 % aujourd'hui, mais leur rémunération reste inférieure à celle des hommes.
Un combat est mené pour le contrôle des naissances par des mouvements et associations féministes (Planning familial et MLAC), il aboutit au vote des lois Neuwirth (1967) autorisant la contraception et Veil (1975) autorisant l'IVG (interruption volontaire de grossesse).

2. Dans les années 1980-1990, les revendications portent sur la parité dans l'accès aux fonctions privées (entreprises) ou publiques (élections) et aux postes de responsabilité. Elles débouchent sur plusieurs lois : loi Roudy sur l'égalité professionnelle (1983), nouvelle disposition sur la parité inscrite dans la constitution (2008).

3. Les améliorations apportées par la loi dans la situation faite aux femmes se heurtent à des inerties sociales dans le monde du travail (travail fractionné, emplois peu qualifiés, « plafond de verre » limitant l'accès aux postes les plus élevés).

Savoir 4

Mers et océans : au cœur de la mondialisation

Question obligatoire

1 Mers et océans : vecteurs essentiels de la mondialisation

1. Les ressources des mers et océans

Les mers et océans couvrent 71 % de la planète et jouent un rôle essentiel dans les équilibres naturels, climatiques en particulier. Ces étendues maritimes occupent une place importante pour l'humanité, tant pour la fourniture de ressources que pour la circulation des hommes et des biens.

La pêche en mer est la plus grande activité de prédation pratiquée au monde, et la surexploitation est une menace pour le renouvellement de la ressource. **L'aquaculture** connaît une forte augmentation depuis les années 1990.

Les forages sous-marins (production offshore) assurent **30 % de la production mondiale de pétrole et de gaz naturel**. À proximité des côtes, la production **d'énergies renouvelables** se développe en utilisant la force de la marée, celle des vagues, des courants sous-marins ou des vents (parcs maritimes d'éoliennes). Mers et océans recèlent d'autres ressources : biochimiques (utilisées dans l'industrie pharmaceutique et les cosmétiques), nodules polymétalliques.

Paysages côtiers et étendues maritimes constituent une ressource exploitée sous forme de **tourisme balnéaire** ou de **croisières** (30 millions de croisiéristes en 2019).

2. La maritimisation des économies

La mondialisation économique s'accompagne d'une **maritimisation croissante des économies**. Les échanges internationaux, les circulations de marchandises s'effectuent pour l'essentiel par mer et les activités de production se rapprochent des côtes dans de vastes zones industrialo-portuaires.

Les routes maritimes consistent en des couloirs de quelques kilomètres de large. Elles se dessinent en fonction des points de passage obligatoires (détroits, canaux), des contraintes physiques (côtes, vents, courants marins, profondeurs, récifs, glaces) et des aléas géopolitiques (insécurité, piraterie). Les principales relient les grandes **façades maritimes** et leurs ports (Europe, Amérique du Nord, Asie), concentrant ainsi l'essentiel des échanges mondiaux.

Les réseaux de câbles de télécommunications posés au fond des océans assurent l'essentiel des transmissions d'informations entre continents (téléphone et Internet).

3. Les enjeux stratégiques des espaces maritimes

La Convention des Nations unies sur le droit de la mer (CNUDM), a défini en 1982 un droit de la mer et de ses ressources : **la ZEE** (zone économique exclusive) permet aux États riverains de disposer de toutes les ressources dans la limite de 200 milles marins (370 km). Au-delà commencent **les eaux internationales** (64 % de la surface des océans) sur lesquelles s'applique le principe de liberté (circulation, pêche).

Les espaces vitaux pour le commerce maritime, comme les détroits et canaux internationaux, connaissent des **tensions géopolitiques** très fortes. Certaines routes maritimes menacées par des actes de piraterie sont surveillées par les marines militaires.

Mes notes pour réviser

MOTS CLÉS

Canaux et détroits maritimes • Maritimisation • Mondialisation • Route maritime

Mers et océans : au cœur de la mondialisation

Sujets d'étude

2 Les réseaux de câbles : des infrastructures essentielles à la mondialisation

1. Le monde est sillonné en permanence par des communications immatérielles (Internet et téléphone) dans des volumes qui augmentent constamment. Les câbles sous-marins, dont les capacités ont décuplé avec l'utilisation de fibres optiques, sont l'infrastructure essentielle à la mise en connexion des différents continents, ils assurent 95 à 99 % des échanges mondiaux d'information contre une part très minoritaire pour les satellites.

2. L'installation, la surveillance et la maintenance des réseaux de câbles sont des enjeux vitaux dans notre monde hyper connecté. Ils mettent en jeu des acteurs publics (les États) et des acteurs privés comme Orange. Les géants du Net (Google, Amazon, Facebook, Apple) se dotent maintenant de leurs propres réseaux.

3. Ces réseaux sous-marins desservent inégalement les différents territoires, reliant principalement l'Europe, l'Amérique du Nord et la façade maritime de l'Asie. Ils connectent, en les renforçant, les principaux pôles de la mondialisation mais laissent d'autres continents comme l'Afrique à l'écart. Des points comme Marseille constituent des hubs reliant réseaux maritimes et réseaux terrestres.

3 Le détroit de Malacca : un point de passage majeur et stratégique

1. Le détroit de Malacca, qui tire son nom d'une ville côtière malaise, est un long couloir maritime de 850 km de long et de 50 à 350 km de large en moyenne (moins de 3 km dans sa partie la plus resserrée) entre la Malaisie et l'Indonésie. Il relie l'océan Indien (golfe du Bengale) à l'océan Pacifique (mer de Chine méridionale). Détroit le plus fréquenté du monde (1 navire toutes les 8 minutes, 1/3 du trafic maritime mondial) et principal axe de passage des échanges maritimes chinois, il assure à la cité-État de Singapour, située à son entrée sud-est, un rôle majeur dans les échanges mondiaux.

2. Un passage proche de la saturation. L'intensité du trafic accroît les risques de collisions et sa profondeur en eau (23 m) limite la capacité maximale des navires pouvant y circuler. C'est une des zones de piraterie les plus actives du monde qui s'exerce principalement sur les navires à l'ancre à l'entrée du détroit.

3. La sécurité de ce détroit actuellement incontournable pour les liaisons entre l'Asie de l'Est, le Moyen-Orient et l'Europe est vitale, en particulier pour la Chine (90 % de son trafic maritime) qui étudie la possibilité d'un nouveau passage plus au nord (canal de Kra).

Savoir 5 — Des territoires inégalement intégrés dans la mondialisation

Question obligatoire

1 Dynamiques territoriales contrastées au sein de la mondialisation

1. Les pôles et espaces moteurs de la mondialisation : métropoles et littoraux

Quelques **villes-mondes**, comme New York, Londres, Paris, Tokyo, Shanghai, Singapour, **dominent la hiérarchie urbaine mondiale**. Elles sont à la fois des centres de décision politique, économique, financière, culturelle, des lieux clés de la production, de l'innovation et de la diffusion d'informations. Leur puissance se lit dans le paysage urbain du CBD (*Central Business District*, ou quartier d'affaires).
La majorité des métropoles mondiales sont installées **sur les littoraux** ou disposent d'une **ouverture sur la mer**. Les littoraux sont les interfaces privilégiées de la mondialisation contemporaine, avec de vastes infrastructures portuaires, des zones industrialo-portuaires et des plates-formes multimodales.
Trois espaces régionaux majeurs, l'Amérique du Nord autour des États-Unis, l'Asie orientale, l'Europe occidentale avec l'Union européenne, concentrent **75 % du PIB mondial**. De nouveaux pôles émergent en Chine, en Inde et au Brésil.

2. Des espaces en marge ou à l'écart

À l'écart des réseaux de transport et de communication rapides et efficaces, comme les grands hubs logistiques aéroportuaires, **les PMA, pays les moins avancés de la planète**, en urgence de développement économique et humain, sont en majorité situés en Afrique. L'insularité (micro-États du Pacifique), l'enclavement faute d'accès à la mer (Laos), la déficience des infrastructures de transport, isolent ces pays des grands circuits d'échanges et donc de la mondialisation.

3. Les dynamiques d'un monde en mouvement

Les entreprises et surtout les plus grandes d'entre elles, **les FTN (firmes transnationales)**, sont à la fois les principaux agents et bénéficiaires de la mondialisation. Elles organisent à leur profit une division internationale du travail en jouant sur les différentiels de niveau de vie, de législation et de fiscalité, et en éclatant leurs chaînes de production en plusieurs lieux de la planète.
Les États, agissant individuellement ou dans le cadre d'organisations économiques (Union européenne, ACEUM), conservent une certaine capacité d'action. Ils fixent des normes et déterminent les niveaux de fiscalité, pour favoriser l'implantation d'entreprises ou taxer certaines activités mondialisées qui échappent à l'impôt (GAFA).
Des ONG et mouvements citoyens dénoncent les effets sociaux et environnementaux de la mondialisation.
À partir des années 1980, la plupart des États ont participé à **l'ouverture généralisée des frontières et la déréglementation** favorisant la mondialisation des activités. Cette ouverture des frontières trouve aujourd'hui ses limites : les États cherchent à contrôler les mouvements migratoires, certains, comme les États-Unis, contestés dans leur prééminence économique, ont recours à des mesures protectionnistes (taxes douanières), et certaines entreprises relocalisent leur production.

Mes notes pour réviser

MOTS CLÉS

Centre de décision • Hub logistique aéroportuaire • Métropole • Plate-forme multimodale

Des territoires inégalement intégrés dans la mondialisation

Sujets d'étude

2 New York, un centre de la mondialisation

1. Une ville qui concentre les fonctions métropolitaines

Avec 8,3 millions d'habitants dans les limites de la ville et 22 millions dans le district urbain, New York n'est pas la capitale politique des États-Unis ni la plus grande ville du monde, mais elle est sans doute la plus puissante par la concentration de fonctions de commandement, dans les domaines économique, culturel, financier et politique. Elle accueille des fonctions mondiales comme l'ONU, et est connectée au monde par trois aéroports.
Le rayonnement de New York est également d'ordre symbolique, ses paysages (statue de la Liberté, *skyline* (immeubles de grande hauteur), alimentent l'imaginaire cinématographique et littéraire.

2. Les contrastes au sein de la métropole

Les activités qui font de New York une ville mondiale sont concentrées sur la presqu'île de Manhattan que domine le One World Center : bourse de Wall Street, banques, musées, salles de spectacle. Les quartiers de Harlem et du Bronx hébergent des populations avec des niveaux de formation et de revenus nettement inférieurs à la moyenne de l'agglomération. Dans cette ville fortement inégalitaire, 1 % des habitants de New York disposent de 36 % des revenus.

3 L'aéroport de Paris-Roissy-Charles de Gaulle, un hub au cœur des échanges européens

1. Le premier hub aérien d'Europe

L'aéroport, ouvert en 1974 sur la commune de Roissy-en-France à 30 km à l'est de Paris, plusieurs fois agrandi avec la mise en service de nouveaux terminaux, et rebaptisé Roissy-Charles de Gaulle, est aujourd'hui le 2e aéroport européen pour le trafic passager et le premier pour le fret. Outre les pistes et les terminaux, il englobe toute une zone d'activités. Desservi par autoroute et par TGV, c'est une plate-forme logistique multimodale permettant de passer du mode aérien au mode ferroviaire vers la France et plusieurs villes d'Europe.

2. Un aéroport international

Roissy est aussi la base principale de la compagnie Air France-KLM qui l'a organisé en hub concentrant les vols nationaux et européens pour les départs internationaux, et les redistribuant pour les arrivées. Principal hub aérien européen, il peut gérer 60 vols par heure soit jusqu'à 1 000 vols par jour.

3. La concurrence

Roissy est en concurrence avec les autres grands aéroports européen (Heathrow en Angleterre, Amsterdam, Francfort). Pour maintenir sa place, la liaison existante avec Paris par le RER devrait être améliorée dans l'avenir par une nouvelle ligne spécifique dite CDG-Express.

MES NOTES POUR RÉVISER

Savoir 6

La France et ses régions dans l'Union européenne et dans la mondialisation

Question obligatoire

1 Les lieux de l'influence française dans la mondialisation

1. Un pays inséré dans la mondialisation

Le territoire métropolitain de 550 000 km², ouvert sur l'Atlantique, est un carrefour entre l'Europe du Nord et la Méditerranée, riche de la diversité de ses paysages et de son patrimoine. Les territoires de l'outre-mer offrent à la France le **deuxième domaine maritime mondial** et lui donnent une capacité de projection sur tous les océans de la planète.
Aux **67 millions de Français** de métropole et d'outre-mer s'ajoutent 1,8 million de Français expatriés à l'étranger. La société française est l'une des plus développées, des mieux formées de la planète malgré des inégalités qui se creusent.
La France participe à la libéralisation des échanges et de son économie, elle est **membre du G7**. De grandes FTN françaises comme PSA, Vinci ou Axa gèrent un réseau de filiales pour investir et produire dans tous les territoires. Membre actif et influent au sein de l'Union européenne, la France participe à des **projets européens** comme Airbus ou l'ESA, et occupe le **deuxième rang économique** derrière l'Allemagne, son principal partenaire économique.

2. Des secteurs économiques innovants et compétitifs

Le système productif s'articule autour d'entreprises diversifiées par leur taille, leur fonction et leur degré d'ouverture sur l'international. La production nationale reste dominée par des firmes transnationales (FTN) qui emploient plus de 10 millions de salariés, dont la moitié à l'étranger. La France métropolitaine fait preuve **d'attractivité pour les investisseurs étrangers**, dont les entreprises représentent 20 % des emplois nationaux et 30 % des exportations.
Les services (tourisme, banque, assurance) **et l'agroalimentaire** dégagent des excédents, contrairement aux produits industriels. Les échanges s'effectuent en grande partie avec l'Union européenne, dans le cadre du marché unique et de la zone euro.
L'Île-de-France, Rhône-Alpes et l'Aquitaine (aéronautique) sont les régions les mieux intégrées à la mondialisation, ce dont témoigne le dynamisme de leurs métropoles. À l'inverse, de vastes parties du territoire sont en difficulté ou à la traîne.

3. Une influence diplomatique, stratégique et culturelle

La diplomatie de la France lui permet d'exercer une influence dans le monde. **Membre permanent de l'ONU et puissance nucléaire**, elle est l'un des rares pays dans l'Union européenne à disposer d'une capacité militaire d'intervention extérieure.
La France est le siège d'événements internationaux dans divers domaines comme le sport (JO de Paris de 2024), le cinéma (festival de Cannes). Musées, défilés de grands couturiers et restaurants contribuent au rayonnement du pays. Depuis la création de **l'Organisation internationale de la francophonie** en 1970, des projets sont financés dans le monde pour diffuser la culture française, universités, médias (France 24 et TV5 Monde).

Mes notes pour réviser

MOTS CLÉS

Attractivité • Influence • Rayonnement

2 Le Centre spatial guyanais (Kourou) : coopérer pour s'affirmer à l'échelle mondiale

1. Le site de Kourou, ouvert par la France en 1965, est devenu le port spatial de l'Europe avec la création de l'Agence spatiale européenne en 1975. Le principal atout de Kourou, sur lequel ont eu lieu plus de 100 tirs d'Ariane V, est sa localisation à proximité de l'équateur qui permet des lancements vers l'est au-dessus de l'océan. Il assure à la France et à l'Europe une excellente position sur le marché du lancement des satellites commerciaux.

2. Le Centre spatial, un îlot de prospérité. Dans un territoire guyanais marqué par la pauvreté, il est l'un des acteurs économiques majeurs de l'économie locale, 10 % des emplois lui sont liés, directement (1 700 salariés sur le site) ou indirectement, et il contribue pour 15 % au PIB guyanais.

3. Des concurrences. De nouveaux acteurs apparaissent sur le marché du lancement commercial de satellite : États (Chine en particulier) et sociétés privées parmi lesquelles Sea Launch (lancement depuis des plates-formes en mer), et surtout SpaceX, société d'Elon Musk qui travaille en lien étroit avec l'État américain. La mise au point d'Ariane VI devrait permettre à l'Europe spatiale et au site de Kourou de rester en bonne place.

3 Disneyland Paris : un marqueur de l'intégration de la France dans la mondialisation

1. Le choix du site

Arrêté en 1987 (à 32 km à l'est de Paris) par la société Disney pour son implantation européenne, il tient pour une large part à l'engagement des pouvoirs publics français d'en renforcer l'accès par des travaux d'infrastructure : desserte par TGV, par RER, ou par les airs (proximité de l'aéroport Roissy-Charles de Gaulle). En 1992, l'ouverture du parc coïncide avec celle de la gare multimodale de Marne-la-Vallée. Avec ces équipements, le parc est accessible en moins de trois heures par TGV du territoire français et par avion de l'ensemble de l'Europe occidentale.

2. Un pôle touristique de masse

Le parc a accueilli plus de 300 millions de visiteurs depuis son ouverture, soit une moyenne de plus de 10 millions par an. Premier pôle touristique français, c'est aussi le parc d'attraction le plus fréquenté d'Europe, plus de la moitié (56 %) de la clientèle vient de pays européens autres que la France.

3. Un pôle économique majeur

Disneyland Paris, avec ses parcs et ses équipements hôteliers, est un pôle économique majeur : premier employeur privé d'Île-de-France, il pèse pour 1 % dans la création d'emplois dans la région et pour 10 % dans le département de Seine-et-Marne.

MES NOTES POUR RÉVISER

Exercice 1 voir Fiche 1

Exemples de sujets en terminale

Deuxième partie

Sujet d'étude 1 : La guerre d'Algérie

Scène de rue à Alger en 1957

Un soldat français utilise un détecteur de mines sur les passants le 16 janvier 1957, pendant la bataille d'Alger. Il s'agit de retrouver ceux qui posent des bombes dans les quartiers européens d'Alger.

1. **En quoi la photographie témoigne-t-elle d'une situation particulière dans la ville ?**
2. **La photographie est datée du 16 janvier, l'image confirme-t-elle cette indication ?**
3. **Quelle a été l'issue de cette « bataille d'Alger » ?**

Sujet d'étude 2 : L'évolution de la place et des droits des femmes dans la société française

Le référendum du 21 octobre 1945 sur la mise en place de la IVe République

Dessin de Frédéric Deligne, caricaturiste de presse

1. En quoi la photographie témoigne-t-elle d'une nouveauté ?
2. Décrivez la caricature.
3. Montrez sur cette question la distance entre les principes et la réalité.

Exemples de sujets en terminale

Deuxième partie

Sujet d'étude 1 : La guerre d'Algérie

1. Elle montre deux groupes de personnes : des civils, eux-mêmes partagés entre ceux qui portent des vêtements traditionnels et les autres des vêtements occidentaux, et des militaires. Ces derniers procèdent au contrôle des premiers.

2. Il s'agit de l'hiver, qui peut être froid même en climat méditerranéen, ce que semble confirmer le port du manteau de fourrure d'une femme et la tenue des militaires.

3. Le général Massu, commandant des parachutistes, reçoit pour mission de nettoyer Alger du terrorisme, ce qu'il fera en employant tous les moyens, y compris la torture, pour obtenir des résultats. La victoire de la France dans la bataille d'Alger illustre de manière plus générale le paradoxe d'une guerre d'Algérie gagnée militairement mais perdue politiquement.

Sujet d'étude 2 : L'évolution de la place des femmes dans la société française

1. En France, le droit de vote des femmes a été reconnu par le gouvernement provisoire de la République en 1944, elles ont voté pour la première fois en avril 1945 (municipales), il s'agit ici du deuxième exercice de ce droit.

2. Le dessin de presse représente une campagne électorale pour des élections cantonales. Des candidats de tous partis encouragent à voter, mais les hommes en premier plan masquent des candidates femmes à peine visibles.

3. Si les femmes sont devenues citoyennes à part entière en accédant au droit de vote, il en va autrement pour les fonctions électives. Différentes lois (2000) ont posé le principe de parité en politique, celui-ci est même inscrit dans la constitution depuis 2008, mais les réticences des partis politique à l'appliquer demeurent.

Savoir
1

Compréhension orale

1 Comment l'épreuve se déroule-t-elle ?

L'épreuve de compréhension orale apparaît au sein de l'épreuve 3 en Terminale. Vous disposez tout d'abord de **cinq minutes** pour prendre connaissance de l'**intégralité** du sujet.
– Le document audio ou vidéo proposé dure 1 minutes 30 maximum.
– Vous allez entendre trois fois le document, les écoutes sont espacées d'une minute.
– Vous pourrez prendre des notes pendant les écoutes.
À l'issue de la troisième écoute, vous organisez votre temps comme vous le souhaitez pour **rendre compte en français** du document oral et pour traiter ensuite le sujet d'expression écrite (épreuve 1) et/ou de compréhension écrite (épreuve 3) **en anglais**.

2 Méthodologie

a) Organiser son temps pour être le plus efficace, le plus productif et répondre aux objectifs
– Faites systématiquement des hypothèses sur le sujet de l'audio ou de la vidéo.
– Anticipez non seulement les idées mais aussi le vocabulaire.
b) Prendre des notes le temps des 3 écoutes/visionnages :
– Noms, lieux, sujets
– Champs lexicaux

3 Exemple guidé : document audio

Audio
https://liennathan.fr/ct97i4

a) Avant l'écoute
– Titre du document : « *Tips for homebound bakers* »
– Origine et date du document : *ATC (All things considered), an American radio program, aired on April 4, 2020.*

→ **1re anticipation : utilisez le titre**
– *"A tip" is a piece of advice.*
– *"Bakers" is related to bakery, which is a place where you buy bread, pastries, etc. So a baker is somebody who makes bread.*
– *"homebound" is an adjective that describes "bakers". So people who bake at home to make cakes, etc.*
Votre conclusion : Conseils pour les pâtissiers confinés à la maison.

→ **2e anticipation : développez chacun des éléments du titre**
The vocabulary that you may expect to hear:
– *The ingredients and the results: bread, cakes/cookies/biscuits, flour, eggs, baking powder, dough, etc.*
– *The cooking equipment: dishes, cake pans, oven, etc.*
– *The activities that we carry out: knead, mix/beat, let it stand/let it rest, etc.*

– *Reasons for cooking: to pass time, not to be bored, to make somebody happy, etc.*

→ **3e anticipation :**

– Qui peut donner des conseils ?

– Où trouver des conseils ?

b) Pendant l'écoute

• **1re écoute :** noter et organiser

– Comment le sujet est présenté : *Things to do : yoga, meditation, etc.*

– Combien de personnes ? *2.*

– Où sont-elles ? *America.*

Vocabulaire :

a) Mots qui appartiennent au même champ lexical : *difficult, coronavirus, anxious, stress, pandemic*

b) Mots du champ lexical culinaire : *bread, cookies, ingredients, delicious*

c) Mots sans lien : « *Bon appétit* », *hashtag*

• **2e écoute :** ajouter et affiner les idées

– Qui est l'interlocutrice ? Nom ? *Clare, a freelance recipe developer.*

Vocabulaire :

a) Mots en lien avec les sentiments : *calm, stress, reassuring, distraction*

b) Autres lieux/apps pour s'occuper : *stressbaking, coronavirusbaking*

• **3e écoute :** étoffer avec d'autres idées pour le plan

Collection of words that have to be classified: social media, pictures, no phone, hands

c) Après l'écoute

Organisez, organisez, organisez.

Introduction

Une émission radiophonique propose des astuces pour occuper son temps quand on est confiné. Ici, il s'agit de faire des gâteaux et/ou du pain. Il y a deux interlocutrices : la présentatrice et une invitée qui propose des recettes sur une application appelée « Bon appétit ».

La présentatrice annonce que dans cette période difficile de confinement, certains font du yoga, de la méditation et d'autres font quelque chose de différent et de délicieux.

Développement

L'invitée, Clare S, indique que préparer quelque chose avec ses mains est une détente, cela permet d'oublier son téléphone et cela rassure. Faire la cuisine a donc des vertus en cette période de pandémie. L'invitée indique de plus que cuisiner est une distraction. On peut se lancer dans une création qui prend plus de temps : un pain artisanal. En cette période de confinement on a plus de temps et le temps de cuisson au four peut donc être pris.

Elle n'est pas la seule à proposer des recettes. Il y a aussi coronavirusBaking ou stressBaking. On trouve aussi beaucoup de photos de biscuits et autres cookies sur les réseaux sociaux.

Conclusion

Faire des gâteaux fait plaisir et en même temps est rassurant.

Astuces

- Vous écrivez dans la langue que vous voulez pour la prise de note.
- Vous pouvez utiliser différents stylos de couleur et ajouter des éléments au fur et à mesure.
- Vous pouvez utiliser votre feuille au format « paysage » pour avoir plus de place et déjà organiser les choses en prenant des notes.

4 Exemple guidé : document vidéo

Vidéo
https://liennathan.fr/uq9m73

a) Avant l'écoute

– Titre du document : « *Warhol Exhibition* »
– Origine et date du document : *A Scottish TV programme.*

→ **1re anticipation : utilisez le titre**

– *Faites une carte mentale : Warhol.*
Qui est-il ? D'où vient-il ? Un artiste ? Quelle période ? Quels objets d'art ? Connu ?
– *Faites une seconde carte mentale : Exhibition.*
Date, lieu, organisateur(s), fonds, partenaires, raisons

→ **2e anticipation : développez chacun des éléments du titre**

– Vocabulaire attendu : *artist ; work of arts ; famous ; known for ; etc.*
– L'exposition et son vocabulaire : *tickets ; reserve/book ; price ; opening time/hours ; etc.*
– Les interviewés : nom(s) ; titre

→ **3e anticipation :**

– Posez-vous toujours les mêmes questions : Qui ? Quoi ? Quand ? Où ? Pourquoi ? Comment ?

Astuces

- Pour votre prise de notes, vous pouvez utiliser un stylo de couleur différente pour chaque visionnage.
- Attention, écrivez les mots qui apparaissent sur l'écran. Néanmoins, ne soyez pas hypnotisés par l'écran.
- Vous organisez votre feuille de notes en deux colonnes : l'artiste *versus* l'exposition OU avec les questions Qui ? Quoi ? Où ? Quand ?
- Vous subdivisez à nouveau votre feuille en groupes de mots qui vous semblent aller ensemble, les œuvres par exemple.

b) Pendant le visionnage

- **1er visionnage :** noter et organiser

– **Noms notés :** présidents américains, Jimmy Carter, Richard Nixon ; la reine
– **Thèmes :** *Pop, power and politics* (nom de l'exposition)
– **Lieux :** le parlement écossais à Edinbourg
– **Interviewé :** le conservateur, M. Matt Wrbican

- **2e visionnage :**

Pendant la minute entre les deux visionnages, réfléchissez à ce qui vous manque, aux mots collectés qui donnent une idée sur un thème, à l'organisation globale que vous voulez obtenir.
Vous pouvez aussi faire des hypothèses que vous devez vérifier.

• **3e visionnage :**
Vous avez des notes éparses, vous organisez et structurez.
c) Après l'écoute
Organisez, organisez, organisez.

Introduction

Une exposition est organisée au parlement écossais à Edinbourg avec des partenaires américains, la Carnegie Trust UK et le musée dédié à Andy Wahrol situé à Pittsburg. L'exposition s'intitule « *Pop, power and politics* ».

Développement

Andy Wahrol est un artiste américain connu pour le pop art, les 15 minutes de célébrité et c'est bien sûr une personnalité iconique. Une quarantaine d'œuvres sont présentées, certaines jamais présentées en Ecosse. Parmi les plus connues, on peut voir des portraits de présidents américains tels que Richard Nixon et Jimmy Carter, des portraits de la reine du Royaume-Uni et un autoportrait de l'artiste.

Le conservateur, Matt Wrbican est très heureux d'organiser cette exposition qui met l'accent sur le goût d'Andy Wahrol pour la politique. Le conservateur affirme qu'Andy Wahrol aurait été très heureux de cet événement.

L'exposition est gratuite mais il vaut mieux réserver. Elle a lieu du 5 octobre au 3 novembre. En allant sur le site, réservez votre billet. On ne sait pas pourquoi l'organisation a lieu à Edinbourg même si Carnegie, un mécène de cette exposition, est l'objet d'autres événements culturels.

Conclusion

Le parlement héberge cette exposition car le lien entre politique et cette institution démocratique est clair.

Mes notes pour réviser

Savoir 2

Expression écrite

1 Comment l'épreuve se déroule-t-elle ?

L'épreuve d'expression écrite apparaît dans toutes les épreuves de Première et de Terminale : épreuve 1, 2 et 3. Vous devrez vous exprimer en anglais à partir d'une ou deux questions. Ces questions seront en lien avec :
– Pour l'épreuve 1 : la thématique générale du document support de l'évaluation de la compréhension de l'oral.
– Pour l'épreuve 2 : la thématique générale du document support de l'évaluation de la compréhension de l'écrit. Le sujet peut prendre appui sur un document iconographique.
– Pour l'épreuve 3 : la thématique du dossier constitué par les documents supports de l'évaluation de la compréhension de l'oral et de l'écrit.

2 Méthodologie

a) Des textes de nature différente
On pourra vous demander de produire :
– un texte narratif (une lettre / une suite à l'histoire / un dialogue / une conversation entre deux personnages / un article de journal)
– un texte argumentatif. Vous devez défendre un point de vue : problématiques possibles (toujours en lien avec les documents proposés).

b) Comment rédiger un texte narratif ?
– Si c'est une lettre, le texte doit respecter la mise en page d'une lettre avec les formules de salutation d'usage.
– Si c'est un dialogue, il faut veiller dans votre texte à poser des questions et à y répondre.
– S'il s'agit d'imaginer une suite à l'histoire, il faut utiliser les temps grammaticaux qui conviennent. Le temps de la narration en anglais est généralement le prétérit. Veillez à respecter la tonalité du texte, évitez les anachronismes (pas de téléphone portable avant les années 1995, etc.).

c) Comment rédiger un texte argumentatif
– Il faudra obligatoirement une introduction, un développement en deux ou trois parties et une conclusion.
– Le développement doit être organisé : vos idées doivent s'enchaîner, pour cela utilisez des connecteurs logiques, donnez des exemples.
– Dans la conclusion, vous récapitulez l'essentiel de ce qui a été écrit afin de faire avancer la réflexion en amorçant des pistes encore inexplorées.

d) Comment rédiger un discours
Le discours relève généralement de l'expression orale. Il peut cependant vous être demandé d'en écrire un lors de l'épreuve d'expression écrite. En fonction du sujet celui-ci relèvera davantage du texte narratif ou argumentatif. Quel que soit le thème, il vous faut organiser votre pensée avec une introduction, un développement et une conclusion.
Même s'il est écrit, le discours a pour objectif premier d'être dit. C'est la raison pour laquelle votre discours se doit d'être informatif ou amusant en fonction du contexte

et de tenir en haleine votre auditoire. Il est donc important de faire des citations, d'avoir des anecdotes et des exemples. Un discours a également toujours une durée bien précise.
Par conséquent, écrire un discours est tout à la fois un écrit construit mais aussi un écrit qui peut utiliser des éléments de la langue « orale ». Il a pour but de convaincre avec des arguments.
Le discours sera toujours un « texte » à la première personne du singulier et/ou du pluriel.

Les deux exemples suivants sont les sujets d'un sujet « zéro » ; lors de l'épreuve, vous n'en traiterez qu'un seul. L'ensemble du sujet porte sur l'**axe 1** du programme : **Identités et échanges**.

3 Exemple guidé : texte narratif

Question A : ***Next to your house, a traditional restaurant has been replaced by an international fast food chain restaurant. Write an article for the school magazine to describe what happened and the reaction of the people living on your street.***
Le sujet A de ce sujet zéro est un article de journal donc un texte narratif. Votre article de journal doit respecter les règles du genre : un titre, une date, une signature, un ton enlevé pour « accrocher » votre lecteur, une information à transmettre, une information plaisante à lire.
Il faut décrire le restaurant traditionnel, puis la chaîne et enfin les réactions sans oublier l'introduction et une phrase de conclusion. Faites attention au contexte : il s'agit d'un article pour le journal de l'école, il vous faut donc un titre.

→ ***What do you need? Ideas, vocabulary and grammatical sentences***
– Your article must ring true: name of a restaurant; type of food: if it is a trattoria, you will have pizza, pasta, antipasti, a side dish, pastries as desert.
– Your article must convey feelings: you liked the place, you wish it was still open, you compare with other local restaurants.
– Your article must offer some kind of background: it is in your neighbourhood; it is a family-run business ; the cook speaks English with a thick accent because s/he was not born in the country.
– Your article clearly belongs to the axis "Identities and Exchanges".

EXEMPLE DE RÉPONSE

"Yellow Wallpaper" our beloved Lebanese restaurant is leaving us. A fast food restaurant will take its place.

The food there was so good and so tasty and it was cheap. Everybody knew the chef, Sammy. He would sit outside and drink his coffee at around 5. I have met with some patrons who are awfully sad. Chris, 35, said that the first time he went there was with his parents when he was 12. Tammy explained that it was the best eatery in the neighbourhood.

Instead, we will have a fast food restaurant. I am sure it will attract another crowd and some people might like it. But, I feel, it is part of my childhood that is going with Yellow Wallpaper. I am sad and I will miss Sammy and his kindness.

(133 words)

• **Astuces pour atteindre votre objectif :**
– Nom du restaurant : on qualifie le restaurant grâce à un adjectif ; la nourriture est décrite, ainsi que les habitudes du cuisinier.
– Les habitudes pour décrire le cuisinier : il a un nom et on relate une habitude grâce à « *would* » (valeur fréquentative).
– Les clients racontent des souvenirs et des sentiments dans deux phrases complexes.
– Votre point de vue : le second paragraphe (*my childhood is going ; sad ; I will miss*).

HERE IS ANOTHER WAY OF DOING IT. ENJOY:

Dear readers,

Guess what? Last week, on April1st, a new FFC opened round the corner of Lafayette and Alsace streets, next to the railway station: remember where the French Brasserie was? Well, that is what happened apparently: the owner went on retirement and sold the place to a franchisee, so now instead of the smell of Burgundy Beef, Parsley and Garlic snails or Onion soup, it smells of burgers and fries from 11am to 11pm! How awful!

As for the type of customers, the usual British tourists coming from or going to Gare du Nord (as well as travelers from Switzerland, Germany and Luxembourg) have been replaced.

So, if you want to join the group of Protesters, just sign the online petition!

We shall overcome the Yankee invasion!

• ***Some other tips in English:***
– The owner of the restaurant/eatery is a funny/friendly/generous guy. S/he makes sure you enjoy the food you have ordered.
– The restaurant is busy ; you need to book in advance ; it is a cosy place where you can relax ; the menu is brought to you immediately/straight away ; you are often offered an aperitif by the chef if you are a loyal patron/customer/client.
– You know the place well and the chef: she always has a cup of coffee after lunch when the restaurant starts emptying and everybody has been served. You went to school with the oldest daughter.

4 Exemple guidé : texte argumentatif

Question B : *Do you think globalization only has negative effects? Give an example to illustrate your point.*
Le sujet B de ce sujet zéro est une question où vous donnez votre point de vue donc un texte argumentatif. Votre texte comportera des arguments en faveur et des arguments contre. Il faut une introduction, un développement et une conclusion.

EXEMPLE DE RÉPONSE

INTRODUCTION

We live in a global village, said Hillary Clinton. Indeed, globalization means designing goods in one part of the world, making them in China and selling them worldwide. Economists also speak of global multi-factory goods. But should we not worry not to be able to produce enough medecines, ventilators, facemasks, etc.? In brief, isn't globalization negative?

DÉVELOPPEMENT

Globalization at the time of the coronavirus pandemic shows how viruses travel very fast and how little we were prepared for it. Gobalization is also synonymous with relocation.

We know for a fact that many manufacturing jobs have been relocated to China, India or Vietnam. Jeans that we wear are made in Bangladesh. Iphones are also made in China.

So globalization can be accused of destroying jobs in Europe or in the USA. However, as consumers, we have been able to buy at much lower prices goods that would cost more if made in Europe.

Conclusion

Producing globally is both good and bad. It has brought prosperity to many but it also takes advantage of the poorest.

(*172 words*)

Étudions la structure :

– Dans l'introduction : un nom, une définition et la question.
– Dans le développement : deux exemples qui indiquent des effets négatifs. Puis, un exemple positif.
– Dans la conclusion : un propos nuancé.
– Dans l'ensemble du texte :
- Des mots de liaison pour nuancer/contraster (*However/But*), pour tirer une conclusion (*So*).
- Le temps des verbes – présent simple de vérité générale (*mean/speak/live, etc.*).
- Des voix passives – *were made/can be accused/etc.* – car c'est bien le résultat qui nous intéresse.
- Le parfait – *have been relocated/have been able* – pour montrer que l'action a commencé et se poursuit encore.
- Le vocabulaire utilisé est un peu technique : *goods* (marchandises) ; *multi-factory* (pièces faites dans différentes usines) ; *global/globally/globalization* ; *at lower prices* (à bas prix) ; *relocation* (délocalisation) ; *sell* ; *jobs* ; etc.

Astuces pour atteindre votre objectif :

– Vous avez des exemples en tête mais vérifiez que vous connaissez le vocabulaire.
– Vous pouvez donner un exemple personnel : votre Iphone est une marque américaine produite en Chine.
– Le consommateur y gagne : les biens et les services sont moins onéreux mais le salarié y perd.

Here is another way of doing it:

Globalization is a dirty term today especially when going through the covid-19 pandemic. Indeed, it seems that face masks, ventilators, even medicines are produced either in China or abroad and therefore we faced a shortage. However, should we be so adamant in condemning it? Shouldn't we try to see what good it could bring the world?

Food is a field where we have gone global: we no longer need to go to Rome to have an expresso that tastes like an expresso. We also travel much more easily and have access to cultures, ideas and knowledge thanks to budget airlines and low-cost hostels. The internet has enabled globalization to spread rapidly every corner of the world.

Moreover, some may think that it is new. But, in fact, only the term "globalization" is new, we have always travelled the world, exchanged ideas and imported and exported goods for centuries. It looks like a threat today because factories are moving abroad and jobs are lost. However, maybe some jobs have been replaced by AI bots, i.e. technology.

To conclude, wealth should be better spread worldwide and there should be fewer discrepancies between countries. But maybe globalization is not responsible and only greed is.

Analyse du texte argumentatif :

– Nous avons la même structure : 4 paragraphes pour l'introduction, le développement en deux parties et la conclusion.

– Le sujet annonce que la mondialisation est néfaste : « *only negative effects* ». Vous abondez dans le sens de cette déclaration et donnez un exemple. La mondialisation est « *a dirty word* » surtout en période de pandémie quand il y a « *a shortage of masks, ventilators and medicines* », une pénurie de masques, de respirateurs et de médicaments car ils ne sont pas fabriqués sur le territoire national. Puis vous posez la question : ici l'adjectif « *adamant* », inflexible, catégorique à propos de cette condamnation. Vous posez une seconde question pour comprendre le positif de la mondialisation, « *what good it has brought to the world* ».

– **Le développement est en deux temps :**

Des exemples en faveur de la mondialisation : l'expresso est à notre porte et aussi succulent ; nous voyageons et apprenons des autres cultures et Internet a joué un rôle fondamental.

La mondialisation n'est pas nouvelle. Les échanges avec les pays étrangers ne sont pas nouveaux. → *It is not new. Only the word « globalization » is new. People have travelled the ocean blue forever. They have traded, exchanged with their neighbours since the beginning of times.*

Si certains pensent que les emplois partent à l'étranger, ils doivent aussi savoir que les emplois sont remplacés par les robots et autres algorithmes.

– **Conclusion :**

Ce n'est pas noir ou blanc. → "*It is neither black nor white*".

L'appât du gain est surtout l'origine des sentiments négatifs à l'égard de la mondialisation. → "*Greed is responsible for negative feelings toward globalization.*"

La mondialisation apporte globalement une richesse pécuniaire. → *Wealth has been brought to people worldwide.*

MES NOTES POUR RÉVISER

....

....

....

....

....

....

....

....

....

....

Savoir
3
Compréhension écrite

1 Comment l'épreuve se déroule-t-elle ?

L'épreuve de compréhension écrite apparaît au sein de l'épreuve 3 en Terminale. Vous serez confronté à un ou deux textes dont vous devrez rendre compte en anglais, de manière libre ou en vous appuyant sur une série de questions. Les textes peuvent être narratifs, c'est-à-dire extraits d'un roman, d'un texte de fiction ou il peut s'agir de textes journalistiques qui décrivent et commentent un événement.

2 Méthodologie

Il y a deux façons de procéder :

Première manière : lecture active avec annotations du texte

a) Compréhension générale
Lisez le texte en entier au moins une fois en repérant où l'action se passe, quand elle se passe et qui sont les personnages principaux, le thème principal. Il faut repérer / souligner / entourer / surligner les dates, les noms propres, pronoms personnels et possessifs (noms géographiques, noms de personnes).
N'oubliez pas de lire le paratexte qui vous permet de noter de précieuses informations : auteur, date, nature du document...
b) Compréhension détaillée du texte
Relisez le texte en repérant :
– les actions des différents personnages et ce qui motive leurs actions ;
– les verbes et formes verbales ;
– le vocabulaire qui vous est inconnu pour essayer d'en trouver le sens d'après le contexte.

Seconde manière : lecture de chaque question et recherche de la réponse

Vous pouvez préférer lire les questions afin d'y répondre directement. Les questions sont des guides pour vérifier que vous savez repérer les éléments **explicites** et les éléments **implicites.**
– Qui est le narrateur / la narratrice ?
– Où se situe l'action ? Quand ?
– Qui sont les personnages ? (Le narrateur peut être un personnage.)
– Quels péripéties et obstacles doivent-ils affronter s'il s'agit d'un texte de fiction ?
Les éléments **implicites** sont ceux que l'on déduit. Le lecteur doit inférer le sens, déduire un sens caché, interpréter. Le sens de la phrase est suggéré. Voici quelques exemples :
– Si un personnage salue un autre personnage en disant : « *Eh, Dude !* » ou s'il dit : « *Good Morning* », vous êtes capable de déduire que le premier utilise une langue relâchée, familière pour s'adresser à un de ses « potes ». A contrario, le « *Good Morning* » indique que nous avons à faire à un personnage plus conventionnel, traditionnel et peut-être plus âgé.

– Un autre exemple : l'énoncé « *This suitcase is really heavy* » est une déclaration pour signaler que le personnage qui parle aimerait que quelqu'un l'aide.
Ainsi quelle que soit la méthode que vous utilisez, vous devez arriver à cerner les éléments explicites (Qui ? Quoi ? Où ? Quand ? Pourquoi ?) et les éléments implicites, suggérés, qui demandent une interprétation de votre part à partir du lexique utilisé, des informations données, etc.

Confronter les documents

Comme vous aurez probablement deux textes, vous aurez à répondre à une ou plusieurs questions portant sur les deux textes. Il faut donc voir les points de dissemblance et les points de ressemblance. Il vous faut confronter les deux documents.

Les questions que vous devez vous poser :

– *What theme do document 1 and 2 have in common?* → Quel est le thème commun à ces deux documents ?

– *Which sentence best describes the differences between the two texts?* → Quelle est la phrase qui décrit le mieux les différences entre les deux textes ?

– *Write down the two titles that correspond to both documents 1 and 2.* → Choisissez les deux titres qui conviennent aux deux documents.

– *Compare them.* → Comparez-les.

– *Write down the 5 adjectives that can apply to both.* → Choisissez les 5 adjectifs qui conviennent aux deux.

Enfin, n'oubliez pas que vous ne pouvez pas recopier le texte. Vous devrez en effet respecter la consigne suivante : *Answer the following questions* ***in English****, using your own words.*

3 Exemple sur un extrait de sujet

La compréhension écrite est évaluée à partir d'un ou deux textes d'une longueur cumulée comprise entre :
– 2300 et 400 signes en épreuve 2 ;
– 2500 et 4500 signes en épreuve 3, blancs et espaces compris.
Le texte suivant est un extrait de sujet portant sur l'**axe 5** du programme **Fictions et réalités**.

> Six days into what should be the greatest two months of my life, and it's turned into a nightmare. I don't even know who'll read this. I guess someone will find it eventually. Maybe a hundred years from now.
>
> For the record... I didn't die on Sol 6[1]. Certainly the rest of the crew thought I did, and I can't blame them. Maybe there'll be a day of national mourning for me, and my Wikipedia page will say, "Mark Watney is the only human being to have died on Mars."
>
> And it'll be right, probably. 'Cause I'll surely die here. Just not on Sol 6 when everyone thinks I did.

1. A sol is a Mars solar day. It lasts 24 hours and 39 minutes, the duration of the day-night cycle on Mars.

Let's see... where do I begin?

The Ares Program. Mankind reaching out to Mars to send people to another planet for the very first time and expand the horizons of humanity blah, blah, blah. The Ares 1 crew did their thing and came back heroes. They got the parades and fame and love of the world.

Ares 2 did the same thing, in a different location on Mars. They got a firm handshake and a hot cup of coffee when they got home.

Ares 3. Well, that was my mission. Okay, not mine *per se*. Commander Lewis was in charge. I was just one of her crew. Actually, I was the very lowest ranked member of the crew. I would only be "in command" of the mission if I were the only remaining person. What do you know? I'm in command.

I wonder if this log will be recovered before the rest of the crew die of old age. I presume they got back to Earth all right. Guys, if you're reading this: It wasn't your fault.

You did what you had to do. In your position I would have done the same thing. I don't blame you, and I'm glad you survived.

Andy WEIR, *The Martian*, 2011.

Conseils de lecture et repérage d'éléments utiles à la compréhension :

• **Les premières lignes sont toujours prépondérantes :**

– Le premier paragraphe donne des informations de temps : *6 days*, *2 months*, *a hundred years*. Ces éléments vous indiquent une temporalité liée au passé, au présent et au futur. Le lecteur comprend que le personnage/narrateur examine des moments cruciaux.

– La première ligne oppose deux mots : *greatest* / *nightmare*. Ici encore, ces termes vous donnent accès à une information : l'appréciation, le point de vue du narrateur sur ce qui lui arrive. Vous avez un commentaire sur des faits. Ici, ce qui devait être extraordinaire se révèle un cauchemar. Les deux mois envisagés comme extraordinaires sont réduits à 6 jours de cauchemar.

• **Le deuxième paragraphe :**

Le rôle des points de suspension, le mot « *die* » qui est répété deux fois avec une négation et à la forme affirmative, et l'opposition entre *5 crew versus* « *I* » et/ou « *me* » donnent des renseignements. Lesquels ?

– Les points de suspension indiquent une respiration, un silence qui permet au narrateur d'organiser son histoire.

– Le mot « *die* » indique qu'il y a deux points de vue : le narrateur qui sait qu'il a survécu et les 5 membres de l'équipage qui penseront qu'il est mort.

– « *5 crew* » et « *I/me* » indiquent les participants du voyage interstellaire et de l'aventure unique du narrateur.

• **Le troisième paragraphe, à son tour, donne accès à d'autres informations.**

Vous devez construire un sens à l'aide des éléments donnés et, au fur et à mesure de votre lecture, émettre des hypothèses de sens et les vérifier.

– Exemple n° 1 : est-il mort ? Qui pense que le narrateur est mort ? Pourquoi les membres de l'équipage peuvent-ils en arriver à cette conclusion ?

– Exemple n° 2 : le narrateur se représente en héros. Il y aura un jour de deuil national, il aura sa page Wikipédia. Ces éléments nous permettent d'en déduire qu'il va écrire ses mémoires pour laisser un témoignage.

Chaque lecture d'un texte nous transporte dans un univers dont nous devons comprendre le cadre temporel et spatial, les personnages, leurs actions et leurs sentiments et ce sont les mots utilisés qui nous livrent les clefs de lecture et d'interprétation.

Compréhension de l'écrit (10 points)

Text 1

Answer the following questions **in English**, using your own words:

a) After reading the text, what can you say about the narrator and the situation he is in?

EXEMPLE DE RÉPONSE

It is a first person narrative in which the narrator who is at the same time a character in the story tells the reader he is a human being (l.4) who did not die on Mars. The reader finds out the name of the narrator, Mark Watney (l.6) as the narrator imagined that there would be a Wikipedia page about him. 5 crew members believe that he died although he did not.

The narrator, the reader may believe, is writing his log (l.21). He starts at the beginning of his voyage or journey to Mars.(l. 10). The log is there to list every event of the Ares 3 mission.

b) Focus on the following three clues:

– "I don't even know who'll read this" (l. 2),

– "Let's see...where do I begin?" (l. 10),

– "Guys, if you're reading this" (l. 22).

What do they reveal about what the narrator is doing? Explain why he is doing that.

EXEMPLE DE RÉPONSE

The narrator is keen on leaving a written trace of what happened to him. However, he does not know if anybody will find this account of his trip. He thinks out loud "let's see... where do I begin?" He is about to start writing. He wants to start at the beginning for "Guys" to understand what happened to him. So clearly the writing is to explain what happened to him. The narrator is keen on leaving a written account for other people to read, to know the truth. "Guys" are the crew members who were with the narrator on Ares 3 mission.

c) Focus on what is said about the Ares program (l. 11 to 20). In what ways do the three missions Ares 1, Ares 2 and Ares 3 differ?

EXEMPLE DE RÉPONSE

The Ares program consists in 3 different missions. The first one, Ares 1 was a real success. The crew members are described as "heroes" by the narrator. Ares 2 was the second mission that was also successful as the crew members were congratulated (l.15 a firm handshake). Ares 3 was not as successful as the narrator was left behind. But the narrator is not bitter about it. The Ares program is to expand "human beings" horizons. Human beings are about to colonise Mars.

Every question focuses on part of the text. Question 1 focuses on who and what and where. Question 2 focuses on what the narrator is about to do or is doing. Question 3 focuses on the interstellar voyage and its purpose.

Savoir 4

Épreuve orale d'ETLV (enseignement technologique en langue vivante)

1 Comment l'épreuve se déroule-t-elle ?

L'épreuve d'ETLV se déroule au 3e trimestre de Terminale. Cette épreuve dure 10 minutes en tout : 10 minutes de passage devant les deux examinateurs, un professeur de l'enseignement technologique choisi et un professeur de langue. L'épreuve est divisée en 2 temps :
– 5 minutes d'exposé d'un aspect de votre dossier (EOC)
– 5 minutes en interaction avec les deux examinateurs (EOI)
Vous venez avec votre dossier.

2 Comment se préparer à cette épreuve ?

Vous avez opté pour un aspect de votre dossier dont vous allez parler. Soyez confiant, vous connaissez le sujet que vous allez exposer.
– Organisez votre pensée et préparez un plan.
– Enregistrez-vous pour vérifier votre prononciation.
– Répétez devant un(e) camarade.

3 Un exemple

Vous avez choisi de travailler sur l'association caritative OXFAM. Vous pouvez avoir rassemblé des documents sur sa fondation, sa dimension mondiale, ses terrains d'opération, le rôle primordial de son président, son rôle d'informateur et de lobby, le mode de fonctionnement entre les employés et les bénévoles, les scandales récents qui ont éclaboussé l'association, etc.
Vous aurez donc préparé un sujet particulier sur OXFAM et serez capable d'en parler en continu pendant 5 minutes.
Vous avez choisi de présenter les salariés et leur mode de recrutement et les bénévoles.
Les documents vous permettront d'étayer votre propos, d'illustrer par des exemples vos déclarations. Ces documents ne seront en aucun cas un double et/ou une répétition de votre discours.

Introduction possible

I will present you the British charity Oxfam and especially the workforce and how the wage-earners are recruited and how the volunteers are recruited and if they have to undergo a training session. I will also try to examine if employees, executive managers who work for OXFAM have a special profile. And last but not least if the working conditions are better at OXFAM.

Développement

Whoever wants to work for OXFAM needs to go online and visit their vacancy programme. As in a regular company, you can apply for a job that is advertised on the site. You do send your resume and your cover letter. You will then have a job interview if you have been selected. Like any job interview, you will have to show that you are qualified for the job, that you have experience and that if you work abroad that you speak the language of the country to some extent.

Today there are 5,300 people worldwide and 22,000 volunteers. However, because of the covid-19 pandemic, OXFAM is about to reduce its workforce. Slate revealed on 20 May 2020 that OXFAM was about to close its offices in 18 countries as it is no longer able to collect as many donations.

But OXFAM also recruits volunteers. You may have seen volunteers in OXFAM shops in Britain. Most of the time, the volunteers are older people who have time as they have retired. However, being a volunteer means that you have the abilities to work in a shop or elsewhere.

We can take the example of Radha, 72, a volunteer at the OXFAM shop in Kingston since 2012. But we can also talk and examine what is called "Corporate Volunteer"...

Exemple de conclusion possible

So clearly Oxfam is a charity that is recognised for its expertise in many areas. Working at Oxfam might feel like a privilege for some and be a real choice. But for other employees, a charity is like any other business and has its downsides and its advantages.

Astuces

Quelles sont les compétences requises pour cette épreuve ?

- Vous devez vous exprimer clairement en indiquant comment vous allez procéder. → D'où la nécessité de s'entraîner, de s'enregistrer, de vérifier la prononciation des mots.
- Vous devez présenter des idées.
- Vous devez être capable de donner des exemples de ce que vous avancez. → D'où la nécessité d'avoir de la matière par-devers vous pour montrer que vous avez approfondi la question.
- Vous devez savoir anticiper les questions qui vont vous être posées. → D'où la nécessité de travailler en groupe pour discuter en amont.

CYCLE TERMINAL : QUELQUES MOTS CLÉS

IDENTITIES & EXCHANGES

- **Asylum rights:** *droit d'asile*
- **Borders / boundaries:** *frontières*
- **Conflicts / riots:** *conflits*
- **Contacts / to be in touch:** *contacts / être en contact*
- **Cultural and/or langage barriers:** *incompréhension culturelle et/ou linguistique*
- **Culture shock:** *choc des cultures*
- **Dialogue :** *dialogue*
- **Disorientation / Change of scene:** *dépaysement*
- **Diversity / Social mix:** *mixité*
- **Exiles:** *exils*
- **Ghettos:** *ghettos*
- **Invisible borders:** *frontières invisibles*
- **Loss of social position / Upward mobility:** *déclassement social / ascension sociale*
- **Mediation / Arbitrage:** *médiation*
- **Migrations:** *migrations*
- **Mobility / Movement/ Flexibility:** *mobilité*
- **Protectionism:** *protectionnisme*
- **Sharing:** *partage*
- **Solidarity:** *solidarité*
- **To give shelter to somebody:** *donner l'hospitalité à quelqu'un*
- **Tourism:** *tourisme*
- **Transgression / Minor offence:** *transgression*
- **Trips / Voyages / Travelling:** *voyages*
- **Welcome:** *accueil*

PRIVATE SPACE & PUBLIC SPACE

- **Accommodation / housing:** *logement*
- **Churches / synagoques / mosques / prayer rooms:** *espaces religieux*
- **Co-education / Diversity:** *mixité*
- **Emancipation / Empowerment:** *émancipation*
- **Enclosed public areas:** *lieux de convivialité*
- **Equality / Parity:** *égalité / parité*
- **Family rights:** *droits de la famille*
- **Feminism:** *féminisme*
- **Freedom of movement:** *liberté de mouvement*
- **Gender equality:** *égalité homme-femme*
- **Male chauvinism:** *machisme*
- **Public areas / recreational areas:** *espaces publics*
- **Telecommuting / teleworking:** *télétravail*
- **Upbringing / education:** *éducation*

ART & POWER

- **Architecture (residential areas/public/federal buildings):** *architecture (résidence, édifices institutionnels...)*
- **Caricature:** *caricature*
- **Censorship:** *censure*
- **Cinema (propaganda film, patriotic film):** *cinéma (film de propagande, film patriotique...)*
- **Counter-culture:** *contre-culture*
- **Engaged art/literature:** *art engagé*
- **Forefront:** *avant-garde*
- **Literature (eulogy, satire, dedication):** *littérature (apologie, satire, dédicace...)*
- **Music (opera, anthem, hymn, carol, songs):** *musique (opéra, hymnes, chants)*
- **Official art:** *art officiel*
- **Painting (portraits/self-portraits/religious art):** *peinture (portraits, auto-portraits, art religieux...)*
- **Poster / billboard:** *affiche*
- **Resistance:** *résistance*
- **Street art:** *street art*
- **Underground:** *underground*

LEXIQUE

CITIZENSHIP & VIRTUAL WORLDS

- **Artificial intelligence:** *intelligence artificielle*
- **Blogs:** *blogs*
- **Censorship and internet control:** *censure et contrôle d'internet*
- **Cyber bullying:** *cyber-harcèlement*
- **Electronic payment:** *paiement virtuel*
- **Fake news / Misinformation / Disinformation:** *fausses informations*
- **Forums:** *forums*
- **Freedom of expression:** *liberté d'expression*
- **Identity fraud / theft:** *usurpation d'identité*
- **Manipulation:** *manipulation*
- **Media education:** *éducation aux médias*
- **Participatory democracy:** *démocratie participative*
- **Personal details:** *données personnelles*
- **Social networks:** *réseaux sociaux*
- **Telecommuting / Teleworking:** *télétravail*
- **Whistle blower:** *lanceur d'alerte*

FICTIONS & REALITIES

- **Belief:** *croyance*
- **Diary:** *journal intime*
- **Dystopia:** *dystopie*
- **Heroes:** *héros*
- **Leading figure / protective figure:** *figure tutélaire*
- **Legend:** *légende*
- **Legendary character:** *personnage de légende*
- **Literature:** *littérature*
- **Monuments:** *monuments*
- **Mythology / myth:** *Mythologie / mythe*
- **National identity:** *sentiment national*
- **Popular culture:** *culture populaire*
- **Science fiction:** *science-fiction*
- **Superheroes:** *super-héros*
- **Utopia:** *utopie*
- **Villain:** *le méchant*

SCIENTIFIC INNOVATIONS & RESPONSIBILITY

- **Arms race:** *course à l'armement*
- **Biodiversity** *biodiversité*
- **Car-pooling:** *covoiturage*
- **Cloning:** *clonage*
- **Commitment / Engagement:** *mobilisation*
- **Eco-citizen:** *écocitoyen*
- **Genetic / gene research:** *recherche génétique*
- **GMO:** *OGM*
- **Green growth:** *croissance verte*
- **Nanotechnology:** *nanotechnologie*
- **NGO:** *ONG*
- **Organic:** *bio*
- **Overpopulation:** *surpopulation*
- **Pollution:** *pollution*
- **Recycling:** *recyclage*
- **Renewable energies:** *énergies renouvelables*
- **Robot / Bot:** *robot*
- **Sectarian-based violence / sectarianism:** *dérives sectaires*
- **Short circuit / route:** *circuit court*
- **Space conquest:** *conquête spatiale*
- **Transport:** *transport*
- **Vaccine:** *vaccin*
- **Workplace alienation:** *aliénation au travail*

DIVERSITY & INCLUSION

- **Discrimination / Prejudice:** *discrimination*
- **Equality:** *égalité*
- **Emancipation / Empowerment:** *émancipation*
- **Generation:** *génération*
- **Handicap / Disability:** *handicap*
- **Idiolects:** *idiolectes*
- **Integration:** *intégration*
- **Official languages and non-recognised languages:** *langues officielles et langues non reconnues*
- **Freedom of movement:** *liberté de mouvement*
- **Minority:** *minorité*

LEXIQUE

TERRITORY & MEMORY

- **Amnesty:** *amnistie*
- **Border areas:** *espaces frontaliers*
- **Built heritage:** *patrimoine bâti*
- **Countryman:** *compatriote*
- **Duty to remember / Duty of remembrance:** *devoir de mémoire*
- **Gateways:** *points de passage, porte*
- **Historic district / Quarter:** *quartier historique*
- **Homeland:** *terre natale*
- **Loss of memory / Amnesia:** *amnésie*
- **Memorials:** *mémoriaux*
- **Naturalisation ceremony:** *cérémonie de naturalisation*
- **Official history:** *histoire officielle*
- **Promised land:** *terre promise*
- **Sovereignty:** *souveraineté*
- **Traces of time / Facts of history:** *traces de l'histoire*
- **War memorials:** *monuments aux morts*

Sujet du bac

Épreuve 3 (3e trimestre de la classe de Terminale)
Compréhension écrite et expression écrite

'This is how democracy dies': Pro-Trump mob storms Capitol in bid to overturn election

Four people dead; shock, outrage after unprecedented attempt to subvert democracy

WASHINGTON — A violent mob loyal to President Donald Trump stormed the U.S. Capitol on Wednesday and forced lawmakers into hiding, in a stunning attempt to overturn America's presidential election, undercut the nation's democracy and keep Democrat Joe Biden from replacing Trump in the White House.

The nation's elected representatives scrambled to crouch under desks and don gas marks, while police futilely tried to barricade the building, one of the most jarring scenes ever to unfold in a seat of American political power. A woman was shot and killed inside the Capitol, and Washington's mayor instituted an evening curfew in an attempt to contain the violence.

The rioters were egged on by Trump, who has spent weeks falsely attacking the integrity of the election and had urged his supporters to descend on Washington to protest Congress' formal approval of Biden's victory. Some Republican lawmakers were in the midst of raising objections to the results on his behalf when the proceedings were abruptly halted by the mob.

Together, the protests and the GOP election objections amounted to an almost unthinkable challenge to American democracy and exposed the depths of the divisions that have coursed through the country during Trump's four years in office. Though the efforts to block Biden from being sworn in on Jan. 20 were sure to fail, the support Trump has received for his efforts to overturn the election results have badly strained the nation's democratic guardrails.

Congress reconvened in the evening, lawmakers decrying the protests that defaced the Capitol and vowing to finish confirming the Electoral College vote for Biden's election, even if it took all night.

Republican Senate Majority Leader Mitch McConnell said the "failed insurrection" underscored lawmakers' duty to confirm the vote. Democratic House Speaker Nancy Pelosi said Congress would show the world "what America is made of" by finishing the count.

The president gave his supporters a boost into action Wednesday morning at a rally outside the White House, where he urged them to march to the Capitol. He spent much of the afternoon in his private dining room off the Oval Office watching scenes of the violence on television. At the urging of his staff, he reluctantly issued a pair of tweets and a taped video telling his supporters it was time to "go home in peace" — yet he still said he backed their cause.

The domed Capitol building has for centuries been the scene of protests and occasional violence. But Wednesday's events were particu larly astounding both because they unfolded at least initially with the implicit blessing of the president and because of the underlying goal of overturning the results of a free and fair presidential election.

Tensions were already running high when lawmakers gathered early Wednesday afternoon for the constitutionally mandated counting of the Electoral College results, in which Biden defeated Trump, 306-232.

Earlier, protesters had fought past police and breached the building, shouting and waving Trump and American flags as they marched through the halls. The mob's storming of Congress prompted outrage, mostly from Democrats but from Republicans as well, as lawmakers accused Trump of fomenting the violence with his relentless falsehoods about election fraud.

"I think Donald Trump probably should be brought up on treason for something like this," Rep. Jimmy Gomez, D-Calif., told reporters. "This is how a coup is started. And this is how democracy dies."

Jan. 6, 2021 adapted from *Associated Press*

I COMPRÉHENSION DE L'ÉCRIT (10 points)

Answer the following questions in English, using your own words:

a) **After reading the text, what can you say about:**

- The main topic of the text
- The people involved
- Their reasons for protesting

b) **Comment on the following paragraph and explain:**

"The domed Capitol building has for centuries been the scene of protests and occasional violence. But Wednesday's events were particularly astounding both because they unfolded at least initially with the implicit blessing of the president and because of the underlying goal of overturning the results of a free and fair presidential election."

II. EXPRESSION ÉCRITE (10 points)

Vous traiterez **en anglais** et en 120 mots **au moins l'un des deux sujets au choix** :

Question A

Do you agree with Representative Jimmy Gomez from California that this is how democracy dies?

Question B

What is treason?

L'épreuve d'expression écrite en Terminale est la seconde partie de l'évaluation de 2 heures. La première partie évalue votre compréhension orale et écrite. C'est à vous de gérer votre temps après l'écoute du document audio ou vidéo pour mener à bien les différentes tâches.

Sujet du bac

Compréhension orale

Ceci est un sujet zéro qui a été élaboré pour un entraînement à l'épreuve de Ter de langue au 3ème trimestre. Il s'intitule E3C3 (le 3 signale qu'il s'agit de la dernière épreuve)

L'ensemble du sujet porte sur **l'axe 7** du programme **: Diversité et inclusion.**

Kansas' Sharice Davids is the first gay Native American woman elected to Congress

Watch the video
liennathan.fr/d9zm94

Arrêter la vidéo à 1'32

Source : KCTV5 News

CORRIGÉS

I. Compréhension de l'écrit

Conseils et méthodologie pour la compréhension écrite :

1. **L'axe « citizenship and virtual worlds » est l'axe auquel vous pouvez penser d'emblée car il s'agit bien de citoyens qui expriment un mécontentement vis-à-vis d'un monde qu'ils pensent être virtuel.**
Ici, vous devez décliner le terme « citoyen » à partir du concept de démocratie et du champ lexical de ce dernier
Ici, vous devez aussi penser l'opposition entre mensonge et vérité ou réalité et « fake news »

2. **Le titre donne des indications : le titre est composé d'une citation et d'un fait. Les « : » peuvent être remplacés par « car » ou « parce que ». Voici comment une démocratie meurt quand the supporters de Trump donnent l'assaut au Capitol afin de renverser les résultats des élections.**
Ou Quand le Capitol est attaqué pour renverser les résultats d'une élection, on s'attaque à la démocratie et à ses principes car le Capitol est le lieu où s'exerce la démocratie.

3. **Une lecture active s'impose pour comprendre les faits d'abord, puis comprendre les symboles. Il s'agit de bien voir que le Capitol est le siège du pouvoir législatif où se réunissent les représentants élus par le peuple. Ils sont au nombre de 435 représentants dans la chambre des représentants et de 100 sénateurs. L'ensemble de la chambre basse (House of Representatives) et la chambre haute (Senate) a pour nom le Congrès.**
Le nom « Capitol » vient du latin et du Capitol à Rome. Chaque état a aussi son Capitol où se réunissent les représentants des élus au niveau des états. On se souvient que les Etats-Unis sont un état fédéral.

4. **Collectez les faits de cet épisode en trois temps : avant l'attaque, l'attaque et après l'attaque. Et collectez ce qui vous semble être de l'ordre du symbole.**

	L'ATTAQUE	SYMBOLES
Who?	Trump pro-Trump protesters stormed/ The rioters/ the mob/ protesters Lawmakers/The nation's elected representatives The police The Mayor of Washington, DC	Democracy dies/ To subvert democracy
What?	has spent weeks falsely attacking the integrity of the election and had urged his supporters to descend on Washington 4 people die; fought past police and breached the building, shouting and waving Trump and American flags as they marched through the halls. Lawmakers went into hiding/ Lawmakers scrambled to crouch under desks and don gas marks; police futilely tried to barricade the building instituted an evening curfew	
Why?	and keep Democrat Joe Biden from replacing Trump in the White House. to block Biden from being sworn in on Jan. 20	To undercut the nation's democracy; to overturn America's presidential election
How?	violent	
Where?	a seat of American political power./ inside the Capitol, and Washington	
	Après l'attaque	
Who?	Lawmakers Trump	
What?	Reconvened go home in peace"	
	Avant l'attaque	
Who?	Trump His supporters	
What?	gave his supporters a boost into action Wednesday morning at a rally outside the White House,/ urged them to march to the Capitol	

En conclusion, Trump, le president des États-Unis a incité ses supporters à attaquer le Capitol. L'attaque a été violente et il y a eu 4 morts. Les raisons de ces incitations à la violence : les résultats des élections du 3 novembre 2020 qui sont « dits » truqués par le président et le silence des Républicains

Point Vocabulaire :

- Storm: attaquer/ a storm: une tempête
- To overturn the election: renverser/retourner
- A boost into action: un encouragement à agir
- Urge them to march: il presse de façon urgente de marcher sur le Capitol

Corrigé

a) *The main topic: the Capitol was attacked by Trump-supporters on Wednesday 6th January 2021 when lawmakers were about to certify the victory of Joe Biden.*
The storming of the Capitol was incited by Donald Trump who had talked to his supporters before in the morning from the White House at a rally.

b) *The people involved: there were Trump-supporters on the one hand facing the police who were trying to stop them. The elected representatives were in the House of Representatives and in the Senate and had to leave so as to escape the violence of the rioters. Mr Trump was at home watching the whole thing on TV.*

c) *Their reasons for protesting: Trump did not concede that he had lost to Joe Biden although the Electoral College results show that Biden defeated Trump, 306-232. So he kept repeating that the elections were rigged and his supporters believed him.*

d) Comment on the following paragraph and explain
"The domed Capitol building has for centuries been the scene of protests and occasional violence. But Wednesday's events were particularly astounding both because they unfolded at least initially with the implicit blessing of the president and because of the underlying goal of overturning the results of a free and fair presidential election."
This paragraph gives the reader two major pieces of information: first, the Capitol was attacked in the past. It is not the first time that there has been violence as citizens wanted to show their disagreement. However, we are not told when it happened and why. So we may feel a little frustrated.
However, it is the first time ever that the assault was ordered by the president of the USA himself. The president who was elected democratically in 2016 and who had the top job is responsible for attacking the political regime.
So the key word is "astounding". One is surprised, amazed at understanding that the president fomented the riot himself. "The implicit blessing" are three words that show that the president tried to hide his involvement in the storming. "free and fair" are two adjectives to describe that the elections were in no way rigged, that the elections were not stolen from Trump, that the elections were carried out with the utmost care to rules.

II. Expression écrite

Voici quelques conseils méthodologiques pour l'expression écrite :

Question A

1. Analysez le texte pour comprendre le contexte.
Vous avez lu le texte et donc vous vous souvenez des raisons qui ont donné lieu à cette déclaration.
Vous vérifiez que vous savez en faire une liste :
- A mob stormed the Capitol to overturn the results of the Nov 3rd 2020 presidential elections
- People were killed
- Lawmakers dutifully elected went onto hiding
- An evening curfew was declared to contain violence
- To prevent Joe Biden from replacing Donald Trump
- The GOP election objections amounted to unthinkable challenge to American democracy

Vous les classez :
- Ceux qui ont donné lieu à de la violence, de la destruction, et la mort
- Ceux qui ont verbalement remis en cause la démocratie.

Conclusion : L'élu de Californie montre comment deux types d'actes mènent à la mort de la démocratie : la violence et le refus d'accepter les résultats d'un processus électoral dont les règles sont inscrites dans la constitution.

2. Obtenez une définition à partir de ce que le texte énumère comme des éléments contraires à un régime démocratique.
Cette analyse du texte vous permet d'obtenir une définition en creux de ce que la démocratie est :
- Elle est un régime pacifique qui suit des règles établies dans des documents sacrés
- Elle donne au peuple le droit de s'exprimer sur les lois qui seront appliquées et elle investit des représentant/e/s du pouvoir de représenter le peuple.

3. Recherchez le vocabulaire nécessaire dans le texte pour formuler vos idées :
– Who? lawmakers/ Representatives/
– What? to confirm the election/ to accept defeat/ a fair presidential election/ not to overturn the election/not to subvert democracy
– How? To vote/to count/to be elected/to protest/ to force/

4. Recherchez le vocabulaire nécessaire pour traiter de ce sujet.
– Who ? the citizens/ the people/ to be a law-abiding citizen
– What ? to cast a ballot/to vote for a candidate/to register on the electoral roll/ to abide by the rules
– How to be killed? How to be endangered? How to be wounded? How to break the law? How to respect the law?

5. Introduction.
– Lieu, date, occasion de cette déclaration
– Annoncez le plan

The Democratic Representative from California, Mr. Jimmy Gomez, was in the House of Representatives on Wednesday 6th January 2021 to certify the election of Joe Biden. But the certification process did not go smoothly as it was stopped when a mop stormed the Capitol. When asked later by the press his thoughts on what had happened, he declared that this is how democracy dies. First I will try to define what democracy is and then what Representative Gomez means when he uses "how".

6. Développement.
Partie A :
– Ce que la démocratie n'est pas
– Ce que la démocratie est

Democracy is everything that did not happen on Wednesday 6th January 2020. It is not a violent process. It does not lead to death. It does not force lawmakers into hiding fearing for their life. It does not try to overturn election results because they do not please around 74 million Americans. Indeed, democracy is a peaceful process that is ongoing. It requires that you agree to respect the constitution and its amendments. The sacred document that the constitution is entitles you to have rights and duties. You get the right to vote and decide on who you want to become the next president. So democracy requires that you concede defeat if your candidate does not get enough votes. Democracy is about agreeing to be ruled for 4 years by a president. Democracy is also a slow process that requires time, many debates and discussion and follows rules that have been agreed upon previously. Democracy is a political structure that believes in equality.

Partie B :
– La démocratie se meurt : par quel processus ?
– La démocratie est une institution fragile

Democracy can easily die if some citizens, a president no longer want to play by the rules. Here Trump-protesters introduced their own rules that they wanted to apply by force. Here force, violence, a mob tried to rampage through the Capitol. Some Americans were no longer happy with the political institutions and wanted to destroy them at the behest of President Donald Trump. Representative Gomez implies that when an insurrection, a sedition are carried out, democracy starts dying. It is a gradual process that restricts the rights of the citizens. So every minute we have to be careful that our rights are not limited or controlled. But democracy starts dying when a president keeps lying and the party members remain silent and therefore give credibility to the lies of the president.

7. Conclusion.
– Donnez votre point de vue
– Élargissez le propos

So to conclude, Representative Gomez's statement shows that the storming of the Capitol rightly reflects that some people no longer consider their democracy as their political regime. So I agree that democracy is an idea that needs to be applied every day and we have to be careful we do not let it die. Isn't it the best political regime we have even if we think it has its shortcomings? Democracy is not perfect and that is why we need to protect it.

Question B

1. Donnez une définition du mot "treason".
En contexte :
Le mot est prononcé par le membre de la Chambre des Représentants, Jimmy Gomez lors de l'assaut mené par des supporters de Trump le 6 janvier 2021. Le mot est utilisé pour décrire le rôle de Trump dans cet assaut. Il est clairement l'instigateur, le meneur, le chef de bande. Il a commandé à ses « troupes » de mettre à mal une institution garante de la démocratie.

Hors contexte :
Le mot peut être utilisé dans différents contextes :
– Le contexte militaire : Alfred Dreyfus avait été accusé à tort de trahison
– Le contexte de guerre : Pétain a été présenté comme un traître à sa patrie

– Les lanceurs d'alerte : Edward Snowden en révélant des documents de la National Security Agency est pour certains un traître

– Dans un roman de Joyce Carol Oates, un personnage révèle que ses frères sont ceux qui ont tué un jeune homme noir de 17 ans d'où le titre « My Life as a rat » traduit par « Ma vie de cafard ».

2. Collectez des idées et des éléments de votre vécu.

– Le sentiment d'avoir été trahi : Par qui ? Comment ?

– Le sentiment d'avoir trahi un secret ? sa parole ? la confiance de quelqu'un ?

– Le sentiment d'avoir révélé un secret de famille

– Le sentiment d'avoir agi à l'encontre de qqn alors qu'elle/il attendait un soutien, un silence, une prise de parole en sa faveur, etc.

3. Vocabulaire nécessaire pour rédiger.

– To rat to the cops : moucharder auprès des flics

– To rat out: retourner sa veste

– To inform on someone/ to tell on somebody

– To betray sb/ to betray one's own side

– To give yourself away

– To violate the trust of sb

4. Introduction.

– Définir le terme "treason"

– Donner son plan

"Treason" applies to the act of overthrowing one's government or of being disloyal to it. One can also define it as the betrayal of a trust or confidence. Clearly it is a negative term that is applied to someone who is not loyal to someone or her or his country. Mr Trump is accused of betraying his country or being disloyal to the American institutions. He is accused of having incited his supporters to storm the Capitol. In a first part, I will examine the term "treason" or "betrayal" on the personal sphere. Then, I will look at public figures that were or are accused of betraying their country.

5. Développement.

Partie A

Feeling that you have been personally betrayed happens quite often. A close friend, a sibling or a colleague might reveal something that you wish had remained hidden. They did it not having promised to keep your secret safe. They did not even know that they should not talk about it. However, you feel betrayed because something has been uttered about you when you did not want it to happen. So you feel your friend has been disloyal to you. And either you voiced your disagreement or you no longer speak so freely with her or him. The fictitious character, Violet Rue, sees her two brothers burry the bloody baseball bat that they used to beat a black high school kid to death. She is 12 when she denounced it or ratted to the cops. She is sent into some kind of exile and will no longer see her family until she is 29. She sees herself as a rat, as being responsible for the sentence to prison that the court has pronounced. She is left to her own devices. She misses her family. She is traumatized by her family's reaction of sending her away. Her parents clearly do not want to know the truth and are only eager to protect the male offspring.

Partie B

Edward Snowden debated about revealing what he knew was illegally done by the NSA. He had much to lose. And he lost it all and now lives in exile in Russia. If he goes back to the USA, he will be arrested and tried. So his "treason" that some see as a heroic deed has turned him into an outcast, a pariah. Edward Snowden is a whistleblower who knew that he would displease the American authorities but he believes that to live in a democracy, it is unacceptable to have the NSA spy on people. We can conclude that the border between betrayal and honesty is thin. Here again, the young Violet Rue has revealed that her brothers were murderers and had to pay for what they did. She also wanted the truth out. So is she a traitor? Only in the eyes of her family. In the eyes of the victim's family, Violet Rue enabled the police and the justice to do their job.

6. Conclusion.

We can clearly see that there is not always a black or white answer as to who can be described as a traitor. It depends very much on what you think, and what your values and principles are. Some may believe that Donald Trump is a traitor but his supporters do not.

III. Compréhension orale

Méthodologie

a) Organiser son temps pour être le plus efficace, le plus productif et répondre aux objectifs

– Faites systématiquement des hypothèses sur le sujet de l'audio ou de la vidéo

– Anticipez non seulement les idées mais aussi le vocabulaire

b) Prendre des notes le temps des 3 écoutes/ visionnages :

– Noms, lieux, sujets

– Champs lexicaux

Un exemple guidé : document vidéo

a) Avant l'écoute

Titre du document : "Kansas' Sharice Davids is the first gay Native American woman elected to Congress"

Origine et date du document: KCTV5 News aired in 2018

1re anticipation : Utilisez le titre

– Sharice Davids has been elected to Congress, so in the USA
– She represents the state of Kansas
– She is gay or homosexual and she is a Native American, which means that her ancestors were on the American continent before the settlers arrived

2e anticipation : l'implicit

– She is more likely to belong to the Democratic Party
– It is unusual for a state like Kansas to vote for a woman, a gay woman and a gay Native American woman: she is the first.
– So it is a real victory as it means that American society is becoming more open-minded

3e anticipation : Une élection = une campagne = un/e adversaire

– Who did she beat?
– Her/his name?
– How long had s/he been a congressman?
– Results: %
– Feelings of the voters
– turnout

b) Pendant l'écoute :

1re écoute : notez et organisez

– Combien de journalistes ? 2 Amy Anderson
– Que peut-on lire sur l'écran ? Historic Win, Campaign 2018,
– Comment le sujet est-il présenté ? Combien de parties y-a-t-il ? 5 parties : l'annonce de la victoire, les détails donnés par la journaliste sur le terrain, le retour au studio, les « tweets » des acteurs/trices et l'entretien avec S Davids

Vocabulaire :

a) Mots qui appartiennent au champs lexical de la politique: to vote; to be elected; congressman/congresswoman, Congress, political platform, to support a candidate, the House of Representative, the district, political campaign, a winner, a loser, etc.

b) Mots qui appartiennent au champs lexical des sentiments: to be disappointed, to be happy, to be overjoyed, to shout, to celebrate, to be grateful, surreal,

c) Point de vue de la/du journaliste:

2e écoute : ajoutez et affinez les idées

– Qui est l'autre femme politique qui a été élue ?
– Qui sont ses « supporters » ?
– Son programme politique
– Sa campagne électorale : quand a-t-elle commencé ?

Vocabulaire :

a) Mots en lien avec la bataille menée : clear winner, to defeat, to run for office, a hard fought battle, her opponent Kevin Yoder

b) Mots en lien avec sa popularité : national level, a household name,

3e écoute : étoffez avec d'autres idées pour le plan

Collection of words that need to be linked to the victory such as Johnson county, the third district, Debra Haaland, another winner, etc.

c) Après l'écoute

Organisez, organisez, organisez

Introduction

Le bulletin d'information présenté sur la chaîne locale KCTV5 News (KC signifie Kansas City) annonce une victoire historique pour la candidate Sharice Davids aux élections de mi-mandat en novembre 2018 dans l'état du Kansas. La victoire marque un tournant dans l'histoire car Sharice Davids est non seulement amérindienne mais aussi homosexuelle. Elle est démocrate.

Développement

Sharice Davids a commencé sa campagne électorale il y a 9 mois dans le comté de Johnson, le 3e district, et a gagné avec 53 % des voix contre son adversaire, Kevin Yoder qui a obtenu 44 % des voix. Sa victoire ne fait aucun doute et du jour au lendemain elle est devenue connue au niveau national. La victoire arrive après une bataille durement combattue.

Elle n'est pas la première amérindienne à être élue à la Chambre des Représentants. Debra Haarland a aussi gagné au Nouveau Mexique. La victoire de Sharice Davids a été célébrée par des personnalités du cinéma telles que John Cusack, un acteur très connu ou encore Melissa Etheridge.

Conclusion

Sharice Davids ne représentera pas seulement ceux et celles qui ont voté pour elle mais aussi tous les Américains de son district. Lors de son entretien, elle dit son émotion et sa gratitude et son sentiment d'irréalité : elle a du mal à croire à sa victoire.

Astuces : Si vous avez quelques connaissances sur le système politique et la fréquence des élections aux EU, vous avez un avantage certain. Si vous ne vous y connaissez pas, il faut penser que c'est une démocratie et donc il y a partage des pouvoirs entre l'exécutif, le législatif avec les 2 chambres (chambre des Représentants et Sénat) et le pouvoir judiciaire.
Sinon, utilisez une feuille au format « paysage », vous aurez plus de place. Utilisez des stylos de différentes couleurs pour ajouter des indications au fil des trois écoutes/visionnages

Savoir
1
Le présent de l'indicatif

Souvenez-vous que...
- La diphtongue ne s'applique qu'aux formes *nosotros/as* et *vosotros/as* ;
- Les terminaisons ne changent pas ;
- Les irrégularités seront les mêmes au présent du subjonctif.

1 Les verbes terminés en -AR

	RÉGULIERS	AINSI QUE...	E>IE	AINSI QUE...	O>UE	AINSI QUE...
	(hablar)		*(pensar)*		*(contar)*	
(yo)	*hablo*	*cantar*	*pienso*	*atravesar*	*cuento*	*almorzar*
(tú)	*hablas*	*comprar*	*piensas*	*calentar*	*cuentas*	*costar*
(él/ella/Ud)	*habla*	*llegar*	*piensa*	*cerrar*	*cuenta*	*demostrar*
(nosotros/as)	*hablamos*	*llevar*	*pensamos*	*despertar(se)*	*contamos*	*mostrar*
(vosotros/as)	*habláis*	*olvidar*	*pensáis*	*gobernar*	*contáis*	*soñar*
(ellos/as, Uds)	*hablan*	*trabajar*	*piensan*		*cuentan*	*sonar, volar*

¡Ojo!
- *Necesitar* (verbe régulier) n'est suivi d'aucune préposition : *Necesito hablarte* – J'ai besoin de te parler.
- « penser à » se dit *pensar en* : *¿En qué piensas? – Pienso en las vacaciones. ¿En quién piensas? – Pienso en Luisa*.
- « rêver de » se dit *soñar con* : *Sueño con viajar a Brasil. Soñamos con ganar el campeonato.*
- Attention à la construction : *Recuerdo mi infancia.* (sans pronom). ***Me** acuerdo **de** mi infancia.*

2 Les verbes terminés en -ER

	RÉGULIERS	AINSI QUE...	E>IE	AINSI QUE...	O>UE	AINSI QUE...
	(aprender)		*(querer)*		*(volver)*	
(yo)	*aprendo*	*beber*	*quiero*	*defender*	*vuelvo*	*devolver*
(tú)	*aprendes*	*comer*	*quieres*	*encender*	*vuelves*	*envolver*
(él/ella/Ud)	*aprende*	*correr*	*quiere*	*entender*	*vuelve*	*poder*
(nosotros/as)	*aprendemos*	*creer*	*queremos*	*perder(se)*	*volvemos*	*resolver*
(vosotros/as)	*aprendéis*	*leer*	*queréis*	*tender*	*volvéis*	
(ellos/as, Uds)	*aprenden*	*vender*	*quieren*		*vuelven*	

¡Ojo!
- Les verbes *comprender* (régulier) et *entender** (diphtongue en « ie ») sont synonymes : *No comprendo. = No entiendo.*

*Attention aux faux-amis : « entendre » se dit *oír.*

- *Llover* (pleuvoir) ⇒ *Lueve* (il pleut).
- *Oler* (sentir) ⇒ *Huele **a** café* (Ça sent le café).

¡Ojo!

Certains verbes ne sont irréguliers qu'à la forme « *yo* » (souvenez-vous que le présent du subjonctif se forme à partir de celle-ci) :

Ver : veo, ves, ve,...
Hacer : hago, haces, hace,...
Poner : pongo, pones, pone,...
Traer : traigo, traes, trae,...
Saber : sé, sabes, sabe,...
Caerse : me caigo, te caes,...

verbes en « ZC »
conocer : *conozco, conoces,...*
Ainsi que : *agradecer, crecer, ofrecer, parecerse.*

3 Les verbes terminés en –IR

	RÉGULIERS	AINSI QUE...	E>IE	AINSI QUE...	O>UE	AINSI QUE...
	(vivir)		*(sentir)*	*advertir*	*(dormir)*	*morir*
(yo)	*vivo*	*abrir*	*siento*	*consentir*	*duermo*	
(tú)	*vives*	*cubrir*	*sientes*	*divertir(se)*	*duermes*	
(él/ella/Ud)	*vive*	*consumir*	*siente*	*preferir*	*duerme*	
(nosotros/as)	*vivimos*	*descubrir*	*sentimos*		*dormimos*	
(vosotros/as)	*vivís*	*escribir*	*sentís*		*dormís*	
(ellos/as, Uds)	*viven*	*recibir*	*sienten*		*duermen*	

	E>I	AINSI QUE...
	(pedir)	
(yo)	*pido*	*medir*
(tú)	*pides*	*reírse*
(él/ella/Ud)	*pide*	*repetir*
(nosotros/as)	*pedimos*	*servir*
(vosotros/as)	*pedís*	*vestir(se)*
(ellos/as, Uds)	*piden*	

¡Ojo!

e>i irréguliers à la forme « *yo* »
Corregir : *corrijo, corriges*
Elegir : *elijo, eliges,...*
Seguir : *sigo, sigues,...*

¡Ojo!

Certains verbes sont totalement irréguliers :
Ir : *voy, vas, va, vamos, vais, van*
Oír : *oigo, oyes, oye, oímos, oís, oyen*
Salir* : *salgo, sales, sale, salimos, salís, salen*
Venir : *vengo, vienes, viene, venimos, venís, vienen*
Decir : *digo, dices, dice, decimos, decís, dicen*
*Attention aux faux-amis : *salir* signifie « sortir » et « salir quelque chose » se dit *ensuciar algo*.

verbes en « ZC »
Traducir : traduzco, traduces, traduce,...
Ainsi que : *conducir, deducir, producir*

4 Le futur proche

Le futur proche se forme avec le verbe *ir* suivi de la préposition *a* :
Mañana, vamos a visitar la ciudad.

5 La forme progressive (le gérondif) : « être en train de »

La forme progressive se forme avec le verbe *estar* conjugué au temps adéquat (présent, passé, futur).

EXEMPLE

Estamos preparando el campeonato de futbol.	(présent)	verbes en –AR -> *-ando*
Mañana a esta hora Luis estará viajando a Quito.	(futur)	
Cuando llamé a Lola estaba viendo la tele.	(imparfait)	verbes en –ER -> *-iendo*
Estoy escribiendo un correo electrónico.	(présent)	verbes en –IR -> *-yendo*

¡OJO!

1- Les verbes en –IR irréguliers au présent de l'indicatif le sont également au gérondif :

Decir (digo, dices) → *estás diciendo*	*Servir(se) (me sirvo)* → *se está sirviendo*
Pedir (pido) → *está pidiendo*	*Dormir (duermo)* → *están durmiendo*
Divertir (divierto) → *me estoy divirtiendo*	*Morir(se) (me muero)* → *se están muriendo*

2- Si le radical finit par une voyelle, le gérondif se forme en « *-yendo* ».

Construir → *Los obreros están construyendo un puente nuevo.*
Huir → *Cuando llegó la policía los ladrones estaban huyendo.*
Ir → *Lola se estaba yendo cuando yo llegué.*
Leer → *Estoy leyendo una novela policiaca muy interesante.*

3- *Seguir* + gérondif = « continuer à faire quelque chose »

Juan sigue estudiando – Juan continue à étudier.
Siguen viviendo en México. – Ils continuent à vivre / ils vivent toujours au Mexique.
≠ *(ellos) Ya no viven en México.* – Ils **n'**habitent **plus** au Mexique.

MES NOTES POUR RÉVISER

....

....

....

....

....

....

....

....

Savoir
2

Les verbes *ser* et *estar*

1 Conjugaison et utilisation

Le verbe *SER*	Il s'utilise pour exprimer…	
soy *eres* *es* *somos* *sois* *son*	➤ une caractéristique essentielle : la nationalité : *Felipe es español.* la provenance : *Es de Perú.* la taille : *La casa de Luca es grande.* la profession : *Juan es profesor.* la forme : *La pelota es redonda.* la couleur : *Mi jersey es azul.* la matière : *Mi jersey es de lana.* le caractère : *Son simpáticos.* ➤ la possession *Este lápiz es de Patricia.*	➤ le temps, l'heure *Hoy es lunes.* *Ahora es primavera.* *¿Qué hora es? Son las tres.* *Es tarde / Es temprano.* ➤ un évènement *La competición es en el estadio.* ➤ une somme *Son diez euros.* *Somos cuatro hermanos.*

Le verbe *ESTAR*	Il s'utilise pour…	
estoy *estás* *está* *estamos* *estáis* *están*	➤ décrire l'état physique d'une personne ou d'un objet : *Estoy enfermo.* *El plato está sucio / limpio.* *Hoy el cielo está gris.* ➤ décrire l'état moral d'une personne : *Rafael está deprimido.* *Ana está contenta.*	➤ Localiser *Felipe está en España.* *Buenos Aires está en Argentina.* *El gato está en el sofá.* ➤ Situer dans le temps *¿A qué día estamos hoy?* *Hoy estamos a lunes 10 de junio.* *Estamos en otoño.*

¡Ojo!
- Les adverbes *bien* et *mal* s'utilisent toujours avec le verbe *estar* : *Está bien / Está mal.*
- Selon le verbe utilisé, certains adjectifs changent de sens.

Exemple
- *Ana está mala* (Ana est malade).
  Ana es mala (Ana est méchante).
- *Lola está alegre* (Lola est joyeuse, en ce moment).
  Lola es alegre (Lola est une personne joyeuse, c'est son caractère).
- *Está listo* (il est prêt).
  Es listo (il est intelligent).

- Lorsque le verbe « être » peut être remplacé par « se trouver », il se traduit toujours par *estar* :

➔ Pablo est/se trouve au Pérou. *Pablo está en Perú.*

Souvenez-vous… « [ne pas] être d'accord avec… »

Antonio [no] está de acuerdo… *conmigo*
contigo
con él, con ella, con usted
Mis padres [no] están de acuerdo… *con nosotros, con nosotras*
con vosotros, con vosotras
con ellos, con ella, con ustedes

Mes notes pour réviser

Savoir 3

L'imparfait, le passé composé et le passé simple

1 L'imparfait

	-AR	-ER	-IR	UNIQUEMENT 3 VERBES IRRÉGULIERS		
	(cantar)	*(querer)*	*(vivir)*	*ser*	*ir*	*ver*
(yo)	cantaba	quería	vivía	*era*	*iba*	*veía*
(tú)	cantabas	querías	vivías	*eras*	*ibas*	*veías*
(él/ella/Ud)	cantaba	quería	vivía	*era*	*iba*	*veía*
(nosotros/as)	cantábamos	queríamos	vivíamos	*éramos*	*íbamos*	*veíamos*
(vosotros/as)	cantabais	queríais	vivíais	*erais*	*ibais*	*veíais*
(ellos/as, Uds)	cantaban	querían	vivían	*eran*	*iban*	*veían*

Comme en français, l'imparfait s'utilise dans 3 cas, pour exprimer :
- une durée — *Cuando Rodrigo era niño...*
- une action répétitive dans le passé — *Iba a la escuela todos los días.*
- une description dans le passé — *La escuela estaba cerca y era agradable.*

2 Le passé composé

Le passé composé se forme toujours avec l'auxiliaire *haber*, et le participe passé ne s'accorde ni en genre ni en nombre. Tous les verbes terminés en –AR sont réguliers.
➔ *He comido dos manzanas. Las dos manzanas que he comido estaban ricas.*

(yo)	*he*	
(tú)	*has*	*cantado* (verbes en-AR)
(él/ella/Ud)	*ha*	*querido* (verbes en –ER)
(nosotros/as)	*hemos*	*vivido* (verbes en –IR)
(vosotros/as)	*habéis*	
(ellos/as, Uds)	*han*	

Verbes irréguliers en -ER
Hacer ➔ *he hecho*
Poner ➔ *he puesto*
Resolver ➔ *he resuelto*
Romper ➔ *he roto*
Ver ➔ *he visto*
Volver ➔ *he vuelto*

¡Ojo! Les verbes dérivés se forment sur le même modèle :
deshacer (défaire) -> deshecho
descubrir (découvrir) -> descubierto
devolver (rendre) -> devuelto
envolver (emballer) -> envuelto
describir (décrire) -> describir

Verbes irréguliers en –IR
Abrir -> *he abierto*
Cubrir -> *he cubierto*
Decir -> *he dicho*
Escribir -> *he escrito*
Morir -> *he muerto*

Le passé composé s'utilise pour une action qui a lieu dans une période de temps dans laquelle on se trouve encore au moment où l'on parle, qu'elle soit courte ou longue.

On l'utilise donc avec les expressions suivantes :

hoy	*este mes*
esta mañana	*este semestre*
esta tarde	*este año*
esta noche	*este siglo*
esta semana	

EXEMPLE

Ainsi qu'avec *ya* (déjà), *todavía no/aún no* (pas encore) *nunca, jamás* (jamais):
¿Has visitado ya el museo de la Reina Sofía?
Sí, ya lo he visitado.
No, nunca lo he visitado.
No, todavía no lo he visitado.

3 Le passé simple

Le passé simple, très utilisé en espagnol, est l'un des temps les plus compliqués, de par ses nombreux verbes irréguliers. Notez que seul le radical change.

	-AR	-ER	-IR
	(cantar)	*(comer)*	*(vivir)*
(yo)	*canté*	*comí*	*viví*
(tú)	*cantaste*	*comíste*	*vivíste*
(él/ella/Ud)	*cantó*	*comió*	*vivió*
(nosotros/as)	*cantamos*	*comimos*	*vivimos*
(vosotros/as)	*cantasteis*	*comisteis*	*vivisteis*
(ellos/as, Uds)	*cantaron*	*comieron*	*vivieron*

VERBES IRRÉGULIERS EN « U »

Estar -> estuve, estuviste, estuvo, estuvimos, estuvisteis, estuvieron.
Poder -> pude, pudiste, pudo,...
Poner -> puse, pusiste, puso...
Saber -> supe, supiste, supo...
tener -> tuve, tuviste, tuvo...
ainsi que *suponer* (*supuse*) et *obtener* (*obtuve*).

Verbes irréguliers en « j »
(absence de « i » à la 3e pers.pluriel)

Traer -> traje, trajiste, trajo trajimos, trajisteis, trajeron
Conducir -> conduje
Deducir -> deduje
Distraer -> distraje
Introducir -> introduje
Producir -> produje
Reducir -> reduje
Traducir -> traduje

Verbes irréguliers dont le « e » se transforme en « i » aux 3e personnes du singulier et du pluriel

Corregir (présent : *corrijo, corriges*)
→ *corregí, corregiste, corrigió*
corregimos, corregisteis, corrigieron
Pedir (présent : *pido*) → *pedí,... pidió,... pidieron*
Elegir (présent : *elijo*) → *elegí,... eligió,... eligieron*
Medir (présent : *mido*) → *medí,... midió,... midieron*
Repetir (présent : *repito*) → *repetí,... repitió,... repitieron*
Reírse (présent : *me río*) → *me reí,... se rió,... se rieron*
Servir (présent : *sirvo*) → *serví,... sirvió,... sirvieron*
Vestirse (pr. *me visto*) → *me vestí,... se vistió,... se vistieron*

¡Ojo!

Decir → *dije, dijiste, dijo*
dijimos, dijisteis, dijeron
Hacer → *hice, hiciste, hizo*
hicimos, hicisteis, hicieron
Querer → *quise, quisiste, quiso*
quisimos, quisisteis, quisieron
Venir → *vine, viniste, vino*
vinimos, visiteis, vinieron
Dar → *di, diste, dio*
dimos, disteis, dieron

Verbes dont le « o » se transforme en « u » aux 3e personnes du singulier et du pluriel

Dormir → *dormí, dormiste, durmió,... durmieron*
Morir → *morí, moriste, murió,... murieron*

Au passé simple, les verbes *SER* et *IR* se conjuguent de la même manière

fui, fuiste, fue
fuimos, fuisteis, fueron

Le passé simple s'utilise principalement pour parler d'une action qui s'est déroulée dans une période de temps dans laquelle on ne se trouve plus au moment où l'on parle, ainsi que pour une action unique (ex : *Nací en Quito* – Je suis né à Quito).
On l'utilise donc après les expressions suivantes :

Exemple

ayer
anoche
la semana pasada
hace unos días / meses /años
la semana pasada
el mes / semestre pasado
el año pasado
el siglo pasado

Mes notes pour réviser

Savoir 4

Le futur simple

Le futur simple se forme à partir de l'infinitif auquel on ajoute toujours les mêmes terminaisons.

EXEMPLES :

acabar	*acabaré, acabarás, acabará, acabaremos, acabaréis, acabarán*
beber	*beberé, beberás, beberá, beberemos, beberéis, beberán*
ir	*iré, irás, irá, iremos, iréis, irán*

Verbes irréguliers

Decir	*diré*	*Poder*	*podré*	*Saber*	*sabré*	*Venir*	*vendré*
Haber	*habrá*	*Poner*	*pondré*	*Tener*	*tendré*	*Salir*	*saldré*
Hacer	*haré*	*Querer*	*querré*	*Valer*	*valdré*		

EXEMPLE

Habrá mucha gente.

Il y aura beaucoup de monde.

MES NOTES POUR RÉVISER

Savoir 5

Le présent du subjonctif

La formation du présent du subjonctif

1- Les terminaisons : Verbes en –AR (*cantar*) → *cante, -es, -e, -emos, -éis, -en*
Verbes en –ER (*comer*) → *coma, -as, -a, -amos, -áis, -an*
Verbes en –IR (*subir*) → *viva, -as, -a, -amos, -áis, -an*

2- Le passé simple se forme à partir de la conjugaison de la première personne du singulier au présent de l'indicatif :

pensar	*(pienso)*	*piense, pienses...*	*construir*	*(construyo)*	*construya, construyas...*
entender	*(entiendo)*	*entienda, entiendas...*	*decir*	*(digo)*	*digas, digas...*
preferir	*(prefiero)*	*prefiera, prefieras...*	*hacer*	*(hago)*	*haga, hagas...*
			oír	*(oigo)*	*oiga, oigas...*
mostrar	*(muestro)*	*muestre, muestres...*	*poner*	*(pongo)*	*ponga, pongas...*
volver	*(vuelvo)*	*vuelva, vuelvas...*	*salir*	*(salgo)*	*salga, salgas...*
			tener	*(tengo)*	*tenga, tengas...*
pedir	*(pido)*	*pida, pidas...*	*traer*	*(traigo)*	*traiga, traigas...*
traducir	*(traduzco)*	*traduzca, traduzcas...*	*venir*	*(vengo)*	*venga, vengas...*

Cas particuliers

Dar	*dé, des, dé...*	*Ir*	*vaya, vayas, vaya...*
Estar	*esté, estés, esté...*	*Saber*	*sepa, sepas, sepa...*
Hubo	*haya, hayas, haya...*	*Ser*	*sea, seas, sea...*

Mes notes pour réviser

Savoir
6 Les verbes *gustar* et *doler*

Les verbes *gustar* et *doler* se forment comme le verbe *plaire* en français.

EXEMPLES :
Cette maison me/te/lui/nous/vous/leur plaît (singulier) – Ces voitures me plaisent (pluriel)

		gustar			**doler**	
A mí	*me*	*gusta*	*el café (masc.)*	*me*	*duele*	*el pie*
A ti	*te*		*la música*	*te*		*la cabeza*
A él/ella/usted	*le*		*bailar (inf.)*	*le*		*todo el cuerpo*
A nosotros/as	*nos*	*gustan*	*los quesos (pl.)*	*os*	*duelen*	*los pies*
A vosotros/as	*os*		*las manzanas*	*nos*		*las piernas*
A ellos/ellas/ ustedes	*les*		*todos los quesos*	*les*		*todos los músculos*

➔ Les verbes *encantar* (adorer), *interesar* (intéresser) et *molestar* (déranger) se forment comme les verbes *gustar* et *doler*.

¡OJO!
- *A mí, a ti*, etc. ne s'utilisent que pour insister sur une différence : *A ti te gustan las series policiacas, pero a mí no.*
- Les formes *gustar que / encantar que / molestar que*, sont suivies du subjonctif.

EXEMPLE
Me gusta que cantes / Me molesta que la gente grite.
A Felipe le encanta que vayamos al cine.

MES NOTES POUR RÉVISER

Savoir 7

Rapporter un discours

Juan dice : « Tengo que llamar a mi amigo. »
« He trabajado mucho. »

Présent de l'indicatif → présent de l'indicatif / passé composé

- *¿Qué dice Juan?*
- *Dice que tiene que llamar a su amigo.*
- *Dice que ha trabajado mucho*

Passé composé → présent de l'indicatif / imparfait / passé composé

- *¿Qué ha dicho Juan?*
- *Ha dicho que tiene que llamar a su amigo.*
- *Ha dicho que tenía que llamar a su amigo.*
- *Ha dicho que ha trabajado mucho.*

Passé simple → imparfait / plus-que-parfait

- *¿Qué dijo Juan?*
- *Dijo que tenía que llamar a su amigo.*
- *Dijo que había trabajado mucho.*

Si la phrase initiale est au futur simple → futur /conditionnel

Juan : « No iré al estadio ».

¿Qué dice Juan?	*– Dice que no irá al estadio.*
¿Qué ha dicho Juan?	*– Ha dicho que no iría al estadio.*
¿Qué dijo Juan?	*– Dijo que mañana no iría al estadio.*

Mes notes pour réviser

....

....

....

....

....

....

....

....

....

....

....

....

La description : *ser* ou *estar*

* masculin/féminin : forme identique

abierto/a	ouvert	*simpático/a*	sympathique	*interesante**	intéressant
≠ cerrado/a	fermé	*≠ antipático/a*	antipathique	*fuerte*≠ débil**	fort / faible
alto/a	grand	*divertido/a*	drôle	*(in)consciente**	(in)conscient
≠ bajo/a	petit	*≠ aburrido/a*	ennuyeux	*(in)útil**	(in)utile
bueno/a	bon	*limpio/a*	propre	*horrible**	Horrible
≠ malo/a	mauvais	*≠ sucio/a*	sale	*grande* ≠ pequeño/a*	grand / petit
delgado/a	mince	*trabajador/a*	travailleur	*difícil ≠ fácil*	difficile / facile
≠ gordo/a	gros	*≠ perezoso/a*	paresseux	*menor* / mayor**	plus petit/grand
bonito/a	joli	*moderno/a*	moderne	*convincente**	convainquant
≠ feo/a	laid	*≠ antiguo/a*	ancien	*natural**	naturel
curioso/a	curieux	*(in)justo*	(in)juste	*≠ artificial**	artificiel

Ser **ou** *estar* **? Choisissez le verbe adéquat puis conjuguez-le au temps approprié.**

1. *Comer fruta y verdura .... muy bueno para la salud.*

2. *Cuando .... (nosotros) niños, Juan .... más bajo que yo, pero ahora .... más alto.*

3. *Estos zapatos .... bonitos pero como ayer llovió mucho ahora .... sucios.*

4. *Cuando llegamos, las tiendas ya .... cerradas. Ya .... tarde, casi .... las 9 de la noche. José .... furioso porque quería comprar unos huervos para hacer una tortilla.*

5. *Elena .... en casa porque .... enferma. Tiene fiebre.*

Donner son opinion (1)

suponer que	*supposer que*	*para mí/ti/él/ella*	*pour moi/toi/lui/elle*
creer / pensar que	*croire/penser que*	*decir algo porque*	*dire quelque chose parce que*
parecer que	*sembler que*	*según (tener) entendido*	*d'après ce que j'ai/tu as... compris*
poder decir que	*pouvoir dire que*		

Traduisez les phrases suivantes :

1. Je suppose que José a raison. Moi aussi, je crois que c'est une bonne idée.

2. L'auteur dit que, pour lui, la situation n'est pas dramatique.

3. D'après ce que j'ai compris, il le dit parce qu'il pense que c'est important pour le futur.

4. Pour moi, la situation est grave. – En effet, nous pouvons dire que les choses sont compliquées.

Donner son opinion (2), exprimer une préférence, un souhait

creer que *pensar que* *decir que* *estar seguro que*	+ indicatif	MAIS	***no** creer que* ***no** pensar que* ***no** decir que* ***no** estar seguro que*	+ subjonctif
(no) esperar que *(no) querer que* *(no) preferir que* *(no) ser mejor que*	+ subjonctif	¡Ojo!	*(Yo) Prefiero hacer el trabajo yo mismo. (1 sujet)* *(Yo) Prefiero **que hagas** (tú) el trabajo con Pablo. (2 sujets)*	

Présent de l'indicatif ou du subjonctif ? Conjuguez les verbes suivants au temps adéquat et/ou soulignez la forme adéquate.

1. José (preferir) ir al cine pero yo (querer) ir a la playa. ¿Y tú?
   – Pues yo (preferir) que *vamos / vayamos / iremos* a casa de mis amigos.
2. (creer, tú) que Antonio vendrá con nosotros?
   – No, no (creer, yo) que *vendrá / venga / irá* con nosotros.
   – (estar, yo) seguro que Antonio *prefiera / prefiere / preferir* quedarse con su novia.
3. Mis padres (creer) que (ser) mejor que yo *me quedo / me quede / me quedé* en casa los fines de semana.
   – Pues yo no (creer) que (ser) bueno que siempre (quedarse, tú) en casa. Yo (creer) que (ser) mejor que *sales / salgas / saldrás* a pasear de vez en cuando.

Exprimer un but

para + infinitif *para que* + subjonctif *para que no* + subjonctif

Présent de l'indicatif ou du subjonctif ? Conjuguez les verbes suivants au temps adéquat :

1. *El autor no explica el contexto histórico para que (entender, nosotros) la situación.*
2. *Tenemos que tomar un taxi para (llegar, nosotros) temprano al aeropuerto.*
3. *Te doy diez euros para que (comprar, tú) un pan y queso.*
4. *Cierro la puerta de la habitación para que el ruido no (despertar) al niño.*
5. *Isabel llama a sus padres para que no (preocuparse, ellos).*

Exprimer une éventualité

quizá *= quizás* *= tal vez*	+ subjonctif	*es posible que* *es probable que* *probablemente*	+ subjonctif

Conjuguez les verbes au temps approprié.

1. Llévate el paraguas. Es posible que (llover).
2. No llames ahora a Juan, es muy temprano aún. Quizás (estar, él) durmiendo.
3. ¿Tú crees que el periodista (tener) razón ? – No (saber, yo), Quizás (tener, él) razón, pero no (estar, yo) seguro.
4. Hay mucha nieve. Es probable que (llegar, nosotros) tarde a la estación y que (perder, nosotros) el tren.
5. Felipe dice que es posible que (construir, ellos) un puente de hierro.

Exprimer la cause

porque	*parce que*	*a causa de + nom*	*à cause de*
como	*comme*	*= por + nom*	
ya que /puesto que	*puisque*	*por + infinitif*	*parce que, car*
dado que/visto que	*étant donné que*	*debido a + nom*	*parce que, à cause de*

Soulignez la forme correcte. Plusieurs solutions sont parfois possibles.

1. *¿Por qué no quieres venir con nosotros ? – Como / Porque / A causa de tengo que estudiar.*
2. *El autobús tenía retraso como / ya que / a causa de la nieve.*
3. *Se enfermó porque / debido a / por andar bajo la lluvia.*
4. *Ya que / Debido a / Puesto que no quieres venir al cine, iré solo.*
5. *Cancelaron el vuelo de Iberia debido a / a causa de / dado que la nieve.*

Exprimer la conséquence

por eso	*c'est pour cela que*	*de tal manera/modo*	*de telle manière / sorte*
así que = por lo tanto	*ainsi, donc*	*hasta tal punto que*	*jusqu'à tel point que*
entonces	*alors*	*tanto que*	*tellement... que*
en consecuencia	*en conséquence*		

Complétez les phrases suivantes (plusieurs solutions sont parfois possibles) :

1. *¿Sabes que Rafa está enfermo ? – Sí, ... no ha podido venir al cine con nosotros.*
2. *Trabajan .... no tienen tiempo de hacer deporte.*
3. *No conozco bien los verbos irregulares. – .... tienes que estudiar más.*

2 – Complétez puis donnez une forme équivalente :

1. *El conferenciante explicó las cosas .... que todos entendieron la situación.*
= ....

2. *El estadio está inundado, ... no podremos jugar el partido de fútbol esta tarde.*
= ....

Ordonner un discours

Para empezar	*Pour commencer*	*Por un lado /*	*D'un côté /*
Primero	*D'abord*	*Por otro lado*	*D'un autre côté*
En primer lugar /	*En premier lieu /*	*Después / Luego*	*Après / Ensuite*
En segundo lugar	*Ensuite, en 2e lieu*	*Para terminar*	*Pour terminer*
		Para concluir	*Pour conclure*

Ordonnez les expressions suivantes dans l'ordre logique d'un discours ou d'une présentation.

	Discours 1		Discours 2
	Pero por otro lado nos dice que...		Para terminar, yo diría que...
	Para empezar al autor presenta...		En segundo lugar, estudiaremos...
	Para concluir, diré que...		Luego, les enseñaré unas fotos...
	Por un lado explica que...		En primer lugar les presentaré....

Rapporter un discours

Complétez les dialogues en conjuguant les verbes à la forme adéquate.

1. « *Hay mucha gente.* »
   ➔ *¿Qué dices?*
   ➔ *Digo que* ....
   ....
2. *Isabel : « No sé si vendrán mis amigos ».*
   ➔ *¿Qué ha dicho Isabel ?*
   ➔ ....
   ....
3. *Antonio : « Nunca he visto un tucán. »*
   ➔ *¿Qué dijo Antonio ?*
   ➔ ....
   ....
4. *José : « Te llamaré el lunes sin falta. »*
   ➔ *¿Qué te dijo José ?*
   ➔ ....
   ....
5. *« Usted tiene que mandar el mail cuanto antes. »*
   ➔ *¿Qué le dijo el señor Rodríguez?*
   ➔ ....
   ....

Corrigés

La description : *ser* ou *estar* ?

1. es

2. éramos / era / es

3. son / están

4. estaban / era / eran / estaba

5. está / está

Donner son opinion (1)

1. Supongo que José tiene razón. Yo también creo que es una buena idea.

2. El autor dice que, para él, la situación no es dramática.

3. Según tengo entendido, lo dice porque piensa que es importante para el futuro.

4. Para mí, la situación es grave. – En efecto, podemos decir que las cosas son complicadas.

Donner son opinion (2), exprimer une préférence, un souhait

1. José *prefiere* ir al cine pero yo *quiero* ir a la playa. ¿Y tú?
– Pues yo *prefiero* que ***vayamos*** a casa de mis amigos.

2. ¿*Crees* que Antonio vendrá con nosotros?
– No, no *creo* que ***venga*** con nosotros.
– *Estoy* seguro que Antonio ***prefiere*** quedarse con su novia.

3. Mis padres *creen* que *es* mejor que ***me quede*** en casa los fines de semana.
– Pues yo no *creo* que *sea* bueno que siempre *te quedes* en casa. Yo *creo* que *es* mejor que ***salgas*** a pasear de vez en cuando.

Exprimer un but

1. entendamos

2. llegar

3. compres

4. despierte

5. se preocupen

Exprimer une éventualité

1. llueva

2. esté

3. tiene / sé / tenga / estoy

4. lleguemos / perdamos

5. construyan

Exprimer la cause

1. Porque

2. a causa

3. por

4. Ya que / Puesto

5. debido a / a cause de

Exprimer la conséquence

1. 1. por eso
2. hasta tal punto que / tanto que
3. Entonces

2. 1. El conferenciante explicó las cosas *de tal manera que* todos entendieran la situación.
= El conferenciante explicó las cosas *de tal modo que* todos entendieran la situación.
2. El estadio está inundado, *así que* no podremos jugar el partido de fútbol esta tarde.
= El estadio está inundado, *por lo tanto* no podremos jugar el partido de fútbol esta tarde.

Ordonner un discours

Discours 1

3	Pero por otro lado nos dice que...
1	Para empezar al autor presenta...
4	Para concluir, diré que...
2	Por un lado explica que...

Discours 2

4	Para terminar, yo diría que...
2	En segundo lugar, estudiaremos...
3	Luego, les enseñaré unas fotos...
1	En primer lugar les presentaré....

Rapporter un discours

1. Digo que hay mucha gente.

2. Ha dicho que no sabía si vendrían sus amigos.

3. Dijo que nuncq había visto un tucán.

4. Me dijo que me llamaría el lunes sin falta.

5. El señor Rodríguez me dijo que yo tenía que mandar el mail cuanto antes.

Mon planning de révisions

Mon planning de révisions

Mon projet professionnel